elzahnberge
Nanoak
Armaah
Nomidien
Die Tyrs
Gipfel des
Wahnsinns
Ragnarok

ro
ro
ro

Deutsch von
Frank Böhmert

Suresh und Jyoti Guptara

Calaspia

Der Schwertkodex

Rowohlt Taschenbuch Verlag

Originalausgabe
Veröffentlicht im Rowohlt Taschenbuch Verlag,
Reinbek bei Hamburg, März 2009

Redaktion Christiane Steen

Umschlaggestaltung any.way Barbara Hanke/Cordula Schmidt
Abbildungen Corinna Hein GmbH/Alan Baker;
Fitzwilliam, Museum, University of Cambridge, UK/
Bridgeman Berlin
Illustration Landkarte und Innenvignette
Gottfried Müller
Satz Adobe Garamond PostScript (InDesign)
bei Pinkuin Satz und Datentechnik Berlin
Druck und Bindung CPI – Clausen & Bosse, Leck
Printed in Germany
ISBN 978 3 499 21454 7

Unseren Eltern
Mit Dank für Leben, Liebe und Bildung

Inhalt

Prolog
Flammen des Wahnsinns 9
1. Wenfeld 18
2. Welten im Wandel 41
3. Beredte Ausflüchte 71
4. Die Beobachter von Wenfeld 98
5. Eine unverschämte Geschichte 113
6. In den Amboss 121
7. Im Schatten der Menhire 150
8. Die Festung aus Eis 161
9. Eine kleine Überraschung 179
10. Untergrundaktivitäten 205
11. Vorspiegelungen 219
12. Werdende Krieger 239
13. Die Festung aus Stein 263
14. Usdun 272
15. Eine heilige Pflicht 292
16. Sarghenta spricht 302
17. Unstimmigkeiten 316
18. Training mit dem Tiger 333

19. Codex Culmus 353
20. Der Duft der Myrrhe 368
21. Reise durch das Innere 378
22. Beunruhigende Neuigkeiten 410
23. Abschiedsworte, Abschiedsgesten 417
24. Die umherschweifenden Raben 441
25. Schiefe Blicke 471
26. Der König der Raben 497
27. Identitätskrise 519
28. Machtfragen 526
29. Tahl Uthnae 536
30. Zerzaustes Gefieder 557
31. Die Klaue des Todes 586
32. Lex Talionis 612
33. Neuquivelda 636
34. Plimppolitik 654
35. Okolnit 679
36. Wahnsinn in Tyr Baldor 693
37. Enthüllungen 704
38. Einzelteile fügen sich zusammen 722
39. Ideale 729
40. Toleranz 745
41. Das Imperium der Bellysets 752
42. Pflichtgemäß 778
43. Boten 785
44. Feinde ringsum 800
45. Beruhigungsmittel 824
46. Die Schlacht der Schwerter 835

Calaspisches Lexikon 861

✦ PROLOG ✦

Flammen des Wahnsinns

Die smaragdgrüne Plattform flackerte einen Moment lang hektisch auf und drohte, ihre beiden Schützlinge in einen Abgrund zu stürzen, der Vergessenheit verhieß. Mit einem Aufschimmern wurde sie wieder wirklich. Galar Sturlison seufzte erleichtert. Mit einem langsamen, grimmigen Zischen drang die Luft durch seine Zähne in seine massige Brust, als er auf der ätherischen und wenig soliden Plattform das Gleichgewicht zurückgewann.

«Obacht!», entfuhr es dem Zwerg. Er erlaubte seinen Armen, die er während des Fehlens ihres geisterhaften Schutzes ausgestreckt hatte, zurück an seine Seiten zu fallen. Muskeln nutzten ihm hier nichts.

Der Ausruf ging im Tosen des Abgrunds unter. Sein Gefährte Eridanus hörte ihn kaum. Eridanus war noch immer zu keinem Entschluss gekommen, wie sie sich aus dieser Falle befreien sollten. Als er die Sorge des Zwerges sah, schenkte er seinem Freund ein Lächeln. Er entschuldigte sich nicht – sie wussten beide, dass sie ohne sein Können auf einem Gebiet, von dem Galar reinweg gar nichts verstand, längst tot wären. Sein Zauber war es, der sie am Leben hielt.

Aber der Zwerg, der ihn so gut kannte, sah hinter seinem

selbstbewussten, spöttischen Lächeln Furcht aufblitzen. Sie waren zusammen auf zahllosen Missionen gewesen und hatten sich wesentlich schlechteren Situationen stellen müssen. Nach menschlichen Maßstäben hätten sie beide längst tot sein müssen. An diese beiden Legenden waren andere Maßstäbe anzulegen, doch kämpften sie gegen einen Feind, der auch diese noch übertraf. Es war das Markenzeichen ihres Feindes, sich jeden Naturgesetzen zu widersetzen, auch solchen, von denen gewöhnliche Leute nichts wussten. Vielleicht war ihre Zeit jetzt tatsächlich gekommen, und der Tod würde seine widerwilligen Schuldner auffordern, herzugeben, was ihm gehörte. Er ließ sich nicht ewig hinhalten. Aber sie hatten vor, ihm so lange von der Schippe zu springen, wie es nur ging.

«Kannst du nicht irgendwas *unternehmen*?», schimpfte Galar kaum verständlich.

Eridanus hob die Hände wie zu einem Schulterzucken, aber die Ränder ihrer smaragdgrünen Zuflucht folgten der Bewegung. Sie wuchsen in die Höhe und formten eine Abschirmung um die beiden. «So besser?»

«Wenigstens kannst du mich jetzt hören. Das Lippenlesen ist eine unzuverlässige Kunst.»

«Keine Sorge; ich werde sie wohl nicht mehr allzu oft ausüben dürfen. Lass mich nachdenken.»

«Es ist kälter, jetzt wo dieser Schirm hochgefahren ist», bemerkte Galar für sich. Eridanus äußerte sich nicht dazu. Das Gesicht des Hohen Lehrmeisters war ruhig, aber konzentriert. Die Augen waren geschlossen. Dass er ihm bloß nicht einschlief – der Zwerg hatte nichts übrig für Meditation, falls es das war, was Eridanus gerade tat. Für Galar war das nichts anderes als Schlafen. Grummelnd fragte er sich erneut, wie sie in so eine Lage hatten geraten können. Es war seine Schuld, so viel war klar, aber er hatte nicht vor, das zuzugeben.

Galar pflückte sich die Brille von der Nase und putzte sie mit seinem schmuddeligen Kittel. Er hasste seine Brille, seine Kurzsichtigkeit. So etwas gehörte sich einfach nicht! Man überlebte nicht Kriege und Hungersnöte und Mordanschläge und Todeszauber – um dann kurzsichtig zu werden! Für ihn stellte dies den ultimativen Beweis für die Schwachheit des Fleisches dar, auf dessen Stärke er doch stets gebaut hatte.

Er setzte sich die albernen Gläser wieder vor die Augen und blinzelte. Sie zu putzen, war auch eine verfluchte Plage; nie waren sie sauber. Fast wäre ihm lieber gewesen, Eridanus hätte sie ihm nach dem Sturz in den Abgrund nicht wieder in die Hand gedrückt. Er hoffte sehr, dass sein Gefährte eifrig an ihrem Entkommen arbeitete. Sosehr der Zwerg seine Kurzsichtigkeit auch verabscheute, sie vermochte ihn nicht von seiner angeschlagenen Moral abzulenken. Nervös beobachtete er Eridanus, diese Insel der Menschlichkeit in einer ansonsten unvertrauten Welt, sah aber Sekunden später rasch wieder weg für den Fall, dass der Hohe Lehrmeister seinen prüfenden Blick spürte. Er verstand sich auf so was. Galar sah auf seine Füße hinab.

Und brach in Schweiß aus. War die Plattform vielleicht doch schon in Auflösung begriffen? In den Unschärfen des lodernden lila Feuers ließen sich die Farben kaum unterscheiden, verschwammen die Linien, verschmolzen die Umrisse … Ihm war schwindelig. Und übel. Er hatte lange nichts gegessen, und sein Magen verdaute sich schon selbst. Aber er wollte nicht klagen. Eridanus ließ sie nicht im Stich. Sie hatten bis hierhin überlebt, und ein paar Minuten hielt sein Magen schon noch durch. Ein rascher Blick auf die zornlodernden Flammen des Wahnsinns überall um sie herum brachte Galar zwangsläufig auf die Idee, dass sie an Eridanus' Schild fraßen. Der konnte nicht ewig halten. Im Gegensatz zu der verderbten, meilenweit in den Himmel hinaufschießenden Energie, die schon seit mindestens ein paar tausend Jahren ausbrach. Ein beständig die übelste Energie Calaspias eruptierender Vulkan – und sie steckten mittendrin. Wie würde das alles enden? Er konnte nur staunen, dass es sie überhaupt noch gab.

Plötzlich machte die Plattform einen gewaltigen Ruck und schleuderte Eridanus und Galar gegen die Wände. Einen Moment später spürten die beiden ein schreckliches Zerren, das sie nach unten zog. Wieder wurden sie von den smaragdenen Rändern gerettet. Galars breiter Kiefer machte unangenehme Bekanntschaft mit dem Boden. Es lief ihm eiskalt den Rücken hinab.

Na schön. Das Maß war voll. Selbst Eridanus bekam nur noch ansatzweise ein unsicheres Lächeln zustande. Wenigstens hatte er die Augen jetzt wieder geöffnet. Aber zuversichtlich wirkte er nicht. Der Hohe Lehrmeister sollte endlich tun, was immer er tun musste, egal, zu welchem Risiko – und zwar jetzt gleich, solange sie noch eine Chance hatten! Das wollte Galar seinem Gefährten gerade sagen, aber da war es zu spät.

Der Abgrund toste noch lauter. Wieder wurden die beiden zu Boden geworfen. Der Zwerg schrie auf, als seine Axt nach oben gerissen wurde – nicht vor Schmerz, sondern vor Überraschung. Mit seinem ganzen beachtlichen Gewicht hielt Galar sich an seiner kostbaren Axt fest und wurde gleichzeitig nach unten gezerrt. Beide Kräfte waren unvorstellbar: der Mahlstrom des Wahnsinns, der ihn nach unten in seine vernichtende Umarmung saugen wollte wie ein gigantisches Abflussloch, und der Ausbruch des Wahnsinns, der sich über Calaspia ergoss und seine Waffe mit in den Himmel nehmen wollte. Der Zwerg spürte, wie seine Muskeln sich dehnten, wie der Druck auf seine Gelenke rasch zunahm. Er konnte das nicht lange durchhalten. Sein Leib hob sich, von der Axt gezogen, von der Plattform.

«Eridanus!», brüllte er. Seine Stimme übertraf alle anderen Geräusche.

Einen grün-lila Blitz später lag er auf dem Boden. Keuchend, die Axt fest gepackt. Schweiß strömte ihm über das Gesicht. Der Schild war wieder stabil, aber ein leichtes, hohles Gefühl in der Magengrube verriet dem Zwerg, dass das nur von kurzer Dauer sein würde.

«Was war das denn?», brachte er schließlich hervor und kämpfte sich hoch. «Himmel, du siehst aus wie ein Gespenst.»

«Im Ernst?» Der Hohe Lehrmeister klang beeindruckt. «Das möchte ich doch stark bezweifeln.» Galar verdrehte die Augen. «Ich bin an meine Grenze gestoßen», gestand Eridanus. «Ich kann uns hier nicht länger halten. Der Wahnsinn hat den Schild fast weggefressen … Für jede Sekunde Sicherheit zahle ich jetzt mit meiner Substanz. Das ist die schlechte Nachricht.»

Galars Mut sank. Er machte ein finsteres Gesicht. *Und die gute?*

«Tawny …» Das war der Name, unter dem ihn die meisten seiner Kampfgefährten während des Kriegs um das Tor gekannt hatten. «Tawny, ich habe mir deshalb so lange Zeit gelassen, weil wir vor einer bedeutsamen Entscheidung stehen. Ich kenne die Antwort wirklich nicht, aber jedes weitere Hinauszögern macht die Sache nicht besser. Die gute Nachricht ist, dass ich uns hier herausholen kann. Ich konnte es von Anfang an. Und jetzt müssen wir uns entscheiden.»

Galars Stirnrunzeln vertiefte sich. Die ruhig gesprochenen Worte verursachten ihm mehr Unbehagen als jeder Verzweiflungsschrei.

«Ich hatte gehofft, dass uns jemand zu Hilfe kommt, habe versucht, Hilfe herbeizurufen. Aber es hat nichts genützt. Wir sind auf uns allein gestellt, und das ist das Problem. Ich habe schon einmal Leuten aus dieser Falle geholfen – während des Kriegs um das Tor. Das könnte auch jemand mit geringeren Fähigkeiten. Hier hinauszukommen, ist kein sonderlich großes Problem. Dieser Wahnsinn hätte uns gleich zu Anfang töten können, aber er hatte nicht den Wunsch dazu. Er ist einfach bloß ein Naturphänomen – oder besser gesagt ein Phänomen der Unnatur.

Wir können sofort entkommen. Aber bedenke, wenn wir das tun, werden wir nicht nur als Verräter und Betrüger *erscheinen* … unsere Feinde werden unwiderlegbare Beweise gegen uns haben. Denn da uns niemand aus dieser Gefangenschaft heraushelfen kann … werde ich das selbst übernehmen müssen. Wie du weißt, bin ich hier so gut wie machtlos.»

«Und das hier?» Galar wies auf die Plattform.

Eridanus lachte auf und griff sich an den schmalen, eleganten Halsreif aus schimmernder Jade. «Ein kleines Präsent aus Itrim, das dem Hohen Lehrmeister zusteht. Wobei die Entscheidung ohne diesen Talisman vielleicht leichter gewesen wäre, denn dann hätte ich gar nicht die Zeit gehabt, sie hinauszuzögern. Allerdings hättest du dann auch nicht deine Brille zurückbekommen.»

«Wie hat das überhaupt funktioniert?»

«Du hast eine gefühlsmäßige Bindung zu ihr, mein Freund. Ich war überrascht, wie stark das Band ist. Also habe ich sie zu deiner Aufmunterung wieder aus der Strömung heraufgeholt.»

«Wie schön. Und was ist das nun für eine Entscheidung?»

«Freund, wir werden die Kräfte des Wahnsinns zu unserer Befreiung einsetzen. Ich weiß nicht, ob es funktioniert, und ein Versagen wird womöglich zum Tod oder zur ewigen Gefangenschaft in der Geisterwelt führen. Ich habe überlegt, ob der Tod der Benutzung dieser bösen Kraft vorzuziehen ist. Ich habe mich am Ende für das Entkommen entschieden, da es an uns ist, unsere Freunde vor den wahren Geschehnissen zu warnen. Aber sei dir darüber im Klaren, dass wir als Feinde des Reiches gelten werden, sobald jemand feststellt, dass wir Wahnsinn angewandt haben. Ich bezweifle, dass nach unserem Fehler mit den Ostentum irgendjemand bereit sein wird, sich unsere Gründe dafür anzuhören. Was sagst du, Tawny?»

Der Zwerg grinste. «Mir sind eure komischen Vorschriften eh wurscht.»

Eridanus war von ernster Ruhe. «Der Kopf des Ordens von Itrim verstößt gegen die eigenen Grundsätze …» Er schnaubte. «Viele warten nur darauf, uns zu verdammen und in Misskredit bringen zu können. Und dann werden wir unseren Freunden kaum noch eine Hilfe sein. Vielleicht schaden wir dadurch sogar unserer Sache. Ein Verräter könnte an meiner statt Hoher Lehrmeister werden, und was würde dann aus Itrim? Es gibt Narren genug, die für Macht alles tun. Und sobald wir erst einmal aus dem Weg geräumt wären, hätten die Verschwörer freie Bahn, mit dem Imperium anzustellen, was immer sie wollen. Es ist dir doch klar, dass auf Wahnsinnstaten die Todesstrafe steht?»

«Und wenn schon.» Galar hatte keine Angst vor dem Sterben. Den Tod jedoch fürchtete er extrem. Ganz im Gegensatz zu den meisten Menschen, die keine Angst vor dem Tod hatten – weil sie entweder zu wissen glaubten, was sie erwartete, oder es ihnen schlichtweg egal war –, die aber das Sterben fürchteten wegen der damit oft einhergehenden unerträglichen Qualen. Und zu sterben, während er gerade vom Wahnsinn verschlungen wurde … wer wusste schon, wo seine Seele dann endete. Er wählte den Pfad der Verdammnis, denselben unumkehrbaren Pfad, den der dunkle Zauberer Nequam ein halbes Jahrhundert zuvor hinuntergeschlendert war. Nequam hatte den Dämon Ayactan nach Calaspia gebracht, und Ayactan wiederum hatte sie in diesem Höllenschlund gefangengesetzt.

Wie die Konsequenzen auch sein mochten, Galar wollte bei Eridanus bleiben. Er ließ sich seine Unsicherheit nicht anmerken und sagte: «Bring uns hier weg.»

«Wir benutzen den Wahnsinn nicht nur, wir lassen uns komplett von ihm verschlucken. Wir müssen als unrein erkannt werden, damit er uns gen Calaspia speit, anstatt uns in die schwärenden Abgründe des Vergessens dort unten zu saugen. Ich muss den Schild fallen lassen, dann werden wir sehen, ob es klappt. Wenn nicht, dann landen wir in der Lava. Eine üble Zwickmühle, Tawny.»

Galar nickte. Ihm schlug das Herz so schmerzhaft in der Brust, dass er es nicht schaffte, auf die Ironie des Freundes zu reagieren. Er konnte spüren, wie ihm die Farbe aus dem Gesicht wich. «Dann los.»

Eridanus schüttelte ernst den Kopf. «Das war die zweitschwerste Entscheidung, vor der ich je gestanden habe.»

«Und die schwerste?»

«Das braucht uns jetzt nicht zu kümmern.» Eridanus lächelte müde. «Mach dich bereit.»

Der smaragdgrüne Schild funkelte einen Moment lang kräftig im Licht der Flammen des Abgrunds, schleuderte sprühende Strahlen in alle Richtungen. Dann war er verschwunden. Unerträglicher Lärm drang ihnen in die Ohren und zermarterte ihnen das Gehirn. Eine Flut verrückter Gedanken, Gefühle und berauschender Sinneseindrücke wusch über den Zwerg hinweg. Er sah zu Eridanus, dessen Haut weiß und dessen aufgerissene Augen rot waren. Luftströme zerrten an ihren Haaren, ihren Kleidern, warfen sie hin und her.

Flammen versengten Galars Haut, Schmerz schoss stechend durch seinen Körper. Der Lärm und die zerrende, wirbelnde Strömung erreichten einen brutalen Höhepunkt.

Jenseits des bleichen Mondes, der ein heimtückisches Schicksal versprach, zwinkerten ihm heimlich die Sterne zu. Galar lachte in den Wind und erwiderte ihr Zwinkern. Ihm war egal, was aus ihm wurde. Er wusste nur eines: Er war frei. Blendend greller Schmerz war einem tauben Prickeln gewichen, und der Zwerg schnappte in den Wellen des Wahnsinns nach Luft wie ein Ertrinkender. Er sog übelriechenden Sauerstoff in seine Lunge und musste an die innere Leere denken, die er sein gesamtes Leben lang gespürt und wegzudrücken versucht hatte. Sie lag jetzt hinter ihm. Er konnte sie mit Wahnsinn füllen – bis an den Rand. Er schluckte den aufwallenden Ekel über dieses Eindringen in Geist und Körper hinunter und hieß den Wahnsinn in seinem Herzen willkommen.

Dann wurden Galar Sturlison und Eridanus in den sich verfinsternden Himmel gespien.

Ein Tribut an den Codex Culmus

Kampfverloren

Wusste ich nie, wohin:
Was zu tun, zu lassen war

Ich verzweifelte an meiner Macht:
Ohne Karte oder Zügel

Bis ich dich fand, Hitze des Feuers –

Und mein Schwert durch die Nacht geführt ward

✦ 1. KAPITEL ✦

Wenfeld

Es war ein schöner Winterabend; nichts Besonderes, doch voller Ahnungen. Schüchtern glomm das Licht eines Wohnhauses in runden, verschwommenen Flecken auf dem Schnee. Ansonsten lag das Dorf dunkel und still. Eigentlich waren die Barue ein Völkchen, das gern die ganze Nacht im Freien beim Feuer zubrachte: mit Speis und Trank, Gesang und Gespräch und anschließendem Schlafen an Ort und Stelle. Aber nicht heute. Und auch sonst nicht, seit die Flüchtlinge aus Quivelda gekommen waren – von der einen Nacht vor drei Tagen einmal abgesehen, als die Gefährten von ihrer Reise in die Reichshauptstadt zurückgekehrt waren. Dass Bryn, Mittni, Thybil, Telseara und Dordios wieder heil bei ihren waren, hatte Grund zum Feiern geboten. Es war ein bittersüßes Wiedersehen gewesen, eine Nacht der ebenso glücklichen wie schmerzvollen Erinnerungen an ihr Dorf, das durch die Hände der monströsen Ostentum zerstört worden war.

Aber die Lage war eine andere. Vorläufig erfuhren die Leute nichts vom totalen Scheitern ihrer Mission. Die Gefährten hatten nicht nur in ihrer Aufgabe versagt, sie hatten zum Schaden sämtlicher Verbündeten gehandelt. Dies geheimhalten zu müssen, war eine schwere Last für die Abgesandten der

Barue. Mit der Enttäuschung und Verwirrung, die ihnen die Hauptstadt Armaah gebracht hatte, allein zurechtkommen zu müssen, war das Schlimmste.

Und die Zukunft? Die Atmosphäre war bald ebenso nervös und bedrückend wie vor der Ankunft der Gefährten. Die erwartungsvolle, hoffnungsfrohe Nachtwache des Volkes wich der Enttäuschung, als man begriff, dass die Botschafter versagt hatten. Worauf durften sie jetzt hoffen? Und sie kannten noch nicht einmal die ganze Geschichte … sie wussten nicht, dass den Abenteurern das eigene Leiden zum Vorwurf gemacht, dass ihnen Betrug und Verrat am Imperium zur Last gelegt wurde.

Die Leute wussten nichts vom Ausmaß ihrer Probleme, aber sie konnten spüren, dass etwas nicht stimmte. Barue verstanden sich sehr gut aufs Spüren. Tatsächlich unterschied sie ihre geheimnisvolle Gabe, die Gefühle anderer wahrzunehmen, am meisten vom Menschenvolk. Sie hatte vor allem ein sehr offenes und fürsorgliches Gemeinwesen zur Folge. Sie führte aber auch dazu, dass die Leute merkten, wenn etwas nicht stimmte.

Aus Pessimismus wurde Groll. Die Gastfreundschaft der Wenfelder Barue war löblich, aber sie hatten auf die Erleichterung gebaut, die die Gefährten hatten bringen sollen. Doch es waren nicht nur die Anführer der Barue, die etwas für sich behielten: Die Mehrheit der Quivelder Barue, die lieber bei ihren Freunden und Verwandten in Wenfeld geblieben waren, statt zur Hauptstadt zu reisen, hegten ihre eigenen stillen Befürchtungen. Während der Abwesenheit der Notfalldiplomaten war viel geschehen.

Und viel geschah, während das Städtchen Wenfeld schlief.

Die Nacht blieb kalt und klar. Eine Woche alter Schnee bedeckte deutlich sichtbar den Boden. Im Westen waren die

Ausläufer eines großen Waldes zu sehen; unzählige Äste leuchteten nackt und spröde unter dem Mond, helle Frostfinger vor dem reglosen dunklen Wald. Auf der anderen Seite erhoben sich Berge aus dem Nebel wie Herolde einer fernen Zeit. In der Mitte dieser beiden Naturmonumente, Trabatra und Amboss, aber weit genug entfernt, um nicht von ihnen in den Schatten gestellt oder erdrückt zu werden, lag zwischen schneeverkrusteten Hügeln eingebettet Wenfeld. Und doch trug die eiskalte Luft einen Hauch Veränderung mit sich, ein Flüstern, dass der Frost seinen Höhepunkt überschritten hatte, dass der Schneezeit ein frühes Ende bevorstand.

Eine einsame Gestalt glitt den Hang zur Stadt hinab, verschmolz mit den Schatten und schlich unentdeckt weiter. Sie war in einen grauen Mantel gehüllt, mit Wanderstiefeln aus dunklem Leder an den Füßen, fest geschnürt für die lange Wanderung, die hinter ihr lag. Ein Langschwert hing an ihrer Seite. Sie hatte den Amboss durchquert und den deutlich näheren Trabatrawald als Deckung benutzt, um sich der ahnungslosen Stadt zu nähern.

Ohne sich zu erkennen zu geben, näherte der Schatten sich der Stadt. Nur sein Mantel regte sich in der Nacht. Die Mauern Wenfelds stellten kein Hindernis für ihn dar; ein dünnes Seil, kräftige Muskeln und rasche Schritte trugen seinen Körper geradewegs nach oben und hinüber. Zunächst wich er dem Haus aus, dessen Bewohner offensichtlich noch wach waren. Er hatte erst etwas anderes zu erledigen. Aber am Ende würde er sich dorthin wenden. Wenn das Schicksal seiner Mission gewogen war, befand sich derjenige, den er suchte, in genau diesem Gebäude.

Mächte, die den meisten Einwohnern Calaspias nichts sagten, waren endlich zum Handeln bewegt worden. Mehr als zwei konkurrierende Parteien waren beteiligt. Bis jetzt hatte der schwer fassbare Bryn sich dem Meister entziehen können, aber das würde sich heute Nacht ändern.

Noch nie hatte ihm seine Großmutter so sehr gefehlt. Die letzten Wochen waren Bryn wie Jahre vorgekommen. Während die anderen Barue mindestens einmal pro Abend erneut ihren Abenteuern lauschen wollten (ein Gefallen, den Mittni, Bryns bester Freund, ihnen gern tat), hörte Mama Bellyset nur einmal voller Anteilnahme zu und ließ die Vergangenheit dann auf sich beruhen. Sie hatte die Geschichte mit bemerkenswerter Ruhe aufgenommen, zumal für eine alte Dame, zumal für eine Großmutter. Dafür war Bryn dankbar. Er war immer noch ganz erschöpft von den Anstrengungen, körperlich und auch geistig, zweifelsohne weil die Angelegenheit weder geklärt noch bereinigt war. Die vergangenen drei Tage waren erholsam gewesen, aber inzwischen schoben sich die unausgesprochenen Fragen und das Misstrauen in den Vordergrund. Es war Zeit, sich dem Unausweichlichen zu stellen.

Ein weicher Teppich bedeckte den Boden, ein Feuer erwärmte den Raum. Es war behaglich. Pantoffeln trugen sie obendrein; das gehörte sich während der Schneezeit wohl auch so. Ganz gleich, welche Maßstäbe man anlegte, Mama Bellysets Haus war gut eingerichtet. Die Barue, ein wohlhabendes Völkchen, protzten nicht mit ihrem Reichtum, indem sie überflüssige, überteuerte Besitztümer erwarben. Und selbst diejenigen Barue, die es sich wirklich nicht leisten konnten, besaßen gemütliche Häuser, die ihnen nötigenfalls von der Gemeinde finanziert wurden. Ein trautes Heim ging über alles. Was angesichts der Tatsache, dass die Abende und Nächte üblicherweise im Freien verbracht wurden, überraschte. In dieser Nacht schliefen alle in ihren eigenen Unterkünften. Ein Gutteil der Bevölkerung beherbergte Dörfler aus Quivelda.

Bryns Großmutter war unter den Barue hoch angesehen. In Wenfeld stellte sie so etwas wie eine Bürgermeisterin dar, wenngleich das Städtchen im Gegensatz zu Quivelda keinen Häuptling besaß, sondern einen Rat. Doch wenn es eine Stimme gab, die am meisten Gewicht bei der Entscheidungsfindung in öffentlichen Angelegenheiten hatte, dann ihre. Sie war nicht nur reich (was Barue schätzten) und berühmt (was nichts war, dessen man sich schämen musste), sie war auch eine gute Zuhörerin und eine Rednerin mit silberner Zunge, stets ruhig und beherrscht, stets mütterlich, aber im Stile einer Mutter, die sich auf wirkungsvolle Zwischentöne verstand.

In vielerlei Hinsicht war sie für Bryn wie eine Mutter, denn seine Eltern sah er selten und verbrachte weniger Zeit mit ihnen. Sie leiteten den Familienbetrieb, der dank des Swigny-Erfolgs zu einem Wirtschaftsimperium angewachsen war. Und Bryn wusste, dass sie mehr als nur das beliebteste Getränk der Geschichte herstellten. Er fragte sich oft, wie sie es schafften, genug Swigny auf den Markt zu bringen, um den unstillbaren Durst Calaspias zu löschen. Bryns Urgroßvater war es gewesen, der das Getränk erfunden und ihren albernen Familiennamen geprägt hatte: Bellyset. Bryn selbst konnte das Getränk nur aus einer Fertigmischung brauen, die Mama Bellyset gelegentlich für ihn herstellte, und er wusste, dass sie nur selten selbst welches ansetzte. Sie zog das Kochen vor, und Bryn hatte ihre kulinarische Begeisterung ebenso geerbt wie ihre Begabung. Ihren Gästen tischte sie jedes Mal etwas Neues auf, und der heutige Abend stellte keinen Unterschied dar.

Bryn dachte traurig an seine eigene Küche zurück, die die Einwohner von Quivelda während seiner vierjährigen Abwesenheit für ihn renoviert und ausgebaut hatten. Er hatte diese Jahre bei den Aposteln des Verstehens verbracht, dem philosophischen Orden zur Verteidigung des apheristischen

Glaubens, im Rahmen seiner Ausbildung, die der Grund dafür war, warum er getrennt von seiner Familie aufwuchs. Angeblich sollte er sich damit auf das vorbereiten, was vor ihm lag. Aber nichts hatte ihn auf den Überfall auf Quivelda vorbereiten können – den Überfall, der mit seiner Rückkehr ins Dorf zusammengefallen war. Seine neue Küche war dabei zerstört worden. Schlimmer noch, zahlreiche Freunde waren getötet oder verletzt worden, und die Dörfler hatte man versklavt und zur Arbeit in den Schwarzgoldminen gezwungen.

Das war wie so vieles ein Rätsel geblieben. Rätsel hatten sie auf dem ganzen Weg nach Armaah geplagt, und Rätsel verwirrten sie noch immer. Es war gut zu wissen, dass die Ostentum, die seit dem Krieg um das Tor ausgestorbenen Monster, in Wirklichkeit gar nicht zurückgekehrt waren. Aber welcher Trost war das, wenn der Staat tatsächlich durch die perfekt geplante Verschwörung gefährdet war? Wobei, das Imperium … die Numenii waren Bryn egal. Was interessierte es ihn, wenn jemand anders die Macht innehatte? Welchen Unterschied machte das? Eigentlich spielte nur eines eine Rolle: dass die Barue von Quivelda, seine Leute, die in diesem Komplott zur Diskreditierung ihrer Verbündeten eiskalt benutzt und weggeworfen worden waren, kein Zuhause mehr hatten. Von Quivelda war nichts als Schutt und Asche geblieben – wofür den Barue auch noch die Schuld gegeben worden war. Sie hatten weder finanziellen Ausgleich noch irgendeine Unterstützung erhalten, keine Lebensmittel oder sonstigen Hilfsgüter … Stattdessen waren sie der Lüge, des Betrugs, der arglistigen Täuschung bezichtigt worden.

Bryn seufzte und wandte seine Aufmerksamkeit wieder dem Kuchen zu. Doch er hatte den Appetit verloren.

«Esst nur, in der Küche ist noch mehr.» Mama Bellyset schenkte Swignytee ein, ein angespanntes Lächeln auf dem freundlichen, zerknitterten Gesicht. Das Gespräch hatte nicht recht in Gang kommen wollen. Lähmende wie erwartungsvolle Stille hatte sich breitgemacht; Bryn konnte spüren, dass sie bald zur Sache kommen würden. Bartholdi, der Häuptling von Quivelda, und sein ältester Sohn Mittni, Bryns bester Freund, waren auch da. Mittni machte sich den mangelnden Appetit der anderen zunutze. Bartholdi suchte nach Worten, das merkte Bryn. Normalerweise sprudelten sie nur so aus dem Häuptling hervor. Dass er jetzt keine fand, schien ihm regelrecht Schmerzen zu bereiten.

«Dann war eure Mission also nicht sonderlich erfolgreich.» Mama Bellyset hatte ein Talent, immer das Offensichtliche zu sagen, um das Gespräch in die gewünschte Richtung zu lenken.

Bryn und Mittni schüttelten den Kopf.

«Eher nicht», sagte Bryn, denn Mittnis Mund war immer noch beschäftigt. Auf einmal schien der Kuchen interessanter, und er gab vor, hungrig zu sein. Alles in ihm sehnte sich danach, die ganze Wahrheit mit seiner Großmutter und vielleicht noch Bartholdi zu teilen, aber sie hatten Onkel Thybil versprochen, wenigstens vorläufig alles für sich zu behalten. Es war nur eine Frage der Zeit, bis die Barue einen anderen Weg fanden …

«Nun, ihr seid heil in Wenfeld angekommen, das ist die Hauptsache.» Mama Bellyset stellte die Teekanne fest auf den Tisch, wodurch beinahe etwas Swigny durch die Tülle aufs Tischtuch spritzte.

«Und die Numenii-Offiziellen haben euch wirklich einfach so abgeschmettert?», brachte Bartholdi schließlich hervor. Das war überraschend direkt für den Häuptling, fand Bryn. Mittni schien das ebenfalls zu denken, denn seine Kiefer verlangsamten sich trotz ihrer Arbeitslast, und seine Lippen drohten sich zu teilen.

«Einfach so abgeschmettert, Onkel Bartholdi?», fragte Bryn und redete Mittnis Vater, der gar nicht sein Onkel war, so an, wie es sich bei den Barue gehörte. «Es gab eine Untersuchung, eine Anhörung und was noch dazugehört. Wie Onkel Thybil schon sagte, man behauptet, keine Beweise gefunden zu haben … Wo steckt er eigentlich?», fragte er rasch, bevor Bartholdi oder Mama Bellyset den Mund aufmachen und nachhaken konnten. Thybil war Bartholdis Onkel, der älteste und weiseste Einwohner Quiveldas. Er hatte ihre Hauptstadtmission geleitet. Wie es sich in der Baruegesellschaft für eine ältere Person gehörte, wurde er nicht nur von Verwandten «Onkel» genannt, sondern von jedem, der jünger war als er (und das war die deutliche Mehrheit).

«Er stellt seine unerreichte Weisheit zweifelsohne gerade in einer wichtigen Angelegenheit zur Verfügung, wie es so seine Art ist», sagte Bartholdi.

«Recht hast du!», sagte Thybil und kam ins Zimmer gerauscht. Sein weißes Haar und der kurze Bart standen flauschig ab, wie immer, wenn er von draußen kam; sie schienen aus Schneeflocken und Luft zu bestehen. Die vier Barue sahen einander verblüfft an. Thybil wurde zunehmend besser darin, sich irgendwo unbemerkt hineinzuschleichen. Der Alte setzte sich mit einem übertriebenen Seufzer und goss sich unschuldig lächelnd eine Tasse Swignytee ein.

«Ach, wie gut dieses Gebräu in der Schneezeit doch tut.» Er wandte sich mit einem zerknirschten Lächeln an Mama Bellyset und Bartholdi. «Bitte verzeiht mir die Verspätung, sie ließ sich leider nicht vermeiden.»

«Nicht der Rede wert, mein Freund, nicht der Rede wert!», versicherte Bartholdi. «Unsere jungen Freunde waren gerade dabei, uns gewisse Einzelheiten der Untersuchung in Sachen

Quivelda vor Augen zu führen. Gibt es irgendetwas, das du ihrer Darstellung hinzufügen möchtest?»

«Nein, sicher nicht, lieber Häuptling. Bryn und Mittni haben das gewiss ausgezeichnet gemacht. Sie haben für die Mission schließlich, wie ich in den vergangenen drei Tagen immer wieder betont habe, eine entscheidende Rolle gespielt. Sie wissen ebenso gut Bescheid wie ich.»

Ein Schmunzeln huschte dem Alten über das Gesicht, beinahe ein freches Grinsen, entschied Bryn, und war da nicht sogar ein winziges Zwinkern in ihre Richtung gewesen? Der Brauer war heilfroh, dass Thybil jetzt da war – sie waren gerettet.

Thybil lehnte sich schwer auf die Armlehne seines Stuhls und sah Bartholdi forschend an. «Warum fragst du … gibt es irgendetwas, das ihr uns gern erzählen würdet?»

Mama Bellyset warf dem Häuptling einen bedeutungsvollen Blick zu. Nun gab es für Bryn keinen Zweifel mehr, dass *sie* ebenfalls etwas verbargen.

«Es gibt schrecklich viel, das ich meinem Onkel gern erzählen würde», lachte Bartholdi. «Vor allem wenn man bedenkt, dass sein Leben vor gar nicht so langer Zeit oftmals in Gefahr war.»

«Ja, das glaube ich gern», sagte Thybil.

Bartholdi rutschte unbehaglich auf seinem Stuhl herum. Dieses Spiel war für Barue sehr ungewöhnlich. Thybil verstand sich am besten darauf, denn er war den Umgang mit Numenii-Politikern gewöhnt, die sich oft der Ironie und der Doppelbedeutungen bedienten. Ganz gleich, wie hoch der Druck, er würde ihm nicht nachgeben, das wusste Bryn. Aber Bartholdi fehlte die entsprechende Erfahrung.

«Hast du irgendeine Ahnung, warum das Imperium so feindselig gegen uns ist?», platzte er darum heraus.

Thybil verlor nicht die Beherrschung. «Ich habe viele Ahnungen, von denen manche zweifelsohne die Auswüchse eines alten und schwachen Verstands sind. Aber die schlichte Antwort lautet: Ja, ich habe eine sehr genaue Vorstellung, warum es sich so verhält. Ganz einfach – weil man die Wahrheit nicht kennt. Man ist feindselig gegen uns, weil man sich entschieden hat, den Lügen zu glauben. Weiter nichts.»

Bartholdi wirkte verärgert über diese Antwort. Aber bevor er den Mund öffnen konnte, fuhr Thybil fort. «Nun sag mir, warum wir beobachtet werden.»

Der Häuptling erbleichte. «Beobachtet, lieber Thybil? *Beobachtet?*»

«Ja, genau: beobachtet. Du wusstest, dass wir unter Beobachtung stehen. Warum hast du es mir nicht gesagt?»

«Es gab keinen Grund …»

«Keinen Grund!» Der Alte explodierte. «Es gab jeden erdenklichen Grund, warum ich das hätte wissen müssen! Was meinst du, warum ich mich verspätet habe? Herrgott nochmal, ich dachte, uns stünde schon wieder ein Überfall bevor, bis ich begriff, dass sie uns nur beobachten.»

«Ich wollte es dir heute Abend sagen!»

Thybil beruhigte sich prompt, als hätte er nie die Stimme erhoben. «Gut», erklärte er freundlich. «Dann sprich.»

Bartholdi brummelte irgendetwas in seinen Schnauzbart und drückte sich tiefer in den bequemen Sessel.

Es war Mama Bellyset, die das Wort ergriff. «Wir wissen nicht genau, wann es angefangen hat … vor mindestens zehn Tagen.»

«Wie habt ihr es herausgefunden?», fragte Thybil. Bartholdi verbarg sein Gesicht hinter der Teetasse.

«Sie sind zu uns gekommen», sagte Mama Bellyset leise.

«Was haben sie gesagt?»

«Schluss mit diesem, äh …» Der Häuptling wedelte nach Worten suchend mit den Händen, als könnten diese seinen Verstand zum Laufen bringen. «Schluss damit! Tu nicht so, als hättest du da nicht die Hand im Spiel, Onkel. Du wusstest doch bestimmt als Erster, wer uns warum beobachtet hat!»

Thybil legte den Kopf zur Seite und runzelte die Stirn. «Beruhige dich, Bartholdi. Es gehört sich nicht für den obersten Mann Quiveldas, gedankenlos daherzureden.»

Bryn pochte das Herz in der Brust. In diesem Wohnzimmer waren diejenigen Persönlichkeiten versammelt, die er auf der ganzen Welt am meisten schätzte. Im Moment schienen sie sich nicht gerade gut zu verstehen. Schon wegen seiner eigenen Streitereien mit seinen Gefährten konnte er nicht mitansehen, wie hier Ähnliches geschah. Er kniff die Lippen fest zusammen, während Bartholdi und Thybil sich anblafften. Sie mussten kooperieren … wenn sie irgendwelche Fortschritte machen wollten, mussten sie in gegenseitigem Vertrauen zusammenarbeiten. Er holte tief Luft.

«Onkel Bartholdi», unterbrach Bryn laut ihren Zwist. «Während unserer Mission wurde unser Vertrauen oft auf die Probe gestellt. Manchmal habe ich sogar Onkel Thybils Handeln und Motive in Frage gestellt. Ich kann mir vorstellen, dass auf beiden Seiten eine Menge geschehen ist, seit wir uns das letzte Mal gesehen haben.»

Alle waren verblüfft. Mittni starrte ihn mit unverhohlenem Respekt an, Mama Bellyset setzte eine Miene des mütterlichen Stolzes auf, und Thybil und Bartholdi betrachteten ihn mit hochgezogenen Brauen, forderten ihn jedoch auf, fortzufahren. Bryn zögerte. Was hatte er denn sagen wollen? «Viel Zeit ist vergangen … vieles passiert …», murmelte er. Ihm stieg das Blut in den Kopf. Für einen Moment fühlte sich der strahlend blaue Anhänger, den Eridanus ihm gegeben hatte, ganz warm auf seiner Brust an. Nein, das musste am Feuer liegen. Bryn fragte sich, wo Eridanus in diesem Moment wohl war …

«Natürlich konnten wir nicht alle diese Veränderungen einfach akzeptieren und uns darauf einstellen. Wir wissen nicht, wie wir einander gewisse Dinge erzählen sollen … weil wir sie nicht verstehen. Und weil wir sie nicht verstehen, fürchten wir sie. Lasst uns deshalb unsere Geschichten offen und ohne Vorwürfe austauschen; vielleicht können wir ja dann gemeinsam ein umfassenderes und stimmigeres Bild zeichnen.»

«Sehr gut, mein Junge, sehr gut!», sagte Bartholdi. «Genau meine Rede … Nun, vielleicht solltet ihr den Anfang machen.» Er lehnte sich, etwas entspannter nun, in den Sessel zurück und fuhr mit der Hand durch sein ergrauendes Haar.

Thybil leerte seine Tasse. «Einverstanden; ich mache den Anfang. Ich weiß weniger von diesen Leuten, die uns beobachten, als ihr. Wären sie Numenii-Wachen, die hier für unsere Sicherheit sorgen sollen, dann hättet ihr uns das gewiss ohne Umschweife gesagt. In diesem Falle wäre unsere Mission auch nicht ganz fruchtlos geblieben. Daraus folgt: Entweder wusstet ihr, dass sie keine Soldaten König Ureofs sind, oder sie hegen irgendwelche bösen Absichten. In jedem Falle ist es an euch, uns davon zu erzählen.» Er sah ruckhaft von seiner Tasse auf, starrte Mama Bellyset und Bartholdi forschend an. *«Was wollen sie?»*

«Wir sind die ganze Zeit davon ausgegangen, dass es sich um Soldaten des Imperiums handelt», gab Mama Bellyset zu.

«Was denn sonst?», wollte Bartholdi wissen. «Ich denke, du übertreibst etwas, Thybil. Die Zeiten waren schwer genug für uns. Vielleicht wird unsere Zukunft leichter.» Bryn und Mittni verfolgten die Verhandlung mit angehaltenem Atem. Thybil wartete, maß seinen Neffen mit festem Blick.

«Na schön. Ich wüsste keinen Grund, warum ich es meinem besten Ratgeber, meinem Lieblingsonkel, nicht erzählen sollte. Alles spricht dafür.» Bartholdi wich seinem Blick aus. «Sie haben ein Angebot.»

«Ein sehr gutes Angebot, wie einige Dörfler zu denken scheinen», hakte Thybil leise nach.

Bartholdi sah ruckartig auf. «Tun sie das?»

«Ich habe genug von diesem Spiel, Bartholdi.» Thybil seufzte. «Du weißt es doch. Nun erzähl mir schon alles.»

Die letzten Wälle des Widerstands bröckelten unter dem Blick des Alten. Bartholdi schien froh, die Situation so ausführlich darstellen zu können, wie es ihm möglich war, und die Worte sprudelten nur so aus ihm heraus.

«Wie ihr wisst, wird Wenfeld beobachtet. Vor ein paar Tagen kamen die Krieger mit einem Angebot. Der Anteil der Barue an diesem Handel sollte folgender sein: offiziell zu bestreiten, dass Quivelda von Ostentum angegriffen worden ist; einzugestehen, dass es sich um eine Lüge gehandelt hat, eine Geschichte, die wir uns nach einem Unfall, der unser Dorf zerstört hat, ausgedacht haben, um finanzielle Vorteile zu erzielen. Im Gegenzug zu unserer Unterschrift unter diesem Schriftsatz würde Quivelda wieder aufgebaut werden, kostenlos und nach jedwedem gewünschten Plan. Zusätzlich würde das Dorf Tag und Nacht von Patrouillen geschützt werden.» Bartholdi schüttelte den Kopf. «Aber an unserer Seite des Handels war, wenn man so will, noch ein Haken mehr: Wir sollten gestehen, dass ein führender Kopf hinter der Lüge steckte. Dass sein Komplize, der Zwerg Galar Sturlison, uns zum Mitmachen ermutigte und dazu brachte, Dinge zu sehen, die in den Schatten des Waldes gar nicht lauerten.»

Thybil kratzte sich den Bart, als würde er dort nach versteckten Hinweisen suchen. «Und wer sollte dieser führende Kopf sein?»

Bartholdi zuckte die Schultern. «Jemand aus Itrim. Du weißt schon – so ein Lehrmeister. Denen traue ich ohnehin nicht. Sein Name war … *Eridanus?*»

Thybil starrte ernst aus dem gegenüberliegenden Fenster. Lange herrschte Schweigen, das nur vom Knacken des Feuers unterbrochen wurde.

«Irgendetwas stimmt an der ganzen Sache nicht», sagte Mittni leise. «Diese Krieger oder was es sind – Vater, was du erzählt hast, setzt voraus, dass sie von unserer Hauptstadtmission wussten. Aber dann mussten sie auch wissen, dass wir scheitern würden … Denn wenn Quivelda ohnehin wieder aufgebaut werden würde, hätten sie ja nichts zu verhandeln gehabt.»

«Gut beobachtet, junger Mittni.» Thybil machte eine verdrießliche Miene. «Sie wussten in der Tat, dass wir scheitern würden. Das fügt sich perfekt ins Bild. Diese gewieften Füchse haben uns an der Nase herumgeführt, waren uns immer einen Schritt voraus. Sie hatten jede Menge Netze und doppelte Böden … Ihre Intrigen konnten gar nicht scheitern. Sie müssen das seit langer Zeit geplant haben.»

Bryn und Mittni wussten genau, wovon er sprach, aber Mama Bellyset und Bartholdi tauschten entsetzte Blicke. «Ja, es ist wahr», fuhr Thybil fort. «Dieses ganze Märchen von den Ostentum war eine Farce, die nur dazu diente, uns und unsere Verbündeten in Misskredit zu bringen.»

Und so, in Mama Bellysets Wohnzimmer, um das Bernsteinglühen des Feuers versammelt, dessen Wärme sie doch nicht mit Behaglichkeit erfüllen konnte, erzählten Thybil, Bryn und Mittni die ganze Geschichte zum allerersten Mal komplett.

✦ ✦ ✦

Die beiden frechsten Jugendlichen Quiveldas waren mit ihrer Ankunft prompt auch die beiden frechsten Jugendlichen von Wenfeld geworden. Telseara und Dordios waren Mittnis jüngere Geschwister. Sie hatten sich ihrem großen Bruder, Thybil und Bryn in Armaah angeschlossen, wobei sie jedoch nicht wie die anderen Abenteurer auserwählt worden, sondern ihnen heimlich gefolgt waren.

Vor dem Überfall der Ostentum war alles anders gewesen. Wenn Telseara und Dordios nicht im Alleingang etwas hatten anstellen wollen und auch nicht von Thybil zum Lernen gezwungen worden waren, dann hatten sie ihre Zeit mit Bryn und Mittni verbracht. Ihr Bruder war der Älteste der vier und als Hu-Barue-Krieger ihr Anführer gewesen, wenn die Situation es verlangte. Wenn nicht, hatte eher Telseara, die sich ständig neue Unternehmungen ausdachte, das Sagen gehabt.

Seit jenen Tagen hatte sich viel geändert. Vor vier Jahren hatte Bryn Quivelda verlassen, um sich bei den Aposteln des Verstehens ausbilden zu lassen. Der Abend seiner Rückkehr nach Quivelda war die einzige Zeit gewesen, die Mittni mit ihm geblieben war, bevor ihre Welt auf den Kopf gestellt worden war. Telseara und Dordios hatten nicht einmal diese Gelegenheit gehabt, denn sie waren zur gleichen Zeit auf der Jagd gewesen. Wodurch ihnen zum Glück der Angriff der Ostentum erspart geblieben war. Stattdessen waren sie gemeinsam mit Bryn den versklavten Dörflern nachgeschlichen. Selbst diese kurze Zeit und die ungewöhnlichen Tage, die sie danach miteinander verbrachten, zeigten hinreichend, dass sie sich verändert hatten. Bryn hatte an Selbstvertrauen gewonnen, aber nicht an dem lautstarken, respektlosen Selbstvertrauen Telsearas, sondern auf eine verhaltenere, reifere Art.

Einige Wochen nach ihrer Ankunft in Wenfeld hatten Telseara und Dordios nicht den Drang verspürt, jemandem einen Streich zu spielen – es gab ja genug zu tun oder jedenfalls genug, das sie auf Trab hielt. Aber nun hatte sich die Lage einigermaßen beruhigt, und die beiden begannen herumzuschnüffeln. Und diesmal, das wusste Telseara, konnten Bryn und Mittni es unmöglich ablehnen, sich ihrer Unternehmung anzuschließen, und wissentlich ignorieren konnten sie sie erst recht nicht.

Mama Bellysets Haus gehörte zu den größten des Dorfes. Die Bellysets kamen ursprünglich aus Wenfeld, was einer der Gründe war, warum Mama Bellyset hier solche Wertschätzung genoss. Der Großteil der Familie war nach Baruto gezogen, in die Hauptstadt der Barue, und dort nach dem Siegeszug des Swigny geblieben. Bryn besaß nur vage Erinnerungen an die Stadt. Aber er spürte eine unerklärliche Sehnsucht nach der Vergangenheit, eine quälende Nostalgie, die sich nicht genauer bestimmen ließ. Seltsamerweise beschränkte sich diese Empfindung nicht auf Baruto; im Zusammenhang mit Quivelda ging es ihm genauso, auch mit den Ambossbergen, die er, soweit er wusste, nur kürzlich einmal durchquert hatte, und sogar mit den Aposteln des Verstehens. Das Kommen und Gehen dieses Gefühls in Verbindung mit gelegentlichen Déjà-vus hatte Bryn zu der Überzeugung geführt, dass das Leben mehr war als ein Nebenprodukt des Zufalls. Auch aus diesem Grunde hatte er sich den Klosterbrüdern angeschlossen. Wo ein Bellyset seine vierjährige Ausbildungszeit verbrachte, stand nicht von vornherein fest; Hauptsache, die Eltern waren einverstanden. Mama Bellyset hatte es vorgeschlagen, und seine Eltern hatten zugestimmt. Seit dem Vorfall mit den Ostentum jedoch war Bryn kein Anhänger der Lehre mehr.

Mama Bellysets Haus war nicht nur eines der am besten

eingerichteten, sondern auch geräumig und verfügte über viele Zimmer. Die alte Dame fand so viel ungenutzten Raum lächerlich, darum war sie eine regelmäßige und großzügige Gastgeberin. Seit dem tragischen Untergang Quiveldas wurde das Haus immerhin besser genutzt, aber da nun die Gefährten aus Armaah zurückgekehrt waren, hatten die Gäste darauf bestanden, dass Bartholdi und seine Familie einzogen. Und so wohnten hier nun die beiden Bellysets und die fünf Bartholdis. Die Bewohner wussten es zu schätzen, unter sich zu sein, denn sie hatten vieles zu besprechen, das nicht für fremde Ohren bestimmt war.

Eine solche Besprechung fand an diesem Abend gerade statt, wie Telseara und Dordios wussten. Wenngleich den beiden eine Teilnahme nicht verboten worden war, so war sie ihnen eindeutig auch nicht erlaubt, denn niemand hatte sich die Mühe gemacht, sie einzuweihen. Dordios saß auf der Treppe, lauschte dem Gespräch und versuchte, sich so viele pikante Details zu merken, wie er konnte. Wo seine Schwester steckte, wusste er nicht genau, aber sie konnte nur auf einem lohnenswerten Einsatz sein. Üblicherweise reservierte sie die kniffeligsten Aufgaben für sich, und sie musste gewusst haben, dass das Gespräch des heutigen Abends sich als interessant erweisen würde.

Im Wohnzimmer wurde jetzt seit vielleicht einer Stunde leise geredet, und immer noch kein Zeichen von Telseara. Die Erwachsenen – er betrachtete Bryn und Mittni jetzt gezwungenermaßen auch als solche – glaubten, die Jüngsten lägen oben brav in ihre Decken gekuschelt im Bett. Dordios kauerte am Kopf der Treppe, seit das Gespräch begonnen hatte, seit Telseara verschwunden war.

Verschwunden wohin?, fragte er sich. Er war es leid, von ihr herumkommandiert zu werden. Den anderen bis in die Hauptstadt nachzuschleichen, war keine gute Idee gewesen; das hatte er von Anfang an gespürt. In der Wildnis war Dordios ihr Anführer; Telseara hingegen hatte das Sagen, sobald es um Leute und die nähere Umgebung ging. Und darum ging es weit öfter, zumal während der Schneezeit. Aber er würde sich nicht länger blindlings herumschubsen lassen. Nein, Dordios hatte fest vor, sich künftig auch innerhalb der Mauern einer Siedlung so zu verhalten, wie es sich für einen Jäger gehörte.

Endlich war ein leises Quietschen zu hören, kurz darauf gefolgt vom Knarren einer Diele. Dann wurde das Fenster aufgestoßen, durch das seine Schwester offensichtlich gerade wieder zurückkehrte. Dordios zog sich die Decke zurecht und setzte sich anders hin. Er versuchte, weiterhin auf das Gespräch unten zu lauschen, und drehte sich zum Flur im ersten Stock um.

Plötzlich fiel ihm auf, wie dunkel es war. Sehr dunkel und sehr still. Das heimelige Klirren von Tellern und Besteck und das Prasseln des Feuers schienen weit weg. Unter seinen Kopfhaaren machte sich ein Kribbeln breit. Das bisschen Licht, das der Himmel bot, kam ihm plötzlich eher unheilvoll als erhellend vor. War das ein Schritt? Wie kalt es war. Telseara hätte das Fenster nicht so weit offen lassen sollen …

Das Kribbeln verbrüderte sich mit einem Frösteln, das sein Rückgrat hinauflief. Einen Moment lang überkam Dordios ein unkontrolliertes Zittern.

Dann knirschte der Boden, und ein Schatten fiel über ihn.

Am Ende waren Bartholdi und Mama Bellyset über das finstere Netz der Täuschungen im Bilde, in das Calaspia sich verstrickt hatte. Es erleichterte Bryn, die Last einmal mit jemandem zu teilen, der die eigentliche Erfahrung nicht mitgemacht hatte.

«Tja, nun ist immerhin klar, warum uns keine Entschädigung oder Hilfe angeboten wurde», sagte Mama Bellyset. Bryn fand diese Reaktion sehr verhalten. Verblüffend, wie ruhig Mama Bellyset die Nachricht aufnahm. Vielleicht glaubte sie den Erzählungen nicht? Nein, das hätte er gespürt …

«Es bringt nichts, der Vergangenheit nachzuhängen», sagte Thybil. «Die Frage, auf die wir eine gute Antwort finden müssen, lautet vielmehr: Was sollen wir als Nächstes tun?» Er sah sich in der Runde um, fasste jeden Anwesenden fest ins Auge. «Was haltet ihr von diesem Angebot?»

«Davon kann nichts Gutes kommen», erklärte Mittni.

«Aber was bleibt uns denn anderes übrig? Was werden diese mysteriösen Unterdrücker tun, wenn wir uns nicht fügen?» Bryn packte voller Frustration die Armlehnen seines Stuhls. «Was hindert sie auch nur daran, so zu tun, als hätten wir das Schriftstück längst unterschrieben?»

Thybil gestattete sich ein müdes Lächeln. «Ihr zwei habt viel gelernt. Ich kann nicht sagen, dass mich das freut, aber ihr beide seid jetzt anscheinend in der Lage, den Blickwinkel des Gegners einzunehmen. Sag mir, Bartholdi, wissen die Leute von diesem Angebot?»

Der Häuptling zögerte. «Einige schon. Wir hielten es für besser, das Dorf vorläufig nicht einzuweihen. Aber das ist uns zu spät eingefallen. Und darum …», er wand sich unter Thybils durchdringendem Blick, «… wissen die meisten Bescheid.»

Der Alte verdrehte die Augen.

«Wir hatten selbstverständlich nie die Absicht, uns zu fügen», fügte Bartholdi rasch hinzu. «Bis zu eurer Rückkehr wollten wir das Angebot nicht einmal erwägen!»

Thybil wäre beim Anblick seines nervösen Neffen beinahe in Lachen ausgebrochen. «Schon gut. Keine Sorge, es ist nicht dein Fehler. In Zukunft müssen wir offener sein. Aber jetzt –»

Bevor der Alte mehr sagen konnte, waren eilige Schritte zu hören, und mit einem Satz sprang Telseara ins Wohnzimmer, dass ihr das kurze, rotblonde Haar nur so um den Kopf flog. «Ach ja?» Sie wedelte mit einem Bündel Pergamente vor ihren Gesichtern herum. «Ihr wolltet es nicht einmal erwägen? Und was ist dann das hier?»

Die Versuche der Erwachsenen, das hitzige Mädchen aus dem Raum zu schicken, waren vergeblich, und sie fanden auch nicht heraus, seit wann sie schon gelauscht hatte. Bald versuchten die Älteren es auch nicht länger, denn das, was Telseara mitbrachte, fesselte ihr Interesse. Sie standen auf und versammelten sich um die Papiere, die das Mädchen auf dem Fußboden ausbreitete.

«Pläne.» Mittni klang enttäuscht. «Zeichnungen für den Wiederaufbau Quiveldas.»

«Und nicht bloß irgendein paar. Sondern ganz viele. Und seht euch das an – *Bartholdis Haus!*», rief Telseara. «Eigentlich gar nicht mal schlecht, der Bogengang gefällt mir richtig ...» Sie fing sich und verlegte sich wieder aufs Schimpfen. «Und jetzt erzähl uns nochmal, dass ihr nicht vorhabt, mit dem Feind gemeinsame Sache zu machen, Vater!»

«Telsea, Telsea!» Ein tiefes Runzeln furchte Bartholdis Stirn. «Beruhige dich und setz dich.» Das Mädchen rührte sich nicht vom Fleck, stattdessen folgte ihr Vater dem eigenen Rat. Mit einer übertriebenen Anstrengung landete er im Sessel. «Freunde, Familie, lasst mich erklären. Ich versichere euch, dass wir nie ernsthaft über den Vorschlag nachgedacht haben.»

«Also, für mich sieht das hier ziemlich ernsthaft aus», grummelte Mittni. «Stadtplanung ... Abwassersystem, Straßenführung, Planierung … das ganze Drum und Dran! Und sie wollten eine Mauer bauen. Eine richtige Mauer, nicht bloß wieder eine Palisade.»

«Ja, die Mauer ist Bestandteil der Abmachung», sagte Bartholdi. Er wurde tiefrot. «Damit meine ich natürlich, dass sie Teil der Abmachung gewesen wäre. Wenn wir zugestimmt hätten.»

«Also habt ihr das Angebot nicht angenommen?», fragte Bryn.

Bartholdi schüttelte den Kopf, und Erleichterung machte sich breit.

«Was habt ihr ihnen denn dann gesagt?», fragte Thybil.

«Dass wir es uns durch den Kopf gehen lassen würden», sagte Mama Bellyset knapp. Bryn grinste. Bei seiner Großmutter hieß das normalerweise *nein*.

«Und so ähnlich verhielt es sich auch mit den Plänen», erklärte Bartholdi hastig. «Das waren nur Gedankenspiele. Wunschdenken. Versteht ihr, wir wollten die Leute ablenken. Ich brauchte etwas, womit sie sich beschäftigen konnten! Diese Zeichnungen sind nichts als Kinderträume, ohne jede Bedeutung. Es war nett, sich vorzustellen, wirklich einmal solche Häuser zu besitzen … ein unterhaltsamer Zeitvertreib, wirklich!» Er lächelte nervös. «Wir können auch für dich etwas entwerfen, eine Brauküche.»

Er blickte Bryn an, der schmunzelte. Er wusste, dass der Häuptling die Wahrheit sagte. Es war nur ein Spiel. Bald bedienten sich die Barue alle mit Swigny und Kuchen – Telseara versicherte ihnen, dass sie sich noch nicht die Zähne geputzt hatte.

«Das sieht mir ganz nach einem guten Schachzug aus», sagte Thybil zu Bartholdi, nachdem sie sich wieder ans Feuer gesetzt hatten. Die Jüngeren begutachteten die Pläne auf dem Tisch.

«Vielleicht hat es ihre Gedanken wirklich von dem Angriff und der Mission abgelenkt. Aber jetzt stehen wir vor einem Problem … Die meisten Dörfler freuen sich, ob nun ernsthaft oder nicht, auf ihre Traumhäuser. Das ist ja durchaus kein Wunschdenken, denn es gibt ein ganz konkretes Angebot, das wir demnächst annehmen oder ablehnen müssen.»

«Ablehnen», versicherte Bartholdi.

Thybil lächelte matt. «Wir werden sehen. Zuerst wollen wir versuchen, mehr über diese geheimnisvollen Beobachter herauszufinden.»

Es gab eine Gesprächspause.

«Wo steckt eigentlich Dordios?», unterbrach Telsearas Stimme die Stille. «Er hätte doch bestimmt auch gern eine Riesenvilla, jetzt, wo das alles nur ein Spiel ist … Habt ihr ihn erwischt und ins Bett geschickt?»

Es dauerte lange, bis alle begriffen, worauf Telsearas Worte hinausliefen. Man fand heraus, dass sie, kaum dass sie von den Plänen erfahren hatte, ins Rathaus geschlichen war und sie sich unter den Nagel gerissen hatte, während Dordios zu Hause geblieben war, um zu lauschen. Bei ihrer Rückkehr hatte sie ihn nicht wie verabredet auf der Treppe vorgefunden und darum angenommen, dass er erwischt und ins Bett geschickt worden war – oder sogar unten bei ihnen im Wohnzimmer saß. Weil sie wissen wollte, was sie beredeten, war sie einen Moment lang stehen geblieben, bis sie Bartholdis Unschuldsbehauptung gehört und nicht anders gekonnt hatte, als sich einzumischen.

«Ach, der hat gewiss nur zu viel Swigny getrunken und erleichtert sich gerade», sagte Bartholdi halbherzig. Mittni und Bryn sausten hinter Telseara die Treppe hinauf, Thybil im Schlepptau. Es brauchte ihnen niemand zu sagen, dass es nur ein Badezimmer gab, und zwar im Erdgeschoss.

Oben angekommen, riss Mittni sein Schwert heraus und lief zum Schlafzimmer, während Telseara den Namen ihres Bruders rief und verzweifelt aus einem offenen Fenster schaute. Minuten vergingen ergebnislos mit Rufen und hektischer Suche.

Der Dachboden!

Bryn wusste noch, wie er sich dort in jüngeren Jahren immer versteckt hatte. Vielleicht hatte Dordios das Wohnzimmer irgendwie von dort aus belauscht. Seine Füße trugen ihn die nackten Stufen zu dem kalten obersten Raum hinauf. Niemand war darin. Enttäuscht knallte er die Tür hinter sich zu und kehrte zu den anderen zurück.

Telseara saß mit großen Augen oben auf der Treppe, die anderen beugten sich über ihre Schultern. Bryn trat hinzu und las das Pergament. Er konnte es kaum fassen.

Bruder Bryn Bellyset musste leider kurzfristig abreisen – keine Zeit für Erklärungen – die Apostel des Verstehens brauchen ihn. Er ist mit dem apheristischen Glauben vertraut und hat euch gewiss von unseren Sitten und Gebräuchen erzählt. Keine Sorge, er ist in guten Händen und wird morgen Mittag zu euch zurückkehren. Damit ihr wisst, dass wir keinerlei böse Absichten hegen, ist hier ein Pfand: mein Siegelring. Wir wissen Bruder Bryns Treue sehr zu schätzen.

Mit freundlichem Gruße segnet euch im Namen des Pontifex

Bryns Mentor und Freund
Vater Hecklehurst

✦ 2. KAPITEL ✦

Welten im Wandel

Eridanus und Galar erwachten zehn Tage, nachdem sie von den Wellen des Wahnsinns in den Himmel getragen wurden – aber nur Stunden nach ihrem Aufschlag wieder in der wirklichen Welt Calaspias. Sie konnten sich die fehlenden Tage nicht erklären, die bloße Sekunden ihres Fluges hätten sein müssen, von dem Moment an, als der Gipfel des Wahnsinns sie aus seinen wirbelnden Tiefen gespien hatte, bis sie dann mit knochenzerschmetternder Wucht auf der Erde Nomidiens gelandet waren. Es gab keine körperlichen Anzeichen dafür, dass sie in die Geisterwelt hinübergewechselt waren. Sie hatten weder gegessen noch geschlafen oder sich auch nur bewegt, seit der Wahnsinn sie verschluckt hatte. Zehn Tage lang waren sie durch eine Finsternis gewandert, die sie für Licht gehalten hatten; zehn Tage lang hatten sie kaum gewusst, was sie taten – aber was waren zehn Tage? Zeit hatte keine Bedeutung. Zeit besaß keine Macht in der Geisterwelt.

Am fünften Tag begriff Eridanus, was geschehen war. Einen weiteren Tag brauchte er, um für das Geschehene Interesse aufzubringen. Die restliche Zeit lang versuchten sie, aus dieser unbekannten Welt zu entkommen. Wer waren sie? Verglichen mit dem, was die beiden umgab, verlor ihre eigentliche Existenz ihre Bedeutung. Obwohl sie kaum etwas sehen konnten und ihre geistigen Augen nie zuvor benutzt hatten, wussten sie zum ersten Mal in ihrem Leben, was Wirklichkeit war. Von der Wahrheit geblendet, durchstreiften sie die kosmische Weite, die sie gänzlich zu begreifen meinten, und doch war die Kluft zwischen ihrer Wahrnehmung und der eigentlichen Wirklichkeit riesengroß.

Denn genau dort befanden sie sich: in der Wirklichkeit. In der Geisterwelt, von der alles Sein kommt und in der sich alles findet. Dies war die echte Ursuppe, die jede Existenzebene formte, jede Art Kraft, jede Facette des Seins hervorbrachte und bewahrte. Die Geisterwelt, in der die materielle Welt nur ein Faden im gewaltigen Teppich der Existenz war. Die Geisterwelt, in der alles seinen Ursprung hatte, seine Bedeutung erhielt.

Eridanus hatte schon lange von der Geisterwelt gewusst. Er hatte etwas *darüber* gewusst, wie die vielen des Lesens unkundigen Bauern in ländlichen Gegenden vom Alphabet wussten, ohne es zu beherrschen (obwohl bei den Numenii Schulpflicht herrschte), die zählen konnten, aber von der Mathematik, geschweige denn von Algebra, nur wussten, im vagen, ungreifbaren Sinn des Wortes.

Und jetzt war er hier. Worte konnten dem nicht gerecht werden. Wenige Menschen waren je in der Geisterwelt gewesen – im geläufigsten Sinne des Wortes. Jeder, der einen Geist und eine Seele besaß, fand sich eines Tages in der Geisterwelt wieder. Aber dann war er bereits tot, und dies nahm der Todesstrafe, die auf das Betreten der Geisterwelt stand, selbstverständlich ihren Stachel. Am meisten wusste der Orden von Itrim über dieses transzendierende Reich, vielleicht auch die apheristische Kirche. Es war jedoch alles Spekulation, da die meisten Experimente verboten waren und die meisten Wissenschaftler die Existenz der Geisterwelt vehement bestritten.

Sie waren Narren, dachte Eridanus. Wenn er je nach Calaspia zurückkehrte, ganz zu schweigen vom Orden von Itrim, dem er ja vorstand, würde er dieses Thema vertiefen. Was meinten diese materialistischen Wissenschaftler denn, woher alles kam?

Galar und Eridanus hatten nicht viel Gelegenheit, an Calaspia zu denken. Sie wussten, dass es nur einer von unendlich vielen Planeten war, die in einer von zahllosen Galaxien lagen, die wieder in eines von vielen Universen eingebettet lagen. Schon allein die Vorstellung eines Universums schien lachhaft … Um sie herum war das Multiversum!

Am sechsten Tag wurden die beiden sich bewusst, in das allerreinste Licht eingehüllt zu sein. In dieser Zuflucht fühlten sie sich geschützt vor verderblichen äußeren Einflüssen. Sie konnten spüren, wie ihnen der Wahnsinn aus den Seelen gesaugt wurde, aber immer nur so weit, wie sie in der Lage waren, die Leere mit etwas Gesundem zu füllen. An diesem sechsten Tag begann Eridanus, wieder Interesse zu entwickeln, Sorge, und ließ diese Veränderung in den Schild aus Licht fließen. Woraus dieser bestand, wusste er nicht, aber eines stand fest: Er hatte nichts mit seinem Jadereif zu tun. Diese Lichtarche, die ihnen Geborgenheit vermittelte, war unendlich größer.

Dort drinnen geschah es, dass alles in Perspektive gesetzt wurde. Es war eine demütigende Erfahrung, aber zugleich lernte man auch, wie alles zusammenhing. Wenn das Leben einen Sinn hatte, dann war die Antwort hier zu finden.

Mehr konnte ihr Verstand nicht erfassen. Was sie erfahren hatten, senkte sich in ihr Unterbewusstsein hinab.

✦ ✦ ✦

Nun wusste Bryn, warum der Saphir an seiner Brust heiß geworden war. Jemand war in das Gebäude eingedrungen und hatte Dordios entführt! Voller Wut auf sich selbst, weil er die Stimme des Steins ignoriert hatte, riss er dem verblüfften Mittni das Schwert aus der Hand und öffnete den Fensterriegel. Er spürte eine Hand auf seinem Arm.

«Was hast du vor?», fragte Mama Bellyset.

«Sie zu verfolgen, natürlich!» Bryn wand sich aus ihrem überraschend festen Griff.

«Aber es hat doch alles seine Ordnung, oder nicht?» Bartholdi sah verwirrt aus. «Sind es denn nicht deine Freunde, Bryn?»

Mittni war blass. «Hätten sie dann den Falschen mitgenommen?»

«Ja, genau, Mittni. Und nicht nur das – ich habe mit Vater Hecklehurst nie zu tun gehabt. Er ist der Bischof von Itrim, dabei habe ich noch nicht einmal den von Arleath kennengelernt!»

«Wartet!», befahl Thybil. «Ich glaube, ich verstehe, was passiert ist. Offensichtlich haben die Apheristen Dordios für Bryn gehalten. Nun haben wir alle ein schlechtes Gefühl, weil er ja sicher darauf beharrt hat, dass er nicht Bryn ist, und diese Leute den echten Bryn hätten erkennen müssen, wenn sie ihn tatsächlich kennen würden. Aber ich glaube nicht, dass dieser Vater Hecklehurst lügt, wenn er sagt, dass er Bryns Mentor und Freund ist – ich glaube, er will damit sagen, dass er *vorhat,* das für ihn zu sein.»

«Und warum mussten sie sich dann hier so hereinschleichen? Warum in aller Welt sollten sie Dordios mitnehmen? Bist du sicher, dass wir nicht die Hu-Barue zusammenrufen sollten?»

Thybil schüttelte den Kopf. «Das sind sehr mächtige Leute

und Organisationen. Spielen wir ihr Spiel ruhig mit. Es gibt viele Gründe, aus denen heraus Bryn bestreiten könnte, der zu sein, der er ist. Die Apostel des Verstehens operieren gern im Geheimen, also ist es wenig überraschend, dass sie lieber durchs Fenster statt durch die Tür kommen.» Thybil lächelte und wandte sich an Bryn. «Der Ring – ist er echt?»

Bryn kannte Thybil sehr gut, und er begriff sofort, was er von ihm wollte.

«Ja», stammelte er. «Lass mich sehen … Ja, der sieht authentisch aus.» Noch als er die Lüge aussprach, wurde ihm innerlich kalt. Der Ring war fast identisch, aber nicht ganz.

«Na also!» Thybil seufzte und strahlte die anderen an. «Damit wäre das geklärt. Es gibt keinen Grund zur Sorge. Wir warten ab, bis Dordios morgen zurückkehrt; dann erfahren wir mehr. Und der Morgen wird nicht mehr lange auf sich warten lassen – es ist höchste Zeit, schlafen zu gehen.»

Während alle sich für die Nacht fertigmachten, gab Thybil ihm ein Zeichen mit den Augen. Bryn versicherte sich, dass alle weg waren, und betrat Thybils dunkles Zimmer.

«Was war das denn?», wollte er von dem Alten wissen.

«Leise!», zischte Thybil. «Die Angelegenheit ist äußerst heikel!»

«Ich habe allmählich die Nase gestrichen voll!» Bryn flüsterte jetzt auch. «Was sollte diese Geschichte mit dem Siegelring? Ich habe noch nie den Ring eines Bischofs gesehen!»

«Ich aber. Und das hier ist ganz gewiss keiner.»

Bryn schnappte nach Luft.

«Sie sollten denken, dass alles in Ordnung ist», fügte Thybil hinzu.

«Aber es ist doch nicht alles in Ordnung! Diese Leute gehören wahrscheinlich nicht einmal zur apheristischen Kirche! Was wollen die von mir?»

Thybil bedachte ihn mit einem merkwürdigen Blick. «Das werden wir bei Dordios' Rückkehr herausfinden. Bis dahin rede möglichst mit niemandem. Und Mittni soll immer an deiner Seite bleiben!»

«Die sind nicht von der apheristischen Kirche, stimmt's? Dieses Symbol ...» Bryn zog den Ring aus der Tasche, hielt ihn ins schwache Licht vom Fenster her. «Es zeigt das Buch und das Schwert, ja. Aber ... sie stimmen nicht.»

Thybil strich mit den Fingern über die Vertiefungen. «Sie sind falsch angeordnet.»

Bryn bekam eine Gänsehaut. Es waren die Wahnsinnskulte, die gute Sinnbilder auf den Kopf stellten und für ihre finsteren Zwecke einsetzten. Buch und Schwert standen in der falschen Beziehung zueinander. Den meisten Leuten wäre es auf den ersten Blick nicht aufgefallen, aber Bryn hatte während seiner Zeit bei den Aposteln Jahre damit zugebracht, das Emblem der apheristischen Kirche zu betrachten.

«Der Griff ist oben statt unten», sagte Bryn. «Also steigt das Schwert nicht aus der Heiligen Schrift empor, sondern bohrt sich in sie hinein.»

«Was genau das Gegenteil von dem ausdrückt, was die Kirche sagt», überlegte Thybil. «Macht kommt nicht von der Weisheit, sondern die Weisheit von der Macht ... oder ... Befehlsgewalt durch das Schwert statt durch das Wort ...» Der Alte war einen Moment lang tief in Gedanken versunken.

Plötzlich packte er Bryn bei der Schulter und beugte sich so dicht heran, dass ihn sein wolliger Bart am Kinn kitzelte. «Ich möchte, dass du heute Nacht nicht in deinem Zimmer schläfst – wir werden alle zusammen im Keller schlafen.»

«Onkel Thybil, du machst mir Angst. Was ist denn los?»

«Behalte deine Angst für dich. Sag, dass wir dort unten

schlafen werden, um gleich zu merken, wenn Dordios zurückkehrt. Dann wird sich alles klären.»

«Du missbrauchst ihn als Spion!»

In dem düsteren Winkel des Zimmers wirkte Thybils Blick hart und traurig.

«Du setzt deinen eigenen Großneffen einem Risiko aus, um herauszufinden, was sie von mir wollen!», stammelte Bryn entsetzt.

Thybil antwortete nicht, sondern drehte ihn an den Schultern herum Richtung Tür. «Sag den anderen, dass wir uns sofort im Keller treffen. Und behalte ein Auge auf Telseara, damit sie nicht versucht, ihrem Bruder zu folgen!»

Bryn nickte, steckte den Siegelring ein und schlüpfte hinaus auf den Flur.

Sie behalfen sich mit einigen Matratzen und Decken. Am Ende schliefen die fünf im Wohnzimmer beim Feuer statt im Keller, wo die Swignyfässer bei weitem in der Überzahl gewesen wären.

Sie gaben sich alle Mühe, Dordios' Verschwinden nicht zu erwähnen, aber es beschäftigte sie ohne Ausnahme. Bryn konnte es immer noch nicht fassen, dass Thybil auf so einen Plan baute. Was für ein Risiko! Bevor er jedoch darauf verfiel, von dem alten Barue schlecht zu denken, dachte er an ihre gemeinsame Zeit während der Armaah-Mission zurück. Vieles war Bryn dort fragwürdig vorgekommen, aber Thybil hatte sich seinen Freunden und ihrer Sache gegenüber jederzeit als treu erwiesen. Nur war er nicht allein um das Wohlergehen seiner Gefährten besorgt gewesen, sondern hatte eine Vielzahl von Dingen in Betracht gezogen, mit einer breiten Perspektive, die Bryn oft nicht verstand. Zu dem Polit-Puzzle, das hinter den merkwürdigen Geschehnissen aufschimmerte, deren Zeugen sie gewesen waren, gehörten einfach zu viele Teile.

Was, wenn alles zusammenhing? Dass Wenfeld unter Beobachtung stand, konnte gut etwas mit der Ostentum-Verschwörung zu tun haben. Vielleicht hatten *sie* Dordios entführt? Wer sollte denn schon mit Bryn reden wollen? Die Apheristenbrüder wollten vielleicht wissen, was los war, wenn sie das *Numenii-Wochenblatt* lasen und darin Berichte über die Zerstörung seines Heimatdorfes fanden, sicher; aber sie würden ganz bestimmt keinen Bischof mit den Nachforschungen beauftragen und schon gar nicht irgendjemanden mitten in der Nacht verschleppen. Das war alles zu merkwürdig.

Bryn sah zu den drei schlafenden Bartholdis, die vom verklärenden Licht der glimmenden Holzscheite umrahmt wurden. Mittni, Telseara und Dordios waren wie Geschwister für ihn, Bartholdi ein Pflegevater. Eine Zeitlang betrachtete er Telsearas und Mittnis rotblonde Köpfe zärtlich, dann fiel ihm auf, dass Mittni die Augen geöffnet hatte, und er drehte sich rasch um. Hoffentlich hatte Mittni nichts gemerkt.

Wenn Dordios etwas zustieß, würde Bryn sich das nie verzeihen. Er spielte mit dem Gedanken, sich aus dem Haus zu stehlen, sobald die anderen schliefen, und diese Leute ausfindig zu machen. Wenn er sich ihnen als Bryn offenbarte, konnte Dordios als freier Mann gehen. Vielleicht musste er nicht einmal mit ihnen reden; er konnte ja auch eine Rettungsaktion durchführen. Er besaß schließlich den Stein des Lehrmeisters.

Er würde seine Kraft nie wieder missbrauchen, nicht nach dem, was während Aurgelmirs Krönung zum Imperator geschehen war … Aber er vertraute darauf, dass der Stein ihm im Notfall beistehen würde. Bei dem vielen Schnee war es nicht weiter schwer, den Fußspuren zu folgen. Aber er musste auf Thybil aufpassen. Der Alte wollte ja unbedingt, dass Dordios es war, der herausfand, was diese Leute von ihm wollten;

da behielt er dessen Geschwister und ihn bestimmt im Auge. Bryn beschloss, ein wenig zu warten. Nicht einmal der alte Thybil konnte die ganze Nacht lang wach bleiben …

Aber Bryn auch nicht. Dass er das Haus verließ, wohlgeschützt durch Schwert und Stein, und einer frischen Spur im Schnee folgte, tief in die Schatten des Trabatrawaldes hinein, träumte er nur. Bryn schlief.

✦ ✦ ✦

Nach unmenschlichen Anstrengungen wussten sie wieder, wer sie waren, wer sie gewesen waren. Sie wurden zurück in die unsichtbare Welt ihres Universums gelenkt, eine Blase innerhalb der Geisterwelt. Dann wurden ihre Seelen zurück in ihre Leiber gesaugt.

Beim Erwachen war es ein Traum: flüchtige Erinnerungen, die sich auflösten und verblassten, bevor man sie noch zu greifen versuchte. Wie Wasser, das ihnen durch die Finger rann, verging die furchterregende Pracht und Herrlichkeit der Geisterwelt. Übrig blieb eine schreckliche Leere.

Zunächst wollten sie nichts als sterben. Dann erinnerten sie sich wieder daran, welche faszinierende Mechanik die Welt am Laufen hielt und dass selbst sie kleine Rädchen innerhalb der Konstruktion waren. Was sie dachten und sagten und taten, hatte Auswirkungen auf ihre Umgebung. Sogar – nein, vor allem! – in der unsichtbaren Welt und der Geisterwelt.

Galar kämpfte sich auf die Knie und ließ seinen Augen Zeit, sich auf die dunkle, sandige Landschaft einzustellen. Er stand auf und hielt dem Hohen Lehrmeister die Hand hin. «Willkommen daheim in Calaspia.»

Eridanus lag mit einem Lächeln auf dem Gesicht da. Bei Galars Worten öffnete er die Augen und lächelte weiter, bewegte sich jedoch nicht. Er blickte hinauf in die Weite des Himmels und seufzte. «Nun weiß ich, wohin Lueth ging. Nun weiß ich, warum die Menschheit nie zufrieden ist.»

Die Tatsache, dass es Nacht war, drang ihnen wenig überraschend ins Bewusstsein, ohne dass sie es kommentierten.

Galar runzelte die Stirn. «*Droch*, du meinst – er hatte *recht?*»

«Aber nein … Himmel, nein!» Eridanus lachte und stand ohne Hilfe auf. «Nein, ich bin mehr denn je überzeugt, dass er unrecht hatte. Im Grunde bin ich sicher, dass er das am Ende selbst begriff. Nur war es da wohl zu spät.» Der Hohe Lehrmeister wandte sich von seinem Freund ab und ordnete sein Gewand.

«Ich hab von Ayactan gesprochen, nicht von Nequam», sagte Galar. «Abgesehen davon wird es Zeit, dass wir uns auf den Weg machen.»

«Dafür ist es schon sehr lange Zeit.» Eridanus hob den Blick wieder zu den Sternen. «Unser Zusammentreffen mit Ayactan liegt mehrere Tage zurück. Die Planeten sind weitergewandert. Viel hat sich getan. Auch in Calaspia.»

«Nun, daran lässt sich nichts ändern. Jetzt bring uns zum Regere Mansionum.»

«Uns bringen? Ich fürchte, dorthin musst du dich allein bringen, mit deinen eigenen stämmigen Beinen.» Bevor Galar protestieren konnte, versicherte ihm der Hohe Lehrmeister: «Genau wie ich. Denk bloß nicht, dass ich dich tragen werde!» Er schmunzelte und machte sich mit langen, flinken Schritten auf den Weg Richtung Norden.

Galar brummte und folgte ihm. «Das heißt, deine Zauberkraft …»

«Taugt im Moment nichts. Ja, genau. Ich könnte es versuchen, aber nach dem kürzlichen Problem mit dem Wahnsinn werde ich das nicht riskieren. Ich gerate ohnehin schon in große Schwierigkeiten, wenn sie ein paar Tests durchführen sollten.» Eridanus schlug sich vor die Stirn. «Wir müssen Gug und Thybil warnen! Sarghenta muss informiert werden.» Er nahm eine Handvoll Sand und wollte sie gerade mit einem Zauberspruch in die Luft werfen, da bremste er sich. «Ich benutze wohl lieber eine sicherere Methode, in die der Wahnsinn nicht so leicht hineinpfuschen kann.» Er zog etwas aus den Falten seines Gewands, das wie ein trüber Spiegel aussah, und kratzte an dessen Oberfläche herum. «So. Nun wissen die anderen, wie wenig wir in Sachen Ostentum und so weiter ausrichten konnten, und wir können uns wieder um uns kümmern.»

Galar sah langsam auf. «*Droch*, meine Brille ist kaputt ...»

«Also wirklich, Tawny! Kannst du zur Abwechslung nicht einmal auf deine Sachen achtgeben?»

Der Zwerg grunzte. Es war richtig schwer, auf etwas anderes als Äxte aufzupassen, fast genauso schwer wie auf andere Leute. Nicht, dass er viel besaß. Er konnte seine Siebensachen locker in den Armen tragen. Von einem Schatz in Ged-Ruak einmal abgesehen, sofern sich den seine Großfamilie noch nicht unter den Nagel gerissen hatte.

«Freuen wir uns doch lieber, dass wir selbst noch heil –»

Der Zwerg blieb unvermittelt stehen; das Entsetzen stand ihm ins Gesicht geschrieben. «Meine Aaaxt!», heulte er.

Eridanus blieb stehen und drehte sich zu seinem Gefährten um. «Bitte, Tawny, nicht so laut.»

«Aber ich hab meine –»

«Schon gut! Ohne deine Axt und meine Zauberkraft sind wir für sämtliche Raubtiere hier in der Gegend eine leichte Beute.» Eridanus ergriff Galar bei der massigen Schulter und schob ihn weiter. «Möchtest du sie auf die Tatsache aufmerksam machen, dass wir hier sind? Und dass du nicht einmal deine Axt bei dir hast? Wir sind noch nicht allzu weit vom Gipfel des Wahnsinns entfernt.»

Der Zwerg folgte seinem Freund stumm, wie ein Kind, das sich verlaufen hatte.

«Mein Stab ist anscheinend auch verlorengegangen.»

Oben auf einer Sanddüne hielten sie und sahen im Osten einen Hauch Rostrot am Himmel erwachen.

«Dann wollen wir mal.»

Eridanus griff in die Taschen seines Gewands und zog einen kleinen glatten, ovalen Stein hervor. An seinem einen Ende befand sich eine leichte Einkerbung. Eridanus hielt ihn in der offenen Hand und sagte laut und deutlich: «Tawnys Axt.» Dann warf er ihn leicht in die Luft. Der Stein drehte sich im Flug um die eigene Achse und landete einen Moment später in seiner ausgestreckten Hand.

In dem trüben Licht konnte Galar nicht genau ausmachen, wohin der Stein wies. Es sah aus, als ob die Einbuchtung nach Südosten zeigte, aber der Stein lag nicht ganz plan in der Hand des Hohen Lehrmeisters, als ob auf die eine Seite eine höhere Schwerkraft wirkte als auf die andere.

«So leid es mir tut, Tawny, aber du wirst eine Zeitlang ohne sie auskommen müssen.»

Der Zwerg schob das Kinn vor. Schließlich riss er sich die Brille von der Nase, zertrampelte sie mit einem Stiefeltritt und stapfte davon. Eridanus schüttelte traurig den Kopf und folgte ihm.

✦ ✦ ✦

Bryn fuhr aus dem Schlaf hoch und verfluchte den Morgen. Draußen war es hell, strahlend hell sogar, da der Schnee die Sonne funkelnd reflektierte. Es war nicht nur Morgen, wurde ihm klar, sondern bereits neun Uhr. Thybil saß in einem Sessel beim Kamin und sah zu ihm herüber, ohne zu bemerken, dass er wach war. Er brütete vor sich hin wie ein stummer Wächter. Mama Bellyset war schon fleißig, wie immer um diese Tageszeit. Thybils Verwandte schliefen alle noch. Bartholdi spürte wohl den Druck, der auf seinem Volk lag. Und ihrem Gespräch am vergangenen Abend nach zu urteilen, würde der Druck nicht nachlassen.

Bryn warf die Decken zurück und trat ans Feuer. Schließlich blinzelte Thybil und sah ihn mit einem Lächeln an. Er wirkte nicht im Geringsten müde, aber er sah sehr alt aus. Die beiden sagten nichts, sondern saßen einfach nur beim Feuer und lauschten dem geschäftigen Treiben draußen in den Gassen Wenfelds, dem Küchengeklapper von Mama Bellyset und dem Knacken der Holzscheite. Sie sprachen kein Wort, bis Telseara erwachte, und kurz darauf standen gezwungenermaßen auch die anderen auf – Telseara pflegte nicht lange still zu sein.

Während des Frühstücks wurde beschlossen, dass sich die Barue von Quivelda an diesem Tag zu einer Ratsversammlung treffen sollten. Bryn, Mittni und Telseara verließen das Haus, um die Nachricht zu verbreiten. Sie hofften allerdings, unterwegs nach Dordios Ausschau halten zu können, denn sie hatten nicht vor zu warten, bis irgendwelche Fremden ihn wieder hier ablieferten. Thybil, Bartholdi und Mama Bellyset blieben zurück, um den Rat vorzubereiten.

Nicht lange nachdem die drei Jüngeren Mama Bellysets Haus verlassen hatten, holte Yerfi sie ein und nahm sie beiseite.

«Ihr wisst von dem Dokument, stimmt's?», fragte er. Sie

nickten, und er fuhr hastig fort: «Ich habe es euch vorher nicht erzählt, weil wir uns alle einig waren, euch nicht einzuweihen, solange wir nicht wussten, was eigentlich los war. Das heißt, bis wir die Erlaubnis bekamen, euch einzuweihen. Ich möchte, dass ihr wisst, dass ich entschieden gegen ein solches Vorgehen bin.»

Die drei versicherten ihm, dass auch sie dagegen waren, was ihm Auftrieb zu geben schien.

«Ich wollte euch nur sagen, dass ich unter keinen Umständen an einem Ort leben möchte, der auf Erpressung gebaut ist. Nötigenfalls hätte ich Quivelda verlassen!» Er schüttelte zufrieden den Kopf. «Aber das ist jetzt wohl nicht mehr nötig, hm? Wo ihr doch dagegen seid, und Thybil und Bartholdi auch! Ich habe mich natürlich geweigert, irgendetwas mit diesen Plänen zu schaffen zu haben.»

«Schön, dass wir dir behilflich sein konnten», sagte Telseara. «Aber wenn du nichts dagegen hast, könntest du jetzt uns einen Gefallen tun …»

Wie üblich delegierten die Jugendlichen ihre Aufgaben rasch an andere, die weniger Wichtiges zu tun hatten, dann brachen sie in die Berge auf. Keiner hätte sagen können, warum sie nach Osten statt nach Westen gingen; jedenfalls fühlten sie sich in der offenen Landschaft wohler als in den verschwiegenen Tiefen des Trabatrawaldes. Es hatte ihnen einmal Spaß gemacht, zwischen seinen dicken Ästen zu spielen, aber seit der Zerstörung Quiveldas hatte das Abenteuer seinen Reiz verloren. Nun waren sie sich der realen Gefahren bewusst, die im Verborgenen lauerten und von vielen geleugnet wurden. Die Monster hatten sich als Imitationen statt als echte Ostentum erwiesen, aber die Jugendlichen wussten nun, dass die politische Landschaft von Monstern einer anderen Sorte wimmelte.

Aus welchen Gründen auch immer sie sich gen Amboss wandten, ihre Suche blieb erfolglos, und es hatte den Eindruck, dass Dordios doch nach Westen verschleppt worden war. Die völlige Abwesenheit von menschlichen Spuren machte deutlich, dass sie ihn in dieser Richtung nicht finden würden.

«Wir müssen nach Wenfeld zurück und zur Ratsversammlung», grummelte Mittni nach vielleicht einer Stunde. «Vater braucht uns. Das Volk wird unruhig sein.»

«Irgendetwas stört mich daran, dass Yerfi zu uns gekommen ist», überlegte Bryn auf dem Rückweg. «Bartholdi hat erzählt, die Pläne wären nur Wunschdenken; etwas, damit die Barue beschäftigt sind. Wenn das der Fall ist, warum war Yerfi dann so strikt dagegen?»

Mittni zuckte die Schultern. «Ist eben ein heikles Thema. Manche haben mehr verloren als andere, und manch einer ist empfindlicher als andere.»

«Aber Yerfi doch nicht», sagte Telseara. «Der ist Schmied, den kratzt so leicht nichts an.»

«Wahrscheinlich hast du recht, Mittni», sagte Bryn. «Ich fand nur, dass Yerfi die ganze Angelegenheit reichlich ernst nimmt … Aber egal, bald wissen wir mehr.»

Am Ende kamen sie zu spät, und zu ihrer Verlegenheit stand Bartholdi auf, als er sie erblickte, und winkte sie nach vorn vor die Versammlung, wo eine Auswahl von Ältesten und Führungspersönlichkeiten auf einem hölzernen Podest saß. Dies war Wenfelds zentraler Dorfanger. Dorfanger, ob urtümlich grün oder modern gepflastert, waren in der Barue-Gesellschaft von höchster Wichtigkeit, denn hier versammelten sich die Leute normalerweise jede Nacht zur Abendunterhaltung. Wenfeld war um ein Vielfaches größer als Quivelda, darum besaß es drei Anger, auf denen sich die Bürger trafen.

Bryn war einigermaßen überrascht, sich vorn wiederzufinden. Mittni wurde immer von seinem Vater mitgeschleift, weil er einmal in dessen Fußstapfen treten und Häuptling werden sollte, wenn für Bartholdi die Zeit zum Abdanken kam; aber normalerweise blieb Bryn da außen vor. Mama Bellyset war ebenfalls anwesend, wie üblich ungeschminkt und schmucklos. Nichtbarue mochten es befremdlich finden, dass eine wohlhabende Frau wie sie sich so schlicht kleidete, aber so war die Großmutter nun einmal, die er von ganzem Herzen liebte. Sie ordnete ihre einfachen Röcke und sah Bryn bedeutungsvoll an; also folgte er seinem Freund auf die Bühne.

✦ ✦ ✦

Eine lange, zermürbende Reise lag hinter Eridanus und Galar. Sie erreichten die nächste Stadt, Tyr Nanna, wo sie Kamele erwarben und ihre Reise fortsetzten. Biologisch betrachtet, hätten sie nach zehn Tagen tot sein müssen, das war Eridanus klar. Normalerweise betrat man die Geisterwelt als Geist und ließ den Körper unbewohnt und schutzlos zurück. Der Hohe Lehrmeister wusste nicht, was genau diesmal geschehen war, aber irgendwie waren ihre Leiber dem Griff der Zeit entrissen und damit auch dem Einfluss des Verfalls entzogen worden. Dafür war er dankbar. Außerdem war er froh über ihre wundersame Rückkehr nach Calaspia. Die meisten Menschen, die je ihren Weg in die Geisterwelt fanden, kehrten nie zurück. Diejenigen, denen es gelang (als Geister), brauchten oft Jahre dazu.

Galar vermisste seine Axt. Der Zwerg war still, er trauerte sogar wie um einen verstorbenen engen Freund oder nahen Angehörigen. Eridanus versuchte, ihn aufzumuntern, aber das war zwecklos, und den Zwerg beschäftigte auch noch etwas anderes.

Es gab Leute – ganze Völker, wie ihm mit Schaudern klarwurde –, die sich auf sie zwei verließen, die darauf bauten, dass sie für Hilfe und stabile Verhältnisse sorgen würden. So viel Trost stand den Leuten in einer unsicheren Welt voller unsagbarer Schrecken wohl zu. Galar hatte seine gesellschaftliche Rolle nie ernst genommen. Er war schließlich ein Töter, er brauchte sich nicht den Kopf darüber zu zerbrechen, wie sich die Leute *fühlten*; er hatte nur dafür zu sorgen, dass sie auch wirklich sicher *waren*. Aufzupassen, dass es auch so blieb, verschlang seine sämtliche Zeit und Kraft. In diesen nachdenklichen Stunden schwor Galar sich, dass er – vorausgesetzt, es gelang ihnen, die Lage des Imperiums zu wenden – mehr an die Herzen der Leute denken würde. Vielleicht ließ sich manchmal mehr Gutes tun, indem man andere aufmunterte. Er wusste um die Wichtigkeit der Moral.

Um nicht ständig an seine Axt denken zu müssen, vertiefte der Zwerg sich in seine Betrachtungen. War diese ganze Geschichte um die Rückkehr der nur angeblich ausgestorbenen Ostentum wirklich eine Finte gewesen? Waren das wirklich nur billige Nachahmungen gewesen, die nicht nur ihn getäuscht hatten? Nicht wenige waren überzeugt, dass es wieder Ostentum gab und sie sich allein deshalb verbargen, weil das Überraschungsmoment bis zum Großangriff auf das Imperium erhalten bleiben sollte – oder was man sonst mit ihnen vorhatte. Die Mitglieder des Hohen Rats waren natürlich skeptisch gewesen; also waren die beiden, als erwiesene Fachleute auf diesem Gebiet, zum Gipfel des Wahnsinns gereist, um Beweismaterial zu sammeln. Nur war leider keines auffindbar gewesen; stattdessen waren sie auf Ayactan gestoßen. Er hatte immerhin den Anstand besessen, ihnen zu erzählen, was vor sich ging; eine noble Geste in Anbetracht ihrer Feindschaft. Es stand kein Überraschungsschlag der Ostentum gegen das Imperium bevor, sondern die Gefährten sollten durch ihr Beharren auf eine tatsächliche Rückkehr der Monster in Misskredit gebracht werden – und diejenigen Verbündeten, die ihnen glaubten, gleich mit.

Die anderen verkündeten sicher immer noch mit stählerner Gewissheit, dass die Ostentum zurückgekehrt waren. Eridanus und er mussten sie warnen und dann versuchen, alles wieder geradezubiegen. Wenn es dafür nicht schon zu spät war … Ayactan zufolge war der Schaden bereits angerichtet. Gut möglich, dass aus ihnen bald Staatsfeinde des Numenii-Imperiums wurden. Sie waren bei der Bevölkerung sehr beliebt gewesen, aber Galar wusste um die Unbeständigkeit des Ruhms. Ein Teil der Elite hatte ihn bereits als einen phantasierenden, mordlüsternen Irren angesehen, und bald würde die öffentliche Meinung ebenfalls umschwenken. Es brauchte nur einen Artikel im *Numenii-Wochenblatt* und bis zur nächsten Ausgabe etwas Klatsch, und schon war es allgemeine Überzeugung, dass er paranoid war oder betrügerische Absichten hatte oder so sehr darauf aus war, im Mittelpunkt der Aufmerksamkeit zu stehen, dass er sich Weltuntergangsgeschichten zurechtspann, sobald er nicht mehr gebraucht wurde.

Die Regierung stand jetzt unter Ayactans Einfluss. Auf wichtigen Positionen saßen seine Verbündeten. Und das verdankte er Galar und seinen Freunden. Hätten sie das System mehr im Blick gehabt, wäre das nicht möglich gewesen, aber sie, die Wächter, hatten sich mit einem fatalen Schlag als Außenseiter und Verräter abstempeln lassen.

Weiter im Inneren des Imperiums, dicht an der Grenze zwischen Nomidien und Armaah, die durch den Fluss Da Rahin markiert wurde, tauschten die beiden Gefährten ihre Kamele gegen Pferde aus und freuten sich schon auf richtige Straßen.

«Dieser ganze Sand ist mir wirklich auf den Geist gegangen», grummelte Galar, als die Dünen grünem Land und Bäumen wichen. Abgesehen davon hatte er sich mit seinem Kamel nicht sonderlich gut verstanden ...

Bald waren sie mitten im Herzen Calaspias. Armaah war sowohl geographisch als auch politisch und historisch das Kernland der sechs verbündeten Numenii-Reiche. Nur in Sachen Handel wurde es von Bel-Tued übertroffen, das aber ein kleineres Heer und eine geringere Bevölkerung besaß. Armaah war das älteste Reich; hier lag der Regierungssitz. Der Imperator herrschte von der Hauptstadt aus, die ebenso hieß wie das Reich, was in sämtlichen Numenii-Ländern der Fall war.

Während der Reise nahm ihre Sorge beständig zu. Die beiden waren tief erschüttert, als sie von der Ermordung Imperator Opeions hörten. Danach hatte Eridanus keinen Zweifel mehr, dass die Lage ganz und gar nicht in Ordnung war. Alles, was sie in Erfahrung brachten, deutete darauf hin, dass Ayactans Behauptungen stimmten. Eridanus gab sich alle Mühe, die politische Szene zu erkunden, fand aber kaum etwas Nennenswertes heraus. Die Bürgerschaft befand sich überwiegend in einem Zustand der Apathie. Für sie war alles gut – jetzt wo die Betrüger aus dem Regere Mansionum, dem Parlamentsgebäude in der Stadt Armaah, geworfen worden waren ... die verschlagenen Barue, der falsche Ratgeber Gug und diese Mörderkumpane ... Galar und Eridanus!

Eine Tagesreise von der Hauptstadt entfernt erfuhren sie von ihrem Feindesstatus. Aber da war es für eine Umkehr zu spät. Bis jetzt hatten sie ihre Identität verbergen können; kein Bürger rechnete damit, dass die beiden meistgesuchten Veteranen des Imperiums wie Pilger reisten. Und ohne seine Axt war Galar nicht annähernd so leicht zu erkennen – wenigstens etwas Gutes an ihrem Verlust, wie Eridanus seinen Freund zu überzeugen versuchte.

Obwohl sie nun also von ihrer angeblichen Verwicklung in die Verschwörung gegen das Imperium gehört hatten, setzten Galar und Eridanus ihre Reise zur Hauptstadt fort. Es war ihre einzige Möglichkeit, die Sache geradezurücken.

✦ ✦ ✦

«Drattni, von dir hätte ich mehr erwartet», sagte Thybil. «Du bist ein Hu-Barue – merkst du denn nicht, dass dieses Angebot zum Himmel stinkt?»

«Das sehe ich anders! Eine Hand wäscht die andere, daran ist doch nichts Schlimmes. Sie wollen etwas von uns, und im Gegenzug erhalten wir eine hübsche Belohnung. Wir sind nicht die einzigen anständigen Leute in Calaspia, Thybil, auch wenn du das vielleicht glaubst!»

Zustimmendes Gemurmel machte sich breit. Bryn konnte es kaum fassen.

«Ob dieser Handel erstrebenswert ist oder nicht, darum geht es doch gar nicht!» Bryn erkannte die Stimme des Schmieds. «Sie wollen, dass wir eine Lüge stützen, und da ist einfach Schluss! Bleiben wir uns selbst treu, oder lassen wir uns bestechen und zu Lügnern machen? Dann wird nichts mehr so wie vorher sein. Ich für meinen Teil werde jedenfalls keinerlei Gerede tolerieren, meine Nachbarn wären bei einem Unfall ums Leben gekommen.» Er funkelte Drattni an. «Vielleicht stellen sie mir ja eine Riesenschmiede hin, aber wer hilft mir jetzt, ein richtig guter Schmied zu werden?»

«Das ist ja alles sehr edel und aufrecht von dir, aber man muss realistisch sein», hielt eine hochgewachsene Frau mittleren Alters dagegen, die Bryn nicht kannte. Vielleicht kam sie aus Wenfeld; ein paar Dutzend Ortsansässige waren anwesend, um zu schauen, wie die Dörfler sich entscheiden würden. «*Ihr* werdet die Wahrheit wissen, und das ist es, was zählt.» Die Frau sah Yerfi mitfühlend an. «Ansonsten glaubt uns ohnehin niemand, also was soll das Ganze? Seien wir doch nicht halsstarrig. Einige von uns haben bereits genug gelitten, wozu also jetzt den Helden spielen?»

«Ja, genau – wir alle haben gelitten», mischte Mittni sich ein. «Und jetzt soll das gar nichts zählen? Das hieße, das Andenken der Toten entehren! Nach dem, was mit Quivelda passiert ist, kann ich nur staunen, dass ihr euch überhaupt ernsthaft mit dem Angebot beschäftigt. Das ist ein Geschäft mit dem Teufel!»

«Mittni hat recht», sagte Bryn. «Wir müssen ihre Motive hinterfragen. Warum wollen sie überhaupt, dass wir dieses Dokument unterzeichnen?»

Die Freunde wechselten kurz einen anerkennenden Blick. Sie würden es schaffen, die Leute zu beruhigen, und dann würde sich alles zum Guten wenden.

Jemand anders ergriff das Wort. «Wie Drattni gesagt hat, das sind wahrscheinlich genauso ehrliche Leute wie du und ich. Sind doch schließlich Numenii-Soldaten; das ist alles offiziell! Die wollen doch nur, dass wir diesen Wisch unterschreiben, damit sie dem Volk versichern können, dass alles in Ordnung ist und die Ostentum uns nicht vernichten werden. Und das stimmt doch! Wie wir dank Thybil alle wissen, stellen die Monster keine Bedrohung dar!»

Donnerwetter, dann wissen sie also schon, dass die Ostentum gar nicht wirklich zurückgekehrt sind. Thybil hat nicht lange gezögert; ganz schön mutig.

«Nur weil die Ostentum keine Gefahr darstellen, heißt das noch lange nicht, dass wir in Sicherheit sind», betonte Thybil.

«Ich habe auch erklärt, *warum* diese Monster uns angegriffen haben. Also haben wir allen Grund anzunehmen, dass es sich auch hier um eine List handeln könnte.»

Die Gesichter der Leute waren verdrießlich und bedrückt. Auf einmal war Bryn gar nicht mehr so zuversichtlich.

«Seht sie euch doch an!», rief eine dickliche Frau und legte ihre großen Hände auf ein paar kleine Kinder, die ängstlich guckten, als sich alle zu ihnen herumdrehten. «Seht sie euch einfach an!» Sie gestikulierte mit den Händen und öffnete ein paarmal den Mund, bevor irgendwelche Worte herauskamen. «Waisenkinder! Wer wird sich um sie kümmern? Wo werden sie leben?»

Mama Bellyset erhob sich auf dem Podium von ihrem Stuhl und sah die Frau mit gefurchter Stirn an. «Na, vielen Dank auch! Wo leben sie denn jetzt? Wenfeld ist gern bereit, euch so lange Obdach zu bieten, wie ihr es braucht. Wir haben zu essen, wir haben Platz – bleibt! Und wenn die Schneezeit vorbei ist, dann baut euer Dorf unter weniger undurchsichtigen Bedingungen wieder auf.»

Bartholdi war ebenfalls aufgestanden. «Herzlichen Dank. Wie ihr seht, ist kein Grund zur Eile. Wir haben zu essen und ein Dach über dem Kopf und gute Gesellschaft. Was will man mehr?» Der Häuptling lächelte, aber da er nur ein paar Sitze entfernt war, konnte Bryn spüren, wie sehr ihn der Verlauf der Ratsversammlung beunruhigte.

«Und wenn die Vorräte zur Neige gehen?», krächzte ein uralter Mann von der Statur einer Kartoffel auf Stöcken.

Er bekam lautstarke Zustimmung, aber nun erhob Thybil sich, um ihr Argument zu widerlegen. Erwartungsvolle, respektvolle Stille trat ein. «Die meisten von uns haben ganze Schätze unter der Erde verstaut. Jawohl, die Familiengrotten könnten uns alles liefern, was wir brauchen, ohne dass wir in unserem Leben noch einmal arbeiten müssten!» Einige Leute begannen lautstark zu protestieren, verstummten jedoch wieder, als Thybil den Mund öffnete. «Die Familiengrotten sind voller kostbarer historischer und persönlicher Besitztümer, ich weiß! Aber was hat man von allem Reichtum der Welt, wenn man stirbt?» Er funkelte die Versammlung an. «Wir können froh sein, dass uns noch etwas geblieben ist, dass wir vor allem noch am Leben sind, wo doch mancher starb. Warum also wollt ihr unbedingt das Risiko eingehen, euch bereitwillig in die Hände des Feindes zu begeben?»

«Woher wollt ihr denn überhaupt wissen, dass sie unsere Feinde sind?», rief weiter hinten jemand. «Vielleicht ist es ja auch nur das Geschwätz eines paranoiden Alten? Wenn ich nur mal an diesen goldhaarigen Zwerg denke! Nein, wir *weigern* uns, in Furcht vor unseren Nachbarn zu leben! Genau dadurch haben wir uns das alles überhaupt erst eingebrockt!»

Diese Worte bekamen den meisten Applaus.

Thybil hielt mit überraschend lauter Stimme dagegen. «Lügner und Erpresser sind keine Nachbarn!», donnerte er. Sein rotes Gesicht bildete einen krassen Kontrast zu seinem schneeweißen Haupt- und Barthaar. Bryn fürchtete sofort um Thybils Gesundheit, aber in diesem Moment sah der alte Barue auch nicht weniger lebendig aus als andere. «Ihr tätet gut daran, Leuten, die euch Böses wollen, mit Vorsicht zu begegnen! Und apropos Furcht, es ist doch nichts als Feigheit, sich auf solche Bedingungen einzulassen!»

Einige in der Versammlung wechselten Blicke, bei denen Bryn mulmig wurde. Thybil war der geachtetste Barue in ganz Calaspia. Seine Anwesenheit ließ gemeinhin alle Orakel als überflüssig erscheinen; über seinen Rat ging nichts. Bei wichtigen Angelegenheiten kam es selten einmal vor, dass die Leute nicht mit ihm übereinstimmen. Diesmal sah die Sache anders aus. Zwar respektierten sie ihn noch, aber Bryn hatte das unbestimmte Gefühl, dass sie ihm nicht länger vertrauten.

Er stand auf. Seine Beine zitterten. Er fühlte sich verpflichtet, etwas zu der Diskussion beizusteuern. «Ich bin Onkel Thybils Meinung. Ihr betretet eure Familiengrotte doch eh nur alle zehn Jahre mal!»

Einige Barue lachten, andere schimpften, doch die meisten starrten ihn ernst an. Anscheinend warteten sie auf mehr. Als ihm klarwurde, dass er nichts hinzuzufügen hatte, setzte Bryn sich ruckhaft wieder und kam sich ein bisschen dumm vor.

Es trat eine Pause ein, und manch einer merkte, dass es bei aller Hitze der Debatte ganz schön kalt war. Die Leute zogen die Umhänge und Decken enger um sich und verfielen in ein bedrücktes, beklommenes Schweigen.

Schließlich erfüllte eine müde, schwerfällige Stimme die Luft. «Schaden kann es nicht, bei der Wahrheit zu bleiben. Dann können wir uns wenigstens des Gefühls erfreuen, Rückgrat zu haben und ehrlich zu sein. Nur *gewinnen* wir dadurch auch nichts. Lest ihr denn keine Zeitung? Die Numenii vertrauen uns nicht mehr, sie verabscheuen uns. Ich weiß nicht, was ihr in der Hauptstadt gesagt oder getan habt, Thybil, aber ihr habt nicht nur versagt, was die Hilfslieferungen angeht; ihr habt dem Imperium auch Anlass gegeben, über uns herzuziehen und uns Feinde zu nennen.»

Bryn beugte sich über das Geländer des Podests, um besser sehen zu können.

Der Mann war in einen grauen Umhang gehüllt, mittelgroß und eine unauffällige Erscheinung; und doch hatte Bryn das Gefühl, dass er sich an ihn erinnert hätte, wäre er ein Dörfler gewesen. Nein, er musste aus Wenfeld stammen. Er besaß eine tiefe, überzeugende Stimme und ein ernstes, klares Gesicht.

«Das ist jetzt unsere Chance, eine Entschädigung für das uns angetane Unrecht zu verlangen! Unsere Chance, das richtig zu machen, womit ihr gescheitert seid.» Der Mann breitete die Hände aus, zuckte die Schultern. «Es bringt nichts, an einer verlorenen Sache festzuhalten. Holen wir das Beste aus der Situation heraus und kehren wir in unser Dorf zurück.» Seine Stimme war plötzlich wehmütig. «Was würden die Toten uns raten?»

Das war der Tropfen, der das Fass zum Überlaufen brachte. Entsetzt sah Bryn, wie plötzlich mehrere Leute nach einer Abstimmung verlangten. Bartholdi war der Häuptling; er bestimmte, wo es langging. Aber den Barue als Einzelpersonen stand es frei zu tun, was sie wollten. Was, wenn sie die Abstimmung gewannen? Selbst wenn Bartholdi sich weigerte, das Dokument zu unterzeichnen; was sollte die Mehrheit der Barue darin hindern, es selbst zu tun? Und dann war der Schaden angerichtet …

«Abstimmen! Abstimmen! Abstimmen!»

Die Rufe formten sich zu einem Gesang. Es war schwer zu sagen, wie viele Leute tatsächlich daran beteiligt waren, da die Stimmen alles andere übertönten.

«Abstimmen! Abstimmen! Abstimmen!»

Der Chor ging endlos weiter.

Thybil stand auf und bat mit erhobenen Händen um Ruhe. Der Lärm ebbte ab, und der Alte rief rasch: «Lasst uns das Ganze doch erst einmal ausführlich abwägen! Wir können genauere Einzelheiten herausbekommen und euch dann entsprechend informieren. Bis dahin möchte ich, dass sich niemand von euch auf irgendetwas einlässt mit diesen …»

Der Lärm und die Unruhe schwollen an, und Thybils Worte gingen unter, als die Menge auf und absprang, die Fäuste schüttelte und heiser verlangte: *«ABSTIMMEN!»*

Bryns Gesicht färbte sich zornesrot. Was für ein Anfall von Wahnsinn war das denn? Thybil holte mehrmals tief Luft und setzte sich kopfschüttelnd. Stattdessen stand Bartholdi auf und versuchte, die Menge mit ausgebreiteten Armen zu beruhigen.

«Leute, Leute von Quivelda!»

Der Sprechchor wurde leiser und erstarb.

Bartholdi verzog das Gesicht. «Ihr seid eine halsstarrige Bande. Aber ich werde tun, was ihr verlangt, ich werde so handeln, wie es die Ältesten für notwendig erachten, um die bestmögliche Zukunft für die Bürger von Quivelda zu sichern – ganz gleich, ob dies bedeutet, die Soldaten fortzuschicken oder ihr Angebot anzunehmen.»

Herzlicher Applaus brandete über den Anger.

Dann stimmten sie ab. Es war keine sonderlich penible Angelegenheit; stattdessen ging es mehr darum, welche Partei den größeren Lärm veranstaltete, wenn der Häuptling ihre Sache zur Wahl stellte. Bryn konnten sich denken, was kam, und er irrte sich nicht: Eine breite Mehrheit der Barue war dafür, das Angebot anzunehmen, das in ihren Augen den Schlüssel zu Wohlstand und Sicherheit darstellte. Nachdem sich ihre Ansicht durchgesetzt hatte, schienen die Leute zufrieden und beruhigten sich wieder. Sie waren anscheinend zuversichtlich, dass dies den Sieg bedeutete und die Anführer ihren Wünschen entsprechen würden.

«*Wir* unterzeichnen das Dokument!», rief Drattni erregt seinen Unterstützern zu. «*Uns* werden sie Quivelda wieder aufbauen – wenn ihr nicht in unser sicheres neues Dorf zurückkehren möchtet, ist das eure Entscheidung. Aber uns wird niemand zwingen, Flüchtlinge zu bleiben!»

Weiterer Applaus folgte seinen Worten. Bryn konnte Bartholdis Angst und Verwirrung spüren.

Thybil erhob sich und betrachtete die Leute mit Abscheu. «Ich kann mir nicht vorstellen, wie ihr diese Schande auf euch nehmen oder ertragen könnt», schimpfte der Alte so laut, dass alle Anwesenden es hören konnten, wandte sich mit einem Kopfschütteln ab und stürmte vom Podest.

«Und wir, die wir nicht mit einer Lüge leben wollen», rief Mittni und sprang auf, um sich seinem Hu-Barue-Kameraden Drattni entgegenzustellen, «die wir keinen faulen Kompromiss eingehen, werden uns selbst treu bleiben! Freiheit und Sicherheit zählen mehr als Geld, sage ich!»

Einige Barue begrüßten seine Worte, doch waren es wenige im Vergleich zu der Unmenge von Gegnern, die sie abfällig ansahen oder sogar belachten.

«Ich habe zwei Söhne und eine Schwester verloren, und ich werde es nicht zulassen, dass irgendjemand dieses Massaker mit einem Unfall wegerklärt, an dem wir Barue sogar noch selbst schuld sein sollen!» Ein Dörfler ballte die Fäuste und folgte Thybil. Zornestränen standen ihm in den Augen. Eine Handvoll Leute tat es ihm nach, darunter Yerfi, der Schmied. Er rief: «Feiges Pack!» Dann waren sie um die Ecke verschwunden.

Eine unnatürliche Stille legte sich über diesen Teil Wenfelds. Bryn konnte sich nicht erinnern, je einen so erbitterten Streit zwischen Barue miterlebt zu haben, und es schmerzte ihn, in dieses Meer von störrischen, traurigen und verwirrten Gesichtern zu blicken. Er fragte sich, wohin Thybil und die anderen gegangen waren und was sie nun tun würden.

Jemand zupfte ihn am Ärmel. «Komm», flüsterte Mittni, stand vorsichtig auf und verließ das Podium auf weniger spektakuläre Weise als seine Vorgänger. «Gehen wir Onkel Thybil suchen.» Bryn folgte ihm.

«Hoffentlich ist Dordios zurück!», flüsterte er. «Sie haben

gesagt, dass er zur Mittagszeit wieder da ist. Wenn nicht, suchen wir den gesamten Trabatrawald ab.»

Mittni nickte entschlossen.

Hinter ihnen begann sich die Versammlung zu zerstreuen.

✦ ✦ ✦

«Eure Majestät, wir haben Nachricht von den beiden Veteranen, die in das Unbenennbare Land entsandt wurden, um Beweismaterial für den Rat von Calaspias Offiziellen und Landesältesten zu sammeln. Sie sind nach Armaah zurückgekehrt, um ihre Fundstücke vorzulegen.»

«Zurückgekehrt!» Der junge Imperator sprang auf und sorgte damit für allgemeine Unruhe – vor allem durch den Königskelch, der nicht nur seinen Inhalt vergoss, sondern auf überaus beunruhigende Weise über den Boden polterte. Aurgelmir unterdrückte seinen Zorn und setzte sich wieder. «Zurückgekehrt?», fragte er listig. «Diese verschlagenen Mörder sind doch nie irgendwohin gegangen, und da sagst du mir, sie wären zurückgekehrt?»

Perduellis, der glatzköpfige Ratgeber und Mundschenk des Imperators, hob vorsichtig den Kelch seines Herrn auf. Er war nur froh, dass der Boden aus Marmor bestand – nicht dass er die Bescherung selbst aufwischen musste. Aber er musste dafür sorgen, dass es jemand tat. Der Wein war vergeudet, doch hatte er zumindest weder einen Teppich noch ein Kissen ruiniert. «Ich wollte damit sagen, dass sie zu uns zurückgekehrt sind, Herr. Dass sie wieder aufgetaucht sind.»

Der Ratgeber hatte in der letzten Zeit sehr auf seine Wortwahl achten müssen. Imperator Aurgelmir war fest entschlossen, die Mörder seines Vaters ihrer gerechten Strafe zuzuführen. Alle, die auf irgendeine Weise mit Eridanus und Galar

Sturlison verbündet waren oder sich an dem Lügengespinst beteiligt hatten, das überhaupt erst zur Versammlung von COLA, von Calaspias Offiziellen und Landesältesten, geführt hatte, waren in unmittelbarer Gefahr. Sein Herr räumte in Armaah schneller auf, als Perduellis für möglich gehalten hätte.

Während seiner zwanzig Dienstjahre hatte der Mundschenk immer wieder erlebt, wie Vorsicht und Bürokratie die einfachsten Vorgänge verlangsamten. Nun wurden neue Ministerien so schnell geschaffen, wie Aurgelmir ihre Namen niederschreiben konnte. Das wäre ohne umfassende Unterstützung durch die Ältesten und die Herrscher der anderen fünf Reiche des Imperiums nicht möglich gewesen. Und sie taten dies nicht allein aus Mitgefühl, weil er seinen Vater verloren hatte. Sie waren erbost, dass jemand so dreist versucht hatte, sie auszunutzen. Freilich teilten nicht alle die Gewissheit des Imperators, dass Eridanus und Galar schuldig waren. Sie hielten die beiden nur für zu gutmütig; darum hatten sie den Erzählungen ihrer Freunde geglaubt, die in Wahrheit hinter dieser Verschwörung steckten. Aurgelmir vertrat eine andere Ansicht. Er würde nicht ruhen, bis Eridanus, der seinen Vater ermordet hatte, seine gerechte Strafe erhielt.

«Nun gut, Perduellis.» Der Imperator fuhr sich durch die goldenen Locken, die in dem schwindenden Licht staubig braun wirkten. Er hatte immer noch nicht die Leuchter anzünden lassen – als würde er das Halbdunkel genießen. «Sie sind zurückgekehrt, und wir sind bereit. Verständige die Lehrmeister von Itrim, wie besprochen.»

Perduellis verneigte sich und eilte nach draußen, wies einen Diener an, dem Imperator aufzuwarten. Er bog mit flatternden Gewändern um eine Säule, um in Bewegung zu versetzen, was Aurgelmir über Tage hinweg geplant hatte. Um die

Ränke voranzutreiben, die mit der Rückkehr der Ostentum ins Rollen gebracht worden waren.

Imperator Aurgelmir nahm das Verschwinden seines Ratgebers nicht zur Kenntnis, ebenso wenig das Kommen und Gehen des Dieners. Er kicherte vor sich hin.

«Sie haben hier gewartet, hier in der Stadt, um den rechten Augenblick abzupassen. Wir sollten glauben, dass sie ins Unbenennbare Land gereist sind, bis hin zum Gipfel des Wahnsinns. Aber wir wissen die Wahrheit. Nein – nun werden wir auf sie warten.»

✦ 3. KAPITEL ✦

Beredte Ausflüchte

Der Plan war gewesen, so weiterzumachen, als hätte sich nichts geändert. Als wären die Barue nicht aus der Inselhauptstadt Armaah gejagt worden; als wäre Imperator Opeion noch am Leben und an der Regierung; als würde COLA bereitwillig auf ihren Bericht warten. So wollten sie vorgehen, allerdings ohne sich zu verstellen. Sie wollten den Offiziellen die ganze Wahrheit berichten, um so wenigstens ihrer moralischen Verpflichtung gerecht zu werden.

Galar und Eridanus hatten kaum eine Chance. Sie waren verblüfft, nicht nur den Großteil von COLA versammelt vorzufinden, sondern auch die höchstrangigen Offiziellen Itrims, die Eridanus schon erwarteten. Bei den Türen standen Bannbrecher der Apheristen Wache. Der Hohe Lehrmeister hatte keine Zweifel, was das für ihn bedeutete, aber er fuhr unbeeindruckt fort.

Die Ratsversammlung lauschte mit kaum verhohlener Vorfreude. Eine finstere, zornvolle Vorfreude war das, eine Begierde mitzuerleben, wie die Anklage die Richtigen traf und sie ihrer gerechten Strafe zuführte. Die Versammlung lauschte zunächst Eridanus, dann Galar und dann wieder Eridanus. Sie erklärten alles kurz und knapp, jeder nur ein paar Minuten lang. Der Verhaltenskodex zwang die Versammelten, dies zu gestatten, und sie taten es mit bitterer Geduld, denn sie waren überzeugt, dass ihr Triumph darum umso süßer sein würde.

Der neue Imperator selbst war es, Seine Majestät Aurgelmir, der dem Bericht der beiden Veteranen ein Ende setzte. Alles schwieg, als die beiden den gerechten Zorn ihres Herrschers zu spüren bekamen. Nun, da die Schuldigen am Tod seines Vaters vor ihm standen, war er begierig, sie hinter Gitter zu bekommen. Nein, Gitter würde diese beiden Schlangen nicht halten können. Dies waren keine gewöhnlichen Verbrecher … Aber damit würde auf der Stelle Schluss sein.

«Ich habe diese Reise nicht in Auftrag gegeben, und ich will nichts mehr davon hören», sagte er.

Galar und Eridanus hatten eher das Gefühl, vor Gericht als vor einem Rat zu sprechen; ihnen waren nicht einmal Stühle angeboten worden. «Wie es auch sein mag, Hoheit, doch haben wir schreckliche Nachrichten, die die gesamte Versammlung hören muss. Wir sind noch nicht fertig mit unserem Bericht.»

«Nein, nein, nein.» Aurgelmir lachte mit schmerzlich verzogenem Gesicht. «Ich denke, ihr werdet feststellen, dass wir diese Nachrichten bereits kennen. Schrecklich sind sie in der Tat, doch nun, da wir den Einfluss auf die Regierung zunichte gemacht und die … Urheber gefunden haben … werden *sie* es sein, auf die schreckliche Nachrichten warten.»

Der Imperator schnippte mit den Fingern. Perduellis trat mit der berühmten Krone Calaspias heran und setzte sie seinem Herrn auf das Haupt. Aurgelmir streckte die andere Hand aus, und ein Diener reichte ihm das Reichszepter.

«Hiermit erkläre ich, Imperator Aurgelmir von den Numenii, durch die mir vom Hohen Rat Calaspias sowie der Ältesten Itrims verliehene Autorität den Prozess gegen Galar

Sturlison und den Hohen Lehrmeister Eridanus für eröffnet. Verlest die Anklageschrift!»

Ein Ankläger stand auf und öffnete eine Schriftrolle. «Hochverrat, Mord, Verschwörung – wobei sie zahllose andere, darunter auch Unschuldige, in ihre Lügengespinste verwickelt haben –, Erpressung, Diebstahl ...»

Viel länger war die Liste nicht, und doch stellte jedes Wort einen Schlag für Eridanus und Galar dar, die ihre Leben dem Dienst an den versammelten Anführern und ihren Völkern geweiht hatten.

«... Betrug ... sowie Bereitwilligkeit, eine Verbindung mit den Mächten des Wahnsinns einzugehen.»

Die Anführer hatten mit feierlichem Schweigen gelauscht, doch bei diesen Worten wurde es unruhig in der Versammlung.

Der Ankläger trug vor, dass der Rat jedwedes notwendige Mittel benutzen würde, um die Beschuldigten an Ort und Stelle der Gerechtigkeit zu überführen. Bevor der Prozess fortgesetzt werden konnte, trat der Hohe Lehrmeister vor.

«Offizielle Calaspias, hört mich an! Ich bestreite nicht, dass ihr über jeden Recht sprechen könnt, über den es euch beliebt, aus welchen Gründen auch immer, aber ich bestehe darauf, dass ihr euch dabei an die Gesetze und Verordnungen haltet, die ihr selbst festgelegt habt.»

König Ureof von Arleath erhob sich. «Angesichts der mutmaßlichen Bedrohung, die Eridanus und Galar für unsere Regierung darstellen, mögen ein besonderer Ablauf und eine einzigartige Form der Anhörung gerechtfertigt sein. Doch die Forderung des Hohen Lehrmeisters ist berechtigt. Ehrlos sind wir und scheinheilig, wenn wir ihnen eine Liste der Anklagepunkte verlesen und damit riskieren, gegen unsere eigenen Gesetze zu verstoßen!»

«Nun gut, den Beschuldigten wird gestattet, sich zu verteidigen», gewährte der Imperator widerwillig. Eridanus und Galar waren nicht die Einzigen, denen die Worte fehlten. «Wie ihre Ausflüchte auch lauten werden: Wenn sie ihre Schuld bestreiten, so tun sie dies im Widerspruch zu allen Beweismitteln.»

«Seit wann sind Beweismittel ein Grund, mit Kriminellen zu verfahren, wie es einem gefällt?», donnerte Eridanus. «Selbst wenn wir schuldig wären, wäre es falsch, uns so zu behandeln – und ich versichere euch, dass wir unschuldig sind. Wir verlangen ein anständiges Gerichtsverfahren!»

«Wir haben bereits erklärt, warum es notwendig ist, mit euch anders zu verfahren», sagte der Imperator. «Nun sagt uns: Wo hattet ihr euch versteckt?»

«Wir sind nur dort gewesen, wo dieser Rat uns hingeschickt hat, und waren gerade dabei, euch Bericht zu erstatten, als wir unterbrochen wurden!»

«Ein sehr langer und weitschweifiger Bericht!», sagte Aurgelmir.

Perduellis seufzte. Es gehörte sich nicht für den Imperator, in einem Prozess eine so aktive Rolle zu übernehmen, selbst wenn dieser sich um die Ermordung seines Vaters drehte. Doch hatte er sich nicht davon abbringen lassen, und der Rat hatte seinem Wunsch entsprochen. Perduellis war nur froh, dass es ihm die meiste Zeit über gelang, seinen Herrn ruhig zu halten. Im Grunde schlug Aurgelmir sich bemerkenswert gut. Er hatte noch kein einziges Mal gebrüllt.

Schließlich aber ließ ein Zornesausbruch den Ratgeber hochschrecken.

«Wo liegt das Problem?», rief Aurgelmir. «Wenn sich eure Unschuld erweist, werdet ihr selbstverständlich frei sein! Bis dahin werdet ihr zum Schutz dieser Versammlung in Fesseln gelegt. Wir werden euch anhören, sobald ihr Handschellen tragt.»

«Dieses Vorgehen ist skandalös und empörend!», tobte Eridanus. Perduellis spitzte die Ohren. Hatten sie dieses Stadium schon erreicht? «Ich werde dieses Unrecht nicht dulden!» Schon näherten sich die Dekane Itrims. Eridanus erkannte den rothaarigen Djutoris an ihrer Spitze. «Älteste, verurteilt uns, bevor ihr uns gefangen nehmt! Denkt nach, bevor ihr handelt!»

Perduellis schüttelte den Kopf. Das gewaltige Räderwerk war bereits in Bewegung und ließ sich nicht mehr anhalten. Die beiden würden für den Rest der Verhandlung in Sicherungsverwahrung genommen werden. Eridanus' Zauberkraft würde durch seine Untergebenen, die Dekane, einem höheren Rang als dem Lehrmeister, neutralisiert werden.

«Imperator Aurgelmir hat recht – wenn ihr unschuldig seid, warum die Empörung?», wollte Lady Turissa wissen, die Herrscherin von Bel-Tued, der Handelsbucht. «Bedenkt, das ist eine unerfreuliche Angelegenheit. Ich weiß nicht annähernd, was ich davon halten soll. Bleiben wir am besten alle ruhig und kooperieren, damit die Sache rasch und sauber zu Ende gebracht werden kann!»

Eridanus trat einen Schritt vor dem hereineilenden Djutoris und dessen Leuten zurück. Perduellis erkannte einen Zauberstab mit brauner Spitze in der Hand des Dekans: Nurkis, ein machtvolles Material aus der unsichtbaren Welt, das dem Schwarzgold ähnelte. Eine seiner bekannten Fähigkeiten war es, allem, was damit berührt wurde, die Zauberkraft zu nehmen.

Doch die Dekane zögerten. Die meisten waren nicht sonderlich begeistert, dass sie versuchen sollten, Eridanus im Zaum zu halten. Der Mann war eine Legende – zusammen mit Nequam war er der jüngste Student gewesen, der es je zum Lehrmeister gebracht hatte, und nachdem der böse Zauberer seine wahre Gesinnung gezeigt und sich dem Wahnsinn zugewandt hatte, war Eridanus der jüngste Hohe Lehrmeister geworden, den der Orden je hervorgebracht hatte. Nun aber hatte es den Anschein, dass auch dieser Titan seine wahre Gesinnung offenbarte. Und das, nachdem er Nequam, seinen besten Freund, so entschlossen bekämpft und angeprangert hatte! Vielleicht waren sie beide von Anfang an Herren der Finsternis gewesen, was ihren Erfolg erklären würde … Und wie mächtig musste Eridanus sein, dass er seine Verbindung mit dem Wahnsinn in diesem Alter hatte verbergen können!

Imperator Aurgelmir erhob sich wieder einmal von seinem Thron. «Leitender Dekan, ich befehle dir, seine Zauberkraft zu neutralisieren!»

«Aber Herr, Nurkis wirkt auf diese Entfernung nicht!» Djutoris schwenkte hilflos seinen Zauberstab mit der mattbraunen Spitze. Die Substanz war blass und sah aus wie Stein, nur dass sie kein Licht zurückwarf, sondern eher wie feste Erde wirkte. Wie Schwarzgold war sie von winzigen Rissen durchzogen und sah aus wie zerbrochenes und sorgfältig wieder zusammengefügtes Glas. «Und gegen Wahnsinn wirkt es noch viel weniger!»

Der Imperator schwankte; er schien hinunterstürzen und sich die Bösewichte selbst vornehmen zu wollen. Schließlich fand er seine Stimme wieder. «Dann benutzt den Detektor!»

Djutoris zögerte. Dafür würde er noch dichter herangehen müssen. Der Dekan sah sich um: Soldaten und Bannbrecher standen kampfbereit da, alles hielt den Atem an. Er brauchte mehr Zeit. «Ihr wünscht, dass ich Garagold einsetze, Herr?»

Aurgelmir, der seinem Ärger während des Berichts seiner Feinde Luft gemacht hatte, indem er Papier zerknüllte, warf damit nun in Richtung Djutoris. Der Ball war zu kurz gezielt und traf einen Offiziellen am Hinterkopf. «Wie es heißt, ist mir gleich, Dekan. Benutzt es einfach!»

«Gewiss, Eure Hoheit», antwortete Djutoris, «sobald ich nahe genug heran bin!» Der Dekan machte viel Aufhebens darum, den Nurkis zurück in sein schützendes Holster zu stecken und den Garagoldstab mit der roten Spitze zu ziehen. Seine Gedanken rasten. Der goldhaarige Zwerg stand mitten im Weg. Es musste schnell gehen … Eridanus trug den Jadehalsreif, einen Talisman von berühmter Schutzkraft. Der Dekan wusste nicht, wie weit sein abschirmender Zauber reichte. Würde er den Detektor stören? Djutoris hatte dessen Macht nie erprobt.

«Hoher Lehrmeister, bitte legt als Zeichen Eures guten Willens den Jadereif ab. Lasst die gesamte Versammlung sehen, dass Ihr die Wahrheit nicht fürchtet. Bitte!», flehte der Dekan. Er hatte Tränen in den Augen, als er den Mann ansah, der seit seinem Eintreten in den Orden von Itrim sein Förderer und Vorgesetzter gewesen war.

«Tu das nicht, Djutoris», sagte Eridanus voller Ingrimm. Er wandte sich zur Versammlung herum und erklärte: «Der Rat von Itrim hat mit dem Hohen Rat von Calaspia nichts zu tun. Ihr wisst das! Die Lehrmeister unterstehen mir.»

«Ein überaus praktisches Arrangement.» Aurgelmir lachte spöttisch.

Eridanus ging nicht darauf ein. «Da ich es bin, der angeklagt ist, bin ich natürlich in der Hand des Rats. Aber bringt die Angelegenheiten nicht durcheinander! Klagt mich hier der Staatsverbrechen an und in Itrim des Zauberverbrechens, mit dem Wahnsinn umgegangen zu sein. Dort verfügen wir über verlässliche Instrumente. Klagt mich dort an, vor der gesamten Versammlung der Lehrmeister und nicht nur vor dieser Auswahl von Offiziellen, die selbst in die politische Gemengelage verwickelt sind.»

«Da wir hier die obersten Offiziellen Itrims bei uns haben, ist dies kein Problem», sagte König Haggar von Nanoak. «Mir scheint, dies sind nicht sehr stichhaltige Begründungen.»

«Das sage ich doch die ganze Zeit! Sie versuchen nur, Zeit zu schinden. Aber so schnell lässt die Verseuchung mit Wahnsinn nicht nach, nicht wahr, Djutoris?» Der Imperator bedeutete dem Dekan, endlich anzufangen. Der Mann machte einen weiteren zögerlichen Schritt auf den Zwerg zu, der vor Eridanus stand.

«Tawny, bring uns nicht durch irgendwelche Gewalttätigkeiten noch mehr in die Klemme», sagte Eridanus.

Djutoris hörte jedes Wort. Galar war auch ohne Waffe einschüchternd. Und nun verschränkte der Zwerg auch noch entschlossen die Arme vor der Brust. Seine Muskeln traten hervor, gelassen, beiläufig.

«Macht schon!», rief der Imperator.

Mit einem Seufzer der Verzweiflung hob Djutoris den Zauberstab. Auf diese Entfernung würde es schwer sein, aber nicht unmöglich. Wenn der Hohe Lehrmeister sich des Wahnsinns schuldig gemacht hatte, dann gewiss in erschreckendem Umfang, sodass sich die Tendenz leicht durch das Gerät in seiner Hand ablesen ließ. Die Spitze des Stabs war von einer dunkelroten Farbe durchdrungen, mit winzigen weißlichen Rissen, wie ein Spinnennetz. Ein merkwürdiges Brummen erklang, und Sekunden später waberten für das Auge kaum sichtbare Wellen von allen Seiten auf seine Oberfläche zu. Erschütterungen liefen durch das Garagold, und langsam begann es zu glühen.

«Rot!», entfuhr es Djutoris.

«Schuldig!», riefen die versammelten Lehrmeister.

«Dies reicht noch nicht für einen Schuldspruch …», warnte Djutoris.

«Aber vorläufig ist es genug!», bellte Aurgelmir. «Inquisition! Festnehmen!»

Die Dekane machten sich bereit, Eridanus in Ketten zu legen, aber bevor sie zugreifen konnten, erhob dieser warnend die Stimme. «Wenn ich unschuldig bin, was ich euch versichere, dann denkt daran, was ihr damit anrichtet! Ich werde zu dieser Angelegenheit eine Erklärung abgeben, sobald ich wiederhergestellt bin.»

«Du wagst es, deine Untergebenen vor den Augen des gesamten Hohen Rats zu bedrohen?» Aurgelmirs Gesicht verzerrte sich. «Genug von diesem Spiel! Wachen, packt sie!», dröhnte er. «Dekane, neutralisiert euren Hohen Lehrmeister!»

Doch Eridanus war entschlossen zu verhindern, dass ihm seine einzige Verteidigungsmöglichkeit genommen wurde. Wenn es den Lehrmeistern gelang, seine Zauberkräfte zu löschen, dann waren Galar und er tot; das lag auf der Hand.

✦ ✦ ✦

Die Loyalisten, wie sie sich nun nannten, machte ein großes Lagerhaus zu ihrem Hauptquartier. Zuerst trafen sie sich bei Mama Bellyset, aber bald schwoll ihre Zahl in einem solchen Maße an, dass sie von der Hausherrin in ihr Swignylager geschickt wurden. Bryn hegte den Verdacht, dass dies manch einen anlockte, der sonst nicht gekommen wäre, denn normalerweise kam man nicht ins Lager hinein. Bryn war schon dort gewesen. Das Lager war nichts Besonderes, außer man hatte noch nie mehrere hundert mit verschiedenfarbigen Etiketten beklebte Fässer auf einem Haufen gesehen. Was anscheinend für etliche Barue galt, und so verbrachten die

Loyalisten ihr erstes Treffen im Lagerhaus damit, die Fässer zu bestaunen und zu prüfen, ob man sie nicht irgendwie unauffällig öffnen konnte. Zu ihrem Glück hatten sie eine großzügige Gastgeberin, denn Mama Bellyset kam bald nach und machte ein verstaubtes Fass mit einem dunkelgrünen Etikett auf, auf dem *Swignytee* stand.

Bryn, Mittni und Telseara bekamen nicht viel von diesem Gebräu zu kosten, denn es war Zeit zum Mittagessen. Nervös kehrten sie zu Mama Bellysets Haus zurück, voller Hoffnung, von Dordios zu hören. Sie waren überglücklich, als sie ihn am Tisch sitzen und Honigswigny trinken sahen. Dordios sah ein wenig übernächtigt aus, schien aber unverletzt und bei guter Gesundheit zu sein. Einige Minuten lang musste der arme Bursche kräftige Umarmungen und Fragen über sich ergehen lassen, dann bestand Bartholdi darauf, die Geschichte von Anfang an zu hören.

Dordios stürzte sein Swigny hinunter, als ob es morgen keines mehr gäbe. Die Farbe seiner Wangen, die vom Temperaturwechsel gerötet waren, breitete sich über sein ganzes Gesicht aus. Bryn fiel zum ersten Mal auf, dass sein junger Freund auf der Reise nach Armaah Gewicht verloren hatte. «Nette Leute, Bryn. Aber … gruselig. Einerseits höflich, großzügig regelrecht, andererseits … eigenartig. Ich bin daraus nicht schlau geworden. Der Anfang war am schlimmsten. Ich habe Telseara erwartet –», Dordios verstummte abrupt und fuhr erst fort, als seine Schwester ihm grinsend zunickte, worauf die anderen lachten, «– aber stattdessen stürzte sich diese Gestalt in ihrem Umhang auf mich. Widerstand war zwecklos! Bevor ich reagieren konnte, hielt mich der Mann schon fest gepackt, eine Hand auf dem Mund; dann erzählte er mir, dass mir nichts geschehen würde, wenn ich kooperierte, dass ich morgen wieder bei euch wäre.

Dann ging es durchs Dorf und über die Mauer, mit einem Haken an einem Seil – *das* Ding würde dir gefallen, Telsea. Der Mann war sehr stark und beweglich, und zunächst hielt ich ihn für einen Culmus Sangui.» Dordios verschluckte sich an seinem Honigswigny, als er Thybils entsetztes Gesicht sah, und fuhr rasch fort. Zum Glück fragten Bartholdi und Mama Bellyset nicht, was ein Culmus Sangui war. Die beiden schienen den unbekannten Begriff gar nicht gehört zu haben, und Dordios beeilte sich, seinen Fehler zu überspielen. Bryn und Mittni warfen sich einen erleichterten Blick zu. Die Culmus Sangui waren überaus fähige Krieger, von deren Existenz die meisten Leute nicht einmal wussten. Gemeinhin nahm man an, dass ihr Orden während des Krieges um das Tor gegründet und nach dem Kampf gegen die Ostentum wieder aufgelöst worden war. Es war gut möglich, dass nicht einmal der Imperator der Numenii ihre wahre Geschichte kannte.

«So erreichten wir den Trabatrawald, und er brachte mich in sein Lager. Zuerst hatte ich natürlich Angst. Bei diesem ganzen Gerede von geheimnisvollen Soldaten, die Wenfeld beobachten, dachte ich, das hätte etwas damit zu tun, und rechnete mit dem Schlimmsten. Aber wie sich herausstellte, war es eigentlich ganz in Ordnung. Ich wurde gut behandelt, wenn auch merkwürdig … Ich verstand nicht alles, was geschah, beschloss aber, mich erst mal zu fügen. Es war eigentlich ganz nett, zur Abwechslung selbst einmal im Mittelpunkt der Aufmerksamkeit zu stehen!»

Alle Anwesenden waren verblüfft über die Geschichte des Jungen.

«Aber warum wollten sie *dich*?», wollte Telseara wissen. «Was sollte das mit Bryn?»

«Nun, da wird es richtig merkwürdig», sagte Dordios. «Wir

gehen also die ganze Strecke bis zu seinem Lager. Er erzählt mir, dass alles in Ordnung ist, dass ihr alle wisst, wo ich bin, also entspanne ich mich ein wenig und halte das Ganze für eine von Thybils Lektionen. Da hatte ich ihn natürlich falsch verstanden, und wie ich bald erfuhr, hatte er euch nur eine Nachricht hinterlassen, dass ich fort sei – dass *Bryn* fort sei. Zunächst stritt ich es ab, du zu sein, Bryn. Sie lachten nur und erklärten, dass ich ein schlechter Lügner sei! Sie wüssten, dass meine Großmutter in diesem Haus wohnte, und sie wüssten, dass ich Bryn sei. Dann erklärten sie mir, ich könne also ruhig zugeben, dass ich Bryn sei.»

«Wer *sind* sie?», fragte Thybil und beugte sich in seinem Stuhl vor.

Dordios wich ihren Blicken aus. «Es war klar, dass sie Bryn nicht persönlich kannten, sonst hätten sie ihren Fehler bemerkt. Sie behaupteten, zur apheristischen Kirche zu gehören, also dachte ich, alles wäre in Ordnung. Wir hatten ein paar philosophische Gespräche, die mich vermutlich entspannen sollten … sie hatten so ziemlich den gegenteiligen Effekt!» Er lachte. «Ich weiß nicht, wie du das aushältst, Bryn. Da kriegt man ja Kopfschmerzen von! Jedenfalls, sie redeten also dieses ganze Zeug und behandelten mich wie einen Ehrengast – nur dass sie darauf bestanden, dass ich noch ein bisschen blieb, bis zur Mittagszeit. Nach einigem Gerede und nachdem sie mich verschiedenen Leuten vorstellten, an deren Namen ich mich nicht mehr richtig erinnern kann, durfte ich schlafen. Ich bekam nicht allzu viel Schlaf, wie ihr euch vorstellen könnt. Als ich am Morgen wach wurde – ich durfte so lange schlafen, wie ich wollte, aber mein Zelt wurde gut bewacht, damit ich mich nicht davonschlich –, hatte ich einen Plan gefasst. Sie glaubten offensichtlich, dass ich aus gutem Grunde so tat, als sei ich nicht Bryn, also gab ich vor, mich zu fügen. Als sie mich als Nächstes zu ihren Anführern brachten, gab ich zu, Bryn zu sein, und erklärte, aus klar ersichtlichen Gründen so gehandelt zu haben, worauf sie lächelten und nickten!

Um die Geschichte nicht ausufern zu lassen: Abgesehen davon, dass sie mir ein paar Fragen stellten, wollten sie offensichtlich nur eines von mir. Unter keinen Umständen soll ich – Bryn – die Barue von Quivelda verlassen; es sei denn, um zu meinen Eltern in Baruto zurückzukehren.» Dordios sah Bryn kurz aus seinen braunen Augen an, bevor er wieder in seinen Swignykrug starrte und sein rotblondes Haar sein Gesicht verbarg. «An dieser Stelle wurde es ziemlich gruselig – vage Drohungen und all so was für den Fall, dass ich fortging. Die ganze Zeit waren sie überaus freundlich, schleimig schon fast, und sie lieferten mir alle möglichen Gründe, warum ich bei den Barue bleiben sollte … Ich fragte, warum, worauf sie antworteten, dass es eben eher nach meinem Geschmack wäre – *sicherer*, sagten sie. Ich versicherte ihnen, dass ich nicht die Absicht hätte, mein Volk zu verlassen, nicht vor meiner Volljährigkeit, wenn ich zu meinen Eltern in Baruto zurückkehren würde. Das schien sie zu überzeugen. Sie fragten mich, ob ich an meinem siebzehnten Geburtstag volljährig werden würde, worauf ich sagte, ja, an meinem siebzehnten Geburtsabend – das mit dem Geburts*abend* verstanden sie natürlich nicht, aber egal …»

Dordios sah auf und grinste dummlich. «Nach einer Weile, nach dem zweiten oder dritten Frühstück – herrliches Essen übrigens, fast so gut wie deins, Mama Bellyset – begleiteten sie mich zum Waldrand zurück und beobachteten mich, bis ich Wenfeld erreichte.» Er sah vom Vater zur Schwester. «Und was war bei euch los, während ich weg war?»

Das Gespräch ging noch weiter, aber schlauer wurden sie aus der Geschichte nicht. Es war untypisch für Dordios, so viel zu erzählen, aber anscheinend wollte er sein Abenteuer mit ihnen teilen. Wenigstens war er in Sicherheit. Die anderen informierten ihn darüber, was an diesem Tag geschehen war und wie entsetzt sie über sein Verschwinden gewesen waren. Telseara zögerte nicht, ihm zu erzählen, dass sie mehrmals versucht hatte, ihn zu finden, und Bryn rang sich dazu durch zu murmeln, wie leid ihm die ganze Sache täte. Dann versank er tief in Gedanken und bekam nur noch aus der Ferne mit, was gesprochen wurde.

Es war durchaus möglich, dass diese Leute zur apheristischen Kirche gehörten. Aber wozu dieses seltsame Benehmen? Wieder schienen ihm andere mehrere Schritte voraus zu sein. Er hatte das Gefühl, dass Thybil genau wusste, warum sie damit gerechnet hatten, dass er seine Identität bestreiten würde. Dabei war das etwas ganz anderes, als seine Identität zu verbergen, weil der Name Bellyset ungewünschte Aufmerksamkeit auf sich zog und andere sonst vielleicht auf die Idee kamen, das Rezept für Swigny stehlen oder ein Autogramm bekommen zu wollen ... Zumal seine Identität bei den Aposteln des Verstehens gut geschützt gewesen war, wenngleich er damals nicht gewusst hatte, wozu. Er hatte einfach immer nur Bruder Bryn geheißen, nichts weiter.

In seinem Kopf ging alles durcheinander; aus so vielen Fragen wurde er unmöglich alleine schlau. Er musste das alles mit Thybil besprechen. Er bekam ein ungutes Gefühl, als ihm wieder einfiel, was der alte Barue gesagt hatte, kurz bevor sie zu ausgedehnten Feiern nach Wenfeld zurückgekehrt waren. Den genauen Wortlaut wusste er nicht mehr.

Aber Thybil hatte ihm erzählt, dass er *nicht* vom Schicksal auserwählt war, die Welt zu retten. Er hatte darauf beharrt, dass *jeder* sich der Herausforderung stellen konnte, ein Held zu sein, auf welchem persönlichen Schlachtfeld auch immer, *jeder* sich den Mantel eines Kriegers umlegen konnte, um gegen die Ungerechtigkeit vorzugehen. Als jemand, der bei den Aposteln gewesen war, verstand Bryn dieses Gerede sehr gut. Es waren Allgemeinplätze, zur Aufmunterung gedacht – wobei sie durchaus ein Körnchen Wahrheit in sich trugen. Nur galten sie für das Leben von Durchschnittsmenschen, und Thybil war überzeugt gewesen, dass Bryn besondere Fähigkeiten besaß. Er hatte ihm vorgeschlagen, sich den Culmus Sangui anzuschließen! Die Vorstellung war verrückt … wo selbst Mittni ihn kräftemäßig und mit dem Schwert übertraf.

Andererseits wusste Bryn, dass der Alte recht hatte. Er hatte immer recht. Sicher, er hatte falschgelegen, was die Ostentum anging; nur hatte er nie behauptet zu *wissen*, dass sie zurückgekehrt waren, also hatte er sich nicht einmal hier wirklich geirrt. Vielleicht wusste Thybil ja Dinge, von denen Bryn keine Ahnung hatte. Was war denn mit dem geheimnisvollen Anhänger, den ihm Eridanus gegeben hatte? Mit den beiden Männern, die er unerklärlicherweise getötet hatte? Bei der Erinnerung daran wurde ihm immer noch ganz anders. Dann war da die Geschichte mit dem Attentäter. Bryn hatte geholfen, den Anschlag auf Imperator Opeions Leben zu vereiteln; dennoch war es jemand anderem gelungen, den großmütigen Mann zu ermorden. Sein Tod war immer noch ein Rätsel … wie so vieles andere. Frustriert schob Bryn seine wirren Überlegungen beiseite und wandte seine Aufmerksamkeit wieder dem Gespräch seiner Freunde zu.

✦ ✦ ✦

Mehrere Tage verstrichen ereignislos. Es kam nicht zu offenen Feindseligkeiten zwischen den Barue. Aus heißem Zorn wurde kalte Bitterkeit. Die Loyalisten trafen sich nur unregelmäßig, wie eine Bande oder Gruppe, die ein paar Kinder gegründet hatten, ohne recht zu wissen, was sie nun tun sollten.

«Wir brauchen ein Ziel», erklärte Mittni eines Tages. «Es hat keinen Sinn, sich nur zu treffen, um über unsere materialistischen, geldgierigen Freunde zu jammern.»

Bryn gab ihm recht. Dieses Gejammer wurde immer durch tröstende Mengen an Swigny gemildert, und dem Brauer gefiel die Vorstellung nicht, dass dermaßen viele Barue – denn ihre Zahl war schon wieder gestiegen – sich an den Vorräten seiner Großmutter gütlich taten.

«Du hast recht», sagte Yerfi. «Sonst werde ich nicht mehr zu diesen Treffen kommen, sondern stattdessen lieber mit der anderen Seite reden.»

«Aber hoffentlich nicht, um überzulaufen!», grollte der Alte, der Thybil bei der Versammlung, die die Gemeinschaft gespalten hatte, als Erster nachgestürmt war.

«Pass auf, was du sagst», schimpfte Yerfi. «Um sie zur Vernunft zu bringen, natürlich!»

«Das haben wir längst versucht», erinnerte Thybil.

«Ja, dann versuch ich's eben nochmal», sagte der Schmied.

Auf vereinzeltes Nicken folgte Schweigen. Draußen heulte unruhig der Wind, und die Balken über ihren Köpfen antworteten mit bedrohlichem Knarren.

«Schluss, Ende, aus. Mir reicht's», erklärte Yerfi. «Wir reden jetzt schon eine halbe Ewigkeit. Unter uns und mit den anderen. Wir müssen etwas unternehmen.»

«Und wenn wir etwas unternehmen wollen, brauchen wir einen Plan», betonte Telseara. «Sag mir einfach, was dir vorschwebt.»

Einige Barue, die Telsearas Eskapaden kannten, lachten.

Yerfi verschränkte die Arme. «Ganz einfach. Verhindern, dass die anderen mit dem Feind zusammenarbeiten. Das ist Verrat.»

«Und wie wollt ihr sie daran hindern?», fragte ein älterer Mann mit einem langen, dünnen Bart. «Sie an ihre Betten fesseln und die Tür zusperren?»

«Das machen eher die mit uns. Guckt euch ihre Zahl doch an! Die reinste Schafherde.»

«Wir haben bereits versucht, sie davon zu überzeugen, dass ihr Vorgehen in die Irre führt», sagte Thybil ruhig. «Nun müssen wir sie ihrem Schicksal überlassen.»

«Was soll das denn heißen, Onkel?», fragte Mittni. «Wir reden hier über meinen Vater, auch wenn er gegen die Abmachung ist. Da so viele Dörfler unbedingt mit den Soldaten zusammenarbeiten und das verflixte Dokument unterschreiben wollen, hat er keine andere Wahl als mitzumachen.»

«Darüber reden wir ein andermal», sagte Thybil. «Ich wollte auf etwas anderes hinaus. So, wie sie für sich die Verantwortung tragen, sind wir für uns verantwortlich. Wir haben unser Bestes getan, um sie zu überzeugen, aber vergeblich. Nun wird es Zeit, an die eigene Zukunft zu denken. An unsere eigene, jeweilige persönliche Zukunft.»

Seine Worte wurden mit grimmigem Nicken quittiert.

«Wir könnten einfach hierbleiben.» Dordios setzte mit hochgezogenen Brauen eine Warum-denn-nicht-Miene auf. Bryn fand, dass der junge Barue selbstsicherer war als vor der Entführung; vielleicht war sein Selbstvertrauen auch durch die Armaah-Mission gestiegen.

«Könnten wir», räumte Thybil ein. Er sprach langsam. «Und ich denke tatsächlich, dass das für die meisten hier der beste Weg wäre.» Er betrachtete die versammelten Gesichter, junge wie alte, schwache wie starke, verzweifelte wie entschlossene.

«Für andere von uns», fuhr er bedächtig fort, «verlangt die Situation nach drastischeren Maßnahmen.»

In einigen entschlossenen Gesichtern erwachte Interesse. Thybil verstand sich darauf, Menschen – oder jedenfalls Barue – zu inspirieren, und die bloße Absicht reichte aus, um ihre Aufregung zu befeuern. Seine Gefühle wanderten ansteckend von einem zum anderen.

«Die anderen Barue werden hier warten, bis Neuquivelda, oder wie immer sie es nennen werden, fertig ist. Das wird einige Wochen dauern, wenn nicht gar Monate oder Jahre, was immer diese Soldaten auch behaupten. In der Zwischenzeit wird Wenfeld weiterhin überwacht. Wollen wir da einfach nur herumgammeln und uns das mit ansehen? Die Köpfe einziehen und warten?»

«Nein!», rief eine Alte und schlug mit ihrem Gehstock gegen ein Fass Sauerswigny. «Los, Cleary, sag ihnen, dass wir das nicht tun werden!», flüsterte sie vernehmlich einem ihrer Söhne zu.

«Ich kann nicht weiter hier in Wenfeld leben, unter lauter Feiglingen», verkündete Yerfi. Bryn war verblüfft, dass Thybils Idee so schnell Wurzeln geschlagen hatte und dass andere Leute sie nun für ihre eigene hielten. «Wenn die Weisheit im Tun liegt, dann lasst uns handeln. Schlägst du vor, Wenfeld mit einer öffentlichen Protestaktion zu verlassen?»

Thybil schmunzelte. Flüstern machte sich breit. «Natürlich werdet ihr nicht alle mitkommen können, und das würde ich auch nicht wollen. Ich werde niemanden auffordern, Wenfeld zu verlassen, denn einen sichereren Ort gibt es wohl nicht. Und wenn Quivelda wieder aufgebaut ist und die Dörfler fort sind, sollte Wenfeld durchaus sicher sein. Bis dahin sehe ich es als meine Pflicht an, mehr über unsere Gegner und ihre Motive herauszufinden.»

Der Wind nahm zu und rüttelte am Holzgerüst der Scheune.

Bryn überlief ein Schaudern. Er wollte ebenfalls mehr über diese Soldaten wissen. Mittni und er waren bei weitem nicht mehr so abenteuerlustig wie damals bei ihrem Aufbruch von Quivelda, aber diesmal hatten sie keine Wahl.

«Ich werde mal einen Blick nach draußen werfen und schauen, ob die Scheune gut gesichert ist. Ich glaube, da braut sich ein Sturm zusammen.» Bryn rührte sich nicht, sondern starrte seinen besten Freund erwartungsvoll an.

«Ähm – ich helfe dir», sagte Mittni.

«Dann bis gleich, Jungs», sagte Thybil.

«Ein *bisschen* Hilfe könnten wir noch gebrauchen», sagte Mittni unverblümt.

«Wir helfen!», riefen Telseara und Dordios wie aus einem Munde. Sie wollten schon aufstehen, aber Thybil kam ihnen zuvor und sprang mit einer Energie auf, die sein Alter Lügen strafte.

«Danke.» Bryn grinste. «Aber wir drei machen das schon. Ihr zwei könnt aufpassen, dass unsere Freunde nicht zu viel Swigny in sich hineinschütten.»

Als sie gingen, wurden ihnen laute, humorvolle Beschwerden und spöttisches Buhen hinterhergerufen.

«Lasst euch durch den Kopf gehen, was ich gesagt habe», waren Thybils Abschiedsworte.

Sie gingen zur Tür und blieben direkt davor stehen. Swignyfässer schirmten sie vor den Blicken der ubrigen Loyalisten ab. Ihre Gesichter waren wieder ernst.

«Worauf läuft das hinaus?», fragte Mittni. «Willst du, dass wir Wenfeld verlassen?»

Thybil starrte die Tür an, als könnte er dort eine in der Maserung verborgene Schrift lesen. «Nein, ich fordere niemanden auf zu gehen. Aber ich werde gehen, und wer mich begleiten will, ist willkommen.»

«Ich komme mit», sagte Mittni prompt. Dann zögerte er. Argwohn schlich in seine Züge. «Wohin gehst du denn?»

«Hängt davon ab, wer mitkommt.»

«Solange es nicht Armaah ist, Onkel, ist es mir egal», sagte Mittni mit einem Grinsen.

Der Alte wandte die müden Augen von der Tür ab. Sein Blick strich den Boden entlang und hob sich, bis er seinen Großneffen aufmerksam ansah. «Nein, nach Armaah geht es nicht. Noch nicht.»

Die drei sahen die Tür an, als ob sie auf jemanden warteten, der sie für sie öffnen würde.

«Und wo willst du nun hin?», fragte Mittni seinen Großonkel ein weiteres Mal.

«In den Amboss. Bryn, begleitest du uns?»

Diese Frage hatte sich der Brauer auch schon gestellt. Einerseits konnte er einfach hier bei Mama Bellyset bleiben. Er war nicht verpflichtet, ins wiederaufgebaute Quivelda zurückzukehren, und er musste auch nicht dorthin gehen, wo die Loyalisten hinwollten. Bryn hatte das Gefühl, dass Thybil nicht einfach nur eine Bergwanderung machen wollte. So etwas passte nicht zu dem alten Barue. Da lief noch etwas anderes. Aber was, das wollte Bryn jetzt noch gar nicht wissen. Thybil würde sie zu gegebener Zeit schon einweihen.

«Ich komme mit.» Am Ende war es keiner dieser Faktoren, der den Ausschlag gab. «Die wollen, dass ich bleibe, also gehe ich.»

Thybil nickte langsam, und Mittni betrachtete ihn mit einer Mischung aus Freude und Angst. «Das ist toll! Klar, wenn du es so sagst, leuchtet deine Entscheidung total ein. Nicht das tun, was der Feind von einem will, stimmt's?» Sein Kichern misslang. «Aber was ist mit diesen … Konsequenzen, von denen sie gesprochen haben?»

«Die können sie in der Pfeife rauchen», sagte Bryn.

«Du darfst hier nicht weg – vielleicht folgen sie uns ja und versuchen, dich zu bestrafen», fuhr Mittni fort.

«Nicht, wenn sie glauben, dass Bryn immer noch hier ist», sagte Thybil. «Dann los. Ihr zwei sichert die Umgebung, und ich trinke noch rasch einen Krug Swignytee. Diese ganze Planerei macht mich ganz kraftlos. Draußen ist es zu kalt für jemanden in meinem Alter.» Der Alte zwinkerte ihnen zu und verschwand.

«Von wegen in den Amboss», brummelte Bryn. Er packte den Griff und zog. Die beiden Freunde schlüpften in das nachlassende Tageslicht hinaus und schlossen rasch die Tür hinter sich. Ein Windstoß traf sie und blies durch den Türspalt in die Scheune. Mit verkniffenen Gesichtern und eingezogenen Köpfen stapften die Freunde um das Holzgebäude herum.

«Hier gibt es nichts zu tun!», rief Mittni.

«Ich weiß!», gab Bryn laut zurück. «Aber der Wind ist erfrischend, stimmt's?»

Mittni schüttelte den Kopf und ging wieder zur Tür. Ein bisschen zu erfrischend für seinen Geschmack. Schneeflocken tanzten über den Himmel und spielten mit seinem Haar. Sie fielen nicht aus Wolken, sondern wurden vom Wind hochgerissen. Mittni sah auf. Außerhalb von Wenfeld wurde der Schnee in weißen Wogen über die Ebenen getrieben. Er blickte weiter nach Osten. Der Amboss war nicht zu sehen, er lag hinter fernen Wolken verborgen. Mittni blickte hoch und runzelte die Stirn. Sie waren nicht allein.

✦ ✦ ✦

Es waren nicht nur Wachen, sondern Goldene – die besten Wachen Calaspias. Diese Elitesoldaten hatten sich durch jahrelange treue Dienste und Akte selbstloser Hingabe aus dem Kreis ihrer Kameraden hervorgetan. Mit Aufnahme in die Goldene Wacht kamen sie üblicherweise in die Dienste des Adels oder eines schwerreichen Händlers, wobei Letztere zumeist in Bel-Tued ansässig waren, der Handelsbucht. Es handelte sich um ein Statussymbol und eine Ehre zugleich: Ein Goldener entschied selbst, wo und in wessen Diensten er arbeitete.

Zwei dieser Elitesoldaten waren es, die Galar in einer fließenden Bewegung ausmanövrierte und von der Treppe stieß. Das hing vielleicht mit der Tatsache zusammen, dass der Hohe Lehrmeister gerade ihre Gliedmaßen gelähmt hatte – wobei der Unterschied für die Zuschauer nicht zu erkennen war. Eridanus stand einige Stufen hinter ihm, oben auf dem Podium in der Mitte der Ratshalle. In der Vorhalle brach Verwirrung aus. Rangniedere Wachen, die mit den schwarzen Umhängen und dem «I» der Inquisition gekennzeichnet waren, stürzten die Treppe hinauf, um von einem brüllenden Töter beiseitegekegelt zu werden.

Eridanus war sofort in eine magische Schlacht verwickelt. Feindliche Zauber wurden durch den Jadereif neutralisiert oder gegen ihre Urheber gewendet, während Eridanus sich darauf konzentrierte, einen Schild zwischen Galar und dessen Gegnern zu errichten. Sie mussten fliehen. Wenn sie gefasst wurden, waren sie bald mausetot – selbst wenn man ihnen einen fairen Prozess zubilligte. Eridanus und Galar hatten eine Spur Wahnsinn an sich; sie waren als Todeskandidaten gebrandmarkt.

Wachen strömten von ihren Posten zum hölzernen Podest. Die Stufen zerbarsten zu scharfkantigem Bruchholz, und Splitter flogen vor ihnen auf, als der Hohe Lehrmeister die Bühne mit einem Wink seiner Hand zerfetzte. Holzspalte drohten jede Wache aufzuspießen, die zu nahe herankam.

Dennoch mussten Galar und Eridanus bald feststellen, dass sie umzingelt waren. Die Lehrmeister setzten nun auch ihre Defensivzauber ein. Politiker und Schreiber riefen um Ruhe. Bis jetzt war niemand ums Leben gekommen, aber das war nur noch eine Frage der Zeit. Galar stand keuchend in den Trümmern des Podiums, ein Schwert in jeder Hand. Er hatte sie eben den ersten Angreifern abgenommen. Eridanus befand sich jetzt neben ihm, reckte den Stock in die Höhe. Galar fand es ungerecht, dass sein Freund den Stock noch besaß, während er doch seine Axt verloren hatte. Woher hatte Eridanus seinen Stock eigentlich plötzlich wieder? Na, das fragte er ihn lieber ein andermal.

Aber irgendetwas stimmte nicht. Galar war sich der Körpersprache anderer nicht sonderlich bewusst, aber er kannte Eridanus nun schon sehr lange. Sein Freund war nach außen hin ruhig, aber irgendetwas war falsch. Der Jadereif schien gut zu arbeiten und sie zu schützen … aber der Mensch selbst tat erstaunlich wenig. Normalerweise beschwor er einen ganzen Wirbelsturm von Zaubern herauf, um seine Gegner damit hinwegzufegen, wenn die Umstände ein solches Vorgehen erforderten.

Der Lärm ließ kurz nach. Die Soldaten und Lehrmeister verharrten. Alles war auf den Beinen und sah entsetzt mit an, wie die Sache ihren Lauf nahm.

«Wir müssen hier raus, und zwar schnell», grummelte Galar. Hoffentlich hatte ihn niemand gehört. Seiner Erfahrung nach war es keine gute Idee, einen Plan laut auszusprechen. Andererseits lag ja wohl auf der Hand, was sie tun mussten.

«Aber nicht doch», erwiderte sein Freund.

Die Wachen setzten sich auf Aurgelmirs Raserei hin in Gang und bewegten sich langsam auf das Durcheinander aus Holz und Marmor zu.

«Was?», machte der Zwerg.

Eridanus antwortete nicht, sondern sah nur kurz verschmitzt nach oben.

Mit einem Schrei aus vielen Kehlen machten die Wachen ihren Zug.

«Oh, nein, nicht schon wieder nach oben!», ächzte Galar. Der Zwerg ging in eine geduckte Verteidigungshaltung. Er hatte nicht oft gegen Menschen gekämpft, jedenfalls nicht im Vergleich zu Monstern, aber sie erwiesen sich als einigermaßen handlich. Galar bellte wie ein wildes Tier, was enorm einschüchternd wirkte, und schwang gewandt seine Schwerter durch die Luft, in einer Abfolge tödlicher Bewegungen. Es hatte den Anschein, dass einige Leute zu Schaden kommen mussten.

Die Lehrmeister vollführten in aller Ruhe ihre Zauber: Ergeomorphismus, erkannte Eridanus, vor allem aber Psychallasismus. Der Jadereif lenkte die erste Welle von Zaubern mühelos zur Seite ab, aber der Hohe Lehrmeister wappnete sich für alles, was vielleicht durchkam. Irgendetwas schlug immer durch, und wenn der Kontakt erst einmal hergestellt war, kamen noch viele weitere Zauber an ihn heran. Außerdem konnte er Galar dann nicht mehr viel länger abschirmen – weil er mehr Kraft in seinen eigenen Schutz leiten musste.

Vor allem aber hatte er Angst vor den Nachwirkungen des Wahnsinns. Vielleicht bündelte er ja versehentlich die falsche Energie. Vielleicht verlor er die Kontrolle.

«Eridanus!»

Die Zeit lief ihnen davon. Die ersten Wachen erreichten Galar und warfen sich in den Kampf. Waffen krachten aufeinander, Echos klirrten durch den ehrwürdigen Saal und entweihten ihn. Dies war kein vorsichtiges Abtasten mehr, denn nun wussten sie, dass es ernst war. Der Zwerg würde sie ohne

Zögern niedermetzeln, wenn sie ihm zu nahe kamen. Und sie hatten nicht die Absicht, ihm Gelegenheit dazu zu geben.

Djutoris war der Erste, dem es gelang, Eridanus' Schutzschild zu durchdringen. Mit einem Fauchen überirdischen Lichts verband sein Zauber sich mit der Aura des Hohen Lehrmeisters und begann, ihm Körperkraft zu entziehen. Lehrmeister nutzten die günstige Gelegenheit und erneuerten ihre Attacken gegen ihren Obersten. Im Gegensatz zur allgemeinen Überzeugung waren die meisten Zauber unsichtbar. Die wenigen sichtbaren waren jedoch beeindruckend genug und veranlassten sämtliche Ratsmitglieder dazu, sich ans andere Ende des Saals zurückzuziehen. Mehrere hochrangige Offizielle machten sich daran, den Raum zu verlassen, Turissa von Bel-Tued an ihrer Spitze.

Ganz gleich, was Galar in der Hand hatte, er war tödlich damit. Auch mit bloßen Händen. Schwerter zählten nicht zu seinen Lieblingswaffen, aber sie erfüllten ihren Zweck. Die ersten drei Wachen schleuderte er beiseite, sobald sie nahe genug heran waren. So erpicht war er auf das Töten nicht. Andere ließen sich aus der Entfernung herunterbringen; er hatte immer noch ein paar Wurfäxte in ihren Schlaufen hängen. Wenn es so weiterging, blieb ihm jedoch keine andere Wahl. Denn wenn sie nahe genug herankamen, konnte er schlecht mit allen fertig werden.

Galar sah zu Eridanus hinüber, der jetzt in einen Schimmer eingehüllt war, in irgendein dunstiges … Etwas. Er schien sehr konzentriert. Aber warum schlug er nicht zurück?

Da! Der Hohe Lehrmeister war vor Zorn explodiert! Strahlen loderten wütend von seinem Leib weg. Die Augen des Menschen gleißten von weißem Licht, sein Leib pulsierte vor Energie.

Eridanus hatte die Beherrschung verloren.

Ein Todeszauber!

Der Hohe Lehrmeister war so voller Zorn, dass ihm nicht nur egal war, inwieweit Wahnsinn in diese Ballung von Kräften hineinfloss; er wollte es sogar. Seine Kraft war zu groß für die im Regere Mansionum installierten Fesselzauber. Eine Reihe von Wachen wurde von einer blendenden Lichtzunge zu Boden gestreckt. Blitze sprangen von Eridanus' Händen, um die restlichen Truppen im Saal außer Gefecht zu setzen. Galar sah entsetzt zu, wie sich oben auf den Rängen eine Abteilung Bogenschützen bereitmachte. Langsam, gleichmütig hob der Hohe Lehrmeister den Blick seiner strahlenden Augen zu ihrem tödlichen Arsenal.

«Feuer!», hörte Galar von fern den Hauptmann rufen. Die nadelspitzen Geschosse überwanden die Distanz, die die Bogenschützen von ihrer Beute trennten, mit atemberaubender Geschwindigkeit. Er konnte sich nicht schnell genug bewegen, um seinen Freund rechtzeitig zu erreichen …

«Nein!», brüllte Galar. Seine Gliedmaßen fühlten sich entsetzlich schwer an, als er sich auf seinen Gefährten zukämpfte.

Eridanus sah auf und musterte die Todesboten mit einem grimmigen Lächeln. Die Pfeilspitzen glitzerten grausam, als sie im Vorbeiflug das Licht vom hohen Fenster erfasste. Die Zuschauer verstummten plötzlich.

Nur Zentimeter vor seinem Gesicht trafen die Pfeile auf eine unsichtbare Wand.

Eridanus zuckte nicht einmal mit der Wimper. Langsam, träge fielen die Geschosse zu Boden. Ihre hölzernen Schäfte gaben auf dem Marmorboden ein recht harmloses Klappern von sich.

Der Hohe Lehrmeister seufzte traurig, erschöpft. Mit einem durch Mark und Bein gehenden Knirschen zerriss die wunderschön bemalte Decke, und große Stücke Mauerwerk krachten zu Boden. Die Leute stoben in alle Richtungen davon. Staub und Schutt regnete auf die Versammlung herab. Aus dem Fußboden schossen grelle Flammen empor.

Als der Staub sich gelegt hatte und das Feuer erloschen war, besaß das Regere Mansionum eine Freiluft-Ratshalle. Von Galar und Eridanus fehlte jede Spur.

✦ 4. KAPITEL ✦

Die Beobachter von Wenfeld

Ein Ritter in schwarzer Rüstung näherte sich Wenfeld. Sein prächtiger roter Umhang wogte hinter ihm im Wind. Ein offiziell aussehender Wimpel flatterte an seinem Mast am Sattel, neben der üblichen Ausrüstung eines Ritters, der in Angelegenheiten des Reiches unterwegs war. Mittni brachte kein Wort heraus – dann wandte Bryn den Kopf und sah ihn ebenfalls.

Die Barue beeilten sich, in die Scheune zurückzukehren und die anderen Loyalisten von dem sich nähernden Soldaten in Kenntnis zu setzen. Sie fuhren auf und liefen, mit Thybil an der Spitze, zum nächsten Tor. Rasch wurde ein Plan gefasst.

«Was wollen wir tun?», fragte Yerfi, als sie die erste Häuserreihe passiert hatten.

«Ihm gegenübertreten», erwiderte Thybil in mehreren Atemzügen. «Vor allem, um herauszufinden, was er will. Wenn er zu den Beobachtern von Wenfeld gehört, müssen wir als Erstes von seinen Absichten erfahren.»

Die Loyalisten erreichten das Tor, bevor jemand anders das Kommen des Fremden bemerkt hatte. Der Ritter verlangsamte seinen Ritt und kam gebieterisch durch das Tor, ohne abzusteigen. Sein Pferd, ein schwarzes Ross, schnaubte und blieb stehen.

«Seid gegrüßt», sagte ein weißbärtiger Alter.

Der Ritter hob sein Visier. Er sah verdutzt aus. «Wer bist du?», fragte er und sah auf die rund dreißig Gesichter hinab, die misstrauisch zu ihm hinaufstarrten.

«Deine Großmutter», sagte Thybil. «Erkennst du mich denn nicht?»

Die meisten Versammelten lachten. Sie gingen davon aus, dass man den Neuankömmling verhöhnen und verspotten würde. Aber Mittni reagierte schnell, bevor sein Großonkel sich oder anderen Ärger einhandeln konnte.

«Vergebt uns, Herr», stammelte er und zog Thybil von seiner Angriffsposition am Kopf der Menge zurück. «Er ist ein wenig senil.»

«Und wer seid Ihr?», wollte Thybil wissen und kämpfte gegen den starken Griff seines Großneffen.

Der Ritter setzte sein Ross wieder in Bewegung und ließ es einige gewichtige Schritte nach Wenfeld hinein machen. Er spähte die Straßen entlang – wohl um die Lage zu peilen, dachte Bryn. Als ihm klarwurde, dass er mit diesen Leuten würde vorliebnehmen müssen, seufzte er und stieg ab.

«Mein Name ist nicht von Belang», begann er und verursachte damit gereizte Unruhe in der Menge. «Ich bin hier im Namen Seiner Majestät, Imperator Aurgelmirs.» Das brachte die Menge zum Schweigen. Der Ritter ließ seine Worte kurz wirken und gab vor, nicht weiter auf die Leute zu achten, sondern stattdessen seinen roten Umhang zu richten. Dann wandte er sich ganz zu ihnen um. «Ich habe Nachricht für die Führer von Quivelda.»

Yerfi trat vor. «Die Führer sind im Augenblick nicht zu sprechen», sagte er entschieden. Ein Großteil der Loyalisten waren Hu-Barue, und wenn sie im Zweikampf wohl auch nichts gegen den Ritter hätten ausrichten können, waren mehrere dieser Krieger auf einmal nicht zu unterschätzen.

«Was ist mit den Führern von Wenfeld?», fragte der Ritter.

«Sie sind zusammen unterwegs», fuhr Yerfi fort. «Darum sind ja wir hier – um die Botschaft für sie in Empfang zu nehmen. Darum sind die Hu-Barue-Krieger hier.»

Der Mann maß die Versammlung erneut. «Nun gut. Ich komme ohnehin in Kürze noch einmal wieder, um die Angelegenheit zu besprechen. Lasst sie Folgendes wissen: dass Seine Majestät euren Vorschlag erwogen hat und wir beschlossen haben, ihn anzunehmen.»

Mit seiner nächsten Handlung überraschte Thybil alle. «Endlich!», sagte er und trat erneut vor. «Vergebt mir die Täuschung, aber es handelte sich um eine notwendige Schutzmaßnahme. Ihr wisst, wie paranoid unsere Führer im Moment sind. Ich bin Thybil, einer der Befürworter dieses Vorschlags.»

Der Ritter neigte kurz den Kopf. «Es ist mir eine Ehre. Dann kann ich dir die Botschaft anvertrauen. Hier ist die Schriftrolle. Ich werde bald für weitere Besprechungen zurückkehren.»

Thybil nahm die Schriftrolle, und der Ritter stieg wieder auf. «Thybil … ja, du stehst auch auf der Liste. Dann freut es mich besonders, von deiner Zusammenarbeit zu hören; du und deine Freunde, die dich nach Armaah begleitet haben, sind von lebenswichtiger Bedeutung für den Erfolg des Plans.» Er salutierte und setzte sein schwarzes Ross wieder in Bewegung.

«Was hat er damit gemeint, der Imperator hätte *unseren* Vorschlag angenommen?», fragte Bryn.

Thybil zuckte die Schultern. «Offiziell haben wir diesen Handel vorgeschlagen. So etwas möchte das Imperium nicht selbst angeregt haben.»

Die Loyalisten drängten sich um Thybil, der den Brief jedoch nicht öffnete, sondern in eine Innentasche seines Gewands steckte und zurück in die Stadt ging. Dabei warf er Mittni einen finsteren Blick zu. «Senil, ja?», zischte er aus dem Mundwinkel.

«Das ist absurd!», donnerte Bartholdi und warf einen misstrauischen Blick auf den entrollten Brief in Thybils Händen. «Sie können doch nicht verlangen, dass sämtliche Barue nach Quivelda zurückkehren. Wieso glauben sie, uns sagen zu können, wer dorthin gehört?»

«Das könnte ein Hintertürchen sein», gab Mama Bellyset ihm recht. «Aber es wird nicht für alle funktionieren, die lieber woanders bleiben wollen.»

«In der Tat – der Ritter hat eine Liste erwähnt, auf der auch mein Name stehen soll.» Thybil zupfte an seinem kurzen weißen Bart. «Es gibt einige Mitglieder der Gemeinde von Quivelda, die gewissermaßen zu sehr hervorstechen, um unter die Einwohner Wenfelds geschmuggelt werden zu können. Dazu zählen alle, die auf die Armaah-Mission gegangen sind. Wir müssen auch mit Vernehmungen und Kreuzverhören rechnen.»

«Mit diesen Leuten legt man sich besser nicht an», sagte Mittni. «Nur weil sie Menschen und keine Ostentum sind, heißt das noch lange nicht, dass sie davor zurückschrecken werden, uns etwas zu tun. Wir mussten nach dem Scheitern unserer Mission aus Armaah fliehen. Die Wachen hatten Anweisung, uns zu töten.»

Bartholdi riss die Augen auf. «Sohn, bleib bei mir.» Er legte seine Hand auf Mittnis. «Solange wir kooperieren, wird uns nichts geschehen.»

«Ja, aber zu welchem Preis?», fragte Bryn.

«Bryn hat recht, wir können nicht jeden zur Kooperation zwingen», sagte Thybil entschieden. «Womit wir drei Gruppen hätten: diejenigen, die nach Quivelda zurückkehren; die wenigen bescheidenen Seelen, deren Fehlen nicht auffallen wird und die in Wenfeld bleiben, und … die Loyalisten, die nicht in Wenfeld bleiben können und darum das Exil wählen werden.»

Mama Bellyset sah nervös aus. «Wenfeld wird alles tun, um eurer Lage Rechnung zu tragen. Manche Ältesten machen sich Sorgen wegen dieser Beobachter. Vielleicht ist es besser, wenn sie gar nicht erfahren, dass eure Gemeinde geschlossen in euer Dorf zurückkehren soll. Wir werden alle, die hierbleiben wollen und im Gegensatz zu Thybil nicht auffallen, in aller Förmlichkeit einbürgern.»

«Auf uns jedoch», fuhr der Alte fort, «wartet eine andere Entscheidung. Wir können uns entweder den Flüchtlingen anschließen, die nach Quivelda zurückkehren, oder wir lassen sowohl Quivelda als auch Wenfeld hinter uns, wodurch man unser Fehlen bemerken und uns jagen wird – aber erst später. Was uns ein bisschen Zeit gibt.»

«Wir brauchen nicht notwendigerweise zu so drastischen Maßnahmen zu greifen.» Mittni verschränkte die Arme vor der Brust. «Wenfeld ist groß, hier gibt es viele Keller und Dachböden, auf denen man sich verstecken kann – von Swignyfässern ganz zu schweigen.»

«Gut gesprochen, Sohn.» Bartholdi lachte bei der Vorstellung, Swignyfässer als Versteck zu benutzen. «Wir könnten die Leute sogar darin umherschmuggeln, indem wir die ‹bewohnten› Fässer mit einem unauffälligen Zeichen versehen, das nur uns bekannt ist.»

«Aber im Falle einer Entdeckung würde das schwere Strafen nach sich ziehen, und ich garantiere euch, dass einige entdeckt werden würden. Bedenkt man Lügendetektoren und Ähnliches, wissen besser so wenig Leute wie möglich von diesen Plänen. Dass einer kalte Füße bekommt, sollte auch in Erwägung gezogen werden.» Thybil wandte sich an Mittni. «Die Idee ist gut, aber für manch einen zu riskant. Nur diejenigen, die die Gefahr nicht scheuen, gefasst und – mindestens! – nach Quivelda zurückgeschickt zu werden, dürfen diese Option wählen. Ich zähle mich selbst nicht dazu.»

«Ich mich auch nicht», sagte Bryn. «Ich weiß nicht, ob es dieselben sind, aber wie ihr wisst, gibt es Leute, die mich unbedingt dort haben wollen, wo sie mich sehen können. Vor allem deshalb werde ich gehen.»

«Und ich komme mit», sagte Mittni ruhig. Bryn nickte dankbar.

«Damit steht es fest», sagte Thybil. «Dann haben wir mit den Fassbewohnern nun vier Gruppen.» Der Alte zog sich trotz des Feuers den Schal dichter um die Schultern, als ob er sich gleich auf den Weg machen wollte. «Wir werden mit den Loyalisten reden. Die Angelegenheit muss so geheim wie möglich bleiben. Und die Entscheidung muss schnell fallen, wenn wir eine Chance haben wollen, die Täuschung zuwege zu bringen.»

Die Führer der Barue sagte Lebewohl, jedoch erst, nachdem sie ihr Swigny hinuntergeschüttet hatten. Dann hielt Thybil die Tür auf, Mittni spähte hinaus, und zusammen mit Bryn huschten sie aus Mama Bellysets Haus in die Kälte.

✦ ✦ ✦

Thybil schloss leise die Tür der Scheune und bewegte sich in die Nacht hinaus. Er sog ruhig und dankbar die kalte Luft ein, während er die Umgebung überprüfte. Wenfeld schlief. Er ging um die Scheune herum, bis er bei einem Stapel Swignyfässer ankam, die leer waren – noch. Zwei Schatten tauchten zwischen den Behältern auf.

«Die Entscheidungen der Loyalisten sind gefällt», informierte Thybil die beiden. «Wenn ihr euch nicht noch umentschieden habt, können wir jetzt mit den Vorbereitungen anfangen.»

«Das ging schnell», sagte Mittni. Er sah Bryn an, der nickte.

«Wir begleiten dich, Onkel.»

Thybil sah erschöpft aus, aber so wachsam wie immer. «Gut. Dann packt eure Sachen.»

Bryn und Mittni sahen einander erschrocken an. «Was?»

«Ihr habt schon richtig gehört. Beeilt euch, und redet mit niemandem. Falls doch, dann benehmt euch wie immer.»

«Wieso denn jetzt?», fragte Mittni.

«Sei kein Narr», sagte sein Großonkel. «Die Nacht ist bewölkt, der Schnee ist in der Ebene weggetaut und liegt nur noch auf den höheren Ebenen und in den Bergen. Aber den Zeitpunkt legen wir auch nicht allein fest. Wir müssen uns nach den Zeitplänen anderer richten.» Thybil wies auf die leeren Swignyfässer. «Und die Frist, nach der sie sicherstellen werden, dass alle da sind, läuft noch ein paar Tage. Jetzt, wo wir wissen, dass wir die Abmachung geschlossen einhalten sollen, wird der Feind uns gewiss nicht aus den Augen lassen. Passt auf, dass ihr nicht selbst die Aufmerksamkeit auf euch zieht.»

Die beiden Jüngeren wollten schon gehen, aber Thybil ergriff Bryn bei der Schulter. «Denk daran, du kehrst offiziell zusammen mit den anderen nach Quivelda zurück, wo die Feinde, die sich als Apostel des Verstehens ausgeben, dich gut im Auge behalten können. Fang keinen Streit an. Wir treffen uns wie verabredet wieder hier, nur eben früher als gedacht. Jetzt geht.» Der Alte schob sie voran und kehrte in die Scheune zurück.

Sie kamen sich wieder wie in Armaah vor, nur dass sie diesmal aus der eigenen Barue-Gemeinde flohen. Bryn und Mittni gingen rasch zu Mama Bellysets Haus. Sie hielten sich an die Schatten und sagten kein Wort. Schließlich bogen sie von der Gasse ab und schlichen zum Haus hinauf. Ein schwaches Glühen im Kamin beleuchtete das Wohnzimmer; der Rest des Hauses wirkte dunkel und still.

«Vielleicht beobachten sie das Haus besonders intensiv», flüsterte Bryn und dachte mit Schaudern an Dordios' Entführung. Mittni nickte. Angenehme Küchendüfte wehten ihnen entgegen, als Bryn die Tür öffnete und die beiden hineinschlüpften. Sie machten kein Licht, sondern gingen auf Zehenspitzen nach oben und suchten ihre Sachen im Dunkeln zusammen. Je weniger sie mitnahmen, desto besser.

Nach einigen Minuten ließen die knarrenden Dielen darauf schließen, dass Mittni kam. Bryn lehnte sich neugierig aus der Tür.

«Schon fertig?», fragte er leise.

Die Schritte waren rasch und leicht, wie man es in einer solchen Situation erwartet hätte. Bryn packte sein Schwert beim Griff, nur für den Fall. Er war immer noch nicht besonders gut damit, aber er konnte sich nötigenfalls verteidigen. Selbst die kurze Zeit ihrer Reise durch den Amboss mit den Culmus Sangui, am Ende ihrer Mission auf dem Weg nach Wenfeld, hatte große Fortschritte gebracht.

«Gott sei Dank, du bist es.»

«Ja, aber wir sind vielleicht nicht mehr lange allein. Schau!» Mittni führte ihn zum Fenster und zeigte hinunter zur Straße. Bryn sah das schwache Leuchten einer Laterne, die näher kam. Dahinter folgte eine kleine Prozession. Sie sah offiziell aus, und es waren keine Barue. Bryn fluchte und machte, dass er wieder in sein Zimmer kam.

«Wie können sie es wagen?», schäumte er und warf sein Zeug zusammen. «Als ob die Stadt ihnen gehört!»

Bryn hastete mit einem Beutel voll Besitztümern aus seinem Zimmer. Zum Nachdenken fehlte die Zeit. Hatten sie noch Zeit für ein paar Nahrungsmittel? Er hatte schon wieder Hunger, und gleichzeitig war ihm schlecht vor Angst. Er sauste in die Küche, schnappte sich, was herumlag, und warf es in den Beutel. Mittni kam die Stufen heruntergepoltert.

«Zur Hintertür!», drängte er mit leiser Stimme.

Die beiden durchquerten das Wohnzimmer und schlichen über einen kurzen Flur zum Ausgang. Bryn warf einen vorsichtigen Blick zum Fenster hinaus, öffnete leise die Tür und schloss sie hinter seinem Freund gleich wieder. Hoffentlich wurde von den anderen niemand erwischt.

Inzwischen war es ziemlich dunkel. Die Schatten, die der heller werdende Mond warf, waren tiefer und länger geworden. Wolken schlängelten sich über den Himmel, verdeckten hier die Sterne und traten dort als gespenstischer blauer Nebel hervor. Langsam gingen die beiden Barue weiter, stets wachsam gegen in den Straßen herumschleichende Beobachter und eventuelle Zuschauer in den Fenstern über ihnen. Endlich gelangten sie bei der Hauptstraße an. Leider war sie gut beleuchtet. Aber niemand war zu sehen. Die beiden holten tief Luft und spazierten lässig hinüber. Bald lag dieser Teil Wenfelds hinter ihnen.

«Machen wir einen Umweg für den Fall, dass uns jemand sieht», flüsterte Mittni. Bryn nickte. Wenfeld wirkte bemerkenswert still und normal; die beiden fragten sich zwangsläufig, ob es nur die Angst gewesen war, die sie hatte glauben lassen, dass der Trupp mit seinen Fackeln hinter ihnen her gewesen war. Sie bauten jedenfalls darauf, das nicht erfahren zu müssen. Bryn fand es ein wenig unklug, sich wieder bei der Scheune zu treffen, wo doch viele Nichtloyalisten wussten, dass sie sich dort regelmäßig trafen. Andererseits war es auch eine absurde Vorstellung, dass irgendein Barue sie verraten würde, gegen welche Belohnung auch immer.

Die Scheune schien leer. Den Mund halten konnten sie immerhin, dachte Bryn. Mit einem wachsamen Blick ins Gelände näherten sie sich, um ein besseres Bild der Situation zu bekommen. Gut. Niemand war zu sehen oder zu hören. Mittni winkte Bryn weiter, und dieser legte die Hände um den Türgriff. Ein Schauder überlief ihn, als er das kalte Metall berührte. Ein Windstoß pfiff durch die Straßen von Wenfeld; eine günstige Gelegenheit, eventuelle Geräusche zu überdecken. Bryn zog an der Tür.

Sie rührte sich nicht. Er drückte dagegen. Nichts. Nur der Wind nahm zu. Frustriert schlug Bryn gegen die Tür.

«Irgendetwas muss sie aufgehalten haben», sagte Mittni.

Die Gefährten gingen ein Stück zur Seite und drängten sich gegen die Kälte zusammen, spähten in die Nacht. Die Minuten verstrichen, und sie bekamen allmählich Angst. Sie umrundeten die Scheune auf der Suche nach einem Versteck und landeten schließlich hinter einem Karren.

Eine Hand legte sich auf Bryns Schulter und ließ ihn beinahe aufschreien.

«Leise!», befahl Thybil. Seine Augen waren groß in dem spärlichen Licht.

«Endlich!» Mittni erhob sich, blieb gebückt stehen, die Hände auf den Knien. «Was hat dich aufgehalten?»

«Erledigungen», flüsterte Thybil. Er zog zwei Pferde aus dem Schatten.

«Wo sind die anderen?», fragte Bryn.

«Wir stoßen beim Nordtor zu ihnen», sagte Thybil. «Kommt.»

Thybil kletterte hinten auf den Karren, während die beiden Jüngeren die Pferde anschirrten. Dann setzten sie sich zu dem Alten und fuhren los.

«Hier, diese Papiere führen uns in die Freiheit», verkündete Thybil und wedelte mit einigen Dokumenten. «Swignyhandel. Unsere Fuhrleute sind gebürtige Wenfelder, also sollte es keine Probleme geben. Die anderen kommen getrennt dorthin und brauchen nicht von uns geschmuggelt zu werden, da sie nicht auf irgendwelchen Wunschzetteln des Imperators stehen.»

Bryn betrachtete das Swignyfass vor ihm mit neuen Augen. Ihm gefiel die Vorstellung gar nicht, allzu lange in einem zu stecken. Regen begann, vom Himmel zu tröpfeln, und Thybil verstaute die Papiere.

«Nichts geht über den Geruch von Regen», sagte er und sog genüsslich den erdigen Duft ein. «In den Bergen wird es noch viel besser riechen.»

«Besonders, wenn man stundenlang in einem Fass verknotet lag», sagte Mittni.

Der Karren zuckelte durch die leeren Straßen, während die Regentropfen auf die Steine platschten. Wenfeld sah einsam und verlassen aus, trostlos. Bryn fragte sich, für wie lange sie fort sein würden. Wohin würde Onkel Thybil sie bringen? Er hatte bestimmt einen Plan. Mittni und sein Großonkel zogen sich die Umhänge über die Köpfe; Bryn hingegen ließ es zu, dass die eiskalten Tropfen sein Haar befeuchteten und seine Kopfhaut zum Kribbeln brachten. Als ihm plötzlich klarwurde, dass er Mama Bellyset nicht hatte Lebewohl sagen können, stieg Ärger über ihre hastige Abreise in ihm auf.

Der Karren erreichte den Schutz eines Daches, und Bryn sah zum Gesims hoch. Sie waren nahe bei dem Wirtshaus *Zum munteren Gesellen*, das an diesem Abend offensichtlich nur bescheidenen Umsatz machte. Thybil sprang vom Wagen und verschwand in dem Gebäude. Kurz darauf kehrte er mit zwei stämmigen Barue im Schlepptau zurück. Ein kurzer Gruß wurde ausgetauscht, dann bemannten die Neuankömmlinge den Kutschbock, und schon ging es wieder unter dem Vordach hervor. Die beiden schienen genau zu wissen, was von ihnen erwartet wurde, und keine Erklärung zu benötigen.

«Habt ihr etwa gedacht, ihr könntet euch einfach verkrümeln, ohne auf Wiedersehen zu sagen?» Die Stimme neben ihm ließ Bryn auffahren. Es waren Telseara und Dordios, die sich auf den Karren zogen. Mittni und Bryn machten Platz für sie.

«Ich hab ihnen gesagt, wo wir sein würden», brummelte Thybil. «Hätte ich wohl besser bleibenlassen.»

«Ihr kommt nicht mit?», fragte Bryn. Zu seinem Erstaunen schüttelte Telseara entschieden den Kopf. Das letzte Mal waren die beiden Jüngeren von dem Flüchtlingstreck nach Wenfeld weggelaufen, um ihnen lieber auf ihrer Mission zu folgen.

«Wir können nicht», sagte Dordios. «Wir haben einen wichtigen Auftrag zu erledigen.»

Irgendetwas in seiner Stimme beunruhigte Bryn. Plötzlich fielen ihm wieder Thybils Worte ein, dass er offiziell nach Quivelda zurückkehren würde. Natürlich – die angeblichen Apostel des Verstehens hatten Dordios ja für ihn gehalten.

«Das ist absurd, Thybil!» Er wandte sich zu dem Alten um,

der weiterhin mit unbewegtem Gesicht nach vorn starrte. «Die merken doch sowieso, dass ein paar unserer Leute verschwunden sind. Warum fliehen die beiden nicht mit uns? Ich weiß genau, dass sie das wollen.»

«Man kann nicht immer tun, was man will», sagte Dordios ernst. «Die Pflicht geht vor.»

Bryn schüttelte ungläubig den Kopf.

«Keine Sorge», fügte Telseara mit unbekümmerter Stimme hinzu. «Wir folgen euch, sobald wir euch einen ordentlichen Vorsprung gegeben haben!»

Die Gefährten lachten.

«Ach ja, werdet ihr das?», fragte Thybil. «Aber im Ernst, Bryn, du vergisst, dass es hier zwei Seiten gibt. Da sind die Beobachter, die in der Tat unser Verschwinden bemerken werden, aber erst, wenn es zu spät ist – und dann sind da diese angeblichen Apostel. Ihretwegen werden wir so tun, als ob du geblieben wärst. Damit die Leute ihn nicht Bryn nennen müssen, werden wir den Aposteln gegenüber vorgeben, dass er sich als Dordios ausgibt und der richtige Dordios zusammen mit seinem Großonkel und seinem großen Bruder geflohen ist.» Thybil lächelte gerissen, und die anderen mussten grinsen; nur Telseara machte ein finsteres Gesicht.

«Aber sein Schwesterherz ist natürlich zu zart besaitet zum Fliehen, was?» Sie verschränkte die Arme vor der Brust.

«Nein, die bleibt hier, um auf Bryn aufzupassen, der die Identität ihres Bruders angenommen hat!», sagte Mittni, woraufhin sich Telsearas Miene aufhellte.

Bryn runzelte unter seinem Umhang die Stirn. Ihm schmeckte dieses ganze So-tun-als-ob-man-jemand-anders-wäre nicht. Er bezweifelte, dass sie das durchhielten. Und was passierte, wenn sie einen Fehler machten? Nicht er würde dann zu leiden haben.

«Ich bin sechzehn und fast volljährig», sagte er. «Dordios ist dreizehn! Diese angeblichen Apheristenbrüder glauben ja vielleicht, dass Barue kleiner sind als ein durchschnittlicher Numenii, und ich bin eher groß, aber trotzdem …»

«Es wird schon gutgehen», sagte Thybil beruhigend.

«Und wenn nun jemand kommt, der mich kennt? Ich kann das nicht zulassen!»

«Die Entscheidung liegt nicht bei dir», sagte Thybil. «Jetzt lasst uns von etwas anderem reden, bevor uns noch jemand streiten hört.»

Der Karren rollte für einige Minuten dahin. Die Räder hüpften über die Unebenheiten der Straße und verursachten ein leises Rauschen, wenn sie durch Pfützen fuhren. Bald gelangten sie bei einer weiteren Scheune an, die kleiner als das Hauptquartier der Loyalisten war und von der Bryn nicht wusste, ob sie Mama Bellyset gehörte. Sie betraten das Gebäude und schlossen die Tür. Eine kurze Zeitlang waren die zwei, die sie beim Wirtshaus aufgelesen hatten, mit Ladearbeiten beschäftigt, und eine dritte Person schloss sich ihnen an. Als sie fast fertig waren, traf Mama Bellyset ein. Bryn war froh, dass er ihr nun doch noch auf Wiedersehen sagen konnte. Und der Abschied kam rasch; nachdem die letzten Fässer auf den Karren gehievt und mit Halteriemen verzurrt worden waren, gab es ein kurzes Lebewohl, und Thybil, Mittni und Bryn sollten in die Swignybehälter klettern.

«Für wie lange denn?», fragte Mittni. Bryn konnte nur noch seinen blonden Schopf aus dem Fass gucken sehen.

«Abwarten», sagte Thybil und verschwand außer Sicht. Einer der Arbeiter trat mit dem Deckel vor. «Nicht mehr als einen Tag lang, versprochen!» Thybils Stimme klang dumpf aus dem Swignybehälter. «Versucht zu schlafen!»

Unglaublich, dachte Bryn, nachdem er selbst den Kopf

eingezogen hatte. Ihm war gar nicht klar gewesen, dass zweihundert Liter so viel waren – so ein Fass leerten die Leute im Nu. Er konnte sich recht bequem zusammenrollen, aber er war sicher, dass ihm das schon bald anders vorkommen würde. Bryn hätte fast gelacht. Wie witzig es doch war, dass er, ein Bellyset, ausgerechnet in einem Swignyfass aus der Stadt seiner Großmutter geschmuggelt wurde!

✦ 5. KAPITEL ✦

Eine unverschämte Geschichte

Armaah breitete sich wie ein gigantisches Spinnennetz nach Westen hin aus, warf Brücken und künstliche Inseln über das glitzernde Wasser. In den Augen des Imperators wirkte die Stadt aufdringlich und falsch. Er hatte die Insel seiner Geburt oft als Käfig angesehen und die Jagdausflüge und politischen Reisen zum Festland immer genossen. Auf Armaah wuchs kein Baum einfach so; jeder Garten wurde sorgfältig durchgeplant und gepflegt. Nachdem er diese Imitationen in seiner Kindheit als Natur angesehen hatte, war es etwas Besonderes, auf dem Festland durch einen wilden, undurchdringlichen Wald zu wandern, meilenweit dahinzugaloppieren, ohne etwas anderes als Felder und Wälder zu sehen, von den Gipfeln des Ambosses zu rufen und nach dem Echo zu lauschen, ohne sich zu fragen, wer es noch hören konnte. Der Mangel an Freiheit war die größte Unannehmlichkeit seines jungen Lebens gewesen, aber nun fühlte er sich zum ersten Mal wirklich wie ein Gefangener.

Das Boot glitt zwischen Hauptstadt und Ufer dahin, bot einen gleichermaßen dunstigen Blick auf beides. Armaah war zur Sicherheit vor fremden Truppen – Nequams Legionen – erbaut worden, aber diese isolierte Lage schützte sie nicht vor inneren Feinden. Betrug und Verrat waren dem obersten Haus der Reiche nicht fremd. Aber so wenig durchschaubar war die Lage noch nie gewesen, dachte Aurgelmir.

Perduellis näherte sich ihm. Vielleicht hatte er schon eine Weile im Hintergrund gewartet, darauf bedacht, die Gedanken Seiner Majestät nicht zu stören.

«Was gibt es, getreuer Ratgeber?», fragte Aurgelmir. «Genießt du die Reise ebenso wie ich?»

Perduellis verneigte sich. «Mylord, diesem Kerker zu entkommen, ist eine Freude, die mich immer wieder aufs Neue überrascht.»

Die eigenen Gedanken aus dem gewandten Mund seines Ratgebers zu hören, erwies sich als stimmungshebend. Perduellis war ein Mann nach seinem Herzen. Welch Segen es war, wenigstens einen Ratgeber zu haben, der wusste, was er wollte!

«Aber sag mir den anderen Grund für diesen Ausflug, Freund.»

Perduellis hob die Brauen. «Gnädiger Herr, Eure Weisheit übertrifft Eure Wahrnehmung noch. Es gibt in der Tat noch einen anderen Grund.» Er kam immer noch näher und sah sich um, sodass der Imperator mehr von seinem kahlen Schädel zu sehen bekam als von seinem Gesicht. «Hier sind wir allein – wirklich allein. Und vielleicht gibt uns der Szenenwechsel eine neue Perspektive.»

Aurgelmir sah zu dem Dutzend Soldaten an Deck der Yacht und lächelte angesichts der beiden Patrouillenboote, die sie begleiteten. Er wusste, was Perduellis meinte. Sie waren so allein, wie sie immer waren, wie sie je sein konnten.

«Ich hoffe, du hast recht», sagte Aurgelmir. «Nun lass uns offen reden, damit nicht unklares Reden zu unklaren Überlegungen führt und diese sich in unklarem Handeln äußern.

Du weißt ebenso gut wie ich, dass wir uns kein unklares Handeln mehr leisten können.»

Perduellis, der sich davon überzeugt hatte, dass er den Imperator wirklich für sich hatte, zog einen kleinen, aber nichtsdestotrotz luxuriösen Stuhl heran und stellte ihn nicht ganz dem Schiffsthron gegenüber hin. «Mylord, wenngleich ich gemischte Nachrichten bringe, wird es Euch zumindest freuen zu hören, dass unsere Aussichten sich in der Tat als … eher eindeutig erweisen dürften.»

«Gemischte Nachrichten sind keine guten oder jedenfalls nicht so gute, wie ich es gern hätte; aber so wie die Pflicht mir gebietet, sie zu hören, ist es deine, sie zu berichten. Also sprich, Mann.»

Perduellis fuhr sich mit den Fingern über den glattrasierten Kopf – wie um seine Haare zurückzustreichen. «Eure Hoheit, uns ist schon lange bekannt, dass der Wahnsinn in Calaspia wieder ansteigt. Die Lehrmeister informieren uns, dass ihre Instrumente eine dramatische Zunahme an wahnsinniger Aktivität in der unsichtbaren Welt verzeichnen. Die Dinge verhalten sich nicht so, wie sie sollten. Die Gesetze der Natur sind verbogen und zerbrochen. Ein Ungleichgewicht in der unsichtbaren Welt führt zu Erscheinungen in den Anfangsdimensionen, die für uns Menschen begreifbar sind. Eure Hoheit werden sich beispielsweise an die Wetterveränderungen erinnern. Es wird nach wie vor von Fluten in Nomidien berichtet, das wir seit langem nur als trocken kennen.»

«Ich erinnere mich durchaus, Perduellis, und was du beschreibst, beobachten wir seit langem.»

«Nun, Mylord, die Neuigkeit ist, dass wir nun erste Hinweise auf das Warum haben. Mylord werden sich erinnern, was wir ebenfalls als Folge dieses Anstiegs betrachten können: den Kult des Wahnsinns. Menschen, Mylord, die – obwohl ansonsten anständige Bürger des Imperiums – den verdrehten Lüsten des Verdorbenen nachgeben und sich dem Wahnsinn überlassen.»

«Obwohl darauf die Todesstrafe steht und sogar, obwohl sie damit ihr Recht auf ein apheristisches Begräbnis verwirken. Auch daran erinnere ich mich. Wie lauten diese Gründe nun?»

Perduellis senkte den Blick. Seine Worte kamen gedrängt und verlangsamten dann, wie ein Pfeil, der übers Ziel hinausgeschossen war. «Es gibt alle möglichen Gründe, die Itrim ermittelt hat, Eure Majestät – und dann gibt es noch einen Grund, einen Hauptgrund … Ich gehe sogar so weit, ihn *den* Grund zu nennen.»

Aurgelmir trommelte mit den Fingern auf der Armlehne des Throns. Perduellis fuhr eilig fort. «Und es wäre gewiss eine Beleidigung, anzudeuten, Mylord könnte auch nur für einen Moment die unverschämte Geschichte von Thybil und seinen Barue entfallen sein, mit der sie vor einigen Wochen angekommen sind.»

Die Finger Seiner Majestät krallten sich um Armaahs geschnitztes Wahrzeichen, den Löwen. «Das wäre es.»

Perduellis holte tief Luft. «Nun, Mylord … Vielleicht war sie gar nicht so unverschämt.»

«Kapitän! Lasst sie noch eine weitere Runde drehen!»

«Aber Eure Majestät, die Sonne geht unter. Ihr wolltet mit Prinz Rameon und Prinzessin Peasmi zu Abend speisen.»

Aurgelmir kehrte zu seinem Sitz zurück, ohne zu anworten. Er hätte Perduellis auftragen können, den Befehl zu geben, aber das Schreien tat ihm gut. Allerdings nicht gut genug.

«Lass mich deine Worte wiederholen», sagte er leise. «Erstens, dieser Ayactan, Nequams Favorit, ist wieder unterwegs und so wahnsinnig wie eh und je.» Der Ratgeber nickte. «Zweitens, er verfügt in der Tat über Truppen – angefangen bei den Nurgor. Was womöglich ihre Sammelbewegungen im Amboss erklärt. Aber dann wären da noch die Ostentum.» Perduellis sprach das Wort lautlos mit, als sein Herr es sagte: Os-ten-tum. «Jawohl, nun behauptet sogar mein Ratgeber, dass die Ostentum zurückgekehrt sind.» Aurgelmir seufzte. «Aber die Nachrichten sind gemischt, wie du sagst, weil wir nicht dort sind, wo wir gewesen wären, hätten wir Thybil und seiner Truppe von Anfang an geglaubt. Es gibt einen Ausweg. Sag ihn mir noch einmal, denn ich finde ihn schwer verständlich.»

«Ayactan ist nicht so blutdurstig, wie sein Herr gewesen ist. Er ist bereit zu verhandeln. Wenn wir ihm zu dem verhelfen, was er haben möchte, braucht er keinen Fuß in das Imperium zu setzen. Dann sind wir sicher.»

«Und du meinst, wir können ihm trauen?»

«Nein.» Perduellis schüttelte den Kopf. «Aber was ist die Alternative? Offener Krieg. Dann durchleben wir den Krieg um das Tor aufs Neue – nur noch schlimmer.»

«So etwas würde Calaspia nicht überstehen. Aber was, wenn er uns betrügt und angreift, was ihm durchaus zuzutrauen ist?»

«Wir werden die Grenzen schließen und uns gegen äußere Angriffe absichern, so gut es geht. Ich habe nach diesem Buch der Zeiten geforscht, das Ayactan will, und ich glaube, wir sollten auf jeden Fall versuchen, es in unseren Besitz zu bringen, selbst wenn wir später beschließen sollten, es ihm nicht zu geben.»

«Worauf willst du hinaus?»

«An die Existenz dieses legendären Buches glaubt kaum jemand; selbst die phantasievollsten Lehrmeister bezweifeln sie … Aber es dürfte sich, sollte es in unseren Besitz kommen, als überaus nützlich erweisen.»

«Ayactan will es, weil es große Geheimnisse in sich birgt, und sobald wir das Buch haben, finden wir besagte Geheimnisse vielleicht selbst von Vorteil.» Aurgelmir gestattete sich ein gerissenes Lächeln.

«Genau das, Mylord, exakt meine Meinung. Akzeptieren wir einen Frieden mit Ayactan – wenigstens vorläufig. Denn wir haben Sorgen genug.»

«Ich muss meine Ratsmitglieder zusammenrufen.»

«Aber Mylord, wie ich bereits sagte, Ayactan verlangt eine sofortige Entscheidung. Wenn wir andere in diese Angelegenheit hineinziehen, wird es ein endloser Konflikt. Euer Gnaden erinnern sich an die Unstimmigkeiten, als Thybil hier war. Davon abgesehen würden sie einem Pakt mit Ayactan niemals zustimmen, selbst wenn dieser nur in unserem eigenen Interesse wäre. Sie haben zu viel Angst. Sie würden bei der Erwähnung des Buchs der Zeiten lachen – oder jemand würde selbst Anspruch darauf erheben; so mächtig, wie es ist.» Er legte die Fingerspitzen aneinander. «Weiterhin würden wir sämtlicher Fortschritte verlustig gehen, die wir in Arleath und Wenfeld erzielt haben. Was nützt es, die Leute dort zum Schweigen anzuhalten, wenn andere etwas durchsickern lassen und sich Panik im Land verbreitet?»

«Ja, was ist mit den Barue?»

«Neuquivelda wird gebaut, Mylord. Ich schlage vor, wir fahren wie geplant fort.»

«Trotz dieser Nachrichten – trotz ihrer offensichtlichen Unschuld?»

«Ja, Mylord.»

«Gut … Selbst wenn sich ihre Geschichte als wahr erweist, werden wir das niemandem gegenüber zugeben. Wir werden uns intern um diese Angelegenheit kümmern. Ich sehe keine Notwendigkeit, das Volk zu beunruhigen.»

«Nein, Mylord.»

«Selbst wenn wir uns mit Ayactan einig werden, wird unser Land wegen seiner Machenschaften zu leiden haben. Wie wollen wir mit dem Wahnsinn fertig werden?»

«Noch während wir uns hier unterhalten, arbeiten die Lehrmeister an einer Lösung. Sie sagen mir, Mylord, dass der Wahnsinn von der Geisterwelt her in unser Universum einsickert – und vielleicht auch in jedes andere Universum, sollten diese existieren. Das lässt sich leider nicht verhindern. In Calaspia jedenfalls manifestiert er sich am Gipfel des Wahnsinns.» Perduellis rollte mit den Schultern, als wollte er ein Insekt verscheuchen. «Sie sind noch mit den Einzelheiten beschäftigt, Mylord, aber die Lehrmeister wissen, wie wir den Energieüberschuss aus Calaspia ableiten können. Indem wir ein Netzwerk in der unsichtbaren Welt errichten, durch das der Wahnsinn sich zurücklenken lässt – wie durch eine Art Spiegel.»

Aurgelmir ließ das einen Moment lang sacken. Er sah über das Wasser, das hier in einer sich kräuselnden Linie zum dunkler werdenden Himmel hin gelb und orange aufgleißte und dort unter den erhellten Wolken grün und blau lag, vor der dunklen Silhouette der Berge am Horizont, hinter denen in goldener Pracht die Sonne unterging.

«Du hast die umfassende Ermächtigung, das weiter voranzutreiben, Perduellis. Lass nicht zu, dass es sich herumspricht. Wir werden diese Angelegenheiten in aller Stille behandeln.»

«Mylord, wenngleich ich Eurem weisen Entschluss zustimme, kann ich nicht umhin, mich zu fragen, wie wir all dies tun können ohne die Zustimmung gewisser anderer Parteien. Das politische System der Numenii ist so beschaffen, um Tyrannen daran zu hindern, eine Schreckensherrschaft zu errichten.»

Aurgelmir stand auf. «Wir werden das System verändern. Wenn nicht, werden wir uns ohnehin einem Tyrannen beugen müssen – und einem schlimmeren, als jeder Mensch sein könnte.» Er wandte sich um und rief: «Kapitän, zum Ufer! Wir kehren zurück!»

✦ 6. KAPITEL ✦

In den Amboss

Bryn konnte spüren, wie die Nervosität in ihm anstieg. Wenn der Wagen nicht angehalten wurde, konnte er sie vielleicht im Zaum halten. Er hoffte es. Bald hörte er die gedämpften Abschiedsgrüße von Mama Bellyset, Telseara und Dordios und nahm die bequemste Lage ein, die sich finden ließ.

Viele dunkle Stunden vergingen mit Dösen, Langeweile und unangenehmen Gefühlen bis hin zu Schmerzen. Nach einiger Zeit war das beengte Herumliegen kaum noch erträglich und bescherte Bryn ein nervöses Kribbeln in den Gliedmaßen. Hoffentlich bekam er keine Krämpfe. Sein Zeitgefühl verschwamm; manchmal schweiften seine Gedanken an ferne Orte ab. Es war unmöglich zu sagen, eine wie große Strecke sie zurückgelegt hatten oder wie lange sie nun schon in diesen Fässern festsaßen. Ein paarmal hatte er den Eindruck, dass sie standen. Die restliche Zeit über war da nur das zermürbende monotone Rumpeln und Rollen des Wagens. Einige Zeit später hielten sie erneut. Sicher wurden sie jetzt abgeladen. Er hörte Stimmen draußen, und irgendein Gewicht wurde vom Deckel seines Behältnisses gehoben – ein anderes Fass wahrscheinlich. Er hielt den Atem an. Lampenlicht drang durch die Spalten seines Verstecks. Sein Fass war im Gegensatz zu denen, die Swigny enthielten, nicht fest verschlossen, damit er Luft bekam – kostbare, wenn auch stickige Luft, die erst eine schwere Abdeckplane, die Fässer und weiß Elyon was sonst noch hatte überwinden müssen. Und obwohl sich irgendjemand an der Ladung des Karrens zu schaffen machte, blieb sein Fass, wo es war.

Die Fahrt wurde ebenso beengt fortgesetzt. Bryn quetschte sich zurecht, bis er die Beine anwinkeln und gegen die Brust pressen konnte. Es war eine Wohltat für seinen Rücken. Dann überfiel ihn plötzlich eine erschreckende Vorstellung. Was, wenn Mittni und Onkel Thybil ausgeladen worden waren und man ihn aus irgendeinem Grunde vergessen hatte? Ach nein, das war doch Unsinn. Draußen regnete es immer noch, ein sanftes Trommeln auf der Ladung. Bryn konnte sich vorstellen, wie die Tropfen von der Erde aufgesogen wurden, wie die nassen Blätter, durch die der Wind strich, im Mondlicht glänzten … Er sehnte sich danach, wieder frei zu sein. Ohne es zu wollen, nickte er ein.

Als er aufwachte, kam ihm das Fass viel enger vor. Er war steif, und ihm tat alles weh. Er konnte seinen Schweiß riechen – und andere Ausdünstungen des Körpers, die man erst bemerkte, wenn man einmal in einem stickigen Fass eingeschlossen war. Hunger hatte er auch, aber er bereute es nicht, keine Verpflegung mitgenommen zu haben. Sie wäre inzwischen ohnehin nur noch Brei gewesen.

Plötzlich wusste er, warum er aufgewacht war. Der Karren stand. Er hatte sich so sehr an das unangenehme Ruckeln gewöhnt, dass dessen Ausbleiben ihn geweckt hatte! Er unterdrückte sein schweres Atmen und lauschte, hörte ruhige Bewegungen. Ein bisschen war es ihm egal, ob sie noch weitermussten, denn in seinem schläfrigen Zustand döste er sicher gleich wieder ein. Ein Kratzen ertönte, als das Fass neben ihm beiseitegehievt wurde, dann ein Scharren, Holz auf Holz, als sein eigenes Fass vom Karren gezerrt wurde. Er schüttelte die Verschlafenheit ab. Die Barue draußen halfen dabei, denn sie kippten das Fass, was ihm das merkwürdige Gefühl gab zu fallen, und rollten ihn zum Rand der Ladefläche. Er konnte ihre gedämpften Stimmen hören. Sie gaben Anweisungen, äußerten Warnungen, dann ging es abwärts. Eine Sekunde lang war er in der Luft, dann spürte er in den Füßen und der Kehrseite, wie das Fass auf den Boden krachte.

Die Arbeiter draußen entfernten sich. Bryn ächzte. Er hatte damit gerechnet, jeden Moment freizukommen. Qualvolle Minuten vergingen. Dann kam endlich jemand zurück und machte sich am Deckel zu schaffen. Nach einem Moment sprang er auf.

Der Nachthimmel blitzte schmerzhaft vor Bryns Augen. Bevor sie sich an die neue Umgebung gewöhnen konnten, griffen Hände nach ihm und halfen ihm auf.

«Ich bedauere es fast, auf diesen Einfall gekommen zu sein», hörte er Mittni klagen und wandte sich um. Sein Freund lehnte sich auf den Rand seines Fasses. Thybil stand schon neben dem seinen. Bryn begriff erst jetzt, wie schwer es war, dort hinauszuklettern. Er versuchte es mit der naheliegenden Lösung, sich links und rechts festzuhalten und hinauszuziehen, aber die Öffnung war zu schmal und der Rand nicht breit genug. Am einfachsten krabbelte man wahrscheinlich aus diesem Ding hinaus, wenn es auf der Seite lag. Aber dazu hätte er jemanden gebraucht, der es hinlegte.

Am Ende packte ihn sein Helfer, bevor er das Problem noch mitteilen konnte, auf nicht ganz schmerzfreie Weise beim Arm und begann zu ziehen. Bryn krabbelte ins Freie. Er entfernte sich noch ein Stück auf allen vieren und stand auf.

«Wo sind wir?», wollte er wissen.

«Berichte», sagte Thybil zu dem nächstbesten Arbeiter, der seine Kollegen aufforderte, ihm bei der Erzählung zu helfen. Sie bildeten einen Kreis.

«Die Fahrt war eigentlich ganz angenehm», begann der eine.

«Und wie!», schnaubte Mittni.

«Einmal wurde es ein bisschen kniffelig, als uns ein paar von diesen Beobachtern anhielten ... Die haben sich erst die Papiere zeigen lassen, und dann mussten wir sie noch überzeugen, dass wir einen Zeitplan einzuhalten haben und deshalb so spät in der Nacht noch unterwegs sind.»

«Wegen einer Lieferung mussten wir auch noch anhalten. Bloß ein kleiner Händler, der ein paar Fässer wollte. Mehr gibt's eigentlich gar nicht zu erzählen.»

Thybil sah sich um. «Gut gemacht. Vielen Dank – Moment noch.» Der Alte zog einen kleinen Beutel hervor, der wohl voller Münzen war, denn das Gewicht zog ihn lang.

«Das ist nicht nötig; wir werden von Mama Bellyset bezahlt! Ist doch unsere Arbeit!» Aber der Arbeiter nahm den Beutel trotzdem. «Danke, Herr.»

«Und sie bezahlt uns durchaus anständig», brummelte der Dritte halbherzig und trat zu seinen Kollegen, um die Höhe ihrer Belohnung festzustellen.

«Jeder bekommt, was ihm zusteht», sagte Thybil. «Vergesst nicht, wem ihr die Treue haltet.»

Dann trennte man sich. Die Arbeiter luden die Fässer wieder auf, und Bryn, Mittni und Thybil spazierten aus dem Lichtkreis ihrer Lampen davon. Einige Minuten lang gingen sie schweigend dahin, nahmen wachsam die Umgebung in sich auf. Schließlich ergriff Thybil das Wort.

«So rasch wird unser Fehlen in Wenfeld nicht auffallen.

Nach allem, was man weiß, haben wir uns vorübergehend zurückgezogen, um eine wichtige Angelegenheit zu beraten.» Im Mondlicht konnte Bryn sein Schmunzeln kaum erkennen, aber er konnte es spüren. «In Wirklichkeit wollen wir damit natürlich Zeit schinden für den Fall, dass die Beobachter wieder herumschnüffeln. Nach ein paar Tagen wird jemand den Wenfeldern Nachricht bringen, dass wir nach Quivelda zurückkehren, um passende Stellen für unsere neuen Häuser auszusuchen, weil sich am Ende der Beratungen alle Führer darin einig waren, dass wir den Vertrag am besten doch unterschreiben.» Nun schmunzelten Bryn und Mittni ebenfalls. «Anschließend treffen wir uns angeblich mit einem ungenannten Architekten, um seinen Rat in Sachen Stadtplanung und ähnlichem Unsinn einzuholen, und dann so bald wie möglich zurückzukehren. Bis dahin sind wir in Wirklichkeit längst weit weg …»

Die drei Barue gestatteten sich ein glucksendes Lachen. «Wo sind wir eigentlich gerade?», fragte Mittni unvermittelt. Das Gelände war bergig, steiler als die Hügel in der unmittelbaren Umgebung von Wenfeld. Es hatte zu regnen aufgehört oder hier vielleicht auch überhaupt nicht geregnet. Der Schnee lag in großen Flecken verteilt und schimmerte kalt im Sternenlicht. Wie lauter Miniaturgletscher, fand Bryn.

«Östlich von Wenfeld», sagte Thybil. «Wir befinden uns zwischen der Zwergenstadt Ged-Ruak und ihrem abgelegenen Pass Lal Ak. Aber freut euch nicht zu sehr, Zwerge in der Nähe zu haben; wir würden Tage brauchen, um jeweils dorthin zu kommen.»

«Dann sind wir im Amboss?», fragte Mittni.

«Mehr oder weniger – in den Ausläufern. Im eigentlichen Hochgebirge würden wir uns das Leben viel zu schwer machen, aber in Ermangelung einer besseren Bezeichnung können wir das hier durchaus zum Amboss zählen, jawohl; wenn es auch noch nicht die Berge von Ged-Ruak sind.»

«Und wohin gehen wir?», fragte Bryn.

«Wir treffen uns bald mit den anderen Loyalisten. Sie brauchten zum Glück nicht hinausgeschmuggelt zu werden, sondern haben so getan, als ob sie Wenfelder wären, die bald wieder zurückkehren … zur Abendunterhaltung, wie es sich gehört. Ich hoffe, alles ist gutgegangen.»

«Und auf lange Sicht?», hakte Bryn nach, der den Eindruck hatte, dass Thybil dem Thema auswich.

«Treffen wir Galar und Eridanus?», fragte Mittni in einer Mischung aus Optimismus und Misstrauen.

Thybil zögerte einen Moment. «Das kann ich nicht sagen. Ich hoffe es.»

Ja, er vermeidet eindeutig eine ehrliche Antwort.

«Ich kann nur hoffen, dass du einen Plan hast», neckte Mittni ihn. Thybil gab ein Räuspern von sich. «Schuckel, das war ein Witz!» Mit einem Anflug von Verzweiflung wandte Mittni sich zu Bryn um, der die Schultern zuckte.

«Wir sollten uns mit den anderen hier in der Nähe auf einer Lichtung treffen», erklärte Thybril. «Der Karren war sehr langsam, kein Wunder bei der Beladung und dem Zwischenstopp. Es würde mich nicht wundern, wenn sie schon dort sind. Ich hoffe es.» Der Alte wandte sich zu seinen Gefährten um. «Wenn nicht, haben wir Zeit, über unsere Zukunft nachzudenken.»

«Bevor sie über uns hereinbricht, am besten», sagte Mittni.

Bald darauf gelangten sie bei der erwähnten Lichtung an. Thybil brauchte ihnen nicht zu sagen, dass sie ihr Ziel erreicht hatten, denn der Haufen Barue war nicht zu übersehen. Es machte nicht den Eindruck, dass sie schon lange dort waren;

manche von ihnen schienen sich gerade erst in eine bequemere Warteposition zu begeben, als die drei eintrafen. Bryn sah mit einiger Bestürzung, dass sie einen breiten Streifen Fußspuren im Schnee hinterlassen hatten. Thybil waren sie auch aufgefallen, denn er befahl sofort fünf Hu-Barue, die Spuren zu verwischen.

«Bis dorthin, wo der Schnee aufhört», wies er an. «Und hinterlasst vorsichtshalber eine falsche Fährte – eine kurze reicht.» Er machte eine Pause. «Als Nächstes gehen wir nordwärts.»

Bryn und Mittni sahen einander fragend an.

«Meinst du, das hat er sich eben erst ausgedacht?», flüsterte Mittni.

Die Hu-Barue gingen mit der Anweisung, sich zu beeilen. In der Zwischenzeit wurde der Rest der Versammlung gezählt: Insgesamt waren sie neunzehn. Eine gute Zahl, fand Bryn.

«Da wären wir nun also im Amboss», sprach eine Frau Thybril an. «Bist du nun zufrieden?»

«Man könnte fast auf die Idee kommen, ich hätte dich mitgeschleift, Margaretha», sagte Thybil freundlich.

Die Frau seufzte. «Mir ist klar, dass wir uns selbst dafür entschieden haben, aber du verstehst dich darauf, einen zu manipulieren. Du vermittelst uns sogar den Eindruck, wir hätten einen freien Willen.»

Offensichtlich hatten die Barue sich auf dem Weg hierher ziemlich oft beklagt. Je weiter weg von Wenfeld, desto mehr.

«Keine Sorge. Ihr könnt nach Wenfeld zurückkehren, sobald die Dörfler nach Quivelda aufgebrochen sind. Aber ich würde sagen, wir bleiben die restliche Nacht über hier. Lasst uns eine geschütztere Stelle suchen.»

«Stimmt, es ist kalt», sagte jemand.

«Ich hatte weniger an die Temperatur gedacht als daran,

entdeckt zu werden. Mittni und Bryn, ihr wartet hier auf die Hu-Barue. Dann könnt ihr nachher unseren Spuren folgen und sie dabei gleich verwischen.»

«Na, vielen Dank auch.» Mittni verdrehte die Augen.

«Wir gehen in diese Richtung ... Seht ihr den Findling? Und diese Felsnase? Dort gehen wir entlang. Wenn sich an der Planung etwas ändert, hinterlasse ich euch eine Nachricht, oder einen Boten. Es ist besser, wenn wir nicht alle zusammen unterwegs sind; gleichzeitig könnt ihr als Nachhut dienen.»

Die Truppe machte sich auf den Weg, und Bryn und Mittni wurden mit ihrem Gepäck und dem gespenstischen Terrain allein gelassen.

«Wenn sich an der Planung etwas ändert.» Mittni schnaubte. «Wird schwer werden, hier etwas zu essen aufzutreiben ... Gibt wahrscheinlich nicht einmal Hasen. Was sollen wir hier denn finden? Vögel?»

Bryn nickte nur. «Ich hab nachgedacht ...»

«O weh.»

Bryn ignorierte das. «Über die Veränderungen in unserem Leben. Anscheinend werden sie uns aufgezwungen. Es ist ja nicht so, als ob wir eine Wahl hätten, oder? Zuerst die Ostentum und nun die Beobachter. Ganz zu schweigen von diesen angeblichen Apheristenbrüdern.»

Er lehnte sich mit dem Rücken gegen einen Baumstamm.

«Wir sind weggelaufen», sagte Mittni, wie um sein Argument zu widerlegen.

«Ja, sicher», gab Bryn zurück. «Genau das meine ich doch. Wir sind so viele Male zur Flucht gezwungen gewesen ... Äußere Kräfte zwingen uns ihren Willen auf.» Bryn trat wütend den Schnee, schickte einen Kristallschauer in die Dunkelheit hinauf, der kurz aufglitzerte, bevor er sich im Gras verlor.

Mittni schwieg einen Moment lang. «Ich weiß, was du

meinst. Ich bin auch ganz schön sauer deswegen.» Er wandte sich zu Bryn herum. «Aber vergiss nicht ... Wir hätten niemals wegzulaufen brauchen. Wir hätten mit den Beobachtern zusammenarbeiten können, aber wir haben uns dagegen entschieden. Es war unsere Entscheidung.»

«Da hast du wohl recht; das war unsere Wahl. So habe ich das noch nicht betrachtet.» Bryn reckte die Faust zum Nachthimmel. «Wir können uns vielleicht nicht wehren, aber Schachfiguren sind wir nicht!»

Mittni lachte. «Wir können uns aussuchen, ob wir weglaufen oder uns verstecken, hurra!»

Die beiden Freunde kicherten. Bryn ließ sich am Stamm hinunterrutschen und machte es sich am Fuße des Baumes gemütlich. Er suchte nach Worten, gestikulierte mit den Händen, bevor er sie hilflos in den Schoß sinken ließ. «Ich frage mich einfach bloß, warum es immer so laufen muss.» Er seufzte. «Bekommt denn immer die stärkere Partei ihren Willen?»

Mittni setzte sich zu ihm. «Wer weiß? Sieht jedenfalls ganz so aus.»

«Das ist der Lauf der Welt», sagte Bryn bitter, «und man muss es einfach hinnehmen.»

Mittni packte ihn bei der Schulter. «Dann ist es eben so! Der Stärkere mag gewinnen, aber die Starken können doch für die Schwächeren eintreten – sollten sie jedenfalls. *Wir* mögen schwach sein ... Aber wir haben starke Beschützer, auch wenn es manchmal so aussieht, als ob sie sich unserer Not nicht bewusst sind.» Bryn konnte spüren, dass Mittni begeistert war, wie immer, wenn er von einer neuen Idee inspiriert war oder davon träumte, auf ein Abenteuer zu ziehen – bevor die richtigen Abenteuer begonnen hatten. «Nicht zu vergessen, dass die Starken auch einmal schwach waren.»

«Willst du damit andeuten, dass wir stark werden?» Bryn

musste lachen. «Wir zwei? Oder die Hu-Barue? Die gesamte Gemeinschaft?»

«Keine Ahnung. Was wir tun können, sollten wir tun. Die Dörfler wollen vielleicht nicht kämpfen; aber was uns andere angeht, warum sollten wir die Verlierer sein?»

«Keine Ahnung, Mittni. Die Culmus Sangui, die Goldene Wacht und so weiter, die sind wahrscheinlich auch erst zu dem geworden, was sie sind. Man kann nicht einfach morgens aufwachen und beschließen, dass man jetzt so ist wie sie – das dauert.»

«Na, dann wird es aber höchste Zeit, dass wir mal anfangen.»

«Was würde ich bloß ohne dich tun?» Bryn schüttelte den Kopf. «Du bist doch schon ein Hu-Barue. Willst du damit sagen, deine Ausbildung wäre nutzlos gewesen?» Er grinste Mittni an.

«Nein, nutzlos nicht – aber sie reicht nicht. Wir sind zu einer Zeit ausgebildet worden, als das Risiko, tatsächlich einmal kämpfen zu müssen, sehr klein gewesen ist. Wir sollten einfach nur ganz allgemein der Gemeinschaft dienen, indem wir Sachen durch die Gegend schaffen und so … Wichtige Arbeiten, sicher, aber nicht gerade gefährliche.» Mittni atmete traurig aus. «Die Rüstung und die Waffen sehen ganz schick aus, und wir haben mit ihnen geübt. Aber nicht genug. Es war eine Tradition. Mehr nicht.»

«Klar, versteh schon», sagte Bryn. «Aber vielleicht gibt es auch Leute, die einfach zum Krieger geboren sind. Vielleicht ist es was in ihnen drin. Verstehst du, was ich meine? Selbst wenn hundert Leute dieselbe Ausbildung machen, geben vielleicht nur fünf davon je anständige Krieger ab.» Bryn machte ein finsteres Gesicht. «Und da ist sicher kein Barue dabei.»

Mittni hob die Augenbrauen. «Vielleicht gibt es durchaus

Barue, die sich zu Culmus Sangui ausbilden ließen!» Sie lachten bei der Vorstellung. Eine Handvoll Culmus Sangui nahm es mit der zehnfachen Zahl Gegner auf; sie hatten es während der Flucht aus Armaah selbst miterlebt. «Nein, im Ernst, die waren doch ganz zufrieden mit unseren Fortschritten, oder etwa nicht? Und selbst du konntest es mit manchen Feinden aufnehmen, dabei bist du nicht mal ein Hu-Barue. Oder hast du schon vergessen, wie du …»

«Wieso sollte ich das vergessen haben!», fauchte Bryn.

Mittni verfiel in mitfühlendes Schweigen. Bryn hatte in Armaah zwei Leute getötet. Beide Male aus Versehen, aber er hatte deswegen immer noch Schuldgefühle und konnte es auch nicht vergessen. Manchmal träumte er von den Vorfällen. Sie spukten in seinem Unterbewusstsein herum wie ein dunkles Geheimnis. Obwohl seine damaligen Reisegefährten Bescheid wussten und Mitleid mit ihm hatten, war das nur ein geringer Trost. Sie hatten ihm mehrmals auf die eine oder andere Weise zu verstehen gegeben, dass er nichts dafürkonnte, aber er wusste es besser. Denn er hatte durchaus ein Geheimnis … den Stein von Eridanus, den merkwürdigen, schimmernden blauen Stein mit dem wabernden schwarzen Nebel im Kern. Bryn hatte schon eine Weile nicht mehr an den Stein gedacht, der versteckt an einer Schnur um seinen Hals hing. Wenn ihn jemand bemerkte, gab Bryn vor, dass es sich nur um ein Andenken handelte. Was nicht einmal gelogen war.

«Entschuldige», begann Bryn. «Aber an ihrem Tod, da ist schon mehr dran. Ich hab ja schließlich die Beherrschung verloren … Ich wollte ihnen ja schließlich was tun …» Seine Stimme brach, und Mittni wandte den Blick ab. «Ihr Tod war mein Fehler; auch wenn niemand genau weiß, wie es eigentlich passiert ist.»

«Schon gut, du brauchst dein Verhalten nicht zu entschuldigen!», protestierte Mittni.

Bryn lachte trocken. «Hatte ich nicht vor – im Gegenteil. Ich wollte dir erklären, warum es unentschuldbar ist.» Der Brauer holte tief Luft, aber bevor er fortfahren konnte, kündeten leise Rufe die Rückkehr der Hu-Barue an, die die Spuren hatten verwischen sollen.

Bryn seufzte. Vielleicht hätte es gutgetan, die Last seiner Schuld mit jemandem zu teilen. Er stand auf. Irgendwann würde er Mittni ausführlich erzählen, was geschehen war; von dem Stein, der ein Segen war, wenn er für Gutes benutzt wurde, und ein Fluch, wenn man ihn missbrauchte, und beides hatte Bryn in der Inselhauptstadt des Numenii-Reiches mehrmals getan.

Gemeinsam folgten die Barue dem Haupttross. Die Neuankömmlinge versicherten ihnen leise, dass sie gute Arbeit geleistet hatten – sie glaubten offensichtlich, dass Mittni einigen Einfluss auf seinen Großonkel hatte, und hofften, dass er gut von ihnen sprechen würde.

Bryn und Mittni waren immer noch sehr steif und die Hu-Barue eher wortkarge Naturen. Melancholie machte sich breit. Der Gedanke daran, nicht länger zur Gemeinde von Quivelda zu gehören, war schmerzlich; sie versuchten, einfach nicht daran zu denken oder sich einzureden, dass es nur vorübergehend war.

Eine Zeitlang wanderten sie dahin, folgten den Spuren von Thybils Gruppe, wo sich im Schnee welche finden ließen, und schätzten grob die Richtung, wo dies nicht der Fall war. Die Landschaft wurde allmählich felsiger und bergiger. Hätten die Barue mehr Besitztümer mitgenommen, überlegte Bryn, wäre der Aufstieg wohl unmöglich gewesen. Aber sie waren mit leichtem Gepäck aufgebrochen. Was ihn jedoch zu der

Frage führte, wie sie in der Wildnis mit so wenig auskommen sollten.

Irgendein nächtlicher Raubvogel kreischte, als sie vorbeikamen. Die Luft war frisch und kalt, biss in die Haut, doch unter ihren Kleidern war ihnen warm, und sie schwitzten sogar; eine unangenehme Kombination. Die Schatten verschwanden, als der Mond fahler wurde und eine dunkle Decke über die Landschaft warf. Die Barue mussten feststellen, dass sie nun schlechter vorankamen und auch die Spur ihrer Freunde nicht mehr so leicht fanden. Dennoch stießen sie bald auf die ersten Barue, die Thybil dort postiert hatte, um sie in die richtige Richtung zu führen. Bryn freute sich schon auf eine kleine Pause, doch kaum hatten die drei Boten sie gesehen, kamen sie ihnen entgegengelaufen.

Yerfi war auch darunter. Bryn spürte ihre Furcht, bevor er in dem wenigen Mondlicht ihre besorgten Mienen ausmachen konnte.

«Thybil – er ist weg», sagte der Schmied.

«Was soll das heißen, weg?», wollte Mittni wissen.

«Er hat die Loyalisten zu einer Stelle geführt, an der sich gut übernachten lässt, und dann ist er gegangen … er wollte diesen Leuten allein gegenübertreten.»

Bryn und Mittni trauten ihren Ohren nicht. «Welchen Leuten?», fragte der Brauer.

Yerfi zuckte die Schultern und machte ein finsteres Gesicht. «Diesen Kriegern.»

Mittni entfuhr ein Keuchen. «Den Beobachtern von Wenfeld? Schuckel, sind sie uns auf den Fersen?»

«Einige glauben das, ja. Lasst uns zu den anderen gehen.»

Sie setzten ihren Weg mit schnellen Schritten fort. Nun kümmerte sich niemand mehr darum, die Spuren zu verwischen.

Die Loyalisten drängten sich aneinander. Die meisten saßen beklommen da und froren trotz der Decken, in die sie sich gehüllt hatten, weil sie kein Feuer machen durften. Einige waren auf den Beinen, schritten wachsam den Rand ihres Lagers ab. Als die Versammlung die herannahenden Gestalten entdeckte, wollte sie sich ihnen entgegenstellen, aber als man die Hu-Barue erkannte, ließen sie sich wieder auf ihre Plätze fallen. Leise wurden die Gefährten in ihrer Mitte willkommen geheißen. Erwartungsvolle Stille machte sich breit.

Schwer atmend sah Bryn sich in dem Ring aus müden Gesichtern um, die schwach vom Mondlicht erhellt wurden. Seine Arme und sein Rücken waren schweißbedeckt, seine Nase und Finger kalt.

Mittni räusperte sich. Alle Blicke richteten sich auf ihn. Bryn konnte spüren, dass er sich als Bartholdis Ältester für diese Leute verantwortlich fühlte. «Gut, euch alle zu sehen … euch wiederzusehen», sagte Mittni, und Bryn hätte fast aufgelacht.

Die anderen wünschten ihm brummend einen guten Abend und wandten sich enttäuscht ab. Der Hu-Barue wollte unbedingt etwas gegen die trübe Stimmung unternehmen, wollte ihnen Mut zusprechen, das spürte Bryn. Mittni war sein bester Freund, und da sie einander so nahestanden, waren sie empfänglicher für die Gefühle des anderen als die meisten Barue.

«Wohin ist Thybil gegangen?», fragte Mittni.

Einige Loyalisten wiesen ohne große Begeisterung in die entsprechende Richtung.

«Bereit – zu – kämpfen», bedeutete Bryn seinem Gefährten mit Lippensprache, der daraufhin entschlossen nickte. Bryn wies auf die Barue. «Nicht du, sie!», drängte er. Mittni sah die Leute an und nickte entsetzt. Bryn lächelte. Wie war es

möglich, dass er mehr Angst davor hatte, den Leuten vom Kämpfen zu erzählen, als selbst in den Kampf zu ziehen?

«Und ... wie lange ist das jetzt her?», wollte Mittni wissen. Bryn ächzte. Er würde wohl selbst zu der Versammlung sprechen müssen; nur wollte er auch nicht die Autorität untergraben, die Mittni eigentlich haben musste. Was als Nächstes kam, überraschte ihn völlig.

«Zehn Minuten? Dann los, Leute, auf! Hoch mit euch! Wir müssen kampfbereit sein.» Mit einer fließenden Bewegung zog Mittni sein Schwert, das in der kalten Luft metallisch klirrte. «Jawohl, ihr habt richtig gehört. Wir haben ein Recht auf Freiheit! Und ich werde alles tun, was in meiner Macht steht, um diejenigen zu bestrafen, die sie uns verweigern. Wir lassen uns nicht einschüchtern.» Er steckte entschlossen sein Schwert in die Scheide zurück und ermunterte seine Leute zum Aufstehen. «Wir müssen uns aufwärmen. Wir müssen bereit sein.»

Bryn lachte in sich hinein. Wie ähnlich sich Häuptling Bartholdi und sein Sohn doch waren. Brav begann er, neben Mittni die Arme zu schwenken. Er war nicht der Einzige, der Mittnis Ansprache lustig fand. Bryn fragte sich, ob das besser war, als Angst zu haben.

Die getreuen Loyalisten standen auf und schwangen nach Mittnis Anweisungen erst die Arme, dann die Leiber, als Nächstes ihre Schwerter und schließlich alle drei.

«Sie brauchen etwas zu tun, und das hält sie wenigstens warm», flüsterte der junge Führer ihm zu. Bryn nickte. Hoffentlich ergab sich bald irgendetwas, bevor sie anfingen, sich zu langweilen.

Thybil erschreckte sie beinahe zu Tode. Buchstäblich, da sie ja ihre Schwerter schwangen und Bryn und Mittni einen mächtigen Satz machten, als der Alte auftauchte. Er war außer

Atem und bei aller Erschöpfung spürbar aufgeregt. Sein Haar, das er länger trug als früher, war vom Wind zerzaust. In der einen Hand hielt er einen Wanderstock. Für diejenigen Barue, die nicht vor ein paar Wochen mit auf die Abenteuerfahrt nach Armaah gegangen waren, sah er reichlich verwildert aus, aber er schritt mit der alten Selbstsicherheit und Autorität in ihre Mitte.

Die Loyalisten, die bei seinem Anblick mit ihren Übungen aufhörten, versammelten sich um ihn und bestürmten ihn mit Fragen. Als der Alte die Hand hob, verstummten sie.

«Wir haben Gesellschaft», sagte Thybil ruhig. Die Barue sahen sich wachsam um. «Aber dies sind einsame Berge, und ich freue mich, euch Freunde ankündigen zu können! Sie werden dafür sorgen, dass uns die Beobachter nicht folgen.» Halbherziges, zaghaftes Jubeln. «Aber jetzt schlagen wir erst einmal unser Lager auf.»

Damit überließ Thybil sie ihrem Rätselraten. Die Barue bereiteten ihre Nachtlager vor, ohne erst Zelte aufzustellen. Sie waren es gewohnt, unter den Sternen zu schlafen, auch wenn sie dies normalerweise innerhalb ihrer Siedlungen taten. Sie plauderten angeregt miteinander, spekulierten, wer diese neuen Verbündeten sein mochten, wohin sie als Nächstes gehen würden und was die Beobachter Wenfelds mit diesem Teufelspakt eigentlich wollten. Ihnen wurde erlaubt, Feuer zu machen, damit sie sich wärmen und etwas kochen konnten, aber als alles hergerichtet war, ordnete Thybil Stille an.

«Nur weil wir Verbündete gefunden haben, die uns fürs Erste den Rücken decken, gibt uns das noch lange nicht das Recht, unserem Feind deutlich zu zeigen, wo wir sind», warnte er und forderte sie auf, sich früh schlafen zu legen.

Das war so ziemlich alles, was er sagte. Bryn und Mittni teilten sich mit ihm ein Feuer in der Nähe des Pfades, den sie gekommen waren. Yerfi und einige Hu-Barue bewachten das andere Ende des Lagers. Alle lagerten dicht beieinander, und um der Wärme willen rückten sie noch enger zusammen. Das Prasseln des Feuers war entspannend, ein wohlvertrautes Einschlafgeräusch für die Barue. Nur Siftex und seine Schrammel fehlten ihnen. Bryn gähnte und überlegte, dass Quiveldas Barde bis jetzt noch kein einziges dieser albernen Heldenlieder über sie und ihre Hauptstadtmission gedichtet hatte.

Er war heilfroh, sich nach der Enge in dem Swignyfass einmal richtig ausstrecken zu können. In den Tagen oder Wochen, die vor ihnen lagen, würde ihr Lieblingsgetränk wohl der am meisten vermisste Gefährte sein.

«Sind es Culmus Sangui?», fragte Mittni leise, als sie sich in ihre Decken einrollten. So mollig eingepackt in einer solchen Höhe zu schlafen, hatte etwas unglaublich Gemütliches. Das Wissen um den Kontrast zwischen der Temperatur in ihren Decken und der Außentemperatur ließ die Decken noch wärmer erscheinen.

Thybil hatte die Augen geschlossen. «Ja», sagte er nur.

Ganz verblüfft über seine direkte Antwort sahen Bryn und Mittni einander aufmunternd an. Jetzt, wo sie wussten, dass sie von den bestausgebildeten Kriegern ganz Calaspias bewacht wurden, kamen sie sich gleich viel sicherer vor. Vielleicht würden sie morgen sogar Aquiuss wiedersehen. Thybils Freimütigkeit gab wenig Anlass für weitere Fragen. Sie wussten, dass ein vielversprechender Tag auf sie wartete, und fielen voller Vorfreude in den Schlaf.

Als Bryn erwachte, hing ein Gesicht über ihm. Einen Moment lang wallte Panik in ihm auf, dann erkannte er das weiße Haupt- und Barthaar Thybils. Es war immer noch dunkel.

Bryn setzte sich auf und bemerkte einen Hauch von Rosa am Osthimmel über den Ambossbergen.

Thybil legte einen Finger an die Lippen. Bryn wandte sich um und sah Mittni neben sich sitzen – er bekam kaum die Augen auf und musste ein Gähnen unterdrücken.

«Ich muss euch etwas zeigen.» Thybils Stimme war voller Ingrimm.

«Hat das nicht bis morgen Zeit?», ächzte Mittni und befreite sich von seinen Decken.

Thybil befahl ihnen zu schweigen. «Nehmt eure Waffen mit.» Sie hatten die Schwerter kaum angelegt, da führte er sie den Bergpfad hinab, den sie am Abend erklettert hatten. Die breite, offene Bergweide wich einem steilen, schmalen Weg, und sie traten vorsichtig auf, damit keine Steine die Kante hinunterpurzelten. Vorsichtig setzte Bryn im Halbdunkel einen Fuß vor den anderen. Als sie um eine Ecke bogen, einen Felsvorsprung an der Bergwand entlang, fürchtete er, selbst über die Kante zu rutschen, aber dann wurde der Weg breiter, und sie hatten nebeneinander Platz.

«Wohin gehen wir?», fragte er.

«Leise», sagte Thybil. «Dort, seht.» Er zog etwas unter seinem Umhang hervor und hielt es sich ans Auge. «Dort unten.» Thybil zeigte weiter den Berg hinab und gab Bryn das Instrument: ein kleines Fernrohr, kurz genug, um bequem in die Hand zu passen. Bryn hielt das schmalere Ende ans Auge und sah hindurch.

«Es geht leichter, wenn du das andere Auge auch geöffnet lässt und nach Orientierungspunkten schaust», sagte Thybil. «Siehst du das Wäldchen hinter dem großen Felsen? Gleich rechts davon …»

Bryn nickte, als eine Gruppe Männer ins Blickfeld kam. Er reichte das Fernrohr an Mittni weiter.

«Deshalb hast du uns zu dieser gottlosen Stunde geweckt?», ächzte Mittni, als er die kleine Gruppe entdeckte. «Wer sind sie?»

«Das ließ sich leichter sagen, als sie noch alle zusammen waren.» Thybil sah sie bedeutungsvoll an.

«Die Beobachter?», fragte Bryn, und der Alte nickte. «Wo sind die Culmus Sangui?»

«Wir haben uns über die Ferne verständigt», sagte Thybil. «Ich hoffe, sie kommen vor den Beobachtern hier an – die sich übrigens aufgeteilt haben.»

«Und wo sind die restlichen dann?», fragte Mittni. «Und wie viele sind es?»

«Das ist es ja, was mir Sorgen bereitet.» Thybil nahm wieder das Fernrohr und schwenkte es suchend hin und her. «Moment, da stimmt etwas mit den Linsen nicht …» Er senkte die Hände, blinzelte, und im nächsten Moment schob er die Jüngeren den Weg zurück, den sie gekommen waren. «Weg hier, schnell!»

Vier hochgewachsene Männer tauchten plötzlich aus den Schatten auf. Bryn blieb nicht einmal genug Zeit, Angst vor einem Absturz zu haben, als er um die Ecke hastete und einen Schauer von Kieselsteinen in die Schlucht niedergehen ließ. Er kam schlitternd zum Stehen, als ihm zwei weitere Gestalten den Weg abschnitten. Sie sprangen vor ihm auf den Pfad – und rutschten über die Kante. Ihre Schreie hallten von den Felsen wider. Ohne einen weiteren Gedanken zu verschwenden, liefen die Barue weiter. Als sie wieder bei der Wiese anlangten, wurde der Pfad breiter.

«Versteckt euch!», keuchte Thybil und hechtete mit beeindruckender Anmut in ein Gebüsch. Bryn duckte sich hinter einen Felsen am Anfang der Wiese. Von hier aus würde er die Männer von hinten angreifen oder sonst irgendwie von

Thybil ablenken können. Nicht, dass er sich dem gewachsen fühlte. Hoffentlich entdeckten sie ihn nicht gleich, weil sein Herz so laut schlug. Schon preschte der erste Mann um die Kurve zu seiner Rechten. Steine prasselten, und in einer Staublawine kam ein zweiter von oben herabgerutscht. Bryn gestattete sich, wieder Luft zu holen. Elyon sei Dank hatten sie ihn nicht gesehen. Auch der zweite Mann verschwand außer Sichtweite. Ein dumpfer Schlag ertönte, gefolgt von einem Ächzen. Keiner der beiden tauchte weiter vorn wieder auf.

Bryn wagte sich zentimeterweise hinter seinem Felsen vor. Die Hände gegen den Stein gepresst, der immer noch feucht vom Tau war, spähte er nach draußen. Ihr Glück war nicht zu fassen; denn der zweite Mann war so dumm gewesen, mit dem ersten zusammenzustoßen. Dann fiel Bryn ein scharlachroter Streifen am Hals des ersten Mannes auf, aus dem es ins Gras tropfte. Der zweite Mann war auf den Beinen und schwang einen Dolch, zu dem sich rasch noch ein Langschwert gesellte. Wieder hielt Bryn den Atem an, aber nun weniger vor Angst als vor Aufregung. Er meinte, das schulterlange Haar und die wie gemeißelten Gesichtszüge ihres Retters zu erkennen: Aquiuss!

Die drei verbliebenen Männer – wenn man davon ausging, dass es insgesamt sieben gewesen waren – stürmten in Sicht.

«Wo sind sie hin?», brüllte der vorderste, dessen Gesicht voller Narben war. «Ihnen nach!»

Dann bemerkten sie, dass kein Barue vor ihnen stand. Mit wölfischem Grinsen begannen die drei Krieger, Aquiuss zu umkreisen.

«Machen wir ihn kalt, Levin», sagte ein blondhaariger Mann mit irrem Blick.

«Nein, wir brauchen einen für die Befragung, Jasper», erwiderte Levin, das Narbengesicht. «Einer reicht.» Als der

Größte stellte er sich Aquiuss direkt entgegen, während die anderen beiden den Culmus Sangui umrundeten, bis sie hinter ihm waren. Er drehte sich hin und her, achtete auf jede Bewegung.

Er ist umzingelt, dachte Bryn verzweifelt. Er musste etwas unternehmen. Er packte einen Stein von der richtigen Größe, stand auf und lief brüllend auf den nächstbesten Mann zu – den mit dem irren Blick.

«Bleib weg!», schrie Aquiuss.

Bryn gewann an Schwung und holte aus. Levin Narbengesicht sah ihn herankommen und rief dem mit dem irren Blick eine Warnung zu. Dabei hob er die Hand. Plötzlich prallte Bryn an etwas Festem ab und wurde von den Füßen gerissen.

Ihm wurde schwarz vor Augen. Schmerz umwölkte seinen Kopf. Was war geschehen? Er rollte herum, drückte sich hoch, sah auf. Langsam kehrte seine Sehkraft zurück und brachte starke Übelkeit mit sich. Vor ihm befand sich nichts Festes. Der dritte Mann lachte ihn aus. Verwirrt versuchte Bryn aufzustehen. Er fiel prompt wieder um, und in seinem Kopf drehte sich alles.

Aquiuss stürzte sich auf Narbengesicht, der den Angriff mit dem Schwert in der anderen Hand parierte. Der mit dem irren Blick zwang Aquiuss dazu, sich wegzurollen, doch den dritten Mann traf Aquiuss mit seinem Schwert in den Bauch.

«Bryn! Alles in Ordnung mit dir?» Mittni stand über ihm. Er keuchte hervor, dass es ihm gutging, und schob seinen Freund in Aquiuss' Richtung. Als der mit dem irren Blick sah, dass ein Barue mit gezücktem Schwert auf ihn zulief und sein Anführer vor Aquiuss' wilden Hieben zurückwich, wandte er sich ab und floh mehr rutschend als rennend den Hang hinab.

«Er entkommt!», rief Mittni. Aquiuss war kurz abgelenkt, und das genügte Narbengesicht, um sich abzusetzen. Der Culmus Sangui stürmte ihm nach. Der kräftige Mann sah über die Schulter und zeigte mit dem Finger auf seinen Verfolger: Etwas wie Hitzeflirren floss durch die Luft. Aquiuss schwenkte die Hand, als die Wellen kurz vor ihm waren, und lenkte den Zauber ab, der stattdessen in die Felswand krachte. Steinsplitter spritzten. Mittni bedeckte das Gesicht mit dem Arm, und als er ihn wieder wegnahm, waren die anderen beiden schon weit vorn. Der Hu-Barue lief weiter.

Narbengesicht sah sich ein zweites Mal um. Er schien überrascht und verärgert, dass Aquiuss ihm immer noch auf den Fersen war. Wieder verlangsamte er, fummelte in seiner Kleidung herum und zog etwas hervor, das wie ein Kristall aussah. Aquiuss blieb schlitternd stehen, machte eine Kehrtwendung und rannte zurück in Mittnis Richtung.

«Weg!», dröhnte er. «Lauf!» Mittni war noch nicht einmal zum Stehen gekommen, als Aquiuss ihn erreichte. Narbengesichts Geschoss war offensichtlich aus Glas, denn es zerschellte am Felsen. Eine purpurrote Explosion schoss in die Höhe. Aquiuss packte Mittni genau in dem Moment beim Kragen, als die Welle sie erreichte, und die beiden wurden durch die Luft geschleudert.

Kurz bevor sie aufschlugen, ließ Aquiuss ihn los. Sie landeten ein Stück unterhalb von Bryn, der sich auf dem Boden zusammenkauerte. Mittni rutschte schmerzhaft über die rauen Steine, während der Culmus Sangui die Wucht des Aufschlags mit einer Rolle abfing.

Etwas, das sich für Bryn wie eine Woge heißer Luft anfühlte, schoss vorbei. Steine und Zweige wirbelten über seinen Kopf hinweg, manche erwischten ihn am Rücken und an den schützend hochgerissenen Armen. Einen Moment lang war alles still.

«Mittni? Sag doch etwas!» Das war Thybil.

«Ich hab mir den Hals verrenkt», sagte Mittni und massierte die Stelle.

«Du kannst froh sein, so leicht davongekommen zu sein.» Aquiuss half ihm auf die Füße.

Mittni verzog das Gesicht, als Thybil ihm den Staub abklopfte. «Aber ich bin total zerschunden.»

«Bryn, und was –»

«Dordios!», fuhr Thybil dazwischen. «Er heißt Dordios.»

Aquiuss nickte knapp und half Bryn hoch. Der Barue war immer noch ein bisschen wackelig auf den Beinen; ansonsten hatte er sich davon erholt, in die unsichtbare Wand gelaufen zu sein. Nun war klar, dass Narbengesicht Magie gegen sie eingesetzt hatte. Er wollte Aquiuss fragen, wie er den Angriff hatte abwenden können, aber der Culmus Sangui war vollauf damit beschäftigt, ihr Opfer zu untersuchen.

«Was war das denn?» Mittni krempelte die Ärmel hoch, um seine Schürfwunden zu begutachten.

«Nicht weiter wichtig», sagte Thybil. «Nur ein Ablenkungsmanöver zur Flucht.» Der Alte gesellte sich zu Aquiuss, um ihren Feind zu untersuchen. Sie schienen es sehr eilig zu haben.

«Hier.» Aquiuss hielt einen dünnen Metallreif hoch, und Thybil beugte sich vor und nahm ihn in Augenschein. «Das Herzstück der Explosion.»

«Das ist aus Okolnit gefertigt. Unser Feind verfügt über gute Ressourcen.»

Mittni zog eine Halskette unter den Kleidern des einen Kriegers hervor und zeigte sie Thybil. «Was ist das?»

«Rasch, wir müssen Deckung finden. Aquiuss, versteck die

Toten und schließe dann zu uns auf. Dordios, wir müssen dich hier rausschaffen.» Damit packte der Alte Bryn bei den Falten seines Gewands und setzte sich in Bewegung.

Mittni eilte ihnen nach. «Wohin gehen wir? Sollten wir die anderen nicht warnen?»

Thybil schwieg und blieb erst außerhalb von Aquiuss' Sichtweite stehen. «Das war nur die Vorhut», sagte er leise. «Andere werden folgen, und ich will vermeiden, dass wir schon so früh in Kämpfe verwickelt werden. Wir müssen Dordios in Sicherheit bringen.»

«Was ist mit den anderen?», fragte Bryn.

«Das sind keine Beobachter – die sind nicht hinter den Barue her – sondern hinter dir. Diese Männer tragen dasselbe Symbol wie diese Apheristenbrüder, die dich angeblich kannten.»

«Vater Hecklehurst», sagte Bryn und zog den falschen Bischofsring aus einer Tasche. Er fuhr mit dem Finger über das falsche Symbol der apheristischen Kirche. Es wirkte total vertraut, und doch war der Unterschied beunruhigend.

«Wofür steht es?», fragte Mittni.

«Für alle möglichen Dinge», sagte Thybil ungeduldig. «Vor allem aber bedeutet es, dass sie hinter dir her sind, Dordios. Wir müssen weiter.»

«Wohin?», fragte Bryn. «Wir sind aus Wenfeld geflohen und können nirgendwo mehr hin. Wie sollen wir den Barue erklären, dass –»

«*Wir* erklären ihnen überhaupt nichts.» Thybil packte Bryn bei den Schultern und sah ihn eindringlich an. «Das übernehme ich. Du darfst nicht zu den anderen zurück. Es tut mir leid, dass es so gekommen ist. Wenn alles gutgeht, wirst du die Loyalisten bald wiedersehen. Aber im Moment sind sie ohne dich besser dran.»

«Dann stelle ich mich», sagte Bryn.

«Jetzt hör aber auf!», sagte Mittni. «Wir kämpfen.»

«Wenn du dich einfangen lässt, tust du uns keinen Gefallen», sagte Thybil. «Und Mittni, wenn wir kämpfen, werden die meisten von uns nicht mehr erfahren, ob sich das Opfer gelohnt hat. Nein, Bryn muss fliehen. Sie werden ihn bei den Loyalisten suchen, und vielleicht kann ich vernünftig mit ihnen reden.»

«Nachdem du vier von ihnen getötet hast?», fragte Bryn.

«Ich wiederhole: Sie sind nicht hinter den Barue her. Wenn du bleibst, machst du alles nur schlimmer.»

Bryn war regelrecht übel. Er konnte nicht fassen, wie schnell ihr Plan ins Wanken geriet … Und welcher Plan überhaupt?, fragte er sich … Wozu war er überhaupt aufgebrochen? … Was hatte er erreichen wollen? «Aber das ist unmöglich – wie konnten sie denn wissen, dass ich hier bin?»

«Ich glaube nicht, dass sie das wussten. Sie müssen unseren Aufbruch bemerkt haben, und dann wollten sie wohl sichergehen, dass du nicht mit dabei bist.»

«Der Tag fängt ja gut an», sagte Mittni. «Hast du nicht gesagt, wir hätten Verbündete? Und sie wären Culmus Sangui?»

«Ist denn etwa keiner aufgetaucht?», fragte Thybil.

Bevor sie sich weiter streiten konnten, schloss Aquiuss zu ihnen auf und bestätigte mit einem Nicken, dass er seine Pflicht getan hatte.

«Wohin gehst du als Nächstes?», fragte Thybil.

«Bericht erstatten.»

«Sehr gut. Kannst du für Dordios' Sicherheit sorgen? Er ist auf der Flucht. Wie wäre es mit Caer Isnova?»

«Ja, ein besseres Versteck als die Eisfeste gibt es für ihn nicht. Sarghenta wird ihn gern zum Gast haben.»

«He, ich komme auch mit», sagte Mittni.

Bryn versuchte zu lächeln. «Danke.»

«Dann ist es abgemacht?» Thybil sah Aquiuss an.

Bryn konnte spüren, dass ihn die Aussicht, zwei Barue im Schlepptau zu haben, nicht gerade freute, aber seine Miene spiegelte nichts davon wider. «Ich würde lieber sicherstellen, dass diese Räuberbande euch nichts –»

«Uns wird schon nichts passieren. Wir sind in der Überzahl, da werden sie sich auf keinen Kampf einlassen. Nötigenfalls können uns die anderen Culmus Sangui beschützen. Unsere oberste Priorität ist es, Dordios vor ihnen verborgen zu halten.»

«Ja, versteckt mich», sagte Bryn. «Sorgt einfach dafür, dass niemand mich findet, und schon sind alle zufrieden.»

«Was er damit sagen will, ist, dass wir uns nicht einfach *verstecken* werden», erklärte Mittni. «Wir haben genug davon, wegzulaufen und den Kopf einzuziehen.»

«Wenn wir schon ins Hauptquartier der Culmus Sangui gehen sollen, dann wollen wir auch ausgebildet werden», sagte Bryn. «Wir wollen uns nicht ständig von unseren Feinden herumschubsen lassen – und erst recht nicht von unseren Freunden wie Gepäckstücke behandelt werden!»

Thybil und Aquiuss sahen einander einigermaßen amüsiert an.

«Mittni, du bist volljährig», sagte Thybil. «Tu, was du für richtig hältst. Dordios … du bist noch nicht volljährig.» Bryn merkte, wie sich sein Puls beschleunigte. «Aber selbständig bist du schon lange. Ich halte es für angebracht, eure Selbständigkeit zu fördern, indem ihr euch zu verteidigen lernt.»

Aquiuss, der in die Richtung gespäht hatte, aus der sie gekommen waren, sah sie an. «Ich werde mein Bestes tun.»

«Jungs, ich habe eine Botschaft für Aquiuss' Herrin … eure

Herrin.» Nervös betrachteten die beiden Thybils Brief. Er war versiegelt. «Für Lady Sarghenta.»

«Und nur für sie», sagte Mittni. Er streckte die Hand aus, aber Thybil gab den Brief stattdessen Aquiuss.

«Denkt daran, ihr seid in guten Händen dort. Der Feind versteht sich auf Täuschung und Betrug. Vertraut den Culmus Sangui, gehorcht Sarghenta, und alles wird gut. Nun geht und kehrt nicht mehr um. Lasst euch nicht vom Weg abbringen. Aquiuss, ab jetzt bist du für sie verantwortlich.»

«Auf Wiedersehen, Onkel Thybil.»

Der Alte hätte sich beinahe nicht von ihnen verabschiedet. Er umarmte sie beide, nickte Aquiuss zu und ging. Aquiuss brach gleichfalls auf, ohne ein Wort zu sagen. Bryn und Mittni folgten ihm. Sie konnten nicht fassen, was gerade geschehen war. So kurz nachdem sie beschlossen hatten, das Kämpfen zu erlernen, sollten sie nun Gelegenheit dazu bekommen. Sie konnten sich nicht dazu durchringen, etwas zu fragen oder auch nur zu sagen, weil sie fürchteten, damit zu verraten, wie absolut unbedarft und aufgeregt sie waren. Bryn hatte Angst, dass ihm die Stimme versagte.

Hoffentlich stieß den Loyalisten nichts zu. Selbst wenn sie nicht von diesen angeblichen Apheristenpriestern angegriffen wurden, was sollten sie in den Bergen denn tun? Die Schneezeit war noch nicht einmal vorbei …

Bis sie zum ersten Mal haltmachten, verging vielleicht eine Stunde. Aquiuss gab ihnen im Flüsterton Anweisungen, wie man seine Schritte in dem steilen Gelände effektiver und leiser setzte, wie man möglichst wenig Spuren hinterließ, wie man merkte, ob man verfolgt wurde. Sie begriffen nicht alles, was er sagte, und bauten darauf, dass er schon in der Lage sein würde, für ihre Sicherheit zu sorgen.

«Wir haben keinerlei Proviant dabei», sagte Mittni, als sie

zum zweiten Mal Rast machten und aus einem klaren Gebirgsbach Wasser schöpften.

«Nennt ihr den Amboss eine Einöde?», wunderte sich der Culmus Sangui. «Gold und Kupfer sind nicht die einzigen Schätze, die diese Berge zu bieten haben, wenn man nur richtig hinzuschauen weiß. Ihr werdet schon nicht verhungern.»

«Aquiuss?» Bryn wusste, dass es nicht der rechte Moment war, aber es ließ ihm keine Ruhe. «Dieses Narbengesicht vorhin hat Magie eingesetzt. Und du hast sie irgendwie abgelenkt. Warum benutzt ihr Culmus Sangui also nicht auch Magie?»

Der Krieger lächelte verständnisvoll. «Unsere Herrin, Lady Sarghenta, ist sehr streng, was Ordnung und Disziplin betrifft, und das mit Recht. Wie auch immer, Magie passt nicht so recht in ihren Lehrplan. Ein disziplinierter Geist kann sich gegen derart zweifelhafte Angriffe schützen. Aber diejenigen Culmus Sangui, die genug Potenzial zeigen, erhalten eine besondere Ausbildung; genau wie wir alle in die eine oder andere Richtung spezialisiert sind.»

«Werden wir das auch lernen?», fragte Mittni.

«Das hängt davon ab, wie ernst ihr eure Ausbildung nehmt, wie hart ihr arbeitet und was in euch steckt. Es braucht Jahre der Disziplin ... für die Talentiertesten. Seid nicht traurig, aber es gibt viel zu lernen, bevor es sich lohnt, auch nur an Magie zu *denken*. Macht euch nichts vor. Das wird kein Picknick.»

«Wo ist die Eisfeste denn?», fragte Bryn. Angesichts des vielen glitzernden Schnees konnte sie bei diesem Namen ziemlich nah sein.

«Caer Isnova liegt weiter im Norden. Viel weiter.» Aquiuss stand auf und ging weiter; die bereits erschöpften Barue folgten ihm. «Wir marschieren ungefähr so weit wie von hier nach Ged-Ruak, aber in die andere Richtung. Dann geht es, wenn ihr Glück habt, zu Pferd weiter. Jetzt macht schneller; ihr werdet eine Zeitlang mit mir mithalten müssen.»

Die Sonne stand inzwischen höher am Himmel und glühte. Bäume mit starken Ästen und immergrünem Laub trugen noch wacker ihre verharschte Last; andere mit weniger Geduld hatten ihr Joch bereits abgeworfen. Der süße Duft von Kiefernsaft hing in der Luft.

Bryn hätte gern die Loyalisten dabeigehabt, obwohl sie dadurch langsamer gewesen wären. Er konnte nur hoffen, dass Thybil wusste, was er tat, und dass sie in Sicherheit waren. Es gab nichts, das sie in dieser Hinsicht tun konnten – noch nicht. Aber wenn alles lief wie geplant, würde sich das bald ändern.

✦ 7. KAPITEL ✦

Im Schatten der Menhire

Perduellis musterte die gemeißelten Steine mit gerunzelter Stirn. «Ich würde es vorziehen, nichts mit diesem … Zauberwerk zu tun zu haben … Aber wenn es aus Sicherheitsgründen notwendig ist, dann bitte. Es ist doch notwendig, Hoher Lehrmeister, nicht wahr?»

Djutoris fuhr sich mit den Fingern durchs Haar. Es wurde allmählich schütter, und die Aussicht, vielleicht bald so kahl zu sein wie sein Gefährte, schien ihm Sorgen zu bereiten, denn er machte diese Bewegung oft und massierte sich manchmal um den alten Haaransatz herum die Stirn. Sein breiter Kiefer spitzte sich zu einem langen, schmalen Kinn hin zu, was ihm im Zusammenspiel mit den roten Haaren, seinem Talent für Kampfzauber und seinem Geschick, heiklen Situationen auszuweichen, vor langer Zeit einen Spitznamen eingebracht hatte, der nur hinter seinem Rücken ausgesprochen wurde: der Fuchs. Über die Jahre hatten das Ergrauen seines feuerroten Haars und die von seiner gehobenen Position als Leitender Dekan herrührenden Falten nur dazu geführt, Djutoris die Ausstrahlung eines *alten* Fuchses zu verleihen – der nicht nur schlau war, sondern selbstzufrieden.

Er war zwar nicht der gelehrteste aller Lehrmeister, hatte es aber dennoch als Jugendlicher zum Dekan gebracht; da war es nur eine Frage der Zeit gewesen, bis ihn sein füchsisches Aussehen in die Stellung des Leitenden Dekans hatte aufsteigen lassen. Vor ein paar Wochen jedoch waren alle Erwartungen durch eine unglaubliche Beförderung übertroffen worden: durch die zum Hohen Lehrmeister.

In aller Pracht seines Amtes stand er da, einen brandneuen, cremefarbenen Stab aus einander umschlingenden Rundhölzern in den jadeberingten Fingern, und nickte grimmig. «Ich wünschte, es verhielte sich anders. Aber der Imperator besteht darauf.»

«Aurgelmir wird es schon wissen», brummelte Perduellis. «Ich habe keine Ahnung, warum die Schutzvorkehrungen versagt haben – ich dachte, das Regere Mansionum wäre der sicherste Ort von ganz Calaspia!»

Djutoris nahm den Mundschenk beim Arm und führte ihn zum nächsten Stein. Wachen begleiteten sie, sechs Soldaten und ein apheristischer Bannbrecher. Leise sagte er: «Nicht einmal ich weiß, wie Eridanus das gemacht hat. Ich kann es mir nur mit dem Erstarken der Mächte des Wahnsinns erklären.»

«Dann hat sich Eridanus also tatsächlich des Wahnsinns bedient … Er ist am Ende doch ein Verräter?» In der Stimme des Ratgebers lag Unsicherheit.

«Selbstverständlich ist er ein Verräter.» Der Zauberer warf einen Blick nach hinten, um sicherzugehen, dass die Wachen Abstand hielten.

Perduellis lächelte kalt in sich hinein. Dieser Blick erinnerte ihn wieder daran, warum er den Mann schätzte. Man durfte niemandem trauen.

«Das Merkwürdige daran», fuhr Djutoris mit leiser Stimme fort, «das geradezu Befremdliche daran ist, dass Aurgelmir über unglaubliche Einsicht verfügt. Mir war nie bewusst, dass der Imperator solche Weisheit besitzt, solch … entlegenes Wissen.»

«Was wollt Ihr damit sagen?» Den kahlen Kopf gesenkt, sah Perduellis rasch zu seinem Gefährten und wieder zurück auf den Weg. «Denn auch mich haben seine Ideen überrascht.»

«Droch! Ich hatte gehofft, Ihr als sein früherer Hauslehrer könntet mir sagen, woher dieses Wissen stammt. Dass es mich überrascht, ist noch gelinde ausgedrückt.» Der Gelehrte wechselte einen flüchtigen Blick mit dem Mundschenk. «Ihr … Ihr seid nicht mit dem Ergeomorphismus vertraut, oder?»

«Was –»

«Der Volksmund nennt es Erdkraft.»

«Ach, einer der fünf Zweige der Magie», sagte Perduellis langsam. «Leider hat sich mein Lehrplan für den jungen Prinzen nicht auf dieses Gebiet erstreckt.»

«Ich spüre, dass Ihr nicht lügt», sagte Djutoris, und Perduellis hob überrascht die feingeschwungenen Augenbrauen. «Aber wo liegt die Antwort dann?» Er schlug mit der Faust in die flache Hand.

Perduellis verlangsamte das Tempo, als er vor Konzentration die Augen schloss. «Es durften keine Bildungslücken bleiben, also erhielt er noch gesondert Unterricht. Ich kann mich vage erinnern, dem Lehrer einmal begegnet zu sein … War es Eridanus? Ja, man wird wohl den Hohen Lehrmeister darum gebeten haben – und Eridanus hatte den obersten Posten für sehr lange Zeit inne …»

Djutoris schüttelte den Kopf. «Das wäre wenig einleuchtend. Warum sollte ein Feind des Reiches den künftigen Regenten in seine dunklen Geheimnisse einweihen?»

«Vielleicht hoffte er ja, ihn auf seine Seite ziehen zu können.»

Das war die logische Schlussfolgerung, dachte Djutoris und blieb stehen. «Wurde Opeion darum ermordet?»

«Nein, ich rede dummes Zeug», sagte Perduellis. «Ich weiß nichts von diesen Angelegenheiten. Wahrscheinlich war es nicht einmal Eridanus, der den Prinzen unterrichtet hat – warum sollte er seine Zeit mit grünen Jungen verschwenden … Außerdem verabscheut Aurgelmir ihn.»

«Vielleicht ja aus diesem Grunde.»

Perduellis riss die Augen auf. «Das würde passen! Aurgelmir schien lange, bevor die ersten Verdachtsmomente vorlagen, zu wissen, wer seinen Vater ermordet hat.»

Djutoris fuhr sich erneut durchs Haar, beginnend in der Stirnmitte, wo die verbliebenen Borsten standen wie ein Wald, den allmählich die von beiden Seiten heranrückende Wüste verschlang. «Dann hat Aurgelmir sich also entweder geweigert, Eridanus bei seinen finsteren Machenschaften zu helfen … oder auch nicht. In welchem Falle er geheime Sache mit dem Verräter macht und – aber das ist lachhaft.»

«Und nur vorgibt, den Mörder seines Vaters zu verabscheuen?» Perduellis schnaubte nachdrücklich. «Nein, glaubt mir, sein einziges Ziel im Leben ist es, ihn seiner gerechten Strafe zuzuführen.»

«Rache ist ein mächtiges Motiv – aber ein destruktives, kein konstruktives. Was wird da aus dem Imperium?»

Perduellis fuhr mit der Hand über seinen glattrasierten Schädel – fast in Nachahmung; vielleicht ein Hinweis darauf, dass der Lehrmeister sich in seinen Augen allmählich besser mit dem Verlust seiner Haupthaare abfand, wie er selbst es auch getan hatte. «Calaspia hat schon viele destruktive Persönlichkeiten gesehen. Und vielleicht ist seine Gemütsverfassung gar nicht die schlechteste. Wann habt Ihr hier zum letzten Mal so rasante Entwicklungen miterlebt?»

«Aber dies ist eine Zeit der Not», sagte Djutoris. «Die anderen Herrscher stehen hinter ihm. Noch könnten die Ältesten sich gegen ihn stellen und für Verzögerungen sorgen.»

Sie gelangten bei dem nächsten Stein an. Perduellis bückte sich, um die Runen zu untersuchen, die in seine Oberfläche geritzt waren. Er stand auf und schüttelte seine Gewänder zurecht. «Dass ich diese Klötze inspiziere, ist völlig sinnlos. Ich weiß gar nicht, was ich da tue. Gehen wir zum nächsten.»

«Was genau sollt Ihr denn tun?», fragte der Zauberer.

«Seine Majestät bat mich sicherzugehen, dass es insgesamt sechs Steine auf dieser Insel sind, dass sie alle dieselbe Höhe haben und dass ihre Markierungen gegen den Uhrzeigersinn verlaufen. Der Himmel weiß, warum.»

Ein Zögern flackerte über das Gesicht des Lehrmeisters. «Er weiß ein, zwei Dinge über die Steine.»

«Gewiss mehr als ich», sagte Perduellis. «Er wird sie später selbst in Augenschein nehmen, sagt er. Warum? Ich nahm an, er wüsste von Euch, wie sie beschaffen sein müssen.»

Djutoris schüttelte den Kopf. «Also, wenn Eridanus als Verbündeter nicht in Frage kommt … oder zumindest im Augenblick sehr unwahrscheinlich ist … wo sonst könnte Aurgelmir dann gelernt haben, was er über Magie weiß?»

«Wenn ich das wüsste!»

Perduellis ergriff ihn beim Arm. «Die Träume!», rief er. Er warf einen wachsamen Blick zu ihrer Eskorte und senkte die Stimme. «Er hat oft von seinen Träumen gesprochen. Von seiner Intuition, einer inneren Führung. Einer inneren Stimme vielleicht.»

«Das klingt interessant. Vielleicht auch gefährlich.»

«Gefährlich? Nun, zumindest diese neuen Verteidigungsanlagen garantieren höhere Sicherheit.»

Djutoris lächelte matt. «Der letzte Stein, wenn ich bitten darf.»

Am Ende der Inspektion verneigte sich der Ratgeber. «Vielen Dank, Hoher Lehrmeister. Ich werde noch eine weitere Runde machen, bevor ich Seiner Majestät berichte. Danke für Eure Geduld. Ich hoffe, diese Steinsetzungen werden unser aller Sicherheit erhöhen.»

«Das hoffe ich ebenfalls.» Djutoris legte die Hand erst an seine Stirn und dann auf sein Herz, was dem Itrimer Gruß entsprach, der die Treue zur Wahrheit und die Herrschaft des Kopfes über das Herz bedeutete. Er wandte sich abrupt ab. Die breiten Ärmel ließen seine Hüfte schmaler wirken, während er den gepflasterten Weg hinunterrauschte. «Das hoffe ich ebenfalls.»

Gedankenversunken sah Perduellis ihm nach. Er wandte sich wieder zum letzten Stein um und fuhr die Einkerbungen mit dem Finger nach. Die fremdartige Inschrift glühte im späten Abendlicht rot auf.

Djutoris war froh über jeden Schritt, der ihn von den Steinen entfernte. Sein Austausch mit Perduellis hatte ihn gleichermaßen mit Sorge wie mit Erleichterung erfüllt. Er wusste noch nicht recht, was er von all dem halten sollte, hatte jetzt aber definitiv einiges zum Nachdenken. Er betrat das Regere Mansionum. Die neuen Sicherungsmaßnahmen fielen sofort ins Auge. Die alten waren zahlreich, aber so gut wie nutzlos gegen die Mächte des Wahnsinns gewesen. Typisch – der größte Feind ließ sich nicht einschränken.

Nun jedoch offenbar schon.

Diese Art Magie war Djutoris gänzlich unvertraut. Sie kam ihm vor wie eine Überlieferung der ältesten, unergründlichsten Art. Trotz seiner angeborenen Neugierde hatte er nicht vor, ihren Ursprung weiterzuverfolgen. Bis auf weiteres würde er sie den Göttern zuschreiben. Selbst als frischernannter Hoher Lehrmeister hatte er kaum eine Vorstellung von der tatsächlichen Tragweite all dessen.

Djutoris verließ den Bogengang, der den offenen Innenbereich des Regere Mansionum umgab, und durchquerte den Hofgarten, um eine Abkürzung zu seinen Gemächern zu nehmen. Er wandte seinen Rücken dem gedrungenen, hässlichen neuen Anbau zu. Seiner Meinung nach war ihm das Loch beinahe vorzuziehen gewesen. Es hatte sogar Schönheit in dieser zerfetzten, bröckelnden Lücke gelegen, die Eridanus hinterlassen hatte – Symbolik, Tragik, aber auch Schönheit. An ihrer Stelle erhob sich nun etwas, das eher wie eine Festung aussah und mit seinem brutalen Glitzern von Schwarzgold, Nurkis und Amethyst völlig fehl am Platze war. Er wollte gar nicht wissen, woher man so viel Wirkstein geholt hatte und zu welch horrenden Kosten.

Wer sonst konnte derartige Kenntnisse von den Überlieferungen besitzen? Eridanus natürlich, in dessen Schatten er sich duckte wie ein Lehrjunge. Aber Eridanus war fort. Er hätte seine Stellung als der mächtigste Gelehrte Calaspias nie freiwillig aufgegeben.

Womit noch Aurgelmir blieb – was, wenn er Opeion getötet hatte? Seinen eigenen Vater umgebracht hatte, um auf den Thron zu kommen, und nun die Fäden zog, um … *was* zu tun? Die Möglichkeit bestand, so unwahrscheinlich sie auch sein mochte. An schwindelerregenden Möglichkeiten war kein Mangel, und eine war unwahrscheinlicher als die andere.

Er wusste nur, dass sich ein großes Räderwerk in Bewegung gesetzt hatte, nicht jedoch, welchem Zweck es diente.

Schatten flossen zusammen, als er die andere Seite des Gartens erreichte, und bevor seine magischen Sinne ihn vor ihrer Gegenwart warnten, hielt die Gestalt ihn gepackt. Wie konnte eine Kreatur von solcher Macht unbemerkt bleiben? Alles, was existierte, beeinflusste seine Umgebung; alles gab Wellen ab. So lauteten die Gesetze der Natur! Normalerweise konnte er diese Wellen spüren.

Die Gestalt hatte ihn nicht berührt, und doch hielt sie ihn gepackt. Hätte er es versucht, hätte er keinen einzigen Zauber ausführen können. Er zwang seinen Blick in Richtung der Erscheinung, aber seine Augen weigerten sich, sie deutlich zu sehen. Er nahm nur einen dichten Schatten wahr, einen tintenschwarzen Umriss. Er zuckte zurück, als sich eine fremdartige Präsenz in seiner Seele bemerkbar machte.

– Sind die Steine gesetzt? –

Die Worte stachen ihm in den Kopf wie starke Ohrenschmerzen, lähmten seinen Geist. Er brauchte nicht zu antworten. Sein Unterdrücker kannte die Antwort auf diese Frage und spielte nur mit ihm, um unter Beweis zu stellen, dass er seine Rolle kannte. Sklave. Marionette.

– Vergiss nicht, dass sie der Sicherheit Armaahs dienen, auf Befehl des Imperators. Verweigere den Gehorsam, und du weißt, was geschehen wird. Diene weiterhin getreu, und du wirst ihre Errichtung vollständig als Verdienst angerechnet bekommen. Calaspia wird dich für deine Genialität bewundern. –

Der Klang, der kein Klang war, hallte in seinem Kopf wider und zerstörte jeden Gedanken, jede Empfindung bis auf ein Gefühl der Hilflosigkeit. Djutoris nickte. Mehr vermochte er gar nicht. Das übliche Zuckerbrot, die übliche Peitsche. Und es funktionierte, verdammt nochmal.

– Tausche keine weiteren Verschwörungstheorien mit Perduellis aus. Säe keinen Zweifel in die Herzen derjenigen, denen der Imperator gewogen ist. Sprich den Imperator niemals persönlich auf diese Angelegenheit an. Wir haben große Feinde. –

Djutoris öffnete den Mund, um etwas zu sagen, aber wie in einem Albtraum bekam er keinen Laut heraus.

– Deine nächste Aufgabe wird dich aufs Festland führen. Zunächst einmal geh ins Wachzimmer und leg diese Nachricht unter die erste Bank. Dann geh deinen üblichen Tätigkeiten nach. Die Diener des Imperators werden dich im Auge haben. –

In seiner Magengrube schien etwas zu gefrieren. Der Lehrmeister stolperte und hielt sich an einer Säule fest, als ihn eine Welle von Übelkeit überkam. Ihm wurde schwarz vor Augen. Als der Ohnmachtsanfall vorüberging, konnte er wieder deutlich sehen. Das Phantom war verschwunden.

War es eine Vision gewesen? Ein Tagtraum?

«Welche Nachricht?», keuchte er. Sein Blick fiel auf einen Pergamentfetzen, der sich neben ihm in der Hecke verfangen hatte. Er hielt sich an der Säule fest und bückte sich, um ihn aufzuheben. Der Fetzen war gefaltet, aber er riskierte einen Blick hinein, bevor er ihn in seinen Gewändern verstaute.

Drei Worte waren deutlich in schwarzer Schrift zu lesen.

Rameon und Peasmi.

Die Thronerben.

Er konnte sich nur fragen, was das zu bedeuten hatte. Es war nicht das erste Mal, dass er jemandem eine Nachricht zu überbringen oder zu hinterlassen hatte. *Peasmi und Rameon* … Aurgelmirs jüngere Geschwister.

Was für ein Narr er gewesen war! Wo Kreaturen wie diese eben sich frei bewegen konnten, war die Lage um einiges mehr außer Kontrolle, als er bereit gewesen war zuzugeben. Natürlich dienten die Steinsetzungen nicht dazu, die Insel vor einem Zauberangriff zu schützen! Sie würden keinerlei böse Kräfte schwächen. Sie würden sie verstärken.

Die einzige Frage war, in wessen Interesse all das lag. Wie brachte der Imperator Kräfte aus der unsichtbaren Welt dazu, ihm zu dienen? Wenn er Untertanen solcher Natur hatte wie dieses Schattenwesen, dann war er wahrlich sehr mächtig und würde keinerlei Schutzmagie brauchen, sondern von der Zunahme profitieren.

Unvermittelt wünschte Djutoris sich, er wäre nicht zum Hohen Lehrmeister geweiht worden. Dieser Titel stand ihm nicht zu. Er war ein lausiger Gelehrter; das war er schon immer gewesen. Dass er zu Höherem berufen war, hatte er sich immer nur vorgemacht. Der einzige Grund, warum er diesen Titel innehatte, lag darin, dass er in einem entscheidenden Moment behilflich gewesen war. Als wäre es gestern gewesen, erinnerte er sich noch daran, während der Krönung die Schlüsselelemente geschwenkt zu haben. Und nun wurden, wie die meisten anderen Offiziellen, die in Armaah weilten, auch die Geschwister des Imperators in den Sumpf der Verwirrung gezogen.

Djutoris war die Erpressungen leid, die Lügen und Täuschungen. Aber er konnte nichts dagegen unternehmen. Er konnte mit niemandem darüber reden, weil er fürchten musste, damit an den nächsten in der Kette zu geraten, wie immer diese Hierarchie der Zwänge auch funktionierte. Wenn jeder für jeden eine Bedrohung darstellte, war keine Zusammenarbeit möglich. Er konnte nicht einmal fliehen. Andere, die weit von der Inselhauptstadt entfernt waren, fesselten ihn an den Willen des Imperators. Am Anfang hatte er aus Eigennutz gehandelt. Er war nicht stolz darauf. So war er ihnen ins Netz geraten. Nun handelte er aus anderen Gründen. Er würde bei sämtlichen Machenschaften behilflich sein, wenn er damit nur seine Liebsten schützen konnte. Wenn er sich auflehnte, nutzte das niemandem etwas. Man würde ihn einfach ersetzen, durch eine neue Marionette.

Auch aus diesem Grunde war er zum Hohen Lehrmeister

ernannt worden, begriff er, und ihm wurde ganz flau vor Selbstverachtung. Er war hilflos. Er stellte keine Bedrohung dar.

Keine Bedrohung für wen? Er hatte keine Hoffnung, das je herauszufinden.

Und selbst wenn – er würde ja doch nichts ausrichten können.

Er hatte keine Wahl.

✦ 8. KAPITEL ✦

Die Festung aus Eis

Von weitem hätte niemand sagen können, dass dort etwas war. Die Festung sah aus wie jeder andere Teil des unwirtlichen Geländes: kalt, weiß und öde. Eine verschneite Kuppe türmte sich auf die andere. Bis auf den Himmel, die Bäume und einen gelegentlichen Flecken nackten Felsgesteins war alles weiß. Die Reise dorthin war noch schlimmer als damals die Durchquerung der Berge von Ged-Ruak auf dem Weg nach Armaah – auch wenn sie froh waren, nun zu Pferd unterwegs zu sein. Zumindest hatte die Landschaft dort mehr Abwechslung geboten; Gipfel, Felsen, kleine Seen, Wasserfälle. Hier ließ sich kaum sagen, ob man vorankam oder sich im Kreis bewegte.

Bryn und Mittni redeten kaum. Inzwischen hatten sie sich an die Kälte gewöhnt, wenngleich ihre Zehen und Finger manchmal vor Taubheit schmerzten. Wie im Traum bewegten sie sich durch die eintönige Landschaft, und ihr Verstand nahm nicht wahr, was ihre Augen sahen. Vielleicht war es diesem verträumten Zustand geschuldet, dass sie erst begriffen, was sie vor sich hatten, als sie buchstäblich mit der Nase darauf stießen.

Die Barue waren froh, Aquiuss bei sich zu haben, denn

ohne seine Hilfe hätten sie sich verirrt und längst aufgegeben. Er führte sie durch den Schnee, wortlos, doch voller Zuversicht.

Die Anlage vor ihnen war so beeindruckend, so einzigartig, dass Bryn eine ganze Weile brauchte, um zu begreifen, was er da sah. Noch viel länger dauerte es, das Ausmaß der Zitadelle zu erfassen. Was Höhe und Masse betraf, hatte er schon beeindruckendere Gebäude gesehen, aber noch nie ein Bauwerk von solch eleganter Macht.

Sobald das Auge erst einmal ihre Umrisse erkannt hatte, ragte die Burg der Culmus Sangui wie Kristall schimmernd vor ihnen auf, ebenso glatt wie das sie umgebende Eis – und war vielleicht selbst aus Eis.

«Da wären wir.» Aquiuss spähte mit zusammengekniffenen Augen durch den Schnee. «Willkommen in der Eisfeste.» Angespornt ließ seine Stute kleine puderige Lawinen aufstieben und donnerte durch das Gelände, als wüsste sie, dass die Reise nun zu Ende war. Bryns eigenes Ross tänzelte über einen Felsvorsprung hinweg und galoppierte hinter ihrem Anführer her. Bryn machte sich Sorgen um ihr Auftreten. Er hoffte, dass sie einen guten ersten Eindruck machen würden, bezweifelte es jedoch sehr. Weder sein bester Freund noch er wirkten sonderlich grimmig oder imposant. Und ihre Fähigkeiten erstreckten sich nur wenig über das hinaus, was man ihrer äußeren Erscheinung nach erwarten durfte. Vielleicht wäre es besser, so zu tun, als würden sie hier lediglich Schutz suchen …

Mittni dagegen teilte Bryns Bedenken überhaupt nicht. Er juchzte auf, als sein Pferd den Hang hinunterflog, warf einen Blick nach hinten zu seinem Freund und reckte siegreich die Faust. «Culmus Sangui, wir kommen!», rief er. Seine gute Laune besserte auch Bryns; auf die Barue trifft die Behauptung, dass Lächeln ansteckend sei, mehr zu als auf andere Völker. Das unmittelbare Spüren der Gefühle anderer lässt ihre Stimmung leicht zu der Emotion hin umschwenken, der sie ausgesetzt sind. Trotzdem war Bryn froh, dass sie immer noch gute hundert Meter von der Eisfeste entfernt waren – niemand konnte Mittni gehört haben.

Schnee stob von den Hufen ihrer laut wiehernden Pferde auf, als sie im blaugetönten Schatten der Zitadelle verlangsamten. Wie aus dem Nichts waren plötzlich Tore zu sehen. Die schwarzen Angeln quietschten kaum, als die Torflügel in die Festungsanlagen hinein aufschwangen.

Langsam bewegten die Reisenden sich unter dem Fallgitter hindurch und über einen Brückenbogen aus weißem Stein in einen Hof hinein. Auf der einen Seite befanden sich Stallungen und andere Holzgebäude, die vielleicht als Lager dienten. Die makellosen Wälle, die sie von draußen gesehen hatten, umgaben die gesamte Eisfeste, schirmten Hof und Gebäude ab. An dem einen Ende verbreiterten sie sich und gingen in die eigentliche Feste über. Von innen her sah man, dass sie doch aus Stein waren und nicht aus Eis, und die Burg wirkte, von ihrem vergleichsweise sauberen, kahlen Erscheinungsbild einmal abgesehen, mehr wie eine normale Burg.

Niemand war zu sehen. Aber irgendjemand musste ihnen das Tor doch aufgemacht haben. Und richtig, schon waren Lederstiefel zu hören, die eine verborgene Treppe beim Tor hinabliefen.

«Fysal!» Nicht Aquiuss war es, der diesen Gruß rief, sondern Mittni. Bryn sah, dass es sich in der Tat um den hochgewachsenen, dunkelhäutigen Mann mit dem Krummschwert handelte, der die Barue nach Beendigung ihrer Mission auf dem Luftweg vom Amboss nach Wenfeld gebracht hatte. Er grüßte sie freundlich, und seine Zähne blitzten weiß.

«Sarghenta hielt es für das Beste, wenn euch jemand willkommen heißt, den ihr schon kennt. Aquiuss, ich bin froh, dass du sie gefunden hast.» Er wandte sich an die Barue und erkundigte sich zuerst nach Thybil, dann nach ihrer Reise.

«Bis auf die Frostbeulen lief alles gut.» Mittni rieb sich die Arme, um anzudeuten, dass er nichts dagegen hätte, das Gespräch in wärmerer Umgebung fortzusetzen. «Moment mal … Woher wusste Sarghenta denn, dass wir kommen?»

Fysal lachte und winkte ihnen, ihm zu folgen. «Cerion wird sich um eure Pferde kümmern.»

Bryn, der sich fragte, ob der dunkelhäutige Soldat in milderem Klima aufgewachsen war, vielleicht sogar noch weiter südlich als Nomidien – jenseits des Unbenennbaren Landes! –, fiel hinter Mittni in Trab. Schon senkte sich das Fallgitter wieder herab. Sie sagten Aquiuss ihren Dank dafür, dass er sie hierhergebracht hatte, und verabschiedeten sich. Er versprach ihnen ein baldiges Wiedersehen. Dann gingen sie nicht weiter in die Zitadelle hinein, sondern betraten eines der Häuser aus Stein und Holz, die auf dem Hof standen.

Fysal führte sie einen reich mit Teppichen ausgelegten Gang hinab, dann vorbei an einem behaglichen offenen Raum um eine Feuerstelle herum und wieder in einen Gang. Das Gebäudeinnere war gut eingerichtet, aber schlicht; nichts war übertrieben. Es erinnerte Bryn an das feudale Armaah aus den Geschichtsbüchern und ließ an härtere Zeiten denken. Die Mauersteine waren nicht unter Putz versteckt, wie es in den meisten anderen Häusern der Fall war, sondern zeigten sich stolz zwischen den Wandbehängen und heraldischen Bildteppichen, nackt und kühn, unerschrocken, das starke Fundament des Hauses.

«Bringst du uns zu Sarghenta?», wollte Mittni von Fysal wissen. Der Krieger sagte nichts und sah nicht einmal nach hinten, sondern lachte nur in sich hinein und setzte seinen Weg mit langen, gemessenen Schritten fort. Am Ende eines weiteren Ganges bog Fysal scharf ab und begann eine schmale Wendeltreppe zu erklimmen.

«Ich bringe euch auf diesem abgelegenen Weg dorthin, damit wir die anderen Culmus Sangui nicht stören. Keine Sorge, die eigentlichen Wege sind viel leichter zu finden. Ihr werdet bald eure zukünftigen Lehrer kennenlernen, die euch sagen werden, wann ihr wo zu sein habt. Ach, und noch ein kleiner Rat: Vergleicht euch nicht mit den anderen Schülern. Die meisten beherrschen ihr Handwerk schon. Ich habe noch mehr Rat auf Lager, aber das kann warten. Als Erstes sollt ihr euch mal einrichten.»

Bryn fuhr mit seiner Hand das Holzgeländer entlang, während sie hinaufgingen. Alles hier sah alt aus, roch alt und fühlte sich auch so an. Nicht alt im Sinne von abgenutzt. Sondern von bedeutend und ehrwürdig, als ob das Alter nicht Niedergang, Zerfall und am Ende den Tod brachte, sondern Stolz, Gedenken und Ehre. Ja, es steckte Ehre in diesen Mauern. Wenn die Culmus Sangui so alt waren, wie Thybil kurz nach ihrem Aufbruch aus Armaah gesagt hatte – und nicht zur Zeit des Krieges um das Tor begründet und wieder aufgelöst worden waren, wie die meisten Leute meinten –, dann hatten hier Generationen der besten Krieger Calaspias gelebt und gelernt.

Die Furcht und die Zweifel, die Bryn nun schon eine Weile verspürt hatte, die ganz hinten in seinem Kopf gleichmäßig angewachsen waren, ließen sich auf einmal nicht länger unterdrücken, sondern zeigten vehement ihre hässliche Fratze. Was wollten Mittni und er hier? Sie hätten eigentlich nicht einmal von der Existenz der Culmus Sangui wissen dürfen, und nun fingen sie hier ihre Ausbildung an. Bei der Vorstellung hätte er am liebsten gelacht, aber dunkle Ahnungen erstickten jede andere Empfindung. Sobald sie mit der Ausbildung begannen, würden sie wie Witzfiguren aussehen. Weder er noch Mittni konnten darauf hoffen, auch nur mit den unfähigsten Kriegern hier mitzuhalten.

Bryn holte tief Luft, um sich zu beruhigen. Er sah aus dem kleinen Fenster auf dem Treppenabsatz. Die eintönigen Farben der Landschaft reichten ihm jetzt schon. Wie würde das erst werden, wenn sie Wochen oder Monate hier waren? Mit wackeligen Knien ging er weiter nach oben.

Sie erreichten den Kopf der Treppe. Fysal ging ein Stück den Korridor hinab und blieb vor einer Holztür stehen, an der die Bezeichnung *Lerche* stand.

«*Lerche?*», sagte Mittni. «Warum müssen wir denn in *Lerche* wohnen? Warum nicht in … *Adler* oder *Falke* oder *Phönix*?»

Fysal beachtete die Bemerkung nicht weiter. «Bevor euch ein Schüler herumführt, bekommt ihr zu essen und könnt schlafen. Möchtet ihr erst essen oder erst schlafen?»

«Essen», sagten Bryn und Mittni wie aus einem Munde.

Fysal grinste. «Hab ich mir schon gedacht. Mit leerem Magen lässt der Schlaf auf sich warten.»

«Und wo sollen wir essen?», fragte Mittni mit Blick auf die schmucklose Holztür.

«Ihr bekommt etwas auf euer Zimmer gebracht, aber glaubt nicht, dass ihr jeden Tag so bedient werdet!»

«Wo essen die Culmus Sangui denn normalerweise?», fragte Bryn.

«Alles zu seiner Zeit. Das erfahrt ihr nach dem Essen und Ausruhen.»

Die wenigen Sekunden des Wartens hatten ihre Beklemmung gehörig anwachsen lassen. Als die Tür aufschwang, erwiesen sich all ihre Vorstellungen, was hinter der groben Maserung liegen mochte, als falsch.

Was hatte Bryn erwartet? Hätte es ihn überraschen müssen, dort keine plüschig-samtigen Sessel zu sehen, in die man sinken konnte, keine Blumen, die elegant in Kristallvasen arrangiert waren, keine Bäder von der Größe der Einraumhäuser, die einfache Arbeiter in den ländlichen Gebieten Calaspias mit ihren Familien teilen mussten, keine Betten mit Himmeln und Vorhängen – sondern stattdessen nur das unscheinbare Schlafzimmer, das vor ihnen lag?

«Für unsere werdenden Krieger nur das Beste», sagte Fysal mit einem Funkeln in den Augen.

Bryn grinste. Die karge, schlichte Einrichtung des kahlen Raums erinnerte ihn an seinen kleinen Alkoven bei den Brüdern der apheristischen Kirche. «Im Amboss hatten wir nichts. Das hier ist ausgezeichnet.»

«Gut. Dann werde ich euch etwas zu essen bringen lassen, und wir sehen uns später.» Kurz bevor er die Tür hinter sich schloss, sagte er noch: «Ach, übrigens. Willkommen in der Eisfeste. Willkommen in *Caer Isnova*.»

Die Tür ging auf, und ein schlanker Jugendlicher, der nicht viel älter als die Barue sein konnte, brachte ihnen das Essen. Er betrachtete die Neuankömmlinge mit einem wachen, interessierten Gesichtsausdruck, der jedoch mit Skepsis durchmischt war. Sie spürten Vorwürfe. Bryn wechselte einen kurzen, verwirrten Blick mit Mittni, der die Schultern zuckte und von dem matratzenlosen Bett heruntersprang, um dem Jungen seine Sachen abzunehmen. Gemeinsam stellten sie die Verpflegung auf den unpolierten Tisch, der neben der Garderobe und den beiden Nachtschränken das einzige andere Möbelstück im Zimmer darstellte.

Der junge Culmus Sangui machte sich nicht die Mühe, den Tisch zu decken, sondern strich sich die glatten Fransen zurück, die von einem helleren Blond als Mittnis waren, und wandte sich zum Gehen.

«Danke!», rief Mittni ihm nach, worauf er höflich nickte.

Bryn hielt ihn am Arm fest. «Nicht so schnell – wie heißt du?» Der Lieferant zog über diese Frage die Braue hoch; Bryn fügte hinzu: «Damit wir uns angemessen bedanken können.»

«Ich bin kein Diener. Euer Dank ehrt mich nicht. Seid dankbar, dass ihr hier seid, und nicht für das Essen. Essen bekommt man überall.»

Ohne ihnen die Möglichkeit einer Antwort zu geben, schlüpfte er durch die Tür und zog sie hinter sich zu.

«Schuckel, der war ja nicht gerade gesprächig», sagte Mittni.

Bryn runzelte die Stirn. *Oder nicht sonderlich erfreut über unsere Anwesenheit.*

Doch sie waren zu hungrig, um sich viele Gedanken über mürrische Schüler zu machen, und machten sich über Gemüsesuppe und Vollkornbrot her. Dann ließen sie sich in ihre Betten fallen, viel zu müde, um sich an den fehlenden Matratzen zu stören.

Ein munteres Klopfen auf Holz weckte sie. Mit schläfrigen Augen sah Bryn, wie Fysal hereinschaute und ihnen winkte. «Unten, in zwei Minuten. Bringt das Geschirr mit. Ach, und wascht euch das Gesicht, ihr seht völlig verschlafen aus.»

«Meine Güte.» Mittni drehte sich um und schnarchte prompt weiter.

Bryn schüttelte ihn. «Dafür ist jetzt keine Zeit! Steh auf … Wir dürfen nicht zu spät kommen!» Er setzte sich mühsam auf. Ihm tat immer noch alles weh, aber wenn er erst einmal richtig wach war, würde es bestimmt gehen. Er befreite sich von seiner Decke und zerrte an Mittnis Bettzeug. Er schaffte es nicht, sie unter dem Schläfer hervorzuziehen, und so landeten Laken und Freund zusammen auf dem Boden.

Mittni öffnete resigniert ein Auge. «Und ich hab noch nicht mal ein Kissen, das ich nach dir werfen kann.»

Lachend half Bryn dem Hu-Barue hoch. «Ich komm mir ganz schön schmuddelig vor, dass ich immer noch in den Sachen rumlaufen muss, die wir auf der Reise anhatten.»

«Musst du doch gar nicht.» Mittni gähnte. «Schau – Kleider.»

Sie besahen sich die beiden identischen Stapel, die auf ihren Nachttischen lagen: sauber zusammengelegte Kittel und Hosen, Gürtel, Stiefel aus gutem Leder. Bryn hielt sie sich an die Nase und schnupperte. Sie rochen gut, kräftig, belebend; der Duft des Abenteuers. Die Kleider waren leicht und weich auf der Haut, aber das Material war dicht gewebt und erwies sich bald als sehr wirksam gegen die Kälte.

Mittni lachte. «Schuckel, die Gürtel sitzen ganz schön locker.»

«Wir kommen eh schon zu spät. Nehmen wir sie einfach mit. Fysal hat gesagt, wir sollen uns das Gesicht waschen.»

Sie entdeckten eine Nische, die ein Waschbecken und einen Spiegel beherbergte. Mittni brachte Ordnung in seinen rotblonden Schopf, klatschte sich das eiskalte Wasser aus dem Hahn ins Gesicht und rubbelte es mit einem Handtuch ab.

«Fertig.» Er war knallrot.

Bryn kämmte sich immer noch mit den Fingern das wirre Haar. Es funktionierte nicht, also hielt er den ganzen Kopf unter den Hahn. Der Eisesschmerz erinnerte ihn an das ähnlich kalte Wasser des Armresees, als er mit einem adeligen

Freund von einer Gefängnisinsel geflohen war. Sir Humphrey fehlte ihm. Diese erbärmlich kontraproduktive Mission hatte sich erst vor wenigen Wochen abgespielt, und doch war sie schon in weite Ferne gerückt wie ein Traum. Prustend kam er wieder hoch. Nun war er wach!

«Sollen wir … die Tür abschließen oder so was?» Mittni besah sich die Klinke. Zwar kam den Barue die Vorstellung von verriegelten Türen überflüssig und absurd vor, wenn sie unter ihresgleichen waren, aber die beiden Freunde hatten bereits genug Korruption und Habsucht miterlebt, die in anderen Völkern um sich griffen.

«Das ist ja nicht Armaah hier. Selbst wenn wir einen Schlüssel hätten, würde ich nicht abschließen. Wir vertrauen diesen Leuten das Leben unserer Freunde an, von dem unseren ganz zu schweigen. Und außerdem besitzen wir doch gar nichts Wertvolles.» Bryn grinste.

«Da ist was dran. Es würde so aussehen, als hätten wir etwas zu verbergen.»

Sie eilten die gewundenen Stufen hinab, dass die nackten Wände um sie herum verschwammen. Am Fuß der Treppe wartete zu ihrer Überraschung der blonde Schüler, der ihnen das Essen gebracht hatte. Auf den zweiten Blick, fand Bryn, sah er gar nicht mehr so alt aus; die Fehleinschätzung verdankte er seinen kräftigen Wangenknochen und seiner hochmütigen Art. Im Gegenteil, der Bursche war bestimmt jünger als sie, höchstens siebzehn Sommer. Bryn konnte sehen, dass er sich schon rasierte; die wenigen, fast unsichtbaren Stoppeln waren wie sein Kopfhaar heller als die Haut. Er war sonnengebräunt, nicht wie jemand aus Nomidien, aber seine Haut besaß einen Bronzeton, als ob er wie ein Bauer häufig der Sonne ausgesetzt war – nur dass das unmöglich seine Herkunft sein konnte, denn er hielt sich wie ein Prinz. Das weißblonde

Haar betonte sein attraktives Gesicht wie ein Heiligenschein. Er war in schlichte Brauntöne gekleidet, bis auf eine enganliegende, vornehme Halskette, die aus Leder oder einem ähnlichen Material zu sein schien. Er trug seine Kleider wie ein Adeliger, und in diesem Moment wurde Bryn ein für alle Mal klar, dass das Sprichwort «Kleider machen Leute» nicht immer stimmte.

«Morgen», begrüßte der Bursche die beiden Barue, die sich verdutzt ansahen.

«Wie spät ist es?» Bryn wusste nicht, ob das vielleicht ein Scherz hatte sein sollen.

«Sechs.»

«Oh, dann wird es hier aber früh dunkel.»

«Du meinst wohl, es wird spät hell.»

«Wie?»

«Es ist sechs Uhr in der Früh. Ihr habt den ganzen Abend und die ganze Nacht geschlafen.»

Mittni machte große Augen. «Wie schön für uns. Wo ist Fysal?»

«Mehrere Ränge über euch. Ihr werdet ihn mit Meister Fysal anreden. Ich bin Cerion aus dem Geschlecht derer von Vindar und werde euch *herumführen.*» Er spie das Wort aus wie ein Schimpfwort. «Eine kurze Einführung in die hiesigen Gegebenheiten nebst Frühstückspause. Euer Unterricht beginnt nach dem Mittagessen. Dann wird Meister Fysal euch empfangen. Wo ist das Geschirr?»

Mittni verzog das Gesicht. «Haben wir vergessen –»

«Dann holt es.»

Bryn und Mittni eilten nach oben, rafften alles zusammen, so schnell sie konnten, und sausten wieder hinunter. Sie hatten das Gefühl, Thybil bereits jetzt keine Ehre gemacht zu haben.

Cerion tippte sich an die Schläfe. «Für die Culmus Sangui ist der Kopf die stärkste Waffe, über die wir verfügen.»

Bryn wurde rot. «Entschuldige.»

Cerion seufzte. «Nun gut, dann kommt mal mit.» Er schien Gefallen daran zu finden, ihnen so ausführlich wie möglich verschiedene Räumlichkeiten zu zeigen, bevor es in die Küche ging, wo sie endlich ihre Last loswurden. Nicht dass das Geschirr schwer war, aber es war ungeschickt aufgestapelt und schmutzig obendrein. Bis sie es endlich abstellen konnten, war Bryn Suppe auf einen Ärmel seines frischen Kittels und den rechten Stiefel getropft. Er versuchte, die Flecken zu verbergen, indem er einen Tisch zwischen ihren Führer und sich brachte, aber Cerion entdeckte es trotzdem. Seine Lippen kräuselten sich. «Ihr seht hungrig aus.»

Und das waren die Barue auch. Nach der ausgedehnten Nachtruhe hätten sie schon beim Aufwachen einen Happen vertragen können. Sie hatten das Gefühl, dass Cerion sie schon seit Stunden herumführte, dabei hatten sie bisher nur banale Einrichtungen wie Tischlereien, Lager und Waschküchen gesehen. Er hielt sich mit Details auf, die Bryn gleich wieder vergaß. Auch seine Sprechweise deutete auf eine adlige Abstammung hin, denn er klang ebenso redegewandt wie gelangweilt. Als sie es endlich hinter sich hatten, lang und breit von seiner Lieblingsspeise, der Zahl der im Küchentrakt beschäftigten Köche sowie der Herkunft der verarbeiteten Lebensmittel zu erfahren – manche wuchsen vor Ort in Treibhäusern, andere kamen von Bauernhöfen im nördlichen Nanoak und Bel-Tued –, wurden sie in den Speisesaal geführt.

«Wo sind die anderen Culmus Sangui?», fragte Mittni.

«Deren Frühstückszeit ist längst vorbei.»

Zwischen den Tisch- und Bankreihen verliefen rote Teppiche vom Eingang zur anderen Seite des Saals, wo ein prasselndes Feuer Wärme und Licht spendete. Ein Blick nach oben zeigte Bryn diagonale Tragbalken, das Skelett des Daches. Der Geruch von Kiefernholz und altem Teppich vermischte sich mit dem Duft von Schinken, Eiern und geröstetem Brot. Der Raum wirkte erhaben und behaglich zugleich.

Cerion führte sie zum Büfett. «Bedient euch.» Das brauchte er den beiden nicht zweimal zu sagen; sie hatten sich die Teller im Nu vollgehäuft. Mit dampfenden Krügen voll dunklem Tee, der nach unidentifizierbaren Kräutern duftete und an Swigny erinnerte, gingen sie vorsichtig zu den nächstbesten Stühlen.

«Beeilt euch, wir haben nicht viel Zeit.»

Verärgert schaufelte Bryn Ei auf Brot und biss ab. Er ließ sich beim Essen nicht gern hetzen. Wortlos verschlangen die Barue unter Cerions kühlen Blicken ihre stattlichen Portionen.

«Willst du nicht auch etwas?», fragte Bryn.

Cerion bedachte sie mit so etwas wie einem müden Lächeln, von dem Bryn spürte, dass es aufrichtig war. «Danke, aber ich habe schon gegessen.»

«Ihr steht hier früh auf», sagte Mittni.

Cerion zeigte zu einer vergoldeten Großvateruhr an der Saalseite. «Es ist fast schon sieben.»

Warum sie nicht zusammen hatten essen können, war Bryn ein Rätsel, aber sie aßen schweigend zu Ende und standen auf.

«Lasst das Geschirr stehen.» Verwirrt folgten die Barue.

Die Führung nach dem Frühstück war weitaus spannender. Sie besuchten die Krafträume, die Rüstkammer sowie das Übungsfeld für den Schwertkampf mit angrenzendem Schießstand für die Bogenschützen. Dann zeigte Cerion ihnen die wichtigsten Unterrichtsräume und eine Bücherei.

«Das alles ist noch gar nichts gegen die entsprechenden Einrichtungen in der Frostburg, die ihr … vielleicht … eines Tages … mal sehen werdet.»

Die Zeit verging wie im Flug, obwohl sie nur die Gebäude um die eigentliche Eisfeste herum besichtigten. Die Leute, denen sie begegneten, waren immer sehr beschäftigt, entweder mit untergeordneten Arbeiten um das Fort herum, oder es waren Soldaten bei der Ausführung ihrer Befehle. Den Barue fielen ihre unterschiedlichen Kleider ins Auge, und so klärte Cerion sie darüber auf, dass die Culmus Sangui sich ihrem Rang entsprechend kleideten, der durch die jeweilige Farbe angegeben wurde, wobei er sich jedoch nicht darüber ausließ, welche Farbe was bedeutete. Sie bekamen Krieger zu sehen, die von einem Ort zum anderen eilten, erfuhren aber nicht, was sie dort jeweils taten. Überall herrschte Disziplin und Konzentration, und Cerion hämmerte ihnen ein, wie wichtig diese Ideale waren.

«Die Mittagspause wird vorgezogen», verkündete ihr Führer unvermittelt. Sie hatten gerade die Stallungen besichtigt. Die Festung war zwar gewaltig, aber bis jetzt nicht so spektakulär, wie sie sich insgeheim vorgestellt hatten. «Davor aber etwas, das euch motivieren wird, hart zu arbeiten.» Es klang fast schon spöttisch, aber das war Bryn egal, denn Cerion führte sie zur Eisfeste. Sie würden einen Blick hineinwerfen!

Die Mauern der Zitadelle waren milchig weiß – aus Marmor vielleicht – und schimmerten sanft und kalt.

«Ich dachte, wir dürfen da keinen Schritt hineintun», sagte Mittni. Sie waren an einem kleinen Nebeneingang abseits des Haupttores angelangt.

Cerion bedachte sie mit einem gereizten Blick. «Etwas Derartiges habe ich nie behauptet.»

Er schwang die schwere Holztür auf, wies die Barue an, sie

hinter sich wieder zu schließen, und stieg eine Reihe Stufen hinauf. Bryn wusste, dass es sich um keinen der Hauptteile der Festung handelte, und doch war es hier gänzlich anders als in den anderen Gebäuden. Als Erstes fiel ihm auf, wie *klar* es hier war. Es erinnerte ihn an das Regere Mansionum in Armaah, übertraf dieses jedoch an Eleganz, vielleicht weil alles schlichter war, karger, und nicht von überflüssigen Trophäen und prahlerischem, verschwenderischem Luxus wimmelte. Stattdessen strahlte die Festung ruhige Macht und Zuversicht aus. Die wenigen Kunstgegenstände und Statuen, die sie sahen, rundeten die unverstellte Imposanz des Gebäudes nur ab.

«Die Eisfeste verkörpert alles, wofür wir stehen», erklärte Cerion. «Ordnung, Gerechtigkeit, Transparenz, Stärke, Mut … Aber diese Worte bedeuten euch nichts. Sie sind nur vage Abstraktionen, Assoziationen. Ihr habt zu wenig Erfahrung.»

Diese Worte brachten Bryn Johan in Erinnerung, den arroganten Historiker, der ihnen auf dem Weg nach Armaah begegnet war. Woher wusste Cerion denn, wie viel oder wie wenig Erfahrung sie hatten? «Dennoch», fuhr er fort, «wird euch eines Tages vielleicht die Ehre zuteil, den Codex Culmus zu erblicken. Ich werde ihn euch nicht zeigen; das darf nur ein Meister.»

Bryn fragte sich unvermittelt, welche Rangfolge die Culmus Sangui besaßen und wo sie selbst wohl hineinpassten. Welchen Rang nahm Thybil ein? Und welchen Aquiuss, Fysal, Cerion?

Sie betraten einen Gang, der in eine geräumige Halle führte, deren Decke sich höher erstreckte als alles, was sie je gesehen hatten. Ihre Spitze verschwand im blauen Schatten wie eine Gletscherspalte im Eis, für das Auge nicht mehr wahrnehmbar. Breite Stufen führten zum ersten Stock hinauf, gerade zunächst, bevor sie sich teilten und links und rechts um eine gigantische, glitzernde Skulptur herum verschwanden. Bryn schnappte nach Luft: Die Skulptur stellte ein Kristallschwert dar. Er sehnte sich danach, es zu berühren, die glatte, unnachgiebige Oberfläche dieser Waffe der Schönheit, dieser künstlerischen Großtat zu spüren. Aber das Schwert war von keiner Stelle aus zu erreichen.

«Diesen Effekt hat der Kristallculmus auf die meisten, die ihn zum ersten Mal sehen», sagte Cerion, und Bryn konnte Ehrfurcht und Leidenschaft hinter seinen blauen Augen spüren. Jede innere Bitterkeit und alle seine Vorbehalte gegen die Barue schienen vergessen. «Es heißt, er wurde dem Culmus nachgebildet – dem ersten Culmusschwert –, der Waffe des Apheristen. Darüber wisst ihr doch Bescheid?» Als er schließlich merkte, dass sie keine Ahnung hatten, verdrehte er die Augen und erfreute sich insgeheim seines Wissens. «Der Culmus ist das mächtigste aller Schwerter, die es je gegeben hat.»

«Ist?», fragte Mittni. «Dann existiert er noch?»

«Natürlich existiert er noch, Jüngelchen! Er kann nicht zerstört werden. Keine Klinge hält ihm stand … Rüstungen sind zwecklos …» Ein herrliches Gefühl der Heimlichtuerei legte sich über die drei, als die Barue sich vorbeugten, um seine geflüsterten Worte zu verstehen.

«Kämpft jetzt Sarghenta mit ihm?», fragte Bryn.

Der Zauber brach. Cerion starrte ihn einen Moment lang verblüfft an, dann brach er in Lachen aus. «Mit dem Culmus – oder um ihn mit seinem richtigen Namen zu bezeichnen –, mit *Magnarion* kann nur sein wahrer Besitzer kämpfen, der vom Kampfgeist des Apheristen erfüllt ist. Ein Schwert der Legende … ein Schwert ohnegleichen … bis auf eine andere Klinge vielleicht, seine Nemesis.» Ihr Führer hob belehrend den Finger. «Während Chaos jedoch ein Werkzeug der Zerstörung ist, ist Magnarion eines des gerechten Zorns und der Lauterkeit. Und zwar in einem solchen Ausmaß, dass niemand anders den Culmus auch nur aus der Scheide zu ziehen vermag!»

Bryn und Mittni betrachteten die Kristallskulptur in neuem Licht.

«So heißt es jedenfalls», spielte Cerion seine Heldengeschichte herunter. «Zurück zu dem Kunstwerk hier. Telabor, der erste Hochkönig der Zwerge, fertigte es zum Gedenken an seinen Freund, den Gründer unseres Ordens. Die Fertigstellung dauerte fast ein Jahrhundert, und es lässt sich durch keine bekannte Kraft der sichtbaren wie der unsichtbaren Welt zerbrechen.»

Als sie beim ersten Treppenabsatz anlangten, der hinter der Skulptur lag und vom Erdgeschoss aus nicht zu sehen war, fuhr Cerion mit seinen Erklärungen fort.

«Nur Lehrlinge aufwärts dürfen durch das Haupttor hereinkommen.» Cerion zeigte direkt hinter das Schwert. Sie waren von der Seite her gekommen. «Sie tragen Grün und haben bereits ihr eigenes Culmus erhalten, ihre persönliche Klinge.»

Sie stiegen weiter die Treppe hinauf, die nun wieder gerade verlief. Mittni sah wiederholt nach hinten. Durch die hohen Fenster flutete kaltes Licht wie durch die zahlreichen Augen eines Untiers, in dessen Bauch sie sich befanden. Die Stufen und Geländer waren die Rippen, ausgebleicht und knochenweiß.

So einschüchternd hatte nicht einmal das Regere Mansionum auf sie gewirkt. Die Barue waren mit Reichtum durchaus vertraut, auch wenn sie gern anderes behaupteten; aber dies hier erzählte von Werten, die sich nicht mit Geld kaufen ließen.

Nun, da sie am Kristallculmus vorbei waren, erhöhte Cerion das Tempo und führte sie wie ein mit Scheuklappen versehenes Pferd durch stille Korridore, an Arkaden und Galerien vorbei, an zahlreichen Türen und Treppenfluchten, die zu anderen Stockwerken führten. Er stieß eine letzte Tür auf.

Vor ihnen lag eine Art Umkleidezimmer. Cerion öffnete die Tür zu einem kleinen, dampfigen Raum, aus dem ihnen der süßliche Geruch von Eukalyptus in die Nase stieg.

«Sauna.» Bevor er die Tür schloss, erhaschte Bryn einen Blick auf Holzbänke und eine Kohlenpfanne. «Sprudelbad», hieß es an der folgenden Tür, «Muskelentspannung» und «Geistige Entspannung» an den nächsten.

Mittni konnte sich das Lachen nicht verkneifen. «Ich dachte, ihr führt ein einfaches Leben! Disziplin und so weiter.»

Cerion zuckte die Schultern. «Wer kräftig schuftet, muss sich auch ordentlich ausruhen. Das hier dient alles der Gesundheit, weiter nichts.» Er schloss mit Nachdruck die Tür. In seine kalten blauen Augen trat wieder das herausfordernde Glitzern. «Denkt daran, man muss sich das Privileg, solche Einrichtungen benutzen zu dürfen, erst verdienen.»

Sie kehrten in den Speisesaal zurück, ohne die Eisfeste zu verlassen. Cerion führte sie einen anderen Weg entlang, um ihnen zu verdeutlichen, wie die Gebäude miteinander zusammenhingen.

Die Barue dankten ihm für die Führung, worauf er süffisant lächelte, sich verabschiedete und zu einer Gruppe Jugendlicher hinüberging, die nicht braun gekleidet war wie er, sondern grün. Einen Moment später schauten sie alle misstrauisch herüber. Bryn und Mittni waren sich noch nie so fehl am Platze vorgekommen.

✦ 9. KAPITEL ✦

Eine kleine Überraschung

Erleichterung kam in der Gestalt von Aquiuss, der sie an seinen Tisch winkte. «Ich breche bald auf. Wollt ihr euch nicht zu mir setzen?»

«Du gehst schon wieder?», fragte Mittni. «Lässt man dir denn gar keine Ruhepause?»

Er zuckte die Schultern. «Sie geben sich alle Mühe, damit ich mich nicht langweile.»

Die Barue holten sich zum Auftakt etwas Salat und eine Schale Suppe und gesellten sich zu ihm.

«Das hier ist mir lieber als die Kost im Regere Mansionum.» Aquiuss lachte auf. «Bekömmlicher. Wie war euer Vormittag?»

Sie brachten ihn mit wenigen Sätzen auf den neuesten Stand.

Der Culmus Sangui beugte sich über den Tisch und sah sie mit einem belustigten Glitzern in den Augen an. «Er kann euch nicht leiden, hm?»

Bryn und Mittni machten ihrer Verwirrung und ihren Ängsten Luft. Es tat gut, die ganzen zurückgehaltenen Emotionen herauszulassen und sich Aquiuss anzuvertrauen.

Am Ende ihrer Erzählung lehnte der raue junge Mann sich wissend zurück. «Culmus Sangui sind stolz. Die Jüngeren nehmen Ehre und Stärke fälschlicherweise oft als Ausrede für Hochmut und vergessen darüber unsere Verpflichtung, andere zu beschützen. Hierarchie ist wichtig, weil sie uns sagt, wie wir leben sollen. Ihr werdet die Abstufungen später noch verstehen, bis dahin behandelt andere als über euch stehend. Denkt daran: Demut fördert Respekt. Inneren wie äußeren.»

Er legte unter dem Tisch die Füße übereinander. «Cerion hat seinen ersten Ausbildungsgang beinahe hinter sich. Er ist schon einige Jahre hier und einer unserer besten Schüler. Tatsächlich steht es nur dem besten Schüler zu, die Neuzugänge herumzuführen. Er verdient diesen Respekt nicht nur wegen geschickter Handhabung der Waffen, sondern auch wegen seines Namens. Das Geschlecht derer von Vindar ist alt und ehrwürdig … Es ist noch gar nicht so lange her, da wurde unser Orden von einem der ihren geleitet.»

Er grinste. «Zwischen den Studenten kommt es natürlicherweise immer zu Rivalitäten. Aber denkt daran: Vergleicht euch nicht mit den anderen. Euer einziger Maßstab sollt ihr selbst sein.»

«Du wirst uns fehlen», meinte Mittni. «Wohin gehst du denn? Und für wie lange?»

«Die Culmus Sangui sind immer einsatzbereit. Ich weiß nur, dass ich nach Armaah muss, ob allgemein in das Reich oder direkt in die Hauptstadt, kann ich nicht sagen. Und was den Zeitraum angeht … Ich werde so lange fort sein, wie es nötig ist.»

Dann sprachen sie von anderen Dingen, und die Barue waren froh, sich mit Themen beschäftigen zu können, die nichts mit ihrer gegenwärtigen Situation zu tun hatten. Der Saal leerte sich allmählich, die Studenten machten sich wieder an die Hausarbeit und ans Lernen. Während einer Gesprächspause fiel Bryn auf, dass er noch gar keinen «Lehrertisch» gesehen hatte, und er fragte Aquiuss, wo die Meister eigentlich üblicherweise saßen.

«Es gibt noch einen Speisesaal in der Eisfeste», flüsterte der Krieger und fuhr dann laut fort, «die Culmus Sangui sämtlicher Ränge sitzen und essen zusammen. Wir sind eine Bruderschaft, ganz egal, wie hoch der Einzelne angesehen ist; wir sind eine Familie.»

Bryn musste an die königliche Familie denken, die sie in Armaah kennengelernt hatten, und an Aquiuss' Worte über Wettbewerb. «Was ist mit Hochmut? Und Rivalität?»

«Ja, Rivalität gibt es zwischen den Brüdern. Aber lass mich erklären. Bei der Rangfolge geht es um Erfahrung und darum, am richtigen Platz zu sein; darauf ist man stolz. Letzten Endes aber würden sich unsere Größten für unsere Niedrigsten opfern. Das wäre eine Ehre. Wir ziehen besonderen Stolz daraus, für die Unwürdigen zu sterben, denn was könnte mehr Schönheit in sich tragen, als dass der Rechtschaffene sich für den Schlechten opfert? Sosehr wir diesen vielleicht verachten … Es edelt die Tat. Stolz ist Ehre. Nicht Hochmut, nicht Arroganz, sondern Bescheidenheit und Dankbarkeit. Ehre ist Stolz.» Bei der Tür blieb er stehen. «Diesen Wertekreis kennen wir als den Codex Culmus.» In seinen braunen Augen loderte Leidenschaft. «Er legt fest, was Ehre ist.»

Er verließ das Gebäude und strich dabei mit der Hand geistesabwesend über das Holz des Türrahmens. Bryn und Mittni wollten ihm schon folgen, da drehte er sich noch einmal um. «Geht zurück auf euer Zimmer. Dort liegen Anweisungen. Wappnet euch für das, was vor euch liegt. Bryn, Mittni … macht Thybil stolz. Macht mich stolz. Lebt wohl, meine kleinen Brüder.»

Schweigend kehrten sie auf ihr Zimmer zurück, traurig über den Abschied eines teuren Freundes.

An ihrer Tür hing eine Nachricht. *Bryn: drinnen – Mittni: Klassenraum 12*, stand auf das Pergament geschrieben.

«Dann sehen wir uns wohl später», sagte Mittni.

«Ja … Pass auf dich auf.»

Mittni schlurfte davon, und Bryn stieß die Tür auf. Er ließ den Blick durch das Zimmer streifen, konnte aber keinen weiteren Brief entdecken. Dafür waren die Betten jetzt besser ausgestattet. Mit einem Seufzen ließ er sich auf seines fallen. Er zuckte zusammen, als ein Protestschrei ertönte.

«Pass doch auf, du hirnloses Trampeltier!», schimpfte eine hohe Stimme. Verdattert setzte Bryn sich auf und sah sich um.

«Hallo?», fragte er. Die Stimme hatte ganz nah geklungen. Er hatte das Gefühl, den Eindringling fast anfassen zu können. Vielleicht war er ja unsichtbar.

«Hier bin ich, du Narr!»

Diesmal sprang Bryn vom Bett auf und sah sich verzweifelt um.

Diese Stimme war irgendwie … unnatürlich. Er sprang zu seinem Schwert, doch was er damit gegen einen Geist ausrichten konnte, wusste Elyon allein. Er konnte nur beten.

«Das brauchst du jetzt noch nicht.»

Mit einem Satz war Bryn bei dem kleinen Fenster. Es ging ziemlich weit hinunter draußen, und die Mauern sahen nicht so aus, als ob sie sich leicht erklettern ließen. Außerdem hatte die Stimme viel näher geklungen.

Bryn zwang sich zur Ruhe. «Wer bist du?»

«Wenn du einmal herkommen würdest, könnten wir uns miteinander bekannt machen!»

Bryn bewegte sich vom Fenster zur Garderobe.

«Nein, doch nicht da – auf dem Bett.» Dieses Etwas klang nicht mehr nur ungehalten, sondern auch erschöpft. Und die

Stimme war so unwirklich, so … jung. «Beeil dich, ich habe nicht den ganzen Tag Zeit.»

Langsam, die Hand am Schwertgriff, näherte Bryn sich dem Bett. Dort lag zwischen den neuen Kissen ein kleines Bündel. Sprachlos beugte Bryn sich darüber.

«Na, endlich!»

Bryn blieb der Mund offen stehen.

Ein Säugling.

Nein, das war unmöglich: Diese Stimme konnte doch nicht von dem Säugling herrühren … oder doch?

Noch während sein Verstand diese Möglichkeit verwarf, wusste er, dass es stimmte. Er konnte spüren, wie von dem kleinen Geschöpf eine fast feindselige Ungeduld ausging. Das Gesicht war zu einer quengeligen Grimasse verzogen, die Fäustchen zuckten. Und der Leib passte zu der Stimme.

Der Kleine sah aus wie ein ganz normaler Säugling – vielleicht acht oder neun Monate alt, ganz bestimmt noch kein Jahr, wobei Bryn wenig Erfahrung mit Kleinkindern hatte –, und doch war er ihm intellektuell überlegen. Der Widerspruch setzte ihm richtig zu.

«Hallo», sagte er unsicher. «Was kann ich für dich tun?»

Das rechte Händchen öffnete sich, die Finger tasteten in der Luft herum, während dieses Wesen glucksend lachte. Bryn hatte Angst, dass es sich verschluckte.

«Was *du* für *mich* tun kannst? In den Hof hinunter kannst du mich tragen, sonst ist unsere Stunde bald um. Ich bin Vallon, *Meister* Vallon für dich. Dass du mir das ja nicht vergisst. Habe ich mich verständlich genug ausgedrückt?»

Bryn war wie vor den Kopf geschlagen. Er nickte. «Und ich heiße Bryn –»

«Ich weiß, wie du heißt! Glaubst du, ich wüsste den Namen meines Schülers nicht?» Der Säugling – Meister Vallon – zog eine Schnute. «Also, Bryn, dies ist keine gewöhnliche Stunde. Ich werde deine Allgemeinbildung unter die Lupe nehmen, dann deine vielleicht darüber hinaus gehenden Kenntnisse, und am Ende wollen wir herausfinden, wie sehr deine grauen Zellen verkleistert sind.»

«Gut.»

Der Säugling drehte sich auf den Bauch und krabbelte zum Bettrand. «Na los, nimm mich auf den Arm!»

Bryn hatte schon einige Barue-Babys gehalten, aber das hier war etwas völlig Neues für ihn.

«Nicht so überängstlich, ich gehe schon nicht gleich kaputt!»

«Ja. Verzeiht. Soll ich mein Schwert mitnehmen?»

«Hm? Was? Hast du etwas gesagt? Ich gehe nur dann davon aus, dass du etwas zu mir sagst, wenn du mich anständig anredest – mit Meister Vallon. Also gleich nochmal.»

«Soll ich mein Schwert mitnehmen, Meister Vallon?»

«Schon besser. Nein, wir wollen doch nicht, dass du dir weh tust.» Der Säugling sah feixend zu ihm hoch. «Sehe ich so aus, als könnte ich dir beibringen, mit einem Schwert umzugehen, Bürschchen? Nein, diese undankbare Aufgabe fällt anderen zu.»

Bryn fiel es schwer, sich das einzugestehen, aber er hatte noch nie ein Baby abstoßend gefunden, nicht einmal, wenn es einen Schreianfall hatte oder eine Schweinerei gemacht hatte. Bis heute.

Den schrillen Anweisungen des Bündels in seinen Armen folgend, stieg Bryn die bereits vertraute Wendeltreppe zum Hintereingang hinab. Bald waren sie im Freien.

Bryn warf einen Blick auf die weißen Windeln. Er zögerte. «Ist Euch kalt, Meister?» Es fiel ihm schwer, einen Säugling so respektvoll anzusprechen. Vallon antwortete nicht, sondern scheuchte ihn weiter, an trainierenden Kriegern vorbei, die gar nicht auf die beiden achteten, dann durch ein Holztor und in einen weiteren Hof. Bryn stieg der warme Duft von Heu in die Nase, als sie einen Stall betraten und er den Meister in ein aufrechtes, thronartiges Bettchen bei einem Wandvorsprung setzen musste.

«Ich bin für Denkübungen zuständig», sagte Vallon. «Alle Krieger reden darüber, bloß will keiner etwas dafür tun. Sport ist zu 95 Prozent etwas Mentales, sagen sie. Kämpfen ist etwas Mentales, sagen sie und geben sich damit zufrieden, bei fünf bis zehn Prozent Kapazitätsauslastung zu leben – und zu sterben. Die restlichen 90 Prozent sind es, die aus den Culmus Sangui etwas Besonderes machen.» Unvermittelt blaffte er: «Was ist der wichtigste Muskel des Körpers?»

«Das Gehirn», sagte Bryn, so schnell er konnte.

Der Säugling schielte zu ihm nach oben wie ein alter Mann. «Dann wollen wir mal lernen, es zu benutzen, Jüngelchen.»

Zwei Stunden später hatte Bryn Kopfschmerzen und war zu keinem klaren Gedanken mehr fähig. Mit einem bösartigen Grinsen hob Meister Vallon die Ärmchen, damit er ihn aufnahm und zu ihrem nächsten Ziel trug. Der Säugling hatte Bryn gnadenlos in die Zange genommen und buchstäblich jeden Aspekt seines Denkens bis zur Zermürbung überprüft.

«Da müssen wir eine Menge tun, junger Bryn, aber das kriege ich schon hin. Vergiss nicht, jede bedeutsame Veränderung kommt von innen. Herrje, da wartet ein ordentlicher Haufen Arbeit auf uns. Aber du besitzt einen brauchbaren Kopf, und es gibt keinen Grund, warum nicht eines Tages – *eines Tages*, wohlgemerkt – ein brauchbarer Krieger aus dir werden sollte.»

Bryn nickte wie betäubt. Er konnte sich nicht dazu durchringen, etwas zu sagen, und ging weiter auf den Hof hinaus.

Der frostige Wind, der ihnen entgegenschlug, half ihm, wieder einen klaren Kopf zu bekommen. Er holte tief Luft. So erschöpft war er im Leben noch nicht gewesen.

«Wir warten hier.» Vallon fixierte den Barue mit seinen unheimlichen Erwachsenenaugen. «Ich habe beschlossen, dass du es wert bist, von Anfang an durch mich ausgebildet zu werden, junger Bryn. Das kommt nicht oft vor.»

Bryn wusste nicht, was er davon halten sollte. Er hatte sich noch nie so erbärmlich gefühlt, was seinen Geisteszustand, seinen Intellekt, seine vermeintliche Bildung anging. Auch noch nie so gedemütigt und desorientiert. Vallon hatte nicht nur seinen Intellekt in Frage gestellt, sondern auch seine moralischen, sozialen und religiösen Vorstellungen, sein Gedächtnis, seine mathematischen Fähigkeiten und seine Rechengeschwindigkeit. «Ich danke Euch, Meister Vallon.»

«Nein, nein, jetzt wo ich mich einverstanden erklärt habe, dich zu unterrichten, heißt es *Professor* Vallon, Junge. Oder einfach nur Meister. Wenn du mich anderen gegenüber erwähnst, heißt es Meister Vallon.»

Bryn fiel es immer noch schwer, einen Säugling mit Meister anzureden; also versuchte er es mit der Alternative. «Ja, Professor Vallon.» Es kam ihm nur noch absurder vor.

«Meister, wie ist die Hierarchie der Culmus Sangui aufgebaut? Wie lautet die Rangfolge?»

«Belanglose Einzelheiten, Junge.» Der Säugling verdrehte die Augen. «Völlig nebensächlich.»

Oder vielleicht auch zu sehr von Belang für deinen Geschmack, dachte Bryn.

«Bryn!»

«Mittni! Wo warst du heute?»

Der Hu-Barue sah erschöpft aus, aber auch begeistert. «Ich war bei der Waffenmeisterin, Tamasan – es war unglaublich.

Sie kann einem wirklich viel beibringen, ich kann es kaum erwarten, die Aussichten sind schwindelerregend! Ich meine, wir hinken schrecklich hinterher und sind inkompetent bis zum Gehtnichtmehr, aber sie war wirklich ermutigend und ist überzeugt, dass wir es lernen können. Also ich jedenfalls, weil es nämlich total einleuchtend war, was sie gesagt hat. Es hat mir völlig neue Horizonte eröffnet …» Mittnis Blick schien von weither zu kommen. «Na ja, und wo warst du so?»

«Bei Professor Vallon.» Bryn deutete mit dem Kopf auf das winzige Kerlchen, das im Moment zu schlafen schien. Er bemerkte seinen Fehler. «Ich meine, bei *Meister* Vallon. Er ist sehr gründlich, ich bin völlig erledigt. Aber der Unterricht ist enorm wichtig. Gib dein Bestes.»

Mittni nickte. «Ja, aber wo steckt er denn? Noch eine kleine Pause rausschinden, oder was?»

Der Säugling öffnete drohend ein Auge, und Bryn erbleichte. Er versuchte, auf den Professor zu zeigen, ohne dass dieser es merkte.

«Dabei kommt er doch angeblich nie zu spät und hasst es, wenn seine Studenten herumbummeln. Hat Tamasan jedenfalls gesagt. Und nun ist er gar nicht da.»

«Doch, ist er.» Bryn deutete wieder auf den Säugling, nachdrücklicher diesmal.

«Ach, ein kleines Baby! Wem gehört das denn?»

«Pschhh!», machte Bryn.

«Keine Sorge, ich weck's schon nicht. Was macht es denn ganz allein hier draußen?»

«Ähm, Mittni …»

«Ich hab in der ganzen Eisfeste noch kein einziges Kind gesehen. Ich wusste nicht mal, dass hier Ehepaare erlaubt sind. Wer ist dieses kleine Kerlchen also?»

«Der Denkmeister!», explodierte Vallon.

Mittni machte einen Satz, und Bryn hätte fast aufgelacht. «Schuckel!», rief Mittni.

Erst schoss Begreifen durch seinen Verstand, dann Reue; Bryn konnte es spüren. Er wusste, dass auch der Hu-Barue das erwachsene Baby als Monstrosität ansah – die Intelligenz und Ungeduld, die hinter diesen Augen brodelten und die Welt mit kindlicher Bosheit bespien.

«Ich komme nie zu spät. Du aber schon.»

Mittni wurde rot. «Hatte mich ver… Musste mich erst orientieren», stammelte er. «Verzeiht, Meister.»

«Bist du bereit, mir deinen Verstand offenzulegen, Junge?» Vallon funkelte zu dem Hu-Barue hinauf, der große Augen machte. «Ich kann nur noch auf verborgene Qualitäten hoffen. Bryn, du kannst jetzt gehen. Mittni, sag ihm, wohin.»

«Hinter dieser … Ecke» – Mittni fuchtelte mit dem Arm herum – «und durch den Bogengang. Der Platz ist voller künstlicher Hindernisse, die aber ganz echt aussehen.»

Der Säugling lachte meckernd. «Ungenaue Worte sind die Absonderungen eines ungenauen Verstands. Nun, dann ab mit dir, Bryn – falls du mit dieser Beschreibung dorthin findest.»

«Auf Wiedersehen, Professor Vallon. Einen schönen Tag noch.»

Das Baby schloss schläfrig die Augen. «Ja, ja.»

Mittni sah entsetzt zu Bryn, der in sich hineinlachte und zu den äußeren Bogengängen ging, an einer breiten Fensterfront vorbei. Er war kaum weg, da fiel ihm ein, dass er Mittni hätte fragen sollen, ob er sein Schwert brauchte. Beklommen eilte er zum sogenannten Schlachtfeld weiter.

Wie vage Mittnis Beschreibung sich auch angehört hatte, sie traf zu. Das Schlachtfeld war riesig und beherrschte die andere Seite der Feste wie ein Garten des Krieges, wobei es ungefähr ein Fünftel der Freifläche belegte. Eine Klasse braungekleideter Krieger ließ unter Anleitung einer attraktiven dunkelhaarigen Frau die Schwerter wirbeln. Konnte das die Waffenmeisterin sein? Sie kam Bryn zu jung vor.

Er riss sich von ihrem Anblick los. Höhere Semester – die nicht notwendigerweise älter, aber weiter waren – kletterten, schwammen, sprangen, balancierten und kämpften sich unabhängig voneinander ihren Weg durch das Sortiment von Hindernissen. Bryn bewunderte die Krieger für ihre Beharrlichkeit und Hingabe. Ihre Fertigkeiten waren eine Inspiration; er konnte es kaum erwarten, selbst mit der Ausbildung anzufangen. Vallon hatte ihn eingeschüchtert, und er fürchtete, dass er körperlich in weit schlechterer Verfassung war als verstandesmäßig. Auf jeden Fall war er nicht so fit wie Mittni. Das Schlachtfeld kam ihm wie ein lebendes Wesen vor, das die Leiber seiner Studenten übte, ihre Reflexe anstachelte, ihre Begabung schliff.

«Es ist immer wieder anders, immer wieder neu.» Eine tiefe Stimme riss Bryn aus seinen Betrachtungen. Er fuhr herum und war froh, den Besitzer der Stimme diesmal sofort zu sehen – einen kräftigen Mann. Seine ausgeformten Muskeln waren durch die spärliche Kleidung, die er trotz der Kälte trug, deutlich zu sehen.

«Wie bitte?», sagte Bryn.

Der Mann betrachtete das Schlachtfeld beinahe liebevoll. «Es lässt sich über eine Mechanik verändern, so wie die Stadt Armaah auf dem See bewegt und neu zusammengesetzt werden kann. Auf diese Weise müssen die Studenten sich ständig neuen Herausforderungen stellen, neue Hinderniskombinationen überwinden.»

«Ach so. Verstehe.» Das Gelände sah wie gewachsen aus, alles fügte sich perfekt ineinander. Nun wusste er, was Mittni gemeint hatte. «Hallo, ich heiße übrigens Bryn.»

Der Mann nickte würdevoll, als hätte Bryn ihm gerade eine Ordensregel anvertraut. Er fuhr sich mit einer breiten Hand durch das dichte Haar und den borstigen Bart, die beide von einem rötlichen Braun mit grauen Strähnen waren.

«Ja», sagte der Hüne, als wollte er sein Einverständnis erklären. Seine Reaktion hinterließ bei Bryn einen merkwürdigen Eindruck, nämlich den von Weisheit und innerer Leere zugleich. War der Mann leicht beschränkt, oder war sein Verstand schlicht mit wichtigeren Dingen beschäftigt? Anscheinend wollte er nichts weiter sagen. Er schien zufrieden damit, hier zu stehen und sich das Schlachtfeld anzusehen, als würden sie einen kostbaren Moment miteinander teilen.

«Seid Ihr der Waffenmeister, Herr?»

Ernste Augen richteten sich auf Bryn und schienen ihm bis ins Herz zu schauen. «Nein.»

Der Blick wanderte wieder weg.

Ärger stieg in Bryn auf. «Nun, wer seid Ihr dann?»

«Usdun Leeren, zu Diensten.»

«Und wie dient Ihr den Culmus Sangui, Meister Leeren?»

«Meister Usdun», berichtigte er, aber nicht so, als hätte Bryn einen Fehler gemacht, sondern wie um es sich selbst in Erinnerung zu rufen. «Ich bin als der Brückenmeister bekannt. Ich helfe dabei, Körper und Geist zu verbinden. Was Vallon und Tamasan lehren, füge ich zusammen. Ich helfe Kriegern zu lernen, wie man von dem einen Ort zum anderen kommt, Bruder. Wie man überlebt. Ich liefere den Leim … ohne den ein Krieger nicht auf Erfolg hoffen darf.»

«Dann werde ich jetzt mit Euch üben?»

«Nein.» Bryn dachte schon, er würde wieder in Schweigen verfallen, aber zu seiner Erleichterung fuhr der Mann fort. «Bei Meisterin Tamasan wirst du ein größerer Schwertkämpfer. Wir unterhalten uns später.»

«Ist die dunkelhaarige Frau dort Meisterin Tamasan, Herr?»

Usdun sah zu der Schönheit hinüber und runzelte die Stirn, als müsste er erst abwägen, welche Qualität ihr Unterricht besaß, um sagen zu können, ob es sich um die fragliche Meisterin handelte. «Nein. Das ist Zuola. Sie ist eine Paladin.»

Bryn fragte sich, wie er Tamasan finden sollte. Er wollte schon Usdun fragen, aber bevor er noch den Mund aufmachen konnte, nickte der ruhige Mann zu einem entfernten Abschnitt des Schlachtfelds hinüber, auf dem schlanke Bäume oder so etwas Ähnliches wuchsen. Bryn, der sich wie ein Tölpel vorkam, weil er die Stille gestört hatte, die Usdun so offensichtlich schätzte, nickte zum Dank einfach nur und machte sich auf den Weg.

Er durchquerte den Hindernisparcour mit großem Interesse und sah zu, wie die Krieger die verschiedenen Herausforderungen meisterten, vor die sie gestellt waren. Als er näher kam, marschierte ein Trupp Culmus Sangui mit erschöpften Gesichtern aus einer Art Miniaturdschungel heraus, einem natürlichen Klettergarten von gewaltigen Ausmaßen, der aus dem Boden gewachsen zu sein schien.

«Ich dachte, *letztes Mal* war das letzte Mal, dass wir fliegende Äxte parieren mussten», hörte Bryn einen Studenten zu seinen Kameraden sagen, als sie den künstlichen Wald Richtung Eisfeste verließen. «Tamasan kann einem wirklich jeden Spaß verderben.»

Fliegende Äxte? Voller Furcht drang er in den Wald ein. Drinnen war alles still, nichts war mehr von draußen zu sehen oder zu hören. Zwischen den Stämmen bildeten Stangen und Äste ein Gewirr, das am Rande des waldartigen Gebildes am dichtesten war.

Als hätte jemand seine Gedanken gelesen, schoss etwas mit

einem metallischen Schwirren an seinem Ohr vorbei. Bryn erstarrte. Mit wild klopfendem Herzen stand er da, während nacheinander weitere Mordwerkzeuge aus dem durchhängenden Geäst gezischt kamen. Er hörte, wie sie hinter ihm in Holz einschlugen.

Einer der rebenartigen Äste schwang heran, darauf hockte eine kreischende Kriegerin mit wirbelnden Messern. Bryn sprang beiseite, stolperte jedoch und prallte gegen einen biegsamen Stamm. Ein Glitzern im Dämmerlicht zeigte an, wo die Wurfmesser eingeschlagen waren. Bryn stürzte zu dem erstbesten hin und riss es aus seiner hölzernen Scheide.

«Hat aber auch gedauert!», rief die Kriegerin, schwang sich von der Rebe und landete sicher auf den Füßen.

«Das Wichtigste zuerst, Bryn – wenn du keine Waffe hast und dir eine angeboten wird, dann schlag sie um Himmels willen nicht aus!»

Angeboten? Die Dolche hatten sich mehrere Zentimeter tief ins Holz gebohrt.

«Nun denn, irgendwo müssen wir ja anfangen. Nimm dir von jeder Sorte einen. Keine Sorge, in gar nicht so langer Zeit beherrschen wir sie alle. Schritt für Schritt.» Mit ihren unablässigen Bewegungen, der piepsigen Stimme und dem zarten Körperbau hatte Bryns neue Meisterin etwas von einem Spatz. Sie sprach sehr schnell und bewegte sich noch schneller.

«Folge mir.»

Bryn riss die Waffen aus ihren jeweiligen Ästen und eilte der Lehrerin nach, die leichtfüßig durch das Unterholz glitt. Sie gelangten auf eine Lichtung, die mehr Platz bot. Licht fiel von oben herein, offenbarte kurzes, rotbraunes Haar und ein Gesicht von unerkennbarem Alter, munter und lebendig trotz der Fältchen, die ein Erbe ihres Lachens waren.

«Dies sind die Grundtypen eines Dolches. Wir werden uns

Klinge und Griffstück später noch eingehend widmen. Aber unsere Zeit ist begrenzt, also gehen wir nicht so sehr ins Detail, wie ich es gerne hätte.»

Sie schritt zum Rand der Lichtung.

«Fang.»

Diesmal bekam Bryn die Waffen zu fassen, die in seine Richtung geworfen wurden. Sie waren größer: eine Reihe Speere, die die zierliche Frau mit beiläufiger Leichtigkeit warf. Mit jedem Wurf lieferte sie ihm eine Angabe zu der jeweiligen Waffe.

«Kurzspeer, auch einfach Speer genannt, Standardwaffe der Numenii-Soldaten … Wurfspeer mit langer Reichweite aus Bel-Tued, witzigerweise auch als Zahnstocher bekannt … Verschiedene Harpunen der Armada, ebenfalls aus Bel-Tued … Der Pfähler aus Nanoak – zu dem kommen wir gleich … Pike 1 und Pike 2 … Der Sponton, heutzutage eigentlich nur noch für Zeremonien verwandt … Der Heruok und der Hyrior, beide aus Nomidien …»

Bald hatte Bryn über ein Dutzend Waffen neben sich, die für ihn allesamt einfach nur Speere oder Wurfspeere waren, aber der eine wurde «üblicherweise als Brandspeer eingesetzt» und der andere «wegen seiner geringen Abweichung vorzugsweise auf große Distanz», während die nächsten drei sehr schmale Spitzen aufwiesen und dafür geschätzt wurden, dass sie durch Rüstungen drangen. «Siehst du den viereckigen Querschnitt in den unteren Teilen der Stange? Er macht die Waffe schwerer, was ihre Durchschlagskraft erhöht.»

Sie sah Bryn einen Moment lang ruhig an, lange genug, dass er ihr in die grünen Augen schauen konnte. Ihm ging auf, dass sie hübsch war, wenn auch bestimmt doppelt so alt wie er. Sie trug ein strahlendes Gewand in Gelb, Orange und Rot, mit einem Flammenmuster.

«Ordne die Speere der Länge nach an», befahl sie.

Bryn tat, was ihm gesagt wurde. Die Hälfte der Waffen war gleich lang.

«Ohne Kennerblick sind es nur winzigste Unterschiede …», sagte sie leise. «Mit überaus tödlichen Konsequenzen. Achte auf Neigung und Flugwinkel. Im Laufe der Zeit wirst du schon lernen, denen mit langer Reichweite auszuweichen, aber auf die Kurzdistanzwaffen kommt es an.»

Ihr Blick sprang prüfend zwischen den Wurfgeschossen und seinem Gesicht hin und her. «Waffen sind die Werkzeuge eines Kriegers. Man muss Zeit mit ihnen verbringen, sie kennenlernen. Ein *Gefühl* für sie entwickeln. Denk daran, Klingen sind nicht die einzigen Waffen, auch wenn wir uns auf sie konzentrieren werden. Darum würden manche mich lieber Klingenmeisterin nennen. Also gut, nun darfst du die Namen und Eigenschaften der Speere erlernen …»

Sie wandte sich mit einem hinterhältigen Grinsen um. «Als Nächstes kommen die Schwerter. Dann die Säbel.» Sie sah ihn ernst an, bevor sie in perlendes Lachen ausbrach. «Keine Sorge, man kämpft mit allen Waffen von einer Sorte so ziemlich auf dieselbe Weise; es werden Standardtechniken angewandt, zu den Feinheiten kommen wir später.»

Bryn besah sich die Waffensammlung skeptisch. «Dann werdet Ihr mich ausbilden?»

«Hast du den Eindruck, ich könnte es mir aussuchen?» Sie machte ein perplexes Gesicht.

«Das kann ich nicht beurteilen, Frau Professor Tamasan, aber ich freue mich, Euer Schüler sein zu dürfen.»

Die Waffenmeisterin lachte schallend, lauter als zuvor, vielleicht aus ehrlicher Belustigung. «Frau Professor! Aber nicht doch, Herzchen, hier gibt es nur einen Professor, Vallon! Außer ihm interessiert sich keiner für solche Titel … Frau Professor …» Sie schnaubte.

Dann braucht er das wohl für sein Selbstbewusstsein, der arme Wicht, dachte Bryn.

«Wir haben jedenfalls nicht den ganzen Tag Zeit.» Ein Federkiel und eine Pergamentrolle landeten in seinem Schoß. «Schreib alles auf und lerne es bis morgen auswendig. Unsere erste Lektion ist zu Ende.»

«Was? Aber … Mittni hat gesagt –»

Tamasan zog missbilligend eine Braue hoch.

«Verzeiht, ich wollte damit nicht … Entschuldigt bitte, Meisterin Tamasan, aber hat Mittni nicht andere Aufgaben bekommen?»

Sie seufzte. «Meinst du, ich hätte einen Fehler gemacht, Bryn?»

«Na ja – nein, aber … Ich hatte gehofft …»

«Mit einem Schwert anzugeben, ja?» Sie seufzte erneut. «Als ich das letzte Mal hingeguckt habe, waren Mittni und du nicht dieselbe Person, also lehne ich es ab, euch dieselbe Ausbildung zu geben.»

Bryn nickte. «Ja, Meisterin», sagte er kleinlaut.

Mit drei schnellen Schritten kam Tamasan zu ihm. Er spürte ihre kalten, sanften Finger unter dem Kinn, die seinen Kopf anhoben. «Ihr beide seid ganz unterschiedlich weit, Herzchen. Keine Sorge, tollkühne Taten und Schwerterklirren kommen schon noch, alles zu seiner Zeit. Schritt für Schritt.» Sie entfernte sich wieder. «Na was, immer noch nicht fertig mit Aufschreiben? Du musst lernen, mehrere Dinge zugleich zu tun.»

Sie verschwand zwischen den Bäumen, schwang sich davon wie ein Affe.

Bryn kritzelte drauflos, fertigte auch kleine Zeichnungen der Waffen an. Bis er die Speere skizziert hatte, tat ihm die Hand weh. Er war gerade fertig geworden, da kündete ein Rascheln der hängenden Äste die Rückkehr der Lehrerin an. Sie landete geschickt neben ihm, warf die Ranke ins Blätterdach zurück und griff sich das Pergament.

«Gut, sehr gut. Du hast deine Zeit nicht mit Schönschrift verschwendet, aber lesbar ist es trotzdem. Und die Rechtschreibung ist besser als Mittnis.» Sie schielte verschwörerisch zu ihm hinauf – denn sie war ein gutes Stück kleiner als er, sogar noch kleiner als Mittni. «Oh, und Zeichnungen! Wunderbar. So, nun zu Lektion 2.»

Bryn musste sich richtig auf die Lippen beißen. Als Tamasan seine erste Lektion für beendet erklärt hatte, war er davon ausgegangen, dass es damit für den Tag genug war. Offensichtlich teilte sie ihre Lektionen anders ein.

«Wir kehren jetzt zur Eisfeste zurück. Du weißt den Weg hoffentlich noch …»

In Bryns Bauch breitete sich Kälte aus. Er musste einfach deutlich besser *aufpassen*. Zögernd drehte er sich um und versuchte, den Weg mit dem Blick zu finden. So schwer konnte das ja nicht sein. Er machte einen Schritt, wurde aber kurzerhand von Tamasan gebremst, die ihn von hinten beim Kragen packte.

«Aber nicht doch. Du musst den Waldrand erreichen, ohne den Boden zu berühren. Stell dir vor, es wäre Treibsand.» Sie lächelte unschuldig. Bryn zuckte zusammen, als er vor sich Schlamm blubbern sah. Von wegen vorstellen. Er holte tief Luft und griff sich eine Ranke, wie er es bei Tamasan gesehen hatte.

«Du wirst doch wohl nicht dein Werkzeug vergessen, oder?»

Einer Panik nahe hob Bryn linkisch den kleinsten Speer auf.

«Keine Sorge, zwei reichen völlig.»

Mit einem Speer in jeder Hand packte Bryn die Ranke, so fest er konnte. Das Holz der Speere drückte ihm unangenehm in die Handflächen. Er hatte das Gefühl, dass ihm jeden Moment einer hinunterfiel – oder er selbst abstürzte. Er wappnete sich, sprang auf einen niedrigen Ast und schwang sich schneller werdend ein, zwei Meter zur nächsten Pflanze weiter. Anhalten war schwieriger als erwartet, und er konnte sich mit seinen vollen Händen nicht so gut festhalten, wie er vorgehabt hatte.

«Schneller, Junge! Stell dir vor, dass du verfolgt wirst!»

Bryn sah verzweifelt hinter sich, stellte aber zu seiner Erleichterung fest, dass ihm niemand auf den Fersen war. Nur Tamasan marschierte munter hinter ihm her, ohne ihn zu überholen und dadurch die Richtung zu verraten, aber mit einem wachsamen Auge auf jede seiner Bewegungen.

«Oder, viel wichtiger noch, dass du jemanden verfolgst!»

Das wäre ihm durchaus lieber gewesen, denn nach wenigen Schwüngen hatte er die Orientierung völlig verloren. Zunächst hatte er noch gewusst, wo er sich im Verhältnis zu dem Haufen Waffen und zu Tamasan befand, aber nun waren die Waffen nicht mehr zu sehen, und die Meisterin folgte ihm auf einer Schlangenlinie, was ihn aus dem Konzept brachte. Warum sie nicht im Schlamm unterging, war ihm ein Rätsel, aber sie blieb immer nahe bei den freiliegenden Wurzeln.

Ein Schnalzen mit der Zunge ließ ihn erneut stehen bleiben.

«Moment! Halte die Speere *so*, damit du sie werfen kannst … und die Ranke *so* … Siehst du, viel besser.»

Schließlich fand er den Weg zum Waldrand doch noch. Durch die Lücken zwischen den Baumstämmen sah er, dass er viel zu weit links war, also schwang er sich weiter und tat so, als wollte er sich ihrem Ziel eben von der Seite her nähern. Mit etwas Glück merkte Tamasan es nicht.

Tamasan schlug leicht gegen den Schaft eines seiner Speere. «Nun gut, für heute will ich es dir mal durchgehen lassen.» Bryn machte ein finsteres Gesicht. «Du hättest dir besser andere Speere ausgesucht. Denk an die Eigenschaften. Im Dschungel braucht man keine Wurfspeere für große Distanzen!» Sie wandte sich ab. «Und nun greif an!»

Bryn schwang herum und sah einen flüchtigen Umriss von Baum zu Baum huschen. Er warf einen Blick auf den schlammigen Boden und kam zu dem Schluss, dass er ihm nicht hinterherrennen sollte. Also schwang er sich von Ast zu Ast, bis er die Gestalt wieder im Blick hatte. Er holte erst mit dem einen Speer aus und warf ihn auf die sich zurückziehende Gestalt, dann mit dem anderen.

«Hm, daran werden wir ebenfalls arbeiten müssen. Keine Sorge.» Tamasan nahm Bryn beim Arm und lenkte ihn aus dem Wald hinaus. «Was das Klettern angeht, so hättest du mehr die Baumkronen benutzen können, aber abgesehen davon war es für das erste Mal gar nicht schlecht.» Bryn sah zu den leiterartigen Stricken und Planken hinauf, die waagerecht zwischen die Bäume gespannt waren. Er hätte sie ungern mit einem Speer in jeder Hand benutzt.

«Keine Sorge, sobald du weißt, wie man mit einer Waffe umgeht, brauchst du nicht mehr so viele auf einmal.» Sie grinste verschlagen.

Draußen schien das Schlachtfeld bereits seine Anordnung verändert zu haben. Die Waffenmeisterin brachte ihn zu einem Nebengebäude der Eisfeste. Bryn fiel wieder ein, dass es hier in der Nähe auch eine Rüstkammer gab, und bald schwang eine Tür auf, um sie einzulassen.

«Hier sind die Messer … die Schwerter … dort die Speere …

Piken, Stöcke, Glefen … dort drüben die Äxte …» Tamasan ließ ihre Finger sanft über die schimmernden Formen streichen. Sie bewegte sich in dem kreisrunden Raum von links nach rechts, berührte ein Messer mit tiefgezahnter Klinge. «Es gibt auch bei den Messern einige überaus interessante Varianten. Das hier zum Beispiel ist der Schwertbrecher. Aber es gibt noch andere Möglichkeiten, ein Schwert zu zerbrechen, die du eines Tages erlernen wirst. Wirksamere. Das hier ist die äußere Rüstkammer, für den raschen Zugang. Sie ist mit der eigentlichen Rüstkammer durch Rutschen verbunden.» Sie wies auf Durchreichen, wie er sie aus Restaurants zwischen Küche und Schankraum kannte. «Und nun wirst du die *richtige* Rüstkammer sehen.»

Sie nahmen denselben Weg, den er schon von Cerions Führung her kannte, stiegen jedoch diesmal in die Tiefen der Eisfeste hinab, anstatt die Stufen am Kristallculmus vorbei hinaufzugehen. Er bemühte sich erneut um einen besseren Blick auf den erstaunlichen Edelstein, der jedoch außer Sicht verschwand, als sie um eine Ecke bogen. Tamasan sah ihn wissend an, ohne darauf einzugehen.

«Dies ist die größte Rüstkammer Calaspias. Keine Garnison der Numenii kann sich einer so umfassenden und vielfältigen Ausrüstung rühmen. Ich möchte sogar bezweifeln, dass es in der sichtbaren Welt irgendeine Art Waffe gibt, die sich hier *nicht* finden lässt.»

Sie gelangten vor eine schwere Metalltür, die ganz anders aussah als die Türen, die er hier sonst so gesehen hatte. Das Metall war schwarz und glatt; falls es sich um Metall handelte, denn es wirkte mehr wie Marmor. «Normalerweise dürfen die Schüler erst im dritten Jahr einen Blick in die eigentliche Rüstkammer werfen.» Sie zog eine Augenbraue hoch. «Bei Mittni und dir ist alles ein bisschen anders.»

Sie steckte ein schlüsselartiges Gerät in ein Loch in der Wand neben der Tür, und etwas klickte. Die schwarze Tür schwang trotz ihrer unbezwingbaren Erscheinung ebenso leicht auf wie jede andere, wenngleich auf gravitätischere Weise.

Die Rüstkammer machte den Eindruck einer Höhle. Einen Raum von dieser Größe hatte Bryn noch nie gesehen, geschweige denn so viel Ausrüstung. Buchstäblich Tausende von Waffen hingen darin, sortiert nach Form, Größe und Funktion.

Hunderte schwarzer und grauer Reihen verliefen zwischen den Wänden der inneren Rüstkammer. Von hoch oben fiel kaltes Licht herein und beleuchtete Werktische zum Zusammensetzen der Waffen. Wo die Lichtstrahlen auf Metall trafen, wurden sie mit einem geisterhaften Leuchten reflektiert.

«Einige Waffen sind uralt. Wir haben schon seit einer Weile keine mehr angefertigt – wir wären gar nicht dazu in der Lage, denn sie wurden vor Urzeiten von Plimpen und Zwergen gemacht. Die entsprechenden Handwerkstechniken sind längst untergegangen. Nicht einmal mehr die Zwerge können noch Vergleichbares schaffen. Wenn sie kaputtgehen, können wir sie nicht ersetzen, aber wie du siehst, gibt es genug.»

Sie gingen weiter in die Höhle hinein, klein und unscheinbar in dieser monumentalen Umgebung. Bryn hatte den Eindruck, dass die Rüstkammer der Bauch der Eisfeste war. Ihre Schritte hallten, sie verklangen in den Tiefen der Kammer, wie um deren Größe zu unterstreichen.

«Damit die Waffen im Bestzustand erhalten bleiben, werden Temperatur und Luftfeuchtigkeit regelmäßig kontrolliert.»

Ein ganzes Stück vor dem vordersten Abschnitt blieben sie stehen. Die Klingen hier waren so weiß wie Knochen.

«Mêlée-Waffen. Für uns die wichtigsten. Culmus Sangui benutzen selten Bögen; sie haben meist nicht einmal welche dabei. Die Gehilfen hingegen schon, aber das ist eine andere Geschichte. Sie reichen den Culmus Sangui die Ausrüstung, so wie sie gebraucht wird, und natürlich wissen sie damit umzugehen.»

Bryn erblickte eine Reihe eleganter Bögen, die unschuldig über den Dolchen in einem Glaskasten an der Wand hingen. Aus einem flachen Bord erhoben sich Wälder von leicht geneigt stehenden Pfeilen in Köchern. Über ihnen drängten sich wohlangeordnete Bolzen und Wurfpfeile wie Wespenstacheln.

«Zweihandschwerter, Großschwerter, Langschwerter, Kurzschwerter, Säbel, Entermesser, Rapiere – was immer man will, hier ist es. Dennoch fuchteln wir nicht gleich mit irgendetwas in der Luft herum. Da gibt es einige Vorarbeiten zu leisten. Wir brauchen eine anständige Grundlage.»

Im Zentrum des Raumes stand, mindestens so groß wie die äußere Rüstkammer, ein kugelförmiges Objekt, vielleicht wieder eine Statue oder Skulptur. Es besaß die Farbe der Nacht, nicht völlig schwarz, aber sämtliche Farbtöne waren dunkel, gedämpft. In dem schwachen Licht war es schwer zu sagen, aber Bryn konnte bald eine Fülle von dunklen Blau-, Purpur- und Grautönen ausmachen. Er fragte sich, wie das Objekt wohl in stärkerem Licht aussehen würde, ob die Farben sich verändern würden. Es erinnerte ihn an Schwarzgold und an seine Halskette, die er in demselben Moment berührte.

Die Schattierungen waren dunkel, aber kalt und jagten Bryn eine Gänsehaut den Rücken hinab. Auf einmal wirkte die Kugel bedrohlich, fast schon bösartig. Sie hatte alle Farben aus der Höhlung gesaugt und durch ihre eigenen, matten Töne ersetzt. Selbst Tamasans farbenfrohes Gewand sah grau aus.

«Das Auge des Apheristen … verzauberter Amethyst … der

größte seiner Art. Wie du vielleicht weißt, ist der Kristallculmus seinem Schwert nachgeformt, der ersten Culmuswaffe.» Sie zog ein Schwert, das selbst in dem schwachen Licht prachtvoll leuchtete. «Ein Culmus lässt sich nicht biegen, nicht brechen. Manche sehen eine Verbindung zwischen dem Herzen des Trägers und der Macht der Klinge, aber das ist ungewiss. Doch zurück zu dem Auge ... Fass es übrigens nicht an, angeblich erschüttert es jeden, der es berührt und kein Culmus Sangui ist – oder den Codex Culmus nicht gesehen hat.

Jedenfalls hat Apherist, der Begründer unseres Ordens, der Legende zufolge auf diesem Stein Schweres erlitten – ich will nicht ins Detail gehen, aber der Stein war rot von seinem Blut. Es ist nie wieder abgegangen, sondern immer dunkler geworden. Amethyst wird weithin als ein Symbol des himmlischen Verstehens und der Herrschaft auf allen drei Ebenen betrachtet, der sichtbaren und der unsichtbaren Welt und, jawohl, sogar der Geisterwelt. Dieses Amethystenauge verkörpert die Auffassungsgabe des Apheristen, seine Rechtschaffenheit, seine Lauterkeit. Dass es hier steht, mitten zwischen diesen Werkzeugen der Zerstörung, gemahnt uns an unsere eigentliche Rolle in Calaspia, die wir nie aus dem Blick verlieren dürfen.»

Einige großartige Menschen sind Apherist genannt worden, überlegte Bryn. *Die apheristische Kirche und die Culmus Sangui ... und dieser Bursche war zugleich reinen Herzens und starken Arms.*

Sie lachte, wieder ganz die Alte. «Keine Sorge, es wird nicht aus jedem wertvollen Stein irgendein Denkmal für Apherist geschnitten!» Mit leiser Stimme schloss sie: «Von allen Waffen ist dies vermutlich die mächtigste. Eines Tages wirst du das begreifen.»

Tamasan wandte sich ab, als wollte sie die gewaltige Kugel

vergessen. «Du wirst im Laufe deiner Ausbildung noch mehr von diesem Raum sehen. Das ist nicht nur die Rüstkammer, sondern auch unsere wertvollste Schulungseinrichtung.»

Sie verließen die innere Rüstkammer und stiegen zum Erdgeschoss hinauf, wo der Kristallculmus beim Haupteingang Wache stand.

«Es gibt noch einiges zu tun, bevor wir mit deiner Ausbildung beginnen können, doch ich denke, das ist genug für den ersten Tag. Ich freue mich darauf, dich zu unterrichten. Aber bevor wir uns hier trennen: Der wahre Grund, warum wir morgen fortfahren werden, ist, dass jemand mit dir sprechen möchte.»

Bryns Eingeweide zogen sich krampfhaft zusammen.

Sarghenta. Wer sonst.

Sie stiegen die breiten Steinstufen zum ersten Stock hinauf – wieder konnte Bryn nicht anders, als den Kristallculmus anzustarren, während er seine schimmernde Flanke entlangging – und schlugen dann einen anderen Weg ein, als Cerion genommen hatte.

«Dann werde ich heute nicht mit Meister Usdun üben, Meisterin?», fragte Bryn.

Tamasan hob die Brauen. «Du hast ihn also bereits kennengelernt? Die Antwort lautet nein. Er unterrichtet nicht einmal hier, er nimmt seine Schüler immer für ein paar Tage mit hinaus. Du wirst seinen Ansprüchen noch eine ganze Weile nicht genügen, wenn ich das so sagen darf.»

Sie befanden sich nun im dritten Stock. Tamasan klopfte dreimal kurz an. Bryn stand mit pochendem Herzen auf dem Fußabtreter und registrierte nur flüchtig, dass darauf Armaah abgebildet war, die Hauptstadt des Reiches, eine Ansammlung künstlicher Inseln.

«Was ist?», fragte Tamasan. «Du bist ja kalkweiß. Es ist

doch nur ein alter Freund, mein Junge!» Doch bevor Bryn antworten konnte, schwang die Tür auf und gab den Blick auf Mittni frei.

«Schuckel, bist du blass, Bryn – aber mich hat die Einstufung auch ganz schön erledigt!» Mittni sprach mit vollem Mund und hielt einen Kelch in der Hand.

«Wir werden uns morgen mal euren Ernährungsgewohnheiten widmen», sagte Tamasan abfällig.

Mittni schluckte hastig und wischte sich die Krümel vom Kinn. «Jawohl, Meisterin.»

«Aber Mittni kenne ich doch schon», flüsterte Bryn verwirrt.

Tamasan lachte. Sie machte die Tür weiter auf, steuerte ihn mit festem Griff in den luxuriös ausgestatteten Raum.

«Onkel Gug!», entfuhr es ihm, und er eilte zu dem gebrechlichen alten Mann und umarmte ihn kräftig.

Keuchend bedeutete ihm der ehemalige Ratgeber des Imperators, sich an der Anrichte zu bedienen. «Keine Sorge, Mittni ist noch nicht lange hier, du hast also nichts verpasst, das sich nicht wiederholen ließe.»

«Du bist am Leben! Wie froh ich bin!», sagte Bryn. «Und dann ausgerechnet hier! Meisterin Tamasan, das Letzte, was wir von Onkel Gug wussten …» Er sah sich um, aber die Waffenmeisterin war bereits gegangen. Sie hatte unhörbar die Tür geschlossen.

Gug rückte sein Monokel zurecht, eine onkelhafte Geste, die in Bryn die Vorstellung von Weisheit heraufbeschwor und seine Zuneigung weckte. «Setz dich, mein Lieber, und dann bringen wir einander auf den neuesten Stand.»

✦ 10. KAPITEL ✦

Untergrundaktivitäten

Prinzessin Peasmi blieb stehen. Ihre Hände ruhten auf dem kalten, radförmigen Griff. Die Tür war offen. Jemand war bereits aus dem Regere Mansionum in die finsteren unterirdischen Ebenen von Armaah getreten. Normalerweise setzten nur Architekten, Ingenieure und Wachleute dort einen Fuß hinein, alle anderen hielten sich lieber fern. Peasmi war erst einmal dort unten gewesen, als kleines Mädchen, als sie mit ihren Brüdern Rameon und Aurgelmir Verstecken gespielt hatte. Noch Wochen danach hatten sie Albträume heimgesucht, in denen sie dort gefangen war, ertrank, erstickte. Wenigstens hatte sie gewonnen. Ihre Brüder hatten zwar protestiert, dass ihr Versteck nicht gelten würde, aber beeindruckt waren sie trotzdem gewesen. Jahre später hatte ihr Vater Opeion ihr die Maschinerie zeigen wollen, die die Hauptstadt über Wasser hielt. Sie hatte sich geweigert, obwohl er doch dabei gewesen wäre und solche gemeinsamen Unternehmungen mit dem Imperator nur selten vorkamen. Nun, da er tot war, wünschte sie sich, mit ihm gegangen zu sein.

Heute war es alles andere als ein Spiel. Diesmal gab es womöglich nur Verlierer. Und sie war allein. Sie hatte ein paar Wachen mitnehmen wollen, aber die hatten alle darauf beharrt, dass es Sperrgebiet sei und sie nicht dorthin dürften, nicht einmal auf Befehl der Schwester des Imperators. Selbst Fergus, ein getreuer Wachsoldat, hatte erklärt, dass er nicht dort hinunter dürfe. Er war es auch gewesen, der ihr erzählt hatte, dass Aurgelmir im Thronsaal mit Regierungsangelegenheiten beschäftigt sei, die seine ganze Aufmerksamkeit verlangten. Sie hatte ihn seit Tagen nicht gesehen. Das war nichts Ungewöhnliches, und es kümmerte sie auch nicht. Ihr jüngerer Bruder stand ihr ohnehin näher, und seit dem Tod ihres Vaters war kein Tag vergangen, ohne dass sie Rameon gesehen hatte.

Sie zögerte, sog die feuchte Luft in ihre Lunge. Der Geruch weckte unangenehme Erinnerungen. Sie packte den Griff ihres Messers und unterdrückte ihre Beklemmung. Sie zog die Tür ein Stück weiter auf und schlüpfte in den Gang.

Der Geruch wurde stärker; das Aroma erweiterte sich um Öl, rostendes Metall und irgendeine Wasserchemikalie. Hoffentlich musste sie nicht so nahe an das Abwassersystem heran wie letztes Mal. Sie trat leise auf, vorsichtig, doch zielstrebig. Vibrationen liefen durch das Metall, kleine Nachbeben ihrer Schritte, als ob der Boden hohl wäre. Sie erhöhte ihre Geschwindigkeit.

Bis zur ersten Abzweigung dauerte es länger, als sie in Erinnerung hatte, und prompt stand sie vor einem Dilemma. Welche Richtung sollte sie einschlagen? Der Weg führte leicht abwärts, Richtung Wasserspiegel. Sie hatte einen schlimmen Verdacht. Seufzend nahm sie den linken, abschüssigeren Gang. Die Sohlen ihrer Pantoffeln waren glatt, aber glücklicherweise war der Boden der höheren Trittsicherheit wegen mit einem riffeligen Gittermuster versehen. Es wurde dunkler, aber weiter vorn glühte etwas. Sie ging hoffnungsvoll darauf zu. Irgendwelche Glaskugeln an der Decke leuchteten sanft;

sie wusste nicht, woher das Licht rührte – von Magie, Gas oder irgendeiner fortgeschrittenen Technologie –, aber es war ihr auch egal. Hauptsache, sie konnte etwas sehen, und zu ihrer Erleichterung hingen solche Kugeln in regelmäßigen Abständen den Korridor entlang.

Sie war langsamer geworden, um die Lichtquellen zu betrachten. Nun blieb sie ganz stehen, lauschte. Was war das für ein Geräusch? Das leichte Beben des Ganges konnte von einer rollenden Maschinerie weiter unten stammen, aber … Nein, von so weit weg kam es nicht, und auch aus der falschen Richtung. Sie wurde verfolgt!

Peasmi lief weiter, schneller jetzt, sah immer wieder über die Schulter nach hinten. Der Knoten vorn an ihrem blauen Gewand löste sich, und der Stoff flatterte hinter ihr her. Sie packte eine Handvoll Seide, um das Flattern zu verhindern, und lief weiter. Noch eine scharfe Biegung. Sie wollte so schnell wie möglich außer Sichtweite des langen Korridors kommen. Ihr Herz klopfte, als sie kehrtmachte und um die Ecke spähte. Erleichtert atmete sie aus. Niemand kam.

Der neue Gang führte erst noch ein Stück hinab und dann waagerecht weiter. Auf beiden Seiten tauchten Türen wie die auf, durch die sie gekommen war, schwere Türen mit Kombinationsschlössern und anderen, raffinierteren Sicherheitsmaßnahmen. Sie hätte sich zu gern hinter einer versteckt. Besser gesagt, sie wäre zu gern im Freien gewesen. Auch hinter diesen Türen konnten Leute sein, und Leuten konnte man nicht mehr vertrauen. Panik wallte in ihr auf, und sie rannte, so schnell sie konnte. Das trommelnde Geräusch ihrer Füße bereitete ihr eine Gänsehaut, doch sie konnte nicht anders als laufen.

Schließlich verlangsamte sie, keuchend, und versuchte, wieder so weit zur Ruhe zu kommen, dass sie etwas hören konnte. Dann eilte sie weiter, achtete nun aber darauf, sich nicht zu verausgaben.

Immer weiter drang sie in das unterirdische Gewirr vor, wählte stets den abschüssigeren Weg. Tiefer und tiefer unter die Hauptstadt gelangte sie, immer näher an die schweren, unverständlichen Mechanismen heran, die die Stadt über Wasser und bewegungsfähig hielten. Ein bedrohliches Hämmern ging von ihnen aus, dröhnte durch die Gänge wie das Brüllen eines Ungeheuers.

Die Decke wich zurück, als sich in einer gewaltigen, höhlenartigen Halle mehrere Gänge trafen. Dicke Balken und Drähte spannten sich über die Decke wie ein Spinnennetz. Ein Geländer umgab den Abgrund, eine Anordnung von Streichhölzern im Vergleich zu den vorderen Teilen der gewaltigen Maschinerie dahinter. Wachsame Blicke um sich werfend, bewegte Peasmi sich auf die riesigen Räder zu. Sie wagte es nicht, an den Rand zu treten und nach unten zu sehen, wo sie Wasser rauschen hören konnte. Stattdessen huschte sie den Gang entlang. Neben ihr gähnten die Eingänge zu den anderen Korridoren auf.

Von einer geschützten Galerie aus beobachteten zwei Männer das Räderwerk. Sie straffte die Schultern und ging in ruhiger, hoheitsvoller Haltung auf sie zu, wie es sich für eine Prinzessin gehörte. Wo die Galerie der Bogenlinie der Grube folgte, ersetzte eine dicke Glasscheibe den Zaun. Peasmi hätte gern auf die bessere Aussicht verzichtet. Sie passierte einen Wachsoldaten, dem es auf bewundernswerte Weise gelang, seine Verblüffung zu verbergen, Habachtstellung anzunehmen und sich zu verbeugen.

Sie seufzte erleichtert. Da war Rameon. Er war in ein Gespräch mit Perduellis vertieft. Beide stützten sich auf die Balustrade, und das dunkle Haar des Prinzen drückte sich gegen die Scheibe. Er sah gesund und munter aus. Was hatte sie erwartet? Ihn zwischen zwei riesigen Rädern vorzufinden, die ihn unerbittlich seiner Vernichtung entgegenzogen? Oder unter der Folter durch die unbekannten Verschwörer, die gerade die politische Arena manipulierten? Als er ihren Schatten bemerkte, richtete er sich auf und sah herüber.

«Prinzessin … was für eine angenehme Überraschung.» Perduellis verneigte sich leicht.

Rameon entschuldigte sich mit einer knappen Geste und eilte zu seiner Schwester. Er erforschte ihr Gesicht. «Ist alles in Ordnung? Was machst du hier unten?»

«Ob alles in Ordnung ist? Sag du es mir! Und was machst *du* hier unten?»

«Beruhige dich. Es gibt keinen Anlass zur Besorgnis.» Rameon hielt sie sanft bei den Schultern und sah ihr in die grünen Augen, mit beschwichtigend hochgezogenen Brauen. «Ich hatte ein seltsames Gefühl, einige Wartungsarbeiten betreffend; also wollte ich mir das Ganze einmal ansehen.»

«Mit Perduellis zusammen?»

«Er hatte auch irgendwas gewittert. Aber wo ist der Goldene, der dich bewachen sollte? Du hättest nicht allein kommen dürfen.»

Peasmi machte einen Schmollmund. «Die Wachen sagen nur *Betreten verboten.* Und was meinen persönlichen Goldenen angeht … ich … bin lieber ohne ihn gekommen. Es ist ja einer von den neuen, die Aurgelmir ausgewählt hat.» Die Prinzessin sah durch die Scheibe. «Aber warum hast du mir nicht gesagt, wohin du wolltest?»

«Ich weiß, wie sehr du diesen Ort verabscheust. Ich wollte dich nicht beunruhigen.» Sie sprachen rasch, mit leiser Stimme. Perduellis tat so, als wäre er gar nicht da. «So wie du dich aufführst, hatte ich wohl recht damit.»

«Ja, nur bin ich davon ausgegangen, dass etwas nicht stimmt, gerade weil du mir nichts gesagt hast!»

Rameon lächelte süffisant. «Zum Glück ist meine große Schwester zu meiner Rettung gekommen.»

Peasmi schlug ihm gegen den Arm, und die beiden drehten sich zu dem Ratgeber um.

«Ich glaube, wir haben genug gesehen. Wir können uns über diese Angelegenheit auch in angenehmerer Umgebung weiter unterhalten. Wollen wir?» Perduellis verbeugte sich, und die drei kehrten in den Gang zurück. Der Wachsoldat folgte ihnen.

«Vielleicht diesen Weg entlang, Imperiale Hoheit? Dann können wir unterwegs die Pläne holen, Prinz Rameon, und er führt praktischerweise zu meinen Gemächern. Es wäre mir eine Ehre, wenn Ihr für dieses überaus wichtige Gespräch mein Gast wärt.»

Peasmi quittierte den fragenden Blick ihres Bruders mit einem Nicken, und sie folgten dem kahlen Ratgeber, dessen polierter Schädel in dem gespenstischen Licht milchig schimmerte. Eine weitere Wache schloss sich ihnen an.

«Man kann gar nicht vorsichtig genug sein», murmelte Perduellis. «In diesen Zeiten.»

«Das ist auch noch etwas, das wir besprechen sollten», sagte Rameon.

«Genau darum bin ich hier heruntergekommen», flüsterte Peasmi, als Perduellis außer Hörweite war.

«Woher wusstest du, dass ich hier bin?»

«Fergus hat es mir verraten. War euer Kontrollgang erfolgreich?»

«Wir finden einige der neuen Vorhaben überflüssig, deshalb unterhalten wir uns einmal mit den Architekten.»

Sie blieben kurz bei einem der Nebenräume stehen. Ein

Wachsoldat hielt die Tür auf, hinter der ein bunkerartiges Zimmer lag, das mit einem Schreibtisch und Aktenschränken ausgestattet war. Perduellis ließ sich von einem schnauzbärtigen Mann, der über die Unterbrechung verärgert schien, eine große Pergamentrolle geben, und sie setzten ihren Weg fort.

Perduellis hatte im Zuge seiner Beförderung neue Räumlichkeiten erhalten und sie seiner Position entsprechend möbliert. Es wurde schließlich von ihm erwartet, dass er Würdenträger zu Gast hatte, wie gerade eben. Ein Großteil dieses «Zu-Gast-Habens» lief auf Überzeugungsarbeit, Schmeicheleien und gutes Zureden hinaus. Da war es von Vorteil, einen überaus gebildeten, kultivierten und großzügigen Eindruck zu machen. Vielleicht, überlegte Peasmi, war Perduellis eine solche Wahlfreiheit und Opulenz nicht gewohnt, denn von der angemessenen Einrichtung abgesehen, protzte er mit Merkwürdigkeiten. Nicht nur Gemälde, Wandteppiche, Waffen, Landkarten und Schriftstücke bedeckten die Wände, sondern eine stattliche Sammlung altehrwürdiger Bücher starrte aus ihren Regalen auf den Besucher hinab, riesige verstaubte Wälzer mit gebrochener Bindung und zerbrechliche, durchscheinende Skulpturen schimmerten im Licht des Kaminfeuers, warfen bernsteingelbe und ockerfarbene Flecken an die Wände.

«Auf Euren geschätzten Bruder, unseren Imperator, Seine Majestät Aurgelmir», brachte Perduellis einen Trinkspruch aus. Die anderen hoben ihre Gläser, doch als Peasmi eine Kollektion bunter Flüssigkeiten auf einer Kommode auffiel, spitzte sie die Lippen und trank nichts. Dass Perduellis sie zu vergiften suchte, war wenig wahrscheinlich, aber sie wollte im Zweifelsfall lieber misstrauisch sein. Als Rameon seinen Becher leerte und sich den Mund am Ärmel abwischte, verdrehte sie die Augen. Er hatte noch einiges in Sachen Vorsicht zu lernen.

«Wie Ihr wisst, ist Armaah nicht mehr, was es einmal war.» Die Plaudereien waren vorbei. Perduellis beugte sich in seinem Stuhl vor und stellte mit beiden Blickkontakt her. Er sprach leise, damit die Wachen bei der Tür nichts verstanden. «Jemand, vielleicht auch eine Gruppe, ist dabei, die Macht zu ergreifen. Das ist seit einiger Zeit offensichtlich. Ich wollte Euch fragen, ob Ihr dessen schon selbst Zeugen geworden seid.»

«Mir sind durchaus einige merkwürdige Vorgänge aufgefallen, wenn auch nichts Brachiales», antwortete Rameon. «Ich habe niemanden auf frischer Tat bei einer Bestechung oder Erpressung erwischt, aber ich sehe die Folgen.»

«Wir alle wissen, dass etwas nicht stimmt», sagte Peasmi. «Aber niemand will darüber sprechen.»

«Das ist das Problem, nicht wahr?», grollte Perduellis. «Jedoch bin ich ebenso dazu bereit wie Ihr. Sprechen wir uns aus. Was ich eigentlich wissen wollte, ist Folgendes: Habt Ihr selbst, allein oder zusammen, irgendwelchem Druck nachgegeben?» Seine fragenden Augenbrauen verlangten eine Antwort. «Fürchtet Euch nicht, falls es so sein sollte. Wir sind auf derselben Seite. Ich will nur das Wohl des Imperiums.»

Rameon und Peasmi sagten nichts, sondern sahen einander fragend an und schüttelten die Köpfe. Perduellis stieß einen Seufzer aus. «Das erleichtert mich, meine Freunde. Über die Maßen. Allerdings … müsst Ihr wissen …» Er kniff die Augen zusammen und starrte ins Feuer. «Ich schon.»

Prinz und Prinzessin starrten ihn entgeistert an. «Auch ich bin bedroht worden und habe, wie ich zu meiner Beschämung gestehen muss, ähnliche Bedrohungen selbst ausgesprochen, den Anweisungen des unbekannten Widersachers entsprechend, des Puppenspielers. Unglücklicherweise heißt das nicht, dass ich irgendwelche Kenntnisse über die Feinde des Reiches besäße. So gehen sie immer vor. Dadurch stellen sie sicher, dass niemand weiß, wer hinter was steckt, und dass alle einander misstrauen.»

Er sah zu ihnen nach hinten. «Aber das alles ist Euch sicher nicht neu. Es geht mir um etwas anderes. Wenn wir diesen schwer fassbaren Widersacher bekämpfen wollen, brauchen wir Spielraum. Da sein Einfluss auf den Hohen Rat und den Senat so groß ist, dürfen wir nur wenigen trauen. Weiß Elyon, wie viele Leute mit drinstecken. Am meisten erschreckt mich der Gedanke, dass dieses niederträchtige Komplott so viele hilfreiche Hände hat und dahinter vielleicht nur ein einziger Kopf steckt!»

«Aurgelmir muss doch davon wissen», sagte Rameon. «Was unternimmt er dagegen?»

«Bis jetzt hatte niemand die Gelegenheit, Seine Imperiale Hoheit einzuschüchtern. Natürlich weiß er davon. Aber ich möchte vermeiden, dass es ihn zu sehr entmutigt. Wir dürfen nicht zulassen, dass er die Hoffnung verliert. Es … geht ihm nicht sonderlich gut.» Perduellis biss die Zähne zusammen und schüttelte den Kopf, wie beim Gedanken an einen schmerzvollen Verlust.

Eine Zeitlang herrschte Schweigen, während ferne Glocken acht Uhr schlugen.

Perduellis erhob sich aus seinem Stuhl und lief zwischen Bücherschrank und Tisch auf und ab. «Mein lieber Prinz, meine liebe Prinzessin, der Verschwörer sucht nichts anderes als die Antworten auf die Geheimnisse des Universums. Der Verschwörer ist auf Wissen aus. Wissen ist Macht.»

«Was will er denn … mit dieser Macht?», fragte Peasmi.

Perduellis winkte ab. «Macht soll mehr Macht bringen – das ist der Lauf der Welt.»

Der glatzköpfige Ratgeber verlangsamte seine Schritte zu einem Gleiten, und sein langes Gewand war ein Flüstern auf dem glatten Steinfußboden. Das Licht des Feuers spiegelte sich in den Ringen an seinen Fingern. Er schloss die Augen, als riefe er sich etwas ins Gedächtnis zurück. «Es gibt einen heiligen Text, der so alt ist, dass er keinen Namen hat – nur *Buch der Zeiten*. Der Autor ist im Nebel der Legende verborgen, ein Wesen von überragender Intelligenz und grenzenlosen Kenntnissen. Es soll sich um einen Plimp gehandelt haben, einer der Ersten seiner Art.» Perduellis stieß einen langen Seufzer durch kaum geöffnete Lippen aus. «Das Buch soll in verschiedene Bände aufgeteilt gewesen sein, die über die Jahrhunderte immer weiter geteilt wurden, und diese Teile wiederum sind versteckt, verloren, vergessen worden. Aber die Einzelheiten seiner Herkunft sind unwichtig.» Er öffnete die Augen und sah Rameon und Peasmi an. «Jedes Pergament ist unermesslich kostbar. Die Verschwörer wollen das Buch der Zeiten – jedes verlorene Blatt –, und wir müssen sie aufhalten. Wir müssen ihnen zuvorkommen und seine Geheimnisse vor habgierigen Händen schützen oder sein Wissen zum Wohle Calaspias einsetzen.» Er nickte einen Moment vor sich hin, bevor er flehentlich die Hände hob. «Ihr müsst mir helfen. Ich habe die Verantwortung dafür übertragen bekommen, das Buch zu finden.»

Peasmi, die immer noch saß, lachte. «Und wer, mein lieber Perduellis, hat sie dir übertragen?»

Der kahlköpfige Ratgeber sah gekränkt aus. «Nun, Euer Bruder, holde Prinzessin.»

«Woher weißt du, dass es überhaupt existiert und nicht nur ein Produkt der überaktiven Einbildungskraft müßiger Lehrmeister ist?» Sie strich sich das hellbraune Haar aus der Stirn.

«Da könnt Ihr durchaus recht haben», gab er zu und sah

sie mit hochgezogenen Augenbrauen an, «aber der Verschwörer hält es eindeutig für wirklich genug, um sein Leben und die Leben zahlreicher Diener des Numenii-Reiches dafür zu riskieren.»

«Das ist ein Argument», sagte Peasmi. «Doch wie kommt es, dass du vom Buch der Zeiten weißt?»

Perduellis schritt zu einem verhängten Bücherregal hinüber und schlug den Samtvorhang beiseite, hinter dem noch ältere und beschädigtere Bände zum Vorschein kamen als auf den anderen Regalen; Bücher, die aussahen, als würden sie bei der ersten Berührung zu Staub zerfallen. Er zog einen Schlüssel aus einer Innentasche und steckte ihn in ein verborgenes Schloss an der Seite des Bücherregals. Eine Schublade sprang auf, aus der er eine farblose flache Schachtel zog. «Hier, Mylord und Mylady, haben wir das erste Teil des Puzzles.»

«Woher genau kommt es?» Peasmi saß ganz vorn auf der Kante ihres Sessels, um besser sehen zu können. «Die Person, in deren Besitz es war, weiß doch sicher mehr.»

Perduellis machte ein finsteres Gesicht, aber in seinen heruntergezogenen Mundwinkeln lag Amüsiertheit. «Wir haben dieses Pergament abgefangen, als der betrügerische Barue Thybil es an den Verräter Gug weitergeben wollte. Diese zwei hätten gewiss etwas zu erzählen, nur müssten wir sie dazu erst einmal haben …» Er zog das Dokument vorsichtig aus seinen Schutzhüllen. «Habt Ihr eigentlich etwas von Onkel Gug gehört, seit er Armaah verlassen hat?»

Die beiden Geschwister schüttelten den Kopf.

«Wie willst du dem Verschwörer bei den anderen Teilen zuvorkommen?» Peasmis Blick war auf die langen Finger des Ratgebers geheftet. «Er bereitet dies ja offensichtlich schon seit langem vor.»

«Wie Ihr wisst, haben Euer Bruder und ich – in Zusammenarbeit mit verschiedenen Räten – die Struktur der Regierungsgewalt neu organisiert. Wir müssen in der Lage sein, schnell und entschlossen zu handeln. Unsere Augen werden überall sein, unsere Hände ebenso … wir werden einfach schneller sein, effektiver, und alle Mittel einsetzen, die nötig sind.»

«Das Volk wird diese Machtverschiebung nicht gerade freundlich aufnehmen. Es weiß doch, dass der Staat eigens auf diese Weise organisiert worden ist, um Alleinherrschaft zu verhindern.»

«Ja, aber das Volk weiß ja auch nichts von der Verschwörung. Ebenso wenig wie von den Kulten des Wahnsinns, die wie vergessene Wunden nicht nur in den entlegenen Winkeln unserer Zivilisation schwären, sondern mitten in unseren Städten und Villen! Ganz zu schweigen vom Buch der Zeiten – von all dem weiß es nichts, und ich bin froh darüber. Also wird es auch nichts von diesen Änderungen wissen. Unsere Truppen werden im Geheimen operieren, aber sollten sie einmal auffallen, wird man denken, sie wären in Angelegenheiten des Reiches unterwegs, mit voller Unterstützung jeder erforderlichen staatlichen Stelle.»

«Du willst das Heer dafür einsetzen?»

«Wir, meine teuerste Prinzessin – wir. Aber nein, das Heer ist zu schwerfällig, zu riesig, zu bürokratisch für diese Operation. Wir müssen mit List und Effizienz und mit erschütternder Kraft vorgehen. Wir werden nicht Legionen durch die Straßen marschieren lassen, sondern den Feind dort angreifen, wo es drauf ankommt – nicht mit großen Zahlen, sondern mit Überwachung und Vorsicht und erst am Ende mit entschlossenen Schlägen, wo immer es möglich ist.»

«Die Goldene Wacht ist zahlenmäßig nicht geeignet für diese Aufgabe», sagte Rameon. «Und die Adeligen brauchen ihren Schutz mehr denn je.»

Perduellis schmunzelte. «Ihr habt recht, mein Prinz. Darum werden wir ja auch eine neue Organisation von Kriegern aufbauen. Für die nur die Besten auserwählt werden. Prinz und Prinzessin, mit Eurer Unterstützung werden wir einen neuen Orden der Culmus Sangui begründen – dieser Eliteorganisation, die während des Kriegs um das Tor begründet und danach leider wieder aufgelöst wurde.»

«Wie wollt ihr die zusammenbekommen?» Rameon saß ganz vorn auf seinem Stuhl, eine Hand im braunen Haar. «Wer wird hinter ihnen stehen? Wie können wir verhindern, dass der Verschwörer sie für seine Zwecke einsetzt?»

«Mein Prinz, Euer großmütiger Bruder und ich haben all dies gemeinsam mit bewährten Ratgebern erwogen. Nach außen hin wird dieser Orden einfach nur dazu dienen, den wachsenden Kult des Wahnsinns zurückzudrängen. Unsere Krieger werden diese höchst wichtige Aufgabe auch tatsächlich erfüllen; jedoch werden sie uns natürlich zur Verfügung stehen, wann immer wir mehr über das Buch der Zeiten in Erfahrung bringen. Wir werden unser Interesse an dem Buch dadurch tarnen, dass wir behaupten, es handele sich dabei um heilige Texte der Anbeter des Wahnsinns.»

«Und wie wollt ihr verhindern, dass es vernichtet wird?», fragte Peasmi.

«Indem wir behaupten, dass es von höchster Wichtigkeit für die Sicherheit der Numenii-Reiche sei, dieses sogenannte *Buch vom Wahnsinn* zu verstehen. Dass sich das Okkulte ohne das Wissen von Eingeweihten nicht effektiv bekämpfen lassen wird.» Perduellis zwinkerte ihr zu. «Damit gilt jede einzelne Seite als unersetzlich zur endgültigen Aufdeckung der Geheimnisse des Wahnsinns. Unsere Soldaten werden vor allem verdächtige Bürger und Offizielle vernehmen, unter dem Deckmantel des Kampfes gegen den Kult – wozu sie sogar da sind, versteht sich. Denn in Wirklichkeit werden sie gleich zwei Aufgaben von höchster Wichtigkeit erledigen. Aber das wissen dann nicht einmal die Soldaten.»

Er beugte sich zu Peasmi vor und hielt ihr die kostbare Handschrift hin, die er erst jetzt ganz aus ihren Schutzhüllen befreit hatte. «Bitte nur mit Eurem Blick berühren, Prinzessin.»

«Danke, Perduellis.»

Mit einer schnellen Bewegung packte sie das Pergament und sprang beiseite, brachte den Stuhl zwischen sich und Perduellis.

«Prinzessin! Was tut Ihr?», rief er. «Es ist überaus empfindlich!»

Rameon hatte sein Schwert gezogen. «Wachen, begleitet uns zum Imperator.»

Perduellis setzte ein aalglattes Lächeln auf. Seine eiskalten Augen glitzerten. «Nun gut. Statten wir Eurem Bruder einen Besuch ab.»

✦ 11. KAPITEL ✦

Vorspiegelungen

Als sie sich zu einer Formation sammelten, hielt Perduellis die Schachtel der Prinzessin hin, die sie ihm entriss. «Gebt gut auf das Dokument acht, Eure Hoheit. Legt es in seine Hülle. Ich möchte nicht, dass Ihr nachher dafür verantwortlich seid, dass es beschädigt wurde.»

Rameon schob sein Schwert in die Scheide zurück und stellte sich zwischen den Ratgeber und seine Schwester. Die Türflügel schwangen auf, und die drei traten, von Wachen umgeben, in den Flur hinaus. Zwei weitere Wachen, die bei der Tür gestanden hatten, folgten ihnen wortlos. Es waren zwar keine Goldenen darunter, dennoch fühlte Peasmi sich hinreichend geschützt. Schweigend marschierten sie zum Thronsaal. Das Stapfen der Lederstiefel und das Klirren der Rüstungen waren die einzigen Laute ringsum, nur vom Hofgarten her war noch das leise Plätschern von Wasser zu hören.

Der Imperator ließ sie einige Minuten lang vor den mit kunstvollem Schnitzwerk verzierten Türen warten. Prinz und Prinzessin gaben sich alle Mühe, Blickkontakt mit dem selbstzufriedenen Ratgeber zu vermeiden. Peasmis Hände um Schachtel und Pergament wurden feucht. Zwischen ihrem Trupp und den Soldaten, die den Thronsaal bewachten, kam sie sich eher gefangen denn geschützt vor. Endlich öffneten sich die Türen.

«Mein Bruder! Meine Schwester!» Aurgelmir stand einen Moment lang da und lächelte sie an, dann setzte er sich wieder, als ob er zu rasch aufgestanden war. «Wie schön, euch zu sehen. Kommt, nehmt Platz. Was kann ich für euch tun?»

Seine Blicke schossen durch den Raum, und Peasmi fiel auf, dass er blutunterlaufene Augen hatte. Ein merkwürdiger Geruch hing kaum merklich in der Luft, ein leichter Hauch von Schweiß und … noch etwas anderem. Sie gingen zum Thron, blieben aber stehen.

«Mein gnädiger Herr, Eure gütigen Geschwister sind bereit, Euch bei Euren Vorhaben zu unterstützen», sagte Perduellis. «Ich habe sie wie gewünscht in Kenntnis gesetzt.»

«Sehr gut, Perduellis. Das ging schneller, als ich dachte.»

«Wir müssen rasch handeln, Mylord, bevor es zu spät ist.»

«In der Tat, ja. Ancillius, bring die Dokumente.» Aurgelmir strich sein Gewand zurecht, während einer der Diener davoneilte. «Meine lieben Geschwister – ich bin froh, dass ihr die Lage ebenso einschätzt wie ich, wie Perduellis. Ich wünschte, wir müssten nicht zu solchen Maßnahmen greifen, aber man kann Wasser nicht mit Feuer bekämpfen. Die Inquisition auszubauen, damit sie dem Kult des Wahnsinns entgegentreten kann, ist entscheidend für die Sicherheit des Imperiums.»

«Und nicht nur dem Kult.» Peasmi wedelte mit dem Dokument in ihrer Hand. Die unsanfte Behandlung sorgte dafür, dass Perduellis das Gesicht verzog.

Aurgelmir hob eine Augenbraue. «Wie ich sehe, hat Perduellis euch auch in ihre andere Funktion eingeweiht. Das ist gut. Ich würde das vor meinem eigenen Fleisch und Blut nicht geheim halten wollen, selbst wenn niemand sonst es erfahren darf.»

Der Mann namens Ancillius kam in den Saal zurückgewatschelt und kämpfte schwer mit einem Berg Papieren.

«Eure Unterschriften bitte, Mylord und Mylady», keuchte er.

«Wir werden uns in unsere Gemächer zurückziehen und die Dokumente durchsehen», sagte Peasmi.

«Aber, meine Schwester, du weißt doch, wie dringend es ist.» Aurgelmir beugte sich vor. «Wir dürfen nicht länger warten.»

«Dann lesen wir sie uns gleich hier durch», sagte Rameon.

«Ihr habt unsere Pläne bereits gehört», sagte Perduellis, nahm die Feder aus Ancillius' Schale und hielt sie den beiden hin. «Und Ihr habt zugestimmt. Nun unterzeichnet bitte hier … und hier … Und dann wären wir fertig.»

«Haltet ihr uns für so naiv, etwas zu unterschreiben, das wir uns nicht vollständig durchgelesen haben?», fragte Peasmi. «Das kommt überhaupt nicht in Frage.»

Aurgelmir stand auf und kam langsam die Stufen zu ihnen herab. Er setzte jeden Schritt mit Bedacht und Mühe. Peasmi fiel wieder ein, was der Ratgeber über seine Gesundheit gesagt hatte. Nein, er sah wirklich nicht allzu gut aus.

«Meine Lieben, ihr wisst, wie sehr es drängt.» Seine Worte kamen so langsam und präzise wie seine Schritte. «Haben wir erst einmal angefangen, werden wir auf erbitterten Widerstand stoßen. Bis das alles hinter uns liegt, wird niemand von uns sicher sein. Ich muss hier bleiben – hier gehöre ich hin. Aber ihr zwei müsst Armaah sofort verlassen. Noch heute, sobald ihr die Dokumente unterzeichnet habt.»

«Wir bleiben bei Euch, unserem Bruder», sagte Rameon.

«Wir gehören dorthin, wo Ihr seid, Hoheit.» Peasmi stieß Perduellis' Hände fort, die ihr immer noch die Feder hinhielten.

«Ich habe keine Bitte geäußert.» Der Imperator war nur noch wenige Handlängen von ihnen entfernt. «Sondern einen Befehl. Ihr werdet diese Papiere unterzeichnen und unter dem Schutz der Goldenen Wacht sowie zusätzlicher Soldaten aufbrechen. Ich werde euch über alles auf dem Laufenden halten, und sobald die Sicherheit wiederhergestellt ist, lasse ich euch holen. Vielleicht komme ich sogar auf das Festland nach. Armaah ist nicht mehr, was es einmal war.»

«Ihr habt recht», sagte Peasmi. «Lasst uns noch ein bisschen bleiben, und dann gehen wir zusammen. Weder Örtlichkeit noch Ansichten sollen uns trennen.»

Aurgelmir ergriff die Feder, und Ancillius zeigte hastig das erste Papier. «Hier, seht – meine Unterschrift befindet sich bereits darauf, mitsamt Siegel. Ich werde dieses Vorhaben so oder so verwirklichen. Ich fordere eure Unterstützung nur ein, um die Sache zu beschleunigen – bevor unsere Feinde reagieren können. Wir müssen rasch handeln. Und das hier wird sofortigen Widerstand auslösen, vielleicht sogar einen Konterschlag.»

Peasmi sah sich in dem ovalen Raum um und überlegte, wie sich Zeit schinden ließ. «Sagt uns, Bruder, geht es Euch gut?»

Aurgelmir spreizte die Finger. «Gut genug, um meine Pflicht zu erfüllen. Ich baue darauf, dass es sich mit euch beiden ebenso verhält.»

«Was genau fehlt Euch denn?», fragte sie.

Aurgelmir schwankte. «Unterschreibt einfach und brecht auf. Bringt euch in Sicherheit. Um den Rest kümmere ich mich.» Er wandte sich ab und ging wieder die Stufen hinauf. Stöhnend ließ er sich auf den Thron fallen.

«Nun gut, meine Unterstützung sollt Ihr haben, Hoheit.» Peasmi ließ sich von Ancillius eine zweite Feder geben, denn die erste hielt Aurgelmir immer noch in der Hand, ohne es zu merken. «Ach, aber ich muss erst noch meinen Siegelring holen! Rameon, hast du deinen dabei?»

Der Prinz wühlte demonstrativ in seinen Taschen, als würde er seinen Ring dort aufbewahren, und ließ ihn dabei unbemerkt in die Tasche gleiten. «Nein, bedaure.» Er zuckte die Schultern.

«Nun gut. Peasmi, Rameon, holt alles Nötige aus euren Gemächern und unterschreibt das Zeug. Dann könnt ihr der Dienerschaft auch gleich Anweisung zum Packen geben.» Aurgelmir versuchte, seine Geschwister mit einem beruhigenden Lächeln zu bedenken, aber es entglitt ihm. «Ancillius wird euch begleiten und mir die Papiere zurückbringen.» Er sah weg. «Wir sehen uns auf dem Festland. Macht es gut.»

Sie verließen den Thronsaal. Eine ansehnliche Anzahl Soldaten blieb unter dem Kommando von zwei Goldenen zurück.

«Prinzessin, wenn ich um die Schriftrolle bitten dürfte ...» Sie waren am Ende des breiten Ganges angelangt. Auf der einen Seite ging es zu den Gemächern des Ratgebers zurück und auf der anderen zu ihren eigenen Räumlichkeiten weiter.

«Gewiss, Perduellis.» Peasmi lächelte lieblich, worauf er prompt sein aalglattes Lächeln aufsetzte. Dann entriss sie Ancillius das Tintenfass und schleuderte es dem glatzköpfigen Ratgeber ins Gesicht. Perduellis schrie auf und griff sich an die Augen, taumelte in eine Wache hinein. «Ergreift sie!»

Doch die beiden Geschwister hetzten bereits den Flur hinunter. Der weiche Teppich knisterte unter ihren hastigen Schritten. Peasmi verbarg die Schriftrolle in einer Falte ihres Gewands. «Wachen, haltet jeden auf, der uns zu folgen versucht!»

Einige Soldaten liefen hinter Prinz und Prinzessin her, einige befolgten Perduellis' Anweisungen; andere wollten unbedingt sehen, wohin sie flohen, und begreifen, was imperiales Blut dazu brachte, im eigenen Palast die Flucht zu ergreifen. Wieder andere Wachen standen da und wussten nicht, was sie tun sollten. In betretenem Schweigen sahen sie zu, wie Perduellis nach Ancillius' weißem Gewand griff und sich damit das Gesicht abtupfte. Als er die tränenden Augen schließlich wieder öffnete und blinzelnd sah, dass immer noch einige Soldaten um ihn herumstanden, brüllte er: «Ihnen nach, ihr Narren! Sie dienen dem Kult des Wahnsinns!»

Die Wachen warfen einander unsichere Blicke zu und eilten nun ebenfalls den Korridor hinunter, um von dem zornbebenden Ratgeber wegzukommen. Ancillius wollte in den Thronsaal zurückkehren, aber Perduellis packte ihn grob bei der Schulter. «Rasch, Backpulver und unseren stärksten Weingeist, du dämlicher Bauer! Bring mir Salzwasser und Quellwasser und ein Handtuch. *Droch*, dieses Zeug ist dokumentenecht!»

Rameon und Peasmi flogen schier durch die vertrauten Hallen. Sie fragten sich, wie in aller Welt es passieren konnte, dass sie in ihrem eigenen Zuhause vor ihren eigenen Wachen wegliefen.

«Wollen sie uns wirklich festnehmen?», fragte Rameon.

«Wir probieren es besser nicht aus.»

Sie erklommen eine Reihe breiter Stufen und blieben schlitternd stehen. Die Türen zu ihren Gemächern wurden von Soldaten in schwarzen Umhängen bewacht, auf denen ein «I» in einem Kreis gestickt war. Sie huschten wieder zurück um die Ecke. Hinter ihnen wurde das Klirren der Rüstungen lauter.

«Wir sitzen in der Falle.» Schon wollte Rameon sein Schwert ziehen.

«Kein Kampf!» Peasmi hielt seine Schwerthand fest. «Gib ihnen lieber einen Befehl.»

Rameon sah aus dem Fenster. Weit unten auf der anderen Seite beleuchtete eine Laterne den Hof, der bis auf einen Karren mit Heu leer war. Es war für die Stallungen bestimmt, aber in dieser Nacht schwebte dem Prinzen etwas anderes damit vor. Weiter hinten schimmerten die Gärten und der Wasserfall im Licht der Fackeln. Genau in diesem Moment kamen die Soldaten um die Ecke gelaufen. Das Rot ihrer Uniformen war wie Blut.

Rameon warf einen Blick auf die obere Hälfte der Treppe und sah, dass der Lärm die Wachen der Inquisition alarmiert hatte; mit wehenden schwarzen Umhängen kamen sie näher, die Langschwerter gezogen. Der Prinz riss sein Schwert aus der Scheide. Glas splitterte, als der Knauf durch das Buntglasfenster hinter den Geschwistern fuhr.

«Hoppla», sagte Peasmi.

Rameon packte ihre Hand, schob sie auf die Öffnung zu. «Hinaus!»

Die Prinzessin warf einen letzten Blick zu den näher kommenden Soldaten hinüber und sprang durch die geborstene Scheibe, genau ins Heu. In diesem Moment war der erste Soldat heran, eine der offiziellen Numenii-Wachen.

Bevor Rameon sich zu einem Kampf entschließen konnte, kündigten schwere Stiefeltritte die Ankunft der schwarzen Wachen an.

«Haltet sie auf!», rief der Prinz, und die Soldaten, die froh waren, endlich einen verständlichen Befehl zu bekommen, beeilten sich, ihnen den Weg abzuschneiden. Rameon schleuderte eine Vase über ihre Köpfe hinweg, die an der Wand zerschmetterte und Erde und Blätter auf sie hinabregnen ließ. Zufrieden mit dem Ablenkungsmanöver machte er einen Kopfsprung aus dem Fenster. Er landete neben Peasmi im Heu. Trotz der weichen Landung verschlug es ihm den Atem.

Drinnen schlugen die schwarzen Krieger die königlichen Wachen bewusstlos. Einer sprang dem Prinzen und der Prinzessin durch das Fenster nach. Sein Umhang flatterte hinter ihm wie Flügel, und er landete ebenfalls im Heu, dann ein Zweiter. Ein Dritter hätte es beinahe auch noch geschafft, aber da machte der Karren einen Satz, und er landete auf hartem, kaltem Stein. Zähne flogen durch die Luft, als seine Kiefer krachend aufeinanderschlugen.

Rameon und Peasmi rollten sich von dem Karren herab, bevor die Wachen sie ergreifen konnten, und liefen zu den Stallungen, durch die sie vielleicht zum Gesindetrakt und in einen anderen Teil des Regere Mansionum gelangen konnten – irgendwohin, wo sie sicher waren. Während sie noch den Hof überquerten, begann mühevoll eine Glocke zu läuten. Türen wurden aufgestoßen und knallten gegen Wände, Füße eilten hierhin und dorthin in der sie umgebenden Nacht. Rameon wollte gerade die Tür zum Stall aufstoßen, da wurde sie nach innen gerissen. Die Geschwister waren verblüfft, liefen jedoch weiter, weil ihre Verfolger so nahe waren. Drinnen war es dunkel und roch nach Pferd. Die Tür knallte zu, doch einer der schwarzen Wachen war mit ihnen hineingelangt. Sie hörten einen dumpfen Schlag und dann einen Fall, als er zu Boden ging. Mit einem Quietschen verschloss ein schwerer Bolzen die Tür.

Die Geschwister passierten Pferde, die nervös scharrten, und erreichten die andere Seite. Sie tasteten nach dem Türgriff, und als sie keinen fanden, suchten sie die Wand nach einer Fackel ab.

«Was in aller Welt geht hier vor?», fragte eine Stimme. Licht entzündete sich flackernd und enthüllte einen Mann, der sein Schwert in die Scheide schob.

«Wer bist du?», fragte Rameon.

«Ein Goldener. Vielleicht der Letzte, der noch zu Euch hält.»

«Du bist aber nicht wie einer gekleidet», sagte Peasmi. «Kannst du deine Behauptung beweisen?»

«Die Wahrheit liegt auf der Hand, Prinzessin. Wo sind Eure Wachen? Ich bin hier, sie nicht. Das spricht doch wohl für sich.»

«Du bist jung.» Sie musterte seinen dünnen Bart. Er hatte schwere Augenbrauen, die dicht über den Augen saßen. Sie hätte ihn nicht gutaussehend genannt, aber in seinen Augen stand Selbstvertrauen, und er hatte etwas Männlich-Markantes an sich. «Ich glaube, ich habe dich schon einmal gesehen. Wie heißt du?»

«Aquiuss.» Er schluckte eine verärgerte Entgegnung hinunter. «Aye, Mylady. Sagen wir einfach, dass ich durch meine Jugend umso mehr erpicht darauf bin, mir Ehre zu machen.» Seine Worte wurden durch Schreie und Klopfen an der Tür unterbrochen. «Wenn ich nun meine Frage wiederholen dürfte – was verdammt nochmal ist hier los?»

«Wenn ich das wüsste», sagte Rameon. «Ich weiß nicht, wem wir noch trauen dürfen.»

Der Prinz beschrieb in wenigen Sätzen, wie Perduellis und Aurgelmir sie zum Unterschreiben gedrängt hatten. Derweil entledigte Aquiuss den schwarzen Wachsoldaten seiner Uniform und zog sie selber an, während er zugleich die Riegel der einzelnen Pferdeboxen löste. Die Fackel spuckte und zischte bei seinen Sprüngen und wenn er die Hand wechselte. Endlich war er wieder bei ihnen, und Rameon schloss mit den Worten: «Wir haben niemanden mehr, bei dem wir uns sicher fühlen.»

«Das klingt vertrackt.» Aquiuss, der nun wie eine schwarze Wache gekleidet war, schmunzelte. «Wenn Ihr geneigt seid, mir zu folgen, wäre es mir eine Ehre, Euch auf dem Festland in Sicherheit zu bringen.»

«In Sicherheit!» Peasmi schnaubte. «Wer uns das nicht alles versprochen hat, und seitdem müssen wir um unser Leben fürchten!»

«Ist das so? Nun, ich kann Euch versprechen, dass die Sicherheit, die ich zu bieten habe, sich sehr von der unterscheidet, die andere Euch unter der Bedingung anbieten, dass Ihr tut, was man Euch sagt.» Er sah nicht einmal hin, als der Kopf eines improvisierten Rammbocks durch die Stalltür krachte und Splitter umherflogen wie Dolche. Der massive Türrahmen bebte, und die Pferde wieherten angstvoll.

«Ihr habt keinen Grund, mir zu trauen, Prinz und Prinzessin. Aber Ihr könnt mir folgen, wenn Ihr wollt.» Damit hob Aquiuss die Fackel und riss die Tür auf, die in den Gesindetrakt führte.

«Das klingt nach dem Angebot des Tages.» Peasmi sah Rameon achselzuckend an. «Bring uns hier fort.»

Er winkte sie ungeduldig hindurch, scheuchte die freigelassenen Pferde auf und setzte hinter sich den Stall in Brand, um von der Flucht des Geschwisterpaares abzulenken. Er verschwand genau in dem Augenblick durch die Tür, als vorn das Tor aus dem Rahmen sprang. Soldaten strömten herein und sahen sich lodernden Flammen und durchgehenden Pferden gegenüber.

Die Thronanwärter erklommen eine lange, schmale Treppe und begegneten nur einer Küchenmagd, die einen wackeligen Stapel Geschirr balancierte und nicht einmal aufsah, geschweige denn ihre Herrschaften erkannte. Bald ließ ihnen der Duft von Bratenfleisch das Wasser im Mund zusammenlaufen.

«Proviant habe ich leider schon», sagte Aquiuss wehmütig. Sie verließen die gewundene Treppe und kamen in einen verstaubten Lagerraum voller Mehlsäcke. Getreide aus Arleath, Reis aus Nomidien und Beutel voller Gewürze, die über die Handelsbucht hierhergelangt waren und noch von viel weiter her kamen. Aquiuss griff sich zwei schmutzigweiße Kittel und drückte sie seinen Schützlingen in die Hände. Einen prallen Sack schlitzte er mit dem Schwert auf, Mehl wallte durch den Raum.

«Das sollte Tarnung genug sein.»

Sie betraten den Küchentrakt, den die beiden selten gesehen, geschweige denn einen Fuß hineingesetzt hatten, mit dem ihr Führer jedoch vertraut zu sein schien. Eine ältere Köchin kam hinter ihren weißen Fußspuren hergewackelt und beschimpfte sie wegen ihrer Achtlosigkeit. Sie verpasste Rameon einen Schlag, was eine Wolke feinen Puders freisetzte, und machte ganz den Eindruck, sie allesamt verdreschen zu wollen, aber dann fing Aquiuss ihre Hand ab.

«Merilynn, ich bin's.»

Die Küchenchefin bewegte ihre Lippen wie ein Fisch auf dem Trockenen. Am Ende sagte sie gar nichts, sondern wischte ihm mit ihrer Schürze das Mehl aus dem Gesicht.

«Aquiuss, du! Ich wusste gar nicht …»

«'tschuldigung, Ma'am, aber dafür ist jetzt keine Zeit.»

Dass die Köchin sich über das Wiedersehen mit dem Goldenen freute, zerstreute Rameons und Peasmis Befürchtungen hinsichtlich seiner Person. Sie kannten Merilynn, hatten sie durch die mehlverklebten Wimpern hindurch jedoch nicht erkannt. Umso froher waren sie, dass die Köchin sie ebenfalls nicht erkannte.

«Und wer sind diese zwei?», fragte sie. «Du wirst doch hoffentlich nicht schon wieder meinen Mädchen den Kopf verdrehen, Bursche!»

Aquiuss lachte und tätschelte ihr die Schulter, was einen geisterhaften Handabdruck hinterließ. «Keine Sorge, Merilynn, diese zwei wissen genau, worauf sie sich einlassen. Aber wir haben es ein bisschen eilig – uns sind Krieger auf den Fersen, Verräter. Bringt euch in Sicherheit.»

«Ich lasse doch keine regierungsfeindlichen Mannsbilder durch meine Küche stapfen!» Sie packte eine Bratpfanne und begann, dem Personal kämpferische Anweisungen zu geben.

«Das Mehl soll Verdacht zerstreuen und nicht auf sich ziehen.» Aquiuss wies Rameon und Peasmi an, sich die Beine abzuklopfen. Dann wischte er ihnen rasch die Füße ab und drückte ihnen Töpfe mit Delikatessen in die Hände. Grinsend liefen die drei weiter. Sie ließen die Küchen hinter sich und sahen zu, dass sie zum Gesindeeingang an einer Seitenwand des Gebäudes kamen, abseits vom Haupttor.

«Nicht zum Essen!» Aquiuss schlug dem Prinzen auf die Hand, der zusammenzuckte. «Wir sind Diener, schon vergessen?»

Sie gingen tatsächlich als Personal durch und wurden bis zum Ausgang nicht aufgehalten. Als sie das Gebäude verließen, drückte Aquiuss dem Wachsoldaten das Tablett in die Hand, und der Mann war zu hungrig, um sich zu wundern.

«Danke!», rief er ihnen nach.

Rameon und Peasmi hatten die Stadt noch nie unter so spärlichem Schutz durchquert, aber irgendwie fühlten sie sich unter ihrer Mehlschicht und in der Begleitung dieses untypischen Goldenen sicher. Wortlos folgten sie ihm zum Kai, wo er dem Hafenmeister ein Papier zeigte, einem Gassenjungen eine Münze fürs Aufpassen zuwarf und ein leichtes Boot losmachte.

Dann saßen sie in dem kleinsten und unbequemsten Boot ihres Lebens und hatten Angst, dass das schaukelnde Gefährt kenterte. Wasser klatschte bis wenige Fingerbreit unter das Dollbord, als das Boot unter Aquiuss' gleichmäßigen Ruderschlägen vorwärts schoss.

Der Prinz und die Prinzessin drängten sich vorn aneinander und sahen zu, wie ihre Stadt zurückfiel.

«Ich bezweifle, dass die Goldene Wacht zufällig ausgerechnet heute zusammengerufen wurde», sagte Peasmi nach langem Schweigen. Sie konnte es nicht mit Sicherheit sagen, aber sie hatte den Eindruck, dass Aquiuss kurz aus dem Takt kam.

«Die Goldenen würden sich sowieso nicht alle auf einmal treffen wollen», sagte Rameon. «Ihre einzige Pflicht ist es, ihren jeweiligen Herrn zu beschützen. Warum bist du eigentlich dem Ruf nicht gefolgt?»

Aquiuss antwortete ohne Zögern. «Ich hab gerochen, dass irgendetwas nicht stimmte, und wollte dem nachgehen. Es gibt nur einen Grund, warum jemand die besten, bewährtesten Wachen an einem Ort zusammenziehen sollte – damit er selbst woanders Schaden anrichten kann.»

Prinz und Prinzessin nickten. Wieder war es still, bis auf die Geräusche der fernen Stadt, die sich aus dem Wasser erhob wie ein Seeungeheuer.

«Woher wusstest du das?», fragte Rameon im Flüsterton seine Schwester. «Erst bist du völlig mit seinem Plan einverstanden, und dann stiehlst du ihm die Schriftrolle.»

«Genau das war doch der Trick», erklärte Peasmi ebenfalls flüsternd. «Ich habe Perduellis reden lassen und immer nur die Fragen gestellt, die auf der Hand lagen. Dadurch dachte er, wir wären auf seiner Seite, und weil er sich dessen so sicher war, hat er uns seine wahren Ziele enthüllt.»

«Aber er wollte doch gegen die Verschwörer vorgehen.»

«Dass sich Widerstand regen würde, war unvermeidbar. Aber was für ein Geniestreich, ihn selbst zu organisieren … Bei so viel Doppelspiel war es nur zu wahrscheinlich, dass die Verschwörer hier beteiligt waren. Solche undurchsichtigen Pläne können nur für Leute von Vorteil sein, die mit Angst, Verwirrung und Täuschung arbeiten.»

«Dann steckt Perduellis da mit drin?»

«Ganz bestimmt. Aber ob er ein Opfer der Umstände ist oder gar der Drahtzieher, werden wir wohl nie erfahren.»

«Wodurch hat er sich verraten?»

«Durch mehrere Sachen. Als ich ihn zum Beispiel fragte, wie sie dieses Buch vor der Vernichtung bewahren würden, antwortete er wie jemand, der das Buch unbedingt erhalten wollte. Wenn er wirklich daran interessiert wäre, dass die angeblichen Verschwörer nicht an dieses Buch herankommen, hätte er es doch vernichtet.»

Rameon ließ sich das durch den Kopf gehen. «Und ich dachte immer, diese ganzen politischen Unterweisungen wären Zeitverschwendung. Hätte ich gewusst, dass es einmal zu so etwas kommt … Das war eine Meisterleistung von dir.»

«Und dein flinker Verstand hat uns den Hals gerettet. Mir war der Heukarren noch nicht einmal aufgefallen, bis du das Fenster zerschlagen hast.»

Aquiuss räusperte sich lautstark. «Jetzt gratuliert mir bloß nicht beide auf einmal. Wo ihr doch beide so großartig wart.»

Peasmi stand entrüstet auf und stemmte die Hände in die Hüften, aber sie konnte nicht das Gleichgewicht halten und kehrte rasch auf ihren flachen Holzsitz zurück. «Vergiss nicht, mit wem du sprichst», versuchte sie, die Würde zu bewahren.

«Keine Sorge, das werde ich schon nicht. Aber ich werde dich auch nicht mit Prinzessin anreden, Peasmi, und dich nicht mit Prinz, Rameon.»

Rameon störte sich nicht weiter daran, aber Peasmi blieb von der Unverschämtheit des Goldenen der Mund offen stehen. «Was fällt dir ein, du respektloser …»

«Du bist mein Knappe, Rameon – und heißt ab sofort Reto. Und du, holde Pandora …», er grinste die Prinzessin an, «… bist meine künftige Braut. Reto wird mich mit ‹Herr› ansprechen, und du wirst ‹Liebster› zu mir sagen.»

Die Prinzessin wollte schon ihrer Unzufriedenheit Luft machen, da fügte Aquiuss augenzwinkernd hinzu: «Natürlich nur, bis wir in Sicherheit sind. Was hoffentlich keine ganze Woche dauern wird. Anschließend … Nun, da kannst du mich gern weiterhin so nennen, wenn du möchtest.»

Er lachte in sich hinein, als die Prinzessin die Arme verschränkte und sich von ihm abwandte, um auf die schwarze Masse des herannahenden Festlands zu starren. «Nun denn, kühner Herr, möchtet Ihr, dass ich die Riemen übernehme?», fragte Rameon.

«Reto, mein Guter, ich dachte schon, du würdest nie fragen.»

Sie tauschten die Plätze, und Peasmi musste sich vor lauter Schaukeln an der Bootswand festhalten. Sie rutschte so weit von Aquiuss weg, wie sie nur konnte. «Und wo genau, *Liebster,* liegt diese versprochene Zufluchtsstätte?»

«Blume meiner Wüste, Licht meines Lebens, Sonne meines Himmels – denk dir den Rest –, sie liegt nordwestlich von hier.»

«Und welcher Ort könnte womöglich sicherer sein als Armaah?», hakte sie nach.

«Jeder», schnaubte Aquiuss. «Bis auf die Städte Itrim und Bel-Tued und natürlich der Gipfel des Wahnsinns.»

«Ja, aber wie heißt dieser Ort? Ist es Arleath? Wir stehen gut mit Ureof. Ich denke, wir sollten dorthin reisen.»

«Kommt nicht in Frage.»

«Ich finde, du solltest unsere Meinungen in dieser Angelegenheit einholen, Soldat, bevor du uns ins Unbekannte führst.»

«Na schön, dann sag ich euch eben, wohin wir gehen. Ihr werdet mir sowieso nicht glauben.»

Sie drehte sich wieder zu ihm zurück und versuchte, im Mondlicht seinen Gesichtsausdruck zu erkennen. «Nun sag schon! Wohin?»

«Zu einer verzauberten Festung im Amboss. Zufrieden?»

Peasmi schnaubte und wandte sich wieder ab. «Wenn du dich nur über uns lustig machen willst, lass den Mund besser zu.»

«Hab ich's nicht gesagt», knurrte Aquiuss grinsend.

Sie seufzte. «Und wie heißt dieser imaginäre Ort? Und warum solltest du uns dorthin bringen wollen?»

«Eisenfels … Ein Ort, den man einfach gesehen haben muss, Mylord und Mylady – glaubt mir.»

Rameon klang amüsiert. «Wieso das denn?»

«Weil man dort die feinsten Menschen trifft, Reto – darum! Leute, die das Imperium von den Verschwörern und Thronräubern befreien wollen!»

«Unser Bruder sitzt auf dem Thron!», fauchte Peasmi. «Und du würdest gut daran tun, etwas mehr Respekt für die Offiziellen an den Tag zu legen, die sich für das Wohlergehen der einfachen Leute abplagen. Für Leute wie dich.»

«Aber meine liebe Pandora, diese ehrenwerten Leute, von denen du da sprichst, wohnen doch jetzt alle in Eisenfels! Wenn nicht, hätten die restlichen Politiker hier sie doch längst beseitigt.»

«Du sprichst natürlich von der Verschwörung», sagte Rameon.

«So ist es», sagte Aquiuss. «Und das wisst ihr auch.»

«Sagen wir einfach, wir hatten heute unseren ersten Zusammenstoß damit», sagte der Prinz. «So, ich glaube, Ihr könnt mit meinen Diensten zufrieden sein, Herr.»

«Bin ich, mein getreuer Knappe.» Aquiuss sprang ins flache Wasser und lenkte das Boot ans Ufer. Die Geschwister traten aufs Trockene und sahen zu, wie der Krieger ein rundes Stück Holz aus dem Bootsboden zog wie einen Korken aus der Flasche und mehrere schwere Steine hineinwarf. Dann schob er das Boot zurück auf den See und sah zufrieden zu, wie es unterging. «Beliebter Haltepunkt», sagte er, als würde das sein Vorgehen erklären. «Wenn man das nur auch mit anderen Transportmitteln tun könnte. Nun wollen wir mal unsere Pferde auftreiben.»

«Die nächste Siedlung ist Usteir, hast du denn Gold für drei Pferde?» Peasmi brach ab und eilte ihm nach. «Ich werde ganz bestimmt nicht bei dir mitreiten!»

Aquiuss lachte. «Keine Sorge, liebe Dame, unsere Rappen sind ganz in der Nähe, und es sind derer drei. Ich gehe davon aus, dass du reiten kannst.»

«Du hast auf dem Festland Pferde zurückgelassen?» Peasmi überholte ihn, um sich ihm entgegenstellen zu können, anstatt ihn nur von der Seite anzureden. «Dann kannst du noch nicht lange in der Stadt gewesen sein. Und wenn du drei Pferde hast … dann wusstest du, dass wir kommen würden.» Das Misstrauen machte ihre Stimme schneidend.

«Reto hat recht, wenn er die Schärfe deines Verstandes lobt. Ich muss gestehen, dass ich einzig mit dem Ziel nach Armaah gekommen bin, es mit euch beiden im Schlepptau wieder zu verlassen. Die genauen Zeitabläufe konnte ich jedoch nicht vorhersehen – die sind wie immer vom Zufall bestimmt und bei jeder Mission das Spannendste.»

«Mission?», fragte Rameon. «Wer hat Euch geschickt?»

«Ein alter Freund», sagte Aquiuss. Die Pferde kamen in Sicht, sie waren im Schutz eines Buchenhaines angepflockt. Er machte sie los und schwang sich in den Sattel. «Wir reiten noch ein Stück, bevor wir unser Lager aufschlagen, nur zur Sicherheit. Unser Boot werden sie natürlich nicht finden. Sie wissen nicht einmal, dass ihr die Stadt verlassen habt. Wir sollten ein gutes Stück weg sein, bevor sie reagieren können.» Seine Stimme bekam etwas Zögerliches. «Ich … müsste nur noch kurz … ihr wisst schon … ich beeile mich.» Er gab die Zügel der beiden anderen Pferde an Rameon weiter und verschwand im Unterholz.

«Er ist nur gekommen, um uns wegzubringen», zischte Peasmi.

«In der Tat. Und er hat's auch geschafft.»

«Ja, und jetzt gehen wir einfach in blindem Vertrauen mit?»

Rameon sah sich um. «Was wäre dir lieber, die Pferde schnappen und abhauen?»

Peasmi nahm dies als Zustimmung zu ihrem Plan und ergriff einen der Zügel. «Komm, verschwinden wir!»

Sie stieg auf, und Rameon folgte ihrem Beispiel. Leise brachten sie die Pferde in den Trab, und sobald sie die Bäume hinter sich hatten, trieben sie sie zu vollem Galopp an. Auf einer Hügelkuppe, von der aus man den See übersah, verlangsamten sie. Die Pferde atmeten schwer.

Rameon ritt neben seine Schwester. «Er hätte nicht einfach die Pferde dagelassen, wenn er uns wirklich Böses wollte. Er hätte uns nicht allein gelassen. Und er hat gesagt, dass ihn ein alter Freund geschickt hat.»

«Ein alter Freund von ihm, zweifelsohne! Was für Freunde haben wir denn, die insgeheim jemanden schicken würden, der …» Sie wurde nachdenklich. «Verflixt noch eins, solche Freunde haben wir durchaus. Mehrere sogar, falls sie noch am Leben sind. Vielleicht ist das mit dieser geheimen Burg weniger verrückt, als es klingt. Und gegen die Verschwörung von außen vorzugehen, ist nur vernünftig.»

«Das hat Perduellis selbst gesagt.» Rameon machte den kahlköpfigen Ratgeber nach: «Man kann das System nicht dazu benutzen, das System zu reparieren, wenn das System korrupt ist.»

«Ja, aber was sollen wir jetzt tun? Du hast gewonnen. Ich denke auch, dass wir ihn begleiten sollten. Aber er ist so unverschämt!»

Rameon grinste. «Genau das hat mich von seinen ehrlichen Absichten überzeugt. Wenn er es böse meinen würde, wäre er schmierig und aalglatt. Er gefällt mir.»

«Das habe ich befürchtet. Aber du hast wohl recht. Wie finden wir ihn wieder?»

Sie verstummte, als der Dreischlagrhythmus von Hufen ihr Gespräch überlagerte. Er wurde lauter. Sie rissen ihre Pferde herum. Bald sahen sie Aquiuss ihnen entgegenfliegen.

«Schau, er sucht uns!»

«Na, was soll er denn sonst tun? Uns im Stich lassen?»

Als sie sahen, dass er keine Waffe in der Hand hielt, zeigten sie sich und warteten auf ihn.

«Ach, hier finde ich euch, reizende Pandora und guter Reto.» Seine muntere Anrede verblüffte sie. «Es freut mich sehr, dass ihr so darauf erpicht seid voranzukommen … wenngleich es mich auch ein bisschen überrascht hat. Von jetzt an sollten wir zusammenbleiben. Wie soll ich euch denn beschützen, wenn ihr nicht bei mir bleibt?»

«Eigentlich wollten wir weglaufen», sagte Peasmi.

«Ach so?» Aquiuss legte den Kopf schief und sah sie ungläubig an. «Im Ernst?»

Sie nickten.

«Verstehe.» Er setzte eine beleidigte Miene auf. «In diesem Fall dürftet ihr das hier brauchen können.» Er griff hinter sich und warf jedem einen Proviantbeutel zu. «*Ich* kann mich auch allein durchschlagen.»

Damit wandte er sich ab und trottete davon.

«Warte!», sagte Peasmi. «Wir haben es uns anders überlegt. Und nach dir gesucht.»

Aquiuss drehte sich im Sattel nach hinten. «Ist das so?» Wieder nickten sie. Er grinste. «In diesem Fall, wackerer Reto, wollen wir doch ein geziemendes Obdach für die Lady Pandora finden, in dem sie so fern der Heimat die Nachtruhe verbringen kann.»

✦ 12. KAPITEL ✦

Werdende Krieger

Bryn und Mittni waren so aus dem Häuschen, Onkel Gug wiederzusehen, dass ihre geistige und körperliche Erschöpfung wie weggeblasen war. Eine Stunde lang saßen sie im Zimmer des einstigen obersten Ratgebers am Feuer und redeten. Es kam den Barue so vor, als wären sie erst gestern aus Armaah geflohen, kurz nachdem Thybil erfahren hatte, dass Gug ins Exil gezwungen worden war.

«Jawohl, man hat mir da in der Tat etwas angehängt, genau wie Thybil vermutet hat … In meinen Gemächern warteten verdächtige Gegenstände darauf, gefunden zu werden – Messer, ein polemisches Tagebuch, Symbole der Tahl Uthnae, also dieser Krieger mit der Maske. Blödsinn.» Er beugte sich in seinem Schaukelstuhl vor. «Was mich an diesen ‹Beweisen› am meisten erschreckt hat, war, welches Wissen unser Feind über die Tahl Uthnae an den Tag legt. Er weiß wesentlich mehr über den Mann, der unseren Imperator hatte ermorden wollen, als der durchschnittliche Lehrmeister.» Der Blick des Alten verdüsterte sich; Bryn konnte spüren, dass er Wochen später und meilenweit von zu Hause entfernt immer noch nicht den Tod seines Herrn verwunden hatte. «Wir müssen davon ausgehen, dass diejenigen, die dieses Komplott gegen mich geschmiedet haben, nicht nur politische Feinde sind, sondern auch in engem Zusammenhang mit dem Attentat stehen. Und die Verschwörung und die Bedrohung von außen, diese Ostentumgeschichte, hängen miteinander zusammen.»

Mittni öffnete den Mund, doch Gug schien zu spüren, was ihm im Kopf herumging, und fügte hinzu: «Sicher, wir wissen jetzt, dass die Ostentum nicht wirklich zurückgekehrt sind. Aber dieser verfluchte Dämon Ayactan benutzte die Vorspiegelung ihrer Rückkehr, um uns zu überlisten.»

Also wusste Gug bereits, dass man sie hereingelegt hatte und die Monster aus dem Krieg um das Tor gar nicht zurückgekehrt waren. Es war ihnen lieber so; diese Geschichte hätten sie ungern noch einmal erzählt. Stattdessen berichtete Gug, wie er aus Armaah geflohen war und seine Identität hatte verbergen müssen – wegen eines Zeitungsartikels vom selben Tag, der sein Untertauchen unfasslicherweise vorweggenommen hatte; eine propagandistische Meisterleistung.

«Es ist klar, dass wir der Presse nicht vertrauen können», grummelte er. «Wir müssen andere Mittel und Wege finden, die Bürger des Imperiums darüber zu informieren, was mit Calaspia geschieht.»

Bryn erfuhr erstaunt, dass sie sich gerade in Onkel Gugs Gemächern befanden. Sie umfassten einen Salon, ein Arbeitszimmer und ein Schlafzimmer. Er war nicht zum ersten Mal hier; im Gegenteil, Thybil und er waren schon bei mehreren Anlässen gemeinsam zur Eisfeste gereist. Diese Räumlichkeiten waren keine Gästequartiere, sondern wurden jederzeit für ihn freigehalten. Schon allein die Existenz der Culmus Sangui war den meisten Leuten nicht bekannt. Die beiden Barue fragten sich, was Gug mit diesen geheimnisvollen Kriegern zu schaffen hatte, aber er kam ihnen zuvor und lenkte das Gespräch in andere Bahnen.

Sie erzählten ihm vom weiteren Schicksal der Barue nach dem Scheitern der Armaah-Mission, von den Beobachtern Wenfelds und von den angeblichen Apheristenbrüdern, die Bryn dort haben wollten, wo sie ihn sehen konnten, von der Flucht der Loyalisten in den Amboss, der Reise zur Eisfeste und schließlich davon, wie es ihnen dort ergangen war. Gug hörte meist ernst zu, lachte jedoch herzhaft über ihre jeweilige Entdeckung, dass es sich bei dem Säugling um Meister Vallon handelte. Bryn fragte Onkel Gug nach der Hierarchie und den verschiedenen Rängen der Culmus Sangui.

«Es gibt grundsätzlich vier Ränge oder besser Klassen von Culmus Sangui», erklärte Gug. «Schüler, Lehrlinge, Paladine und Meister … und, als fünfte sozusagen, Großmeister.» Er nahm sein Monokel ab und polierte es mit einem Taschentuch. «*Schüler* tragen Braun, haben kurzgeschorenes Haar und müssen stets glattrasiert sein. Ein bisschen wie die Apheristenbrüder, nur ohne Tonsur. Sie werden in kleinen Gruppen von den Meistern unterrichtet.

Lehrlinge tragen Grün; sie dürfen sich das Haar wachsen lassen, müssen sich aber ebenfalls rasieren. Sie sind Schüler, die ihre Grundausbildung durch die Meister beendet haben und eine Art Lehrzeit bei einem Mentor durchlaufen, einem Paladin zumeist, was normalerweise wiederum ein paar Jahre dauert. Mit dem Übergang vom Schüler zum Lehrling hat man sich sein eigenes Culmusschwert verdient.

Paladine sind vollausgebildete Culmus Sangui, die Ritter unseres Ordens. Wenn die Leute von den Culmus Sangui reden, sprechen sie eigentlich von ihnen. Paladine gehen auf Missionen, und wenn sie keinen Einsatzbefehl haben, durchstreifen sie die Lande oder wohnen hier, wie viele andere, die nirgendwoanders postiert sind. Die meisten bleiben bis zu ihrem Tod Paladine. Ihnen steht die übliche Kleidung und Ausrüstung zu. Aquiuss ist Paladin – allerdings einer der jüngsten. Fysal ebenfalls, aber der ist schon älter.

Meister sind herausragende Culmus Sangui, die über lange Zeit als Paladine gedient und Mission um Mission erstklassige Arbeit geleistet haben. Sie gehen nur noch selten auf Missionen, sondern übernehmen Rollen als Führer der neuen Generation von Culmus Sangui. Oft sind sie schon älteren Jahrgangs – oder einfach wunderbare Lehrer und bei bestimmten Disziplinen unter den Besten. Meisterin Tamasan ist so jemand. Nicht jeder wird auf die gleiche Weise zum Meister, wie ihr es euch sicher im Falle Vallons vorstellen könnt.»

«Heißt das, Onkel Thybil ist – war – bei den Culmus Sangui ein Meister?», fragte Bryn. «Ohne je Paladin gewesen zu sein?»

«Richtig», sagte Gug. «Du bist ein schneller Denker!»

«Dann du aber auch!», rief Mittni unvermittelt. «Also ein Meister, meine ich. Darum stehen dir diese Gemächer zur Verfügung, stimmt's? Bist du etwa sogar … ein Großmeister?»

Onkel Gug lachte glucksend und hob unschuldig die Hände.

«Du meine Güte, nein! Großmeister sind die absolut Besten ihrer Art. Sie arbeiten kaum einmal als Lehrer und sind rar gesät …» Die Glut des Feuers ließ sein Monokel aufblitzen. «Eigentlich Überwesen. Es gibt nur eine Handvoll von ihnen. Sie kleiden sich oft in reines Weiß. Niemand würde einem Großmeister etwas befehlen, denn sie gelten als über jeder Hierarchie stehend. Wenn sie einmal dienen, ist das eine Ehre. Sie handeln oft völlig unabhängig und bereisen Calaspia auf ganz persönlichen Missionen. Hier rühren natürlich die größten Legenden her – von Kriegern, die nur der Wahrheit und der Freiheit verpflichtet sind und die Lande durchstreifen, um denen beizustehen, die hilflos sind. Sarghenta nun ist die Leiterin des Ordens und als solche voll in die Befehlskette eingebunden. Aber zugleich ist sie auch eine Großmeisterin.

Es gibt auch bei den Meistern verschiedene Abstufungen, jedoch sind die Unterschiede wichtiger als bei den Paladinen, wo man alle gleich anspricht. Wobei Sarghenta normalerweise nur mit ‹Sarghenta› bezeichnet wird – der Name trägt alle Furcht und Ehre des höchsten Ranges in sich und ist selbst zu einem heimlichen Titel geworden. Aber die seltensten aller Meister …» Er senkte die Stimme. «… sind die Höchsten Meister. Manchmal gibt es in einer Generation nur einen einzigen – manchmal sogar überhaupt keinen. Manche behaupten, dass Sarghenta eine Höchste Meisterin sei.»

«Du meinst, ihr *wisst* es nicht mal?» Bryn starrte Gug an, der stirnrunzelnd den Kopf schüttelte. «Aber wie kann das denn noch etwas mit der Hierarchie zu tun haben?»

Die Stimme des Alten war nur mehr ein Flüstern. «Es heißt, sie besitzen den Geist Culmus' … das Innere Feuer, den Heiligen Zorn. Höchste Meister waren bekannt dafür, Taten von übermenschlicher Kraft und Geschwindigkeit zu vollbringen – immer wieder. Selbst beim Orden von Itrim sind einige ihrer Wundertaten dokumentiert. Die apheristische Kirche hat sie zu Märtyrern gemacht und Legenden um ihre Triumphe gesponnen.»

«Ja, aber wie wird man denn nun ein Höchster Meister?», fragte Mittni.

Das Prasseln des Feuers drinnen, die undurchdringliche Stille und wachsende Dunkelheit draußen und die Dinge, über die sie sprachen, gaben ihnen das Gefühl, in diesem Teil der Welt ganz allein zu sein. «Es heißt, dass Apherist selbst es ist, der die Höchsten Meister auserwählt und ihnen für ihre Aufgabe etwas von seinem Geist verleiht. Sie sind seine Gesalbten.»

«Dann ist es theoretisch möglich, dass Vallon zum Höchsten Meister aufsteigt», sagte Bryn.

Gug sah ihn an, als würde er diese Möglichkeit erstmals erwägen. «Ich denke schon … ja. Ja, das ist möglich.»

Mittni pfiff leise durch die Zähne.

Der Alte fuhr fort. «Normalerweise wurden Höchste Meister nur während Zeiten großer Umwälzungen erwählt. Es markiert das Ende eines Zeitalters und den Beginn eines neuen.»

Er setzte sich auf und klatschte in die Hände, brach den Bann. «Doch nun haben wir genug über Legenden gesprochen. Behaltet die Hauptunterschiede im Kopf: Schüler, Lehrling, Paladin, Meister. Und dann gibt es noch Gehilfen: Leute, die kochen, saubermachen, Verwaltungsangelegenheiten regeln, Karten zeichnen, Ausrüstung transportieren, Missionen vorbereiten. Die Gehilfen stehen außerhalb der eigentlichen Kriegerhierarchie. Unter den Culmus Sangui steht niemand wirklich höher als der andere. Sie haben nur unterschiedliche Funktionen, und ohne jede einzelne würde der Orden nicht funktionieren. Wir sind allesamt einer höheren Autorität untergeordnet: dem Wohl Calaspias.»

«Und wo passen wir hinein, Onkel?», fragte Mittni.

«Das kann ich euch leider selbst nicht sagen. Ich weiß nur, dass ihr nicht die übliche Ausbildung durchlaufen werdet. Die eure wird nicht annähernd so lange dauern, denn die Zeit läuft gegen uns. Eure Ausbildung weicht schon jetzt stark vom Üblichen ab. So erhaltet ihr zum Beispiel von Vallon und Tamasan Einzelunterricht, obwohl sie kaum einmal eigene Studenten annehmen, sondern ganze Klassen unterrichten sowie besonders begabten Paladinen bei der Verbesserung ihrer Fähigkeiten helfen.»

«Wie lange, denkst du, wird die Ausbildung dauern?», fragte Bryn. Er dachte an seinen siebzehnten Geburtsabend.

«Das kann ich nicht sagen, meine Lieben, das kann ich nicht sagen. Die Culmus Sangui lernen ihr Leben lang, entwickeln sich weiter, und selbst der Durchschnittsschüler ist ein höchst fähiger Krieger. Sobald er Paladin geworden ist, was ungefähr drei bis vier Jahre dauert, muss man ihn als Gegner wahrlich fürchten. Aber ihr werdet nicht alles durchlaufen müssen, was bei ihnen auf dem Programm steht. Außerdem hängt es davon ab, wie schnell ihr lernt …» Er zwinkerte ihnen zu. «Wir werden sehen.»

Froh, dass sie nun ein wenig über die Hierarchie der Eisfeste wussten, konzentrierten die Barue sich darauf, sich das Gelernte einzuprägen, anstatt noch mehr Fragen zum Orden zu stellen, wenngleich sie beinahe vor Neugierde platzten. Als sie schließlich gingen, war es dunkel draußen.

Bryn und Mittni bogen zweimal falsch ab, bevor sie bei der richtigen Treppe anlangten. Sie stiegen die Prunktreppe am Kristallculmus vorbei hinab und schlüpften durch das Nebentor ins Freie. Zitternd überquerten sie den Hof und wünschten, sie hätten sich den Weg zu ihren Zimmern besser eingeprägt.

«Hoffentlich sind die Türen nicht zu», sagte Bryn. Sie waren alle offen, und die Barue fragten sich, ob sie wohl je abgeschlossen wurden. Viele wiesen nicht einmal Schlüssellöcher auf, konnten aber von innen verbarrikadiert werden.

Erschöpft fielen sie ins Bett. Obwohl sie noch gar keinen richtigen Unterricht erhalten hatten, waren sie restlos erschöpft. Sie konnten nur hoffen, dass der sich als weniger strapaziös erweisen würde als ihre Musterung. Aber bald setzte der Schlaf ihren Grübeleien ein Ende.

Müde, wie sie waren, bemerkten weder Bryn noch Mittni die Augen im Fenster.

✦ ✦ ✦

Die Barue waren überglücklich, in der Eisfeste jemanden so Vertrautes wie Onkel Gug zu haben. Er bot in den nächsten Tagen so etwas wie Trost oder Behaglichkeit, wenn sie nach einem langen, anstrengenden Tag mit ihm aßen oder einen Schluck tranken. Die Gemächer des Alten waren eine Insel der Ruhe von den Qualen des Tages.

Der zweite Tag erschöpfte Bryn völlig. Tamasan verbrachte den Vormittag mit einer Überprüfung seiner körperlichen Fähigkeiten: Reaktionen, Schnelligkeit, Kraft, Ausdauer. Er kämpfte sich seinen Weg durch das Schlachtfeld und überwand die verschiedensten Hindernisse. Tamasan kämpfte mit ihm, beurteilte seine Fertigkeiten mit Messer, Schwert und Speer. Er musste Pfeile auf verschiedene Ziele abfeuern, dabei bekam er kaum die Sehne richtig gespannt. Er hatte erst einmal in seinem Leben einen Pfeil abgeschossen, gegen die Ostentum. Diese Analyse diente teilweise der Einstufung von Sehkraft und Konzentrationsvermögen, und er wusste, wie jämmerlich er dabei aussehen musste. Am demütigendsten war es, als sie seinen Körper untersuchte, seine Maße nahm und die Muskelbeschaffenheit prüfte. Daran würden sie auch arbeiten müssen, sagte sie. Er war verärgert und beschämt zugleich. Aber er schluckte seinen Ärger hinunter und konzentrierte sich lieber auf die Tests, die seinen anderen Sinnen galten: Gehör, Sehvermögen, Geschmackssinn, Tastgefühl. Nur nicht seinen Barue-Sinnen.

«Im Moment stellen wir natürlich nur fest, *was* du sehen kannst. Ob du es dann auch wirklich siehst, wenn dein Leben oder deine Mission davon abhängt, ist eine andere Frage, aber das nehmen wir uns später vor.»

Die ganze Zeit über war Tamasan die Lebhaftigkeit in Person; sie sprang um Bryn herum, prüfte hier, lachte dort und dachte dabei laut vor sich hin, was das Schlimmste war.

Nicht, dass sie sich entmutigend äußerte, aber demütigend fand Bryn ihre saftigen Kommentare schon. Er kam sich wie ein tollpatschiger Schwächling vor, doch immerhin gab sie ihm nicht das Gefühl, geistig minderbemittelt zu sein. Dafür würde erst Vallon sorgen.

Nach dem Mittagessen tauschte er mit Mittni, der bei dem kleinwüchsigen Meister gewesen war. Mittni war blass und aß wenig. Zu Bryns Überraschung war der Säugling freundlicher als am Vortag, wenn auch immer noch so reizbar. Auch der Denkmeister ließ ihn eine Reihe Tests absolvieren. Bei manchen Knobeleien und allen möglichen Denkaufgaben konnte er sich die Zielrichtung vorstellen. Da ging es um logisches Denken und Schlussfolgern. Andere waren fragwürdiger: Meditationen und andere seltsame Übungen dieser Art.

«Du bist nachweislich ein besserer Logiker als Mittni – was keine große Leistung ist, wie ich dir versichern kann. Aber auf anderen Gebieten, die man vielleicht grauer nennen würde, hast du nicht so gut abgeschnitten. Sehr merkwürdig, wenn man deine Zeit bei den Aposteln des Verstehens bedenkt. Aber das bestätigt nur einmal mehr meine Vorbehalte gegen solche Einrichtungen. Sie behaupten, nach der Wahrheit zu streben, sind aber zu engstirnig, um an ungewöhnlichen Stellen nachzusehen. Das Gleiche gilt natürlich auch für den Orden von Itrim.» Der kleine Meister artikulierte sich sehr deutlich. Bryn bezweifelte, dass er sich je an den Kontrast zwischen den erwachsenen Worten und der Kinderstimme gewöhnen würde.

«Du, Bryn, weißt eine Menge Antworten. Noch viel mehr meinst du zu wissen. Das resultiert zum Teil aus deiner Ausbildung bei der apheristischen Kirche. Aber im Innern, da …» Vallon hielt inne und brach dann in das blubbernde Lachen eines Säuglings aus. «In deinem Innern stellst du alles in Frage! Das hindert dich am klaren Denken und lenkt dich ab. Es stellt eine Belastung dar, und das hast du auch bereits begriffen, denn du unterdrückst deine Fragen, da du weißt, dass es keine Antworten darauf gibt. Du akzeptierst Dinge unbesehen, obwohl du weißt, dass mehr dahintersteckt. Aber im Hinterkopf geistern dir die Fragen immer noch herum wie Stimmen, die kein Gehör finden.»

Dieser Kommentar verblüffte Bryn. Er traf zu, aber sie hatten dieses Thema gar nicht ausdrücklich besprochen. Vallon hatte das alles offensichtlich durch Beobachtung und Schlussfolgerung erfahren. Es beeindruckte Bryn sehr.

«Dein Verstand ist durchaus scharf, aber an deiner Konzentrationsfähigkeit werden wir arbeiten. Heb dir die vagen, weitreichenden Fragen weiterhin für deine philosophischen Betrachtungen auf, mit denen wir uns hier nicht so oft befassen werden, wie du es dir vielleicht wünschst. Zum größten Teil handelt es sich um rhetorische Fragen, mit denen du wahrscheinlich recht hast: Sie können nicht beantwortet werden. Also werden wir sie beiseitelassen. Aber da du nicht dem Schubladendenken frönst, sollte dein Forschergeist ziemlich gut darin sein, Lösungen zu finden, auf die andere nie kämen.» Die kleinen Augen sahen spöttisch zu ihm hinauf. «Oft wird dein Überleben davon abhängen.»

Anschließend musste Bryn wieder meditieren. Er dachte über das Gesagte nach – dass er seinen Verstand besser organisieren sollte, besser das Nützliche vom Irrelevanten trennen sollte. Allein schon das Wissen darum, dass es jemanden gab, der ihn verstand, beruhigte seinen brodelnden Geist. Die meisten Leute dachten nicht so wie er, aber verrückt war er trotzdem nicht. Er lächelte, öffnete die Augen und stand langsam auf. Das hohe Glöckchenklingeln, mit dem Vallon anzeigte, dass Bryn zurückkehren sollte, setzte sich fort, bis der Meister ihn wieder sehen konnte.

Vallon schüttelte das Glöckchen spöttisch ein letztes Mal und ließ es in seinen Thron fallen. Er runzelte die Stirn und sah seinen Schüler einen Moment lang durchdringend an, dann nickte er langsam, wie zufrieden. Auf einmal glaubte Bryn zu wissen, wie der Denkmeister seine Einstellung so sicher hatte bestimmen können. Per Telepathie vielleicht oder durch irgendeinen Zauber.

«Du kennst die Gefahren, Täuschungen und Fallstricke der althergebrachten Überzeugungen. Selbst unser Orden stellt sich als etwas ganz anderes heraus, als alle glauben. Also halt dich ruhig an deinen Zynismus, Junge.» Vallon grinste. «Das kommt mir alles sehr bekannt vor. Du misstraust allem und jedem; das wird dir noch nützlich sein.»

Bryn hatte keine Ahnung, ob er das als Beleidigung oder Kompliment auffassen sollte. Er kam zu dem Schluss, dass es weder das eine noch das andere war, und doch fühlte er sich besudelt. Wie bohrend seine Fragen auch sein mochten, er war doch schließlich loyal. Und Loyalität trotz allen Misstrauens war schließlich nur umso mehr zu bewundern.

Die Barue aßen mit Gug in seinen Privatgemächern, und sie waren heilfroh, dem Speisesaal fernbleiben zu können, der von den besten Kriegern Calaspias wimmelte.

So ging der zweite Tag zu Ende, und noch immer hatte ihre Ausbildung nicht begonnen.

Vom dritten Tag an war alles anders. Bryn und Mittni rührten kaum einmal eine Waffe an, geschweige denn dass sie lernten, besser damit umzugehen. Hatten sie sich bei der Musterung etwa so schlecht angestellt? Stattdessen sahen sie vor allem zu und warteten. Tamasan lehrte sie Geduld und genaues Hinsehen. Zu Beginn jeder Lektion mit der Waffenmeisterin machten sie eine Runde auf dem Schlachtfeld, und sie übten sich im Dauerlauf und Gewichtheben, aber das war es auch schon mit ihrer körperlichen Ertüchtigung. Viele Male beklagten die Barue sich beieinander darüber, dass sie die Kunst der Jagd und des Auskundschaftens lernten statt die Kampfkunst, aber sie hatten Vertrauen in die Worte ihrer Lehrerin.

«Beim Kämpfen geht es nicht nur darum, aufeinander einzuschlagen», sagte sie zu Beginn praktisch jeder Stunde. «Viel wichtiger ist oft, was zu dem Konflikt führt und was ihm folgt.»

Mit Vallon durchliefen die beiden einen sehr schulähnlichen Prozess. Sie hörten zu, während er über Geschichte, Politik, Erdkunde, Biologie, Chemie, Physik, Musik und die Künste sprach, und bissen sich nach den Vorträgen durch lange Schriften zu denselben Gebieten. Manchmal mussten sie zu einem bestimmten Thema einen Aufsatz schreiben, manchmal auch mündlich zusammenfassen, was sie hatten lesen müssen. Solcherlei Aufgaben waren Bryn von den Aposteln des Verstehens her vertraut, doch Mittni musste kräftig an seinen Schreibfähigkeiten arbeiten. Beide lernten, schneller zu lesen und dennoch die relevanten Informationen auszufiltern sowie sich diese besser zu merken. Am Abend, nach dem Essen, arbeiteten sie immer noch gemeinsam. Einerseits diente ihr Unterricht beim Denkmeister der Allgemeinbildung, an der es ihnen gewaltig mangelte, wie er ihnen immer wieder genüsslich zu verstehen gab, andererseits wurde damit auch ihr Verstand geschliffen. Durch Denksportaufgaben und Argumentationen verbesserten sie logisches Denken und Schlussfolgern, Konzentration, Achtsamkeit, Gedächtnis, Erfindungsgabe, Visualisierung und sogar Phantasie.

«Die meisten Leute benutzen weniger als zehn Prozent

ihrer Gehirnkapazität», pflegte der Denkmeister zu sagen. «Jedes andere Geschöpf auf der Welt nutzt seine volle Gehirnkapazität. Stellt euch vor, wie viel intelligenter wir sein müssten, als wir wirklich sind! Und doch sitzen wir, während durch unsere unstillbare Gier die Wälder vernichtet und die Ressourcen Calaspias verschlungen werden, in unseren Marmorvillen, nippen Ventlis und gratulieren einander dafür, wie schlau wir sind!»

Vallon war nicht der Einzige, für den sie sich schriftrollenweise Daten einprägen mussten, denn Tamasan trug ihnen auf, alles über eine Auswahl Waffen und taktischer Manöver zu lernen, woher sie stammten und wann und wie man sie einsetzte. Sie lernten das alles in der Theorie und fragten sich, warum sie die Waffen nicht selbst benutzten und wann es so weit sein würde.

Der Krieg um das Tor wurde für beide Barue gleichzeitig abgehandelt, aber zu ihrer Verblüffung nur eine Stunde lang. Es war die erste Lektion, die sie zusammen bekamen, und sie genossen die Gegenwart des anderen sehr. Sie erhielten einen kurzen historischen Abriss, der das Wissen wieder auffrischte, das sie sich während ihrer Armaah-Mission bei Thybil, bei dem Plimp und aus einigen Schriftrollen angeeignet hatten. Die Stunde brachte schmerzliche Erinnerungen an dieses Abenteuer zurück. Vallon gab eine Liste der Ostentum aus, deren Namen und Eigenschaften sie auswendig lernen mussten. Bryn wusste es zu schätzen, sich mit ihren Vorlieben, Abneigungen und Schwachstellen auszukennen, für den Fall, dass sie ihnen einmal begegneten.

Nach den ersten Tagen verbrachten die Meister immer weniger Zeit mit Mittni und Bryn. Sie gaben ihnen ihre Anweisungen und ließen sie allein, während sie sich um anderes kümmerten, in der Regel um andere Studenten. Ab und zu kehrten sie zurück, um ihre Fortschritte zu überprüfen und weitere Aufgaben auszuteilen. Auf diese Weise lernten die Barue, wie man sich selbst um sein Vorankommen kümmerte, selbständig arbeitete und übte.

Vallon mussten sie immer von einem Unterricht zum anderen tragen, und das half ihnen dabei, ihre Ortskenntnis zu verbessern. Sie merkten nur allzu rasch, dass Cerion sich bei seiner Führung nicht sonderlich viel Mühe gegeben hatte. Da der Denkmeister den Rückweg nicht allein bewerkstelligen konnte, wurde er von anderen zurückgetragen. Auf diese Weise lernten die Barue einige andere Studenten kennen, entweder Schüler, die in bis zu einem Dutzend Personen großen Klassen unterrichtet wurden, oder Paladine in der Fortbildung. Wenn Vallon Klassen unterrichtete, so fanden die Barue bald heraus, waren es immer seine Lieblingsschüler, denen das Privileg zuteil wurde, ihn zu seinem nächsten Ziel zu tragen.

Gelegentlich liefen sie dem derben Fysal über den Weg, meist irgendwo in den Gängen oder in der Sporthalle. Sie erfuhren, dass er für die Beaufsichtigung von Missionen zuständig war. Sie sahen Onkel Gug seltener, sondern konzentrierten sich auf ihre Ausbildung und ihr Vorankommen. Anfangs hatten sie sich oft über ihre Erlebnisse des Tages ausgetauscht, aber dieser Beratungen wurden sie allmählich müde und verbrachten die wenige freie Zeit lieber mit Dingen, die nichts mit Unterricht oder Hausaufgaben zu tun hatten.

Und während sie so Körper und Verstand übten, fehlten ihnen die Barue sehr, und sie fragten sich, was aus den Loyalisten geworden war. Und überhaupt aus ganz Quivelda und Wenfeld. Wurde Neuquivelda vielleicht bereits wiederaufgebaut?

Es war Abend. Bryn saß auf der Treppe zu den Zinnen und vertiefte sich wieder einmal in ein Anatomiebuch. Mittni saß ein paar Stufen unter ihm und brummelte etwas über die politischen Ansichten der Lehrmeister vor sich hin. Überraschenderweise war es einmal nicht unangenehm kalt draußen. Die Barue hatten die Erfahrung gemacht, dass die Witterung innerhalb der Eisfeste bei weitem nicht so rau war wie auf dem Weg dorthin und hier nur ein Viertel des Jahres Schnee lag. Sie gehörten zwar nicht richtig dazu, aber sie hatten sich in der Festung der Krieger eingelebt. Sie machten eindeutig Fortschritte, auch wenn sie immer noch nicht an der Waffe unterrichtet wurden. Ihre Laufstrecken waren länger geworden, ihre Gewichte schwerer, und sie überwanden die Hindernisse des Schlachtfelds leichter. Vor einer Woche hatten sie sogar einmal ein paar Tage lang mit einer Art Speer auf Ziele geworfen. Um die Bewegungsabläufe zu üben und Kraft und Genauigkeit zu erhöhen, wie Tamasan sagte. Dieser Hinweis darauf, dass sie sich endlich echten Kampfübungen näherten, setzte ihrer Ungeduld ein Ende. Sie konzentrierten sich darauf, bei allem, was ihnen aufgetragen wurde, ihr Bestes zu geben, um rasch voranzukommen. Anfangs hatten ihre Muskeln am Ende eines jeden Tages geschmerzt. Sie hatten einander massiert, bevor sie in den Schlaf gefallen waren, hatten den anderen dazu gebracht, sich kichernd zu winden, wahrend sie seine uberforderten Muskelpartien durchwalkten und auf sie eintrommelten.

Die Zeit verging. Die Barue hörten auf, die Tage zu zählen, denn Zeit bedeutete wenig und wurde nur am schulischen und körperlichen Fortschritt und am Schmelzen des Schnees gemessen. Bryn schätzte, dass seit ihrer Ankunft ungefähr fünf Wochen verstrichen waren.

Plötzlich steigerte sich Mittnis undeutliches Gebrabbel zu

einem Ausruf. Seine Überraschung galt dem Reiter, für den sich das Tor gerade geöffnet hatte. Nun herrschte am Tor ein stetes Kommen und Gehen, doch diesem Neuankömmling war anzusehen, dass er einiges hinter sich hatte. Sein Kittel war zerrissen, sein Umhang abgewetzt, sein Haar verfilzt und schmutzig. Und doch hielt er sich mit erstaunlicher Leichtigkeit, während er im langsamen Galopp über die Steinbrücke und in den Hof geritten kam, wo er von seinem Ross herabglitt und die Zügel dem diensthabenden Schüler zuwarf. Er stapfte ins Gebäude, bevor den Barue aufging, dass es sich wahrhaftig um Aquiuss handelte. Sie sprangen auf und eilten ihm nach.

Vor dem Waschraum fanden sie seine Stiefel, außerdem nasse Fußabdrücke, die zur Küche führten. Mittni wollte gerade hinein, als er dem Gesuchten plötzlich gegenüberstand. Verärgert runzelte der Mann die Stirn, dann erkannte er, wer ihm da den Weg versperrte.

«Mittni! Bryn! Wir müssen reden.»

Sie boten an, ihm beim Tragen seiner Beute zu helfen, einem Teller mit heißen Kartoffeln und Bratenfleisch sowie einem großen Krug mit dampfendem Swigny, und folgten gemeinsam den feuchten Fußabdrücken zurück zum Waschraum, neben denen nun eine neue Spur entstand.

«Ich muss mich noch ein bisschen in Ordnung bringen, bevor ich Sarghenta Bericht erstatte», sagte Aquiuss und schaufelte Essen in sich hinein. «Aber euch beiden kann ich ja jetzt schon berichten. Ihr fehlt Onkel Thybil.»

Die Barue waren zu verblüfft, um etwas zu sagen, also fuhr Aquiuss fort, nachdem er einen großen Schluck Swigny hinuntergeschluckt hatte. «Es geht ihnen gut, und sie sind in Sicherheit. Für die Leute aus Quivelda lässt sich das jedoch nicht sagen.» Er kaute wieder.

«Hast du sie besucht?», fragte Bryn.

«Thybil habe ich getroffen. Von den Vorgängen in Wenfeld habe ich gehört. Herrgott, die stecken ganz schön in der Patsche.»

«Aber was ist mit Onkel Thybil und den Loyalisten?», wollte Mittni wissen. «Wo sind sie?»

Ein gewitztes Grinsen huschte über Aquiuss' scharfe Züge. «Immer noch im Amboss. Aber sie haben jetzt ein Zuhause, und was für eins! Ihr werdet es bald sehen.»

«Wie bald?», fragte Bryn.

«Wenn ihr so weit seid. Keine Sorge, ihr müsst bis dahin nicht eure gesamte Ausbildung hinter euch haben. Ich denke, es wird eine Art Ferien geben, oder vielleicht bringt euch auch eine Exkursion in diese Richtung.»

«Was ist das für ein neues Zuhause?», fragte Mittni. «Haben sie es selbst gebaut?»

«Himmel, nein, das sind nicht bloß ein paar zurechtgezimmerte Hütten! Sie bewohnen die Burg Eisenfels! Sie lässt sich in mancherlei Hinsicht sogar mit der Eisfeste vergleichen.» Die Barue warteten ungeduldig, dass Aquiuss die nächste Gabel voll hinunterschlang. «Hervorragend gelegen, besser geht's gar nicht.» Er schüttelte den Kopf. «Der alte Thybil hat das Glück wie immer auf seiner Seite. Sie sind nicht die Einzigen, die dort aufgetaucht sind. Im Numenii-Imperium geht Merkwürdiges vor. Von außen betrachtet, herrscht mehr Einigkeit im Volk als je zuvor. Was praktisch darauf hinausläuft, dass sich viel Macht in denselben Händen konzentriert. Dabei braucht es eine gesunde Balance, eine gewisse Opposition!» Aquiuss schluckte. «So sieht es auf der politischen Ebene aus. Auf der sozialen hat sich auch etwas geändert. Zum Schlechteren. Die Leute bauen sich, ohne es zu wollen, im Namen der Freiheit bereitwillig ihr eigenes Gefängnis. Falls das einen Sinn ergibt.

Es ist alles so undurchschaubar! Genau darum geht es wahrscheinlich auch: um die Undurchschaubarkeit der Gesellschaft! Aber ich verstehe mich nicht auf solche Reden.»

Aquiuss spießte den letzten Brocken Fleisch auf und kaute nachdenklich.

Dann schob er den Teller beiseite, begann sich die Kleider aufzuknöpfen und wusch sich.

Das Wasser strömte ihm in schmutzigen Streifen die Arme hinab. Bryn fielen Tätowierungen auf, tintenschwarze Kunstwerke am ganzen Körper. «Da sind zum Beispiel die Nephelim. Die Numenii schränken im Namen der Freiheit die Autonomie ein. Das wollen sich die Nephelim natürlich nicht gefallen lassen, sie lehnen sich auf. Manche schließen angesichts der Bedrohung die Reihen, andere gehen lieber fort.» Er wandte sich mit hochgezogenen Brauen zu ihnen um. «Und zwar zu den Loyalisten nach Eisenfels – dort wohnen die jetzt. Zusammen mit vielen anderen, die sich weigern, die Werte der geistigen Gesundheit zu verraten.»

«Und werden sie kämpfen?», fragte Mittni.

«Sie werden tun, was immer notwendig ist.» Aquiuss drehte den Hahn zu und griff nach einem Handtuch. «Sie werden sich verteidigen, und wenn wir können, werden wir angreifen, um diesem Irrwitz ein Ende zu setzen. Es ist ein verborgener Konflikt, der aber bald in offene Gewalttätigkeiten münden könnte. Früher oder später wird es dazu kommen.»

Er schlüpfte in sauberes Leinen und zog sich einen Kittel über, den er mit dem Umhang der Culmus Sangui komplettierte. «Ich muss jetzt zu Sarghenta, um ihr Bericht zu erstatten», erklärte er. «Ich stoße später wieder zu euch.»

«Bleibst du jetzt erst mal hier?», fragte Bryn.

«Keine Ahnung!» Aquiuss rieb sich die Wange. «Oh, vielleicht sollte ich mich rasieren.»

«Im Amboss», sagte Mittni und streckte die Hand nach Süden aus, «ja, in genau diesen Bergen bereiten sich unsere Brüder und Schwestern auf den Krieg vor. Du hast Aquiuss gehört – jeden Tag könnte es zu offener Gewalt kommen!»

«Ja, und ich hab gedacht, Onkel Thybil wollte etwas *Sicheres* für die Loyalisten finden.»

Es war nach dem Mittagessen, im Vorraum der Eisfeste, drei Tage nach Aquiuss' Rückkehr. Die Gedanken der Barue brodelten, während sie den Kristallculmus betrachteten wie ein visuelles Mantra. Klares Wasser rann sprudelnd die Wände der Halle hinab und gab ein beruhigendes Plätschern von sich. Es floss in einen Bach, der die Halle wie ein winziger Burggraben umgab.

«Der Punkt ist doch: Selbst wenn wir fertig ausgebildet wären, was könnten wir denn ausrichten?»

«Vielleicht hast du recht», sagte Bryn. «Aber wir müssen unser Bestes geben.»

«Vielleicht sollten wir zu den Meistern gehen und verlangen, dass sie uns endlich etwas beibringen, das wir auch gebrauchen können», schlug Mittni vor.

Bryn grinste. «Hast du jetzt nicht Unterricht bei Professor Vallon? Dann kannst du ihm ja gleich deine Meinung dazu sagen.»

Mittni zog eine Grimasse. «Diesen unsympathischen Winzling werde ich bestimmt nicht kritisieren! Schuckel, so winzig, wie er ist, so gemein ist er auch!»

«Wie würdet ihr euch fühlen, wenn ihr im Körper eines Kindes gefangen wärt?», hörten sie eine klagende Stimme hinter sich. Vor Schreck fielen die beiden Barue beinahe in Ohnmacht. Es war Professor Vallon.

«Droch», flüsterte Mittni. «Bete für mich.»

Bryn lachte leise und klopfte ihm auf die Schulter.

Sie waren so von dem Kristallschwert gebannt gewesen, dass sie gar nicht gemerkt hatten, wie der Denkmeister näher gekommen war. Diesmal wurde er von einer dunkelhaarigen Paladinin getragen, die sich mühsam ein Grinsen verkniff. Bryn durchlief ein Ruck, als er sie erkannte: Es war die schöne junge Frau, der er am ersten Tag bei der Ausbildung von Kriegern zugeschaut hatte. Zuola. Bryn hatte sie gelegentlich aus der Ferne bewundert und hätte sie gern in ein Gespräch verwickelt, traute sich aber nicht.

Mittni stand auf und drehte sich zu dem Denkmeister um.

«Guten Tag, Professor Vallon», sagte er höflich.

«Ach, auf einmal ist er ein Professor, der Winzling, ja?»

Mittni schluckte.

Doch am Ende der Stunde war Mittni erstaunt, wie sanftmütig Vallon gewesen war. Der Denkmeister war so reizbar wie immer, aber er schien seinem Studenten gegenüber auch ein neues Gefühl von … *Vertrautheit* zu empfinden.

In einem der leeren Räume der Eisfeste hatten sie ein Puzzle fertig zusammengesetzt, eine anspruchsvolle Sammlung von Rätseln, Rechenaufgaben, Logikaufgaben und tatsächlichen Puzzlestücken, die Vallon als «Psychospiel» bezeichnete. Sie hatten mehrere Tage lang daran gearbeitet, und an diesem Abend hatte Mittni das Gefühl, etwas geleistet zu haben. Im Hinblick auf die Tatsache, dass Vallon ihn nach den bösen Worten über seinen Charakter nicht in der Luft zerfetzt hatte, war er geradezu in Hochstimmung.

Mit dem Professor im Arm stieg er rasch die weißen Steinstufen hinab, denn er wollte Bryn unbedingt von seinem Erfolg erzählen. Als der Kristallculmus in Sicht kam, verlangsamte er unwillkürlich seinen Schritt.

«Ist er magisch?», wollte Mittni wissen.

Vallon sah ihn gereizt an. «Ist er magisch?», wiederholte er höhnisch. «Was meinst du denn mit dieser unklaren Formulierung? Ob er mit Magie erschaffen wurde, oder ob er magische Fähigkeiten besitzt? Beides und noch einiges mehr. Natürlich ist er magisch! Hat man denn je ein so riesiges, einzelnes Stück Kristall gesehen?» Er schnaubte. «Er wurde in Ged-Ruak gezüchtet, mit Hilfe von Magie, auch wenn die Zwerge das Gegenteil behaupten werden. Und wenn du auch nur ein bisschen über Magie wissen würdest, wäre dir klar, dass eine solche Gottheit von einem Diamanten von magischer Bedeutung und Potenz ist. Am ehesten natürlich für Ergeomorphismus.»

Die Fähigkeit des winzigen Meisters, jemandem gegenüber so feindselig zu sein, der ihn gerade in den Armen trug, war beeindruckend. Wenn man so sehr auf andere angewiesen war, fand Mittni, sollte man doch ein bisschen zurückhaltender sein. Aber nicht einmal die Feindseligkeit des Säuglings vermochte seine Hochstimmung zu dämpfen. Mittni sagte sich, dass sein Meister stolz auf ihn war.

Da entdeckte er Bryn und hastete weiter die Stufen hinunter.

«Bryn, was ist los?»

Sein Freund sah bei weitem nicht so zufrieden aus wie er selbst. Er war kreidebleich.

«Was ist passiert?»

Da die Musterung weit zurücklag und sie schon ewig nur paukten, meditierten, auswendig lernten und zusahen, war Bryn mehr als bereit, Tamasan auf ihr Kampftraining anzusprechen. Doch es war gar nicht so leicht, die Sprache beiläufig auf das Thema zu bringen.

Er absolvierte eine Runde auf dem Schlachtfeld – in der

leichtesten Variante, versteht sich – und ging dann zu Sit-ups und Liegestütz über. Als Nächstes stand Seilspringen auf dem Programm, anschließend galt es, Tamasans plötzlichen Stößen mit dem Ende eines Speers auszuweichen. Dann verließen sie die Eisfeste und ritten ein Stück, um dort mit verschiedenen Übungen fortzufahren.

«Du bist kräftiger und beweglicher geworden, Bryn», sagte sie gegen Ende des Aufwärmens.

«Danke, Meisterin.» Bryn stand vorgebeugt da und keuchte.

«Aber auf anderen Gebieten machst du nicht so große Fortschritte, wie ich gehofft hatte. Vielleicht bist du abgelenkt. Du musst deine Umgebung besser wahrnehmen, unbewusst; du solltest längst nicht mehr darüber nachdenken müssen. Feinde könnten sich anschleichen.»

«Und wie sollte ich mich dann verteidigen?», fragte Bryn eine Spur zu laut. «Soll ich weglaufen, wenn ich einen Feind entdeckt habe?» Er wandte sich ab, voller Scham über seinen Ausbruch. «Dafür bin ich nicht hierhergekommen.»

Tamasans sonst so strahlendes Gesicht mit den fröhlichen Augen wurde finster. «Freu dich nicht so sehr darauf zu lernen, wie man Schaden zufügt.»

«Damit der Schaden mir zugefügt werden kann?», schoss er zurück.

«Nun, genau aus diesem Grunde übst du ja, wie man Feinde ausspäht, ihnen ausweicht und sie verfolgt. Du hast gelernt, dir deine Umgebung unter taktischen Gesichtspunkten anzusehen, und kennst dich aus mit Verstecken und Waffen.»

«Ja, aber wenn ich sie nicht *benutzen* kann –»

«Körpersprache. Als Barue kannst du eine feindselige Haltung zumeist erspüren, aber es gibt auch Leute, die ihre Gefühle verbergen können. Jeder Culmus Sangui lernt das in einem gewissen Maße. Du hast es ebenfalls gelernt, bei Vallon. Himmel, du konntest kaum reiten, als ihr hierherkamt! Geistig bist du wacher geworden, körperlich schneller. Du hast große Fortschritte gemacht.»

«Euer Lob freut mich, Meisterin, und ich möchte auch nicht undankbar erscheinen. Alles, was ich gelernt habe, verdanke ich Eurer guten Unterweisung. Aber –»

«Culmus Sangui töten so schnell, wie sie für die Entscheidung brauchen, dass es nötig ist. Der Gedanke und die Tat geschehen praktisch gleichzeitig. Ich will ehrlich zu dir sein, Bryn ... Die Culmus Sangui sind Tötungsmaschinen. Wir sind Bestien. Ich möchte, dass du vorsichtig bist.»

«Ich werde vorsichtig sein, Meisterin. Aber wir sehnen uns danach, endlich selbst für uns eintreten zu können – und für unsere Freunde, die schutzlos sind. Wir warten ungeduldig darauf, endlich eine Rolle zu spielen.»

«Eine Rolle zu spielen?» Ihre Stimme war scharf. «Junge, ich kann dir beibringen, wie man einen Gegner binnen einer Sekunde tötet, aber niemand kann dir beibringen, ihn wieder zurück ins Leben zu holen.» Sie schüttelte traurig den Kopf. «Unsere Taten sind unwiderruflich, Bryn. Der viel wichtigere Teil der Ausbildung der Culmus Sangui dreht sich nicht darum, *wie* man tötet ... sondern *wie viele* man töten muss. Wen, wann. *Warum* ist noch einmal schwerer. Ihre mentale Ausbildung geschieht beiläufig, aber sie ist entscheidend.»

Mit einem wehmütigen Lachen wandte sie sich von ihm ab. «Weißt du, Bryn, ich rede mir immer ein, dass wir nur lehren und lernen, wie man die Waffen benutzt. Unsere Werkzeuge. Es ist ja nicht so, dass wir jemandem etwas tun ... Aber die Wahrheit ist, mit jedem Schwertstreich, jeder Leistungssteigerung ... jedem Tag, den du hier verbringst, wirst du ein besserer Mörder.

Ich habe dich natürlich nicht deshalb vom Kämpfen ferngehalten, weil ich an die ganzen Leute denken muss, die du vielleicht umbringen wirst. Du brauchst die Grundlagen, Bryn. Du musst so weit sein. Es wäre zu hart gewesen, dich geradewegs in das Dasein eines Culmus Sangui hineinzustoßen.» Sie betrachtete seinen Blick.

«Vielleicht bist du jetzt so weit. Vielleicht auch nicht. Werde dir erst einmal darüber klar, worum du bittest. Es könnte die Zeit kommen, in der du dir wünschst, anderen nicht so leicht Schaden zufügen zu können. In der du dir wünschst, dass jemand, den du getötet hast, noch am Leben wäre. Was vielleicht die schrecklichste Empfindung ist, die man haben kann.»

Bryn musste an einen Faustkampf auf einer Gefängnisinsel Armaahs denken, der schwimmenden Stadt. Sicher, es war Selbstverteidigung gewesen, aber der Tod seines Gegners hatte ihn einigen Schlaf gekostet und in Depressionen gestürzt. Ihm fiel die Warnung des Hohen Lehrmeisters Eridanus wieder ein, von dem der Anhänger stammte, der ihn dazu befähigt hatte, zwei Menschen zu töten. Kaum erinnerte er sich daran, da verstand er Tamasans Worte.

«Ich bin so weit», flüsterte er.

Vielleicht deutete sie seine Worte falsch, denn sie wirbelte zu ihm herum. *«Meisterin»,* bellte sie. «Ich bin so weit, Meisterin.» Sie musterte ihn streng. «Oder auch nicht. Du willst die Macht und vielleicht aus ehrbaren Motiven. Aber mit der Macht kommt Verantwortung. Manchmal muss etwas getan werden.»

Ihre Stimme war leise, ihr Blick verhangen. «Etwas Schlimmes. Das kann kein mentaler Kunstgriff, kein Wortspiel ändern. Meine Illusionen machen die Verantwortung nicht leichter, die ich zu tragen habe.» Unter schweren Lidern sah sie ihn an. «Ja, ich muss dir beibringen, wie man tötet.»

✦ 13. KAPITEL ✦

Die Festung aus Stein

«Gratuliere, Eridanus», sagte Galar. «Du bist der meistgesuchte Mann Calaspias.»

«Und nicht etwa der begehrteste Junggeselle», fügte Thybil grinsend hinzu.

«Ach, ich weiß nicht. Frauen finden böse Männer anziehend.» Eridanus blickte mit einem Funkeln im Auge von dem Plakat auf. «Gar nicht mal schlecht, die Zeichnung, hm?»

«Du siehst jünger aus.» Galar wandte sich ab. «Das kannst du interpretieren, wie du willst.»

«Mal nachdenken … Hab Geduld, in meinem Alter dauert das … Also, für die Numenii stellt jugendliches Aussehen ein Kompliment dar. Da das Imperium im Moment Wert darauf legt, mich als Feind zu betrachten, bringt uns das nicht weiter. Die Barue haben Respekt vor dem Alter, wie es alle, die bei Verstand sind, einmal hatten. Und in deiner Kultur, Zwerg, gibt es geradezu einen Alterskult – also hast du mich beleidigt.»

Galar lachte. «Mist, der Kerl hat mich durchschaut!»

Eridanus setzte ein grimmiges Lächeln auf, und die Augen des Zwerges wurden klein hinter seiner neuen Brille. Er blinzelte heftig und riss sich die Gläser von der Nase. «Aaah! Was machst du denn?»

«Dieser Tage kriegt man dich ganz schön leicht, Tawny», sagte Eridanus. «So einfach war das nie.»

«Ja …» Galars Stirn war tief gefurcht. «Ist nur wegen meiner Axt. Kannst du mir nicht helfen, sie zu lokalisieren?»

«Wie oft soll ich dir noch sagen, dass wir die Axt nicht ohne eine Kraft lokalisieren können, auf die sie reagiert?»

«Wenn es nach mir gegangen wäre, hätten wir das Unbenennbare Land gar nicht ohne sie verlassen», grollte der Zwerg. Er fuhr sich beleidigt mit einer fleischigen Hand durch die Mähne. «Du hast gut reden, du hast deinen Stab ja wieder …»

«Herrschaften! Ich schlage vor, ihr hebt euch eure Energie für Handgemenge auf, die notwendig sind.» Sir Humphrey kam in den Raum geschritten. Er war gekleidet wie ein hochrangiger Numenii-Soldat aus Armaah, in Rot und Gold. In der Linken hielt er eine Zeitung, das *Numenii-Wochenblatt*, mit der Rechten strich er sich über den ergrauenden Schnauzer. «Hört mal zu, Männer. Ich habe euch etwas zu zeigen.»

«Hoffentlich nicht noch so ein Plakat», sagte Eridanus.

«Nicht ganz.» Sir Humphrey entrollte die Zeitung. «Jedenfalls keins, das dich darstellt.»

Sobald das großformatige Blatt auf dem rauen Holz des Tisches geglättet worden war, stieß Eridanus einen Freudenschrei aus.

«Du findest, das sind gute Nachrichten?» Thybil überflog den Text. *«Prinz und Prinzessin verschwunden … vermutlich entführt … Befreiungsaktion falls nötig mit Gewalt und gegen ihren imperialen Willen … mit ihrem Protest rechnen, da wohl unter Drogen gesetzt und einer Gehirnwäsche unterzogen … Möglicherweise der Kult des Wahnsinns darin verwickelt.* Sieht ganz so aus, als hätte irgendjemand in Armaah den jungen Rameon und seine Schwester vor seinen politischen Karren spannen wollen – und die beiden hätten dazu keine Lust gehabt.»

Galar, der versucht hatte, zwischen Eridanus' und Thybils Schultern hindurch einen Blick auf die Zeitung zu erhaschen, stieß einen Zornesseufzer aus und sprang auf den Tisch. Die Tischplatte knarrte bedrohlich, und er ließ seine massige Gestalt vorsichtig auf die Bank seinen Freunden gegenüber gleiten, von wo aus er versuchte, den kleingesetzten Text kopfüber zu entziffern. Er erkannte den Jungen und das Mädchen auf dem großen Bild nicht einmal, bei denen es sich anscheinend um die Thronerben handelte. Er war schon zu lange von der Bildfläche verschwunden gewesen und hatte es auch nicht eilig gehabt, bei seiner erzwungenen Rückkehr wegen der Ostentumtäuschung auf den neuesten Stand zu kommen.

«Das Volk sieht trotz ihrer Jugend zu Rameon und Peasmi auf», sagte Eridanus. «Sie sind die mächtigsten potenziellen Verbündeten. Eine gewisse Anzahl Lügen, ganz gleich, wie hässlich, werden die Leute schlucken, aber es wird der Tag kommen, da sie gegen die schmutzigen Phantastereien rebellieren.»

«Was denkst du, wo sie hin wollen?», fragte Thybil. «Zu Gug? Sie wissen weder, wo er ist, noch würden sie dorthin finden.»

Sir Humphrey, der bis zu diesem Moment mit einem selbstzufriedenen Grinsen neben dem Tisch gestanden hatte, machte viel Aufhebens darum, sich zu räuspern. Schließlich erlangte er die Aufmerksamkeit seiner Kameraden.

«Meine werten Herren», tönte er, «diese Zeitung ist vor drei Tagen gedruckt worden. Womit man sicher davon ausgehen kann, dass Rameon und Peasmi seit fünf Tagen unterwegs sind. In fünf Tagen, meine Freunde, könnten die Nachkommen Calaspias von Armaah bis tief in den Amboss hinein reisen.» Er sah sie mit hochgezogenen Brauen an und nickte, als würde das die Sache beweisen und als hätte er den Disput, den es gar nicht gab, für sich entschieden.

«Wäre möglich», sagte Eridanus.

Sir Humphrey tippte sich an den Nasenflügel. «Nun ratet mal, wer gerade Besuch bekommen hat?»

«Nein …!» Thybil sprang auf und eilte zur Tür, Eridanus und Galar im Schlepptau. Sir Humphrey folgte lachend in einiger Entfernung. Seine drei Freunde eilten die zwei Stockwerke über grobe Steintreppen hinunter und gelangten auf einen Treppenabsatz, der zum Hof hin lag. Ein Murmeln wogte durch die Reihen der Loyalisten, die den Platz füllten. Es kam den Ältesten so vor, als habe sich die gesamte Bevölkerung von Eisenfels zur Begrüßung der Gäste versammelt.

Peasmi schien gut damit fertig zu werden, von Kind zu Mutter zu Großmutter zu gehen und Hände zu schütteln und Grußworte zu sagen. Rameon stapfte betreten neben ihr her, die eine Hand auf dem Schwertgriff, die andere beklommen zum Gruß erhoben. Er grinste die Menge einen Moment lang an, bevor sein Blick über ihre flüsternden Köpfe hinwegging und die eigentümlich natürliche Architektur der Festung erfasste.

«Eine Zauberburg, in der Tat», sagte er und ließ die Hand sinken. «Aquiuss, ich würde mir diesen Ort gern einmal näher ansehen.»

«Geht mir genauso», sagte dieser. «Ich bin auch zum ersten Mal hier.» Er lächelte und teilte die Menge. Gleich würden sie das Innere der mächtigen Mauern sehen, die von außen wie jede beliebige Felswand aussahen. Aber bevor sie die Zinnen erklimmen oder den dunklen Gang in den Bauch des Berges betreten konnten, schrie Peasmi auf und eilte zu Eridanus. Sie umarmte ihn, und der Alte wurde ganz starr vor Überraschung, bevor er ihr unbeholfen die Schulter tätschelte.

Dann richtete Eridanus sich wieder auf. «Ich hatte eigentlich eine mordlüsterne Begrüßung erwartet.»

«Seid nicht albern», sagte Peasmi. «Wir wissen, dass Ihr keinen Anteil am Tod unseres Vaters oder am Niedergang des Reiches habt.»

«Ihr seid klug und umsichtig», antwortete er mit so etwas wie Stolz in seinem Blick. «Willkommen auf Eisenfels. Es ist uns eine Ehre und Freude zugleich, Euch zu beherbergen.»

«Beherbergen?», sagte Rameon, der nicht annähernd so groß wie Eridanus war. «Von nun an soll Eisenfels unser Zuhause sein und wir seine Herren!»

«Wenn Ihr uns haben wollt», fügte Peasmi mit einem finsteren Seitenblick zu ihrem Bruder hinzu.

«Prinzessin, was wir an bescheidenen Mitteln anbieten können, gehört Euch», sagte Thybil. «Allerdings sollten wir jemanden zum nächsten Marktflecken schicken, um Waren zu erwerben, die Eurem Status angemessen sind. Meine untertänigste Entschuldigung für die dürftige Verpflegung, die wir Euch bis dahin bieten können. Ich garantiere Euch, dass die Unterbringung in Eisenfels ebenso bescheiden ist – aber dafür sicher.»

«Ihr bietet uns mehr, als wir woanders in diesen Zeiten erwarten dürfen. Wir danken Euch für Eure Gastfreundschaft und möchten Eure ritterlichen Bemühungen in jedweder Weise unterstützen.»

Thybil lächelte und verneigte sich.

«Kommt, dies ist nicht der rechte Ort zum Reden», sagte Eridanus. Die Menge im Hof hatte sich zerstreut, nachdem sie die Neuankömmlinge an die schützenden Mauern verloren hatte, doch die meisten waren immer noch auf Beobachtungsposten; viele lehnten sich aus den fensterartigen Öffnungen im Gestein, manche folgten in einiger Entfernung. «Gestattet uns, Euch Erfrischungen anzubieten. Wir werden Euch nicht lange davon abhalten, Euch auszuruhen, und anschließend werden wir Euch herumführen, solltet Ihr dazu geneigt sein.»

«Das könnt Ihr als gegeben voraussetzen.» Rameon warf einen letzten sehnsüchtigen Blick auf die Befestigungsanlagen und folgte.

Galar, der damit beschäftigt gewesen war, sich die Brille an seinem speckigen Kittel zu putzen, setzte sie wieder auf und blinzelte Rameon an. «Es wäre mir lieber, hier nicht so ein imperiales Gedöns zu machen», gestand er dem Prinzen, den er für einen Knappen hielt.

«Durchaus», sagte Rameon. Er hörte die Worte des Zwergs kaum, denn er war von seinem Anblick gefesselt, von den Muskelpaketen und dem furchterregenden Bart und dem dünnen Brillengestell, das auf seiner Nase balancierte und ihm das Erscheinungsbild eines respektablen Gelehrten verlieh, der vielleicht so sehr in sein Fachgebiet vertieft war, dass er nicht auf seine Erscheinung achtete, wie andere Leute es taten. Oder eines militanten Professors, der über und über mit Äxten behängt war und den Eindruck machte, als hätte er den Großteil seines Lebens im Kraftraum verbracht.

Sie kehrten ins Ratszimmer zurück, wo die Zeitung noch immer offen auf dem Tisch lag.

«Lasst uns offen miteinander sein», sagte Sir Humphrey. «Habt Ihr gesehen, was in der Zeitung steht?»

«Sicher», sagte Aquiuss. «Das haben sie.»

Bald kamen Diener mit Getränken und Brathähnchen für die hohen Gäste. Die jungen Männer – Deserteure der Numenii, vermutete Aquiuss – starrten Peasmi an, bis ihnen der Culmus Sangui einen scharfen Blick zuwarf. Peasmi schien es nicht bemerkt zu haben, worüber er froh war. Die Männer hatten in Eisenfels noch nicht viele Mädchen gesehen, ganz zu schweigen eines, das so schön war wie die Prinzessin. Wenn Aquiuss ihr Gesicht betrachtete, das so fein geschnitten war, so voller Jugend und Ausdruckskraft, dann konnte er ihnen kaum einen Vorwurf machen. Sie sah zu ihm hinüber, und er schaute rasch zu Thybil und schalt sich selbst einen Scheinheiligen. Zu seiner Erleichterung wurden nun Geschichten erzählt: wie der Prinz und die Prinzessin sich aus der Hauptstadt abgesetzt hatten, wie Thybil und seine Barue unwissentlich in die Ostentumtäuschung hineingezogen und zu der anschließenden Reise nach Wenfeld manipuliert worden waren, nur um bald in neue Komplotte verstrickt zu werden.

«Eisenfels ist immer noch dabei, seine Geheimaktivitäten auszubauen», erklärte Thybil. «Wir haben überall im Imperium Spione. Und Verbündete, von denen die Numenii noch nichts wissen. Hier wird das Hauptquartier des Widerstands sein. Zwar zweifeln wir die Integrität Eures ehrenwerten Bruders nicht an, doch ist seine Position prekär und verletzlich … im Augenblick vielleicht sogar gefährdet.»

Sir Humphrey wollte bald ins Imperium zurückkehren, um ihre Unternehmungen innerhalb der feindlichen Linien zu koordinieren. Sie besprachen ihre Vorhaben nur generell; für Einzelheiten war später noch genug Zeit. Stattdessen konzentrierten sich die Ältesten darauf, den beiden Fürstenkindern das Gefühl zu geben, willkommen zu sein.

«Dann war es also Eridanus, der dir Anweisung gegeben hat, uns zu suchen», sagte Peasmi zu Aquiuss. «In der Tat ein alter Freund.»

«Eigentlich war es jemand anders», antwortete der Culmus Sangui. «Nämlich Onkel Gug.»

Bruder und Schwester gelang es, ihre Verblüffung zu verbergen, wie es ihrem Rang entsprach. «Wo ist er?», fragte Peasmi.

«Er befindet sich zwar auch im Amboss, aber weiter nördlich», sagte Aquiuss. «Dort gibt es noch eine Festung wie diese, von der die Öffentlichkeit nichts weiß und die Caer Isnova heißt. Sie liegt einige Tagesreisen von hier entfernt im Kerngebiet der Säbelzahnberge. Er hofft natürlich, Euch bald wiederzusehen.»

«Und wir ihn», sagte Peasmi. «Er muss einiges zu erzählen haben. Es geht mir schon viel besser, nun da ich weiß, dass er am Leben ist.» Sie wandte sich an Aquiuss. «Du hast die Wahrheit gesagt. Unter den Numenii gibt es keine besseren Ratgeber und ehrlicheren Freunde als diese hier. Danke, dass du uns hierhergebracht hast.»

Aquiuss verneigte sich mit einem Funkeln im Auge; keiner der drei erwähnte die Rollen, die sie während der Reise gespielt hatten.

Sie machten sich daran, den Gästen ihre Gemächer zu zeigen, und ließen Bruder und Schwester allein, damit sie sich häuslich einrichten konnten.

«Weißt du, dieses natürliche Aussehen steht dir», sagte Rameon zu Peasmi. «Besonders das Mehl im Haar. Es lässt dich erwachsener wirken.»

«Ehrlich gesagt, fühle ich mich so wohler. Es hat etwas … *Befreiendes*, sich keine Sorgen machen zu müssen, wie man aussieht. Sich nicht für bestimmte Anlässe und Leute zurechtmachen zu müssen.»

«O ja, da hast du recht.»

«Jetzt hör aber auf! Du fährst dir doch höchstens mal kurz durch die Haare. Ich dagegen komme mir manchmal wie eine Gefangene vor: Fingernägel, Gesicht, Haar, Kleider – das dauert Stunden.»

Rameon lachte. «Ich meinte, du hast recht, was dich betrifft.»

Am anderen Ende des Tisches fuhr Eridanus mit dem Zeigefinger einige Zeilen entlang. «Tradurius, du hast das Ende des Artikels nicht gelesen … Rameon und Peasmi sind *der Inquisitionsgarde zu übergeben*.»

«Diese verflixte Inquisition», sagte Thybil. «Sie operiert schon eine ganze Weile, aber nun hat man sie in allen sechs Reichen offiziell gemacht.»

«Und sie spielt eine immer wichtigere Rolle. Wie wir schon früher besprochen haben, sind die Menhire in Armaah bei weitem nicht harmlos. Sie werden überall im Imperium aufgestellt, was ihre Schädlichkeit vervielfachen wird. Die Inquisitionsgarde achtet darauf, dass diese närrische Vorschrift eingehalten wird. Wer immer hinter dieser Verschwörung steckt, meint, es wäre in seinem Interesse, das Land der verderblichen Kraft anheimfallen zu lassen. Numenii, Itrim und die apheristische Kirche – alle unterstützen und verteidigen sie unwillentlich die Ausbreitung des Wahnsinns.»

«Wehe.» Thybil rieb sich die zerfurchte Stirn. «Die Verteidiger der geistigen Gesundheit beschreiten die falschen Wege. Die Guten werden zu Anhängern des Kultes des Wahnsinns erklärt, während diejenigen, die tatsächlich zum Kult gehören, die Todesurteile ihrer Feinde unterzeichnen. Wie es das Buch der Zeiten prophezeit:

Der Wächter wacht vergebens, denn die Tore gahnen.
Verschlungen die Unwissenden, getäuscht die Nationen,
versklavt die Nationen, ein Volk in Verruf.
Die große Metze reckt sich, bezaubert mit falscher Schönheit –
ein Volk, das nicht begreift, wird untergeh'n!

Und nun ist es so weit.»

✦ 14. KAPITEL ✦

Usdun

«Komisch, dass ihr doch noch bei uns mitmacht», sagte Cerion.

Bryn lag im Staub, über seinem Kopf schwebte das stumpfe Ende eines Kampfstocks. Neben ihm befand sich Mittni in einer ganz ähnlichen Lage.

«Was ist daran komisch?», ächzte Bryn. Er hasste diese Übungskämpfe.

Ja, er gab es zu. Sie waren besser damit gefahren, scheibchenweise von den Meistern zu lernen und andere Fertigkeiten ganz für sich allein zu üben. Das war ohne Frage angenehmer.

«Wir hatten uns schon gefragt, ob ihr wohl Einzelunterricht bekommt, weil ihr so vielversprechend seid, und ob ihr euch wohl nie dazu herablassen würdet, in Klassen zu lernen. Das ist euch wahrscheinlich neu, aber die Meister bilden normalerweise mehrere Studenten auf einmal aus, die Großmeister erst recht. Nur die besten Paladine werden einzeln unterrichtet. Nun wissen wir, dass ihr nur deshalb so intensiv geschult wurdet, damit ihr einigermaßen den Anschluss an uns findet.»

Und den suchten sie noch immer.

Wochenlanger Unterricht durch Aquiuss unter regelmäßiger Aufsicht von Tamasan, Wochen der Übungskämpfe gegeneinander, und nicht ein Mal – kein einziges Mal – hatten sie einen Culmus Sangui besiegt. Nicht einmal den schlechtesten Schüler.

Und dabei trainierten sie so hart! Jeden Morgen ein Dauerlauf vor den Mauern des Eisfeste, gefolgt von einem Frühstück mit Gesundheitskost. Die Barue vermissten weiches, weißes Brot aus Auszugsmehl statt Vollkorn, aber an der Ernährung hatten sie noch am wenigsten auszusetzen. Keiner der beiden hatte gewusst, dass der Körper so viele Schmerzen ertragen konnte. Jeden Tag liefen sie durch den Schnee, kämpften sie, schwammen sie in eiskaltem Wasser. Sie überwanden die Hindernisse des Schlachtfelds, sie kletterten, sie rangen, sie wichen aus und parierten, sie schwangen und schlugen zu, und dann kam die nächste Runde. Und wenn ihre Körper Ruhe hatten, brachte Vallon mit seinen Aufgaben ihre Köpfe zum Rauchen. Sie studierten die Kriegskunst von der kleinsten Stichwaffe bis zur Taktik eines Heeres. Jede Nacht fielen sie, körperlich und geistig völlig erschöpft, in den Schlaf und brauchten nie auf seine dunkle Umarmung zu warten. Jeder Tag war eine Qual, und sie hießen jeden Abend erleichtert willkommen. Sie hatten ständig Muskelkater. Mit der Zeit ließ er nach, aber bevor das Muskelgewebe wieder in seinen Normalzustand zurückfand, wurde es schon wieder stimuliert. Die Muskeln hatten gerade genug Zeit zu wachsen.

Mit einem höhnischen Lächeln in seinem attraktiven Gesicht half Cerion ihm wieder auf die Beine, und eine Minute später wiederholten sie das Ganze. Bryn war froh, dass er braune Kleider trug, denn so sah man ihm nicht an, wie oft und mit welcher Wucht er schon in den Staub geflogen war.

Nach jeder Niederlange bezwang er seinen Ärger und versuchte es mit einem neuen Ansatz, mit einer der verschiedenen Herangehensweisen, die Tamasan und Vallon ihm beigebracht hatten. Nichts brachte den erhofften Effekt. Aber er hatte auch nicht vor, Erniedrigung um Erniedrigung zu erdulden. Er wollte auf Cerion losgehen, ihm dieses Grinsen aus dem verhassten Gesicht fegen – denn er bekam praktisch ausnahmslos Cerion zum Gegner. Und dieses Grinsen, stellte sich heraus, gehörte dem besten Schüler. Allerdings hätte es auch keinen Unterschied gemacht, wenn er der schlechteste gewesen wäre; das hätte am Ergebnis nichts geändert.

Bryn holte noch einmal tief Luft und wappnete sich. Diesmal griff Cerion nicht einmal mehr an, er ließ den Barue kommen. Bryn stürzte sich wütend auf seinen Gegner. Cerion unterdrückte ein Gähnen, woraufhin Bryn Schläge auf ihn niederprasseln ließ. Das war etwas Neues, und bald war der Blonde gezwungen zurückzuschlagen, um sich Bryn vom Leibe zu halten.

Mit diesen Stöcken konnte man wie mit Speeren kämpfen, aber Cerion hielt seine Waffe in der Mitte und benutzte beide Enden wie Klingen. Bryn konnte nicht darauf hoffen mitzuhalten, da sein Gegner eine Attacke mit dem einen Ende abblockte und sie praktisch gleichzeitig mit dem anderen zurückgab; sogar noch schneller als vorher bekam er einen Stoß in die Seite und einen Schlag auf den Kopf.

Dann, und das war das Ärgerlichste, trat Cerion zurück, um Bryn kühl anzusehen. Mit einem Brüllen warf Bryn sich wieder in den Kampf. Nun war es ihm egal, wie oft er getroffen wurde; er achtete gar nicht mehr darauf. Seine Attacken wurden wilder, während er seine Deckung vernachlässigte – ein Treffer an den Schienbeinen brachte ihn beinahe zu Fall, und das Stockende in der Magengrube trieb ihm die Luft aus der Lunge. Er hackte auf Cerion ein und erzielte sogar ein, zwei Körpertreffer. Das war eine Premiere.

Auf einmal konnte er seine Waffe nicht mehr festhalten, und seine Finger fühlten sich an wie gebrochen. Ihm wurde der Stock aus den Händen geschlagen, Hieb um Hieb prasselte auf ihn ein, aber er wollte nicht klein beigeben. Diesmal nicht.

Er packte die Waffe seines Gegners. Nun ähnelte das Ganze mehr einem Ringkampf. Einen Moment lang zerrten sie beide an dem Stock. Bryn konnte Cerions Zorn spüren, so widerwärtig wie durchdringender Schweißgeruch, und das fachte auch den seinen an. Er bekam einen Ellbogen ins Gesicht, nur knapp an seiner Nase vorbei auf den Wangenknochen. Er war so fuchsteufelswild, dass er sogar daran dachte, den Stein zu benutzen, den Eridanus ihm gegeben hatte. Aber das stand außer Frage.

Er riss den Stock nach links und brachte einen Schlag an, der Cerion taumeln ließ. In der Hitze des Moments verwarf er es, sich die eigene Waffe wieder zu holen, und hielt die seines Gegners fest. Die beiden stolperten umher.

Bryn bekam undeutlich mit, dass orange Gewänder neben ihnen aufleuchteten, und fragte sich, was Tamasan wohl von ihrer Schlägerei hielt. Im Moment war es ihm egal. Er würde sich behaupten.

Die beiden rangen weiter. Cerion trat Bryn mit einem Knurren zwischen die Beine – nicht einmal, zweimal, und er hätte es ein drittes Mal getan, aber da bekam Bryn seinen Stiefel zu fassen. Er riss sich dabei die Finger auf, aber nun war er im Vorteil. Er verdrehte den Stiefel brutal, was seinem Gegner einen Aufschrei entlockte, und stieß ihn dann nach hinten. Cerion ließ seine Waffe los und verwandelte seinen Sturz in einen Rückwärtssalto, landete geduckt auf den Füßen. Bryn fiel um und rollte vor Schmerzen hin und her. Cerion schoss vor, um sich seine Waffe wieder zu holen. Doch er griff nicht mehr an, sondern zog sich mit ruhigem Gesichtsausdruck zurück und verneigte sich.

Wieder einmal war alles beim Alten geblieben. Bryn lag mit Schmerzen auf dem Boden, und sein unerträglicher Gegner hatte gesiegt. Mittnis besorgtes Gesicht erschien über ihm.

«Kein Körperkontakt!», piepste eine Frauenstimme. Plötzlich war klar, warum Cerion sich zurückgezogen hatte. Tamasan sah die beiden missbilligend an. «Ihr kennt die Regeln! Wenn ein Kämpfer seine Waffe verliert, ist Schluss. Das ist hier kein *Boxkampf!*»

Sie wandte sich ab und fuhr mit ruhigerer Stimme fort: «Gratuliere, Mittni. Gut gemacht.»

Mittni wurde rot und half seinem Freund auf die Füße.

«Ihr zwei mäßigt euch!», fauchte Tamasan Bryn und Cerion an und schoss davon.

Etliche Schüler sahen herüber.

«Was glotzt ihr so?», grollte Cerion.

Der Kampf ging weiter.

Diesmal waren sie vorsichtiger. Bryn kam sich dumm vor wegen seiner blinden Wut. Sie umkreisten einander, sprangen für einen kurzen Schlagwechsel vor, trennten sich wieder. Cerion wirkte nicht mehr so herablassend, und die abwechselnden Angriffe machten beinahe Spaß. Bryn war gewiss kein ebenbürtiger Gegner, aber er blieb auf den Füßen, bis einige Minuten später Trommelschläge das Ende der Stunde anzeigten.

«Du brauchst gar nicht so ein zufriedenes Gesicht zu machen», zischte Cerion, während alles anfing, die Waffen wegzuräumen.

«Zufrieden bin ich erst, wenn du auf dem Boden liegst und meinen Stock frisst», erwiderte Bryn.

«Dann bist du zu einem Leben im Unglück verdammt, denn das wird nie passieren.»

«Lebensglück hat wenig damit zu tun, einen Anfänger im Fechten zu schlagen.»

Cerion hob die Waffe. «Ich bin kein Anfänger, du unverschämter Hund.»

Bryn hob seine ebenfalls. «Ich aber, und du bist eindeutig zu stolz darauf, einen zu schlagen.»

Cerions rote Wangen ließen sein blondes Haar nur noch heller aussehen. «Ich finde es durchaus ehrenwert, einem reichen Fatzke beizubringen, dass Geld nicht alles ist.»

«So etwas habe ich nie behauptet! Du weißt nichts von mir, und du hast auch keine Ahnung, was Ehre ist.»

Cerions Gesicht verzerrte sich vor Wut, und er ging auf ihn los. Bryn duckte sich weg. Er parierte den zweiten und dritten Angriff, bevor er einem Wirbel von Schlägen zum Opfer fiel, der ihn zu Boden streckte.

Sie waren die Letzten, die kämpften, die überhaupt noch Waffen hatten. Die meisten anderen versammelten sich um sie, als sie die wachsende Anspannung spürten. Cerion schien zu merken, dass sie Zuschauer hatten, denn schließlich beugte er sich vor und bot Bryn eine Hand an, um ihn auf die Füße zu ziehen.

«Unwissender, der du noch nicht den Codex Culmus gesehen hast, lass dir sagen: Es liegt Ehre darin, der bessere Kämpfer zu sein.»

Bryn ergriff die Hand, zog seinen Gegner aber weiter herunter und hob gleichzeitig die Füße gegen dessen Brust, schleuderte ihn über sich hinweg. Cerion legte eine blamable Landung hin, kam aber sofort wieder hoch und setzte den Kampf fort. Bryn war inzwischen außer Puste, was ebenso sehr dem Druck des Kampfes geschuldet war wie dem persönlichen Konflikt.

Cerions Attacken kamen so schnell, wie es der Brauer noch

bei keinem Menschen gesehen hatte. Offensichtlich schätzte der Schüler es noch weniger als Bryn, gedemütigt zu werden. Nach einem Hagel von Schlägen krachte der Barue schwer auf den festgetretenen Boden. Cerion reichte das noch nicht; er vergewisserte sich rasch, dass Tamasan gerade nicht hinsah, und trat Bryn in die Rippen. Bryn stöhnte auf und krümmte sich. Cerion trat wieder und wieder zu, das Gesicht hässlich verzerrt, die Zähne gefletscht, die Augen nur Schlitze. Mittni bahnte sich mit einem Zornesschrei einen Weg durch die Menge. Kurz bevor er bei Cerion ankam, ließ der blonde junge Mann von Bryn ab.

«Wenn du auch nur ein bisschen Ahnung von unserem Orden hättest», sagte Cerion mit erhobener Stimme, «dann wüsstest du, dass Mangel an Respekt ein Fehler ist.»

Bryn hatte den bitteren Geschmack von Eisen auf der Zunge und wischte sich Blut vom Mund. Mittni kniete sich neben ihn.

Einige Schüler klopften Cerion auf den Rücken, andere pflichteten ihm lachend bei, und einige machten ein unsicheres Gesicht. Sie wussten, dass sie für die Barue hätten eintreten müssen, das konnte Bryn spüren.

«Ihr Schwächlinge habt hier nichts verloren», fauchte Cerion und wandte sich zum Gehen.

Bryns Blut kochte. Er streckte die Hand aus und packte seinen Stock in der Mitte, kam mühsam hoch und schleuderte die Waffe mit aller Kraft. Sie erwischte Cerion zwischen den Schulterblättern. Der Schüler gab einen erstickten Aufschrei von sich und fiel nach vorn. Er stand nicht wieder auf.

Mittni half seinem Freund mit zitternden Lippen auf die Füße.

Tamasan schob sich durch die Menge. Auf ihrem Gesicht

zeichnete sich keine Überraschung ab. Sie rollte Cerion herum, um sich davon zu überzeugen, dass er nicht tot war, und wies ein paar Schüler an, ihn auf sein Zimmer zu tragen. Fünf Freunde schleppten ihn davon.

«Bewusstlos.»

«Tut mir leid», nuschelte Bryn.

«Warum denn? Du hast das Richtige getan», sagte sie laut. «Du bist hierhergekommen, um zu lernen, wie man andere verteidigt, und musstest dich behaupten.»

«Ich hätte nicht die Beherrschung verlieren dürfen», sagte Bryn leise.

«Nein, das nicht. Aber dein Handeln hatte seine Berechtigung.»

Bryn zog die Brauen hoch.

«Ich habe alles gesehen.» Tamasan sah sich mit finsterem Blick unter den Versammelten um, so ruckhaft, dass ihr rotbraunes Haar von der einen Seite zur anderen flog. «Die Culmus Sangui bestrafen Ungerechtigkeit. Wir tolerieren sie *nirgends* – am wenigsten innerhalb der Mauern von Caer Isnova. Wenn jemandem Ungerechtigkeit widerfährt, sollte das unseren Zorn entfachen. Bryn, du bist der beste Krieger auf dem Platz.»

Die anderen Schüler wichen ihrem Blick aus.

Bryn wusste nicht, ob er das Lob einem Tadel wirklich vorzog. Er würde es herausfinden, wenn er das nächste Mal Cerion über den Weg lief.

«Wir haben einen höchst wertvollen Einblick bekommen. Mittni, du hast während der viertletzten Runde deinen Gegner besiegt und bist Bryn zu Hilfe geeilt. Deine Sorge hat dich übermannt.» Sie gingen hinter der farbenfrohen Waffenmeisterin her. «Bryn, dein Zorn hat dir Kraft verliehen. Ihr habt beide einen gewaltigen Schritt nach vorn gemacht!»

Zwischen dem Übungsplatz und den Ställen blieb sie stehen.

«Aber so etwas sollte hier entschieden werden.» Sie tippte sich an die Schläfe. «Nicht hier.» An den Brustkorb. «Ihr sorgt für euren Untergang, wenn ihr euer Kämpfen vom Herz bestimmen lasst. Heute hat euch euer Zorn geholfen. Morgen kann er euch umbringen.»

«Ja, Meisterin.»

«Ich würde euch zweien gern unverzüglich den Codex Culmus zeigen, aber das wird jemand anders tun. Und außerdem kennt ihr ihn im tiefsten Innern schon.» Sie klopfte ihnen auf die Schulter. «Bryn, ich wünsche dir eine rasche Genesung.»

«Danke, Meisterin. Sind nur ein paar Kratzer.»

«Nichts, womit du nicht fertig wirst. Nun denn, Männer, der Rest des Tages gehört euch. Morgen schnappt ihr euch gleich in der Früh Aufklärungspack 2 und reitet zu der Stelle, von wo aus man zu den Mayimfällen klettern kann. Dort wartet ein anderer Meister auf euch.»

Vallon hatte ihnen Techniken zur Beherrschung ihres Schlafmaßes beigebracht; das machte Weckvorrichtungen überflüssig. Bryn und Mittni standen noch früher auf als sonst, um in Ruhe zu frühstücken. Es handelte sich schließlich, wie Mittni betonte, um die wichtigste Mahlzeit des Tages. Außerdem liefen sie so auch keinem von Tamasans gestrigen Schülern über den Weg.

«Das könnte unsere erste Mission werden», sagte Mittni. Sie hatten seit ihrer Ankunft in der Eisfeste keine Nacht mehr im Freien verbracht, und Aufklärungspack 2 enthielt neben einer Vielzahl von Ausrüstungsgegenständen auch welche zum Aufschlagen eines Lagers. Die Culmus-Sangui-Umhänge, die sie zum ersten Mal trugen, blähten sich hinter ihnen, als sie im langsamen Galopp über die schmale Brücke setzten und Caer Isnova hinter sich ließen. Hinter ihren Sätteln war die Ausrüstung festgezurrt, in wasserdichte Tarnhüllen verpackt; an ihren Seiten baumelten Axt, Schwert und Speer. An der Innenseite ihrer gefütterten Umhänge war eine Reihe Wurfmesser, -sterne und andere Werkzeuge befestigt. Alles, was die Culmus Sangui besaßen, war ungekennzeichnet. Sie trugen weder Wappen noch Banner – jedenfalls seit dem Krieg um das Tor nicht mehr, seit ihr Orden seine offizielle Existenz beendet hatte.

Hinein in die Säbelzahnberge führte ihr Weg. Die Hufe ihrer Rösser ließen den Schnee spritzen, bis er in einem Tal einer Schlammschicht wich. Sie machten eine Pause zum Tränken der Pferde und ritten weiter das Tal hinauf, auf eine schroffe Bergwand zu.

Sie erreichten ihr Ziel auf halbem Wege zwischen Sonnenaufgang und Mittag. Die eigentlichen Mayimfälle lagen weiter südlich, aber ihr oberes Ende war nirgendwo anders zu erreichen. Im Näherkommen fiel ihnen ein buntes Seil auf, das von oben herabbaumelte und mit einer Art Flaschenzug verbunden war. Verblüfft stiegen die beiden ab. Bryn zog sofort die Handschuhe aus und ruckte kräftig daran. Von oben dröhnte ein Lachen herab, das durch das Tal hallte, und einen Moment später kam aus einer Felsspalte ein bärtiger Kopf zum Vorschein.

«Normalerweise versuchen Studenten ihre Meister erst dann zu töten, wenn die ihnen alles beigebracht haben, was sie können», sagte eine tiefe Stimme.

«Meister Usdun!», rief Bryn. Mittni hatte den Brückenmeister noch nicht kennengelernt.

Der Bärtige schwang sich an dem Seil vom Fels weg, sodass sein kräftiger Körper zu sehen war, und drehte sich kopfüber.

Für einen Moment baumelte er dort freihändig, dann schoss er, ohne dass man sagen konnte, warum, plötzlich herab, Richtung Erdboden. Ein Surren von Schnüren war zu hören, während er näher kam, und der Abstieg verlangsamte sich. Schließlich blieb der Mann mit einem Ruck hängen. Er löste einen Verschluss an seiner Taille, stieß sich mit den Füßen von der Felswand ab und machte einen Überschlag, sodass er auf den Füßen landete.

«Als Erstes bringen wir ihnen mal Abseilen bei», brummte er vor sich hin.

Usdun wandte sich wieder ab und fuhrwerkte mit den Seilen herum. Mittni sah Bryn an, der die Schultern zuckte. Er hoffte, dass der Brückenmeister heute ein wenig gesprächiger war als bei ihrer ersten Begegnung.

Plötzlich setzte das Sirren wieder ein, und eine zweite Gestalt kam in Sicht gerast. Die Gestalt war zierlich und ein bisschen kleiner als die Barue. Das Nächste, was ihnen an ihr auffiel, waren die weiblichen Formen und die dunkle Haut. Einige Strähnen ihres zurückgebundenen pechschwarzen Haars hatten sich gelöst und flatterten hinter ihrem ovalen Gesicht. Sie stoppte auf ihrer Höhe, und die Barue beäugten sie.

Bryn bekam Herzklopfen, als er sie erkannte. Ihre Haut war ungefähr so braun wie die einer Nomidierin. Eine gerade, schmale Nase thronte über vollen Lippen. Ihre Augen, ein auffallendes Grün unter den dunklen Brauen, waren älter als ihr Gesicht. Bryn schätzte, dass sie in ihren Zwanzigern war. Sie schien gänzlich unbeeindruckt von den Dutzenden Metern, die sie binnen weniger Sekunden überwunden hatte.

«Ich möchte euch Zuola vorstellen», sagte der Meister, als würden sie ihn längst gut kennen. «Zuola, das sind Bryn und Mittni.»

«Ich diene als Paladinin unter Meister Usdun.» Sie schüttelten die angebotene, von ihrem Handschuh befreite Hand und waren überrascht von ihrem eisernen Griff. Plötzlich begriff Bryn, warum Meister Usdun an jenem Tag beim Schlachtfeld gewesen war: um seiner Paladinin zuzusehen.

«Es gibt viele Möglichkeiten, eine Felswand hinauf- oder hinunterzukommen», sagte Zuola. «Mit Seil und ohne, mit einem oder mehreren Partnern, allein. Wir werden sie alle lernen.»

«Auf Missionen benutzen wir keine farbigen Seile», fügte Meister Usdun nachdenklich hinzu. «Nur zum Lernen.»

Mittni sah Bryn an, und die Freunde wären fast in Lachen ausgebrochen.

«Ja, sie würden nur die Aufmerksamkeit auf sich ziehen», sagte Zuola und sah die Barue aus ihren grünen Augen tadelnd an. Bryn wich ihrem Blick aus. «Und was ist die große Gefahr, wenn man sich abseilt?»

«Dass man leicht gesehen wird», sagte Bryn.

«Und dann sehr verwundbar ist», fügte Mittni hinzu.

«Genau. Also werden wir lernen, wie wir unsere Bewegungen tarnen ...» Zuola grinste, und Bryn spürte, wie ihm leicht ums Herz wurde. «Oder wie wir so schnell werden, dass es egal ist, ob irgendwer uns zu sehen bekommt.»

Keiner der beiden Barue hielt sich für besonders höhenängstlich, aber als sie dann in der Luft baumelten, ohne Halt mit den Füßen zu finden, hätten sie alles getan, um wieder auf den Boden zu kommen. Als Usdun und Zuola jedoch gegen Abend mit ihnen fertig waren, hatten sie neue Zuversicht gewonnen. Nachdem sie ihr Zögern und ihre Unsicherheit erst einmal überwunden hatten, war es eine überaus vergnügliche Angelegenheit. Mittagessen und Abendbrot nahmen sie auf halber Höhe der Felswand ein, viertausenddreihundert Meter über dem Meeresspiegel, wie Zuola erklärte.

«Ihr habt gelernt, wie man sich zu Fuß verteidigt, auf dem Boden», sagte Zuola nach dem Mittagessen, «und ihr habt die Grundzüge des Abseilkampfes gelernt. Aber normalerweise bewegt man sich in solchem Gelände nicht allein. Deshalb werden wir auch lernen, wie man sich gegenseitig verteidigt.»

Sie hatte noch nicht ausgeredet, da fielen Bryn Bewegungen über ihnen auf. Seile flogen über die Klippenkante und hingen dann links und rechts neben ihnen vor dem harten Fels wie zarte Wollfäden.

«So schnell ihr könnt nach oben!»

Die vier kletterten los. Bevor Bryn ein Drittel des Aufstiegs geschafft hatte, erreichte Usdun bereits den Gipfel, und Zuola kam gleich danach. Die Zeit verging peinlich schnell, im Gegensatz zu ihren erschöpften Bewegungen. Einige Minuten später hatte auch Mittni es geschafft, nur ein paar Handbreit vor Bryn, der sich mit ächzenden Muskeln nach oben zog. Aber im Stillen war er beeindruckt, wie stark seine Arme geworden waren.

Neben Zuola und Usdun standen ein Dutzend andere Culmus Sangui mit ausdruckslosen Gesichtern an der Klippe, lauter Schüler. Die Barue bereiteten ihre Ausrüstung rasch wieder für den Abstieg vor, um zu überspielen, dass sie rot geworden waren. Endlich hatten sie alles fertig und nahmen wie ihre Kameraden Haltung an.

«Stellt euch vor, dass dort unten eine Festung liegt», sagte Zuola und verließ die Seite des Brückenmeisters, um angstlos vor ihre Studenten zu treten, nur eine Handbreit von der Klippe entfernt. «Wie unwahrscheinlich ein solches Szenario auch sein mag, stellt euch weiterhin vor, dass ihre Späher eure Annäherung bemerkt haben. Was ihr für ein leichtes Eindringen gehalten habt, wird blutig. Bogenschützen, Katapulte sogar, vielleicht auch ein Zauberer – über das alles verfügt der Feind. Und sagen wir spaßeshalber noch, dass euch unten Speerträger erwarten. Vielleicht hatten sie Zeit, sich vorzubereiten. Stellt euch vor, dass dort Fallgruben sind, Spieße – und Teer; all das wartet nur auf eure Ankunft.»

Keiner der Culmus Sangui rührte sich, außer Bryn und Mittni, die ihr mit den Blicken folgten.

«Heute Abend, nach vielerlei Formationskampf, werdet ihr wissen, wie man mit so etwas fertig wird.» Sie warf den Kopf mit dem schwarzen Zopf zurück. «Wir arbeiten wie immer als Einheit. Zeigt keine Gnade gegenüber euren Feinden. Wenn ihr das tut, schadet ihr euren eigenen Leuten. Wir töten niemanden, der uns nicht im Weg steht. Aber zögert nicht, diejenigen zu beseitigen, die euch behindern. Zeigt keine Gnade.»

✦ ✦ ✦

«Wie bist du eigentlich zu den Culmus Sangui gekommen?»

«Sie haben mich gefunden», sagte Aquiuss. «Ist lange her. Ein Paladin hat mich in Itrim entdeckt. Dort kam es zu einer Schlacht, und er muss wohl etwas in mir gesehen haben, denn er nahm mich zur Beurteilung mit nach Norden.» Aquiuss war damit beschäftigt, seine Holster zu reinigen. Als er antwortete, sah er kurz auf, dann beugte er sich wieder über seine Arbeit, und sein Gesicht wurde erneut vom braunen Haar verdeckt. «Der Rest ist Geschichte.»

Die Barue waren ungeduldig. Sie übten, so hart sie konnten, aber die Zeit verstrich nur langsam. Sie hatten immer viele Fragen für ihre wenigen Freunde.

«Wann werden wir Sarghenta kennenlernen?»

«Das habe ich euch doch schon gesagt, Jungs!» Gug sah sie mitfühlend an, das eine Auge durch das Monokel betont.

«Wenn sie es für richtig hält. Ich fürchte, ihr könnt nichts weiter tun, als euch auf eure Studien zu konzentrieren. Falls sie auf einen Durchbruch wartet, warum sie dann warten lassen?» Er wandte sich wieder seinem Schreibtisch zu, raschelte mit Papieren und fuhr geistesabwesend fort: «Ich weiß natürlich, dass ihr euer Bestes gebt … Aber lasst nicht nach! Lasst euch nicht entmutigen. Und keine Sorge, Thybil und seinen Leuten geht es gut!», versicherte er und beantwortete damit eine ihrer Lieblingsfragen. «Und nein, es steht ihnen kein Krieg bevor. So bald werden sie nicht kämpfen müssen.»

«Woher weißt du das?», fragte Mittni unvermittelt.

Onkel Gug tippte sich an die Ohren. «Man hört so dies und das, mein Junge. Auch ich erhalte meine Berichte.»

«Dann stimmst du mit Aquiuss überein, was die sich ändernde Lage angeht?», fragte Bryn.

«Da gibt es leider nichts übereinzustimmen. Es ist der Fall. Fakt.»

«Die Gesetzesänderungen, die Machtverlagerung?»

«Ja, und dabei geht es nicht bloß um politische Macht.» Der Alte legte seine müden Beine auf einen Fußschemel und faltete die tintenklecksigen Hände im Schoß. «Die Einstellung der Leute ändert sich. Wir erleben den Niedergang der Gesellschaft.»

«Sprich weiter», sagte Mittni.

Der Alte ließ sich die Gelegenheit nicht entgehen. «Im Volk wie auch in der Politik ist ein Verfall der Vielfalt, der Unterschiede zu beobachten, ein Nachlassen der Meinungsfreudigkeit, alles unter dem Deckmantel von Wörtern wie ‹Toleranz› und ‹Freiheit›, deren eigentliche Bedeutung den Leuten entgeht. Aber in der Gesellschaft manifestiert es sich auf andere Weise. Die Leute tun, was sie wollen. Das ist nicht verboten – oder in manchen Fällen nicht mehr –, aber es stellt eine Veränderung zum Schlechteren dar. Dabei ist die Logik doch ganz simpel, dass zerrüttete Familienverhältnisse zerrüttete Persönlichkeiten bedeuten, und eine Gesellschaft aus zerrütteten Persönlichkeiten ist eine zerrüttete Gesellschaft.»

«Niemand ist vollkommen», murrte Mittni.

«Natürlich ist niemand vollkommen!», schimpfte Gug. «Eine allseits willkommene Ausrede. Da steckt kein bisschen Überlegen dahinter; es ist nur eine schlechte Ausrede für schlechtes Verhalten. Entschuldigt einen die mangelnde Vollkommenheit denn dafür, im Dreck liegen zu bleiben oder im Dreck zu kriechen, weil man hingefallen ist? Anstatt wieder aufzustehen? Aber man begreift Wörter wie ‹Vollkommenheit› oder ‹gut› oder ‹schlecht› ja gar nicht mehr; alles ist relativ. ‹Schlecht› wird durch die persönliche Ethik oder auch durch ihr Fehlen festgelegt, und was akzeptables Verhalten ist, entscheiden Richter mit blinden Augen. Was auf den Niedergang der Gesellschaft hinausläuft.»

Gug stemmte sich aus dem Sessel hoch und zuckelte ins Nebenzimmer, aus dem er mit einem Papierkorb voller zerknüllter Blätter zurückkehrte. Bryn sah Federkiele, Tinte und Pergament auf seinem breiten Schreibtisch. Da Gug Tintenflecke an den Händen hatte, handelte es sich bei den Papierknäueln zweifelsohne um irgendwelche misslungenen … Entwürfe.

Gug beugte sich zum Feuer und zog einige Papierknäuel aus dem Korb. Anscheinend hatte er vor, die Flammen mit diesen traurigen Fetzen zu füttern.

«Welche Rolle die Mächtigen im Niedergang unserer Zivilisation auch spielen, wir brauchen sie, um die Sache in Ordnung zu bringen. Wir brauchen sie jetzt, und genau das sage ich ihnen.»

Darum die Schreibversuche. Onkel Gug kannte die einflussreichsten Führer bestimmt alle.

Beim Gedanken an Politik fiel Bryn wieder ein, wie sich in Armaah alles plötzlich so schrecklich verändert hatte und Imperator Opeion ermordet worden war. «Gibt es etwas Neues von diesem Attentäter, dem Tahl Uthnae? Wir waren auf dem Weg nach Wenfeld beim Transport seiner Leiche dabei, und ich glaube, sie sollte hierhergeschafft werden.»

«Das stimmt.» Gug legte den Kopf schief und kniff die Augen zusammen. «Die Leiche ist untersucht worden.»

«Was hat man entdeckt?»

«Wir stellten fest, dass es kein normaler Mensch war und auch nie einer gewesen ist. Die alten Tahl Uthnae, die vor Hunderten von Jahren von den Culmus Sangui ausgelöscht wurden, begannen wie unsereins, bevor der Hass aus ihnen … etwas anderes machte. Diese Kreatur jedoch scheint künstlichen Ursprungs zu sein. Sie ist ein furchterregendes Wunder der Biotechnik.»

«Du meinst, jemand hat sie wirklich *hergestellt*, Stück für Stück?», fragte Bryn. «Heißt das, davon könnten noch mehr gebaut werden?»

«Es ist schwer zu sagen, wie dieser Tahl genau hergestellt wurde. Meine Vermutung ist, dass dahinter ebenfalls wieder Ayactan steckt. Mit den Ostentum-Imitaten hat er seine gentechnischen Fähigkeiten jedenfalls bewiesen. Warum also sollte er nicht auch Tahl-Imitationen anfertigen?» Onkel Gug legte eine Hand auf seinen Bauch und begann, die Papierknäuel in den Kamin zu werfen. «Das Verwirrende daran ist, dass es anders als bei den Ostentum hier kein früheres Gewebe gibt, von dem er für eine solche Unternehmung profitieren könnte – die Tahl Uthnae waren schließlich menschlich. Stattdessen hat er mit großer Raffinesse eine Kreatur entworfen, die bestimmte körperliche Aufgaben überaus effizient ausführen kann. Kämpfen und so weiter.» Er seufzte. «Wir sind immer noch am Recherchieren, aber wir müssen auf das Schlimmste gefasst sein. Vielleicht treiben sich da draußen noch mehr Tahl Uthnae herum.»

Wegen der längeren Unterrichtszeiten sahen die Barue den Alten jetzt nicht mehr so oft wie früher, aber sie sagten einander im Scherz, dass sie die kostbare Zeit nun eben umso sinnvoller nutzten.

Ihre Meister hingegen sahen sie öfter als je zuvor. Gerade saß Vallon auf Bryns Rücken, während der Barue damit beschäftigt war, seinen siebzigsten Liegestütz zu machen.

«Ich dachte ... Ihr wärt für den Denksport zuständig», keuchte er, als er den Höhepunkt seiner Übung erreichte.

«Tue ich doch», erwiderte der Winzmann, «Körperbeherrschung ist etwas Mentales. Du weißt, das Durchhaltevermögen entsteht im Kopf! Nun konzentrier dich auf deine Atmung.»

Zitternd beendete Bryn die hundert und brach zusammen. Schweiß tropfte ihm von den Haaren und brannte in den Augen.

«Zehn mehr. Kreuz die Beine.»

Bryn keuchte und rollte die Schultern, raffte den letzten Rest an Kraft zusammen. Er hatte schon einen Tag Training mit Tamasan hinter sich.

«Fall nicht wieder um. Das ist sehr unangenehm. Geh stark aus der Übung.»

Bryn beendete die Aufgabe, so schnell er konnte. Er war zu kaputt, um noch auf optimalen Muskelaufbau zu achten. Selbst so schien sich jeder Liegestütz endlos hinzuziehen.

«Noch einen.»

Bryn konnte die Schadenfreude des Bündels auf seinem

Rücken spüren, das sich inzwischen wie ein ausgewachsener Mann anfühlte.

«Einhändig.»

Er hatte die einhundertzehn Liegestütze auf alle möglichen Arten gemacht, auch einhändig. Aber er war am Ende seiner Kraft.

«Mit der linken Hand.»

Sein Atem kam nur noch stoßweise, während er sich abplagte und mit aller Kraft seine Körpermasse vom Boden hochzubringen versuchte. Seine Lendenwirbel schienen jeden Moment nachzugeben. Das Blut rauschte durch seine Adern. Seine tauben Muskeln wurden von Schmerzen überschwemmt, die nichts Neues für ihn waren.

«Jetzt halten.»

Er bekam ein merkwürdiges Schwächegefühl im Nacken, während er den schwersten Teil seines Körpers oben hielt; nur sein Kopf fühlte sich ironischerweise ganz luftig an.

«Nun, anscheinend haben wir mental einige Fortschritte gemacht», sagte der Winzmann. «Körperlich zweifelsohne auch. Wie du merkst, kann der Geist den Körper durchaus übertreffen. So herum ist es mit Abstand am besten.»

«Ja, Professor Vallon», sagte Bryn mit zusammengebissenen Zähnen.

«Und jetzt brich nicht einfach zusammen wie eben, sondern steh auf.» Bryn fing an zu zittern, und Vallon kreischte: «Halt mich bloß vom Boden weg!»

Bryn holte tief Luft und sammelte seine Kraft. Er ermahnte sich zur Ruhe und suchte in seinem Geist nach Energie. Er fand sie in Thybils Gesicht, in der Vorstellung, dass dem Barue etwas zustieß und er nicht dort war, um es zu verhindern. Aber das reichte nicht. Dann stand ihm plötzlich Mama Belyset vor Augen.

Mit einem wütenden Brüllen stieß Bryn sich vom Boden ab. Seine Schultern und Trizepse fühlten sich an, als würden sie platzen, aber er war oben. Er zog sein rechtes Knie zur Brust und brachte Gewicht auf den Fuß. Eine Sekunde lang balancierte er so. Vallon hatte begonnen zu rutschen. Der willensstarke Winzmann weigerte sich aufzuschreien, aber Bryn konnte seine Unsicherheit spüren. Rasch griff er nach hinten. Er bekam Vallon zu fassen und hielt ihn zitternd fest.

«Manchmal ist Stille besser. Dieses Brüllen hat mir gar nicht gefallen. Das führt zu den scheußlichsten Vibrationen.»

Bryn war für eine Antwort zu erledigt. Er schnappte nach Luft und hatte Mühe, auf den Beinen zu bleiben. Das Blut lief ihm aus dem Kopf, und vor seinen Augen wurden es dunkler, als ob sich eine Wolke vor die Sonne schob.

«Vergiss das Abwärmen nicht. Du weißt, wo das Eiswasser steht.»

Bryn stolperte zum nächsten Fenstersims und setzte Vallon nicht gerade sanft dort ab.

«Ich gehe dir auf den Geist, hm?» Eine kurze Pause. «Auch eine Art Training mit Gewichten.» Der Denkmeister lachte glucksend.

Bryn konnte spüren, dass der Winzling sich nicht an der unsanften Landung störte; er freute sich zu sehr über die Übung, die sie gerade hinter sich gebracht hatten.

«Ach, und wirf dich ein bisschen in Schale.»

Bryn, der sich mit hängendem Kopf ausruhte, die Arme auf den Knien, sah verwirrt zu seinem Peiniger hinauf.

Vallon bedachte ihn mit einem boshaften Blick. «Sarghenta will dich sprechen.»

✦ 15. KAPITEL ✦

Eine heilige Pflicht

«Eine Anzahl unserer Einheiten zur Überwachung ungewöhnlicher Aktivitäten ist auf einen gewissen … Widerstand gestoßen.»

Aurgelmir sah auf. Sein Interesse war entfacht, aber der gelangweilte Gesichtsausdruck noch nicht ganz verschwunden. Solche Momente der Ungewissheit kannte sein Militärratgeber Lebrar sonst kaum von ihm. Der Imperator betrachtete den kräftig gebauten Mann und ließ sich das Gesagte durch den Kopf gehen.

«Welche Form nimmt dieser Widerstand an?», fragte er, eine Hand in den goldenen Locken.

«Man behindert uns, verweigert die Zusammenarbeit und greift uns in manchen Fällen sogar für unsere Arbeit an. Unglücklicherweise verhindern die Umstände, unter denen wir arbeiten, und die Gesetze des Imperiums jedes offensive Vorgehen, sodass wir uns gerade einmal verteidigen können. Nach Paragraph 3b Absatz –»

«In dem sichergestellt wird, dass das Heer nicht die Macht über das Imperium ergreift», sagte Perduellis belehrend. Die dunklen Ringe um seine Augen sahen aus wie verschmierte Wimperntusche; diese groteske Aufmachung verdankte er der verflixten Prinzessin und der dokumentenechten Tinte.

Aurgelmir verdrehte die Augen. «Danke euch beiden, ich bin mit meinen Gesetzen vertraut.»

«Können wir davon ausgehen, Lebrar», sagte Perduellis zu Aurgelmirs Rechten, «dass diejenigen, die eure Arbeit behindern, wissen, was ihr vorhabt?»

«Sie wissen, dass wir nur dort sind, um nach ungewöhnlichem Verhalten Ausschau zu halten, besonders im Hinblick auf den Wahnsinn.» Er machte das entsprechende Abwehrzeichen. «Manchmal scheinen sie mehr als meine Soldaten zu wissen. Aber eins steht fest: Es kann so nicht weitergehen, sonst fließt bald Blut. Ich brauche Mylord nicht zu sagen, wie wichtig es ist, das zu vermeiden.»

Der Imperator lehnte sich gegen seinen Thron und dachte nach. Dann wandte er sich an Lebrar.

«In Wahrheit ergreifen diese Leute damit Partei für den Wahnsinn. Und damit sind sie Feinde des Imperiums. Nun kann zwar das Heer nichts gegen sie unternehmen, aber wir haben andere Einheiten, die wir vielleicht dafür einsetzen können.» Er wandte sich an Perduellis. «Als Hochinquisitor bist du wohl dafür zuständig, dir das einmal genauer anzusehen.»

«Wenn Ihr gestattet, Mylord», sagte Lebrar, bevor Perduellis antworten konnte. Aurgelmir nickte. «Meines Wissens besteht die Inquisitionsgarde lediglich aus einigen Archivaren, die in Pergamenten wühlen, sowie einer Handvoll dafür abgestellter Wachsoldaten. Ich bezweifle, dass sie sich werden schützen können, wenn man sie dort einsetzt – die Soldaten des Imperiums genießen immerhin noch einen gewissen Respekt von Seiten der Bürgerschaft, und doch hatten wie gesagt selbst wir Probleme.»

«Ja, dessen bin ich mir bewusst. Aber wir müssen die jüngsten Entwicklungen berücksichtigen.» Aurgelmir wechselte einen Blick mit Perduellis. «Der Wahnsinn ist auf dem Vormarsch, diese Tatsache lässt sich nicht bestreiten. Zugleich wendet sich unser Volk in seiner Verwirrung von seinem treuen Führer ab. Wir können Elyon danken, dass die Rebellen bis jetzt nur aus einer Horde Bauern bestehen und sie noch nicht versucht haben, uns anzugreifen. Aber wir dürfen nicht außer Acht lassen, dass sie über kurz oder lang zu einer Bedrohung werden, und wir können uns auch keinen Kampf an mehreren Fronten leisten.» Der Imperator beugte sich vor, und Leidenschaft trat in seine Stimme.

«Die Inquisitionswache ist zu schwach, zu klein. Aber das werden die neuen Gesetzentwürfe ändern. Um den Wahnsinn zurückzudrängen und jegliche Fragen von Seiten unseres Volkes zu unterdrücken, müssen wir eine lückenlos geschlossene Front zeigen. Die Inquisition wird umfassend verstärkt: Es wird nicht nur ihr Kontingent an Schreibern gehörig aufgestockt, sondern es werden sich auch an jeder ihrer Aktionen das Heer, Itrim, die Goldene Wacht und Mitglieder der apheristischen Kirche beteiligen.»

Lebrar grinste. «Apheristische Kirchenmänner Schulter an Schulter mit Lehrmeistern? Die vertragen sich keine fünf Minuten lang. Packt noch das Heer und eine Horde Schreiberlinge hinzu, und das Chaos ist komplett. Ich begreife Eure Absichten, Mylord, und es sind nur die besten! Aber realistisch betrachtet, wird es nicht funktionieren.»

«Ich denke, du vergisst, wer unser Hochinquisitor ist.» Aurgelmir lächelte trotz Lebrars mangelndem Vertrauen. «Perduellis verfügt über hervorragende Verbindungen zu allen beteiligten Parteien, ohne einer von ihnen anzugehören. Das war einer der Gründe, warum ich ihn überhaupt zum Hochinquisitor ernannt habe.»

Perduellis war während dieser Diskussion ruhig geblieben, doch er erwiderte Lebrars Blick, als der Militärratgeber ihn musterte. Anscheinend nahm er ihn zum ersten Mal richtig wahr.

«Und wie viel Macht hätte diese reformierte Inquisition?»

Aurgelmir lachte. «Nun, geschätzter Lebrar … so viel Macht wie nötig. Die Inquisition muss in der Lage sein, gänzlich ungehindert gegen den Wahnsinn vorzugehen. Sie wird autorisiert sein, jede Spur zu verfolgen, jedes Haus zu durchsuchen und nötigenfalls jeden in Arrest zu nehmen, der im Verdacht steht, für den Wahnsinn zu arbeiten. Ich habe sogar darauf bestanden, dass sie befugt ist, gegen meine Person zu ermitteln. Damit wird ihre politische Unabhängigkeit deutlich gemacht. Ein entsprechender Zusatzartikel ist bereits entworfen.» Er streckte Perduellis die Hand hin, der eine schmale Schriftrolle vom Tisch nahm und dem Imperator aushändigte. «Es fügt sich gut, dass du mit diesen Neuigkeiten kamst, denn nun wirst du als Erster Gelegenheit haben, ihn durchzusehen und zu unterschreiben.»

«Sehr wohl, Mylord.» Lebrar nahm die Schriftrolle entgegen, verneigte sich und verließ den Raum.

«Das ist gut gelaufen», sagte Aurgelmir, sobald die Tür hinter seinem Militärratgeber wieder richtig zu war.

✦ ✦ ✦

Perduellis trat zu dem Mann, der allein in dem großen, hellerleuchteten Saal stand und durch große Fensterscheiben auf den Hof hinunterschaute. Über dem goldenen Umhang, der bis auf den polierten Boden hinunterfiel, war nur das sorgfältig gekämmte weiße Haupthaar sichtbar. Der Pontifex Leo Pius IV. wandte sich um, und der Ratgeber des Imperators wusste wieder, warum er den Führer der apheristischen Kirche nicht mochte: Der Mann war klein von Statur und verbarg unter seinem Umhang einen rundlichen, doch merkwürdig zerbrechlich wirkenden Leib, sein Lächeln reichte nur so weit wie seine Lippen, ohne dass die Augen je daran beteiligt waren, und seine Kleider spiegelten die höchsten Reichtümer wider. Er streckte zum Gruß eine zierliche Hand vor, an der Ringe funkelten.

«Perduellis.» Seine Stimme entsprach seinem Erscheinungsbild: schwach und zugleich eine Vortäuschung von Macht und Autorität.

«Eure Heiligkeit.»

«Ich freue mich, dass wir auf diese Weise endlich zusammenarbeiten können. Unser Schulterschluss wird Calaspia sicherer machen. In weltlicher wie spiritueller Hinsicht, versteht sich.» Er faltete die Hände und verbarg sie unter seiner weißen Robe.

«Und ich möchte Euch für Eure bereitwillige Unterstützung dieser Bewegung Dank aussprechen, sowohl in meiner Rolle als Hochinquisitor als auch im Namen Seiner Majestät Imperator Aurgelmir. Eure überaus fähigen Bannbrecher zur Verfügung zu stellen, ist sehr edelmütig.» Perduellis neigte zum Zeichen seiner Anerkennung den Kopf.

Der Blick des Pontifex blieb an Perduellis' Tintenflecken hängen, als sie einander ansahen, aber er sagte nur: «Die Bannbrecher dienen dazu, die Sicherheit des numeniischen Volkes zu gewährleisten; warum sollte ich sie davon abhalten, das zu tun, wofür sie ausgebildet worden sind? Immerhin haben wir dem Imperium auch bereitwillig zur Seite gestanden, als es sich der Bedrohung durch Eridanus gegenübersah – sogar ohne offizielle Vereinbarungen.»

Leo Pius IV. lachte gedehnt. Perduellis lächelte trotz der

Lüge. Er wusste ganz genau, dass die Bannbrecher allein zu dem Zweck geschaffen worden waren, mit Itrims Zauberern fertig zu werden, sollte Itrim die apheristische Kirche je angreifen wollen. Aber, überlegte Perduellis, in den Augen des Pontifex war die eigene Sicherheit ebenso wichtig wie die des Imperiums, also war es keine völlige Lüge.

«In diesem Fall», sagte der Hochinquisitor, «danken wir Euch für Euren Weitblick, die Zahl der Bannbrecher erhöht zu haben, sodass auch wir uns ihrer bedienen können.»

«So Elyon will, wird diese Säuberungsaktion des Landes ebenso von Erfolg gekrönt sein wie frühere Inquisitionen.» Der Pontifex nickte und hob ernst die langen Augenbrauen. «Wir bilden mehr Rekruten aus, um die massive Bedrohung durch den Kult des Wahnsinns abzuwehren. Und während ich zwar durchaus anerkenne, dass es notwendig ist, kräftig durchzugreifen, wird Gewalt allein nicht verhindern, dass sich dieser Irrsinn ausbreitet … Das Volk muss *selbst* zwischen Gut und Böse unterscheiden können. Mir scheint, dass Calaspia gerade seinen moralischen Kompass verliert.»

«Und das beklagt Ihr einem Politiker gegenüber?» Perduellis lachte. «Das ist eindeutig ein Versäumnis der Kirche, heiligster Pontifex, nicht der Politik.»

«Calaspia hat Glück, dass es Männer wie Euch gibt: einen Angehörigen der Imperialen Regierung, der dennoch rechtschaffen dem Pfad der Getreuen folgt. Kommt, mein Sohn, und trinkt einen Schluck mit mir, während wir zusehen, wie Apherists beste Männer ausziehen und einen neuen Anfang setzen.» Der Pontifex holte zwei Kristallgläser und eine Flasche aus einem Schrank. Er schenkte großzügig ein, reichte Perduellis ein Glas und erhob das seine.

«Auf die Inquisition», sagten sie und stießen an. Das Kirchenoberhaupt wandte sich ab und ging zum Fenster. Vom kiesbestreuten Hof unten war Marschieren zu hören. Perduellis trat neben ihn. Zunächst kam ein einzelner schwergepanzerter Mann in Sicht. Seine schimmernde Rüstung war nicht von dem strahlenden Gelb der Goldenen Wacht, sondern schien sämtliches Licht in ihrer Umgebung einzufangen und als buntes Schillern zurückzuwerfen. Er trug keinen Helm und keinen Schild, aber eine Standarte, die in der stillen Luft kaum flatterte. Sie war mit dem Schwert der Rechtschaffenheit verziert, das aus der Heiligen Schrift ragte. Hinter dem Bannerträger marschierten Reihen ebenso gepanzerter Krieger in perfektem Gleichschritt. Jeder trug einen langen, ovalen Schild, an dessen Rand Runen eingraviert waren, und am Gürtel ein breites, mächtiges Schwert. Die Rüstung bedeckte sie vollständig; an den Gelenken überlappten sich die Einzelteile, sodass die Gliedmaßen beim Beugen weiterhin geschützt waren. Auf ebensolche Weise waren die Schulterplatten verlängert, was die Männer breiter wirken ließ, als sie tatsächlich waren. Ihre Helme trugen sie unter dem linken Arm – innerhalb von Befestigungen waren sie barhäuptig, wie es den Regeln der Kirche entsprach. Der Schimmer, der von den Kriegern ausging, hatte etwas Mystisches, als handelte es sich um ein verbotenes Regiment, das aus einem früheren Zeitalter herübergeholt worden war.

Perduellis warf einen verstohlenen Blick nach rechts. Der Pontifex lächelte selbstgefällig in sich hinein. Der Ratgeber des Imperators freute sich über das Ergebnis seiner Verhandlungen. Mit so vielen Bannbrechern hatte er nicht gerechnet, und sie würden überaus nützlich sein, wenn es galt, Personen zu überwältigen, in deren Besitz Teile des Buchs der Zeiten waren, und eventuelle darüberliegende Schutzzauber aufzuheben. Einige hundert Soldaten strömten durch die Tore am Ende des Platzes und setzten ihre Helme auf, bevor sie sich, je nach Einsatzgebiet, auf ihre Vorgesetzten der Inquisition verteilten.

Der Hochinquisitor nippte an seinem Wein, wandte sich vom Fenster ab und ging zurück in die Raummitte.

«Was für ein schöner Anblick», sagte der Pontifex, als er sich nachschenkte. «Es rührt noch stets mein Herz zu sehen, wie Rechtgläubige sich aufmachen, um gegen das Böse vorzugehen.»

Perduellis ließ, wie es sich gehörte, ein wenig Wein in seinem Glas, als er es auf den Tisch stellte.

«Apropos aufmachen, Eure Heiligkeit», sagte er. «Es wird Zeit für mich, ins Regere Mansionum zurückzukehren.»

«Selbstverständlich, Perduellis. Geht in diesen schweren Zeiten mit meinem Segen!» Der Pontifex hob eine Hand und schloss die Augen. Als er sie wieder öffnete, lächelte er sein übliches kaltes Lächeln.

«Vielen Dank, Eure Heiligkeit.»

Perduellis' Schritte federten vor Erwartung, so sehr brannte er darauf, seinen neuen Truppen den ersten Befehl zu geben.

✦ ✦ ✦

Die ganze Stadt war vor den Mauern von Tyr Baldur versammelt. Die Aufmerksamkeit konzentrierte sich auf einen großen Holzhaufen mit einem Pfahl in der Mitte. Die Inquisition hatte allgemeine Anwesenheit verfügt. Der schwach vom Mondlicht erhellte Berg über der Stadt tauchte immer nur kurz hinter den Wolken auf. Ein Lehrmeister mit einer schwarzen Kapuze trat vor, in der einen Hand eine Fackel, in der anderen eine Schriftrolle. Mit einem Strom von Ergeomorphismus veränderte er die Luft um sich und die Einwohner von Tyr Baldur herum, sodass seine Stimme ohne große Anstrengung laut widerhallte.

«Auf Befehl des Hochinquisitors Perduellis und mit Billigung durch Seine Majestät Imperator Aurgelmir, Seine Heiligkeit Pontifex Leo Pius IV. sowie den Hohen Lehrmeister Djutoris haben wir die Männer, die ihr hier vor euch seht, festgenommen. Sie wurden des Kontaktes und der Zusammenarbeit mit den Mächten des Wahnsinns schuldig gesprochen und zum Tode verurteilt.» Seine Stimme war weithin vernehmlich, obwohl sich aus dem kleinen Haufen zusammengebundener Gefangenen hinter ihm, die von einem Bannbrecher und mehreren Soldaten der Inquisition bewacht wurden, Schreie und Rufe erhoben.

«Sie werden nunmehr auf dem Scheiterhaufen verbrannt.»

Die fünf Verurteilten wurden unter Schlägen und Tritten nach oben verfrachtet und angebunden. Sie waren praktisch nackt und zitterten in der kalten Nacht. Jeder von ihnen trug ein Mal in der Form eines «V» – ob auf der Stirn, dem Handgelenk, der Hand oder der Brust. Als die Soldaten sich zurückzogen und Lehrmeister und Bannbrecher vortraten, rief einer von ihnen: «Wir sind unschuldig, wir haben nichts getan! Ich habe den Wahnsinn nie unterstützt … Nie angerührt hab ich ihn!» Er verstummte schluchzend. Die meisten Versammelten machten das Abwehrzeichen gegen den Wahnsinn. Der Lehrmeister warf dem Mann einen verächtlichen Blick zu und hielt die Fackel an den Holzhaufen. Dieser flammte sofort auf. Der Bannbrecher griff in eine Innentasche und streute eine Handvoll Staub über das Feuer, ließ die Funken eine Sekunde lang grellrot aufleuchten. Einige Bürger hatten sich bereits wieder zur Stadt umgewandt, und die Eltern, die noch blieben, hielten ihren Kindern die Augen zu. Die Inquisitionstruppe blieb, wo sie war, und starrte entschlossen die fünf Männer auf dem Stapel brennenden Holzes an. Die Flammen näherten sich dem Zentrum, und die Männer drängten sich enger zusammen, zerrten an ihren Fesseln. Die Funken flog dicht und schnell Richtung Mitte, viele landeten auf ihrer nackten Haut. Immer mehr Zuschauer wandten sich entsetzt ab. Die Flammen erreichten das Holz, auf dem die Verurteilten standen, und sie rutschten weiter in den Scheiterhaufen hinein. Ihre Schreie waren unerträglich.

Als das Feuer niedergebrannt und nur noch Glut übrig war, bewegte sich der Bannbrecher langsam zu der Stelle, wo die fünf gestanden hatten, und schirmte sein Gesicht dabei mit einer Hand vor der Hitze ab. Er bückte sich und hob das Seil auf, mit dem sie angebunden gewesen waren. Es war immer noch heil, die Flammen hatten ihm nichts anhaben können. Als der Bannbrecher es aufrollte und sich über die Schulter hängte, starrten die Wachen ihn verblüfft an.

«So können sie sich nicht befreien, wenn das Feuer sich durch das Seil frisst. Weil das Feuer sich nicht durch das Seil fressen kann.» Er lächelte und ging zur Stadt, wo gerade die letzten Bürger hinter den Mauern verschwanden. Die anderen folgten; nur der Mond blieb als letzter Betrachter über dem Haufen aus geschwärzten Knochen, verkohltem Fleisch und verbranntem Holz zurück.

✦ 16. KAPITEL ✦

Sarghenta spricht

Die Türen öffneten sich zu einem geräumigen Arbeitszimmer hin. Schimmernder Marmorboden führte zu einem Teppich, auf dem eine weißhaarige Dame in einem bequemen roten Sessel beim Feuer saß. In der einen Hand hielt sie ein Kristallglas, an dem sie vornehm nippte und dabei durch eine Brille auf ein fleckiges Stück Pergament hinunterschaute, das sie in der anderen hielt.

«Seid willkommen, meine Jungen», sagte die alte Dame mit einem eleganten Neigen des Kopfes. Der Kopf blieb geneigt, als sie über den Rand ihrer Brille hinweg zu ihnen schaute. «Und wenn ich mit euch fertig bin, dann seid nicht länger Jungen, sondern Krieger.»

Der Tonfall entsprach dem einer Einladung zum Tee; entsprechend verwirrt waren die beiden Besucher. Ohne zu wissen, was sie sich unter dieser Aufforderung vorstellen sollten, murmelten die Barue guten Tag und gingen auf leisen Sohlen zu den angebotenen Stühlen. Hinter ihnen wurden die Türflügel geschlossen.

«Schon besser», sagte Sarghenta mit einem freundlichen Lächeln. Sie trug ein schlichtes burgunderrotes Kleid, das bis zum Boden herabfiel und mit einem breiten Ledergürtel gerafft war. Obwohl sie, der Einrichtung und ihrer Position als der mächtigsten Frau Calaspias nach zu schließen, sehr reich sein musste, trug sie bis auf eine schmale goldene Halskette mit einem Anhänger in der Form zweier gekreuzter Schwerter keinen Schmuck. Und dabei prunkte dieses Zimmer mit mehreren großen, kostbaren Gemälden, einem üppigen roten Teppich und sogar einem Kristallleuchter. Auf einem breiten Holztisch lagen Karten und Dokumente durcheinander und verdeckten das weiße Tischtuch fast völlig.

«Wie kann ich euch helfen?», fragte Sarghenta. «Ich könnte euch erst einmal etwas zu essen und zu trinken anbieten, nicht wahr? Bitte – bedient euch.» Ohne dorthin zu sehen, zeigte sie zu einer Anrichte, auf der Erfrischungen bereitstanden.

Bryn und Mittni sahen einander verdutzt an.

«Wir wollten … Euch kennenlernen», sagte Bryn aufrichtig.

Die alte Dame beugte sich ein wenig vor, einen leicht amüsierten Ausdruck im Gesicht. «Wie nett. Ich bekomme nicht mehr oft Besuch von jungen Männern, jedenfalls nicht, weil sie mich kennenlernen wollen.» Sie lachte leise. «Aber ihr habt euch immer noch nichts geholt. Ihr wisst doch, dass man in manchen Kulturen dafür enthauptet werden kann. Nun macht schon; ich weiß genau, dass ihr das wisst, es steht auf dem Lehrplan.»

Bryn und Mittni standen pflichtgemäß auf und bedienten sich von der formellen Auswahl an Häppchen und Kräutertee.

«Sehr schön. Nun könnt ihr mich kennenlernen.»

Sarghenta war ebenso selbstsicher wie Mama Bellyset, aber nicht im Geringsten mütterlich. Sie war weit schlanker gebaut und sprach und bewegte sich leise, was Bryns Großmutter im Vergleich laut und geschäftig wirken ließ. Auf den ersten

Blick mochte Sarghenta etwas weniger beeindruckend als die älteste Bellyset sein, aber nach nur wenigen Sekunden in ihrer Gegenwart wussten Bryn und Mittni es besser. Hinter ihrem dezenten Auftreten verbargen sich Klugheit und Genauigkeit. Ihre Gedanken und Handlungen waren wohlerwogen und sorgfältig aufeinander abgestimmt. Die alte Dame wirkte zwar freundlich und zuvorkommend und völlig entspannt, aber sie strahlte eine gewisse ruhende, gesammelte Kraft aus, als könnte sie jeden Moment aufspringen. Hellwach und kraftvoll, wie ein Schneetiger. Der Eindruck war absurd. Wenn das dieselbe Sarghenta war, die während des Kriegs um das Tor die Culmus Sangui ausgebildet hatte, dann musste sie weit über achtzig sein. Es hieß, in dieser finsteren Zeit hätten nicht einmal ihre Studenten sie übertreffen können. Bryn musste an Aquiuss' Worte über das Rätsel der Großmeister denken und fragte sich, ob das eine Erklärung war.

Es musste sich um dieselbe Person handeln, denn Thybil hatte von ihrer Freundschaft während des Kriegs um das Tor erzählt. Irgendwie war Bryn froh, dass der Alte sich nicht die Mühe gemacht hatte, sie zu beschreiben. Sie machte einen liebenswürdigen und weisen Eindruck, und es fehlte jede Ausstrahlung negativer Gefühle. Natürlich konnten Meister der Magie und des Geistes ihre Gedanken und Gefühle verbergen.

Bei dem Versuch, Sarghentas Charakter zu begreifen, fiel ihm ein, wie viele Gefahren und Entbehrungen sowohl körperlicher als auch geistiger und seelischer Art die alte Dame überlebt haben musste. Er landete wieder bei dem Bild von dem Tiger. Bei der Vorstellung, was geschah, wenn jemand den Zorn des Tigers weckte. Wenn die offensichtliche Freundlichkeit sich mit einem Blitzen der stahlblauen Augen in kalten Zorn verwandelte. Sarghenta konnte gefährlich sein.

Tödlich, dachte Bryn.

Er schob die Überlegungen beiseite und richtete seine Aufmerksamkeit wieder auf das Gespräch. Als wüsste sie, was er gerade gedacht hatte, wandte Sarghenta sich herum und lächelte ihn mit perfekten Zähnen an. Nervös versteckte Bryn sein Gesicht hinter seinem Getränk. Leider gab es hier kein Swigny.

Sarghenta plauderte, erzählte von sich, und doch hatten die Barue weiterhin das Gefühl, gar nichts über sie zu wissen. Anstatt Heldengeschichten und biographische Anekdoten zu hören, erfuhren sie von Vorlieben und Abneigungen, was Essen, Trinken und das Wetter betraf. Sarghenta erzählte ihnen von ihren Pferden und ihren Lieblingsausritten, von der Jagd und der Hundezucht, von ihrer Einstellung zur Politik der Numenii, von Farben und Kleidern, Künsten und Künstlern. Kurz, es handelte sich um das ganz normale Geplauder einer äußerst gesprächigen, kultivierten Dame von achtzig Jahren.

Es gelang ihr nicht nur, mit Einzelheiten aus ihrem Leben zurückzuhalten, sie wich auch gänzlich den Themen aus, für die sie berühmt war: Fechtkunst, Taktik, die Culmus Sangui, der Krieg um das Tor sowie überhaupt alles, was mit Gewalt und Blutvergießen zusammenhing. Sie hörte sich an wie ein zufriedenes altes Tantchen, das seine Augen vor den Ungerechtigkeiten der Welt verschloss oder sie als gottgegeben hinnahm.

«Wie unhöflich von mir», sagte sie plötzlich und brach mitten im Satz ab. «Vergebt mir, aber ich lasse ja euch gar nicht zu Wort kommen! Was gibt es denn von euch zu erzählen?»

Bryn musste wieder an Mama Bellyset denken, einfach weil sie die älteste Frau war, die er kannte. Ansonsten passte der Vergleich mit einem Großmütterchen kaum. Sarghenta war zart gebaut, wirkte dabei aber durchaus gesund und gut in Form. Sie hatte, fand Bryn, genau die richtige Menge Falten. Sie legten Zeugnis von angenehmen wie auch schmerzlichen Erfahrungen ab und fügten ihrem Ausdruck von Mitgefühl, Missbilligung und Amüsiertheit jenes gewisse Etwas hinzu, das dem Alter vorbehalten war.

Und doch straften ihre Kinnlinie und die strahlend blauen Augen das Bild einer ausgeglichenen Persönlichkeit Lügen, deren Lebensabend schon weit fortgeschritten war. Hinter diesem energischen, wissenden Blick konnte Bryn sich einen Verstand vorstellen, der noch ebenso rasch und scharf war wie vor fünfundvierzig Jahren. Auf einmal kam ihm der Gedanke, dass es sich hier um eine Art Prüfung handeln konnte. Sie war doch schließlich die höchste Autorität in der Schule. Was wurde von ihnen erwartet?

«Mein Name ist Mittni», begann sein Freund.

Ist ja mal eine gute Idee, dachte Bryn, als ihm mit Schrecken klarwurde, dass sie sich nicht einmal vorgestellt hatten.

«Meint ihr, ich wüsste die Namen der Studenten nicht, die in meiner Schule ausgebildet werden?», fragte Sarghenta ruhig. Sie legte den Kopf zurück und sah sie an, als wäre es das erste Mal. «Ich habe euch beobachtet.» Diese Neuigkeit trug nicht gerade zur Entspannung ihrer Gäste bei. «Ihr scheint eure Studienzeit zu genießen.» Die Barue nickten höflich.

«Ist das etwas Gutes oder etwas Schlechtes?», fragte Mittni unvermittelt.

Zu Bryns Überraschung lachte die alte Dame laut auf und klatschte in die Hände. «Gute Frage! Ich könnte ja gemeint haben, dass ihr euer Studium genießt, indem ihr es nicht ernst nehmt, nicht wahr?»

Mittni, der augenscheinlich keinen Scherz hatte machen wollen, grinste verlegen und gab sich alle Mühe mitzuspielen.

«Nein, keine Sorge. Es ist wichtig, dass man die körperliche und geistige Anspannung, unter der man steht, auch einmal loswird, indem man sich amüsiert. Ich muss sagen, dass ihr um einiges lauter seid als meine anderen Studenten.»

Sarghenta hob den Blick vom breiten Kamin und sah aus dem Fenster. Bryn spürte, wie ein befremdliches, leeres Gefühl in der alten Dame aufflackerte. Ohne die Barue anzusehen, den Blick fest auf irgendeinen schneebedeckten Gipfel in der Ferne gerichtet, wirkte die Herrin der Eisfeste plötzlich streng und ein wenig furchteinflößend.

«Erzählt mir, was ihr hier zu erreichen hofft», sagte sie tonlos.

Die Barue waren so über diese direkte Frage erschrocken, dass sie zunächst gar nicht anworten konnten. Als Bryn einfiel, welch großer Wert hier auf Improvisation und Reaktionsschnelligkeit gelegt wurde, gelang es ihm als Erstem, seine Gedanken zu bündeln. Sarghentas leiser Vorstoß war ja vielleicht auch ein Test.

«Ich könnte Euch eine Antwort liefern, die gut klänge, aber die Angelegenheit ist zu einfach, um sie mit Worten auszuschmücken», reihte Bryn sorgsam seine Worte aneinander und war sich des inneren Widerspruchs nur zu bewusst. «Die Wahrheit ist, dass ich nur hier bin, um zu lernen. Wir sind in Geschehnisse verwickelt, die wir nicht begreifen, und hoffen, uns hier das nötige Rüstzeug verschaffen zu können, um besser mit dem fertig zu werden, was die Zukunft für uns bereithält.»

Mittni hatte es eilig, selbst eine Erklärung abzugeben. «Wir hoffen, unserem Volk, der Gerechtigkeit und dem Wohl Calaspias besser dienen zu können. Mein Ziel ist es, mich zu entwickeln und zu verbessern – jawohl, zu lernen.»

Bryn rechnete damit, dass die alte Dame sich umwandte

und lächelte oder lachte, dass ihre Miene sich wieder aufhellte, um ihren Gästen zu versichern, dass sie wohlgesprochen hatten. Er erwartete zumindest ein ruhiges Nicken und ein Wort der Anerkennung. Stattdessen sagte ihre Gastgeberin schlicht: «Nun gut» – das Gesicht immer noch abgewandt.

Einen Moment lang herrschte unangenehmes Schweigen. Die Barue waren ohnehin nervös und unsicher gewesen, und nun fragte Bryn sich, worauf das hier hinauslief. Er sah zu Mittni, der am Saum seines Hemdes nestelte und kaum noch ruhig sitzen konnte. Bryn sah ihn stirnrunzelnd an, um ihn zum Aufhören zu bewegen, aber Mittni merkte es nicht.

Schließlich sah Sarghenta sie an. «Ihr seid in Ereignisse verwickelt wie wir alle. Ihr wollt lernen, und lernen sollt ihr auch. Vielleicht werdet ihr sogar etwas lernen, das die Ereignisse erhellt, in die ihr verwickelt seid.» Die alte Dame stellte ihr Glas auf den Tisch und lehnte sich bequem zurück, wie für eine lange Geschichte. «Ihr habt zweifelsohne schon gehört, dass die Culmus Sangui während des Kriegs um das Tor zur Abwehr der Ostentum gegründet und anschließend wieder aufgelöst wurden. Das ist eine Lüge. Es wird Zeit, dass ihr die Wahrheit über die Culmus Sangui erfahrt. Was wisst ihr?»

«Wir wissen nur, was Onkel Thybil uns erzählt hat», sagte Bryn rasch. «Das heißt, wir wissen eigentlich nicht mehr, als dass die meisten Leute die Wahrheit nicht kennen.»

Sarghenta nickte langsam, betrachtete ihn mit schmalen Augen. «Das betrifft hauptsächlich die Vergangenheit, ist aber auch von entscheidender Bedeutung für die Gegenwart.» Sie nippte an ihrem Glas.

«Der Orden von Itrim ist älter als das Imperium – zumindest älter als das Imperium der Numenii. Das wisst ihr wahrscheinlich. Der Orden wurde von einem Plimp begründet, was die wenigsten wissen. Und das war nicht bloß irgendein alter Plimp, sondern Dattu, der aus gutem Grunde ebenso legendär ist wie Apherist. Apherist und Dattu kannten einander sogar. Gemeinsam bekämpften sie das erste Eindringen des Wahnsinns in Calaspia und errichteten zahlreiche Bollwerke gegen weitere Einfälle. Eines davon war der Orden von Itrim: eine Gruppe von Gelehrten, Philosophen und Denkern. *Itrim* hieß ursprünglich *Itlin*. Und das bedeutet, Apostel des Verstehens?»

Bryn beeilte sich mit der Antwort. «Itlin bedeutet Lehre oder ‹höheres› Wissen – Weisheit.»

«So ist es. Zunächst handelte es sich um eine einfache, lose, inoffizielle Gruppierung, aber bald wurde der Orden institutionalisiert. Es handelte sich um Männer und Frauen von hohem Ansehen in ganz Calaspia. Später, als der Orden von Itlin in die Stadt der Türme umzog, nach Itrim, übernahm er diesen Namen.»

«*Rim* heißt Türme in der Hohen Zunge», merkte Bryn an.

«Exakt. Nun hat die apheristische Kirche zwar nie bestritten, dass der Orden von Itrim älter ist als sie, was sie aber nicht weiß, ist sein tatsächliches Alter oder sein ursprünglicher Zweck. Ich glaube, nicht einmal die Lehrmeister von Itrim haben einen Begriff von ihrer eigenen Identität. Wie üblich wurden die Ursprünge und Gründe auf höchst paradoxe Weise vergessen und verzerrt, ob nun bewusst oder unbewusst – oder erst das eine, dann das andere.

Wie gesagt, Apherist war Dattus Freund und Verbündeter. Während Dattu den Orden von Itrim begründete und ausbildete, schuf der mächtige Nephelim Apherist einen Orden von Elitekriegern, die Culmus Sangui. Die beiden Gruppen sind genau gleich alt – und älter als jeder andere Orden Calaspias. Ursprünglich bewahrten und beschützten die Culmus Sangui den Orden von Itrim.»

Auf einmal stand Bryn das Bild eines Kriegers vor Augen. «Apherist … Ich habe ein Bild von ihm im Regere Mansionum in Armaah gesehen. Er erinnerte mich an einen Nephelim, was sich jetzt bestätigt hat.»

«In der Tat, er war ein Nephelim, der größte Krieger aller Zeiten. Doch du solltest längst alles über ihn wissen, Bryn, wo du doch bei den Aposteln des Verstehens studiert hast, die zur apheristischen Kirche gehören.»

Plötzlich machte es klick. «Unser Apherist war natürlich auch ein Nephelim!» Bryn schlug sich vor die Stirn. «Ich bin immer davon ausgegangen, dass es viele Leute namens Apherist gegeben haben muss, und vielleicht ist der Name unter den Nephelim besonders verbreitet.»

«Das mag sein», sagte Sarghenta. «Aber wie auch immer, er ist der Einzige, von dem man weiß, und viel zu wenige wissen überhaupt von ihm. Uns sind kaum ein halbes Dutzend Namen aus dieser Zeit überliefert, und sie sind alle sehr wichtig. Nequam war einer der wenigen, der sie ernst genommen hat … aber das ist eine andere Geschichte.»

«Dann gab es also nur einen Apherist», sagte Bryn und überlegte, was diese Neuigkeit bedeutete.

«Es war ein und derselbe», bestätigte die alte Dame.

«Aber er war ein Mann des Friedens!», entfuhr es Bryn. «Der Begründer der apheristischen Kirche …»

Sarghenta lachte leise. «Apherist war stark im Glauben und stand für seine Überzeugungen ein, die höchst löblich waren. Er war jedoch nicht der Erste seiner Art. Seine Überzeugungen stammen aus einer noch früheren Zeit. Und was seine Friedliebigkeit in dem von dir gemeinten Sinne angeht, so ist das Unsinn. Er war der gewalttätigste Sterbliche, der je auf Erden gewandelt ist.»

Bryn fiel die Kinnlade herab. Er wollte seinen Ohren nicht

trauen – das konnte unmöglich stimmen. Wie konnte denn alles auf einmal auf dem Kopf stehen?

«Keine Sorge.» Sarghenta betrachtete sein Gesicht mit leichter Belustigung. «Das musste er sein. Er war gewalttätig, ja, aber rechtschaffen. Er ist das Vorbild aller Culmus Sangui und der Vater des Ordens. Wenn du ihn in dem Sinne einen Mann des Friedens nennst, dass er Frieden wollte, dann hast du recht. Aber er wusste besser als jeder andere, dass Frieden seinen Preis hat. Wäre er ein Pazifist gewesen, hätte er nicht lange überlebt. Und Calaspia auch nicht.»

Bryn war froh, das zu hören. Ihm gefiel die Vorstellung eines Mannes, der etwas gegen die Ungerechtigkeiten in der Welt unternahm, besser als die eines unrealistischen Pazifisten. Eines Machers statt eines Predigers.

Sarghenta fuhr fort. «Das soll nicht heißen, dass die apheristische Kirche etwas anderes anstrebt als ihr Stammvater, aber ich bin sicher, dass ihn einiges von dem, was im Namen seines Glaubens und seines Gottes getan wird, doch ziemlich überraschen und belustigen und entsetzen würde. Aber diese Hintergründe sollen uns heute nicht weiter interessieren. Ihr versteht nun jedenfalls allmählich, welche Bedeutung Apherist hat. Später, als er längst tot war, verließen die Culmus Sangui den Orden von Itrim. Wobei der Fehler mehr bei Itrim als bei uns lag.

Apherist war tot, und tot war sogar Telabor, sein Zwergenfreund, ein weiterer legendärer Krieger jener Zeit. Nur Dattu war noch da, denn die unsterblichen Plimpe übertreffen sogar die Zwerge noch an Jahren. Nun, da seine Freunde tot waren, fühlte er sich umso mehr für das Wohlergehen Calaspias verantwortlich.»

«Also schrieb er das Buch der Zeiten, richtig?», fragte Mittni eifrig. Bryn spürte ein plötzliches Frösteln, das von Sarghenta herrührte. Nur für den Bruchteil einer Sekunde war ihr der Schock anzusehen, dann hatte sie sich wieder im Griff.

«Wer hat euch von Dattus Buch erzählt?», fragte sie beiläufig. «Thybil bestimmt.»

Mittni legte die Stirn in Falten. «Nein. Nein, ich glaube, das war nicht Thybil. Er war sehr verschwiegen, was das betraf. Wenn ich es richtig in Erinnerung habe, hat Telseara – das ist meine Schwester – irgendein Dokument in die Hände bekommen. Eine alte Schriftrolle oder so. Darin stand etwas über den Plimp Dattu und dass er das Buch der Zeiten verfasst hat.»

Sarghenta schloss die Augen und runzelte vor Konzentration die Stirn. «Weißt du noch, wo deine Schwester diese Schriftrolle gefunden hat?» Sie öffnete die Augen wieder und starrte ihre beiden Studenten eindringlich an.

Bryn und Mittni wechselten nervös einen Blick. Keiner schien sich noch zu erinnern.

«Irgendwo im Regere Mansionum», sagte Bryn langsam, als ihm wieder einfiel, dass er einmal mit Telseara in einem Salon gesessen hatte und sie sich mit einem Haufen alter Schriften umgeben hatte. Höchst ungewöhnlich für Thybils unwilligste Schülerin.

«Es ist wichtig», beharrte Sarghenta. «Das ist eine sehr heikle Angelegenheit. Wenn ihr auch nur ein klein wenig über das Buch der Zeiten erfahren habt, dann seid ihr euch vielleicht auch darüber im Klaren, dass es schon außergewöhnlich ist, auch nur von seiner Existenz zu wissen – und an sie zu glauben.»

«Kam dabei nicht heraus, dass es im Regere Mansionum zwei Fragmente von Dattus Buch gab?» Mittni sah Bryn an, der nickte. «Onkel Thybil hatte das eine, aber das wurde beschlagnahmt, und Onkel Gug hatte das andere … und er ist hier.»

Sie ging nicht darauf ein.

«Zurück zum Verfasser des besagten Buches. Der Plimp Dattu starb schließlich, nachdem er das Buch der Zeiten vollendet hatte. Es wurde verstreut, und selbst um einzelne Seiten wurden Kriege geführt. Das ließ erst nach, als das Buch allmählich ins Reich der Mythen überging. Wir wissen jedoch, dass diese Legenden zutreffen. Wir wissen am besten, welchen man Glauben schenken darf und welche im Laufe der Geschichte verfälscht wurden.»

«Woher denn?», fragte Mittni.

«Und wer ist *wir*?», fragte Bryn.

«Die Culmus Sangui wissen es.» Diese entschiedene Feststellung beantwortete seine Frage noch lange nicht, fand Bryn. Sarghenta seufzte. «Ich fürchte, ein Teil des Buches befindet sich bereits in den Händen des Feindes. Die Kriegsmaschinen, mit denen eure Freunde konfrontiert wurden, als sie König Ureof vor der drohenden Gefahr durch die Ostentum warnten, gehen auf Entwürfe aus der Alten Welt zurück. Auf Entwürfe, die dem Buch der Zeiten entnommen sind.»

«Aber die Kriegsmaschinen wurden doch von *Nurgor* bedient», sagte Bryn ungläubig.

Sarghenta zuckte die Achseln. «*Gebaut* haben die sie gewiss nicht. Was den Verlust von Thybils Fragment angeht, so ist das ein großes Unglück. Aber wie ihr vermutet, hat Dattu sein Buch in der alten Sprache der Plimpe verfasst, und ich zumindest bin nicht in der Lage, sie zu übersetzen.» Sie nippte an ihrem Glas. «Wenn wir rasch handeln, lässt sich der Schaden noch abwenden. Es gibt Mittel und Wege, Thybils Teil des Buches wiederzuerlangen, und der Text wird auf vielerlei Weisen geschützt. Die wenigen Passagen in unserem Besitz gehören uns schon seit langer Zeit.»

Bryn konnte über ihren Optimismus nur staunen.

«Nun seht ihr jedenfalls, wie manche Dinge sich ins Bild fügen und wie sehr die allgemeine Überzeugung danebenliegt. Meine Güte, schaut, wie spät es ist. Ihr solltet nun gehen, sonst verpasst ihr euer Abendessen. Ich bin müde und brauche jetzt Ruhe.»

Sarghenta sah sie auffordernd an, und die Barue standen auf. Die alte Dame wirkte nicht im mindesten müde, ihre blauen Augen schauten so wach und aufmerksam wie immer.

Bryn drehte sich noch einmal um. «Ich habe noch eine letzte Frage, wenn es recht ist. Ihr wolltet wissen, was wir zu erreichen hoffen. Aber es war nicht unsere Idee allein, hierherzukommen.» Er machte eine Pause und fragte sich im selben Moment, ob Sarghenta ihn für seine Unsicherheit verachten würde. «Ihr habt Thybils Brief erhalten. Wie lange sollen wir hierbleiben? Wie lange wird unsere Ausbildung dauern? Wir haben schon viel gelernt. Wann können wir zu unserem Volk zurückkehren?»

«Und was geht im Imperium vor sich?», schloss Mittni sich an. «Kommt es zum Krieg? Können die Culmus Sangui die Verschwörung aufdecken?»

«*Eine* Frage!» Sarghenta zog die Brauen hoch. «In diesem Fall habe ich auch *eine* Antwort. Studiert, lernt, übt, so hart ihr könnt, mit eurem ganzen Verstand und eurer ganzen Kraft. Vergesst alles andere. Bryn, du musst in der Lage sein, dich gegen diejenigen zu verteidigen, die in der Maske der Apheristenbrüder auftreten. Ihr werdet zu eurem Volk zurückkehren, sobald ihr ein angemessenes Niveau erreicht habt. Bis dahin wird euch jede Sorge um die Welt dort draußen nur langsamer machen.» Sie sah ihnen in die Augen. «Hundert Prozent Einsatz, Jungen, oder ihr werdet versagen. Ihr seid … Ausnahmen in meinem Programm, mit einem ziemlich ungewöhnlichen Lehrplan, um es einmal milde auszudrücken.»

«Bitte verzeiht», sagte Bryn. «Wir fühlen uns geehrt, hier sein zu dürfen, und werden so hart arbeiten, wie wir können, um Euch nicht zu enttäuschen.»

Sarghenta schien ihn gar nicht gehört zu haben. «Ach, ich hätte fast vergessen, euch den Grund zu sagen, warum ich euch heute habe rufen lassen. Wie dumm von mir.» Bryn und Mittni waren sich beide darüber im Klaren, dass sie gar nichts vergessen hatte. «Ihr werdet morgen früh zu eurer ersten Mission aufbrechen. Ihr werdet nach Wenfeld reisen und Rosmerte Bellyset von dort nach Eisenfels eskortieren, wo sich Thybil und die Loyalisten aufhalten. Nun seht zu, dass ihr etwas Schlaf bekommt. Wir sehen einander bald wieder.»

Die Barue konnten ihre Aufregung kaum verbergen. Sie dankten Sarghenta für die gewährten Einsichten und ihre Gastfreundschaft und gingen. Die geheimnisvolle alte Dame hob ihr Glas, als wollte sie ihnen zuprosten, und wandte ihren Blick dann wieder zum Kamin.

✦ 17. KAPITEL ✦

Unstimmigkeiten

Sie waren den ganzen Tag unterwegs und machten nur kurz für einen Mittagsimbiss halt. Die ersten Minuten waren herrlich: mit Aquiuss in der Mitte zu ihrer ersten Mission aus Caer Isnova hinauszureiten, während die noch nicht ganz aufgegangene Sonne ihren Abschied in ein verheißungsvolles Licht tauchte. Das großartige Gefühl ließ rasch nach, als sie tagelang eintönig dahinritten, während Aquiuss ihnen in vertrauter Manier Tipps gab, sie auf Stellen hinwies, an denen sich Feinde verbergen konnten, auf ideale Orte für einen Hinterhalt, und ausführte, wie man einem solchen vorbeugte – alles von entscheidender Bedeutung für ihre künftige Rolle als Geleitschutz.

«Beim Eskortreiten», begann Aquiuss, «geht es nicht in erster Linie um Schutz. Das Hauptgewicht liegt auf der Vorbeugung: Wer seine Schutzbefohlenen verteidigen muss, hat bereits in seiner Wachsamkeit versagt.»

«Warum will Mama Bellyset eigentlich nach Eisenfels?», fragte Bryn auf einmal. «Ist sie … in Gefahr?»

«Die Culmus Sangui haben viele Ohren und viele Augen.» Aquiuss saß wieder auf, was eine Fortsetzung des Gesprächs unwahrscheinlich sein ließ. «Wir handeln oftmals auf der Basis von Gefühlseindrücken. Würden wir warten, bis wir Gewissheit hätten, wäre es vielleicht zu spät. Ich weiß nur, dass wir diesen Auftrag erhalten haben und dass wir gute Arbeit leisten sollen.» Er sah Bryn ruhig an. «Mach dir keine Sorgen, sei einfach wachsam.»

Die Barue hatten sich inzwischen an das anstrengende körperliche und geistige Training gewöhnt, das sie müde, aber auch zufrieden zurückließ. Beide waren sich jedoch einig, dass es richtig guttat, nicht mehr Vallons spitzfindige Bemerkungen oder Cerions arrogantes Grinsen ertragen zu müssen.

Die Tage verstrichen ereignislos, und als sie sich Wenfeld näherten und den Trabatrawald durchquerten, kam ihnen die Landschaft allmählich bekannt vor. Sie ernährten sich von kärglichen Proviantrationen, die sie mit allem aufbesserten, was die Natur zu bieten hatte – und das war wesentlich mehr, als sie vor nicht allzu langer Zeit gedacht hatten. Je näher sie der Barue-Siedlung kamen, desto freigiebiger schüttete Mutter Natur ihr Füllhorn aus.

«Wir schleichen da hinein, ohne dass uns jemand sieht, holen Mama Bellyset, die reisefertig sein sollte, und verschwinden wieder», erklärte Aquiuss, während sie, am Waldrand versteckt, auf die hereinbrechende Dunkelheit warteten. «Vielleicht bleibt noch Zeit, um mit deinem Vater zu reden, Mittni, aber das kann ich nicht versprechen.» Mittni schob den Unterkiefer vor und nickte, startbereit für ihre erste Mission. Neben ihm setzte auch Bryn ein möglichst entschlossenes Gesicht auf.

«Eine der Schwierigkeiten beim Einschleichen in einen Ort, den man kennt», sagte Aquiuss, der gegen einen Baum gelehnt dasaß, «ist das Übermaß an Selbstvertrauen, das falsche Gefühl von Sicherheit. Denkt daran, ihr seid nicht zu Hause. Das dort», er zeigte über ihre Schultern hinweg

Richtung Wenfeld, «ist ein Lager des Feindes. Zwar wird euch wohl niemand auf Sicht töten, aber wir müssen so vorgehen, als wäre das der Fall.» Bryn spürte, wie Mittni seine wachsende Verwunderung spiegelte. Das war nicht der Aquiuss, den sie kannten: Er war todernst. Seine veränderte Haltung zeigte ihnen mehr als alles andere, dass es sich hier um eine Mission handelte. Sie warteten noch eine Stunde und planten währenddessen, wie sie Mama Bellyset aus Wenfeld herausbekommen und in welcher Formation sie sie nach Eisenfels eskortieren würden. Dann, als sie ihre Pferde angebunden und ihre Taschen versteckt hatten und es dunkel genug war, um ihre Schritte zu verbergen, rückten sie weiter vor.

Die Beobachter Wenfelds hatten augenscheinlich begriffen, was für ein Schlag Leute die Barue waren, denn bis auf ein paar Wachen bei den Toren kontrollierte niemand die Mauern oder lief im Innern Patrouille. Die drei Culmus Sangui schlichen sich im Schutz der Dunkelheit an und halfen einander über die Mauer. Als Mittni neben den anderen beiden hinuntersprang, bedeutete Aquiuss ihnen, leise zu sein und zu Mama Bellysets Haus voranzugehen. Bryn übernahm die Führung und huschte, die anderen direkt hinter sich, von Schatten zu Schatten. Er wollte gerade in die Hauptstraße einbiegen, wo sich Mama Bellysets Haus befand, als Aquiuss ihm eine Hand auf die Schulter legte und ihn bremste.

«Das, Bryn, ist die breiteste und am hellsten erleuchtete Straße von Wenfeld», flüsterte er. «Willst du die wirklich hinunterspazieren?»

Bryn hätte sich ohrfeigen können. Er war es so gewöhnt, zu Mama Bellyset zu gehen, dass er einfach die übliche Route genommen hatte, ohne daran zu denken, dass sie keinerlei Versteckmöglichkeiten bot. Mittni führte sie durch eine dunklere Gasse, die hinter Mama Bellysets großem Haus endete.

«Ihr zwei wartet hier. Ich sehe nach, ob es drinnen sicher ist. Rosmerte weiß Bescheid, dass wir heute kommen, aber man kann nie wissen.» Aquiuss umrundete die freie Fläche vor der Hintertür und ging leise hinein. Bryn und Mittni warteten geduckt zwischen einer Hausecke und einem Gebüsch. Die Nacht war bei weitem nicht still: In den Nachbarhäusern unterhielten sich Leute, Lampen wurden angezündet und von Raum zu Raum bewegt, im Wald riefen Tiere einander. Bryn war sich jedes einzelnen Geräusches bewusst. Dennoch war es eine friedliche Nacht. Mama Bellyset war anscheinend reisefertig, denn sie brauchten nicht lange zu warten, bis in einem der oberen Fenster ein Licht zweimal in dieselbe Richtung bewegt wurde – Aquiuss' Zeichen, dass sie hereinkommen konnten. Sie huschten hinüber ins Haus; Bryn schloss die Tür, als Mittni an ihm vorbeigeschlüpft war. Es war dunkel, aber beide kannten das Haus gut genug, um dorthin zu finden, wo sie das Licht gesehen hatten. Sie gingen die Treppen so leise hinauf, wie sie konnten, bis sie Mama Bellysets Stimme im Raum nebenan hörten.

«Ist das denn wirklich nötig?»

Bryn und Mittni traten ins Zimmer und sahen Mama Bellyset und auch Telseara und Dordios in Aquiuss' Licht stehen.

«Mittni! Bryn!» Telseara und Dordios stürzten sich lachend auf die beiden Neuankömmlinge. Als Bryn sich losgemacht hatte, ging er zu der strahlenden Mama Bellyset und umarmte sie, atmete den Duft ein, der ihn für immer an frisch zubereitetes Essen erinnern würde, an erfrischenden Swigny, an Wärme, Behaglichkeit und Sicherheit.

«Was für eine Freude, dich wiederzusehen, Schatz.» Sie betrachtete ihn von oben bis unten. «Wie geht es dir? Du hast ganz schöne Muskeln bekommen.» Bryn warf einen Blick zu

Aquiuss hinüber. Er wusste nicht, was er antworten sollte – wie viel durfte Mama Bellyset wissen? Aber Aquiuss stand auf und ersparte ihm die Entscheidung.

«Wir müssen gehen. Jetzt gleich. Ihr könnt euch noch ausführlich unterhalten, wenn wir unterwegs sind, aber lasst uns erst aufbrechen.»

«Nun, alles ist gepackt und bereit. Wenngleich ich manches nur sehr ungern hierlasse, wie etwa …» Mama Bellyset verstummte. «Egal. Die wichtigen Sachen habe ich dabei. Ich hole noch eben meinen Umhang, dann können wir los.» Sie ging hinunter. Die anderen folgten ihr.

«Dann los.» Aquiuss öffnete die Tür.

Sie schlichen denselben Weg zurück, den sie gekommen waren, bis Mama Bellyset stehen blieb und sich zu Telseara und Dordios umwandte.

«Ihr solltet jetzt zurück nach Hause», flüsterte sie. Sie antworteten nicht, sondern nickten stumm.

«Passt auf euch auf – und auf euren Vater!» Sie umarmte die beiden.

«Pass du auch auf dich auf», sagte Telseara. «Ihr alle. Wir ziehen bald nach Neuquivelda, also braucht ihr euch keine Sorgen zu machen.» Dann machten sie kehrt und verschwanden in der Dunkelheit. Die anderen vier gingen weiter Richtung Tor. Zwei Wachen standen dort auf Posten. Mit Mama Bellyset im Schlepptau konnten die drei nicht einfach wieder über die Mauer klettern. Bryn spürte die Besorgnis seiner Großmutter, während sie im Schatten darauf warteten, dass die Lage sich änderte und sie Gelegenheit bekamen, hinauszugelangen. Jeder von ihnen trug einen Sack mit Mama Bellysets Sachen. Sie stellten die Säcke neben sich ab. Aquiuss kniete sich hin.

«Sieht nicht so aus, als ob die sich rühren würden.» Er

sprach so leise, dass sie ihn gerade noch verstanden. «Ich muss etwas unternehmen. Tut genau, was ich sage, und haltet den Atem an, bis ihr aus Wenfeld raus seid.» Er überstellte seinen Sack mit einer Handbewegung in Mittnis Zuständigkeit und verschwand.

Die drei Barue warteten darauf, dass etwas geschah. Eine Minute später lehnte sich einer der Wachmänner an die Mauer und glitt dann langsam daran hinab, bis er auf dem Boden saß. Der andere blieb noch eine Sekunde lang wackelig aufrecht, bevor er in die Knie sackte und nach vorn fiel. Bryn schob seine Großmutter hinter Mittni her, der mit zwei hüpfenden Säcken auf dem Rücken zum Tor hastete.

Bryn wiederholte Aquiuss' Anweisung sicherheitshalber noch einmal für Mama Bellyset, und sie hielten den Atem an. Als sie an den beiden umgefallenen Männern vorbeikamen, hörten sie ihr Schnarchen, und Bryn konnte spüren, dass Mittni gegen ein Lachen ankämpfte. *Nicht atmen,* dachte er scharf und hoffte, dass sein Freund die Beherrschung behielt. Und dann waren sie draußen im Freien.

Sie sogen gierig Luft ein und liefen zum Waldrand weiter. Mittni führte sie zu der Stelle, wo sie die Pferde und den Rest der Ausrüstung zurückgelassen hatten. Aquiuss wartete bereits auf sie und hatte die Pferde schon losgebunden.

«Was hast du mit den Wachen gemacht?», fragte Bryn, als sie die Säcke auf den Pferderücken festzurrten und aufbrachen.

«Schlafgas», sagte Aquiuss. «Werdet ihr auch bald mal anwenden.» Er zwinkerte den Barue zu.

Da sie ein Pferd zu wenig hatten, wechselten sie sich ab, gingen entweder mit Mama Bellyset zu Fuß und führten das schwerbeladene Pferd am Zügel oder ritten voraus und spähten ihre Route aus. So konnte Bryn kaum drei Worte mit seiner Großmutter reden, bis Aquiuss für die Nacht haltmachen ließ und sie ein bescheidenes Lager aufschlugen. Erschöpft von der Anspannung während der Flucht aus Wenfeld und in Gedanken bei den Barue, denen er so nah und doch so fern gewesen war, schlief Bryn ein. Die Nachtluft war kalt auf seinem Gesicht.

Der Weg nach Norden dauerte länger, da sie ihr Tempo am Wanderschritt ausrichten mussten. Bryn störte das nicht, bedeutete es doch, dass er mehr Zeit mit seiner Großmutter verbrachte, auch wenn sie selten einmal zusammen waren. Die meiste Zeit über war er weit vor ihr und hielt nach möglichen Feinden Ausschau oder sicherte eine der Flanken und überprüfte Nebenwege. Bei den seltenen Gelegenheiten, wenn er neben ihr zu Fuß ging, gab es wenig zu sagen. Wie hätte er ihr auch von seiner Ausbildung bei den Culmus Sangui erzählen können? Wie viel durfte sie denn wissen? Dennoch genossen sie die Gesellschaft des anderen. Sie erzählte die Neuigkeiten aus Wenfeld und wie weit Neuquivelda gediehen war, gab ihm aber auch Tipps, wie sich in der freien Natur eine Mahlzeit aufbessern ließ … Ihre Gespräche drehten sich stets um Alltägliches. Aber welch wohltuende Abwechslung war das zu den schneidenden Sondierungen seines Verstands durch Meister Vallon, den anstrengenden Übungen mit Meisterin Tamasan oder Meister Usduns anspruchsvollen Aufgaben!

Was die Culmus Sangui betraf, so blieb von den anfänglichen Ähnlichkeiten, die Bryn zwischen Sarghenta und Mama Bellyset gesehen hatte, nichts übrig. Zwar war Mama Bellyset die Selbstbeherrschtheit in Person, aber sie besaß nicht die unnatürliche Ruhe Sarghentas. Sie war, wenngleich Bryn dieses Wort im Zusammenhang mit ihr nicht recht gefallen wollte, weitaus normaler. Normal im Sinne von nett, freundlich.

Tatsächlich sehnte Bryn sich angesichts all der Seltsamkeiten, die um ihn herum geschahen, nach Normalität; und Mama Bellyset verkörperte das für ihn. Sie war einer der wenigen Felsen der Beständigkeit in seinem Leben. So weit er zurückdenken konnte, war sie immer dieselbe gewesen: warmherzig und liebevoll, stets zu einem Scherz aufgelegt und nie gönnerhaft, wie andere Leute es oft waren – sogar Onkel Thybil. Sie schien zu den wenigen Barue zu gehören, die wollten, dass er seinen eigenen Weg ging, anstatt in die Fußstapfen seiner Eltern zu treten, wie es von ihm erwartet wurde.

Bryn war überrascht, wie gut seine Großmutter in Form war. Für eine Frau ihres Alters hatte sie einen flotten Schritt, ihr welliges, grauweißes Haar hüpfte im Takt ihrer feinen Lederstiefel. Er konnte spüren, dass sie die frische Luft und die freie Natur genoss. Ab und zu gingen sie Hand in Hand, und Mama Bellyset sagte dann, wie groß seine Hände geworden seien. Bryn konnte nicht umhin, sich zu fragen, ob das hier wirklich eine Mission war – Geleitschutz für seine *Großmutter* – oder ob es einfach nur zur Ausbildung gehörte. Konnte sie ernsthaft in Gefahr sein?

Sie begegneten niemandem, brauchten nicht von der geplanten Route abweichen und entdeckten keine Anzeichen einer Verfolgung durch die Beobachter, obwohl diese inzwischen sicher festgestellt hatten, dass Rosmerte Bellyset sich nicht mehr in Wenfeld befand.

«Auf den meisten solcher Missionen», erinnerte Aquiuss sie immer wieder, «tut sich gar nichts. Und darum geht's ja auch. Das ist gut so! Bestimmt fünf Missionen habe ich anfangs so zugebracht. Ohne dass irgendetwas passierte. Aber das heißt nicht, dass diese Missionen unwichtig sind oder dass wir die Dinge schleifen lassen dürfen. Ihr müsst beweisen, dass ihr eure Aufträge perfekt ausführen könnt. Stellt euch Cerions

Gesicht vor, wenn er hört, dass ihr nicht einmal eskortieren könnt, ohne den Auftrag zu verpfuschen.»

Diese Gespräche fanden außer Hörweite von Mama Bellyset statt, meist nach dem Aufschlagen des Nachtlagers und während sie kochte. Jetzt, wo sie mit dabei war und aus allem, was sich an Wild oder Gemüse finden ließ, ein Abendessen zauberte, war die Verpflegung um Klassen besser. So verging die Zeit, die sie immer weiter ins Hochgebirge führte, bis Aquiuss eines Tages mit seinem typischen breiten Grinsen zurück zum Lager geritten kam.

«Morgen», verkündete er zufrieden, «ist unsere Mission beendet.»

«Dann essen wir morgen um diese Zeit also auf Eisenfels!», rief Mittni. «Mit Thybil und den ganzen anderen.» Aquiuss' Grinsen erstarrte, und alle drei Barue spürten deutlich sein Unbehagen, zusammen mit etwas anderem, das nicht so leicht zu identifizieren war.

«Was ist?», fragte Bryn.

«Wir werden Eisenfels gar nicht betreten. Wahrscheinlich bekommen wir es nicht einmal zu sehen.» Seine Erklärung wurde mit wütendem Aufschreien quittiert.

«Ich dachte, ihr hättet Befehl, mich nach Eisenfels zu eskortieren!», sagte Mama Bellyset, und Bryn und Mittni gaben ihr recht.

Aquiuss bat mit erhobener Hand um Stille. Die Mienen der Barue waren finster.

«Mrs. Bellyset», sagte er. «Ihr erreicht morgen Eisenfels, aber für das letzte Stück wird Euch eine andere Eskorte zugeteilt. Unsere Ablösung kommt morgen früh. Betrachtet es einfach als vorgezogenes Willkommensfest.» Er lächelte erneut, versuchte vergeblich, die Stimmung aufzuheitern.

«Wenn die Burg nur noch eine Tagesreise entfernt ist, was

hindert uns dann daran, Mama Bellyset selbst dorthin zu bringen?», fragte Mittni.

«Unsere Befehle.» Aquiuss verbarg seinen Ärger gut, aber die drei brauchten keine Baruesinne, um zu erkennen, dass seine Geduld allmählich nachließ.

«Und wenn unsere Befehle nicht länger lauten, Mama Bellyset nach Eisenfels zu eskortieren, wie lauten sie denn dann?», fragte Mittni.

«Wir begleiten Rosmerte noch ein Stück, übergeben sie dann den fähigen Händen unserer Ablösung und kehren nach Caer Isnova zurück.»

«Warum können wir nicht auf einer Strecke zurückkehren, die uns an Eisenfels vorbeiführt?»

Aquiuss ging gar nicht darauf ein. «Das ist alles Teil eurer Ausbildung, vergesst das nicht. Ein Aufenthalt in Eisenfels würde euch nur ablenken. Ihr müsst euch aber auf die Ausbildung konzentrieren. Befehle sind Befehle, und ich erteile sie nicht.»

Er beendete das Gespräch, indem er sich hinlegte und seinen Umhang als Decke um sich zog, wie es beim Schlafengehen seine Angewohnheit war.

«Wir stehen früh auf», grunzte er. «Seht zu, dass ihr etwas Schlaf bekommt.»

Bryn zog die Matte hervor, die sie für Mama Bellyset dabeihatten, und griff dann zur eigenen Decke. Mittni stand immer noch da.

«Wir gehen ein andermal nach Eisenfels», sagte Bryn, «und besuchen Onkel Thybil und die anderen. Sie werden uns nicht länger als nötig von ihnen fernhalten.»

«Aber wir sind schon so nahe bei ihnen!», flüsterte Mittni rau und warf einen Blick zu Aquiuss hinüber. «Wäre es nicht einfacher, sie jetzt gleich zu besuchen?»

«Vielleicht. Aber er hat recht; wir sollten uns auf unsere Ausbildung konzentrieren.»

«Die Ausbildung sollte uns doch eigentlich nur etwas zu tun geben, während du wegen dieser angeblichen Apheristenbrüder nicht bei den anderen Barue sein durftest. In Eisenfels wärst du doch wohl sicher! Und wir haben so viel gelernt – wir können uns jetzt selbst schützen!»

Bryn schwieg, während er sich einen guten Platz zum Schlafen suchte. Er wandte sich zu seinem besten Freund um.

«Du hast recht, Mittni. Aber was würden wir denn tun in Eisenfels? Das wäre genau die gleiche Situation wie bei den Loyalisten in Wenfeld. Alle wollen für das einstehen, was richtig ist; aber tun kann niemand etwas. Und wenn wir die anderen wiedersähen ... Denk nur an die ganzen überflüssigen Fragen! Die wir alle nicht beantworten könnten. Das wäre eher enttäuschend und verwirrend als sonst irgendetwas.»

«Stimmt. Aber in Eisenfels *passiert* wenigstens was!»

«Ja, aber hinter den Kulissen; daran sind nur wenige Leute beteiligt.» Bryn verteidigte ihre Befehle auch vor sich selbst, dabei hätte er Eisenfels liebend gern gesehen. Wie konnte sich ein kurzer Blick in eine Zauberburg denn schlecht auf ihre Ausbildung auswirken? Er schloss etwas brüsk: «Lass uns weiterlernen, bis die Zeit kommt, dass wir etwas ausrichten können. Dann handeln wir!»

Aquiuss gab Bryn den Befehl, die Nachhut zu bilden; also blieb er zurück, bis die anderen außer Sicht waren, und überzeugte sich, dass ihnen niemand folgte. Aus diesem Grunde war er der Letzte, der die Ablösung zu sehen bekam. Im Näherreiten erkannte er, wer dort bei Aquiuss, Mittni und Mama Bellyset stand. «Onkel Thybil!» Sein weißes Haar war unverkennbar. Froh, dass sie ihn nun doch noch wiedersahen, spornte Bryn sein Pferd an. Thybil wurde von einigen Hu-Barue mit einem Elolan im Schlepptau begleitet. Sie waren bereits damit beschäftigt, Mama Bellysets wenige Besitztümer umzupacken.

«Bryn.» Der Alte lächelte freundlich, als Bryn absaß. Mittni half den Hu-Barue, die Säcke auf dem breiten Rücken des Elolans zu verzurren.

«Wie geht es dir? Und den anderen Loyalisten? Wie ist Eisenfels?»

«Wir werden in Eisenfels gut behandelt», sagte Thybil, aber ihm war die Müdigkeit anzusehen. Von seiner einstigen Energie war nicht mehr viel übrig. «Sehr gut sogar. Gewiss werdet ihr euch die Feste schon bald selbst anschauen können.» Die jüngeren Barue mussten daran denken, wie lange es gedauert hatte, Lady Sarghenta kennenzulernen. Hoffentlich war Thybils «bald» anders gemeint.

«Was nun die Loyalisten und mich betrifft, so geht es uns gut.» Er runzelte die Stirn. «Wir haben außerdem das Glück, dass sich uns einige sehr namhafte Persönlichkeiten angeschlossen haben, Galar Sturlison und Eridanus etwa. Ihr wisst es wahrscheinlich noch nicht, aber Prinz Rameon und Prinzessin Peasmi sind aus Armaah geflohen. Wie ihr euch vorstellen könnt, hat uns das große Sorgen bereitet ... das heißt, bis sie plötzlich auf unserer Türschwelle standen!»

«Dann geht es also los? Wir fangen an zurückzuschlagen?»

Thybil war sichtlich in der Klemme und sah kurz zu Aquiuss hinüber, der sich mit Mama Bellyset unterhielt. «So weit würde ich nicht gehen, Bryn. Aber wir sind alle in Sicherheit, und das ist es, was zählt. Wir haben Ideen, Pläne, Strategien, die wir vielleicht bald in die Tat umsetzen können, aber das braucht vorläufig nicht eure Sorge zu sein. Ich erzähle euch das bloß, um den vielen Fragen vorzubeugen, die ihr bestimmt mit euch herumtragt. Im Augenblick sollte eure Ausbildung im Mittelpunkt stehen.»

Thybil legte Bryn väterlich eine Hand auf die Schulter und war von ihrer Größe und Festigkeit überrascht. «Wie ich sehe, lohnt sich das Training! Gut. Weiter so, nicht nachlassen. Das ist sehr wichtig, und ihr solltet euch glücklich schätzen, dass euch diese Möglichkeit geboten wird. Manchmal wählt die Geschichte für große Ereignisse unwahrscheinliche Gestalten aus, Bryn. Wenn wir aufgerufen sind, müssen wir bereit sein! Im Räderwerk des Schicksals sind die kleinsten Zahnräder genauso wichtig wie die größten.»

«Thybil», sagte Aquiuss. «Wir sollten uns auf den Weg machen. Wir haben noch einige Strecke vor uns.» Wie am Abend zuvor spürte Bryn eine merkwürdige Emotion in dem Paladin, als wäre dieser zufrieden und enttäuscht zugleich. Thybil nickte zustimmend und sah Mama Bellyset an.

«Rosmerte, du hast dich hoffentlich nicht zu sehr daran gewöhnt, unter freiem Himmel zu schlafen.»

«Aber ganz und gar nicht. Ich muss leider sagen, dass es mir nicht mehr so viel Spaß macht wie früher. Ich freue mich schon auf ein Bett.»

«Sehr schön. In diesem Fall lass uns aufbrechen.»

Mama Bellyset wandte sich an Bryn. «Dann auf Wiedersehen, Bryn. Pass auf dich auf, ja? Und leg dich richtig ins Zeug … Thybil hat recht, manchmal wählt die Geschichte unwahrscheinliche Helden.»

«Mach ich. Es war schön, dich wiederzusehen. Schade, dass wir nicht mehr Zeit miteinander verbringen konnten. Aber darum freue ich mich umso mehr auf das nächste Mal.»

Sie lächelte. Es war eine schlichte Geste, aber eine, die Bryn schmerzlich daran erinnerte, dass er *anders* war. Er hatte keine normale Familie, er wurde von unbekannten Leuten aus unbekannten Gründen gejagt und absolvierte bei einem geheimen Orden von Elitekriegern eine Ausbildung auf die vage Chance hin, dass er eines Tages würde standhalten und sich wehren können, anstatt zur Flucht verurteilt zu sein. Es war ein bitterer Moment des Selbstmitleids. Seine Großmutter spürte seine gemischten, konfusen Gefühle.

«Ich auch, Bryn, mein Lieber», antwortete sie. «Denk immer nur daran, dass du es bist, der dein Handeln bestimmt. Lass dir das von niemandem aus der Hand nehmen – du hast eine einzigartige Erziehung genossen und bist in der privilegierten Lage, aus Wahlmöglichkeiten, die nur dir offenstehen, eine eigene Entscheidung zu treffen.»

Mittni und die Hu-Barue waren zurückgekehrt, und nun stand die Gruppe lose zusammen: Aquiuss, Bryn und Mittni auf der einen und diejenigen, die nach Eisenfels gehen würden, auf der anderen Seite.

«Bisher hat nur eine Macht über mein Leben bestimmt, und das war meine Familie.» Es war nur achtlos dahingesagt, eine beiläufige Bemerkung. Sie stimmte natürlich, aber er hatte es nicht so gemeint, wie es klang. Er sah seine Großmutter an und hoffte auf ein verständnisvolles Lächeln. Stattdessen sah er sich mit einem Stirnrunzeln konfrontiert, das er von ihr gar nicht kannte.

«Bryn Bellyset», sagte sie, und er war nicht länger der kleine Junge, der bei seiner Großmutter auf dem Schoß saß, während sie ihm das Backen beibrachte. Er war fast erwachsen; von ihm wurde erwartet, dass er nicht schmollte und dass er treu zur Familie stand. Er wurde nicht länger wie ein Kind behandelt. «Du bist beinahe volljährig und solltest langsam wissen, dass deine Familie nur tut, was am besten für dich ist!»

«Ich dachte, ich hätte eine einzigartige Erziehung genossen, die mich in die Lage versetzt, eigene Entscheidungen zu treffen?», sagte er leise. Er wollte nicht zornig klingen. «Damit ich nicht darauf angewiesen bin zu tun, was andere mir sagen?»

Thybil wagte es als Einziger, zwischen die beiden Bellysets zu gehen. «Ich glaube, deine Großmutter wollte damit sagen –»

«Was ich gesagt habe!» Mama Bellyset sah ihn so indigniert an, wie es nur eine respektable alte Dame vermag. «Es besteht ein himmelweiter Unterschied zwischen den Entscheidungen, die deine Familie für dich trifft, und denen, die im Rahmen deiner Ausbildung getroffen werden. Bringe da nichts durcheinander!» In ihre Augen trat ein Flehen.

«Bis jetzt waren meine Ausbilder weniger kontrollierend als meine Familie. Sie haben mich beschützt. Es war zuallererst meine Entscheidung, diese Ausbildung anzufangen, und ich bin dankbar für die Gelegenheit. Meine Familie dagegen informiert mich lediglich über die Entscheidungen, die sie für mich trifft – sie fragt mich nie nach meiner Meinung, geschweige denn, ob ich einverstanden bin!» Er war lauter geworden, ohne es zu merken.

«Du begreifst den Unterschied immer noch nicht», konstatierte Mama Bellyset sachlich.

«O doch!», erwiderte Bryn. «So schwer ist der ja nicht zu verstehen. Niemand darf mich kontrollieren, nur meine Familie! Darauf läuft es doch hinaus. Mutter und Vater und du, ihr wollt, dass ich meine eigenen Entscheidungen treffe, unabhängig bin, meinen eigenen Weg gehe, aber nur, wenn das nicht dem entgegenläuft, was die Familie mit mir vorhat.» Bryn war so aufgewühlt, dass er die Gefühle der anderen nicht mehr spüren konnte. Er war sich nur vage bewusst, dass Mittni unruhig neben ihm stand und zu Boden starrte. Er hatte Mama Bellyset verletzt, so viel war klar – dazu brauchte es keine Barue-Sinne.

«Deine Familie beschützt dich», sagte sie. «Wir haben Entscheidungen gefällt, als du dazu noch nicht in der Lage warst, damit du eines Tages deinen eigenen Weg gehen konntest. Wir haben dich so gut aufgezogen, wie wir konnten, um dir eine sichere Grundlage zu geben, damit der Rest deines Lebens so gut verläuft wie irgend möglich. Vergiss nicht, dass du ein Bellyset bist und dich das allein schon hervorstechen lässt.»

«Ich könnte gut darauf verzichten, hervorzustechen! Bis jetzt hat es mir bloß Ärger und Verdruss eingebracht, ein Bellyset zu sein. Nicht weil ich irgendetwas getan habe, sondern bloß weil ich zufällig zu einer ganz bestimmten Familie gehöre.»

«Ein Grund mehr, den reichen Erfahrungsschatz deiner Familie zu nutzen, was das betrifft. Falls dir das noch nicht in den Sinn gekommen ist, wir haben alle das Gleiche durchgemacht wie du. Die Marinaden mögen sich unterscheiden, aber der Hauptgang ist stets derselbe.» Es war so typisch für sie, eine Metapher aus der Küche zu verwenden.

«Die Marinade», sagte Bryn, «besteht aus Zutaten, die mein Essen anders als alles machen, was du je gekostet hast! Du weißt überhaupt nichts von dem, was mir widerfährt.»

«Und ist das mein Fehler?» Unangenehme Stille machte sich breit. Der Elolan hob den stumpfen Kopf und schnaubte. «Bevor du auf die Welt gekommen bist, junger Bryn, wusste ich mehr uber die Dinge, die auf dich zukommen würden, als du heute weißt.»

«Und warum sagst du mir das nicht? Warum sagt ihr mir nie irgendwas?»

«Weil das nicht geht!», fauchte sie. Bryn begriff entsetzt, dass er sie zum ersten Mal zornig erlebte. «Und zwar nicht nur, weil wir nicht wollen – wir *dürfen* es nicht. Das Familiengeheimnis ist … Du kannst seine Bedeutung erst verstehen, wenn du es kennst. Unterstell uns nicht einfach, dass wir nicht nachvollziehen können, was dir widerfährt. Dein Großvater ...» Sie wandte sich plötzlich ab, biss sich auf die Lippen.

Bryn stand bebend da und war sich bewusst, dass alle ihn ansahen.

«Während der Ausbildung geben sie mir wenigstens Informationen. Sie statten mich mit dem Rüstzeug aus, das ich brauche, um meine Entscheidungen zu treffen und umzusetzen. Und jetzt entscheide ich mich dazu, mit Aquiuss zurückzugehen und meine Ausbildung fortzusetzen. Weil sie mir diese Freiheit lassen.»

Mama Bellyset stand da und schwieg. Bryn wandte sich zu seinem Pferd herum, saß auf und ritt ohne Blick zurück davon. Keiner der beiden sah die Tränen des anderen.

✦ 18. KAPITEL ✦

Training mit dem Tiger

Cerion war Lehrling, als sie zurückkehrten. Stolz trug er seine grünen Gewänder, präsentierte sich der Öffentlichkeit mit seinem neuen Culmus, seinem eigenen, einzigartigen Schwert. Bryn war froh, dass er bei Cerions Ernennung nicht dabei gewesen war, wenngleich ihn die Zeremonie schon interessiert hätte.

Bis dahin war ihre Zeit bei den Schülern immer nach demselben anstrengenden Muster verlaufen. Man hatte sie nie zu weit an ihre Grenzen getrieben, wenngleich manchmal weiter, als sie für möglich gehalten hätten. Das Training forderte sie, aber immer gerade so weit, dass sie noch mithalten konnten. Sie bekamen mehrmals am Tag etwas zu essen und durften regelmäßig Pausen machen. Tamasan achtete sorgfaltig darauf, nicht einzelne Körperteile über die Maßen zu belasten, und variierte ihre Aufgaben und Übungen entsprechend. Das Gewichtheben konzentrierte sich jeden Tag auf andere Muskelpartien, sodass sie sich zwischendurch erholen konnten.

Mit der Rückkehr von ihrer ersten Mission hatte die Regelmäßigkeit ein Ende. Sie waren gezwungen, lange Zeit ohne Essen auszukommen, und mussten manchmal selbst in der

Wildnis auf Nahrungssuche gehen. Usdun nahm sie auf tagelange Expeditionen mit; nach dem anschließenden Ausruhen wurde der normale Unterricht bei Tamasan und Vallon fortgesetzt. Zum Glück war Cerion jetzt nicht mehr bei den Schülern. Mit dem Brückenmeister unternahmen sie ausgedehnte Märsche und erprobten alle möglichen Überlebenstechniken, übten das Umgehen von Feinden, das Durchqueren von tückischem Gelände oder auch einfach nur, sich und andere am Leben zu erhalten. Diese Ausflüge waren in den Augen der Barue durchaus schon Missionen, und meist mussten sie irgendeinen Erfolgsbeweis mit zurückbringen. Einmal mussten sie die Schriftzeichen abschreiben, die auf einer Bergkuppe eingemeißelt standen. Ein andermal erreichten sie nach zwei Nächten im Freien ihr Ziel, nur um dort weitere Anweisungen vorzufinden. Die nächste Etappe ihrer Mission dauerte noch einmal zwei Tage.

Nach solchen Missionen war es beinahe angenehm, wieder zu den Schülern zurückzukehren. Sie genossen die täglichen Herausforderungen und verlangten sich mehr ab, als ihnen aufgetragen wurde. Sie staunten, wie sehr ihr Durchhaltevermögen gestiegen war. Ihre Muskeln hatten sich an die täglichen Anforderungen gewöhnt und waren nicht mehr ständig überfordert. Dabei half natürlich, dass ihnen jetzt gewisse Annehmlichkeiten zustanden, von denen sie bisher ausgeschlossen gewesen waren. Sie durften nun die Sauna, das Dampfbad, verschiedene Schwimmbecken und die Massageabteilung benutzen. Sie begriffen, dass die Eisfeste weit mehr Wunder bereithielt, als Cerion ihnen bei der Führung vermittelt hatte.

In so kurzer Zeit so viel zu lernen, hatten sie nicht für möglich gehalten. Mittni schwankte zwischen der Begeisterung darüber, was sie schon alles gelernt hatten, und der Verzweiflung darüber, wie viel noch ausstand; Bryn dagegen, der es schon von den Aposteln kannte, Dinge zu durchdenken und auswendig zu lernen, war zwar ebenfalls sehr beeindruckt von ihrem Lerntempo, aber viel mehr noch von ihrer körperlichen Entwicklung. Oft wurden sie in eine neue Technik eingeführt, bevor dann eine Klasse hinzukam, üblicherweise einige oder alle Schüler, und sie in Formation weitermachten, kooperative Taktiken einstudierten und übten. Der Brückenmeister zeigte ihnen regelmäßig, wie sie verschiedene Bewegungen aufeinander abstimmten, verschiedene Handlungen synchron ausführten, wie sie auch dann ebenso wirkungsvoll kämpften, wenn sie kopfüber hingen oder einen verletzten Kameraden stützten. Kurz gesagt, er nahm das bei Vallon und Tamasan jeweils Gelernte und polierte und kombinierte es in der Praxis. Wenn sie mit ihm unterwegs waren, ermunterte er sie immer wieder zu selbständigem Denken. Er lieferte kaum Antworten, stellte sogar kaum je eine Frage. Von ihnen wurde erwartet, alles Wichtige selbst zu bemerken, es zu hinterfragen und eine mögliche Lösung zu finden. Am Anfang hatte Usdun oft einfach gewartet, bis die Barue fanden, was es zu finden gab. Irgendetwas Ungewöhnliches, eine Falle vielleicht oder Hinweise darauf, dass sie nicht allein waren. Während die Wochen wie im Flug vergingen, wurden die beiden Jugendlichen jedoch immer geschickter darin, die Lage zu erfassen. Allerdings beherrschten sie nach wie vor nur die Grundlagen, und ihre Antworten waren oft unzulänglich oder falsch. Viel schlimmer sei, so behauptete Usdun jedenfalls, dass sie manchmal «die falschen Fragen» stellten. Dennoch blieben sie mit Entschlossenheit bei der Sache.

Bryn wusste nicht mehr, wie viele Wochen oder Monate seit ihrer Rückkehr von der ersten Mission vergangen waren. Mittni versicherte ihm, dass es vier Monate waren, was Bryn nicht glauben wollte.

Ihr Training wurde immer wettbewerbsorientierter. Einmal wurde innerhalb der Gruppe ein Wettrennen veranstaltet. Sie mussten den Hinderniskurs überwinden, während sie einen Freund auf dem Rücken trugen, der so tat, als ob er bewusstlos sei, dann die Rollen tauschen und wieder zurücklaufen. Bryn lief von beiden als Erster und hinkte bald hinterher. Er lief und kletterte, kroch und sprang und trug dabei Mittnis schlaffen Leib oder zerrte ihn hinter sich her. Als er sich der Linie näherte, an der sie tauschten, waren die meisten schon auf dem Rückweg, aber drei Teams hatten den ersten Durchgang noch nicht beendet.

«Los, Bryn», flüsterte Mittni, der über den Schultern des Brauers hing. «Die holen wir ein!» Es tat weh, mit Mittni auf den Schultern und entsprechend eingeschränkter Atmung Höchsttempo zu laufen. Bryns Beine brannten, seine Lunge fühlte sich an, als wollte sie platzen. Schweiß lief ihm in die Augen, aber er hatte keine Hand frei, um ihn wegzuwischen; also ignorierte er ihn und kämpfte sich weiter. Er versuchte zu atmen, wie man es ihm beigebracht hatte, und jede Bewegung zu optimieren. Es gelang ihm, die Distanz zum nächsten Team zu verkürzen. Die anderen beiden Paare waren über die Linie gestolpert, hatten getauscht und kamen ihm bereits entgegen. Zorn erfasste ihn, als er begriff, dass er es nicht schaffen würde. Sie würden wieder einmal die Letzten sein. Und tatsächlich blieb der Läufer vorn stehen und wechselte mit seinem Partner die Rollen. Ein paar Sekunden später blieb Bryn schwankend stehen und ließ Mittni herunter.

«Bryn, wir schaffen das! Wir können sie immer noch überholen!» Mittni packte ihn, wie sie es gelernt hatten, und warf ihn sich über die Schultern. Bryn, der immer noch Probleme mit der Atmung hatte, blieb fast die Luft weg, als er Mittnis harte Schulter in die Magengrube bekam. Mittni balancierte ächzend sein Gewicht aus.

«Ich bin zwar leichter als du», brummelte Bryn, «aber wir schaffen es trotzdem nicht.»

«Allerdings bin ich auch stärker als du.» Mittni lief den anderen nach, und Bryn spürte den Wunsch seines Freundes, sich zu beweisen. Wieder begann die Entfernung zu den Läufern vor ihnen zu schrumpfen. Bryn hatte gar nicht gewusst, wie unbequem es war, auf eine solche Weise getragen zu werden, wenn man völlig ausgepumpt war. Manchmal war er auf Mittnis Rücken, manchmal lag er auf dem Boden und wurde gezogen. An einer Stelle, wo Mittni sich von Seil zu Seil schwingen musste, hatte Bryn Angst, fallen gelassen zu werden, und schloss die Augen. Aber Mittni schaffte es auf die andere Seite und lief weiter, Bryn immer noch auf dem Rücken. Eine Minute später wagte der Brauer einen kurzen Blick nach oben und sah die zweite Mauer vor ihnen. Das andere Team hatte gerade erst angefangen, sie zu erklettern. Das Ende des Parcours kam näher. Mittni machte sich wie besessen ans Klettern und vergaß fast Bryns Sicherheit. Er zog mit den anderen gleich, und die beiden Kletterer warfen einander Seitenblicke zu. Sie hatten noch einige Meter Kletterstrecke vor sich. Mit jedem Zug des Arms, mit jedem Stoß des Beines lagen sie weiter Kopf-an-Kopf, während jeder versuchte, die Führung zu erringen. Ihre Hände erreichten gleichzeitig die Mauerkrone, aber Mittni zog Bryn und sich um eine Winzigkeit schneller hinauf und hinüber, sodass er als Erster weiterlaufen konnte. Bryn hörte Jubeln und Rufe von der Ziellinie. Vor dem Schlusssprint lag nur noch ein letztes Hindernis: eine Reihe Steinsäulen, die man mit präzisen Sprüngen hinter sich bringen musste. Die Säulen besaßen nur Mannshöhe, sodass ein Sturz wenig Folgen haben würde. Normalerweise war das eine eher einfache Aufgabe, aber mit dem doppelten Gewicht fielen weite Sprünge und Balancieren gleichermaßen schwer. Die ersten Sprünge gelangen Mittni gut, aber kurz vor der letzten Säule glitt er bei der Landung mit einem Fuß ab. Seine Last ließ ihn auf die Säule krachen. Bryn blieb unverletzt, weil Mittni ihn abgeschirmt hatte, aber die Schmerzen seines Freundes vom Aufprall waren deutlich zu spüren. Mittni hatte es geschafft, einen Arm oben um die Säule zu schlingen, und hielt sich fest, wagte sich nicht zu bewegen. Bryn war schlaff geblieben, wie es den Regeln entsprach, nur das reflexhafte Anspannen seines Bauches während des Zusammenstoßes mit der Säule hatte er nicht verhindern können. Wie durch ein Wunder hielt Mittni ihn immer noch mit einem Arm fest. Vor Anstrengung ächzend brachte er Bryn über Kopfhöhe und hängte ihn über die Säule, bevor er sich mit beiden Händen festhielt und selbst nach oben zog. Sein Ausrutscher hatte sie wertvolle Sekunden gekostet, und das Team, das sie bei der zweiten Mauer überholt hatten, zog grinsend an ihnen vorbei. Bryn spürte Mittnis Verzweiflung.

«Komm schon, Mittni», flüsterte er wieder und wieder. «Wir können es immer noch schaffen!»

Mittni wusste es besser, als seinen Atem für eine Antwort zu verschwenden. Seine Füße fanden nach dem letzten Sprung sicheren Halt und trommelten schwer auf den Boden. Das Team, das sie gerade überholt hatte, war immer noch in Reichweite und wurde merklich langsamer. Alle anderen waren zusammen mit Tamasan am Ziel versammelt und sahen sich den Schlussspurt der beiden letzten Paare an. Mittni holte den anderen Läufer langsam ein. Als nur noch zwanzig Meter zu laufen waren, zwang Mittni seine bleischweren Beine immer schneller voran. In den letzten Sekunden vor der Ziellinie ging er erneut in Führung. Als seine Füße die Linie überquerten, wurde den beiden Barue bewusst, was für ein Geschrei und Gelächter um sie herum tobte. Sie hatten nicht verloren. Es war eine Sache von Metern, von ein oder zwei Sekunden, aber sie waren nicht die Letzten gewesen. Bryn fiel vom Rücken seines Freundes, sprang auf und packte ihn bei den Schultern.

«Du hast es geschafft! Wir haben es geschafft!» Er lachte und brüllte und drehte sich zu dem anderen Team um. Der Läufer keuchte.

«Gut … gut gemacht!»

Die anderen klopften ihm auf den Rücken und fingen zu lachen an. Die meisten gratulierten den beiden Barue. Bryn sah wieder zu Mittni, der müde lächelte, aber blass war. Schweiß strömte über sein Gesicht, und seine Kleider waren völlig durchnässt. Er fuhr sich mit dem Ärmel übers Gesicht, wischte sich Schweiß und Haare aus den Augen.

«Mittni, das war toll!», sagte Bryn.

«Ja», keuchte er. Er hielt sich an Bryn fest und schnappte nach Luft.

«Alles in Ordnung mit dir?»

«Ja.» Mittni nickte. «Doch.» Eine Sekunde später schwankte er und sank ohnmächtig in Bryns Arme.

✦ ✦ ✦

«Ihr habt noch nie Metzeln gespielt?» Aquiuss starrte sie an.

«Was ist Metzeln?»

«Ihr wisst nicht, was –?» Der Paladin stürzte sich in eine ausführliche Beschreibung des angeblich besten Spiels der Welt. Es handelte sich um einen Zeitvertreib der Culmus Sangui, bei dem zwei Mannschaften mit Stöcken gegeneinander kämpften und zwei unbewaffnete Läufer versuchen mussten, die andere Seite des Spielfelds zu erreichen, ohne «getötet», also von einem Stock getroffen zu werden.

Sie hatten oft Lehrlinge im Hof spielen gesehen, ohne das Spiel zu kennen und je dazu eingeladen worden zu sein. Nun schauten sie sich ein Spiel an, und Aquiuss erklärte ihnen, was gerade vor sich ging.

«Es ist wirklich ganz leicht. Es gibt Variationen, aber im Wesentlichen geht es immer um dasselbe.» Sie begriffen den Spielaufbau schnell, und Aquiuss, der völlig von diesem Sport begeistert war, fand, dass sie unbedingt mitmachen müssten. Die Barue waren da etwas zögerlicher.

«He, Cerion!», rief der Paladin. «Können wir mitspielen?»

Das Spiel wurde unterbrochen, und Cerion, der bei den Lehrlingen inzwischen schon etwas zu sagen hatte, musterte sie von oben bis unten. «Sicher, du kannst mitspielen, Aquiuss.» Er verzog das Gesicht zu einem höhnischen Grinsen. «Was die anderen angeht ... Warum nicht?»

Aquiuss zählte zu den besten Spielern auf dem Platz, und bevor das erste Spiel begann, gab es eine Diskussion darüber, welche Mannschaft ihn bekam. Am Ende kam er in Cerions Mannschaft, während Bryn und Mittni die andere ergänzten. Die Zugehörigkeit zur jeweiligen Mannschaft wurde mit einem farbigen Tuch angezeigt, das man sich um das Handgelenk band. Was Bryn und Mittni betraf, so spielten sie ein paar Runden mit, wurden aber jedes Mal mit als Erste «getötet». Es war eine anstrengende Angelegenheit, aber sie konnten sich gut vorstellen, dass es Spaß machen würde, wenn sie besser darin wären.

«Was treibt ihr hier?», fragte die Waffenmeisterin zwischen zwei Runden, als sie von der einen Klasse zur nächsten stapfte. «Metzeln ist ausschließlich für Lehrlinge, nicht für Schüler!»

Bryn und Mittni sahen einander schuldbewusst an. «Ist

mein Fehler, Tamasan!», sagte Aquiuss. «Es ist so lange her, dass ich Schüler war, da hatte ich das völlig vergessen.»

«Na, ist ja auch egal», sagte Tamasan. «Spielt weiter; es kann euch nicht schaden.»

Die Barue verließen bald den Platz, und keine der Mannschaften schien den Unterschied zu merken.

Selbst Vallon verfolgte ihre körperliche Entwicklung interessiert, was Aquiuss zufolge überaus ungewöhnlich war. Bryn überlief es nach wie vor eiskalt bei dessen Stimme: Ihm gefalle ihre unermüdliche Beharrlichkeit im Angesicht des beständigen Scheiterns, erklärte er. Kryptische Bemerkungen über Fähigkeit, Übung und Versagen folgten so gut wie jedem Training, das er sich ansah – und jedem Metzelspiel. Aber die Barue ließen sich nicht entmutigen. Sie erfreuten sich an der Tatsache, dass Vallon sämtlichen Aspekten ihrer Ausbildung so große Aufmerksamkeit schenkte. Mittni musste immer noch dann und wann eine Bemerkung über seine Ohnmacht erdulden, aber die meisten Bewohner der Feste waren eher beeindruckt, dass er das gegnerische Team tatsächlich noch einmal überholt hatte und sie nicht Letzte geworden waren. Und dann kam keine Woche nach diesem Ereignis der Moment, auf den Bryn gewartet hatte: Er besiegte einen Gegner. Er begriff es zunächst kaum, es war so banal. In der einen Sekunde kämpften sie noch, in der anderen lag sein Gegner auf dem Boden, mehr nicht. Aber es war kein Zufall, keine Ausnahme. Gleich in der nächsten Runde gelang es ihm erneut, seinen Gegner zu fällen. Natürlich verlor er alle anderen Runden spektakulär, aber das störte ihn nicht – er hatte endlich einen Culmus Sangui besiegt. Und das sogar zweimal an einem Tag! Mittni war überschwänglich und voller Lob. Am nächsten Tag gab auch Meister Vallon nach einer weiteren Einzelstunde einen Kommentar zu Bryns Sieg ab.

«Es tut gut, mitzuerleben, dass die monatelange Intensivausbildung, die man euch angedeihen lässt, nicht gänzlich verschwendet ist. Gestern hast du endlich begriffen, dass es nicht Sinn der Sache ist, nach einer eurer gespielten Auseinandersetzungen im Staub zu liegen. Ich würde dir ja gern gratulieren, aber offensichtlich hat dich deine Entdeckung so schockiert, dass du sie gleich wieder vergessen musstest. Nicht dass mich das überraschen würde, aber man hofft bei solchen Gelegenheiten doch stets, sich zu irren. Und nun mach, dass du dorthin kommst, wo du längst sein müsstest.» Also ging Bryn, und langsam breitete sich ein stilles Lächeln auf seinem Gesicht aus. Wenn er sich nicht völlig täuschte, hatte Meister Vallon ihm gerade ein Lob ausgesprochen.

Die Wochen vergingen, und mit jedem Sieg wurden die beiden sicherer, wurde die Demütigung, «von einem Barue geschlagen» worden zu sein, kleiner. Das hatte den Effekt, dass sie rasch von den anderen Schülern außerhalb ihrer Gruppe akzeptiert wurden und auch das sichere Gefühl hatten, etwas erreicht zu haben – auf beides hatten sie lange gewartet.

«Ihr schlagt euch ziemlich gut, ihr zwei.» Emryk, der ihnen bei der Flucht aus Armaah nach dem Scheitern von COLA geholfen hatte, setzte sich beim Mittagessen zu ihnen. «Gratuliere. Ihr habt hart gearbeitet und diesen Erfolg verdient.» Er lächelte sie an und nahm sich ein Stück Brot von Mittnis Teller. Bevor auch nur einer der beiden ihn begrüßen konnte, sprach er weiter. «Also, wollt ihr zuerst die gute oder zuerst die schlechte Nachricht?» Die beiden Barue sahen sich an, während Emryk kaute.

«Die gute Nachricht ist», sagte er, ohne weiter auf eine Antwort zu warten, «dass ihr Sarghenta wiedersehen werdet.» Als sie den Mund aufmachten, schwenkte er den Rest des Brotes in der Luft, um ihre Fragen abzuwehren.

«Sie wird einen Tag pro Woche mit euch beiden verbringen und euch persönlich ausbilden.» Er aß das Brot auf und grinste sie an, als ihnen vor Verblüffung die Kiefer herunterklappten. Bryn fand als Erster die Sprache wieder.

«Donnerwetter ... Was bringt sie uns denn bei? Und warum?»

«Das kann ich euch nicht sagen. Ihr könnt sie morgen fragen!»

«Und was ist dann die schlechte Nachricht?», fragte Mittni. Emryk strich eine Strähne seines schulterlangen Haars zurück und stand auf. «Ich an eurer Stelle hätte jetzt Angst! Viel Glück.»

✦ ✦ ✦

Es dauerte nicht lange, da wussten sie, was er gemeint hatte. Sarghenta nahm sie aus Caer Isnova mit in ein Gebiet hinauf, wo sie schon einmal mit Usdun und Zuola gewesen waren, und ließ sie als Erstes gegeneinander antreten. Sie hatten kaum eine Minute miteinander gekämpft, da unterbrach sie die beiden und erklärte, dass «noch viel zu tun» sei. Der Rest des Tages war die Hölle. Sarghenta unterrichtete sie getrennt, verbrachte abwechselnd Zeit mit ihnen. Die freie Zeit sollten sie dazu nutzen, über das gerade Gelernte nachzudenken. Die Barue hatten sich für fähig gehalten, für gut sogar. Sarghenta führte ihnen vor Augen, an was es ihnen noch alles fehlte.

Bryn stand in einer grandiosen Umgebung, die ihn mit ihrer immerwährenden Erhabenheit verhöhnte. Bei jeder Ungeschicklichkeit ließ Sarghenta die nächste Anmerkung vom Stapel.

«Die Füße! Füße bewegen!» – «Ausgleichen!» – «Den Körper mit reinnehmen, wenn du so angreifst, sonst kann dich ein starker Gegner einfach aus dem Gleichgewicht bringen.» Ihr Kampfstil unterschied sich von allem, was er bisher miterlebt hatte: präzise, kraftvoll, und jeder Schritt, jede Drehung des Handgelenks so bemessen, dass sie maximale Wirkung hatten. Die Mittagszeit kam und ging, ohne dass von Essen auch nur die Rede war. Bryn fragte nicht danach.

Am Ende des Tages kehrten sie zum Abendessen in die Eisfeste zurück, und vor ihrem inneren Auge spielte sich immer wieder ihr erstes Training mit der Herrin ab. Sie behielten ihre Worte im Kopf und versuchten, sie in ihr normales Training einzubauen.

Am nächsten Tag lud Cerion sie zu ihrer beider Überraschung ein, beim Metzeln mitzuspielen. Diesmal wurden die Barue aufgeteilt, damit sich keine Seite beschweren konnte.

Die Funktion des unbewaffneten «Läufers» rotierte zwischen den Spielern, und Bryn und Mittni fanden diese Aufgabe weit leichter und angenehmer als das Kämpfen. Als Mittnis Mannschaft am Verlieren war und die meisten ihrer Kämpfer «tot» waren, schaffte Mittni es zur Freude seiner Mitspieler sogar, dem Spiel noch eine Wende zu geben, und sie gewannen, obwohl die Gegenseite das Spiel schon sicher in der Tasche gewähnt hatte. Bryns Seite war enttäuscht, als es ihm nicht gelang, auch einen solchen Sieg hinzulegen.

Es war das brutalste, aufregendste Spiel, das sie je gespielt hatten, doch sie waren trotzdem selig. Als diese Runde endete, beschloss Bryn, sich für seinen siegreichen Freund mitzufreuen.

«Gut, gut!», lobte Cerion, auf dessen Seite Bryn gewesen war, und schlug ihm in vorgespielter Kameradschaft kräftig auf die Schulter. «Für ein Kind.» Er grinste höhnisch und warf seinen Stock in die Kiste. Bryn war froh, als die Trommeln die nächste Stunde ankündigten.

Sechs Tage vergingen beunruhigend schnell; ehe sie sich versahen, war es wieder Zeit für ihren Unterricht bei Sarghenta draußen vor Caer Isnova. «Jetzt, wo ich euch in Aktion gesehen habe, werde ich euch mit euren Feinden bekannt machen», begann die alte Dame ihre zweite Lektion auf der Bergkuppe.

Das reichte bereits, um Bryn einen Angstschauder den Rücken hinabzujagen. Die alte Dame ergriff ihren Kampfstock und trat an den Rand der Felsen.

«Bryn, komm.»

Er stand ihr gegenüber und war sich des steilen Abfalls zu seiner Rechten sehr bewusst. Er warf einen Blick hinunter. In einem weiten Bogen kam ihr Stock angeflogen. In dem Brauer wallte Panik auf, und er riss seinen Stock gerade noch rechtzeitig nach oben, um den Schlag abzublocken. Sie hatte so viel Wucht dahintergelegt, dass er einen Schritt zurückweichen musste. *Noch zwei Schritte, und ich fall da runter,* dachte er, als sein Herz aussetzte und ihm der Schweiß ausbrach. Aber Sarghenta ließ ihm keine Zeit zu überlegen. Ein zweiter Schlag folgte, ein dritter. Bryn kämpfte wie besessen und wehrte ihre Attacken ab. Aber sie griff weiter an. Bei jeder Bewegung ihres Stocks war Bryn sich schmerzlich des gähnenden Abgrunds bewusst, der nun in seinem Rücken lag. Sie war zu nahe, als dass er richtig in die Grundhaltung hätte gehen können, aber noch einen Schritt nach hinten konnte er nicht mehr machen. Und immer noch prasselten ihre Schläge auf ihn ein.

«Stimmt etwas nicht, Bryn?», fragte sie, als sie einen Stoß ausführte und dann nach seinem Kopf schlug. Er antwortete nicht.

«Bist du zu beschäftigt, um über die Frage nachzudenken? Zu abgelenkt, um zu antworten? Ist das der Grund, warum du nicht ein einziges Mal versucht hast, mich anzugreifen?» Sie trat zurück und ließ die Spitze ihres Stocks zu Boden sinken. «*Möchtest* du denn sterben?»

Bryn seufzte und wischte sich den Schweiß aus den Augen. Er ging von der Kante weg, heilfroh, dass es vorbei war. Sarghenta hatte recht. Er war nicht ein einziges Mal aus der Defensive gegangen, hatte keinen einzigen Angriff gemacht.

«Angst.» Bryn sah auf. Sarghenta sah ihm ins Gesicht, in die Augen. «Dein erster und größter Feind.» Sie setzte sich im Schneidersitz hin, den Stock quer über den Schenkeln. Bryn fiel auf, dass sie keinerlei Anzeichen von Anstrengung zeigte – sie war so ruhig und beherrscht wie immer. Als er sich hinsetzte, schwitzte er immer noch und war außer Atem. Sein Puls ging viel zu schnell.

«Du bist dir darüber im Klaren, was Angst vermag. Sie lenkt ab, sie macht unruhig, sie lähmt. Man verliert die Konzentration und die Kontrolle. Man verschwendet Zeit und Kraft. Offensichtlich setzt das Adrenalin genug Energie frei, aber du musst lernen, sie einzusetzen, ohne dass Angst deinen Verstand umwölkt oder deine Sinne verwirrt.»

Bryn nickte. Wenn er an seine Zeit hier zurückdachte, fiel ihm auf, dass man sie eigentlich nie in Gefahrensituationen gebracht hatte. Zwar hatte er seine Angst vor großen Höhen meistern müssen, aber er war die ganze Zeit über sicher angeseilt gewesen.

«Was kannst du mir darüber sagen, wie ich gekämpft habe?», fragte Sarghenta.

Bryn runzelte die Stirn und schloss kurz die Augen. Er ging in Gedanken zurück, rief sich ihre Angriffe vor Augen, ihre Bewegungen. Weite Schwünge, weit ausgeholte Schläge von oben und lange Stöße statt kurzer Stiche.

«Eure Attacken waren … vorhersehbar. Übertrieben sogar. Keine Eurer Bewegungen war schnell oder sollte überraschen.»

«Exakt.»

Bryn seufzte. «Wäre ich nicht von Angst überwältigt gewesen, hätte ich keine Probleme gehabt, jeden Eurer Angriffe vorauszusehen. So aber ...»

Sie lächelte nur, stand auf und verließ ihn. Wahrscheinlich, um Mittni eine ähnliche Lektion zu erteilen. Bald kehrte die alte Dame zurück, um ihn mit seinem nächsten Feind bekannt zu machen, und so ging es den ganzen Nachmittag. Sarghenta erinnerte ihn in vieler Hinsicht an Stahl, vom silbergrauen Schimmer ihres Haars, das sie oft zu einem Pferdeschwanz gebunden trug, bis hin zu den geraden grauen Augenbrauen, die wie Miniaturschwerter über ihren glänzenden stahlblauen Augen thronten; ebenso ihr alter Leib, der schmal war, doch hart und kräftig; und ihre pragmatische Pädagogik, geradeheraus und hart, doch effektiv. Sie brachte ihnen bei, genau so zu kämpfen: auf Culmus-Sangui-Art.

Sie zeigte zur Spitze eines ein Stück entfernten Berghangs und sprach nur ein Wort: «Mittagsimbiss.» Der Hang wurde nach oben hin steiler, bis er senkrecht hinaufführte. Als Sarghenta sich auf die Kuppe zog, war Bryn noch einige Meter hinter ihr. Inzwischen verblüffte es ihn nicht mehr, dass die alte Dame so viel agiler war als er. Er fand Halt mit dem Fuß und zog sich höher. Sarghentas betagtes Gesicht erschien über dem Rand, und sie streckte eine Hand aus. Sofort kamen Bryn Zweifel. So stark konnte sie nicht sein. Gleichzeitig war dem Barue klar, dass es sich um eine weitere Prüfung handeln mochte – ob er ihr gehorchen würde. Er beschloss, dass sie wissen musste, was sie tat, und griff nach ihrer Hand. Sie war ein Stückchen zu weit weg, also nahm er seinen unteren Fuß von der Felswand weg. Sarghenta trug sein Gewicht und begann, ihn langsam nach oben zu ziehen. Er suchte mit dem freien Fuß nach Halt.

«Vertrauen ist dein Feind», sagte Sarghenta und löste plötzlich ihre Hand. Bryn schrie auf und fiel zurück, suchte mit dem freien Fuß nach Halt, stieß sich damit aber nur weiter vom Fels weg. Das schreckliche Gefühl abzustürzen griff nach seinem Magen, und er fuchtelte mit dem freien Arm umher. Einen Moment später kam er mit einem Ruck zum Halten. Ein Seil hielt ihn fest. Eine Sekunde baumelte er daran, dann fand er mit beiden Füßen Halt. Seine Hände umklammerten das Seil. Er lehnte sich in das Seil zurück und ging Schritt um Schritt nach oben, wie er es gelernt hatte. Von oben war Sarghentas Stimme zu hören.

«Aber auch dein Freund.»

Bryn zog sich auf die Kuppe. Dort stand die alte Dame, gelassen wie immer. Er machte das Seil los und fragte sich, wie es um seinen Körper gelangt war, da erkannte er den Lassoknoten. Sie gab ihm einen Beutel mit Obst, Käse und einem Stück Brot und verließ ihn, damit er über das eben Gelernte nachdenken konnte. Danach ging es weiter.

Bei jedem Schnitzer, der Bryn unterlief, zählte Sarghenta seine Feinde auf.

«Der erste und größte Feind, Angst» – wieder hatte Bryn Mühe, sich am Rand des Abgrunds gegen Sarghentas heftige Attacken zu wehren. Er verlor den Kampf, rutschte auf die Kante zu und klammerte sich an einer hingehaltenen Hand fest, um festzustellen, dass sie Sarghenta gehörte. Die alte Dame stand felsenfest, als er sich von der Kante wegzog.

«Dann Vertrauen» – Sarghenta ließ los, und er machte, dass er von ihr wegkam. «Aber das ist zugleich dein Freund» – sie warf ihm seine Waffe zu.

Als Nächstes kam «Selbstüberschätzung»: Eine Herausforderung erwies sich als doch nicht so leicht. «Unaufmerksamkeit»: Bryn, der glaubte, er müsse sich voll auf eine Sache konzentrieren und alles andere ignorieren, schaffte es; nur stellte sich dann heraus, dass er alle anderen Bedrohungen hätte im Auge behalten müssen, um nötigenfalls mit ihnen fertig werden zu können, während die Mission zugleich die oberste Priorität behielt.

«Alle diese Feinde sind gleichzeitig deine Freunde – manchmal als ihr Gegenteil, manchmal als ein Verwandter. Angst verleiht dir Kraft, aber du musst lernen, sie zu beherrschen; ohne Vertrauen wären wir nicht funktionsfähig, aber wir müssen bereit sein, es jedermann jederzeit zu entziehen. Mangelndes Selbstvertrauen ist, das versteht sich von selbst, ein Garant für das Scheitern. Und was Unaufmerksamkeit betrifft ... Das Einzige, was dich ablenken kann, bist du selbst; wenn du es zulässt, zerstreut zu sein.

Alle diese genannten Feinde und Freunde entstehen im Kopf und werden auch dort besiegt. Wie wir bereits unzählige Male festgestellt haben, ist der Verstand die mächtigste Waffe in unserem Arsenal. Bekämpfe nicht mehr Feinde als nötig.»

Sie ließ ihn allein und ging zu Mittni. Als sie zurückkam, führte sie Bryn zu der Darstellung eines Ostentums. «Hass und Abscheu, noch ein Feind. Wir verabscheuen Ungerechtigkeit, nicht aber denjenigen, der ungerecht handelt. Denk daran, wir hassen das Böse in einer Person, nie die Person selbst.»

«Wo ist da der Unterschied, Herrin? Wie lässt sich diese Unterscheidung bei einem Ostentum treffen?»

«Das, mein Junge, musst du selbst herausfinden. Konnte ein Ostentum sich aussuchen, eines zu werden? Darf man einem Tier das mangelnde Verantwortungsgefühl seines Herrn zur Last legen? Wo da der Unterschied ist? Der Unterschied,

Bryn, liegt in deinem Geist und deiner Seele. Du darfst nie aus Hass gegen eine Person handeln, sondern nur aus Zorn über eine Ungerechtigkeit. Das ist ein feiner Unterschied, aber du musst lernen, die richtige Perspektive zu bewahren; andernfalls wird dein Geist zerrüttet.»

Als weitere Feinde wurden «Ignoranz» und «Gier – auch nach Ruhm» vorgestellt, und Sarghenta versprach für demnächst mehr. «Die meisten unserer Feinde hängen miteinander zusammen, und sie kommen aus unserem Inneren.» Es wurde dunkel, als sie mit Bryn und Mittni zu ihren Pferden zurückkehrte.

«Angst entsteht aus Vermutungen, aus nichts anderem. Angst existiert nur, wenn einen etwas mit Zweifel erfüllt, die Möglichkeit von Schmerzen etwa, von Versagen, von Leid jedweder Art.» Sarghenta wandte sich um und sah ihre beiden Studenten eindringlich an. «Angst entsteht nie aus Gewissheiten. Der Tod mag letztlich eine Gewissheit sein, aber man fürchtet die Möglichkeiten, die er mit sich bringt. Man hat Angst, dass nach dem Tod nichts mehr kommt. Oder, schlimmer noch, *dass* nach dem Tod etwas kommt.»

Über ihre eigenen Worte amüsiert, wies Sarghenta mit einer Handbewegung zum Horizont. «Stellt euch einen Invasor vor, der über die Grenzen eures Landes herfällt. Stellt euch vor, dass ihr ihm mit einer Streitmacht entgegenzieht und demnächst angreifen werdet. Ihr habt Angst.» Bryn dachte an ein Heer Ostentum. Wenn man wusste, dass sie kamen, und warten musste, war das wahrscheinlich schlimmer, als plötzlich angegriffen zu werden wie in Quivelda. Vielleicht wollte Sarghenta darauf hinaus.

«Wovor habt ihr Angst? Vor Vermutungen. Was, wenn ich verwundet werde? Wenn ich sterbe? Wenn meine Freunde verwundet werden oder sterben? Wenn meine Ernte vernichtet wird? Wenn mein Land erobert wird?» Die alte Dame schüttelte energisch den weißen Kopf. «Nun stellt euch vor, der Feind ist unmittelbar vor euch. Ihr fürchtet das Ergebnis der Schlacht – nicht die eigentliche Schlacht. Ihr fürchtet nur, was die Schlacht bringt, was ihr vielleicht erleiden werdet.» Sie hielt inne und lächelte. «Selbstvertrauen ist entscheidend. Wenn Ängste aufsteigen, haben wir festgestellt, dann muss man einfach so gut es geht mit ihnen fertig werden. Es bringt nichts, sich den Kopf zu zerbrechen. Der einzige Vorteil ist, dass man verschiedene Möglichkeiten durchdenkt und vielleicht Wege findet, sich auf sie einzustellen oder mit ihnen fertig zu werden. Man ist vorsichtiger. Allerdings werdet ihr ohnehin darauf trainiert, sämtliche Möglichkeiten in Erwägung zu ziehen – nicht aus Angst, sondern um reagieren zu können. Die richtige Balance herzustellen, ist der Schlüssel. Angst ist der größte Feind eines Kriegers. Wenn ihr lernt, sie zu beherrschen und von ihren Vorzügen Gebrauch zu machen, aber gleichzeitig ihre negative und lähmende Wirkung abzuwehren, seid ihr mental buchstäblich jedem Gegner überlegen.»

Bryn und Mittni ließen sich ihre Worte durch den Kopf gehen. Sie dachten an die grauenhaften, lähmenden Gefühle zurück, die sie überkommen hatten, als Quivelda angegriffen worden war, als sie in einen Hinterhalt geraten waren, als sie erfahren hatten, dass sie benutzt worden waren. An die übelkeiterregende Leere in ihren Magengruben, als Bryn in Armaah entführt und eingesperrt worden war, und während des langen Wartens, bis sie wieder vereint gewesen waren. Und bei Dordios' Entführung kürzlich, und als sich eine mysteriöse Gruppe in den Kleidern von Apheristen an Bryns Fersen geheftet hatte.

«Selbst wenn ihr jemandem gegenübersteht, der kräftiger

ist als ihr, oder ihr euch in einer brenzligen Situation befindet, bringt es nichts, sich den negativen Auswirkungen der Angst zu ergeben. Angst kommt einem nur in die Quere. Bedenkt Folgendes: Wenn ihr Angst habt und denkt, dass ihr verliert, um wie viel wahrscheinlicher ist es dann, dass es auch so enden wird? Offensichtlich fährt man besser damit, einen kühlen Kopf zu bewahren.»

«Leichter gesagt als getan», sagte Mittni.

«In der Tat. Aber es gibt nichts, das sich nicht meistern lässt. Um seine Ängste zu meistern, muss man trainieren. Also trainieren wir.»

✦ 19. KAPITEL ✦

Codex Culmus

Dampf wallte in ätherischen Wolken um sie herum, an den Rändern der heißen Quelle gluckerte Schlamm. Dahinter lag in schmutzigen Flecken der letzte Schnee auf dieser Höhe. Hier zu baden, war noch angenehmer als im Luxus der Bäder von Caer Isnova.

An diesem Tag war das Training mit Sarghenta höchst ungewöhnlich gewesen. Bevor sie die Quelle hoch in den Säbelzahnbergen betreten durften, mussten sie sich abwechselnd einer Reihe von Schwertkämpfen gegen die Herrin der Culmus Sangui unterziehen, von denen sie keine einzige Runde gewannen.

Sie hatte die beiden einfach besiegt: ganz sachlich, streng fast, als wollte sie ihnen beweisen, dass sie immer noch um viele Klassen besser war. Verwirrt tauchten die Baruc jetzt in die Wärme ein, genossen den enormen Temperaturunterschied zwischen Luft und Wasser. Sie kamen sich vor der vollbekleideten Sarghenta äußerst merkwürdig vor. Als wären sie zwei Hunde, die von ihrer Herrin auf einen Spaziergang und ein Bad ausgeführt wurden. Sarghenta machte auch das entsprechende Gesicht, während sie in die Ferne starrte: pflichtbewusst, leicht gelangweilt, ungeduldig beinahe. Sie trug ihr

Haar zu einem festen Pferdeschwanz gebunden, wie immer im Freien.

«Sagt mir», fragte sie unvermittelt, «wer ist schlimmer: der gute Verlierer oder der schlechte Gewinner?»

Während sie darüber nachdachten, ließen Bryn und Mittni sich in dem blubbernden Wasser treiben.

«Der schlechte Gewinner», sagte Bryn, als sein Freund keine Anstalten machte zu antworten. «Weil er prahlt und über seinen besiegten Gegner das Zepter schwingt.»

Sarghenta sah sie direkt an. «Falsch. Der Verlierer ist tot. Der Gewinner lebt.»

Die Barue ließen sich das durch den Kopf gehen, während die Quelle vor sich hin brodelte. Plötzlich fiel Bryn auf, dass das Sprudeln und Strudeln weiter in der Mitte des Teiches lauter und wilder war als eben noch.

«Schnell! Raus hier!», rief er, zerrte Mittni hinter sich her und zog sich ans Ufer. Momente später schwoll das Wasser an, quoll dunkelblau und mit einem schmutzigen Schaumrand immer weiter empor. Dann brach die Oberfläche plötzlich, und hoch und immer höher schoss das Wasser, mit einem reinweißen Kopf und Schultern aus eisigem Blau. Hoch über sie stieg es empor wie der peitschende Schwanz eines Monsters der Tiefe und deckte den Teich mit heftigem Niederschlag ein.

Als klarwurde, dass keine Gefahr drohte, sahen Bryn und Mittni vom Rand der Quelle aus voller Faszination zu. Wellenringe schwappten um ihre Füße.

«Zu den Mayimquellen gehören einige regelmäßig ausbrechende Geysire», sagte Sarghenta mit Schalk in den Augen. Wasser verdampfte auf der nackten Haut der Barue, doch sie schämten sich nicht ihrer Nacktheit.

«Hier, zieht euch an.» Sarghenta warf jedem ein Handtuch

aus ihrer Satteltasche zu und führte ihr Pferd weiter weg. «Ich möchte, dass ihr umherreitet und euch mit diesem Ort vertraut macht. Schaut euch zunächst die Geysire genau an. Sie können uns einiges beibringen, über den Krieg und das Leben im Allgemeinen.»

Sie gehorchten.

Es war eine Gegend voll rauer Schönheit, schroff und doch friedlich, öde und fruchtbar zugleich. Sie ritten schlammige Pfade entlang, über nackten, staubigen Fels und dann wieder durch Moosflecken. Zarte Grashalme stachen durch die durchweichte Erde, während andere Stellen tot waren. Die Teiche waren von unterschiedlicher Farbe, vielleicht eine Folge verschieden hoher Kalk- und Schwefelanteile, überlegte Bryn, oder verschiedener Bodenbeschaffenheit. An manchen Stellen klebten Schaumberge an der Wasseroberfläche: hier grau und weiß wie Eis, faulig grün um die Ränder herum, dort hellgelb wie Schleim – Bakterienkolonien, erklärte Bryn und lachte, als Mittni nicht glauben wollte, dass die winzigen Tierchen, über die er gelesen hatte, tatsächlich existierten, geschweige denn sich auf solche Weise zeigen konnten.

Als sie fanden, dass sie die unheimliche Pracht genug bewundert hatten, wandten die Barue ihre Pferde und ritten zu der Stelle zurück, wo sie gebadet hatten. Sie näherten sich ihr aus einer anderen Richtung, doch ungefähr auf halbem Wege deutete Mittni aufgeregt nach vorn. Bryn wollte seinen Augen kaum trauen.

Die Oberfläche des Teiches war beinhart gefroren, und sie konnten bis ganz in seine Mitte gehen, wo eine Fontäne völlig reglos in der Luft stand. Sie brachen in erstaunte Rufe aus und berührten die eisige Oberfläche. Es gab keinen Zweifel: Der Geysir war mitten während einer Eruption zu Eis erstarrt! Wie war das möglich?

«Geht da weg!»

Sie machten einen Satz, so laut und eindringlich war die zornige Stimme. Sarghenta kam auf sie zugerannt. «Nicht das Eis berühren! Weg da!»

Dann schlitterte sie über die glatte Oberfläche. Sie passierte die Barue auf den Knien und riss ihr schmales Schwert heraus. «Zu den Pferden!», befahl sie, sprang auf die Füße und folgte den Barue wachsam, ohne den Blick von dem gefrorenen Geysir zu wenden.

Sie saß mit einem Seufzer auf.

«Was war das, Herrin?»

«Etwas Widernatürliches, was sonst. Es könnte eine Falle sein, und ihr zwei spaziert seelenruhig dorthin und fasst es einfach an. Habt ihr denn gar nichts gelernt?»

Sie riss ihr Pferd herum und ritt den Rand des gefrorenen Teiches entlang, das Schwert immer noch in der Hand. Die Barue zogen ihre Schwerter blank und folgten ihr.

«Wie ist so etwas möglich?», fragte Bryn.

«Überhaupt nicht! Ich hätte nie gedacht, hier einmal auf Zeichen des Wahnsinns zu stoßen. Bis hierher haben die Energieströme noch nie gereicht. Vielleicht tun sie das auch jetzt noch nicht. In diesem Falle verdankt dieses Gebilde seine Existenz nicht dem Fließen von Kräften, sondern einem der Werkzeuge des Wahnsinns. Ich weiß nur von einer Art Kreatur, die dafür die nötige Kraft besitzt. Rasch, wir kehren zur Eisfeste zurück.»

Mehr sagte Sarghenta zu diesem Vorfall nicht. Sie nahm ihnen lediglich das Versprechen ab, mit niemandem darüber zu reden.

✦ ✦ ✦

Mein lieber Bryn,

wie geht es dir? Hast du meinen ersten Brief erhalten?
Ich hoffe, du bist wohlauf und lernst viel, lässt es dir aber auch gutgehen. Du bist wahrscheinlich doppelt so schwer wie bei unserer letzten Begegnung, und alles Muskeln, du großer Krieger. Ich bin stolz auf dich. Ich kann es gar nicht erwarten, den großspurigen Numenii-Soldaten meinen gutaussehenden Enkelsohn vorzuführen!
Uns geht es gut. Die Loyalisten führen ein angenehmes, geschütztes Leben in Eisenfels, bei dem es sich um die allermerkwürdigste Burg handelt, für die ich je habe kochen müssen! Man hat hier anscheinend alles komplett durchdacht und lebt absolut autark. Junge, es ist lange her, dass ich einmal Nephelim gesehen habe …
Ich möchte dir noch einmal sagen, wie leid es mir tut, dass wir auf diese Weise auseinandergegangen sind. Bitte verzeih einer alten Frau, dass sie sich zu sehr aufgeregt hat. Ich weiß, du bist ein kluger Junge und machst aus allem das Beste, und ich traue dir zu, die richtigen Lebensentscheidungen zu treffen. Ich weiß jetzt wieder, wie einfühlsam und aufmerksam du bist, und kann Elyon nur für den Segen danken, der du für die Familie der Bellysets sein wirst. Sei stolz auf dein Erbe, mein Kind, auch wenn es jetzt um dich herum finster ist. Sorge dich nicht: Alles wird zu gegebener Zeit enthüllt. Und ich weiß, dass du damit zurechtkommen wirst, wenn es so weit ist.
Thybil, Yerfi und ein ganzer Haufen anderer Leute senden dir ihre Grüße – darunter Prinzessin Peasmi und Prinz Rameon, die sich schon beide darauf freuen, dich kennenzulernen.
Ich würde mich sehr freuen, von dir zu hören, wobei

wir natürlich einen wenig verlässlichen, unregelmäßigen Postdienst benutzen müssen (wo doch die Fluss-Transport-Gesellschaft hier nicht liefert!). Vielleicht sehen wir uns ja bald wieder.

DEINE
Mama Bellyset

Bryn betrachtete die saubere Handschrift mit gemischten Gefühlen.

«Kommst du mit, Metzeln spielen?» Mittni steckte den Kopf um die Ecke.

«Heute nicht, danke.» Bryn war von dem Sport nicht so begeistert wie Mittni, der sich zu einem richtig guten Läufer entwickelt hatte, den alle Lehrlinge gern in ihrer Mannschaft haben wollten. Bryn hatte sich als Läufer und als Kämpfer durchaus gesteigert, aber er war gerade nicht in der Stimmung.

«Na, dann.»

«Viel Spaß. Mach sie fertig.»

Mittni grinste und verschwand, überließ Bryn wieder seinen Grübeleien. Er plagte sich mit Schuldgefühlen, weil er Mama Bellysets ersten Brief nicht beantwortet hatte. Anfangs war er immer noch wütend gewesen, zumal es sich eher um einen Beschwichtigungsbrief als eine Entschuldigung handelte. Er wusste, dass er es war, der sich hätte entschuldigen müssen; er war ja fortgeritten, ohne auf Wiedersehen zu sagen.

Wütend und beschämt stampfte Bryn mit dem Fuß auf. Er hätte auf den ersten Brief antworten sollen. Er hatte es vorgehabt, aber es absichtlich hinausgezögert, um sie eine Weile im Ungewissen zu lassen. Und dann hatte er es vergessen.

Es war ungerecht, Mama Bellyset wegen einer solchen Kleinigkeit noch länger leiden zu lassen. Ihm wurde ganz anders, wenn er sich seine Großmutter in Eisenfels vorstellte, wie sie für undankbare Loyalisten kochte und geduldig auf einen Brief von ihrem geliebten Enkel wartete, den dieser gar nicht geschrieben hatte … Sie war seine naheste Verwandte, und er ging so mit ihr um! Bryn beschloss, diesmal sofort zu antworten. Er suchte Feder und Papier und verbrachte den Rest des Nachmittags damit, eine aufrichtige Entschuldigung zu schreiben, von der er sicher sein konnte, dass sie seiner Großmutter das Herz wärmte. Zufrieden faltete Bryn den Brief, steckte ihn in einen Umschlag und beschwerte ihn mit einem Stein. Er würde Sarghenta fragen, ob sie ihn der nächsten Person mitgeben könnte, die nach Eisenfels ging – zwischen den beiden Festungen waren öfter Culmus Sangui unterwegs. Ihre nächste Lektion mit der Tigerin war auf den nächsten Tag angesetzt. Es würde alles ins Lot kommen.

Die Tür flog auf, und Mittni stand dort, rot im Gesicht, triumphierend. Waren sie schon fertig? Bryn sah aus dem Fenster und bekam gerade noch die letzten goldenen Sonnenstrahlen hinter den schon recht kahlen Bäumen im Hof mit. Wenn das Wetter so gut war, spielten die Lehrlinge fast jeden Tag Metzeln oder andere Sportarten.

«Wir haben gewonnen! Zehn zu sechs!»

«Wenig überraschend, wo du doch in ihrem Team bist.»

«Die anderen haben nach dir gefragt.»

«Haben sie nicht.» Bryn schmunzelte, er hatte die Lüge gespürt.

«Nun, Emryk schon. Die anderen hatten zu viel damit zu tun, einander zu verdreschen und mir hinterherzurennen. Aber jetzt ist es Zeit fürs Abendessen.»

Sie aßen gemeinsam mit Aquiuss, der schnell fertig war und zu einem Treffen mit Fysal verschwand. Auf dem Weg nach draußen kam Emryk vorbei, ein Freund und Waffenbruder von Aquiuss mit einem langen, dünnen Zopf, und gratulierte Mittni zu seinem Erfolg beim Metzeln. «Ich höre, du erwirbst dir gerade einen gewissen Ruf», sagte er und zwinkerte ihm zu.

Bryn freute sich für Mittni. Sie aßen schweigend weiter und fühlten sich im Speisesaal wohler als je zuvor inmitten der Culmus Sangui. Bis Cerion kam.

«Habt ihr was zu grinsen, ja? Weil der kurze Barue meint, einen Aspekt eines kindischen Spiels gemeistert zu haben?», zischte er leise und beugte sich mit funkelnden Augen über den Tisch. «Warum esst ihr dann eigentlich immer noch mit eurem einzigen Freund? Anstatt auf eurem rechtmäßigen Platz als Spitzensportler bei den Lehrlingen zu sitzen? Ihr zwei seid schließlich die einzigen Schüler, die Metzeln spielen.»

«Aquiuss ist ein besserer Culmus Sangui als du», sagte Mittni. «Wir sind stolz auf seine Freundschaft.»

«Achte gar nicht auf ihn, Mittni.» Bryn richtete den Blick wieder auf seinen Teller. «Er ist nur neidisch.»

Cerion gab ein leises Lachen von sich, so übertrieben, dass sein blondes Haar flatterte, das er sich als Lehrling jetzt wachsen lassen durfte. «Aquiuss gibt sich nur aus einem einzigen Grund mit euch ab – weil ihr ihn an ihn selbst erinnert. Mit dem einzigen Unterschied, dass er ein nützlicher Niemand ist, der mit dem Schwert umzugehen versteht, und ihr zwei inkompetente, unnütze Niemande seid.»

Mittni wurde rot vor Wut, aber Bryn war eher verblüfft. «Was meinst du damit, ein Niemand? Er steht rangmäßig doch weit über dir.»

«Ach, das wisst ihr noch nicht?» Cerion schien das Ganze sehr zu genießen. Er setzte sich neben Bryn, Mittni gegenüber. «Euer Held Aquiuss wurde im ländlichen Itrim von einem Paladin entdeckt, der dort seinen Dienst tat. Er lebte als

Küchenhilfe im Haus eines Adligen.» Der Lehrling fand das augenscheinlich amüsant.

«Ja, und?», sagte Bryn. «Was spielt es für eine Rolle, woher er kommt? Er ist der bessere Schwertkämpfer.»

«Und außerdem», fügte Mittni hinzu, «wenn es danach geht, dann müsstest du vor Bryn Respekt haben. Er ist kein Niemand – er ist ein Bellyset!»

«Also *bitte*. Aquiuss mag eine Begabung für den Schwertkampf haben, aber er richtet mehr Schaden an als alles andere.» Die Barue wechselten nervöse Blicke. «Wirklich, er ist dermaßen … *begierig* darauf, sich Respekt zu verschaffen, dass er oft die Ehre des Ordens gefährdet. Und dann noch sein Freund Emryk, noch ein Niemand von vergleichbar niederer Herkunft, der buchstäblich stocksteif vor lauter Angst ist, einen Fehler zu machen.»

«Also, Cerion, mir kommt es so vor, als wärest du auch nicht wenig begierig darauf, dir Respekt zu verschaffen», sagte Bryn.

«Ach, ihr! Ihr habt den Codex Culmus ja noch nicht einmal gesehen! Und ich hoffe, dazu kommt es auch nie – das wäre eine Beleidigung für den Orden. Es besteht keine Hoffnung, dass ihr das versteht. Ihr wisst euch ja nicht einmal mit den richtigen Leuten zu unterhalten!» Der Lehrling stieß einen übertriebenen Seufzer aus. «Ihr begreift *gar nichts*!»

«Sarghenta scheint da anderer Ansicht zu sein», sagte Bryn.

Irgendeine Veränderung ging in Cerion vor: Seine Stirn glättete sich, und Bryn spürte, wie seine Ungehaltenheit verging. «Mit Sarghenta ist es etwas anderes.» Diese Bemerkung schien sich nicht auf die Barue zu beziehen, sondern einzig auf die alte Dame. «Sie kam aus dem Nichts. Man erzählt, sie stamme aus Polgaren, dem Königreich des Nordens. Das kann ebenso gut stimmen wie alles andere. Über ihre Vergangenheit weiß niemand viel.» Er hatte einen abwesenden Ausdruck in den Augen. «Sie war allein in den Säbelzahnbergen, als die Culmus Sangui sie fanden. Halb erfroren und fast verhungert wurde sie von einem Tiger angegriffen – den sie mit bloßen Händen besiegte und selbst aufaß.» Cerion stand abrupt auf und spazierte davon, als hätte es das Gespräch davon nie gegeben.

Die Barue sahen einander schulterzuckend an und beendeten ihre Mahlzeit, ohne etwas zu sagen. Bryn stellte fest, dass er mit neuer Zuneigung an Aquiuss dachte. Vielleicht erklärte die Tatsache, dass der Paladin eine Küchenhilfe gewesen war, seine Vertrautheit mit Reichtümern und zugleich auch seine Freundlichkeit dem Dienstpersonal gegenüber.

«Ich muss ins Bett», erklärte Mittni. «Morgen ist ein Sarghentatag.»

✦ ✦ ✦

Sarghenta blieb an diesem Tag mit ihnen in Caer Isnova. Es war nicht das erste Mal, auch wenn sie normalerweise hinausgingen, um neugierige Blicke zu vermeiden. Jeder wollte wissen, warum die Herrin der Culmus Sangui diese beiden Anfänger ausbildete. Ständig wurden die beiden Barue danach gefragt, aber sie wussten es nicht; und die alte Dame zu fragen, wagte niemand.

«Weil heute noch etwas anderes auf dem Programm steht, möchte ich, dass ihr gleich zu Beginn unseres Unterrichts kämpft.»

Bryn und Mittni nahmen die Kampfstöcke und stellten sich einander gegenüber auf. Sie kämpften, einander ebenbürtig, und wendeten die zahlreichen Techniken an, die sie kürzlich gelernt hatten.

«Genug!», sagte Sarghenta. «Männer, seit ihr hierhergekommen seid, habt ihr viel gelernt, in der Regel beide das Gleiche. Aber Mittni ist immer noch besser als du, Bryn, und das nicht etwa, weil er als Hu-Barue mehr wüsste als du. Warum also dann?» Sarghenta sah von einem zum anderen. «Es liegt daran, dass er das Gelernte nicht ständig im Kopf hat und es anzuwenden *versucht* – sondern einfach handelt! Er hat die Bewegungsabläufe verinnerlicht. Du, Bryn, kämpfst streng nach Lehrbuch! Aber man kann so viele verschiedene Konter nicht gegeneinander abwägen … Denk nicht so viel! *Mach* einfach. Vereinfache, kürze ab, improvisiere – überrasche.»

«Aber ich dachte, das Gehirn wäre die wichtigste Waffe der Culmus Sangui», sagte Bryn.

Sarghenta lachte. «Bleib geschmeidig und vergiss, was du im Kopf hast – lass deine Hände die Führung übernehmen. Der Kopf hat Wichtigeres zu tun. Das ist nicht leicht, aber es kommt schon mit der Zeit, und es stellt eine unserer wirkungsvollsten Techniken dar. Versuch's noch einmal.»

Wieder kämpften sie. Bryn hatte Angst, sofort zu verlieren, aber er versuchte, Sarghentas Ratschlag zu befolgen und seinen Händen einfach zu gestatten, ihren eigenen Rhythmus zu finden. Nach einer Minute hätte er am liebsten gelacht. Schier unglaublich, wie viel leichter das Kämpfen auf einmal war. Er hatte ein Gefühl von … *Freiheit*. Körper und Geist verschmolzen zu einer perfekten Einheit, und er bewegte die Hände, ohne darüber nachzudenken.

Mittni vollzog eine bestimmte Bewegung, die sie kürzlich bei Tamasan gelernt hatten, und Bryn sah eine Lücke und durchstieß seine Deckung. Das Nächste, was er mitbekam, war, dass Mittni auf dem Boden lag.

«Wieso hast du dieses Mal gewonnen, Bryn?», fragte Sarghenta.

Bryn half Mittni wieder hoch und ging die Bewegungen im Kopf noch einmal durch. «Ich habe nicht mit der Standardantwort reagiert, wie wir sie gelernt haben. Ich habe aus einem Impuls heraus gehandelt – reagiert – anstatt zu überlegen, welche Bewegung ich jetzt mache.»

«Sehr gut, Bryn. Richtig beobachtet. Und genau das ist der Stil der Culmus Sangui. Eigne ihn dir an.»

Mittni zu besiegen, war nichts Neues, aber von diesem Punkt an war Bryn ihm ständig überlegen. Er zog sogar mit den anderen Schülern gleich und gewann stetig mehr Kämpfe, während sein Geist und seine Bewegungen miteinander verschmolzen. Während eines Metzelspiels gelang es ihm, Cerion zu besiegen; keiner der beiden sagte ein Wort, und das Spiel ging einfach weiter. Es war, als wäre etwas in Bryns Innerem von der Leine gelassen worden, fast so, als würde er Eridanus' blauen Stein wieder benutzen, nur dass es sich kühler anfühlte, ruhiger, ohne die verheerenden Nebenwirkungen.

Mittni improvisierte ebenfalls, und wenngleich er durch seine Rolle als bester Läufer beim Metzeln beliebter war – und zweifelsohne auch durch seinen freundlichen Charakter, seinen Charme, sein gutes Aussehen und sein Lächeln –, gelang es ihm nie, diese Methode ebenso gut zu beherrschen wie Bryn.

Bryn wurde noch stiller als sonst, aber auf eine zufriedene Weise. Statt mit unsicherer, introvertierter Überlegung ging er mit offenen Augen durch den Tag; da er sich diese neue Art des anstrengungslosen Kämpfens angeeignet hatte, verstand er jetzt auch die Techniken besser, die Vallon ihm versucht hatte beizubringen, weil sein Verstand jetzt frei für sie war.

Nun hatte Bryn das Gefühl, allmählich ans Ziel zu kommen. Das alles diente ja einem bestimmten Zweck. Das endlose, quälende Training zahlte sich aus. Die Zeit, die sie von

Mama Bellyset und den anderen Loyalisten getrennt waren, lohnte sich. Bei ihrer Rückkehr würden sie keine sicheren Verlierer mehr sein, die man herumschubsen konnte; sie würden eine aktive Rolle dabei spielen, die Geschicke ihres Volkes zu dessen Vorteil zu lenken. Im Nachhinein betrachtet, hatte das Ganze vielleicht etwas damit zu tun, dass sie den Codex Culmus gesehen hatten …

Denn nach dem Kampf hatte Sarghenta ein stilles, wissendes Lächeln aufgesetzt und sie in die riesige innere Rüstkammer geführt. Sie gingen zum Auge des Apheristen, dessen dunkle Farben so flüchtig waren wie immer.

«Ihr wisst inzwischen, dass unser Orden die wichtigste Stufe in der Absicherung Calaspias darstellt. Was bedeutet, dass unsere Aufgaben extrem variieren – wie es die Tiefe und Vielfalt eurer Ausbildung bereits erahnen lässt.» Sie wandte sich zu ihnen um.

«Daraus folgt, dass es schwierig werden könnte, die Bedürfnisse Calaspias richtig einzuschätzen und zu wissen, wie man reagieren soll, wo wir unsere Prioritäten setzen sollen. Wir investieren viel Geld in unsere Informanten und müssen sicherstellen, dass jeder Culmus Sangui weiß, wofür unser Orden steht. Warum es uns gibt. Warum wir tun, was wir tun. Glücklicherweise hat uns der Begründer Richtlinien hinterlassen.»

Sie zog ihr Schwert und trat vor das Auge, berührte sanft mit der Klinge den schwarzen Stein und sagte zwei Worte.

«Codex Culmus.»

Das Auge begann zu pulsieren. Es war keine körperliche Bewegung, sondern ein Intensivieren der rötlichen Farbtöne. Die unterschiedlichen Schattierungen begannen zu wirbeln, sich zu bewegen wie dicker, ablaufender Sirup. Um den Stein herum wurde ein Streifen immer durchsichtiger, bis er so klar wie Kristall wirkte. Wieder bewegte Sarghenta ihren Culmus, tippte flach mit ihm an eine Stelle des klaren Bandes. Kräftige blaue Linien erschienen, bildeten ein Symbol von der Größe einer Hand. Mit jedem angedeuteten Schlag wurde ein weiteres Symbol enthüllt. Ihr Schwert wie einen Stab benutzend, ging sie um das Auge herum und entlockte ihm Zeichen um Zeichen. Die Barue folgten ihr, weil sie nichts verpassen wollten. Sie wagten nicht, etwas zu sagen. An einer Stelle unterbrach eine senkrechte schwarze Markierung die blauen Linien, und ab dort wurden die Buchstaben flammend rot – denn dort stand eindeutig etwas geschrieben, wenn auch in keinem Alphabet, das Bryn je gesehen hatte. Als die drei das Auge vollständig umrundet hatten, steckte Sarghenta ihr Schwert weg und sah die Barue an.

«Ihr steht vor den Grundpfeilern unseres Ordens, den Prinzipien, an denen wir uns ausrichten und nach denen wir handeln. Dies hier sind unveränderliche Richtlinien – sie sind heute noch so relevant und anwendbar wie damals, als Apherist sie niedergeschrieben hat, und das werden sie auch bleiben, ungeachtet der jeweiligen Situation. Dank dieser Worte weiß jeder Culmus Sangui, mit welchen Hindernissen auch immer er sich konfrontiert sieht, was er auf einer Mission zu tun hat. Nur die unmittelbare Anwesenheit eines Culmus» – sie wies auf ihr Schwert – «kann die Schrift hervorbringen.»

«Was steht dort?», fragte Mittni.

«Leider ist uns niemand bekannt, der es lesen könnte – nicht einmal dein Onkel Thybil. Aber er vermag einige Schriftrollen zu entziffern, in denen Übersetzungen dieser Inschrift stehen. ‹Ehre liegt in der Pflicht; Pflicht liegt im Dienen; Dienen liegt in der Redlichkeit; Redlichkeit liegt in der Treue; Treue liegt in der Ehre.› Es gibt auch noch andere Versionen – Schriften mit ausführlichen Erläuterungen jedes einzelnen Wortes. Wir besitzen noch immer das Originaldokument und die Ursprungsübersetzung dieses Dokuments. Doch bevor ihr diese seht, möchte ich, das ihr euren Blick auf das hier richtet, das Eigentliche: den Codex Culmus. Macht euch mit dieser Inschrift vertraut. Ihr seid im Begriff, den Umhang der Culmus Sangui anzulegen, und sie bildet das Herz dieser Rolle.»

Sie hob einen Finger und zog die glühenden Linien des ersten blauen Buchstabens nach. «Ehre liegt in der Pflicht; Pflicht liegt im Dienen; Dienen liegt in der Redlichkeit; Redlichkeit liegt in der Treue; Treue liegt in der Ehre.»

Die Barue traten vor, und Bryn sah zu, wie Sarghenta die Schrift betrachtete. In diesem Moment begriff er die Culmus Sangui. Sie waren mehr als nur Elitekrieger. Sie waren Teil eines Unternehmens, das von denen begründet worden war, die als Erste den Wahnsinn bekämpft hatten, aufgebaut zum Schutze ganz Calaspias.

Während Bryn neben dem Auge stand, war er sich zutiefst seiner Unwichtigkeit bewusst. Codex Culmus. Eine Art zu leben, die über allem stand, was irgendeine Einzelperson zu Calaspia beitragen konnte. Dieser uralte, beinahe heilige Kodex war es, worum es bei den Culmus Sangui überhaupt ging. Mittni stand neben ihm, und Bryn spürte die Wellen von Stolz und Staunen, als sein Freund die Bedeutung dieses Vermächtnisses begriff. Er legte eine Hand auf Mittnis Schulter. Sie grinsten einander an. Auf einmal verstand Bryn Aquiuss' Eifer, Cerions Stolz. Für sie gab es nichts Höheres, als zu einer Mission gerufen zu werden, als ihren Vorgesetzten zu dienen, indem sie ihren Befehlen gehorchten und sich rückhaltlos in den Dienst der Wahrheit, der Gerechtigkeit und des Friedens stellten. Er konnte sich vorstellen, eines Tages ähnlich zu empfinden.

✦ 20. KAPITEL ✦

Der Duft der Myrrhe

Arnika, Blutkraut, Ginseng.

Rosmerte Bellyset verstaute die Gelbwurzel in ihrem Ranzen und sah rasch auf. Veroas, ihr «Leibwächter», beschäftigte sich immer noch damit, die Eisenringe seines Kettenhemdes zu drehen. Offensichtlich hatte er das tiefe, drohende Grollen nicht gehört. Sie wusste nicht, ob sie das beruhigend oder beunruhigend finden sollte.

«Gehen wir, Veroas?»

«Jetzt schon?» Er streckte sich und gähnte. «Wann immer Ihr wollt, Ma'am. Dann kommt Ihr gerade noch rechtzeitig, um den Köchen ins Handwerk zu pfuschen. Soll freilich keine Beschwerde sein, bloß dass Ihr die Köche der Schande preisgebt.» Er lachte. «Ihr solltet nicht zu hart mit ihnen umspringen. Sie geben sich alle Mühe, und glaubt mir, das Essen auf Eisenfels ist besser als beim Heer.»

Seinen letzten Satz hörte sie kaum – war da schon wieder dieses Grollen? Sie spitzte die Ohren, vernahm aber nichts weiter, als der Soldat zu reden aufhörte. Vielleicht war es unklug gewesen, sich selbst in den Amboss vorzuwagen, anstatt die Köche einfach machen zu lassen. Aber sie bekamen die Gerichte nie richtig hin, und wenn man die Verhältnisse bedachte, in denen die Rebellen lebten, dann war es das mindeste zur Aufrechterhaltung der Moral, ihnen etwas Anständiges zu essen vorzusetzen.

Aber anscheinend ging heute alles schief, von dem Moment an, als sie aufgewacht war und einen Schatten vor ihrem Fenster gesehen hatte, bis hin zu dem Augenblick, als sie unter einem blutroten Himmel ihren sicheren Hafen verlassen hatte; und spätestens ab da hatte sie die Beklemmung nicht mehr losgelassen. Die meisten Vorfälle ließen sich natürlich mit Einbildung erklären, durchaus. Was sich eine alte Frau eben so einbildete. Darum hatte sie auch niemandem etwas davon erzählt. Die Loyalisten machten sich ohnehin zu viele Sorgen um sie, da wollte sie ihnen nicht noch mehr Munition liefern. Schließlich machten die Rebellen geradezu einen Sport daraus, im Namen der Besorgnis jeden einzelnen ihrer Schritte zu überwachen und ihre Bewegungsfreiheit einzuschränken.

Bryn hatte keinerlei Bedenken gehabt, sie hier in Eisenfels zu lassen. Sie war hier sicherer als in Wenfeld. Er machte sich gewiss keine Sorgen, er hatte keinen ihrer Briefe beantwortet. Aber seine Situation ärgerte ihn, und das verstand sie. Es war nicht weiter schlimm: Er war ein kluger Bursche und würde schon noch zur Vernunft kommen. Wahrscheinlich hatte er keine Zeit gehabt zu antworten. Vielleicht war schon ein Brief mit Thybil unterwegs – der Bryn vielleicht sogar mitbrachte. Sie bereitete sich innerlich schon einmal auf ihre nächste Begegnung vor, die an seinem rasch heranrückenden siebzehnten Geburtsabend stattfinden musste, wenn er volljährig wurde. Das würde gewiss zu neuen Reibereien führen, aber da mussten sie durch. Sie seufzte. Ihr ungutes Erbe verursachte mehr als familiäre Streitigkeiten. Ohne die Last dieses Erbes wäre ihr Ehemann immer noch am Leben, wären ihr der Sohn und die Stieftochter nicht fremd geworden. Das war die Bürde der Bellysets, ihr Geheimnis, die Quelle ihres Leids und die Mutter ihrer Macht. Sie hatte die Geschichte mehr als einmal erzählt, und es wurde nicht leichter.

Rosmerte fuhr herum, als sie Blätter rascheln hörte, aber es war nur Veroas, der Kiefernnadeln zwischen Daumen und Zeigefinger rieb, um daran zu riechen. Irgendetwas sagte ihr, dass sie besser ohne Ambossthymian nach Eisenfels zurückkehrte. Sie war heute schreckhaft. Der zerfranste Schatten, der heute Morgen an ihrem Fenster vorbeigeglitten war, huschte wieder durch ihre Erinnerung, und erneut überkam sie das Gefühl, beobachtet zu werden.

«Ja, Veroas. Gehen wir nach Hause.»

«Euer Wunsch ist mir Befehl, Ma'am.»

«Für dich Mama Bellyset, Veroas.»

«Aye.» Der Soldat grinste. «Ich bin jedenfalls schon mächtig gespannt, was Ihr mit diesen Kräutern zaubern werdet, Mama.»

Rosmerte hielt inne. Ja, das war es! Veroas war ein junger Mann, kaum ausgewachsen. Er musste einen gesegneten Appetit haben. Gewiss stammte dieses merkwürdige Grollen, das sie gehört hatte, von keinem Monster. Es entstammte auch nicht ihrer Einbildung, sondern seinem Magen. Das erklärte auch, warum er nicht darauf reagiert hatte. Mit dieser Erklärung gelang es Rosmerte Bellyset zum x-ten Mal, sich zu beruhigen. *Vielleicht fängst du ja wirklich allmählich an, dir Sachen einzubilden,* sagte sie sich. *Jetzt reiß dich zusammen, du dummes altes Weib.*

Sie wanderten zur Weide zurück, und Rosmerte strengte alle Sinne an, um festzustellen, ob etwas nicht stimmte. Veroas sah sich kaum um, und das konnte sie ihm nicht vorwerfen. Seine Kameraden, Tobul und Seddion, standen an der Talöffnung Wache. Sie hatten jeder einen guten Blick; von keiner Seite konnte sich jemand nähern, ohne dass sie es mitbekamen. Die Wachen hätten eine Bewegung schon aus weiter Entfernung gesehen und genug Zeit gehabt, sie zu warnen. Sie hatten nichts von ihnen gehört, und das hieß, dass nichts passiert war.

Aber als sie die Stelle erreichten, an der sie Seddion zurückgelassen hatten, war er nicht dort.

«Ist wohl zu Tobuls Posten rübergegangen, um Gesellschaft zu haben, der junge Narr», sagte Veroas, obwohl er nur ein Jahr älter war als sein Kamerad. «Von Disziplin keine Spur.»

Sie gingen zu Tobuls Posten und rechneten damit, beide Soldaten dort anzutreffen. Rosmerte Bellyset sah zu den anschwellenden Wolken hinauf; vielleicht schafften sie es vor dem Sturm nicht mehr bis nach Eisenfels. Hoffentlich wurden die Kräuter nicht feucht, dann verklebten ihre Blätter und Blüten, und die Aromen vermischten sich. Veroas gab vor, dass ihn das Verschwinden seines Freundes nicht beunruhigte («Das werde ich melden müssen», erklärte er), aber Rosmerte spürte seine Nervosität. Dann erreichten sie den Felsvorsprung, auf dem Tobul Wache gehalten hatte.

«Wenn das ein Scherz sein soll, sorge ich dafür, dass sie auf das härteste bestraft werden», erklärte Veroas. «Degradiert werden sie hoffentlich auch. Wartet nur, bis General Hornbeam das erfährt.»

Weder von Seddion noch von Tobul war irgendetwas zu sehen.

Rosmerte und Veroas wussten nicht, was sie davon halten sollten. Sie standen stumm da und hielten an den Berghängen nach ihren Freunden Ausschau. Dann bückte Veroas sich, um den Boden zu untersuchen.

«Nichts Alarmierendes zu sehen, nichts Ungewöhnliches.» Er strich mit den Händen über abgeknickte Grashalme. «Wo in aller Welt können sie sein? Warum sollten sie ihre Posten verlassen?»

Er zog etwas aus der Erde und stand mit verwirrtem Gesicht auf. «Was ist das? Das gehört doch bestimmt keinem von ihnen.»

Rosmerte starrte den Wachsoldaten an. Entsetzen breitete sich in ihr aus. Veroas hatte einen eigentümlich gerahmten Handspiegel gefunden, und als er ihn hin und her drehte, bekam sie kurz sein Spiegelbild zu sehen. Sie schnappte nach Luft. Ein Netz purpurroter Adern pulste über seiner wächsernen Haut. Leere Augen starrten aus tiefen Augenhöhlen, als er sich darin betrachtete und anscheinend nichts an seinem Spiegelbild auszusetzen fand. Er zuckte die Schultern und hielt ihr den Spiegel hin.

Sie hatte nicht vor, ihn anzurühren. «Gib ihn mir nicht; ich weiß von solchen Dingen nichts.»

«Von welchen Dingen?» Veroas glotzte sie an. «Mrs. Bellyset? Mama – geht es Euch gut?»

Er kam auf sie zu, mit besorgtem Gesicht.

«Bleib weg von mir!», sagte sie. Der Soldat schaute betroffen, und sie fügte hinzu: «Geh … Such die anderen. Ich warte hier.»

«Ich glaube nicht, dass wir uns trennen sollten …», protestierte Veroas, aber Mama Bellyset scheuchte ihn mit einem Winken fort. Sie kehrte ihm den Rücken zu, um ihre Erschütterung zu verbergen, und griff sich mit einer klammen Hand an die Stirn. Ihre Gedanken rasten. Was war gerade geschehen? Hatte der Spiegel ihr Veroas' wahre Natur gezeigt? Oder war es ein Trugbild gewesen, das sie ängstigen sollte? Das hatte gewiss geklappt. Aber was sollte sie tun? Versuchen, allein nach Eisenfels zurückzukehren? Oder riskieren, dass sie den Weg mit einem Dämon in Menschengestalt teilte?

Zu viele Fragen. Sie sah sich um und stellte fest, dass Veroas verschwunden war. Sie hörte etwas, das ihr die Haare zu Berge stehen ließ. Flüsternde Stimmen. Niemand war zu sehen. Das musste Veroas sein, der seine Kameraden gefunden hatte. Aber warum flüsterten sie? War es der Wind? Nein, viel zu unregelmäßig, zu … intelligent.

Die Angst wollte nicht weichen. Mit klopfendem Herzen stand sie ganz still da. Es schien dunkler geworden zu sein; die Wolken schienen dem Boden näher, als richtig gewesen wäre, aber das war vielleicht auch der Höhenlage geschuldet.

Ein Blitz zerriss den Himmel, und sie machte einen Satz. Sie zwang sich zu einer Bewegung, um die Schreckensstarre zu durchbrechen. Als es ihr gelang, musste sie feststellen, dass sie so schnell hinter Veroas herrannte, wie ihre alten Gliedmaßen sie trugen.

Der Boden sah unwirklich aus, als sie über ihn hinwegstampfte; Gras und Steine flitzten im Augenwinkel vorbei wie lebendige Wesen, die schlichen und wimmelten. Sie erreichte das Kiefernwäldchen und lehnte sich gegen einen Baumstamm, rang nach Luft. Sie konnte sich nicht erinnern, wann sie das letzte Mal gerannt war. Schmerz griff mit scharfen Fingern um ihr Rückgrat und die gebeugten Schultern.

Ihr schwerer Atem beruhigte sich allmählich, und sie lehnte den Kopf an den Stamm. Sie konnte kein Flüstern mehr hören, aber da war ein feuchtes, tropfelndes Murmeln. Kein Bach, wie sie sich zunächst einredete. Es war näher, viel näher, und … fester? Was immer das für ein Geräusch war, es bereitete ihr eine Gänsehaut. Veroas musste hier irgendwo sein. Sie ignorierte das unerklärliche Geräusch und starrte durch die Zweige auf die dahinterliegende Lichtung. Gewiss lagerten ihre faulen Beschützer dort. Aber was war das für ein Gekribbel und Gekrabbel auf ihrer Haut …

Sie fuhr zurück. Dunkle Punkte bewegten sich in den Schatten des Baumes auf und ab; die Borke wimmelte von Insekten. Unter normalen Umständen ließ sie sich von Insekten nicht aus der Ruhe bringen, aber anscheinend hatte sie in ein Ameisennest gestochen. Rosmerte stolperte von dem Baum weg und wischte sich angewidert die Arme ab. Sie schüttelte den Kopf und fuhr sich mit den Fingern durchs Haar. Mit etwas Glück war sie die Biester jetzt los. Sie war nicht sehr lange mit dem Holz in Kontakt gewesen. Ab und zu kribbelte es sie noch irgendwo, aber das ignorierte sie. Bis sie etwas in den Nacken biss – oder stach.

Klatsch. Sie war von der Wucht ihres eigenen Schlags überrascht. Ihr kam die Idee, dass die Schmerzen nach dem Rennen nicht nur Klagen ihres gebrechlichen Leibes gewesen waren, sondern von Insektenstichen herrührten. Vielleicht fielen die ja schon länger über sie her. Sie riss eine Kleiderschicht nach der anderen beiseite und rieb und kratzte und schüttelte ab und zu die Hände aus, falls sie die Biester jetzt an den Fingern hatte. Schließlich hatte sie den Eindruck, dass sie die Insekten los war.

Als sie zum dunkler werdenden Himmel hinaufsah, verfluchte sie sich für ihre Torheit. Sie hätten sofort Schutz suchen sollen. Wenn Tobul und Seddion noch lebten, würden sie das Gleiche tun. Aber nun war sie allein, und ihr gefiel die Vorstellung gar nicht, stundenlang durch die unnatürlich frühe Nacht zu wandern.

Wieder hörte sie dieses Flüstern.

«Veroas?» Ihre Stimme zitterte.

Das Flüstern war tief, erregt. Ein Zischen. Sie konnte sich nicht vorstellen, worüber sich ihre drei Leibwächter auf diese Weise unterhalten sollten. Sie konnte sich nicht vorstellen, dass sie überhaupt zu einem solchen Zischen imstande waren …

Als sie mit sich und ihrer verflixten Phantasie die Geduld verlor, betrat sie die Lichtung, wobei sie sich von den Bäumen fernhielt. Der Himmel wurde dunkler, und sie stand im Schatten. Sie ging in die Mitte der Lichtung.

«Veroas?»

Trotz des Pochens in ihren Ohren hörte sie immer noch das Flüstern. Es klang jetzt näher, auch wenn sie unmöglich sagen konnte, aus welcher Richtung die verstörenden Geräusche kamen. Wenn sie von ihren Wachen stammten, hätten sie inzwischen geantwortet.

Sie wollte nur noch weg hier. Einfach den ganzen Weg nach Eisenfels rennen, allein und froh darüber; Hauptsache, sie kam fort von diesem gefährlichen Ort.

Von einem Baum weiter hinten löste sich ein Umriss und hastete zum nächsten Schatten. Ihr Herz kam ihr vor wie ein gefangenes Tier, das dem Käfig ihrer Rippen entkommen wollte. Sie hatte nicht vor, zu bleiben und zu erfahren, ob es sich um eine ihrer Wachen handelte oder nicht. Sie machte auf der Stelle kehrt, zuckte zusammen und begriff, dass nichts weiter als ein breiter Baumstamm vor ihr stand. Dieser Baumriese hatte hier doch eben noch nicht gestanden. Mama Bellyset sah ihn sich einen Moment lang an.

Was sollten diese Bilder bedeuten? Waren es – Omen?

Der Baum war völlig hohl.

Sie wirbelte herum, als etwas raschelte, und sah gerade noch einen weiteren Umriss in der Dunkelheit verschwinden. Vielleicht bildete sie sich ja Sachen ein, spielte ihre elendige Phantasie ihr einen Streich. Vielleicht war sie schlicht wahnsinnig.

Wahnsinn … Es traf sie wie ein Schlag. Der Wahnsinn selbst war gekommen, um sie für sich zu beanspruchen.

Ein hohler Baum war aus der Erde emporgeschossen. Jahrzehnte des Wachstums hatten sich binnen Sekunden ereignet: Der Wahnsinn hatte die Zeit verdreht, die Naturgesetze gebrochen. Einmal das, und dann war der Baum hohl; lauter Oberfläche und keine Substanz: ein Sinnbild des Wahnsinns.

Sie lief um den Baum herum und hielt aufs Freie zu.

«Rosmerte Bellyset.»

Sie blieb wider alle Vernunft stehen. Das hatte sich eindeutig wie Veroas angehört. Aber weiter weg. Sie suchte mit den Augen die Dunkelheit ab.

Die Gestalt kam aus den Schatten gesprungen, raste auf sie zu, kreischend, ein Umriss noch tieferer Dunkelheit, schwarz bis auf die schmutzig gelben Klauen – Fingernägel, begriff Mama Bellyset voller Ekel. Sie stolperte rückwärts, riss die Hände vors Gesicht und schrie.

Sie ging unter der Wucht des Angriffs zu Boden. Finger mit spitzen Nägeln rissen ihre Arme beiseite, fuhren ihr ins Gesicht, krallten nach ihren Augen. Sie schlug nach dem Ding, nach etwas merkwürdig Samtigem hinter diesen entsetzlich scharfen Klauen. Schlimmer noch als der sengende Schmerz waren die leeren Augen, die weiß waren und blind. Ihr Herz zuckte wie ein kleines Tier, dessen Lebenswille erschöpft war.

«Mama Bellyset!»

Es war Seddion, war einmal Seddion gewesen, und es zischte ihren Namen. Dass ihr Kosename über die schäumenden Lippen dieses Dings kam, erschien ihr als das Absurdeste, Boshafteste, das sie je gehört hatte.

Rosmerte hatte sich schon in ihren Tod gefügt, da hörte sie, wie jemand anders ihren Namen rief. Das sabbernde, kratzende Ding wurde von ihr heruntergezerrt und hinterließ dabei große Schlitze in ihren Kleidern und ihrer Haut. Zerfetzter Stoff flatterte ihm nach. Sie sah Veroas' grimmiges Gesicht, als er seine gepanzerte Faust in Seddions Kiefer krachen ließ. Sie spürte seinen Widerwillen, seinen Schrecken, seine Furcht.

Ein Schwert hob sich und fiel, und Seddion lag zuckend da. Veroas stieß noch einmal zu, und das Wesen war still.

«Alles in Ordnung, Mama Bellyset, ich bin da!», rief er. Bevor er sie jedoch erreichte, stolperte er und fiel vornüber. Es raschelte, und er wurde nach hinten weggezogen. Er streckte die Hände nach seiner Schutzbefohlenen aus, die Augen flehentlich, hilflos.

«Es tut mir leid, Mama Bellyset», keuchte er. «Lauft.»

Rosmerte kam stolpernd hoch. Sie hatte nicht die Kraft, seinen Namen zu rufen. Vorsichtig berührte sie ihr Gesicht und zuckte vor Schmerzen zusammen. Warm troff ihr das Blut die Wangen hinab, tropfte von ihrem Kinn.

Sie schleppte sich aus dem Geisterwald, zu verängstigt, um einen Gedanken fassen zu können, zu erschöpft, um vorsichtig zu sein. Sie brachte den letzten Baum hinter sich und gelangte ins Freie. Sie hob ihr Gesicht zum Himmel und sah zu den kalten Sternen empor. Es hatte zu regnen begonnen; das Wasser liebkoste ihr verletztes Gesicht, was zugleich weh tat. Sie senkte den Blick.

Ein Kreis Kapuzengestalten. Als hätten sie darauf gewartet, dass sie hier herauskam. Bei ihrem Erscheinen legten sie alle die Kapuzen zurück. Rosmerte konnte nicht glauben, dass dies hier wirklich geschah. Man präsentierte ihr Tobuls Kopf, der auf einem Speer steckte. Sie wandte sich zum Wald zurück, aber der Kreis war geschlossen.

Dies ist das Blut, hörte sie mehr in ihrem Kopf als mit ihren Ohren. *Wir haben das rechte Blut.*

Die Worte beunruhigten Rosmerte weit mehr als ihr eigenes Schicksal. Vielleicht waren die Bellysets nicht die Einzigen, die das Familiengeheimnis kannten.

✦ 21. KAPITEL ✦

Reise durch das Innere

Es war dunkel in der inneren Rüstkammer, noch dunkler als sonst. Sie machte den Eindruck eines Leichenhauses; Bryn und Mittni wären nicht überrascht gewesen, wenn in den Fächern Tote statt Waffen gelegen hätten. Vielleicht lag es an den trüben Farben, der Kälte und der atemlosen Stille. Wie in Trance gingen sie zu der unheimlichen Kugel in der Mitte des Saals, zum Auge des Apheristen.

«Ob wir uns nicht besser eine Waffe holen?», überlegte Mittni. «Ich komme mir ohne ganz nackt vor.»

Bryn verstand, warum er flüsterte; diese Wirkung hatte die unergründliche Größe der Halle auf einen. Viel einschüchternder als die ehrfurchtgebietendste Kathedrale, die Bryn je besichtigt hatte. Er schüttelte den Kopf, da er nicht einmal flüstern wollte. Ihnen war aufgetragen worden, hier zu warten.

Zitternd standen sie mehrere Minuten lang dort. Diese Verzögerung beruhigte sie nicht etwa, sondern steigerte ihr Unbehagen noch. Was lag vor ihnen? Was, wenn sie versagten? Gewiss, sie hatten eine Menge gelernt seit ihrer Ankunft in Caer Isnova, aber reichte das?

«Ihr seid heute hierhergekommen, um nach den alten

Regeln des ehrenwerten Ordens der Culmus Sangui auf die Probe gestellt zu werden.»

Die Stimme hallte durch das große Rund. Sie gehörte Sarghenta, aber ihre Ausbilderin war nirgends zu sehen. Die Barue knieten nieder, mit dem Rücken zum Auge, obwohl es unmöglich war zu sagen, woher die Stimme kam.

«Wenn ihr euch als ordinationstauglich erweist, werdet ihr euren Culmus erhalten, euer ganz persönliches Schwert, auf dass ihr mit dieser heiligen Klinge in Calaspia Gerechtigkeit übt.»

Ihre Worte verhallten in der Stille. Das geisterhafte Licht in dem Rund ließ noch mehr nach. Ein unheimlicher Schimmer glänzte auf dem Auge des Apheristen wie Mondlicht auf Wasser. Sie hatten nie begriffen, wie groß das Auge war, da die gähnende Leere der großen Kuppel es kleiner wirken ließ. Fast wider besseren Wissens gingen sie langsam darauf zu, angezogen von seiner funkelnden Hülle. Dann begriffen sie, dass es sich tatsächlich um eine Hülle handelte – und sie öffnete sich. Dunst trat aus den Spalten, wallte zu Boden und wogte um ihre Beine. Vorsichtig traten sie näher.

Mehrere Teile des Auges verschoben sich, glitten nach außen und enthüllten einen Gang, der die Barue ins Innere einlud. Sie sahen einander unsicher an. Offensichtlich war dies der Weg, den sie gehen sollten. Unbewaffnet traten sie ein, Seite an Seite. Sie hatten die Schwelle kaum überquert, da glitten die Panzerschalen langsam wieder zurück an ihren Platz wie Teile eines Puzzles. Panik wallte in den Barue auf – sie konnten sie beim anderen spüren, was den Schrecken verdoppelte –, doch sie sagten sich, dass das so vorgesehen war. Tausend Culmus Sangui hatten es vor ihnen getan, und unzählige würden folgen. Mit einem Klicken sank das letzte Schalenstück an seinen Platz.

Im Innern des Auges war es wärmer und roch muffig. Durch die membranartige Außenhülle konnten sie die sanften Lichter der Halle draußen ausmachen. Dann fielen ihnen andere Lichtflecken auf, die heller waren, näher. Wie durch farbiges oder gefrostetes Glas sahen sie um das Auge herum elegante, gelassene Gestalten stehen. Sie wurden stetig heller, bis sie so hell wie Sterne leuchteten, während der Rest des Raumes dunkler wurde.

Bryn konnte hören, wie Mittni nach Luft schnappte, konnte buchstäblich seinen Herzschlag hören. Oder war es sein eigener? Er atmete ruhiger und starrte die fünf reglosen Gestalten draußen an. Wer waren sie? Vielleicht handelte es sich um die obersten Meister der Culmus Sangui. Wahrscheinlich war Sarghenta auch unter ihnen.

Doch ihr Blick auf die Lichtgestalten wurde langsam von den Wänden des Auges blockiert, die sie trennten und immer solider wurden, bis die Barue in totaler Dunkelheit standen. Sie warteten mit klopfendem Herzen. Bryn hörte, wie Mittni sich auf der anderen Seite der Kuppel bewegte, und begriff, dass sie zum Teil von einer Art Kante oder Vorsprung umgeben waren. Er tastete danach, und als es sich wie glatter Stein anfühlte, setzte er sich. Sofort peitschten dünne Seile hinter ihm aus der Panzerschale und umschlangen seine Arme und Beine, zogen ihn zurück, bis er sich nicht mehr rühren konnte.

«Die erste Aufgabe!», keuchte Mittni. «Wir sollen uns befreien!»

«Warte», sagte Bryn. «Dies ist das Auge des Apheristen. Sie wollen bestimmt nicht, dass wir es auf dem Weg nach draußen beschädigen.»

Als er zu Ende gesprochen hatte, war es zu spät; sie waren fest verschnürt. Einen Moment lang warteten sie, schwer atmend, voller Erwartung eines Geräusches oder einer Bewegung. Schließlich war da etwas, aber es kam aus einer unerwarteten Richtung herangeschlichen, sodass es vor ihren Augen aufschimmerte, bevor sie begriffen, woher es kam – aus ihren Köpfen.

«Nur die Ruhe», sagte Mittni. «Das ist wie diese Plimpvisionen.»

«Ich weiß», sagte Bryn. Er verlor sich bereits …

Sie fanden sich inmitten einer sanft gewellten Graslandschaft wieder. Bryn war froh, dass man sie nicht getrennt hatte. Es ließ sich in keiner Weise feststellen, dass sie sich eigentlich im Auge des Apheristen befanden.

In der Ferne war Schlachtenlärm zu hören. Die Barue gingen sofort los – sicher sollten sie der einen Seite zu Hilfe eilen. Nach einer Weile gelangten sie erschöpft auf einem Hügelkamm über dem Schlachtfeld an. Unten kämpften Nurgor und Menschen. Mittni und Bryn wechselten einen entschlossenen Blick und rannten hinunter. Sie holten sich Waffen von Toten und griffen die pelzbewehrten Untiere an. Das letzte Mal hatten sie auf dem Weg nach Armaah gegen Nurgor gekämpft, während der zum Scheitern verurteilten Mission zur Warnung der Numenii-Herrscher vor der vermeintlichen Rückkehr der Ostentum. Es überlief sie eiskalt, über ein Schlachtfeld voller Nurgor zu laufen; es mussten mehr als hundert sein, und mindestens ebenso viele lagen bereits erschlagen auf dem Boden. Aber sie waren voller Entschlossenheit. Eine Menge hatte sich geändert, seit sie das letzte Mal mit ihnen die Klingen gekreuzt hatten.

Und sie schlugen sich wacker, wurden mit den Nurgor besser fertig als die um sie herum kämpfenden Menschen. Die Krieger begrüßten ihr Kommen nicht, sie schienen es nicht einmal zu bemerken. Voller Ingrimm kämpften sie, bis der letzte Nurgor unter dem Stoß eines Speeres verging, den Mittni sich von einem gefallenen Soldaten geholt hatte. Da jubelten die Menschen rau und bildeten mitten auf dem Schlachtfeld einen Kreis um Bryn und Mittni. Mit einem flauen Gefühl im Magen erkannte Bryn ein krakeliges Zeichen auf ihren Hemdblusen, ein V – der auf den Kopf gestellte Gipfel des Wahnsinns, außerdem die alte Numenii-Ziffer für fünf. Damit, so hatten die Barue bei den Culmus Sangui gelernt, stand das V auch für den Fünfstern, das Pentagramm, ein nicht ganz so altes Symbol von Menschen, die den Wahnsinn anbeteten, aber im eigentlichen Sinne keine Geschöpfe des Wahnsinns waren.

«Hoppla», sagte Mittni, dem das flüchtige Zeichen anscheinend ebenfalls aufgefallen war. Bryn versuchte, sich zu erinnern, ob die Menschen es vorhin auch schon getragen hatten, aber es wollte ihm, wie in einem Traum, nicht gelingen.

Die Barue packten ihre Waffen fester, als die Krieger heranrückten.

«Dort!», rief Mittni. «Eine Stadt!» Bryn wandte den Kopf und sah einen Fluss, der zur Stadtmauer und zu den ersten Häusern führte. Es war ein breiter, machtvoller Strom mit Booten, die an kleinen Kais vertäut lagen. Sie hatten beide die gleiche Idee und kämpften sich ihren Weg durch die Krieger in Richtung des nächsten Wasserfahrzeugs. Sie kamen mit diesen brutalen Okkultisten schlechter zu Rande als mit den furchterregenden Nurgor. Die Menschen waren schwächer und kleiner, durchaus, aber schneller. Die Barue konnten unmöglich allen Angriffen ausweichen, alle parieren. Es gelang ihnen, den Ring zu durchbrechen, aber sie ließen Blut dabei.

Bryn hieb das Seil durch, mit dem das Ruderboot festgemacht war, und sprang hinter Mittni an Bord, stieß sie mit einem Bein vom Ufer ab. Schon ruderte sein Freund mit schnellen, sicheren Schlägen. Er hustete Blut und sackte gegen die Seite ihres hölzernen Retters zusammen. Bryn sprang zu ihm, brachte das Boot dabei zum Schwanken. Mittni hatte eine Schnittwunde an der Schulter und einen Pfeil in der Brust stecken. Warum merkte er das erst jetzt? Verzweifelt zerrte er Mittnis Hemdbluse beiseite, voller Wut auf Sarghenta, weil sie keine Rüstung trugen. Er wandte mit bebenden Händen Erste Hilfe an, heilfroh über den Packen Verbandszeug, den er im Heck des Bootes entdeckte.

Glücklicherweise wurden sie von der Stadt fortgetrieben. Sie entgingen einigen halbherzig geworfenen Speeren, und bald ruderte Bryn sie von ihren Feinden fort, Richtung … Ozean. Unvermittelt breitete sich seine endlose Fläche vor ihnen aus. Ehe sie sich versahen, glitten die letzten Ausläufer des Landes vorbei, die Mündung öffnete sich vor ihnen, und mit einem Kratzen des Rumpfes waren sie frei. Als sie wenig später zurücksahen, war kein Land mehr in Sicht. Diese Kleinigkeiten, die abrupten Szenenwechsel, riefen ihnen wieder in Erinnerung, dass sie sich – höchstwahrscheinlich – noch immer im Auge des Apheristen befanden.

Der Wind nahm zu, pfiff in den Segeln, die sich plötzlich über ihnen blähten. Bryn eilte auf dem langgestreckten Deck hin und her, korrigierte Leinen und kämpfte mit dem Ruder und versuchte, sich an das bisschen Theorie in Sachen Schiffsführung zu erinnern, das Vallon ihm beigebracht hatte. Wenn er nicht gerade an der Takelung zerrte, half er Mittni, einen ruhigen Platz unter Deck zu finden. Es war sinnlos, ganz allein mit einem Schiff zu kämpfen, das normalerweise mindestens zehn Mann Besatzung haben musste – die obendrein wusste, was zu tun war. Also beschloss er, sich lieber mit vollem Einsatz um Mittni zu kümmern. Er trieb in den Schränken der Kabine frisches Verbandszeug auf und säuberte und verband die Wunden seines Freundes sorgfältig.

Der Sturm nahm an Heftigkeit zu, schüttelte das Schiff und warf es hin und her. Mittni versuchte, sich aufzusetzen, aber das Schiff stampfte so in den zornigen Wellen, dass er gegen die Kabinenwand krachte. Illusion oder nicht, Bryn hatte Angst.

Elyon, ich weiß, dass ich ein schlechter Diener gewesen bin, aber errette uns aus dem Sturm und lass uns vielleicht sogar die Prüfung bestehen. Es gab keine offensichtliche Antwort – die gab es nie –, und das Tosen des Meeres schien ihm wie Gelächter.

Wenn überhaupt, dann wurde der Sturm schlimmer. Bryn wollte die Kabine nicht verlassen – er konnte sehen, wie die Wellen den Rumpf hochstiegen und aufs Deck klatschten.

«Bryn! Du bist ja auch verletzt! Komm her.»

Voller Wut und unfähig, etwas am Schiff zu tun, begriff Bryn, dass Mittni recht hatte. Widerwillig sammelte er zusammen, was sie an Ausrüstung hatten.

«Ruh du deine Schulter aus. Ich kann mir meine Wunden selbst verbinden.»

Das Salz an seinen Fingern brannte bei jeder Berührung der aufgerissenen Haut. Selbst die feuchte Luft schien voller Salz. Er versorgte seine Schnittwunden, ohne die Prellungen zu beachten. Es war absurd, sich um leichte Verletzungen zu kümmern, wenn sie vielleicht jeden Moment ertranken.

Der Moment kam, unausweichlich. Blitze, Donner, Wind toste in den Segeln, warf das Schiff nach vorn, bevor es von einem ungeheuren Bersten erbebte und der Mast brach, in einem Gewirr von Tauwerk und Segeltuch auf das Deck stürzte. Noch ein Blitz. Balken knarrten, ächzten. Planken platzten, barsten, splitterten. Die Barue spürten, wie das Schiff dem Ozean erlag …

«Wir müssen hier raus!», rief Bryn. Er konnte in dem Lärm kaum seine eigene Stimme hören.

Mittni war bleich. Er biss die Zähne zusammen und stand auf. Gemeinsam liefen sie aus der Kabine. Kaum waren sie an Deck, da merkten sie, dass ihre Wunden verschwunden waren. Bevor sie ihr Erstaunen ausdrücken konnten, brach das Schiff in sich zusammen und wurde nach unten gezogen, nahm sie mit. Bryn sog sich die Lunge ein letztes Mal voll Luft.

Wasser umhüllte sie, zerrte unablässig an ihnen. Bryn wusste nicht mehr, wo er war. Seine Lunge drohte zu platzen, und er ließ langsam Luft ab. Er kämpfte sich wie besessen Richtung Oberfläche. Seine Lunge war fast leer. Verzweifelt trat und schlug er das Wasser; es nutzte nichts. Dann fuhr seine eine Hand durch Luft, und er war draußen. Das erste Mal holte er zu schnell Luft und schluckte Salzwasser. Würgend und hustend sog er frische Luft durch seine brennende Kehle.

Neben ihm durchbrach Mittni die Wasseroberfläche.

«*Das* nenne ich mal eine Phantasiereise», sagte er spuckend. Er schien seine Atmung besser unter Kontrolle zu haben. «Wenigstens ist das Wasser hier nicht so kalt wie im Amboss.»

Bryn musste nicht mehr husten und suchte nach etwas, an dem sie sich festhalten konnten. Seine Finger wühlten im Wasser. Keine zerbrochenen Planken, keine Fässer, kein Holz. Nichts. Außerdem war die See ruhig und glatt. Sanfte Wellen umspielten seine Brust.

«Toll. Sie prüfen uns, immer hübsch eins nach dem anderen. Das kann ewig so weitergehen. Jetzt kommt Wassertreten dran – stundenlang vielleicht, wenn sie wissen wollen, wie es um unsere Überlebenskünste steht!»

«Beschweren bringt nichts», sagte Mittni. «Tröste dich damit, dass es gar nicht wirklich passiert.»

«Auch wieder wahr.» Aber richtig überzeugt war Bryn nicht. Das Salz in seinem Mund und die Wunden kamen ihm durchaus echt vor.

Wie er gesagt hatte, schwammen sie stundenlang, vielleicht zur Strafe. Sarghenta und alle möglichen Leute sahen ja zu. Die Barue konnten nirgendwo Land ausmachen und beschlossen, sich ihre Kraft aufzuheben. Sie hatten absolut keine Ahnung, wo sie waren. Wahrscheinlich nicht einmal in Calaspia, vielleicht in keiner Gegend, die es wirklich gab. Also war jeder Versuch sinnlos, ihre Position zu bestimmen und eine Richtung festzulegen. Sie waren sich einig, dass auch das wieder nur ein Punkt auf der Liste war, der abgehakt werden wollte, und sie erst Land sehen würden, wenn Sarghenta zufrieden war, keinen Moment früher. Bryn konnte sich ihr boshaftes Lächeln richtig vorstellen …

Seine Haut war von dem stundenlangen Aufenthalt im Wasser schon wund und schrumpelig. Sie waren völlig erledigt und hatten längst aufgehört, den Horizont nach Land abzusuchen, da erblickten sie endlich eine Küstenlinie. Viel näher, als sie hätte sein dürfen. Länger auch; sie zog sich den Horizont entlang. Meilen vor dem eigentlichen Kontinent plätscherte das Wasser an einer Halbinsel. Dorthin schwammen sie langsam, teilten sich ihre Kräfte ein. Als das Wasser flacher wurde und sie Sand unter den Füßen spüren konnten, wurden die Barue schneller, um so rasch wie möglich an Land zu kommen, bevor es sich die Sache anders überlegte und wieder verschwand.

Sie zogen sich ans Ufer und krochen weiter, hinterließen

dunkle Tropfenbilder im hellen Sand. Sobald sie sicher waren, dass die See sie sich nicht wieder holen konnte, brachen sie zusammen. Bryn war durstig, konnte aber nirgendwo Süßwasser ausmachen. Er kroch in den Schatten eines merkwürdigen Baumes mit einem gebogenen, gestückelten Stamm und einem Fächer dünner, starrer Blätter, die nur an seiner Spitze wuchsen, über einer kegelförmigen Verdickung.

«Eine Palme?», überlegte er laut.

Mittni wandte nur den Kopf zu ihm und ächzte: «Hm?»

«Dann könnten wir südlich von Armaah sein. Oder an der Ost- oder Südküste von Nomidien. Oder … noch weiter im Süden.»

«Da geht's mir gleich besser», sagte Mittni.

Sie dösten in der Wärme. Der Sand blieb unangenehm an ihren langsam trocknenden Kleidern kleben. Eine leichte Brise kitzelte ihre Haut.

«Oh, sieh mal. Ein Hafen.»

Bryn setzte sich erschrocken auf. Er starrte die Mole einen Moment lang an und sprang auf die Füße. «Komm!»

«Was? Können wir uns nicht mal einen Moment ausruhen, nachdem wir den ganzen Tag im Wasser geschwommen sind?» Mittni schaute an Bryn vorbei und riss die Augen auf. Als Bryn sich umwandte, sah er ein Gesicht mit einem langen Schnurrbart und ein Ruderblatt, das auf ihn zuraste. Bryn duckte sich weg und packte das Ruder, rang mit dem muskulösen Seemann. Mittni sprang auf, wich aber zurück, bevor er bei ihnen war. Bryn sah sich um und wusste, warum. Ein Dutzend mit Speeren und Armbrüsten bewaffnete Männer kreiste sie vom Strand her ein. Bryn riss das Ruder herum und klemmte seinen Gegner damit ein, brachte ihn zwischen sich und die Neuankömmlinge.

«Keine Bewegung, oder er ist tot!», rief er.

Der Anführer zuckte die Schultern.

«*Droch*», fluchte Bryn. «Na schön. Ihr könnt die Waffen runternehmen.»

Sie saßen tagelang im Gefängnis. Man trennte sie, gab ihnen nichts zu essen, setzte sie auf Schlafentzug, schlug sie. Rasch war den Barue klar, dass man sie folterte, um an Informationen über die Culmus Sangui heranzukommen. Bryn blieb bei seiner Darstellung und lachte über den Vorwurf, sein Freund Mittni und er würden einer Geheimorganisation angehören. Aber über die Schmerzen konnte er nicht lachen. Sich zu sagen, dass das alles ja nur eine Art Traum war, nutzte nichts. Die Zeit verging unerträglich langsam, und die Schmerzen, die man ihm zufügte, fühlten sich echt an und hinterließen Spuren auf seinem Körper. Es gab Zeiten, da hätte er alles getan, ihnen alles erzählt, nur damit es aufhörte. Zunächst widerstand er bis zum Punkt des Zusammenbrechens, dann gab er auf.

Sie wollten eine Geschichte hören, also erzählte er ihnen eine, die so offenkundig erfunden war, dass man sie nicht für bare Münze nehmen konnte. Da wurde ihnen anscheinend klar, dass die Folter nicht funktionierte. Wenn es da etwas gab, das man ihm entlocken konnte, dann nicht mit Gewalt. Bryn hoffte nur, dass Mittni durchhielt; ansonsten wäre sein Schweigen zum Scheitern verurteilt. Er gab sich natürlich alle Mühe, eine Möglichkeit zur Flucht zu finden, aber die Aussichten waren finster. Schließlich fiel ihm Magie ein. Sicher, hier funktionierte sie vielleicht nicht, da das alles ja überhaupt nur im seinem Kopf geschah, aber einen Versuch war es wert. Vielleicht würde es ja auch genau anders herum sein, wenn es alles Einbildung war, nämlich einfacher …

Er versuchte zunächst, Sandklumpen zu bewegen. Es war

eine stumpfsinnige Tätigkeit, die ihn rasend machte, aber allmählich schaffte er es. Bald konnte er einen Kiesel von der einen Seite der Zelle zur anderen schleudern. Den Wachen fiel nichts auf, sie dachten wahrscheinlich, er würde Steinchen kicken. Er überlegte, wie ihm diese neue Macht die Freiheit verschaffen könnte; er war eindeutig nicht stark genug, um die metallverstärkte Tür aus dem Rahmen brechen zu lassen. Aber das war auch gar nicht nötig, begriff er, und schalt sich einen Narren für seine geistige Trägheit. Er brauchte ja nur ein paar Millimeter Eisen zu bewegen …

Die Tür schwang auf, und Bryn spazierte hinaus, brach dem ersten Wächter den Hals und griff sich dessen Schwert, um den zweiten damit zu fällen. Mit zwei Schwertern ging er weiter, nahm einen Schlüsselring von einem Haken an der Wand. Der Korridor war leer. Sie befanden sich unter der Erde, in einem Gewirr von Gängen. Die Vorstellung, hier herumzuwandern und mit jedem Wächter kämpfen zu müssen, der ihm über den Weg lief, gefiel ihm gar nicht, aber dann fiel es ihm wieder ein. Er wusste ja, dass Mittni irgendwo in der Nähe war, denn die Wächter hatten ihn mehrmals mit dessen Schreien konfrontiert und in Aussicht gestellt, die Folter abzubrechen. Es hatte nie funktioniert, denn Bryn hatte behauptet, seinen Mitgefangenen nicht zu kennen; dennoch waren diese Momente die schlimmsten gewesen.

Er zerrte die Wächter in seine alte Zelle, zog die Uniform des kleineren der beiden an und machte sich entschlossen auf die Suche. Die Schwerter trug er am Gürtel, um keinen Verdacht zu erregen. Nun, da er bewaffnet war, sollten diese Feiglinge ruhig versuchen, sie aufzuhalten. Er bog um eine Ecke und spürte bald Mittnis bedrückte Gegenwart. Bei der Tür stand ein Wächter und sah den Gefangenen an. Bryn wollte nicht, dass er Lärm schlug, und näherte sich ihm beiläufig. Der Wächter sah kurz zu ihm und wandte den Kopf dann wieder zu den Gitterstäben. Bryn marschierte hinüber und warf einen Blick auf Mittni. Ihm gefror das Blut.

Mittni war leichenblass. Speichel troff ihm vom Kinn. Sein Blick war unstet. Er ächzte leise vor sich hin. Und er war so dünn! Der Hu-Barue war immer besser gebaut gewesen als er, aber nun konnte Bryn zwischen den Lumpen, in die Mittni gehüllt war, dessen Rippen sehen. Das also war es, was der Wächter so müßig betrachtete. Zorn wallte in Bryn auf, und er stieß ihm das eine Schwert in die Brust und schnitt ihm mit dem anderen die Kehle durch. Der Zorn half ihm, sich zu konzentrieren, und er riss das Schloss mit Magie in Stücke und eilte zu Mittni.

Er hatte seinen Freund kaum erreicht, da fanden sie sich in einer Hügellandschaft wieder, neben einem See, fernab der Zivilisation. Aber Mittni war immer noch verletzt. Bryn legte vorsichtig seine Brust frei und war entsetzt, wie entzündet die Wunden waren. Mittnis rotblondes Haar war verklebt von Schmutz und Blut. Bryn versuchte, ihm eine Antwort zu entlocken, aber sein Freund schwieg und bekam kaum die Augen auf. Erst da kam Bryn der Gedanke, dass Mittni vielleicht auch vergiftet worden war.

Sie verfügten über keinerlei Arzneien. Er zog Mittni in den Schatten, sorgte dafür, dass er es dort einigermaßen bequem hatte, und eilte davon, um Naturheilmittel zu sammeln. Nervös kehrte er mit ihnen zurück, um sie anzuwenden. Er machte ein Feuer und reinigte und verband Mittnis Wunden. Als Nächstes pflückte er Beeren von einem Strauch, holte Wasser vom Bach und ging am See Vögel jagen. Sein Freund schnupperte nicht einmal, als der Braten zu duften begann, und das war bis jetzt das besorgniserregendste Zeichen. Bryn reckte die Faust zum Himmel und schwor den Meistern der

Culmus Sangui Rache, falls Mittni etwas zustieß. Es war ihm egal, ob sie ihn durchfallen ließen; Hauptsache, sein Freund überlebte. Aber eine Antwort blieb aus. Schließlich weinte Bryn, über seinen Freund gebeugt, und nachdem er sich satt gegessen hatte, fiel er in den Schlaf.

So begannen zwei sorgenvolle Tages des Kampfes gegen die Krankheit. In der Nacht tat Bryn kaum ein Auge zu, sondern stand regelmäßig auf, um nach seinem Freund zu sehen. Er wischte ihm den Schweiß von der Stirn, massierte seine verkrampften Muskeln, gab mehr Holz aufs Feuer. Am zweiten Tag war Mittni einigermaßen wiederhergestellt, wenn auch schwach und benommen. Bryn schlief mit dem beruhigenden Wissen ein, dass sein Freund überleben würde.

Als sie am nächsten Morgen erwachten, stellten sie fest, dass sich vor ihnen Berge in den Himmel erstreckten. Mittni sah gut aus; von Wunden, geschweige denn Entzündungen, keine Spur. Außerdem erinnerte er sich in keiner Weise an das, was er seit der Gefangennahme hatte durchmachen müssen. Auch Bryns Haut trug keine Spuren der Folter mehr, worüber er froh war, weswegen er sich zugleich aber auch ein wenig betrogen fühlte. Der nächste Schritt war klar. Sie mussten hinauf in die Berge – und entdeckten am Fuß der Felswand zum Glück einige Ausrüstung.

Also drangen sie in das Hochgebirge vor und merkten, hinter wie vielen Situationen, in die sie gerieten, Sarghenta steckte. Sie bewiesen ihr Wissen und ihre Kompetenz auf einer Vielzahl von Gebieten, vom Bergsteigen über die Kunst des Überlebens bis hin zur Waffentechnik und so diffizilen Angelegenheiten wie eine sichere Passage durch feindliches Gebiet auszukundschaften oder sich mit der örtlichen Bevölkerung gutzustellen, indem man sich an deren Gewohnheiten anpasste. Über eine Woche lang waren sie unterwegs und überwanden eine solche Vielfalt von Hindernissen, wie man sie normalerweise nicht auf ein und derselben Reise erlebte. Allein die Länge der Reise stellte schon ihr Durchhaltevermögen auf die Probe. Von der Länge ganz abgesehen, brachte jeder Tag seinen Teil Komplikationen und Feinde. Sie kämpften gegen alles, von wilden Tieren über Numenii-Soldaten und Barbaren bis hin zu Nurgor und Ostentum. An Land kämpften sie, mitten an Berghängen, und auf dem Wasser beim Überqueren von Flüssen. Mit allen Mitteln kämpften sie, von Zähnen und Fäusten über Äxte und Pfeile bis hin zu Speeren und Säbeln. Sie trotzten der Kälte, der Hitze, der Dunkelheit, dem Unbekannten, und sie stellten sich dem, was nur zu bekannt und gefürchtet war. Stets wachsam, waren sie auf alles vorbereitet, ob auf Fallen oder einen Hinterhalt oder Insektenstiche und schlechtes Wetter.

Am neunten Tag nach Bryns Rechnung, am zehnten nach Mittnis, gerieten sie in das Labyrinth. Bis dahin war immer völlig klar gewesen, welchen Weg sie nehmen sollten, weil es gar keinen anderen gab. Auch dieser Tag fing so an. Sie seilten sich an einem Abgrund ab und standen vor einer gähnenden Türöffnung, die anscheinend in eine Höhle führte. Vorsichtig drangen sie ohne Fackeln ein und warteten, bis ihre Augen sich an die Dunkelheit gewöhnt hatten. Es war nicht bloß eine Höhle, sondern der Anfang eines Ganges, und als sie diesem folgten, zweigten immer mehr Gänge davon ab. Die Höhlendecke wölbte sich höher empor, je weiter sie sich hineinwagten. Durch kleine Löcher drang Licht und erhellte ihre Umgebung.

«Wo lang jetzt?», fragte Mittni.

«Ich vermute, ganz egal, welchen Weg wir nehmen, wird sowieso dasselbe passieren. Und wenn nicht … Wir werden nie erfahren, was bei einem anderen Abzweig käme, also bringt es auch nichts, sich darüber Gedanken zu machen. Es gibt ja keinerlei Hinweise. Wir gehen immer nur der Nase nach, was anderes bleibt uns gar nicht übrig.»

Bryn hörte ein leises Schaben an der Wand und nahm an, dass Mittni mit dem Schwert daran entlangtastete. Der Himmel allein wusste, warum er das tat. «Dieser Gang sieht ein bisschen steiler aus. Vielleicht – Mittni?»

Wo eben noch der Hu-Barue gestanden hatte, war nun nur Fels. Bryn schlug dagegen, aber er war massiv. Sie waren getrennt.

«Mittni! Kannst du mich hören?»

«Ja – aber sehen kann ich dich nicht.»

«Na, das ist nicht weiter verwunderlich. Wir haben auf einmal eine Wand zwischen uns.»

«Ich weiß. Ich versuch mal durchzubrechen.»

«Warte, das ist vielleicht keine gute …»

Aber es war zu spät, Bryn hörte Mittni dumpf in die Wand krachen und fluchen.

«Mittni! Das brauchen wir gar nicht zu versuchen. Wenn Sarghenta will, dass wir getrennt sind, dann passiert das auch.»

«Da hast du wohl recht. Tja, dann … ich hoffe, dass wir uns bald wiedersehen.»

«Das hoffe ich auch. Mach's gut, Bruder. Pass auf dich auf.»

«Danke, Bryn. Sieht so aus, als hätte man uns die Entscheidung abgenommen, hm? Viel Glück. Bis bald.»

Ohne Mittni erlebte Bryn die Mission völlig anders. Allein waren seine Sinne schärfer, fühlte er sich aber auch verletzlicher. Wo vorher Mittnis gute Laune und Zuversicht gewesen waren, war nun eine Leere in ihm, Einsamkeit. Zunächst war es gar nicht so schlimm. Bryn war fest entschlossen, Sarghenta bei allem zu beeindrucken, was sie ihm in den Weg werfen würde. Er hatte sogar vor, Mittni auszustechen. Aber nachdem er stundenlang in dem Labyrinth unterwegs war und mal hier, mal dort abbog, begriff er seinen Fehler. Hier ging es um etwas ganz anderes. Sie hatten schließlich auch jede Menge Denkaufgaben gelöst. Dennoch hatte er von einem solchen Labyrinth erwartet, dass darin irgendwelche Albtraumgeschöpfe hausten, und nicht, dass es einfach bloß ein Labyrinth war. Er hoffte nur, dass Mittni schon früher darauf gekommen war und nicht unter seinem anmaßenden Ratschlag zu leiden hatte.

Vor ihm kippte der Boden weg. Bryn stieß die Arme zur Seite, um sich an den Wänden festzuhalten, aber die lagen nun auch außerhalb seiner Reichweite. Wie dumm von ihm, zuzulassen, dass die Stunden der Langeweile ihn hatten einlullen können! Als er den Kampf um sein Gleichgewicht langsam verlor, löste er rasch das Seil von seinem Rucksack, band eine Schlinge und warf sie über einen Stalagmiten auf einem Felsvorsprung. Bevor er den Knoten testen konnte, war es eine Sache von Leben und Tod, und er schwang über einer Kluft durch die Dunkelheit und betete, dass Sarghenta ihn nicht sterben ließ – oder dass er, wenn er hier starb, wenigstens im richtigen Leben noch lebte. Und dass der Tod schnell käme.

Das Seil gab nach, sodass Bryn mitten im Schwung heruntersackte, schloss sich dann aber um eine leichte Einbuchtung in dem Calcitkegel. Bryn schwang bis zum gegenüberliegenden Gang und kam mit Mühe auf dem schlüpfrigen Sintergestein zum Stehen. Sein Herz trommelte angesichts der Katastrophe, die ihn durch seine Ungeschicktheit beinahe ereilt hätte, und er setzte sich hin, um wieder zu Atem zu kommen.

Nach wie vor voller Angst vor der unergründlichen Tiefe rutschte Bryn an die Kante heran, um sein Seil zu bergen, von dem er ein gutes Stück mehr hängen lassen musste, als ihm lieb war. Er ging weiter und entdeckte noch mehr schwindelerregende Klüfte vor sich. Was für eine Verschwendung guten Seils. Zu seinem Glück fielen ihm diesmal die «Trittsteine» auf, flache Oberflächen, die zweifelsohne eigens dazu da waren, dass er sie benutzte. Kein Seil nötig. Was seine Aktion eben umso überflüssiger machte. Aber es war ein gutes Kunststück gewesen, und er bemühte sich um ein entschlossenes, selbstbewusstes Gesicht, damit es so aussah, als hätte er dieses Vorgehen von Anfang an geplant.

Seine Erleichterung über die Trittsteine hielt nicht lange an. Sie waren auf verschiedenen Höhen und unterschiedlich beschaffen, mal bröckelig, mal rau, dann wieder glatt – und unterschiedlich weit voneinander entfernt. Bald wurde ihm klar, dass man am einfachsten mit etwas Schwung von der einen Plattform zur nächsten kam. Allerdings brauchte es dann auch nur eine schlüpfrige Oberfläche, um einen Abgang zu machen. Er behielt das Seil lieber griffbereit.

Die Aufgabe war das reinste Grauen. Er hielt nur deshalb durch, weil er sich vorstellte, dass es Teichrosenblätter wären und der gähnende Abgrund drum herum nichts weiter als Wasser – und indem er sich ins Gedächtnis rief, dass das alles ohnehin nur eine Illusion war.

«Das nenne ich eine Mutprobe», grollte er. «Lieber würde ich einem Riesen gegenüberstehen.»

Er brachte diese besondere Hürde hinter sich, nur um vor weiteren zu stehen. So viel zu der Überlegung, er müsse dem Gewirr von Gängen durch irgendeine glänzende Idee entkommen. Oder vielleicht war das ja auch die Strafe dafür, dass er so lange brauchte …

Mit den körperlichen Anforderungen wurde er problemlos fertig – jedenfalls bis man ihm auch mental zusetzte. Die Ablenkungsmanöver reichten von unheimlichen Geräuschen bis zu rutschenden Steinen und herabstürzenden Felsen, und manchmal sah er sogar Mittni schreiend in den Tod stürzen – nur dass er dessen Angst nicht spürte, wie es hätte sein müssen, wenn es wirklich sein Freund gewesen wäre.

Endlich hatte er wieder massiven Boden unter sich. Hoffentlich blieb das jetzt so. Aber es gab noch mehr Dinge, die ihn dazu bringen sollten, einen Fehler zu machen. Verborgene Durchgänge, Trugbilder von Klüften oder Wänden, Statuen von Feinden und falsche Ausgänge …

Bloß nicht durchdrehen, sagte er sich. *Ruhig bleiben, alles spurlos an dir vorübergehen lassen.*

Er hatte inzwischen ganz schön weiche Knie. Seine Nerven waren zum Zerreißen gespannt. Es waren zu viele, zu verlockende, zu überzeugende Trugbilder. Er schlug alle Vorsicht in den Wind und rannte los, sprang an allem vorbei, was Sarghenta ihm vielleicht als Nächstes hinwarf. Rannte einfach und tat so, als wäre alles um ihn herum ein Trugbild. Aus diesem Grunde lief er mehrmals in eine Wand hinein oder glitt aus und stürzte hin. Bald war er von Kratzern und Blutergüssen übersät. Seinen Rucksack hatte er längst an den unersättlichen Hunger des Abgrunds verloren. Sein Herz schlug wie die Flügel eines gefangenen Vogels. Die Augen weit aufgerissen, hetzte er weiter, schoss von Anker zu Anker.

Nicht durchdrehen jetzt!

Er glitt auf etwas aus, das kein Stein war. Blinzelnd rannte er dorthin, wo es dunkler war. Seine Umgebung war zu grell, er konnte kaum sehen. Er lief in einen Baum hinein und fiel flach auf den Rücken, lag keuchend da, mit strampelnden Beinen, und musste seine Augen erst überzeugen, dass das, was sie sahen, nicht wieder das Trugbild eines Abgrunds war. Er wurde mit einem Schneeschauer getauft und verschlang seine Umgebung mit schmerzenden Augen. War das wieder ein Trugbild? Nein – er war frei!

Ein hilfloses, blubberndes Lachen entfloh seinen Lippen, bevor er sich zusammenreißen konnte. Wer wusste schon, was als Nächstes kam. Aber draußen war er! Er kämpfte sich aus dem Schnee hoch und blickte sich um. Er hatte gehofft, Mittni zu sehen. Vielleicht war er immer noch da drin. Dafür sprach auch jedes Fehlen von Fußabdrücken außer seinen eigenen, also setzte er sich hin, um zu warten. Es war kalt. Der Schweiß trocknete auf seiner Haut, brannte in den Wunden, bis die Kälte ihn ausreichend betäubte. Dann fiel ihm ein, dass ja vielleicht von ihm erwartet wurde, allein weiterzumachen, ohne Mittni.

Er besaß keinerlei Ausrüstung. Er hoffte, dass Sarghenta Vorsorge getroffen hatte. Wie sollte er in diesem Zustand im Hochgebirge zurechtkommen? Sicher, die Culmus Sangui hatten ihn darauf vorbereitet. Aber es war so anstrengend, so unbequem!

«Barues sind für so was nicht gemacht», grummelte er und kam mühsam hoch, rieb sich ein wenig Wärme in die Glieder.

Mit zittrigen Beinen stapfte er los, nahm den einzigen Weg, der ihn von dem verfluchten Labyrinth wegbrachte. Bald wichen die Felswände auf beiden Seiten des Pfads zurück, gaben den Blick in die Weite frei. Der Himmel war strahlend blau, heiter. Überall um ihn herum glitzerte der Schnee in makellosen Wellen, und trotz der Kälte konnte er nicht anders, als sich in seiner Seele an der Schönheit der Schöpfung zu erfreuen – ob dieser Anblick gerade nun wirklich war oder nicht.

Er entdeckte seinen Rucksack oder jedenfalls *einen* Rucksack, was ihn zurück zu seinen mühseligen Interpretationen brachte. Die Ausrüstung machte die Aufgabe, am Leben zu bleiben, zu einer wesentlich leichteren und angenehmeren Angelegenheit.

Die folgenden Prüfungen lehrten Bryn nicht nur, Mittnis Gesellschaft zu vermissen, sondern auch seine Tüchtigkeit als Partner zu schätzen. Auf sich allein gestellt, setzte er die Reise fort, aber das Klettern und Abseilen war viel komplizierter und wesentlich gefährlicher. Besonders wenn er mit Feinden konfrontiert wurde, bevor er den Boden erreichte. Aber irgendwie überlebte er, und sein Selbstvertrauen wurde gestärkt. Es war ein einsamer Marsch. Manchmal war er das einzige Lebewesen weit und breit.

Im Verlauf der nächsten Tage machte er so ziemlich das Gleiche durch wie zuvor mit Mittni; anscheinend wurden jetzt seine Fähigkeiten als Einzelkämpfer überprüft. Er wusste natürlich, was er zu tun hatte – dafür hatten Vallon, Tamasan und Usdun schon gesorgt –, aber anstrengender und zeitraubender war es trotzdem. Wenn er angegriffen wurde, gab ihm niemand Deckung. Wenn er in einer gefährlichen Gegend schlief, hielt niemand Wache. Es war niemand da, der seine Wunden verband. Und was am schlimmsten war, während Meilen über Meilen verschneiter Landschaft überwunden werden wollten, machte niemand einen Witz oder sprach ein ermunterndes Wort. Er ertappte sich dabei, wie er sich ausspann, was Mittni wohl gerade tun oder sagen würde. Er ertappte sich dabei, für das Wohlergehen seines Freundes zu beten.

Die Einsamkeit trieb ihn dazu, Selbstgespräche zu führen und schließlich Gespräche mit Elyon, mit dem er schon viel zu lange nicht mehr regelmäßig gesprochen hatte. Nicht mit ihm, *zu* ihm, korrigierte er sich. Hatte er je eine Antwort erhalten? Vielleicht nicht mit vielen Worten, aber schon als er sich zornig diese Frage stellte, fielen ihm die vielen sogenannten «Zufälle» ein, die sein Leben mit angenehmen Überraschungen ausgezeichnet hatten, und die Pracht und Schönheit der Welt um ihn herum. Er tadelte sich dafür, genauso blind wie die materialistischen Narren geworden zu sein, über die er sich so oft im Stillen lustig gemacht hatte, weil sie nur an das glaubten, was man sehen und anfassen konnte. Selbst wenn Gott ihm nicht in der Sprache der Sterblichen mit all ihren Begrenztheiten und Unzulänglichkeiten antwortete, so kommunizierten sie ja vielleicht auf einem weitaus höheren Niveau.

Bald fühlte er sich tatsächlich weniger allein bei dem Gedanken, dass der Allmächtige sich an seinem unbedeutenden Vorankommen erfreute. Selbsttäuschung oder nicht, es funktionierte.

Merkwürdigerweise bereitete ihm die Reise jetzt so viel Spaß, dass er kaum bemerkte, wie seine Mission sich ihrem Höhepunkt näherte. Er überwand Sarghentas Hindernisse mit wissendem Lachen und teilte vertrauliche Scherze mit niemandem als dem Schöpfer droben und der Schöpfung ringsum. Dann stand er eines sonnigen Nachmittags vor einem Berg, der ihn – nach allem, was er aus Büchern, Schriftrollen und von den Studierten erfahren hatte – an den Gipfel des Wahnsinns erinnerte, nur dass er von Schnee bedeckt war. Eine eindrucksvolle Himmelssäule war das, die nicht ihresgleichen hatte, sondern sich hoch und stolz über ihre Geschwister erhob.

Der letzte Vorsprung kam in Sicht. Er war wie die anderen vor ihm, aber die ebene Fläche erstreckte sich fast über den ganzen Umfang des Berges; hätte da nicht eine letzte Spitze voller Schnee und Eis herausgeragt, wäre der Gipfel vollständig flach gewesen. Es handelte sich um einen riesigen Felsbrocken, in den eine kurze, höhlenartige Öffnung führte, dann stand Bryn in einer halb offenen, natürlichen Kuppel, die ringsum verschneit war. Mit tränenden Augen machte er im Schnee etwas aus und ging dorthin – es war ein Schwert, dessen Klinge im Stein versenkt war. Sein Schwert. Er hatte es geschafft!

Mit schweren Beinen schleppte er sich weiter und passte auf, dass er so kurz vor dem Ziel nicht in irgendeine simple Falle hineinlief. Aber es gab keine. Er hatte den Gipfel erreicht, und hier war seine Belohnung. Er streckte die Hand nach dem Schwertgriff aus.

«Nicht so schnell!»

Es war Mittni.

Bryn zerrte seinen Schal beiseite, um seinen Freund zu begrüßen. Dann spürte er die Feindschaft. Oder besser die Rivalität.

«Hier ist nur ein Culmus, und ich war zuerst hier.»

Bryn runzelte die Stirn. «Das muss ein Irrtum sein. Aber erzähl, wie hast du es aus dem Labyrinth herausgeschafft?»

«Ich war zuerst hier, habe ich gesagt! Also gehört das Schwert mir!»

«Ja, gut. Nimm dir nur dein Schwert, dann suche ich mir ein anderes.»

«Begreifst du denn nicht?» Mittni kam bedrohlich näher. «Das ist ein *Culmus*, nicht irgendein beliebiges Schwert. Schwerter haben wir doch beide schon. Das ist der einzige Culmus, und wir sind zwei. Ich fordere dich zum Kampf um die neue Waffe heraus.»

Bryn breitete die Hände aus. «Nimm du ihn. Er gehört dir.»

Mittni zog, verärgert über Bryns Mangel an Aggressivität,

sein Schwert. «Tu nicht so, als würdest du ihn nicht haben wollen! Ich weiß, was du vorhast – du willst ihn mir wegnehmen, sobald ich dir den Rücken zukehre!»

«Was? Bist du verrückt geworden?» Bryn sah ihn mit großen Augen an. «War es das Labyrinth?» Er bekam keine Antwort und wich langsam zurück. «Wenn du das ernst meinst, warum nimmst du dann nicht den Culmus und gehst so schnell wieder, wie du hergekommen bist?»

Immer noch sagte Mittni nichts, aber er lief dunkelrot an, holte mit dem Schwert aus und stürzte sich brüllend auf ihn. Bryn war von dem Aufstieg erschöpft und absolut nicht in der Stimmung zu kämpfen – schon gar nicht gegen seinen verwirrten Freund. Seine einzige Hoffnung war, dass es sich hierbei um eine Art Simulation handelte und wenn einer von ihnen hier oben starb, in Wirklichkeit alles gut wäre. Aber er hatte so lange Zeit in diesem Zustand verbracht – jedenfalls kam es ihm lange vor –, dass es die einzige Wirklichkeit war, die er kannte.

Er wich der Attacke aus und zog mit Fingern, die trotz der Handschuhe taub waren, sein Schwert. Sie tauschten einige unbeholfene Hiebe aus. Mittni knurrte vor unerklärlicher Wut. Dann fiel Bryn ein, dass sein Freund ja vielleicht auch nur eine Phantomgestalt seiner manipulierten Vorstellungskraft war. Das erklärte es. Plötzlich war alles absolut klar und eindeutig, und Bryn überkam Zorn, dass Sarghenta zu so hinterlistigen Tricks griff. Er ließ seinen eingebildeten Freund den Zorn seines Schwertes schmecken, und bald stürzte dieser mit einem Aufschrei über die Kante. Zum Glück hatte er nicht viel Schwung; er würde auf dem nächsten Felsvorsprung landen.

Bryn stieß einen Seufzer aus und trottete zu dem zentralen Fels, um diesem Irrsinn ein Ende zu machen. Der Culmus war mit einer dünnen Schneeschicht bestäubt, die sein oberstes Ende verbarg, aber Bryn konnte die Erhabenheit der Klinge, um die sie sich so lange bemüht hatten, buchstäblich spüren. Er schob die Schuldgefühle wegen dieses Pseudo-Mittnis beiseite und packte den Griff.

Das Schwert rührte sich nicht. Bryn blies den Schnee vom Griff und wischte den Knauf ab. Keine Verzierungen, keine Edelsteine, nur ein schlichter, anderthalb Handbreit langer Griff von erstklassiger Qualität, der irgendwie ... nackt wirkte. Bryn fiel auf, dass der Knauf zwar mit einer Fassung versehen war, aber keinen Stein hatte. Während er das merkte, wurde der Anhänger vor seiner Brust heiß auf der Haut.

Der Stein, den Eridanus ihm gegeben hatte, machte sich zum ersten Mal seit einer ganzen Weile bemerkbar – er hatte ihn tatsächlich seit Beginn dieses Abenteuers im Auge des Apheristen nicht mehr gespürt. Nun brannte er sich stärker als je zuvor in sein Bewusstsein, sodass er kaum an etwas anderes denken konnte.

Du wirst seine Macht oder seine Bedeutung für dich noch nicht verstehen, aber es handelt sich um dein Erbe – ein größeres Erbe, als dir deine Eltern je hinterlassen werden, behalte das immer im Kopf.

Eridanus' Worte wehten aus der Zeit zu ihm herüber.

Aber mit ihm kommt Verantwortung. Versprich, dass du nicht auch nur versuchen wirst, seine Geheimnisse zu ergründen, bevor die Zeit reif ist.

Bryn hatte es versucht – vergeblich, und damit großen Schaden angerichtet. Der Hohe Lehrmeister hatte recht gehabt.

Er gehört dir zwar, aber er gehört dir noch nicht jetzt. Vergiss das nicht! Ich gebe ihn dir heute nur zur sicheren Verwahrung. Halte ihn versteckt und geheim, führe ihn stets bei dir. Er stellt einen Quell großer Macht dar, die Essenz von Gerechtigkeit und Stärke. Doch wenn du ihn vor der Zeit gebrauchst, bevor du verstehst, dann gebrauchst du ihn falsch und missbrauchst ihn.

Es war, als ob die Stimme erneut zum ersten Mal zu ihm sprach, obwohl er sich beinahe Wort für Wort an die Warnung erinnerte; tatsächlich jedoch hörte er sie nach allem, was geschehen war, mit neuen Ohren.

Ich stelle dich höchst ungern vor eine solche Versuchung, aber lass dir versichern, dass es nur für kurze Zeit sein wird. Der Feind fordert uns dort heraus, wo wir schwach sind, auf Gebieten, die uns kostbar sind. Kostbarkeiten sind es wert, dass man auf sie wartet. Nur indem wir auf den rechten Moment warten, werden wir ihnen gerecht. Gerechtigkeit ist unvollständig, wenn sie unredlich geübt wird.

Bryn war, konfrontiert mit der Unzulänglichkeit seiner Stärke in Zeiten der Schwäche, der Versuchung erlegen. Er hatte Eridanus' Geschenk falsch benutzt und sein Erbe missbraucht.

Stell dich in den Dienst des Richtigen und nicht in den der Rache.

Er zog den Stein unter seinen Kleidern hervor. Er war warm und vibrierte leicht. Verwirrt nahm Bryn die Lederschnur ab und untersuchte ihn genauer. Das Blau im Inneren des Steins leuchtete eindringlich, das Schwarz wirbelte unter der Oberfläche. Er hielt ihn neben die leere Fassung des Knaufes. Sie schienen wie geschaffen für einander. Er löste die Schnur von dem Stein und schob ihn vorsichtig in die Lücke. Ein Brummen ließ die Luft zittern, und der Stein wurde ihm aus den Fingern gezogen und fügte sich mit einem Klicken ein.

Nun ließ sich das Schwert ganz leicht herausziehen, glitt mit einem leisen Flüstern sauber aus dem grauen Felsen, und die Klinge schimmerte in kaltem Glanz. Dann hielt Bryn das

Schwert in den Händen – den Culmus: seinen Culmus. Es war die reinste, strahlendste Klinge, die er je gesehen hatte, blendend in ihrer relativen Schlichtheit. Das Schwert war von hervorragender Qualität und bis auf den neuen Knaufstein merkwürdig kahl. Es gab nur eine einzige Gravur auf der Klinge, in einer Schrift, die er nicht kannte, zarte Striche, die weiß aufleuchteten, wenn Licht auf sie fiel.

Ein merkwürdiges Gefühl erfüllte Bryn, nicht von Triumph, wie er erwartet hatte, sondern von Frieden. Er hatte sich noch nie so sehr im Einklang mit sich selbst oder der Welt befunden. Überwältigt von stiller Freude kniete er nieder. Allein auf der Bergspitze, den Culmus wie eine Opfergabe hochhaltend, schloss er die Augen und sprach ein Gebet.

«Elyon, gnädiger Gebieter über Leben und Tod!», rief er. «Nimm dieses Schwert und den, der es trägt, zu deinen Dienern. Mögen wir für Rechtschaffenheit und Gerechtigkeit eintreten, wohin immer du uns führst. Gestatte dieser Klinge nicht, aus Bosheit oder Sünde gezogen zu werden, sondern betrachte jeden Hieb ihres Leibes als Opfergabe ohne Fehl.»

Die sanfte Sonne liebkoste Bryns Gesicht, das einzige Stück nackter Haut, und er atmete tief die frische Luft ein. Er öffnete die Augen und sah den Culmus in eine funkelnde Scheide von strahlendem Blau und Silber gehüllt. Wind brauste um ihn herum, ließ einen Hof aus Schneekristallen darum tanzen. Donner erschütterte den wolkenlosen Himmel wie die Stimme Gottes, Blitze rasten in ehrfürchtiger Scheu davon.

Ein Blitzstrahl fuhr sengend in die eisige Wechte auf dem Gipfel. Der Hügel sank zusammen und löste sich auf wie Schnee unter kochendem Wasser. Beben durchliefen den Berg, tiefe Risse klafften. Bald barst die gesamte Spitze, fiel in sich zusammen, mit Bryn in ihrem Zentrum, der sein Schwert fest gepackt hielt.

So belohnt Gott mich für mein Versprechen!, dachte er, doch selbst jetzt fühlte er keine Angst.

Alles löste sich in einem Durcheinander von Schnee und Stein auf, Felsen und Licht wirbelten verwirrend um ihn her, während die Schwerkraft ihn erdwärts zog. Der Himmel versank, und Bryn sah nichts mehr als blendendes Weiß und Gelb. Er stürzte durch Schnee, durch Luft, durch Raum und Zeit …

Bryn landete in einer Finsternis, die vollständig war und absolut in der Endgültigkeit ihrer Stille. Vielleicht war er ja tot, und seine Seele erwartete das Jüngste Gericht oder ein neues Leben in jedwelchem Teil der Geisterwelt, der ihn haben wollte. Dann öffnete sich zu seiner Linken ein Lichtspalt, und dahinter erkannte er das gedämpfte, geisterhafte Grau der inneren Rüstkammer. Er spürte die Bank im Auge des Apheristen unter seinen tauben Hinterbacken. Seine Augen stellten sich auf die Umgebung ein, während ihr Behältnis sich öffnete und Bryn zu seiner grenzenlosen Freude Mittni neben sich sitzen sah – unversehrt.

Als sie aus der Amethysthülle traten, hüllte die Stille sie ein wie ein Umhang. Ihre Hände lagen fest um die Griffe ihrer kostbaren Schwerter.

Fackeln entflammten flackernd, das rötliche Glühen erhellte eine Hundertschaft Culmus Sangui in Reih und Glied. Als die Barue ihre neuen Waffen emporreckten, wurden sie mit einem anerkennenden Gebrüll empfangen.

«Seid gegrüßt, Krieger Calaspias!», riefen die Culmus Sangui im Chor. Der Klang ihrer Stimmen wogte durch die Rüstkammer wie das Heben und Senken des Ozeans. «Mögen eure Arme niemals zögern, eure Klingen niemals fehlgehen!»

Und dann schwiegen sie wieder, und der Gruß verhallte in

den Tiefen der gewaltigen Halle. Sarghenta stand am Kopf der Versammlung, in Weiß gekleidet. Bryn und Mittni blieben in respektvollem Abstand stehen. Ihre Herzen klopften vor Stolz. Sie hatten es geschafft! Die Barue wären einander am liebsten lachend um den Hals gefallen, aber sie stellten sich der Größe des Moments mit ernsten Gesichtern wie ihre Waffenbrüder und Waffenschwestern. Die Herrin der Eisfeste trat mit langsamen, entschlossenen Schritten näher und blieb vor den Neuankömmlingen stehen.

«Kinder, wo seid ihr gewesen?», fragte sie mit lauter und deutlicher Stimme.

Diese überflüssige Frage verblüffte Bryn, dann fiel ihm wieder das traditionelle Prozedere ein.

«Herrin, wir haben die Windungen unseres Geistes bereist, die Tiefen unserer Herzen ausgelotet und die Zerbrechlichkeit unserer Leiber gekostet», antworteten sie im Chor.

«Was begegnete euch dort?», wollte sie wissen.

«Widerstand in jedweder Form, von Feinden, voneinander, in uns selbst», antworteten sie feierlich.

Sarghenta nickte. «Ihr habt diese Reise in die Gewalt unternommen, um uns und euch zu beweisen, dass ihr bereit seid, den Umhang der Culmus Sangui zu erben, der Hüter und Erhalter des Friedens. Ein jeder Krieger braucht sein Werkzeug. Der Culmus ist mehr als das; er ist euer Freund und Beschützer, euer Schwert und euer Zepter. Am Ende eurer Reise solltet ihr diese Trophäe als Zeichen eures Sieges erhalten. Sagt uns: Wart ihr erfolgreich?»

Die Barue sanken mit gesenkten Köpfen auf die Knie und streckten die Arme vor, boten ihre Schwerter dar. «Wir waren erfolgreich, Herrin. Hier sind unsere Klingen, unsere Culmi, die wir diesem Orden der Gerechtigkeit und euren Diensten widmen, so ihr uns haben wollt.»

Die Herrin nahm zunächst ein Schwert, Mittnis, und fuhr mit den Fingern die Klinge entlang. Bei Bryns Schwert verharrten ihre Finger auf halber Länge, und sie sah ihn kurz an. Stimmte etwas nicht? Aber dann nickte sie und gab ihm seine Klinge zurück, wie sie es bei Mittni getan hatte. Sie kehrte ihnen den Rücken zu und sah ihre Krieger an.

«Gestern nahmen wir zwei Lämmer in die Gemeinschaft auf», rief sie. «Heute begrüßen wir sie als Krieger!»

Die Versammlung der Culmus Sangui reckte die Schwerter und rief erneut: «Seid gegrüßt, Krieger Calaspias!»

«Erkennt ihr, die Wächter des Verstands und die Anwälte des Friedens», donnerte ihre Herrin und blickte forschend in ihre Gesichter. «Erkennt ihr, die Retter der Gerechtigkeit … erkennt ihr, die Mächtigen an Herz und Hand – erkennt ihr diese beiden als euresgleichen an?»

«Wir sind eines Herzens, eines Geists!», riefen sie. Bryn konnte Zuola nirgendwo sehen, aber er hoffte, sie war hier und erlebte seinen Moment des Triumphes mit. «Für Gerechtigkeit und Rechtschaffenheit!»

«Gibt es einen unter euch, der dieser Erklärung nicht zuzustimmen vermag?»

Cerion in der zweiten Reihe sah Bryn an, und dem Barue wurde flau im Magen, aber der junge Krieger hielt den ernsten Mund geschlossen wie alle anderen auch.

«Dann ist es meine Pflicht und meine Ehre, euch in den Orden der Culmus Sangui aufzunehmen. Schüler wart ihr, nun seid ihr Lehrlinge. Erhebt euch, Männer, als Culmus Sangui!»

Die Versammlung war still, als Sarghenta sie auf die Füße zog. Noch erfreulicher als der Beifall der Menge waren ihnen das winzige Lächeln und die kurze Umarmung ihrer Herrin. Die Barue konnten spüren, dass sie stolz auf sie war. Sie trat zur Seite, und zwei kleinere Gestalten schritten heran. Es waren Onkel Gug und Onkel Thybil.

Sprachlos – glücklicherweise, denn das Ritual gebot Schweigen – blickten Bryn und Mittni den alten Barue an, während die beiden Alten sie in ihre Zeremonialgewänder hüllten.

Dann wandten sie sich um. Sarghenta ging voran, gefolgt von Gug und Thybil, nach denen Bryn und Mittni und dann die Hundertschaft Krieger kamen. Sie marschierten durch die Gänge der Eisfeste und scharten sich um den Kristallculmus.

«Durch diese Tore, die euch nie hereinkommen sahen, gehet nun hinaus und lasset euer altes Ich zurück. Nicht länger seid ihr schwach und schutzlos. Das Alte ist vergangen.»

Die Haupttore des Palastes schwangen auf – nicht nur die kleine Tür, sondern die ganzen massiven Flügel. Alles schritt durch die Tore und versammelte sich im Hof.

«Nicht allein ist das Alte gestorben, an seiner statt ward das Neue geboren! Gehet nun durch diese Tore zum ersten Mal hinein, wie ihr in euer neues Leben tretet: mit Kraft, mit Entschlossenheit, mit Stärke. Von nun an, Mittni, Sohn von Bartholdi, und Bryn Bellyset, sollt ihr stets mit Stolz und Freude durch diese Tore gehen!»

Dann kehrten Sarghenta, Gug und die Barue, während die Krieger in Reih und Glied stehen blieben, zum Kristallculmus zurück und traten bis vor das Wasserbecken, das die glitzernde Skulptur umgab. Bryn und Mittni wateten durch das kalte Wasser und legten ihre neuen Schwerter neben den Kristall. Aus dieser Nähe konnte Bryn sehen, wie rein der Diamant war, heller und makelloser sogar als das Wasser, das seine schimmernde Länge hinablief. Zum ersten Mal hatte er Gelegenheit, Mittnis Culmus zu betrachten, eine edle Klinge mit einem smaragdenen Griff und einer schmalen Rinne in der Mitte, jedoch ohne Inschrift, und ihm fiel auf, wie sehr sein eigenes Schwert dem Kristallculmus ähnlich sah. Die Umrisse waren identisch; bis auf die Größe und das Material sahen sie genau gleich aus. Mittnis dagegen war etwas kürzer und breiter, von anderer Form.

Die beiden kehrten zum Rand zurück, wo Sarghenta sie in symbolhafter Initiation ins Wasser tauchte und verkündete, dass das Alte weggewaschen sei und das Neue dem Wasser entsteigen werde. Bryn erhob sich aus dem strömenden Wasser und fühlte sich unerklärlich sauber. Mittni und er wateten zurück zum Fuß des Kristallculmus, um ihre Schwerter abzuholen, die nun wahrhaft die ihren waren. Man half ihnen aus dem Becken des Springbrunnens, hüllte sie in dunkelrote Umhänge und gürtete sie mit feinem, breitem Leder. Gemeinsam traten die vier vor die Versammlung draußen, standen in der Toröffnung und nahmen den Jubel der Krieger entgegen.

In ein paar Stunden, nach dem Festessen, würde das Leben wieder seinen geregelten Gang gehen. Nur hatte Bryn sich noch nie als Krieger empfunden. Das kam erst, als man ihm seinen Culmus an den Gürtel hängte.

✦ 22. KAPITEL ✦

Beunruhigende Neuigkeiten

Hinaus, sage ich!» Aurgelmir starrte den Ratgeber kalt an, der sich verneigte und den Raum verließ.

Narren, dachte er. Er erhob sich von seinem Thron und ging zu dem langen Fenster, um von dort auf seinen Garten hinabzuschauen, der bis zur Vollkommenheit gepflegt war. Das Gras besaß den beruhigendsten Grünton und genau die richtige Länge, um von Fülle zu sprechen, ohne ungepflegt zu wirken; die Blumenbeete waren strahlende Farbtupfen über der reichhaltigen, dunklen Erde. Er atmete tief ein und aus, um sich zu beruhigen, hatte aber keinen Erfolg damit. *Denken sie denn, ich wüsste nichts von der Dürre?* Er zog langsam an seinen Fingergliedern, bis sie ein befriedigendes Knacken von sich gaben. *Sollte denn nicht ich als Erster davon hören? Oder denken sie, ich besäße irgendeine göttliche Kraft und könnte dem Himmel befehlen, bei wem er es regnen lässt und bei wem nicht?*

Der Imperator ließ seine Phantasie noch ein wenig in diese Richtung schweifen und überlegte, welche politische Macht ihm dies verliehen hätte. Das Königreich des Nordens, Polgaren – sogar die westlichen Gefilde wären gezwungen, ihm für die richtige Menge an Regen, Sonne und Wind Ehrerbietung zu erweisen. Und wenn irgendein Heerführer Lust verspürte, gegen ihn zu opponieren, könnte er die Sonne gnadenlos auf dessen Truppen hinabsengen lassen, bis sie an Wassermangel litten und nicht mehr weiterkonnten. Feindliche Armeen könnten ohne eigene Verluste durch einen Sturm aufgerieben werden. Man bräuchte überhaupt kein Heer mehr, und das eingesparte Geld ließe sich für bessere Zwecke verwenden, könnte für eine Zeit der Not in der Imperialen Schatzkammer verwahrt werden.

Jawohl, für eine Zeit der Not wie diese. Ungewöhnlich starke Stürme, die Naturgesetze auf den Kopf gestellt, mutierende Krankheitserreger, die binnen Tagen ganze Städte auslöschten – die Symptome des Wahnsinns waren stärker ausgeprägt denn je. Das ließ ihn nicht lange in Wunschphantasien schwelgen. Seine Gedanken kehrten immer wieder zur Lage des Imperiums zurück. *Ich sorge mich zu sehr um mein Volk,* dachte er. *Die beständige Sorge treibt mich noch einmal in den* – aber diesen Gedanken führte er besser nicht zu Ende. *Ich tue alles, was ich kann, um zu helfen und zu schützen und den Wahnsinn zu bekämpfen, wo immer er sich zeigt. Dennoch ist mir keine Ruhe vergönnt, kein Frieden; stattdessen verstärkt sich jede Verwirrung, jeder Aufruhr, jede Unsicherheit des Landes noch in meinem Kopf. Nicht die kleinste Erholungspause ist mir vergönnt.*

Er sah auf seine Hände hinab. Das Gelenk seines kleinen Fingers wollte nicht knacken. Verärgert zog Aurgelmir kräftiger daran, aber das tat nur weh, mehr nicht. Er stürmte vom Fenster weg, zurück zu seinem Thron, ließ sich jedoch nicht darauf nieder. Stattdessen blieb er neben ihm stehen und trommelte mit den Fingern auf die Armlehne, den Blick auf ein Kästchen mit einem goldenen Riegel gerichtet. Abrupt sah er wieder weg und verschränkte die Hände auf eine Art, die sich für einen Imperator mehr geziemte. Er schloss die Augen und seufzte. *Perduellis sollte bald zurückkehren, mit einem Bericht über die weitere Entwicklung bei der Inquisition. Und das sind besser gute Nachrichten.* Als er die Augen wieder öffnete, konnte er nicht anders, als erneut nach unten zu sehen.

Das Kästchen wirkte in dieser prunkvollen Umgebung nicht fehl am Platze; es hätte ebenso gut einst einer sehr reichen Dame gehört haben können, die darin Perlenhalsbänder und anderen Schmuck verstaut hatte. Doch als Aurgelmir es anhob, gab es keinerlei Geräusche von sich, die auf solche Kostbarkeiten schließen ließen. Seine Finger spielten mit dem Verschluss, erfreuten sich an dem glatten, kühlen Metall. Entschlossen ließ er ihn aufschnappen und klappte den Deckel auf.

Es klopfte, und Aurgelmir schloss das Kästchen erschrocken und sah auf. Er atmete tief durch, stellte das Behältnis hin und wandte sich um.

«Herein», sagte er, ohne sich daran zu stören, dass ihm seine Verärgerung anzuhören war. Perduellis kam durch die Türflügel geschritten, und Aurgelmir konnte nicht umhin zu sehen, dass auch er einen erschöpften Eindruck machte.

«Mylord.» Der Ratgeber verneigte sich.

«Komm, Perduellis, und erzähl mir ein paar gute Nachrichten.»

«Die Inquisition arbeitet effizient, Sire, und das Volk respektiert die Autorität ihrer Truppen. Aber der Wahnsinn ist ein trickreicher Widersacher; sobald wir nahe daran sind, eine Gegend vollständig gesäubert zu haben, erhebt er sich erneut, und zwar stärker, als anzunehmen war. In Nomidien ist es nach wie vor am schlimmsten. Nördlich von Tyr Baldor … die gesamte Bevölkerung tot. Wir nehmen an, dass es mit irgendeinem Ritual des Kults begann und dann außer Kontrolle geriet. Niemand blieb übrig.

In Itrim agieren die Okkultisten eher im Verborgenen, im

Untergrund. Sie sind weniger militant eingestellt, aber ihre Zahl nimmt rasch zu. Mir liegen Informationen vor, dass sich gewisse Lehrmeister ebenfalls zum Wahnsinn bekannt haben, auch wenn sie ihn zumeist nicht praktizieren. Aber der Bewegung gehören sie trotzdem an. Natürlich haben wir dort bereits einige unserer Leute eingeschleust, und ich gehe davon aus, dass wir die größte Gruppe bis Monatsende ausgehoben haben. Der Verlust der größten und am besten organisierten Sekte sollte die anderen Splittergruppen hinreichend entmutigen. Arleath, Nanoak und Bel-Tued bleiben vom Wahnsinn glücklicherweise fast völlig verschont. Wenngleich der Kult oder sogar die eigentliche Kraft unter den Reichsten am stärksten ist. Aber die Truppen in Bel-Tued sind aus anderen Gründen dort stationiert.»

Der Imperator wandte sich ab und sah wieder zum Fenster. «Aus einem ganz bestimmten Grunde, meinst du?»

«Ja, Sire.» Der Hochinquisitor trat etwas näher. «Die Nachrichten in dieser Angelegenheit sind gut, sehr gut. Nach der erfolgreichen Öffnung eines bereits vorliegenden Fragments des Buches der Zeiten haben sich doch einige gangbare Wege gezeigt. Ich bin sehr zuversichtlich, dass sie alle zu Resultaten führen werden. Einige der uns vorliegenden Seiten haben sich als schwer zu öffnen erwiesen, aber das ist von keinerlei Konsequenz, denn da unser Angebot vorläufig größer als die Nachfrage ist, können wir diese Stücke einfach weiterreichen.»

«Und damit wird ‹er› zufrieden sein?»

Perduellis entging der vorsichtige Unterton in der Stimme des Imperators nicht. «Wir haben ihm bisher erst eine einzige Schriftrolle gegeben, aber so weit ist er zufrieden, ja. Und das ist gut so», fügte er rasch hinzu, da er unsicher war, was Aurgelmir als Nächstes tun würde. Der Imperator war in der letzten Zeit so unberechenbar geworden, und Perduellis glaubte nicht, dass dies auf den Kampf gegen den Wahnsinn zurückzuführen war, auch nicht auf die Geheimnisse, die sie vor dem Volk hatten.

«Dann dürfte er bald mehr verlangen – aber gebt ihm vorläufig nichts. Sobald er anfängt zu drängen, sagt ihr, dass ihr gerade einer Spur folgt und bald einen ansehnlichen Teil des Buches haben dürftet. Dann gebt ihm etwas, das sich nicht öffnen lässt. Vielleicht lohnt es sich sogar, einen zusätzlichen Schutzzauber darüberzulegen; umso wertvoller wirkt das Stück. Wir wollen vermeiden, dass der Feind mehr bekommt, als absolut notwendig ist, Perduellis!»

«Wie Ihr wünscht, Mylord», antwortete er, runzelte jedoch die Stirn dabei.

Das Stirnrunzeln verschwand, als der Imperator ihn wieder ansah und sich mit der Hand durch die braunen Haare fuhr, die schon leicht schütter wurden.

«Was ist mit der anderen Seite des Wahnsinns? Mit seinen verfluchten Auswirkungen … Dieser Narr Ancillius war hier und hat mir wegen dieser Dürre in Nomidien in den Ohren gelegen. Welche Plagen gibt es noch in meinem Reich, an denen ich nichts ändern kann?» Die Bitterkeit in seiner Stimme war unüberhörbar.

«Die Dürre in Nomidien ist schlimm. Aber Ihr habt alles getan, um den Menschen dort zu helfen. Ancillius wollte Euch gewiss nur auf dem Laufenden halten. Was andere Plagen angeht, so gibt es nichts, das Ihr nicht schon wüsstet; also will ich Euch damit verschonen.» Der Ratgeber lächelte. Sein schmales, müdes Gesicht war immer noch mit Tinte befleckt – was ihn von weitem umso hagerer aussehen ließ; als lägen seine Augen tief in den Augenhöhlen.

«Sehr schön, Perduellis. In diesem Fall, wenn du nichts weiter für mich hast …»

«Wo wir gerade dabei sind, Eure Hoheit; es gibt tatsächlich noch etwas, über das Ihr im Bilde sein solltet. Einige Lehrmeister und ich machen uns Sorgen wegen Polgaren.» Der Imperator machte ein finsteres Gesicht, aber sein Ratgeber fuhr fort. «Es gibt Hinweise, dass das Königreich des Nordens sich auf einen Krieg vorbereitet. Wobei natürlich unklar ist, ob –»

Aurgelmir schnitt ihm das Wort ab. «Was für Hinweise genau?», grollte er.

Perduellis zählte sie an den Fingern ab. «Verstärkung der Grenzpatrouillen, Rückzug der Siedler aus den Grenzgebieten, weniger Handelsverkehr, außerdem die Gerüchte, mit denen die Händler so zu reisen pflegen. Wir haben keine besonderen Truppenbewegungen registriert, aber es dürfte nur eine Frage der Zeit sein, bis sie vollständig mobilisiert sind.»

«Welchen Grund sollten sie denn haben, uns anzugreifen?», knurrte Aurgelmir, dem gerade jeder Sinn für Imperiale Würden abhandenkam.

«Keinen, Mylord. Nur sehen sie eben, dass wir durch diese Attacken des Wahnsinns geschwächt sind.»

«Sie möchten einen Vorteil aus diesen schwierigen Zeiten schlagen und über uns herfallen, anstatt uns ihrer Unterstützung zu versichern? Das Imperium der Numenii ist nicht schwach, niemals. Wir haben nur ein einziges Mal Schwäche gezeigt – als wir ihre Freundschaft akzeptiert haben. Das Imperium der Numenii braucht keine Verbündeten!» Seine Stimme erhob sich im Zorn, und er packte die Armlehnen seines Throns so fest, dass seine Knöchel weiß hervortraten.

«Wobei ... Ja», sagte er mehr zu sich selbst als zu seinem Ratgeber und lockerte den Griff wieder. «Perduellis, es wäre doch möglich, dass sich einige Teile des Buches im Königreich des Nordens befinden, nicht wahr?» Er lächelte seinen Ratgeber gerissen an.

Perduellis bedachte den Imperator mit einem merkwürdigen Blick, bevor er antwortete. «Es ist nicht nur möglich, es ist sogar höchst wahrscheinlich. Eine Anzahl Indizien weist in diese Richtung.»

«Perfekt. In diesem Falle wäre es von Vorteil, unseren dämonischen Freund darüber in Kenntnis zu setzen. Wenn wir schon mit zwei widrigen Parteien verbündet sind, können wir ebenso gut einen Nutzen daraus ziehen.»

«Ich kann sofort alles Nötige in Gang setzen, Sire.» Perduellis verneigte sich erneut und wandte sich zum Gehen.

«Ja, Perduellis, tu das. Wenn sie Krieg wollen, sollen sie Krieg bekommen!»

✦ 23. KAPITEL ✦

Abschiedsworte, Abschiedsgesten

Ich hab so oft gedacht, ich hätte versagt», erzählte Mittni ihnen zum x-ten Mal mit erstauntem und ehrfürchtigem Gesicht, als wäre er, seinen Culmus fest gepackt, gerade erst aus dem Auge des Apheristen gestolpert. «Aber wisst ihr, ich habe einfach entschlossen weitergemacht und immer versucht, mein Bestes zu geben. Sarghenta meinte selbst, dass ich ohne meine Ausdauer und Beharrlichkeit bei einigen Stellen durchgefallen wäre, aber das hat es immer wettgemacht.»

«Ich hatte nicht deine hoffnungsvolle Beharrlichkeit», sagte Bryn, «oder sollte ich besser sagen: deinen naiven Optimismus! Für mich hieß es einfach bloß: *Bring's hinter dich.*»

Die drei Barue lachten. Seit ihrer Abreise aus Caer Isnova waren ihre Prüfung und Initiation so ziemlich das einzige Gesprächsthema gewesen, und es bot ja auch reichlich Stoff. Ob Thybil schon einmal an einer solchen Initiation teilgenommen hatte, wollte er nicht verraten. Sie konnten immer noch nicht fassen, dass der Gute den ganzen Weg von Eisenfels gekommen war, um sich ihre Zeremonie anzusehen. Vielleicht, überlegte Bryn, erklärte das ja die lange Wartezeit!

«Meine Güte, bin ich stolz auf euch!», sagte Thybil mehrmals. «Und Mama Bellyset und die anderen auch.»

Trotz der Kälte hatten die drei in den ersten Tagen der Reise nicht aufhören können zu lächeln. Beinahe, als ob ihre Lippen eingefroren wären. Sie wechselten von den Säbelzahnbergen über das Reveriktal ins Gebirge von Ged-Ruak und zogen tieferliegende, wärmere und grünere Pfade entlang. Der Schnee schmolz, und noch immer ließ ihr Lächeln nicht nach.

«*Stolz*, sage ich euch!», antwortete Thybil auf die jüngste Nacherzählung der Jugendlichen. «Ich hätte nie gedacht, dass ich das eines Tages über euch Unruhestifter würde sagen können.»

Unvermittelt wurden sie ernst. «Wenn bloß Telsea und Dos hier wären», sagte Mittni.

«Obwohl, wenn ich es mir so überlege», meinte Bryn, «sie wären nur eifersüchtig. Aber es gibt keinen Grund, warum sie nicht mitmachen sollten … Es kommt mir einfach ungerecht vor.»

«Wer sagt denn, dass es dafür zu spät ist?» Mittni sah Thybil fragend an, beinahe bittend.

«Wir haben Nachricht, dass sie in Sicherheit sind», sagte Thybil. «Warum ein unnötiges Risiko eingehen, indem man die Situation verändert? Ja, sie verpassen einiges an Spaß, wie sie es wohl nennen würden, aber was wiegt das schon gegen ihre und eure Sicherheit?»

«Aber ich kann jetzt selbst auf mich aufpassen. Ich kann mich und andere beschützen.» Seine Worte gaben Bryn ein gutes Gefühl. Er wusste, dass sie zutrafen. «Telsea und Dos haben lange genug meinetwegen gelitten. Für sie ist es besser, bei uns zu sein.»

«Ich weiß, dass ihr das Beste für sie wollt, Jungs, aber das will Bartholdi, ihr Vater, auch – Mama Bellyset ebenfalls – ich auch – wir alle.» Thybil blieb stehen und fixierte sie mit seinem langen, harten Blick. «Nur weil ihr jetzt zum ersten Mal in der Lage seid, mit dem fertig zu werden, was der Feind euch entgegenwirft, heißt das doch nicht, dass es nicht noch schwierigere Bedrohungen gäbe! Denkt an den wichtigsten Teil eurer Ausbildung und vertraut nicht eingebildet auf eure Fähigkeiten.»

«Selbstverständlich nicht, Onkel Thybil, aber –»

«Ach was, es gibt Mächte, die könnten euch entwaffnen, ohne auch nur mit der Wimper zu zucken; Mächte, gegen die eure Waffen nutzlos sind. Und ob ihr es glaubt oder nicht, manche sind den Culmus Sangui sogar kämpferisch überlegen.»

Bryn dachte flüchtig an den Tahl Uthnae, den maskierten Krieger, dessen Versuch, Imperator Opeion zu ermorden, er zusammen mit anderen vereitelt hatte. Thybil schüttelte den Kopf über sie, aber freundlich; er hatte jetzt ihre volle Aufmerksamkeit. «Habt ihr die allerwichtigsten Lektionen denn vergessen? Spart euch das Überraschungsmoment auf! Lasst eure frischerworbenen Fertigkeiten erst sehen, wenn sie auf die Probe gestellt werden!»

Bryn versuchte, etwas mehr Optimismus in die Debatte zu bringen. «Dann konzentrieren wir uns doch stattdessen darauf, das Problem bei der Wurzel zu packen, und knöpfen uns die Beobachter Wenfelds vor. Sag, Onkel Thybil, wann fangen wir an, Widerstand zu leisten? Wie können wir der Verschwörung trotzen?»

«Ich habe es euch doch schon erklärt.» Thybil seufzte. «Im Moment können wir nichts tun. Unser Volk ist in Neuquivelda sicher, auch wenn den Leuten die dortige Lage nicht sonderlich gut gefällt. Daran lässt sich nichts ändern, aber seid versichert, dass sie nicht länger Gefangene sein werden als nötig.»

«Sie haben es sich selbst ausgesucht», sagte Mittni. «Aber sie mussten Vater da mit hineinziehen und mit ihm auch Telsea und Dos.»

Von da an freuten sich die Jugendlichen nicht mehr nur über ihren Erfolg, sondern waren voller Ungeduld, dass der Gerechtigkeit Genüge getan wurde, damit die Welt endlich wieder so war, wie sie sein sollte.

«Nun, Männer, mit eurer Hilfe wird Eisenfels bald zurückschlagen können, daran habe ich keinen Zweifel.»

«Wie können wir helfen?», fragten sie. «Was machen wir als Nächstes?»

«Zuallererst denkt daran, dass die Loyalisten zwar auf derselben Seite sind, aber nicht die wahre Geschichte der Culmus Sangui erfahren dürfen. Die bleibt geheim. Soweit sie wissen, ist der Orden nicht wiederbelebt worden. Er wurde während des Kriegs um das Tor begründet und nach dem Sieg über die Ostentum aufgelöst. Ihr müsst mir versprechen, dass ihr bei dieser Darstellung bleibt. Je weniger ihr zu dem ganzen Thema sagt, desto besser ist es eigentlich. Lasst euch zu nichts hinreißen.»

Die Jugendlichen versprachen es, und der Onkel fuhr fort. «Ich weise euch nochmals darauf hin, dass eure Ausbildung nicht zu Ende ist.» Sie näherten sich dem Gipfel eines Berges und machten eine Pause, damit Thybil wieder zu Atem kam. «Ihr denkt vielleicht, ihr habt das nötige Rüstzeug.» Der Alte wies zu den Bergen, die um sie herum in den Himmel ragten. «Aber es gibt immer noch höhere Gipfel zu erklettern.»

Eisenfels war aus der Ferne absolut nicht zu sehen. Selbst von nahem ließ sich kaum sagen, wo die getarnten Eingänge lagen. Auf der Außenseite war alles naturgewachsen, erklärte Thybil, der lebende Fels hatte sich zu unüberwindbaren Wehrmauern geformt. Drinnen hatten Hände Stufen und Fenster gemeißelt, Räume und Durchgänge ausgehöhlt, allerdings nicht die Hände der Loyalisten. Außerdem – und das fanden die Barue höchst erstaunlich – gab es dort Felder und Weiden, in einem Tal, das praktisch nicht entdeckt werden konnte und buchstäblich von außerhalb der Steinfestung unzugänglich war. Eisenfels züchtete Vieh und baute Korn an, ohne dass Feinde davon auch nur wussten! Auch einiges an unverderblichen Vorräten gab es, Kohle etwa. So hatten die frierenden und schutzlosen Loyalisten die Feste damals vorgefunden.

Yerfi war vorausgeschickt worden, um einen geschützten Platz für die Nacht zu finden, und als er zurückkam, erzählte er etwas von einer Burg. Die anderen hielten es für einen schlechten Scherz, aber der tapfere junge Schmied blieb trotz ihres Spottes bei seiner Geschichte und schleppte sie eine Meile weiter in die Berge hinauf. Klagen verwandelten sich in Ausrufe der Bewunderung, als die Barue in ihr neues Zuhause stolperten. Sie konnten ihr Glück kaum fassen und rechneten fast damit, dass Thybil sie schnell wieder fort von hier scheuchte, weil die eigentlichen Besitzer jeden Moment zurückkommen mochten. Aber ihr Führer hatte Erkundungstrupps zusammengestellt, die die Gegend unter die Lupe nahmen, und dann angeordnet, sich in Eisenfels anzusiedeln, wie er die Burg taufte, und bis auf den heutigen Tag waren die eigentlichen Besitzer nicht zurückgekehrt.

«Das passt gar nicht zu dir», sagte Mittni. «Selbst ich wäre misstrauisch gewesen, wenn da so mir nichts, dir nichts eine leere Burg vom Himmel fällt.»

«Ja, woher hast du gewusst, dass es dort sicher ist?», fragte Bryn.

«Weil ich mir schon gedacht habe, dass wir sie finden könnten», sagte Thybil. Die Jugendlichen sahen sich verdutzt an. «Ich wusste nicht genau, wo sie sich befand, weil ich selbst nie dort gewesen bin, aber ich hatte eine ziemlich genaue Vorstellung. Es gab Hinweise. Es gibt immer Hinweise, wenn man weiß, wonach man Ausschau halten muss.»

«Und *woher* hast du das gewusst?»

«Aus einer Geschichte.» Thybil senkte die Stimme, obwohl niemand anders in Sicht war, und sie konnten sehr weit sehen. «Im Buch der Zeiten.»

Er erzählte ihnen, wie Telabor, der erste Hohe König der Zwerge, nicht nur Ged-Ruak und die anderen Ruaks errichtet hatte, sondern auch Eisenfels, eine weitaus kleinere, aber ebenso schützende Wohnstatt – ein Ruak, das nicht für die Zwerge gedacht war, sondern für eine Allianz der Mächte der Vernunft.

Bryn und Mittni nahmen die Geschichte nicht ganz für bare Münze, wenngleich sie dieser Möglichkeit offener gegenüberstanden, als sie es vor der Kenntnis von Caer Isnova gewesen wären. Augenscheinlich hatten diese legendären Helden tatsächlich in der einen oder anderen Form existiert, wenngleich ihre Geschichten im Laufe der Zeit gewiss ausgeschmückt worden waren.

Doch als die beiden vor dem Eingang standen, wie Thybil behauptete, und er sie aufforderte einzutreten, wenn sie es denn könnten, rätselten sie minutenlang herum, bevor sie die optische Täuschung begriffen. Was sie für eine Felswand an der anderen gehalten hatten, war in Wirklichkeit eine *vor* der anderen. Dazwischen war eine Lücke von mehreren Metern, und wenn man nicht schon vermutete, dass sie dort war, wenn man keinen Grund hatte zu suchen, dann sah man dort auch keine.

«Das ist ja alles sehr schön», sagte Bryn, als sie durch den riesigen Riss schlüpften, «aber wenn der Feind ungefähr weiß, wo wir sind, kann er einfach abwarten und schauen, wo die Leute rein- und rausgehen.»

«Gute Überlegung, mein Junge, und das ist das Geheimnis unseres Verstecks. Mit als Erstes in Eisenfels möchte ich euch Tyr Monere zeigen, einen Aussichtspunkt, von dem aus wir das Land in jede Richtung überwachen können. Glaub mir, die Loyalisten wissen, dass wir kommen. Sie erwarten uns schon.»

Es war dunkel im Schatten der Felswände, und sie konnten immer noch nichts sehen, das nach einer Feste aussah. Selbst wenn Feinde ungeachtet des Beobachtungspostens auf dem Tyr Monere den Eingang fanden – einmal vorausgesetzt, sie wussten aus irgendeinem üblen Grunde, wo sie nachsehen mussten –, dann hatten sie die Feste damit noch lange nicht eingenommen.

Die drei Barue mühten sich einen steilen, gewundenen Pfad hinauf, der eine Höhle oder ein Gang hätte sein können, wäre weit über ihnen nicht Tageslicht zu sehen gewesen. Thybil wies sie auf Schlitze in der Felswand hin, die zwischen ihnen und der offenen Innenfläche von Eisenfels lag. Durch diese Öffnungen konnten Wachen jeden ihrer Schritte beobachten und sogar auf sie schießen. Wenn ein feindliches Heer hier heraufmarschiert kam, konnten Steine auf die Soldaten geworfen werden, und aus dieser Höhe waren selbst kleine Brocken tödlich. Die ganze Zeit über würden Bogenschützen oben auf den Wällen sie mit Pfeilen belegen – nicht nur von der Festungsseite, sondern auch von der äußeren Felswand aus, die diesen Pfad gegen Blicke von draußen abschirmte. Und sobald der Feind einmal drinnen war, falls es ihm wider alle Erwartungen gelingen sollte, sich den tödlichen Pfad hinaufzukämpfen, musste er eine Kluft überwinden.

Die drei Barue überquerten die Zugbrücke über die Kluft, und Bryn und Mittni, die inzwischen einiges übers Kämpfen wussten, konnten sehen, dass Thybil nicht übertrieben hatte.

Für den uneingeweihten Betrachter war diese Zugbrücke das erste Bauwerk von Menschenhand. Als Thybil seinen Gefährten alle Einzelheiten verraten hatte, lachten sie. Dem Alten zufolge brannten die Verteidiger von Eisenfels schier darauf, dass ihr Gegner es wagte, gegen diese Verteidigungsstellungen anzurennen, und Bryn und Mittni konnten sich vorstellen, dass es ihnen bald genauso ging. Sie stimmten jedoch darin überein, dass sie die Abgeschiedenheit lieber genießen wollten, solange es nur ging.

«Bei dir klingt das alles ganz einfach», sagte Bryn, als sie einen schmalen Weg entlanggingen. «Aber wie kann eine Handvoll unausgebildeter Rebellen einen Ort von dieser Größe bemannen?»

«Eine Handvoll unausgebildeter Rebellen! Weiter weg von der Wahrheit kann man gar nicht sein, mein Sohn. Die Barue machen ihre Sache sehr gut. Über einen Monat lang waren wir die einzigen Einwohner, aber seitdem trudeln weitere ein. Die Barue teilen sich Arbeits- und Wachdienste mit Nephelim und haben schon viel von ihnen gelernt. Sie betrachten Eisenfels als ihr Eigentum und lassen es sich nicht nehmen, Neuankömmlinge willkommen zu heißen.»

«Wenn Eisenfels so gut versteckt ist, wie finden die dann alle her?», fragte Mittni. «Was treibt sie an diesen Ort?»

Thybil breitete die Hände aus. «Träume, Visionen, vorherige Kenntnis … Gerüchte … Verzweiflung … Zufall … Natürlich finden nur wenige wirklich hierher. Die meisten suchen eigentlich bloß Schutz in den Bergen, bis sich die politische Lage im Imperium wieder beruhigt hat. Wir beobachten sie ein paar Tage lang, wie sie unruhig an den Berghängen lagern, dann gehen wir uns mit ihnen unterhalten. Man weiß immer gleich, welche für Eisenfels richtig sind, welche nach einer Zuflucht suchen.»

Bryn fiel wieder ein, dass Mama Bellyset in ihren Briefen Numenii und Nephelim erwähnt hatte. Er tastete nach seiner Antwort in der Tasche. Nun würde er sie ihr selbst bringen können.

«Und was machen die hier alle den ganzen Tag?», fragte Mittni.

«Sie haben alle Hände voll zu tun! Sie tischlern, maurern, bestellen die Felder; von Planung und Waffenübungen ganz zu schweigen. Es gibt mehr als genug zu tun. Mit vielen Arbeiten wechseln wir uns ab, aber viele haben auch Spezialgebiete. Den Nephelim gefällt die Vorstellung nicht, sich versteckt zu halten. Sie sind am meisten darauf aus, als Späher hinauszugehen.»

«Was sagen sie zu den Barue?», fragte Bryn. Er erinnerte sich noch gut an die harte, stoische Haltung der Nephelim, wobei zwei der mächtigen Krieger, Aesir und Wafrudnir, die Barue während der Reise nach Armaah liebgewonnen hatten. «Und zu den Numenii?»

Bevor Thybil antworten konnte, sagte Mittni: «Soldaten, bestimmt. Ist das klug?»

«Die Barue werden rundum akzeptiert.» Thybil zwinkerte ihnen zu. «Wenn es um das Kochen im Gelände geht, ist Mama Bellyset die beste Köchin in ganz Calaspia!» Sie lachten, und Bryn spürte, wie er es nicht erwarten konnte, seine Großmutter wiederzusehen. Diesmal konnten sie reden. Er würde ihr zeigen, dass er auf eigenen Beinen stand und seinen eigenen Weg gehen würde. Sie würde stolz auf ihn sein.

Sie traten aus einem Tunnelstück hinaus und blinzelten ins Sonnenlicht. Auf beiden Seiten wich der Fels zurück, und aufgeregter als je zuvor bei der Aussicht auf ihre neue Heimat konnten sie Eisenfels endlich in Augenschein nehmen.

Der Weg zweigte links und rechts zu den verborgenen

Wehrmauern ab, und eine Steintreppe führte in einen Hof hinab, einen kahlen Flecken im Gras. Dorthin gingen sie. Um sich herum sahen sie Nischen und Eingänge in den Felsen, die an manchen Stellen fast vollständig ausgehöhlt waren und Platz boten für Wohn- und andere Räume, die mit Gängen verbunden waren.

«Selbst wenn Feinde so weit kämen», fuhr Thybil fort, «müssten sie noch mit den Wirtsleuten fertig werden, lauter hemmungslosen Rebellen, die dieses Labyrinth ihr Zuhause nennen.»

Zertrampeltes Gras umgab den Hof, der das Zentrum von Eisenfels zu sein schien, und ging in eine Wiese über. Dahinter lagen die Felder und Weiden, von denen Thybil gesprochen hatte. Auch auf der gegenüberliegenden Seite schützten Felsen sie; dort funkelte ein munter sprudelnder Wasserfall in der Mittagssonne.

«Tyr Monere liegt auf der anderen Talseite, über dem Flüsschen. Wir verständigen uns durch Zeichen, um Zeit und ständiges Klettern zu sparen. Nicht einmal diese Zeichen sind von den meisten umgebenden Bergen aus zu sehen.»

Während sie weiter hinabgingen, erwies es sich, dass die Felsen links und rechts nicht mehr rein natürlich waren wie auf der Außenseite, sondern sauber zurechtgehauene Oberflächen aufwiesen, die allerdings nicht poliert und geglättet waren, sondern immer noch rau, als wären die Arbeiten noch nicht fertiggestellt. Bryn fand, dass es zur Atmosphäre dieses Ortes passte. Unten auf Bodenhöhe gab es Gebäude, die zum Teil aus Holz waren und sich an offene, höhlenartige Abschnitte im Fels anschlossen; Ställe, die Schmiede, Lagerräume. Unter einem behelfsmäßigen Dach sah er die Schilde von Numenii-Soldaten aus Armaah lehnen.

Auf der einen Seite war der Berg stärker ausgewölbt. Dort

führten erneut Stufen nach oben, aber in diesem terrassierten Bereich waren die Steinmetzarbeiten sorgsam zu Ende geführt worden. Auf der ersten Etage saßen ein paar Barueälteste in schlichten Sesseln, und weiter oben sah Bryn jemanden, der wohl ein Numeniigeneral war. «Dort wohnen die Ältesten und halten Rat», sagte Thybil. «Wir nennen es die Zitadelle.»

Er schien mehr sagen zu wollen, aber Bryn spürte seine Unruhe. Der Brauer sah hinab und bemerkte zum ersten Mal die Leute richtig: Barue, Numenii und Nephelim. Die einzigartige Anlage von Eisenfels rückte in seiner Wahrnehmung nach hinten, als ihm auffiel, dass die Leute alle zu ihnen heraufsahen. Er suchte das Meer von Gesichtern nach Mama Bellyset ab, konnte sie aber nirgendwo entdecken. Sie war wahrscheinlich in der Zitadelle – oder in der Küche, wo sie eine Willkommensmahlzeit vorbereitete.

«Seid gegrüßt, Brüder und Schwestern in Freiheit», rief Thybil. «Wie ihr seht, bin ich mit unseren zwei Helden zurückgekommen!» Er reckte die Arme in Mittnis und Bryns Richtung. Die beiden grinsten, und die Versammlung applaudierte. Wer Waffen trug, fuchtelte mit ihnen oder schlug sie gegeneinander. Merkwürdigerweise gab es kaum Jubelrufe. Die Atmosphäre wirkte gedrückt, ganz anders als Bryn sich nach Thybils Erzählungen ausgemalt hatte. Als würden sie auf ein Zeichen warten. Ihre Gesichter waren irgendwie … düster. Aber vielleicht dachten sie, das gehore sich so; sie waren immerhin Krieger und Feinde des Imperiums.

«Ich freue mich zu sehen, dass sich einige von euch versammelt haben, um Zeuge der Rückkehr zweier so angesehener Persönlichkeiten zu unserer Gemeinschaft zu werden», sagte Thybil. «Bestürmt sie nicht alle auf einmal mit Fragen. Sie bleiben hier, eine Zeitlang jedenfalls.»

Niemand jubelte, was sehr merkwürdig war – Barue brachen ständig in Jubel aus, selbst wenn sie gar nicht richtig begriffen, was los war. Die drei hatten nun zwei Drittel der Treppe hinter sich gebracht. Bryn rechnete damit, jeden Moment Mama Bellysets freundliches Gesicht in der Menge zu sehen, wie sie ihnen warme Pasteten und Swigny brachte. Er hätte ihr schon viel früher einen Brief schreiben sollen, dachte er und bekam wieder Schuldgefühle. Aber sie würde ihn mit einem Lächeln begrüßen, das wusste er, ohne den leisesten Vorwurf. Er würde ihr sagen, wie leid es ihm tat und dass er sich ihre Worte zu Herzen genommen hatte und sich über ihre Briefe gefreut hatte, und dann würde er ihr den Umschlag geben.

Die letzte Steinstufe wich festgetretener Erde. Bryn beschlich immer mehr ein unwohles Gefühl in der Magengrube. In dem Moment, als sie den Hof von Eisenfels betraten, wussten sie definitiv, dass etwas nicht stimmte.

«Monere hat uns eure Rückkehr schon angekündigt», rief Yerfi und wischte sich die Hände an der Lederschürze ab. In seiner Stimme lag ein merkwürdiger Ton. Er trat näher, und die anderen Loyalisten wichen zurück, machten den Neuankömmlingen großzügig und respektvoll Platz.

«Willkommen, Mittni, Sohn von Bartholdi», sagten einige. «Sei gegrüßt, Thybil.»

An Bryn gerichtet murmelten manche jedoch etwas von «Beileid». Sie wichen seinem Blick aus. Einige hatten rote Augen.

«Was ist los?», wollte Thybil wissen.

In Yerfis Augen standen Tränen. «Es ist – Mama Bellyset … Etwas Furchtbares ist passiert.»

«Was denn?» Thybil holte scharf Luft. «Ist sie entführt worden?»

Bryns Herz raste. Er packte den Griff seines Schwerts und

wäre am liebsten die Stufen sofort wieder hinaufgelaufen. Er würde sie retten. Für Zeiten wie diese war er ausgebildet! Er würde Gerechtigkeit über ihre Häscher bringen, und wenn es das Letzte war, was er tat!

Yerfi schüttelte den Kopf. «Es ist zu spät – es tut mir so leid ... Mama Bellyset ... Sie ist ... tot.»

✦ ✦ ✦

Bryn konnte die Nachricht nicht akzeptieren. Da lag irgendein Irrtum vor, sagte er sich. Irgendetwas anderes musste passiert sein. Er klammerte sich mit trockenen Augen an diese Hoffnung, bis sie die Zitadelle betraten. Blind für den Charakter des Gebäudes kam er mit trommelndem Herzen in der Ruhestätte seiner Großmutter an.

Ein schwach beleuchteter Raum. Weihrauch. Schließlich stand er an ihrem Sarg. Gefühle bedrängten ihn, ließen ihn fast ersticken. Mama Bellyset konnte nicht tot sein! Auf gar keinen Fall lag der Leichnam seiner Großmutter da drin.

«Wie?», fragte Thybil leise am anderen Ende des Raumes. Bryn hörte die Stimmen, ohne die Worte zu begreifen. Ein Zittern überlief ihn, es war sehr kalt hier drin.

«Im Amboss», sagte Yerfi. «Veroas, der Einzige ihrer drei Leibwächter, der überlebt hat, kam mit einem Bericht über einen Wald zurück, in dem es spukte. Er war voller Angst und weigerte sich, noch einmal dorthin zu gehen. Wir eilten zu der bezeichneten Stelle und fanden ...»

«Keine Spur, weder von Tobul noch von Seddion», sprach Wafrudnir weiter. Bryn erkannte die Stimme des mächtigen Nephelim, aber in diesem Moment war ihm völlig egal, wer dort stand. Ohne hinzusehen, konnte er Thybils tiefen Schmerz von der Türöffnung her spüren, und in diesem Moment wusste er ganz sicher, dass seine Großmutter wirklich und wahrhaftig von ihm gegangen war. Für immer.

Er begann, unkontrolliert zu schluchzen, mit bebenden Schultern. Mama Bellysets freundliches Gesicht schwebte vor ihm, liebevoll und zärtlich, klug und sanft. Der Duft ihrer Schürze stand ihm in der Nase, und seine früheste Erinnerung kam zurück: wie er auf dem Schoß seiner Großmutter bei seinen Eltern in Baruto in der Küche saß. Armdrücken hatte er mit ihr gemacht, war mit ihr auf seine ersten Questes gegangen, seine imaginären Abenteuer. Als die ersten Tränen von seinem Kinn tropften, konnte er die Spannung in seiner Brust nicht länger ertragen und stieß ein Heulen aus. Mittni, der ebenfalls weinte, lief zu ihm, um ihn zu trösten.

Was als Nächstes passierte, bekam er nur vage mit, durch einen Schleier aus Tränen und Schmerz. Er weinte sich heiser in dem Versuch, irgendwie das klaffende Loch in seinem Herzen auszudrücken. Als er sich die letzten Tropfen Kraft aus dem Körper geweint hatte und jeder Schluchzer nun auch körperlich weh tat, trugen Mittni und Yerfi ihn zum Schlafen in ein leeres Zimmer.

Dort lag er unter Schock, und in seinem Kopf kreisten immer wieder dieselben Gedanken. Mama Bellyset war für immer fort. Nichts würde je wieder so wie früher sein.

Es war unmöglich zu sagen, wie lange er dort lag. Mittni schlief neben ihm auf einer Matte auf dem Boden. Ihre neuen Culmi lehnten an der Wand. Auf dem Tisch standen Schalen. Bryn hatte nichts essen wollen.

Er atmete nur flach. Ihm stand alles vor Augen, was seit ihrer Ankunft geschehen war. Die Gesichter der Loyalisten … Yerfis Stimme, als er verkündet hatte, was passiert war … Der Sarg … Die schrecklichen Gefühle, die von seinen eigenen noch übertroffen wurden …

Sein Atem ging schneller, als die Verzweiflung über den Verlust ihn im Innersten packte. Ärgerlich strich er sich das feuchte, kitzelnde Haar aus den Augen. Ihm taten der Kopf und der Nacken weh, aber das war nichts gegen die innere Leere, die er spürte. Er hatte fast das Gefühl zu ersticken, als ob seine Seele nicht genug Luft bekam. Wieder weinte er, und er schlug voller Frustration und Hilflosigkeit auf die raue Wand ein, ohne das Blut auf den Knöcheln zu bemerken.

Schließlich weinte er sich erschöpft in den Schlaf.

✦ ✦ ✦

Der Abend des darauffolgenden Tages rückte näher. Wieder stand Bryn wie betäubt am Sarg seiner Großmutter, ohne etwas zu hören, etwas zu fühlen. Es kamen keine Tränen mehr, dabei hätte er lieber geweint. Gelegentlich kamen Leute, manchmal um ihm etwas zu bringen, und gingen wieder. Er hatte nichts gegessen, nur ein bisschen getrunken und verschmähte die Möglichkeit, dass es seinem Körper bessergehen konnte, ohne dass er ein Recht dazu hatte. Manchmal redeten Leute im Hintergrund. Er hörte Bruchstücke ihrer Unterhaltung, aber es war ihm egal, er wollte nicht wissen, worum es ging.

Eine sanfte, mitfühlende Berührung. Er rührte sich nicht, erkannte aber Thybils Hand. «Sohn … Wir haben uns unterhalten. Der Leichnam ist schon vor einigen Tagen geborgen worden, und … wir müssen eine Entscheidung treffen. Möchtest du gern daran beteiligt sein?»

Bryn wandte sich zur Türöffnung um, wo einige Einwohner von Eisenfels standen, die Mama Bellyset gekannt hatten. Bryn hörte ihren Vorschlägen kurz zu. Sie redeten darüber, wo sie begraben werden sollte. In Wenfeld, wo sie gelebt hatte? In

Baruto, dem Stammsitz der Bellysets? Beides war kaum machbar. Wenfeld war zu gefährlich. Baruto zu weit entfernt.

«Ist doch egal, wo ihr sie begrabt», sagte er, als er das Hin und her nicht länger ertragen konnte. «Für sie ändert es nichts mehr.»

«In diesem Falle, wenn es dir also egal ist, wo sie begraben liegt, wollen wir sie hier beerdigen.»

«Es ist mir egal. Ich kann ja sowieso nicht mehr mit ihr reden.»

Als er es nicht länger aushielt, ließ er sich zu Boden gleiten, mit dem Rücken an der behauenen Wand, und wartete schweren Herzens, dass die Vorbereitungen für die Beerdigung getroffen wurden. Während seine bedauernden, sehnsüchtigen Gedanken dahintrieben, verschwamm alles vor seinen Augen, die so lange auf das Holz gerichtet gewesen waren. Der Sarg wurde zu einem braunen Rechteck in einem dunklen Raum und symbolisierte Verlust in einer verlorenen Welt.

«Wir haben alles für die Zeremonie vorbereitet, Bruder. Die Leute versammeln sich.»

Dort stand Mittni, der draußen Wache gehalten hatte, und hinter ihm standen mehrere Barue, die den Sarg zu Mama Bellysets letzter Ruhestätte tragen sollten. Das war nur angemessen. Numenii und Nephelim waren stärker, aber in ihren Armen hatte seine Großmutter nichts verloren.

Bryn reagierte nicht, und bald waren die Barue auf dem Weg zum Hof, den Sarg mit dem leblosen Leib Mama Bellysets auf den Schultern. Einen schweren Moment lang lag der Raum völlig still. Dann kam Bryn, auf Mittnis starke Arme gestützt, hoch und stolperte ihnen nach.

✦ ✦ ✦

Sollte er? Oder lieber nicht?

Es gab ein Dutzend Gräber in Eisenfels. Wahrscheinlich Leute, die auf dem Weg hierher gestorben waren oder verletzt hier angelangt waren und den Kampf verloren hatten. Hinter dem wachsenden Berg Erde standen zwei Gedenksteine für Mama Bellysets verschwundene Leibwächter, Tobul und Seddion. Die Sargträger blieben ein Stück entfernt stehen. Die Vorbereitungen waren fast abgeschlossen, und die Zeremonie würde bald beginnen.

Bryn stolperte zum Sarg, und die Träger gingen auf ihre Plätze, weil sie annahmen, dass der Enkelsohn mit anpacken wollte. Aber als sie den Sarg anheben wollten, schickte Bryn sie weg. Er wusste jetzt, was er wollte. «Ich … will sie sehen.»

Die Barue wechselten besorgte Blicke.

«Ich glaube nicht, dass das eine gute Idee ist», sagte Yerfi. «Sie ist –»

«Ich will sie sehen.»

«Möchtest du sie nicht so in Erinnerung behalten, wie sie immer gewesen ist?», fragte Mittni.

Bryn riss den Deckel beiseite. Nägel quietschten und schlugen Funken auf dem Stein.

Ein widerlich süßer Geruch entstieg dem Sarg. Und da lag sie, tot, eindeutig. Bryns Blick huschte ihr Gesicht entlang, das von grausigen Verletzungen gezeichnet war und doch ganz friedlich aussah. Sehr weiß. Die Haut straffgezogen, sodass dieses liebste aller Gesichter weniger Falten hatte als zu Lebzeiten. Beim Anblick von Mama Bellysets Leichnam kam alles wieder hoch. «Warum?», schrie er, von neuerlicher Trauer überwältigt. «Warum du? Warum jetzt?», krächzte er zwischen Schluchzern. «Ich brauche dich mehr als je zuvor!»

«Wir sind alle für dich da», sagte Mittni eher scharf als sanft.

Aber Bryn war untröstlich. Er streichelte ihr kaltes Fleisch und stellte sich vor, sie schliefe. Das Wissen, dass sie nie wieder aufwachen würde, war zu bitter.

Er betrachtete die kleinen roten Punkte an der Seite ihres Kopfes, die sauber und symmetrisch waren. Sie sahen beinahe wie eine Geheimschrift aus. Der Anblick ihres so bösartig gezeichneten Körpers ließ wilden Zorn in ihm auflodern, den er kaum im Zaum halten konnte. Was waren das für Leute, die so etwas taten?

«Was werde ich nur ohne dich tun?», heulte er.

Mehrere Loyalisten, die auf seine Schreie hin herüberkamen, wurden von Yerfi weggeschickt. Mittni brachte Bryn zu einem Stuhl, damit er sich erholen konnte, und die Sargträger machten sich daran, den Sarg wieder zu schließen.

«Wartet», sagte Bryn. Mit bebenden Fingern zog er etwas aus seinen Kleidern.

«Ich habe dir nicht einmal Lebewohl sagen können.» Er lachte trotz seiner Tränen. «Ich habe deine Briefe nicht beantwortet. Jetzt ist es zu spät. Aber ich möchte, dass du den hier trotzdem bekommst. Es tut mir leid. Es tut mir so leid.»

Während er das sagte, zog er sanft ihre gefalteten Hände auseinander und schob ihr einen Umschlag in die leblosen Finger. Einen Moment lang kam es ihm so vor, als hätte Mama Bellyset nach dem Brief gegriffen und gelächelt.

✦ ✦ ✦

Fast ganz Eisenfels kam zum Begräbnis zusammen. Lobesreden wurden gehalten, deren Einzelheiten Bryn sofort vergaß, da jedes Wort die Glut der Reue in seinem Herzen anfachte.

«… Rosmerte Bellyset war nicht nur die freundlichste,

großzügigste und rücksichtsvollste Frau, die man sich denken kann, sie war zugleich auch, obwohl sanftmütig und ohne jede Neigung zur Gewalt, eine politische Streiterin, eine Anwältin des Friedens und der Versöhnung. Ihr Hinscheiden bedeutet für Calaspia einen schmerzlichen Verlust.»

So endete Eridanus' Tribut. Den Bestattungstraditionen folgend, legte er etwas auf den Sarg, das für Mama Bellyset bedeutsam gewesen war: einen Umhang. Hatten Mama Bellyset und der Hohe Lehrmeister sich gekannt? Bevor sie hierhergekommen waren?

General Hornbeam, ein hochrangiger Deserteur des Numenii-Heeres, verkündete, dass sie ihm in der kurzen Zeit ihrer Bekanntschaft sehr dabei geholfen hatte, in seine neuen Stiefel zu kommen. Nach dem General kam Prinzessin Peasmi, die sagte, dass niemand den Neuankömmlingen besser als Mama Bellyset hatte vermitteln können, willkommen zu sein, und das, wo sie doch selbst neu hier gewesen war. Thybil sprach als Letzter, und seine Worte der Bewunderung waren die bewegendsten. Der Alte beugte sich vor und stellte einen Wasserkessel auf den Sarg. Er wirkte banal, aber was konnte passender sein?

Es war kein apheristischer Geistlicher anwesend – außer Bryn. In der Kultur der Barue war es ein Ältester, der die Riten durchführte. Sie teilten jedoch zahlreiche Rituale mit den Apheristen. Nachdem die Abschiedsworte gesprochen waren, wurde der Sarg in das Grab gesenkt, und jeder Angehörige der Verstorbenen ließ ein Blütenblatt hinterherfallen.

Als Mama Bellysets einziger anwesender Angehöriger sah Bryn zu, wie sein weißes Blütenblatt wie eine Schneeflocke in die Grube tanzte, wo sie vom Schatten verschluckt wurde und auf dem dunklen Holz zu liegen kam. Bryn bedachte ihre Einsamkeit – seine Einsamkeit – einen gedehnten Augenblick lang, bevor wieder etwas in sein Blickfeld tanzte. Zwei weitere Blütenblätter sanken auf den Sarg nieder. Bryn sah auf, erblickte Thybil und Mittni und nickte dankbar.

Ein viertes Blütenblatt tanzte aus Yerfis Hand hinab. «Sie war uns allen eine Mutter.»

Langsam, einer nach dem anderen, traten die restlichen Barue vor, und nach ihnen viele Numenii, bis ein regelrechtes Schneetreiben von Blütenblättern fast das gesamte Holz bedeckte.

Diese schlichte Geste war bewegend, und einen magischen Moment lang war die Flüchtlingsgemeinde von einem Gefühl der Zusammengehörigkeit erfüllt. Als Bryn die erste Schaufel Erde warf, zuckte er von dem Geräusch zusammen. Jeder der Versammelten streute als symbolischen Abschied eine Schaufel voll Erde auf den Sarg, bevor die Totengräber übernahmen.

Alle sahen schweigend dabei zu, bis die Arbeit erledigt war und ein Erdhügel die Stelle bezeichnete, an der Mama Bellysets Grab lag. Das abschließende Ritual war es, den Hügel zu bewässern, was Bryn mit einer Gießkanne und mit Tränen tat. Eine Woche später würden sie Blumen pflanzen, am Ende der freiwilligen Trauerzeit, die Thybil verkündete.

Ihre Grabinschrift lautete:

Rosmerte Bellyset
Tochter des Swigny-Imperiums
Mutter von Gemeinden
Königin des Mitgefühls

✦ ✦ ✦

Der offizielle Trauertag ging vorbei, und für die meisten Bewohner Eisenfels' kehrte der Alltag zurück. Ausnahmslos jeder Barue schloss sich Thybils Trauerwoche an. Das bedeutete unter anderem den Verzicht auf Feiern, auf Lieder, auf das Tragen von Schmuck und auf Nachtisch.

Am Nachmittag des dritten Tages seit der Beerdigung wurde Bryn von einem Numeniisoldaten angesprochen. Wie sich herausstellte, war es Veroas, Mama Bellysets einziger überlebender Leibwächter. Der Krieger sprach zunächst mit gesenktem Haupt und sah ihm in die Augen, als er um Verzeihung bat, weil er in seiner Pflicht versagt hatte.

«Wir sind nur froh, dass du überlebt hast», sagte Bryn in Hinsicht auf die Kratzer in seinem Gesicht und sein Hinken. «Ich bin mir sicher, dass du dein Bestes getan hast, um sie zu beschützen. Danke.»

Über die Einzelheiten konnte er sich später noch den Kopf zerbrechen, aber für den Moment wollte er gar nicht hören, was genau geschehen war. Der Soldat hatte bereits General Hornbeam, Thybil und den anderen Bericht erstattet, und sie hatten Bryn alles erzählt, was sie wussten – was nicht gerade viel war.

«Außerdem fand ich, dass du hierüber Bescheid wissen solltest.» Veroas zog einen kleinen runden Gegenstand aus seiner Uniform und gab ihn Bryn. Es war ein Handspiegel mit einem ungewöhnlichen silbernen Rahmen. «Wir fanden ihn dort auf dem Boden, wo die Wachen hätten warten müssen. Ich kann mir nicht vorstellen, wozu Tobul oder Seddion ihn gebraucht hätten. Irgendetwas an dem Spiegel hat Rosmerte erschreckt. Nachdem sie ihn gesehen hatte, schien sie sogar vor mir Angst zu haben.»

«Hast du ihn den Ältesten gezeigt?»

«Nein, es ist mir gerade erst wieder eingefallen.»

«Dann tu es jetzt. Vielleicht hilft er ihnen bei der Lösung des Rätsels.»

Veroas ging. Vielleicht war das der Auslöser für Thybils nächstes Gespräch mit Bryn, denn gleich am folgenden Morgen suchte der Alte ihn oben auf den Wehrmauern von Eisenfels. Er brachte Bryn auf den neuesten Stand, was die Nachrichten über den Wahnsinn betraf, über die Naturkatastrophen und die widernatürlichen Katastrophen ebenso wie über die Gerüchte in Sachen der «Menhire von Armaah», die jetzt im ganzen Imperium nachgebaut wurden, und die wachsenden gesellschaftlichen Spannungen.

Bryn musste wieder an den gefrorenen Geysir denken und erzählte ihm davon.

«Hat Sarghenta euch denn nicht gesagt, dass ihr es geheim halten sollt? Hast du es noch jemandem erzählt?»

Bryn war verblüfft, dass der Alte davon wusste, und schüttelte den Kopf. «Was hat das alles zu bedeuten?»

«Es bedeutet, dass unser Kampf ein neues Stadium erreicht. Die erste Phase haben wir verloren; der Wahnsinn ist auf ein Niveau angestiegen, das sich seit dem Krieg um das Tor niemand mehr hat vorstellen können. Wenn wir nicht aufpassen, werden die Mauern zwischen den Welten zu durchlässig, um ihren Zweck noch zu erfüllen. Tatsächlich deutet euer Geysir vielleicht schon darauf hin, dass es angefangen hat. Es gibt Wesen, die in der natürlichen Welt nichts zu suchen haben.»

«Wie die Ostentum?»

Thybil lachte. «Ach, die sind durchaus natürlich. Mit ihnen werden Stahl und Muskeln fertig, natürlich nur in gewaltiger Zahl. Ich rede von Wesen des Geistes … und Calaspia ist in keiner Weise in der Lage, einen spirituellen Krieg zu führen. In vielerlei Hinsicht sind wir heute schlechter dran als während des Kriegs um das Tor. Ayactan braucht keine Heere mehr – nicht solche. Er hat die Schlacht ohne Blutvergießen für sich entschieden.»

«Was will er denn?»

«Ich habe einen Verdacht, und wir hoffen, dass das Buch der Zeiten ihn bestätigen wird. Oder uns jedenfalls Hinweise gibt.»

«Können wir ihn denn aufhalten, wenn wir nicht wissen, was er vorhat?»

«Genau darüber möchte ich mich mit dir unterhalten.» Thybil sah Bryn direkt an. «Offensichtlich können wir sein Vorankommen immer noch aufhalten, selbst wenn wir nicht wissen, was er will. Es liegt auf der Hand, dass er vom Anstieg des Wahnsinns profitiert und hinter diesen ergeomorphischen Menhiren steckt. Das allein ist Beweis, dass er die Wahrheit gesagt hat und es sich bei den Verschwörern um sein Volk handelt. Wir können seine Schritte rückgängig machen, so gut wir können, durchaus; aber das Problem wird sein, seine Schritte zu erkennen. Wenn wir jedoch sein Ziel wüssten, könnten wir es wesentlich effektiver bekämpfen.»

Sie sahen einander unter ihren Kapuzen hervor an. Sich den Kopf zu bedecken, war ein weiteres Zeichen der Trauer.

«Bryn, es ist jetzt wichtiger als je zuvor, dass ihr mit eurer Ausbildung fortfahrt. In Calaspia wird es immer gefährlicher.»

«Sprich weiter.»

«Immer gefährlicher, weil die Gefahren nicht so leicht zu erkennen sind. Wir müssen wachsam sein. Es gibt viel zu tun, und zumeist gilt es, Licht in dunkle Ecken zu bringen. Ich brauche dich und Mittni. Aufgrund unvorhergesehener Umstände –»

«Mama Bellysets Tod.»

«Nun … ja. In erster Linie. Aufgrund dieser Veränderungen wird eure Ausbildung in Zukunft anders verlaufen. Die Ältesten wollen euch mit in den Rat holen. Ihr müsst eine aktive Rolle bei der Rettung Calaspias spielen. Eisenfels könnte eure neuen Fertigkeiten gut gebrauchen. Offensichtlich ist jetzt nicht der richtige Zeitpunkt, aber ich möchte dich schon einmal darauf vorbereiten. Wenn die Trauerwoche vorüber ist, werden wir eine Sitzung wegen eurer neuen Rolle abhalten.»

Bryn wusste nicht, was er davon halten sollte oder wie es ihm damit ging. Als Erstes fiel ihm der Codex Culmus ein, die Prinzipien, von denen die Culmus Sangui geleitet wurden. Dann schimmerte sein letzter Streit mit Mama Bellyset, der ihr letztes Gespräch überhaupt miteinander gewesen war, schmerzlich in seiner Erinnerung auf. Wahl. Kontrolle. So, wie Thybil es sagte, handelte es sich nicht um eine Frage. Der Alte hatte ihn nicht gefragt, sondern seine Zustimmung vorausgesetzt.

Verärgert wandte Bryn das Gesicht ab, damit die Kapuze einen tintenschwarzen Schatten über den sichtbaren Teil seines Gesichts warf.

«Ich kann euch nicht helfen. Konnte ich das etwa in der Vergangenheit? Nein, Thybil … diesmal nicht.»

Thybil verbarg seine Verblüffung und nickte. «Ich verstehe. Das ist sehr hart für dich. Vielleicht war es dumm von mir, so früh die Sprache darauf zu bringen. Ich dachte nur, damit ließe sich … deine Kraft … gewissermaßen *bündeln*. Damit hättest du etwas zu tun. Das hilft manchmal.» Er seufzte. «Wir wollen uns Zeit lassen und uns die Lage später noch einmal ansehen. Ich bitte dich nicht zu handeln, sondern es dir zu überlegen.»

Bryn sah seinen alten Mentor an – die blauen Augen, das verknitterte Gesicht mit seinem Rahmen aus weißem Haar wie Wolle – und schüttelte den Kopf.

«Nein.»

✦ 24. KAPITEL ✦

Die umherschweifenden Raben

Wohin seine Füße ihn trugen, wusste Bryn nicht. Es war ihm egal. Für ihn war seine Umgebung verschwommen. Ohne besondere Merkmale. Düster und feindselig wie sein Geist. Von Schatten beherrscht. Woher er kam, spielte keine Rolle mehr, wohin er ging, auch nicht. Er wusste nur, dass der Schmerz in seiner Vergangenheit lag und sich bis zum Horizont nichts als Leere und Einsamkeit erstreckten. Er hatte Hunger, aber das dumpfe Stechen in seinem Magen war nichts gegen das Loch in seinem Herzen. Er wanderte in Tränen … wanderte still … wanderte allein … allein. Tag und Nacht wanderte er und schlief, wenn er umfiel und zu erschöpft war, um wieder aufzustehen. In den ersten Tagen brachte er es nicht fertig, stehen zu bleiben. Er zählte sie nicht, doch als sein Körper schließlich zu steif war, um dieses Tempo fortzusetzen, und sein Geist hinreichend abgestumpft war, um nicht wieder und wieder dieselben schmerzlichen Gedanken zu denken, befand er sich weit im Amboss. In alle Richtungen waren nur Berge zu sehen.

Die stramm marschierten Meilen forderten ihren Tribut, und er verbrachte seine Zeit damit, in die Ferne zu starren, und verlor sich in seinen Gedanken, wie er der Zivilisation verloren war. Ha! Verfluchte Zivilisation. Was war sie denn schon? Ein Verhaltenskodex, mit dem man sich der Welt präsentierte. Soziale Konditionierung. Hohe Mauern, hinter denen zivilisierte Leute ihre Reichtümer vor den Barbaren verbargen, denen sie sie abgenommen hatten. Eine Maske der Unaufrichtigkeit, hinter der man sein Gesicht verbarg. Die Numenii und ihre Eroberungen waren ihm egal. Ihre Siege, ihre Niederlagen interessierten ihn nicht, auch nicht ihre Sieger, ihre Verlierer, ihre Gewaltherrscher und Thronräuber, ihre Heiligen und Märtyrer. Vielleicht fiel Mama Bellyset ja in diese Kategorie und war eine Märtyrerin – aber was nutzte ihm das? Was nutzte es ihr?

Ihm war alles egal. Ein Leben für die Rache wäre vielleicht etwas gewesen, und vielleicht kam es ja noch dazu. Er hatte nicht vor, sich von seinen Gefühlen in irgendeine Richtung drängen zu lassen. Ihm fehlten Mittni und Thybil nicht.

Er war schwach vor Hunger und fing langsam, widerstrebend an, für sich zu sorgen. Obwohl er praktisch keinerlei Werkzeug besaß, fand er es dennoch einfach, Wild zu fangen. Seine Zeit bei den Culmus Sangui war wirklich fruchtbar gewesen, nur hatte sie Mama Bellyset nicht gerettet. Die Idee, in Baruto seine Eltern ausfindig zu machen, kam ihm unausweichlich, aber er dachte kaum über diese Möglichkeit nach, da verwarf er sie auch schon. Sie hatten ihn nicht sehen wollen. Sollten sie doch durch jemand anderen von Mama Bellysets Tod erfahren und sich Sorgen um ihn machen. Oder auch nicht.

Unangenehme Tage vergingen im Wechsel von Sonne und Mond. Er wartete nie auf den Tagesanbruch, konnte es nicht ertragen, den Sonnenaufgang mitanzusehen. Sobald der Mond blasser wurde, schlüpfte er in den Schutz der Bäume oder einer Höhle. Meist schlief er dann. Er wurde zu einem

Geschöpf der Nacht, erwachte mit den Eulen und jagte mit den Wölfen.

Obwohl es leichter gewesen wäre, stellte er keine Fallen auf. Er genoss die Jagd. Selbst so brauchte er sich nicht zu überanstrengen, um seinen Hunger zu befriedigen. Im Laufe der Tage entwickelte er großes Gespür für die Lebensabläufe der Wildnis. Er fand einen gewissen Frieden darin, Felsen zu besteigen und den Vögeln beim Flug zuzusehen. Spuren von Rotwild zu entdecken und in einem Versteck auf die Tiere zu warten, bereitete ihm eine Art von Freude. Die Tiere waren ihm Lebensunterhalt und Gesellschaft zugleich. Es gab kaum welche, die er zu fürchten hatte, auch wenn das in einigen Monaten anders sein würde. Obwohl die Schneezeit mit ihrer Kälte beharrlich näher rückte und Raubtiere dann nicht mehr davor zurückschrecken würden, einen Menschen anzugreifen, war er dank seiner Ausbildung zuversichtlich. Nun schreckten ihn nicht einmal die tapsigen Umrisse von Bären, und mit Wolfsgeheul fühlte er sich auf merkwürdige Weise verbunden. Er verbrachte seine Zeit damit, sich anzuschauen, was die Pelztiere trieben, und sah in putzige Gesichter, die seinen Blick neugierig und scheu erwiderten. Während dieser Zeit achtete er darauf, so wenig wie möglich zu denken, sondern einfach zu *sein*.

Eines Abends merkte er, dass etwas in seine neue Heimat eingedrungen war. Er hatte sich immer noch kein Dach über den Kopf errichtet, sondern wanderte von Felsspalte zu Erdloch, Überhang zu Farndickicht, und in frostigen Nächten hielten ihn Tierhäute warm. Dieses Lebewesen schien ebenso empfindungsfähig wie geistig gesund zu sein – denn es brachte die natürliche Ordnung der Dinge nicht durcheinander, wenn es auch schlimmer durch die Gegend tapste als die meisten Tiere. Aber verstohlener als die meisten Menschen. Bryn fand nie seine Fährte, er entdeckte nur gelegentlich seine gutversteckten Hinterlassenschaften. Zunächst wollte er durchaus herausfinden, was das für ein Wesen war. Er war aufmerksam, hatte aber keine Angst, dass es ihm etwas tun könnte. Es war ihm egal, ob es hinter ihm her war. Er würde bereit sein. Aber ein paar Tage, nachdem er seine Gegenwart das erste Mal wahrgenommen hatte, verbannte Bryn das Ding völlig aus seinen Gedanken. Es blieb ihm fern; das war alles, was zählte. Wenn es ein anderes menschliches Wesen war, wollte Bryn seine Gesellschaft ohnehin nicht.

Im Amboss lebten nicht viele Menschen, und die wenigen Ruaks der Zwerge waren weit weg. Händler und andere Reisende benutzten Pässe, von denen der nächste mindestens eine Tagesreise entfernt lag. Dennoch war Bryn nicht neugierig, was oder wer da gekommen war.

Bis ihm der Gedanke kam, dass dieser andere vielleicht ein anderes Leben führte als er, nicht verletzt war, nicht allein sein wollte. Dass er vielleicht wegen ihm, Bryn, gekommen war. Ihn vielleicht von Anfang an verfolgt hatte, nur dass er es zunächst in seiner Betäubung nicht bemerkt hatte. Es konnte ja ein Culmus Sangui sein, der ihn beobachten sollte. Mit der richtigen Ausrüstung konnte er jeden seiner Schritte überwachen.

Bryn versuchte, sich einzureden, dass es ihm egal war. Sollten sie ihn beobachten; er führte ja nichts im Schilde. Dann drängte es ihn, dem anderen ein Zeichen zu geben. Ihm zu zeigen, dass er wusste, was da lief, und dem ein Ende setzen konnte. Er besaß die Kontrolle über sein Leben. Er war sein eigener Herr … wie Mama Bellyset es von ihm gewollt hatte.

Er machte sich mit grimmiger Entschlossenheit auf den Weg. Töten würde er den Spion wohl nicht. Wahrscheinlich würde er ihn nicht einmal verletzen, solange er nicht irgendeine Dummheit beging. Vielleicht kannte er ihn ja. Mit so etwas wie makabrer Hoffnung wünschte er, der andere würde sich als Cerion erweisen.

Wenn ihn jemand beschattete, dann aus sicherer Entfernung, um unentdeckt zu bleiben – aber da hatte sich der andere geschnitten. Bryns Vorteil war, dass er sich nur weit genug bewegen musste, um den anderen zur Verfolgung zu zwingen. Wenn er Bryn nicht verfolgte, war er auch nicht auf ihn angesetzt. Aber wenn er es doch war und ihn verfolgte, dann konnte Bryn ihm eine kleine Überraschung bereiten …

Er kannte sich bereits recht gut in der Gegend aus, da er die Hänge und Täler ziellos durchstreift hatte, oft auch auf der Fährte von Tieren. Er hatte bereits einen bestimmten Pass im Kopf. Dort würde er sich in den Bäumen verstecken und die Sache binnen weniger Stunden klären können. Sein Verfolger würde annehmen, dass er ins nächste Tal weiterwanderte, aber Bryn würde sich die Distanz zunutze machen, die sie trennte.

Zwischen dem einen Berggrat und dem anderen war nur ein schmaler Steg, und dort wollte Bryn sich seinen Verfolger greifen. Er baute in rasender Geschwindigkeit eine Falle und wartete, dass sie zuschnappte …

Es knirschte, als er sich auf einen Teppich aus braunen und gelben Blättern setzte, und Momente später drang die feuchte Kälte der Erde durch seine Hosen. Er schloss die Augen und schmeckte den Duft von Kiefern und Erde in der Luft. Der Himmel war bewölkt hier, aber die Sonne erhellte eine Flanke des nächsten Berges und tauchte die andere in Schatten. Die Zeit verstrich, ohne dass er groß darauf achtete, während sein Atem ruhiger wurde und er sich entspannte. Er bereitete sich mental auf einen Zusammenstoß vor, wie er es gelernt hatte, war jederzeit bereit zu handeln.

Ein verzerrter Schrei schnitt in seine Meditation, und in demselben Moment sprang er auf und rannte los. Auf dem Weg zum Abgrund verlangsamte er; seine erhoffte Beute mochte dort auf der Lauer liegen und ihn in eine eigene Falle laufen lassen wollen. Bryns Falle war ausgelöst worden, die behelfsmäßige Brücke zerbrochen. Dennoch mochte der andere seine Überraschung und Gefangennahme nur vortäuschen.

Aber als Bryn über die Kante spähte, sah er eine hilflose Gestalt in der Falle strampeln. Also war es ein Mensch. Noch viel merkwürdiger als die vertraute Gestalt eines Menschen war jedoch, wie vertraut dieser sich *anfühlte*. Bryn konnte eine Verbindung spüren, eine Übereinstimmung, obwohl sie beide doch Feinde waren. Der Abgrund war nicht tief genug, um den Gefangenen zu töten, falls er hinabstürzte, aber die Falle würde ihn lange genug lahmlegen, dass Bryn entscheiden konnte, was er mit ihm machen wollte. Er hatte sich auch die Möglichkeit verschaffen wollen, den Verfolger zu töten oder ihn zu warnen und hilflos dort zurückzulassen, bis dieser sich selbst befreite und zu Boden stürzte, wenn Bryn längst weg wäre. Aber all diese Ideen kamen jetzt nicht mehr in Frage.

«Mittni!» Bryn konnte es nicht fassen, dass da der Hu-Barue zu ihm heraufgrinste. «Was machst du denn hier?»

«Rumhängen, in irgend so einer Falle! Sieht man das nicht?»

«Ja, schon – aber warum *hier*?»

«Schuckel, weil hier die Falle eben war!», schimpfte Mittni. «Du glaubst doch nicht wohl, ich hab mich zum Spaß fangen lassen, oder?»

Bryn seufzte. «Halt still.» Er streckte sich vorsichtig nach Mittni und zog ihn mit Hilfe eines Astes heraus.

«Danke», keuchte sein Freund. «Gott sei Dank hab ich dich gefunden.»

«*Ich* habe *dich* gefunden, Mittni.» Bryn fuhr fort, ihn wieder auf festen Boden zu bringen – aber auf der anderen Seite. Mit der zerbrochenen Brücke gab es keinen leichten Weg mehr hinüber zu ihm. Die Klamm war nicht tödlich und gewiss nichts, was einen Culmus Sangui am Herüberkommen hindern konnte, aber sie war steil und würde einige Zeit kosten. Mittni sah ihn verwirrt an, sagte jedoch nichts. «Warum bist du nicht in Eisenfels?»

«Weil du nicht dort bist! Warum eigentlich nicht?»

Bryn wandte sich ab. «Weil meine Großmutter ermordet wurde. Weil die Leute, die ich für meine Freunde gehalten habe, mehr an meiner Bundestreue als an meiner Freundschaft interessiert sind. Weil ich zwar das Töten gelernt habe, aber meine Großmutter trotzdem nicht beschützen konnte. Weil ich da nämlich gerade das Töten gelernt habe. Weil diejenigen, die es mir beigebracht haben, jetzt mein Schwert wollen, damit ich für sie töte.»

«Ach, Bryn … Stimmt, es ist ungerecht – aber du kannst ihnen keinen Vorwurf machen!»

«Ich mache niemandem einen Vorwurf. Aber ich will sie nicht unterstützen. Ich will einfach nur allein sein.»

Mittni riss sich den letzten Zweig vom Körper und sah in die Kluft hinab, die sie trennte. «Wir befinden uns im Krieg! Das macht einen Tod nicht weniger schlimm … erst recht diesen nicht … Aber wenn wir den Kampf aufgeben, werden nur noch mehr Unschuldige sterben!»

«Sterben tun wir sowieso alle», sagte Bryn. «Ich wünsch dir ein angenehmes Leben. Pass auf dich auf, Mittni, solange du kannst.»

Er wandte sich ab und ging mit schweren Füßen und noch schwererem Herzen weiter den Pfad hinab. Zu seiner Verärgerung sah er, dass Mittni den Abhang hinunterglitt. «Geh weg!», rief er. «Das ist doch sinnlos. Nur weil ich nicht mitkämpfen will, heißt das doch nicht, dass du es auch nicht tun sollst. Vielleicht hast du ja recht. Vielleicht bedeutet jeder feindliche Soldat, den du tötest, weniger Opfer auf unserer Seite.»

Bryn kehrte an den Rand des Überhangs zurück und sah hinab. Mittni hörte auf zu klettern, und Bryn konnte spüren, dass er nachdachte. Er beschloss, es ihm leichter zu machen.

«Pass auf, ich möchte allein sein», sagte er leise. «Kämpfe für Calaspia. Kämpfe für mich, für die Gerechtigkeit. Und eines Tages sehen wir uns wieder. Nun geh und mach mich stolz. Kämpfe gut, Mittni. Ich weiß, dass du das tun wirst.»

Bryn ging wieder los, schneller jetzt, mit Tränen in den Augen. Als er zurücksah, war Mittni auf die andere Seite zurückgekehrt und starrte ihm nach.

Als Bryn dem gewundenen Pfad folgte, begannen die Wolken, seine Tränen zu beantworten. Ein leichter Nieselregen fiel vom Himmel, befeuchtete ihn mit großen Tropfen, wo das Wasser die Finger der Kiefern hinunterglitt. Der alte Bryn hätte sich über die Feuchtigkeit geärgert, die unangenehm seine Brust oder seinen Nacken hinunterlief, aber er hatte sich bei den Culmus Sangui nicht nur so sehr abgehärtet, dass ihn Behaglichkeit nicht mehr interessierte, er spürte auch kaum noch seinen Körper. Auf einmal fehlte Mittni ihm. Aber er drehte nicht um. Er wusste, dass es Mittni auch schmerzte, und fand ein beinahe masochistisches Vergnügen daran, die Distanz zwischen ihnen zu vergrößern. Es tat weh, aber Schmerz war wenigstens ein Gefühl.

Der Regen nahm zu. Bryn hoffte, dass Mittni sich nicht unterkühlte. Aber er dachte immer noch in solchen längst überholten Begriffen – Mittni war doch mit ihm zusammen bei den Culmus Sangui gewesen; er würde sich selbstverständlich nicht unterkühlen! Und über Mittnis Sicherheit brauchte er sich auch keine Sorgen zu machen. Die Falle allerdings hatte er übersehen … Aber die hatte ja auch Bryn aufgestellt.

Einige Stunden später lehnte Bryn sich an einen Felsbrocken und überlegte, wo er war. Er war weiter nach Süden gekommen als bisher und befand sich nun nördlich des Passes, über den sie von Armaah kommend nach Wenfeld zurückgekehrt waren; vielleicht knapp außer Sicht. Zu dieser Jahreszeit würde er immer noch bewacht und vielbenutzt sein. Viele Leute durchquerten den Amboss, bevor die Schneezeit daraus eine gnadenlose Angelegenheit machte; der Durchschnittshändler machte gerade seine letzte Reise des Jahres. Dennoch ging Bryn nicht davon aus, dass er bereits nahe genug war, um irgendwelche Anzeichen der Zivilisation zu sehen. Ihm fiel in der Ferne ein Schrein auf, der zweifelsohne der apheristischen Kirche gehörte, und ein Stück dahinter ein Haus.

Er ruhte sich aus und überlegte, wie nahe er dem Pass wohl schon war und ob er besser eine andere Route nahm. Seine Gedanken schweiften zu Mittni ab, der vermutlich gerade zurück nach Eisenfels wanderte. Warum hatte er eigentlich so lange gewartet, bevor er sich ihm näherte? Wobei, er war ihm ja nicht freiwillig begegnet; Bryn hatte ihr Zusammentreffen erzwungen, weil er nicht gewusst hatte, um wen es sich handelte. Höchstwahrscheinlich hatte Mittni seinen Wunsch akzeptiert, allein zu sein, und ihn nur aus der Ferne im Auge behalten. Vielleicht würde er das weiterhin tun. Hoffentlich nicht, Eisenfels brauchte ihn.

So seltsam es auch war, als Bryn an seinen Freund dachte, hatte er das Gefühl, als ob ihm der Hu-Barue näher war. Vielleicht waren sie spirituell so sehr verbunden, dass die Entfernung keine Rolle mehr spielte. Oder vielleicht hatte er diesen

Eindruck, weil Mittni in diesem Moment ebenfalls an ihn dachte.

Oder er hatte diesen Eindruck, weil Mittni sich tatsächlich näherte. Bryn fuhr auf, als seine bei den Culmus Sangui geschärften Sinne jemanden in der Umgebung wahrnahmen. Trotz dieser Vorwarnung durch seine Barue-Sinne verblüffte es ihn zu sehen, wie Mittni schnellen und entschlossenen Schrittes näher kam.

Mittni blieb stehen und lehnte sich neben seinen Freund an den Felsen.

«Ich hab dir doch gesagt –»

«Du hast gesagt, ich soll für dich kämpfen, Bryn. Du hattest recht. Also kämpfe ich für dich.»

Bryn seufzte. «Du hattest schon immer einen merkwürdigen Sinn für Humor.»

«Der dich immer zum Lachen gebracht hat.» Mittnis Grinsen erreichte ihn trotz des Nieselregens. Ernst fügte er hinzu: «Schuckel, was treibst du hier im Amboss überhaupt?»

Bryn schwieg. Regen kitzelte ihn an der Nase, rann sein Gesicht hinab, tropfte ihm vom Kinn. Trotz seiner körperlichen Konditionierung war ihm plötzlich kalt. Er begann zu zittern – ließ es zu – und genoss die Erinnerung daran, wie es sich angefühlt hatte, als das Wetter noch eine Rolle spielte. Er sah zu Mittni. Wasser tropfte ihm von den wirren blonden Locken auf die Schultern. Der Junge, der so überhaupt nicht in diese trostlose Landschaft passte, sah ihn fest an.

«Ich weiß, dass du trauern musst, Bryn. Aber Mama Bellyset würde nicht wollen, dass du allein hier draußen bist. Darum bin ich dir gefolgt. Ich fand, irgendjemand müsste doch ihre Wünsche respektieren.»

Bryn sah weg. Er war froh, dass Mittni ihm gefolgt war,

aber er hatte nicht vor, das zuzugeben. Und er würde gewiss nicht nach Eisenfels zurückkehren.

«Denkst du, ich geh jetzt einfach wieder?»

«Was soll das heißen, jetzt?», fragte Bryn scharf.

Mittni missverstand es als Verärgerung, die er geduldig hinnahm, aber Bryn war etwas wie Schuppen von den Augen gefallen. Mittni war ihm schnurstracks gefolgt, ohne außer Sichtweite zu lauern ... Was, wenn er das von Anfang an so gemacht hatte?

«Schuckel, nach all diesen Jahren spazier ich doch nicht einfach davon und überlass dich den Bergen! Ich weiß, du magst sie, aber darum geht es nicht. Lass sie uns wenigstens gemeinsam durchwandern.»

Bryn winkte ab. «Ja, ja, schon gut ... Aber seit wann folgst du mir eigentlich? Seit wann treibst *du* dich schon im Amboss herum?»

Mittni hatte ihn finden *wollen* – oder von ihm gefunden werden wollen. Das galt vielleicht für jemand anderen nicht.

«Als du abgehauen bist, wusste ich, dass du etwas dagegen hättest, wenn ich dir folgen würde. Niemand wusste, was du vorhattest, und die anderen meinten, du würdest zurückkehren. Als du am dritten Tag immer noch nicht wieder da warst, hab ich mich auf die Suche nach dir gemacht und mich dafür verflucht, dass ich das nicht von Anfang an getan habe.» Mittni fuhr sich mit der Zunge über die Schneidezähne. «Ich hab mir ein bisschen Ärger eingebrockt, ehrlich gesagt. Ich war ziemlich sauer, dass sie mich zurückgehalten haben. Also hab ich mir einen Heimstein ausgeliehen, um dich zu finden.»

Damit war alles klar. Mittni war ihm nicht aus dem Weg gegangen, um die umliegenden Täler zu durchwandern und zugleich auf Entfernung zu bleiben und seine Spuren zu verbergen. Mittni war schnurstracks zu ihm marschiert. Was bedeutete, dass Bryn ihn irrtümlich für denjenigen gehalten hatte, dem seine Falle eigentlich galt. Und da die Falle ausgelöst war, war der Weg zu ihm frei. Vielleicht war derjenige hinter ihm her, unbemerkt, ungehindert. Andererseits zog er vielleicht immer noch in denselben Tälern herum wie in den letzten Tagen. Aber nun wusste Bryn, dass Mittni und dieser andere nicht ein und derselbe waren.

Bryn verbarg seine Erkenntnis, indem er sich beeindruckt gab, was Mittni um seinetwillen getan hatte. «Einen Heimstein! Die dürfen nur bei genehmigten Missionen eingesetzt werden, junger Mann!»

Mittni schmunzelte. «Genehmigung oder nicht, ich konnte mir keine passendere Mission vorstellen als diese.»

«Das ist der Hauptgrund für mein Gehen», gestand Bryn. «Mama Bellyset sagte mir, ich solle mein eigener Herr sein, und ich wollte mein Schwert nicht für eine Sache führen, die gar nicht die meine ist – unsere. Ich war nicht davon überzeugt, dass das, was so passierte, gut für die Barue war … und nach Mama Bellysets Tod wusste ich nicht, für wen oder was ich überhaupt noch kämpfen sollte. Das weiß ich immer noch nicht.»

«Aber dir ist doch wohl klar, dass die Barue ihr altes Leben nur werden wiederaufnehmen können, wenn wir dieses Theater hinter uns gebracht haben?»

«Hier oben weiß ich es.» Bryn tippte sich an den Kopf. «Aber hier drin nicht.» Er schlug sich an die Brust.

«Ja, aber denk daran, was Tamasan gesagt hat – seine Entscheidungen soll man da oben fällen.»

Bryn runzelte die Stirn. «Ich weiß. Ich bin mir bloß nicht sicher, was das Richtige ist. Ist doch alles Propaganda! Gehirnwäsche. Sarghenta leitet einen Orden, und ihre Krieger operieren ihrem Kodex entsprechend. Fein. Bloß dass ich dem Kristallculmus keine Treue geschworen habe, also werde ich ihren Befehlen auch nicht wie jemand gehorchen, der das getan hat.»

«Und die Leute von Quivelda? Sie leben praktisch wie Sklaven!»

«Das war ihre eigene Entscheidung», fauchte Bryn. «Sie haben sich verkauft. Ich will jetzt einfach aufpassen, dass ich mich nicht auch verkaufe.»

Mittni nickte aufrichtig. «Ich verstehe deine Position, Bruder.» Er zog Bryn herum, sodass sie sich ansahen. «Und wir stecken immer noch beide da drin. Wir wurden zusammen ausgebildet – jetzt lass uns auch zusammen kämpfen und sterben.»

Tränen rollten Bryns Wangen hinab, teils wegen Mittnis Worten, teils wegen des noch frischen Schmerzes über den Tod seiner Großmutter. Es tat gut, ihn zusammen mit jemandem zu beweinen. Bryn dachte, was für einen jämmerlichen Anblick sie mit ihren Tränen wohl für einen Culmus Sangui abgegeben hätten, für den der Kopf das Herz beherrschte, und wie er sie für dieses Verhalten wohl verachtet hätte. Es war ihnen beiden egal.

Der Regen wurde stärker, und der Wind nahm zu, peitschte ihnen die Haare in die Augen und blies ihnen die Tränen quer übers Gesicht.

«Ich bitte dich nicht, nach Eisenfels zurückzukehren», sagte Mittni. «Ich bitte dich nur, bei dir bleiben zu dürfen. Vielleicht schaffen wir es zusammen aus der Klemme raus.»

«Ich bin froh, dass du da bist», sagte Bryn.

«Ich auch. Und wo wir uns jetzt einig sind, können wir doch wenigstens mal aufhören, den Elementen zu trotzen, und uns einen Unterschlupf suchen!»

Bryn zeigte zu der Einsiedelei, und Mittni nickte. Die

beiden stapften wieder los, Seite an Seite, gestärkt durch ihren geteilten Moment der Schwäche. Sie näherten sich dem einsamen Haus wie Krieger, schnell und sicheren Schrittes, wachsam für ihre Umgebung, doch ohne auf den Regen zu achten.

Als sie bei dem Gebäude ankamen, hatte der Regen schon wieder nachgelassen. Aber sie waren durchnässt, und es wurde dunkel. Und vielleicht, überlegte Bryn, wurden sie ihren Verfolger los, wenn sie hier hineingingen – falls es einen Verfolger gab.

Mittni pochte mit dem Griff seines Schwertes an die Tür. Der Wind stöhnte und ließ unvermittelt nach, sodass es um die Barue herum totenstill war. Mittni donnerte noch einmal an die Tür. Drinnen hörten sie gedämpftes Gerumpel und Geraschel. Ein Gitter glitt zurück und enthüllte ein Guckloch in dem verwitterten Holz. Einige Sekunden verstrichen, dann öffnete sich noch ein Gitter.

«Was wollt ihr?», dröhnte eine tiefe Stimme.

Bryn bemerkte mit Interesse, dass das Gitter nicht nur einfach ein Loch war, sondern verblendet. Es war ja auch zu einfach, ein Auge durch ein Guckloch auszustechen oder eine Kehle durch ein Sprechloch durchzuschneiden.

«Schutz vor dem Regen und einen Platz, wo wir die Nacht verbringen können!», erklärte Mittni.

«Wir sind müde Reisende, die sich sehr über eine warme Feuerstelle und einen Apheristenbruder als Gesellschaft freuen würden», fügte Bryn hinzu.

Auf einen Moment der Stille folgten weitere verstohlene Geräusche. Bryn fragte sich, was der Geistliche dort drinnen wohl tat. Vielleicht versteckte er Wertgegenstände.

«Seid ihr gläubig?», kam die nächste Frage.

Bryn und Mittni sahen sich nachdenklich an.

«Wir sind Wahrheitssucher», sagte Bryn langsam.

«Er hier war mal ein Apostel des Verstehens!», sagte Mittni. Bryn ächzte.

«Was? Ach, einer von denen!» Bryn konnte den Blick durch das Guckloch spüren. «Siehst nicht gerade wie einer aus! Siehst mehr aus wie einer von … diesen anderen. Ihr wisst, was ich meine.»

«Glaube schon», sagte Bryn. «Aber wie mein Freund eben sagte, ich gehöre ihnen nicht länger an.»

«Aha! Dann bist du also von den Aposteln zu den anderen gewechselt, ja?»

«Nein», sagte Bryn geduldig. «Aber sah Xavius wie ein Mönch aus, als er sich an den Hof des Königs schlich?»

«Oh, das wohl eher nicht. Und du? Hast also den Glauben verloren, ja? Das sind die Schlimmsten …»

«Vielleicht», erwiderte Bryn, «könnte man sagen, dass Elyon den Glauben an uns verloren hat.»

«Haha! Ich weiß genau, was du meinst.»

Drinnen wurde mit Schlössern und Riegeln hantiert. Die Tür schwang nach innen, aber nur ein Stück. Eine Kette lag vor. Bratenduft drang nach draußen.

«Wie heißt ihr, und woher kommt ihr?»

«Ich bin Mittni. Und wie heißt Ihr? Wir sind Barue aus Arleath.»

«Ich warne euch, wenn ihr mir Böses wollt, hetze ich die Hunde auf euch!», rief der Mönch.

«Stimmt, das klingt nicht gerade glaubwürdig», gab Bryn zu. «Aber wir wollen offen zu Euch sein. Unsere Dorfgemeinschaft wurde durch Erpressung gezwungen, sich dem Imperium zu beugen, und wir haben uns geweigert, unsere Werte zu verraten. Wir sind Flüchtlinge. Warum sollten wir sonst im Amboss unterwegs sein?»

«Ihr habt also nicht viel für die Numenii übrig, hm?»

«Das nun auch wieder nicht», sagte Mittni. «Sie könnten bloß netter zu uns sein.»

Der Mann auf der anderen Seite der Tür stieß ein herzhaftes Lachen aus. «Ist nie irgendwas *euer* Fehler, stimmt's?», fragte er freundlich. «So geht's mir auch immer. Und keine Sorge, Kinder, ich schätze es überhaupt nicht, mich jemandem zu beugen, es sei denn Elyon.»

«Dann lasst Ihr uns ein?», fragte Mittni.

«Gewiss. Wir können uns drinnen weiter unterhalten.»

Die Kette wurde gelöst und die Tür geöffnet, um ihnen Zutritt in die Einsiedelei zu gewähren. Sie wurden nicht enttäuscht. Die Einrichtung war bescheiden, aber heimelig.

Bryn warf einen flüchtigen Blick zur Innenseite der Tür und war verblüfft. Das Rätsel um das Guckloch war komplizierter, als er angenommen hatte, denn schmale Röhren führten von den Öffnungen zur Seite. Niemand hätte den Türwächter durch einen einfachen Angriff auf das Guck- oder Sprechloch töten können. Bryns Blick wurde von dem prasselnden Feuer am anderen Ende des Raumes angezogen.

«Warum steht das Fenster offen?» Mittni schaute verblüfft vom Fenster zur Feuerstelle und zurück.

Der Mönch wandte sich um und eilte zu der Öffnung. «Ach, es war ein bisschen stickig hier drin. Willkommen! Setzt euch ans Feuer.» Das Licht der Flammen spiegelte sich auf seiner wenig kunstfertigen Tonsur. Er schloss das Fenster und drehte sich lächelnd zu ihnen um. Er war kräftig, ein wenig größer als die Barue, mehr als doppelt so alt und vielleicht von dreifacher Leibesfülle. Das Seil, das sein Gewand zusammenhielt, umrundete einen Wanst, auf den er nach alter Gewohnheit seine Hände legte.

«Willkommen in meiner bescheidenen Hütte. Wir haben

kaum genug Holz, um im Winter zu heizen.» In diesem Augenblick schien er zu bemerken, dass die Tür immer noch offen stand. Er watschelte hinüber und warf sie zu. «Viel zu essen haben wir nicht, fürchte ich, aber ich gebe euch gern, was ich kann.»

«Wir?», fragte Mittni.

Der Mönch zögerte. «Ja, nun – Elyon und ich. Setzt euch. Ihr müsst entschuldigen, ich bekomme nicht oft Besuch.»

Die Barue gehorchten und rutschten jeder auf eine Bank am Tisch. Der Mönch verschwand durch eine Nebentür, die er nur ein Stück öffnete und hinter sich wieder zumachte. Das Innere des Hauses war gepflegt und in weit besserem Zustand, als das Äußere hätte vermuten lassen. An der einen Wand stand eine große Truhe, im rechten Winkel daneben ein Bücherregal, das bis an die niedrige Decke reichte. Mittni nahm ihre Umgebung in Augenschein, und Bryn sah aus dem großen Fenster, das offen gestanden hatte. An klaren Tagen musste es einen herrlichen Ausblick bieten. Er staunte über die Größe und Klarheit der Scheibe, denn Glas war eine Rarität in den ländlichen Gebieten Calaspias und in so entlegenen Gebieten wie den Ambossbergen gewiss kaum zu bekommen. Nach dem zu urteilen, was er draußen sah, waren sie gar nicht so nahe am Lal-Ak-Pass.

«Wartet, ich helfe Euch.» Mittni beeilte sich, dem Mönch etwas abzunehmen, der seinem Gast einen Laib Brot und einige Rollen Käse in die Hände drückte und die Tür schloss. Bryn konnte hinter ihm im Flur kurz einen prächtigen Wandteppich erspähen. Die Einsiedelei war groß, viel zu groß für einen einzelnen Mönch.

«Und wie heißt Ihr, Vater?», fragte er.

«Nein, bitte, wir sind alle Brüder – Bruder Maxwell, zu Diensten.» Er stellte einen Krug Wasser auf den Tisch und zog seinen Schaukelstuhl ans Kopfende des Tisches, einen Gast auf jeder Seite.

Er ermunterte sie, sich von seinem kargen Mahl zu nehmen, während er selbst nichts aß. «Ein frommes und einfaches Leben zu führen, lässt den Appetit schwinden», erklärte er. Bryn hatte das Gegenteil erlebt, hatte sich um das Korn und das Vieh gekümmert, wenn er nicht gerade las, schrieb oder sang. «Es ist ein sehr einfaches Leben. Ich halte die Messe und kümmere mich um alles. Die meiste Zeit bete und meditiere ich.» Er sah sehr kräftig aus. Vielleicht hatte er früher ja schwere körperliche Arbeit geleistet. «Aber genug von mir, erzählt lieber von euch. Ihr hört euch an, als wäret ihr Abenteurer der verzweifeltsten Sorte.»

Die Barue taten ihm den Gefallen, wobei sie nicht in die Einzelheiten gingen. Sie erfuhren bald, dass er rebellische Geister schätzte und das der Grund dafür war, dass er im Amboss lebte, fernab der Zivilisation. So konnte er sich um diejenigen kümmern, die Gott ihm sandte, und das waren zumeist verirrte Pilger, ernst und fromm, oder Diebsgesindel und Vagabunden. Er unterstand nicht einmal einem Bischof.

Bryn merkte, dass Bruder Maxwell schon lange nichts mehr mit der Kirche zu tun gehabt haben konnte, doch er hatte nicht nur einige der «Reformen» (oder Rückschritte) nicht mitbekommen, er machte sogar einige glatte Fehler, bezeichnete verschiedene Heilige als Brüder, brachte die Bischöfe von Arleath und Armaah durcheinander und verwechselte die Daten wichtiger Kirchenkonzile.

«Liwasa, liwasana rut wazu!», verkündete er, als Bryn ihn bei einem Heiligen korrigierte. Was übersetzt hieß: «Du und ich, wir alle Bruder.» Offensichtlich beherrschte er auch die Hohe Zunge nur ansatzweise, obwohl er gern seine Rede mit ihr schmückte. Bryn hatte den Eindruck, dass der Mönch

sehr erpicht darauf war, sich wie ein richtiger Mönch zu gebärden. Und doch nahmen seine Barue-Sinne nicht den Hauch einer Täuschung wahr. Der Mann war ehrlich. Nur unwissend. Bryn wurde allmählich warm mit dem Mönch. Wen interessierte es, ob Ygnatius ein- oder zweihundert Jahre vor oder nach dem Konzil von Liborec gelebt hatte? Spielte es eine Rolle, dass es Wilmar Wilberstrength und nicht Johann Novaton gewesen war, der die Sklaverei abgeschafft hatte? Das Herz zählte, nicht der Kopf.

Umgekehrt wurde auch der Mönch mit den Barue warm. «Ich kann nur wenig erübrigen, aber welche bescheidenen Gaben mir Gott in seiner endlosen Gnade zuteil werden ließ, will ich gern mit meinen Brüdern teilen.»

Damit verschwand er durch die Tür. Während seiner Abwesenheit sagten die Barue nichts, sondern wechselten einen Blick, der Einigkeit darüber ausdrückte, es sich gutgehen zu lassen. Sie konnten ihre jüngste Geschichte einmal völlig beiseiteschieben. Sie befanden sich nicht auf einer Mission. Sie konnten einfach mit einem Fremden über alles reden, was ihnen gefiel, ohne daran denken zu müssen, wie sie ihm irgendeine Information entlockten. Sie besaßen die Freiheit, einfach ihre Zeit zu «verschwenden». Beide hatten völlig vergessen, wie gut das tat! Das wäre es auch gewesen, was sie auf ihrer Reise nach Armaah getan hätten, wenn sich ihnen die Möglichkeit dazu geboten hätte. Sie hätten ebenfalls gern ganz normale Momente mit ganz normalen Leuten geteilt. Stattdessen hatten sie ihre Zeit mit Zauberern, Kriegern und Herrschern verbracht, sich vor Monstern versteckt, ihr Leben riskiert und an einem Geheimnis festgehalten, das sich als Lüge entpuppt hatte. Eine Lüge, die ihr Leben ruiniert, viele Politiker das Leben gekostet und das politische Gefüge Calaspias auf den Kopf gestellt hatte.

Seitdem war ihre Welt in Aufruhr gewesen. Sie gaben keine Partys mehr, sie organisierten Kriegsräte. Hinterhalte ersetzten derbe Streiche; statt Abendunterhaltung standen Nachtwachen auf dem Programm. Man lauschte keinen Schrammeln mehr, sondern Wehklagen und bedrückten Totenliedern. Und das alles, ohne dass es zum offenen Krieg gekommen wäre. Vielleicht lag es daran, dass die Barue so offen für den Mönch waren, und er wiederum spürte vielleicht ihre Aufgewühltheit und erwärmte sich deshalb für sie.

Bruder Maxwell kehrte mit Butter für das Brot zurück – und einem kunstvollen Arrangement weiterer Speisen. Darunter waren verschiedene Früchte, trockene wie frische, von denen einige in Arleath nicht angebaut wurden, geschweige denn im Amboss. Sie waren zusammen mit Fisch auf feinen Serviertellern zurechtgelegt, kompliziert als Delikatessen zubereitet, die ihnen unbekannt gewesen wären, hätten sie nicht schon mit Lehrmeistern und Prinzen im Regere Mansionum gespeist.

Sie plauderten weiter, entspannter nun, da sie wussten, dass sie nichts voneinander zu fürchten hatten.

«Gutes Essen ist unvollständig ohne guten Wein», verkündete der Mönch und watschelte zu der großen Truhe an der Wand. Er öffnete sie vorsichtig, schirmte sie dabei mit dem Rücken ab und schloss sie rasch wieder. Geheimnistuerisch kehrte er an den Tisch zurück.

«Eine große Auswahl besitze ich natürlich nicht, und er wird auch nicht von der erlesenen Qualität sein, die ihr feinen Herren zweifelsohne gewohnt seid, aber er eignet sich recht gut dazu, das Essen runterzuspülen. Ich habe ihn mir für eine besondere Gelegenheit aufgehoben. Wie diese.»

Er entschuldigte sich und ging Kristallgläser holen, die er bis zum Rand mit der roten Flüssigkeit füllte.

Sie waren erstaunt über den Körper des Weins. Er war

bitter, aber schwer und passte überraschend gut zum Fisch. Während die Barue zwischen den Happen an ihren Gläsern nippten, stürzte der Mönch Glas um Glas hinunter.

Das Gespräch wurde zwangloser. Sie scherzten und lachten wie alte Freunde. Zahlreiche Witze bezogen sich auf die apheristische Kirche, aber selbst Mittni, dem einige der feineren Pointen entgingen, weil sie theologische Fragen berührten, amüsierte sich. Fürs Erste gesättigt, schoben sie ihre Stühle vom Tisch zur Feuerstelle. Bruder Maxwell holte eine weitere Flasche aus der Truhe, süßen Pflaumenwein, «zum Nachtisch». Sie redeten weiter, und ihr Gelächter wurde immer lauter. Bevor sie es merkten, hatten sie die Flasche geleert und verfielen in wehmütiges Schweigen. Sie lauschten dem Feuer und sahen dem leuchtenden, lustigen Flug der Funken zu. Bruder Maxwell stemmte sich aus seinem Schaukelstuhl und organisierte mehr Holz.

Während er das Feuer fütterte, begann der Mönch zu summen. Bryn sang leise die Worte, und Bruder Maxwell fiel mit ein. Ihre Stimmen wurden lauter, und bald schmetterten die beiden ein trauriges und zugleich irgendwie triumphierendes Kirchenlied. Die Kakophonie endete in erneutem Schweigen, von dem nur das Feuer ausgenommen war. Der Mönch stand schwankend auf und wackelte wieder zu der Truhe. Er holte verschiedene reichverzierte Schmuckgegenstände heraus, etwa eine große Uhr, eine Kristallvase und Gemälde, und hängte diese an die Wände. Zufrieden machte er einen Schritt zurück.

«Das ist gemütlicher. Man weiß nie, wer an der Tür ist, also neige ich zu Vorsichtsmaßnahmen, ganz allein hier oben. Ich lebe wirklich ein überaus bescheidenes Leben und habe nichts, das sich wegzunehmen lohnt. Aber der Anblick von diesem und jenem kann einen falschen Eindruck geben.»

Bryn und Mittni stimmten ihm zu, dass dies klug gehandelt sei. Maxwell kehrte zu der Truhe zurück, deren Deckel er diesmal oben gelassen hatte, wenn auch die Barue nicht hineinsehen konnten, und zog eine Geige hervor.

«So, nun wollen wir singen.»

Diesmal sangen sie populärere Lieder, in die Mittni mit einstimmen konnte, und bald tanzten die drei um die Feuerstelle. Es dauerte nicht lange, da sanken sie erschöpft und lachend wieder auf ihre Stühle. Sie wechselten ein paar Sätze, dann kamen die nächsten Lieder, gesungen von Bryn und dem Mönch. Bei einigen wusste Bruder Maxwell den Text nicht mehr so recht, für andere hatte er eigene, weniger heilige Worte parat. Mittni, der von seiner Wanderschaft erschöpft war, döste auf seinem Stuhl ein und glitt allmählich zu Boden.

Bruder Maxwell deckte Mittni auf mütterliche Weise zu, und Bryn konnte nicht umhin zu denken, dass es sich um den merkwürdigsten Mönch handelte, den er je kennengelernt hatte. Er versteckte eindeutig nicht nur ein paar Besitztümer, die wertvoll aussahen und Räuber zu Gewalttaten verlocken mochten. Er hatte eine zuversichtliche Art, die man bei den meisten Geistlichen vorfand, aber sie war gekoppelt mit einer absolut wirklichkeitsnahen, alltäglichen Einstellung. Seine Theologie war reichlich verworren, und es war etwas allzu Weltliches an dem angeblichen Kirchenmann.

«Ich sollte wohl mal ein paar Matratzen organisieren oder so.» Der Mönch kratzte sich am Kopf.

Sowohl das Feuer als auch die Menge an Wein gingen zur Neige, als Bryn jemanden bei der Tür spürte. Er sprang vom Stuhl auf und versteckte sich hinter einer der Säulen, die das Dach stützten.

Die Tür flog auf und knallte gegen die Wand. Blätter

wehten über die Schwelle, gefolgt von einem Paar schwerer schwarzer Stiefel.

«Bruder!», bellte der Neuankömmling. «Ich habe Leib und Leben riskiert, um hierherzugelangen – es ist eine Angelegenheit von höchster Dringlichkeit. Erhebe dich von deinem weichen Bette und kümmere dich um deine Herde!»

«Was ist denn?», fragte Maxwell unbeeindruckt.

«Warum würde ich dich um diese Uhrzeit wohl stören? Munterer Bruder, uns ist der Rum ausgegangen!» In der Raummitte blieb er stehen und schaute auf Mittni hinab. «Hoppla, wen haben wir –»

Bevor er noch ausreden konnte, hatte Bryn des Messers Schneide an seiner Kehle. Was man über die Behäbigkeit des Neuankömmlings auch sagen mochte, ein Feigling war er nicht. Bryn schloss müde die Augen. Der Angriff war weit schneller und explosiver gekommen, als Bryn gedacht hatte. Der Barue wollte ihm nicht die Kehle durchschneiden, obwohl ihm die Zeit dafür gereicht hätte, also wich er dem Konterschlag aus und verdrehte dem Mann die Arme. Im nächsten Moment war sein Gegner, der einen Kopf größer war, auf den Knien. Bryn war beeindruckt, kaum einen Hauch von Angst in ihm zu finden – und zwar nicht, weil er betrunken war oder so –, sondern nur Verdruss. Und der Mann war ebenfalls von Bryn beeindruckt.

«Ein Freund von dir?», fragte Bryn den Mönch, und im selben Moment fragte der Neuankömmling: «Freunde?»

Der Mönch brach in Lachen aus. «Jawohl, alles Freunde, es gibt also überhaupt keinen Grund, einander nach dem Leben zu trachten!»

«Wenn ich das gewollt hätte, wäre er jetzt tot», sagte Bryn leise und ließ den Mann los.

«Womit er recht hat, Leute.» Mittni hatte sich nicht die

Mühe gemacht aufzustehen, sondern sich das Spektakel mit halbgeschlossenen Augen angesehen, um nötigenfalls eingreifen zu können.

«Komm und setz dich mit ans Feuer», sagte der Mönch herzlich. «Das sind zwei überaus freundliche Barue.»

«Das seh ich.» Der Neuankömmling entblößte grinsend ein paar Goldzähne und ergriff Bryn beim Arm. «Vorsicht hat noch keinem geschadet, was, Bruder? Willkommen bei den umherschweifenden Raben.»

«Ich werde mal schauen, was sich wegen des Rums tun lässt. Wie du weißt, schwimmen wir nicht gerade darin – dies ist schließlich eine Einsiedelei», sagte er entschlossen. «Ausschließlich für medizinische Zwecke, müsst ihr verstehen», erklärte er seinen Gästen. «Bryn, Mittni, das ist Cunar. Ein höchst ehrenwerter Mann.»

Der Mann sah wie ein Pirat aus.

«Und welche Sorte Freunde seid ihr nun?», fragte Cunar, als der Mönch verschwunden war. Von dem seidenen Halstuch bis zu den Pluderärmeln seines Schnürhemds, das er trotz der Kälte offen trug, hatte er etwas entschieden Schurkenhaftes und Schneidiges an sich. Er sprach wie ein Adliger aus Bel-Tued, aber im Gegensatz zu der feinen Beschaffenheit seiner Kleider machte er eher einen wilden Eindruck.

«Neue Freunde», sagte Mittni.

«Ist das so?» Cunar betrachtete sie abschätzend.

«Ist es», bestätigte Bryn. «Und du?»

«Es gibt eine Schar von uns hier oben, der wir durch unseren gemeinsamen Schwur verbunden sind. Manche aus Abenteuerlust, manche, weil ihnen nichts anderes übrigblieb. Von der Zivilisation verstoßen. Egor zum Beispiel, das schlechte Wetter hat ihm die Ernte verdorben, und er konnte seine Steuern nicht bezahlen. Die Numenii wollten ihm Frau und

Kinder wegnehmen, und er tötete bei dem Versuch, sie zu schützen, einen Soldaten. Es versteht sich von selbst, dass er seiner Familie dann nicht mehr viel nutzte … Er war ein Gejagter. Und wollte lieber selber jagen.»

Bruder Maxwell kehrte pfeifend mit neuen Köstlichkeiten zurück.

«Nicht, dass er wusste, wer wir waren oder wo wir waren», fuhr Cunar fort, «er wanderte einfach nur durch die Berge, bevor wir ihn fanden. Aye, wir haben ihn gefunden und sahen, dass er in der richtigen Verfassung war. Also nahmen wir ihn auf.»

Der Mönch lachte. «Richtige Verfassung heißt, dass er so arm war wie eine Kirchenmaus und diese Halunken ihn nicht ausrauben konnten. Will jemand Brathähnchen?»

Viel zu essen hatte er ja wahrlich nicht. Das war es also gewesen, was Bryn bei der Tür gerochen hatte, und das musste auch der Grund für das offene Fenster gewesen sein. Mittni schien das Gleiche zu denken.

«Ihr seid Räuber, stimmt's?», fragte er.

«Vater Maxwell ist überaus gütig zu uns», sagte Cunar. «Er kümmert sich um uns und sorgt für uns, und im Gegenzug beschützen wir ihn. Nicht, dass er das nötig hätte. Und wer seid ihr?»

Der Mönch erklärte kurz, woher sie kamen.

«Dann seid ihr ja wie wir!», rief Cunar. «Also, ich denke, wir sollten sie den Jungs vorstellen. Sie können mir helfen, den Rum zu tragen.»

Und das taten sie, jeder übernahm ein Fässchen.

«Ist nicht weit.» Bruder Maxwell schloss hinter sich die Tür und sperrte sie mit einem riesigen Schlüssel ab, der wohl eine ganze Reihe von Bolzen auf einmal in Bewegung setzte.

Sie folgten Cunar durch die Dunkelheit. Er und der Mönch

schritten munter und achtlos aus, ihnen war der Pfad vertraut. Bryn und Mittni folgten vorsichtiger, achteten zugleich auf einen möglichen Hinterhalt und die üblichen Gefahren des Ambosses: Steine, die sie vielleicht stolpern ließen, oder ein Abgrund, der darauf wartete, sie zu verschlingen. Bald waren sie am Ziel angelangt, denn sie blieben stehen. Alles, was Bryn sehen konnte, war eine Felswand. Er rechnete mit einer verborgenen Tür im Gestein.

«Die Tür ist verborgen», sagte Cunar. Aber anstatt irgendwo am Fels zu ziehen oder zu drücken, wandte er sich einfach um neunzig Grad herum, und da war die kleine Tür. Bryn lachte in sich hinein. Genau wie in Eisenfels. Was für eine hochentwickelte Technik hätten diese Außenseiter auch haben sollen?

Cunar trommelte in einem bestimmten Rhythmus auf die Tür ein und trat mit dem Stiefel auf ein Pedal daneben. Darauf folgte das Drehen einer Scheibe mit Zahlen, ein Kombinationsschloss, das ein kaum hörbares Klicken von sich gab. Bryn konnte über die Finger nur staunen, die so etwas in dem schwachen Licht vermochten.

«Ihr habt Glück, wir sind gar nicht so oft hier. Das ist bloß ein Versteck für Vorräte und so weiter. Wir halten uns lieber im Freien auf.»

Die Tür ging auf, und Cunar führte sie in noch tiefere Dunkelheit. Die Luft war feucht und erdig, und Bryn konnte spüren, dass Mittni an seine Zeit in der Schwarzgoldmine zurückdachte, kurz nachdem Quivelda angegriffen worden war. Der Mann nahm eine Fackel von der Decke, und bald lag ein oranger Schein auf den Wänden des Ganges, der sich durch den rauen Stein außer Sicht bog. Weiter vorn hörten sie Stimmen und sahen Licht glühen. Im Weitergehen öffnete sich gelegentlich ein Loch in der Wand und führte in eine Höhle.

Sie verließen den Gang und traten in eine Kammer mit einer höheren, geschwärzten Decke. Vielleicht fünfzig Leute, vor allem Männer, saßen auf Steinen, manche redeten, andere spielten Karten, und alle aßen und tranken. Ein Feuer brannte in der Mitte, der Rauch wand sich durch einen breiten Riss im Fels nach draußen. Bryn entdeckte ein Fernrohr und nahm an, dass es einen guten Ausblick bot. Sein Orientierungssinn sagte ihm, dass es auf den Handelsweg gerichtet war.

Das Gespräch erstarb, als die Gruppe die Barue erblickte. Es war ein wüst aussehender Haufen. Der Geruch von Bier und Schweiß, vermischt mit den Ausdünstungen des Essens und dem Rauch, drehte Bryn und Mittni nach ihrer ganzen Zeit im Gebirge fast den Magen um.

«Wir haben Gäste!», rief Cunar.

«Sie sind geistig gesund und frei von Sünde», intonierte Bruder Maxwell, «nicht so wie die Jammerer, die Jasager und die Geldgierigen. Sie haben sich freigemacht von Gruppendruck und sozialer Konditionierung und sich geweigert, ihre Seelen in die Sklaverei zu verkaufen. Meine Damen, meine Herren, ich bin stolz, euch die Brüder Bryn und Mittni vorstellen zu dürfen!»

Applaus brandete durch die Versammlung, als hätten die Barue irgendein Kunststück vorgeführt. Alle reckten ihre Gläser, Flaschen, Messer in die Höhe – was immer sie gerade in der Hand hatten – und hießen Bryn und Mittni willkommen. Dann, als käme das jeden Tag vor, kehrten sie wieder zum Reden, Spielen, Trinken und Essen zurück.

Cunar führte die Barue zu einer lockeren Gruppe von Leuten und stellte sie einigen persönlich vor. Sie lernten Scorza kennen, einen ehemaligen Händler, der sich natürlich aus Bel-Tued abgesetzt hatte, Reedy, der die Flöte spielte, und Iasri, den Nomidier, der auf heißen Kohlen gehen konnte.

Sie schüttelten Hände und gingen zur nächsten Person weiter, von der Bryn eine Welle der Überraschung empfing, die rasch unterdrückt wurde. Die Frau hatte langes, sehr glattes, schimmerndes schwarzes Haar, braune Haut und ein bis auf die große Nase feingeschnittenes Gesicht. Bryns Muskeln spannten sich an.

«Unsere beste Kriegerin!», gab Cunar bekannt. «Die ebenso schöne wie tödliche Zuola!»

Jawohl, sie war schön, und sie war weitaus tödlicher, als Cunar ahnen konnte. Bryn war verblüfft, dass sie keinen anderen Namen benutzte. Aber Namen waren bedeutungslos. Es war wahrscheinlich ohnehin nicht der Name, den sie bei ihrer Geburt bekommen hatte, und niemand konnte sie in irgendeinem Register überprüfen.

«Zuola hat eine überaus beeindruckende Geschichte hinter sich. Sie war noch ein Kind, da kam ihre gesamte Familie bei einem Angriff von Nurgor ums Leben. Die Numeniitruppen kamen zu spät, aber sie fanden Zuola und nahmen sie ihrer Schönheit und ihrer Tapferkeit wegen mit in ihre Garnison. Sie verdiente sich ihren Lebensunterhalt als Dienstmagd der Soldaten. Um die Sache abzukürzen, sie lernte mehr als nur das Servieren von Tee und das Polieren von Rüstungen! Vielleicht erzählt sie es euch eines Tages selbst mal.» Er lachte schallend, klopfte ihr auf die Schulter und ging weiter.

«Schön, euch kennenzulernen.» Zuola neigte den Kopf. In ihren grünen Augen war nicht nur das stählerne Glitzern, sondern auch Belustigung.

«Allerdings», flüsterte Bryn. Beide fragten sich, ob und warum der andere bei dieser unwichtigen Rebellengruppe eingesetzt worden war.

«Und hier ist der gute Egor, von dem ich euch erzählt habe.»

«Wir haben schon von deinem traurigen Geschick gehört.» Mittni sah ihm mitfühlend in das gesunde Auge; das andere war unter einen Augenklappe versteckt.

«Trauriges Geschick?», wiederholte der flüchtige Bauer. «So gut hab ich's im ganzen Leben nicht gehabt! Meinen Hof verlassen zu müssen, war das Beste, was mir passieren konnte. Hier, das sind meine Frau Elsa und meine Tochter Melody.»

Cunar grinste, und seine Goldzähne funkelten im Feuerschein. «Die Numenii überquerten gerade einen Pass nach Armaah, da haben wir sie uns gegriffen.»

«Der Mensch soll nicht trennen, was Gott zusammengeführt hat!» Der Mönch lachte und hielt jedem Barue eine schmierige Flasche hin.

«Manchmal muss man die Gerechtigkeit in die eigenen Hände nehmen», brummte Cunar. Während er sprach, wurde er lauter und ging langsam um das Feuer herum. Die anderen stellten ihre Aktivitäten ein und hörten zu. «Die Sklaverei wurde vor einer Weile abgeschafft, und doch hat die Grausamkeit kein Ende. Es gibt weit mehr Arten Sklaverei, als man in ein Gesetz schreiben kann, und mehr Sklaven, als man mit Münzen kaufen oder verkaufen kann. Unser oberstes Prinzip ist es, in Freiheit zu leben. Wir tolerieren keine Sklaverei jedweder Sorte. Wir lassen uns von niemandem herumkommandieren. Wir helfen uns gegenseitig, wir kümmern uns umeinander.»

Lautstarker Jubel erscholl.

«Wer seid ihr alle? Woher kommt ihr?», fragte Mittni.

«Ach, aus den verschiedensten Verhältnissen; manche sind zu grausig, um davon zu erzählen. Aber wie schlimm unsere jeweilige Vergangenheit auch war, wir schieben sie beiseite und teilen die Zukunft miteinander. Wir sind eine Familie.»

Es gab eine Pause.

«Und wer seid ihr wirklich?», fragte Bryn.

«Räuber, Banditen, Taugenichtse!», dröhnte der Mönch, und die Versammlung lachte.

Zumindest waren sie ehrlich. Bryn spürte, dass sie tatsächlich die Wahrheit sagten.

«Oh, ich hab das Hähnchen vergessen. Bin gleich wieder da.» Damit verschwand der Mönch, sauste in höchst unheiliger Weise davon, dass seine Gewänder sich hinter ihm blähten.

Cunar schlug Bryn und Mittni auf die Schulter und führte sie in einen stillen Winkel. «Wir werden sehen müssen, was ihr so könnt, bevor wir eine geeignete Stellung für euch finden, aber bis es so weit ist, fühlt euch einfach wie zu Hause und tut, was der Rest von uns tut.» Die Barue sagten nichts. Er blickte sie zögernd an. «Ihr habt doch vor zu bleiben, oder nicht?»

Bryn sah sich in dem Kreis harter Gesichter um, die bei allen Falten und Narben, von denen sie gezeichnet waren, sorglos und zufrieden wirkten. Frei.

«Also eigentlich … warum nicht?»

✦ 25. KAPITEL ✦

Schiefe Blicke

«Die meisten von uns wissen nicht, wann sie geboren sind», sagte Cunar und schnitt die Torte an. «Das ist was für die Kinder reicher Eltern.»

Bryn gefiel es gar nicht, so im Mittelpunkt zu stehen. Mittni zuckte die Schultern und behauptete, das Datum wäre ihm gegenüber Bruder Maxwell herausgerutscht, der diese Feier organisiert hatte. Sie sangen und aßen die Torte, und damit hatte es sich, denn Bryn machte deutlich, dass er dieses ganze Brimborium nicht schätzte. Und so verging der 22. November. Nach jahrelangem Warten war er volljährig. Und nichts war, wie es sein sollte.

Für kurze Zeit hatte Bryn versucht, die Räuber kennenzulernen. Er gab sich alle Mühe, sich die Namen und die jeweilige Herkunft einzuprägen. Dann fühlte Bryn wieder die schreckliche Leere, die nach seiner Brust griff, und er ging auf Distanz zu den anderen. Die Barue waren beliebt; sie waren schließlich die neuesten Mitglieder der Bande und darum erst einmal interessant. Bryn wurde der Fragen rasch müde, also überließ er es Mittni, das zu tun, was er so gut konnte. Er selbst zog sich zurück und grübelte. Sie leisteten mehr als nur ihren Teil, halfen den Frauen und Kindern beim Spülen und beim Wäschewaschen, schleppten Feuerholz herbei und holten Wasser von der Quelle. Dann kam ihr erster Jagdausflug. Bryn und Mittni fingen mehr, als das Dutzend restlicher Jäger zusammen und kehrten als Helden zurück.

Von da an durften sie keine niederen Arbeiten mehr ausführen, sondern es wurde von ihnen erwartet, herumzufaulenzen und nichts weiter zu tun als zu spielen, zu essen und zu trinken, womit man sich eben so die Zeit vertrieb – inklusive Ringkämpfe. Bryn und Mittni taten sich auch dort hervor und wurden mit noch mehr Respekt behandelt. Niemand konnte die Barue schlagen, wenngleich sie genau genommen zu Kampfsporttechniken greifen mussten, um das größere Gewicht oder die höhere Stärke einiger Gegner auszugleichen. Niemand beschwerte sich, denn jemanden, der seinen Körper auf solche Weise einsetzen konnte, durfte man nicht reizen. Die Geächteten waren über die Leistungen der Barue wegen deren Größe und Körperbau nur umso erstaunter – wenngleich sie unter ihren Kleidern härter als alle anderen waren.

So war es nur natürlich, dass sie nach wenigen Tagen bei den Banditen schon in Führungspositionen aufstiegen. Es gab keinen eindeutigen Anführer bei ihnen, denn sie waren einer wie der andere genauso hartgesotten und laut und faul. Die Barue waren diszipliniert und gaben sich nie dem exzessiven Trinken hin – oder auch Essen, was das betraf. Tatsächlich trieben sie gar nichts bis zum Exzess, ganz im Gegensatz zu den Räubern. Am ehesten ließ sich noch Cunar als ihr Anführer bezeichnen. Er besaß die Qualitäten, die sie an ihresgleichen am meisten schätzten, denn er war der Lustigste und Gemeinste der ganzen Bande.

Die Räuber waren nie Mörder und Verbrecher gewesen; sie waren nicht einmal richtige Räuber. Anscheinend waren sie darauf spezialisiert, die Verstecke anderer Banden zu plündern, während diese fleißig Numenii-Händler ausraubten oder schutzlose Siedlungen terrorisierten. Und Cunars Geflüster zufolge schenkten sie ihre Reichtümer manchmal an die Armen her. Aber «darüber redet man nicht, sonst nimmt einen keiner mehr ernst». Also hatte ihr «Räubertum» mehr etwas von einem Streich oder einer Mission aus gutem Grunde. Und da sie ihren Feinden, den richtigen Räubern, nur selten begegneten, kam es nur selten zu Handgreiflichkeiten. Spannung lag in der Luft. Ihre oberste Priorität lag darin, sicherzustellen, dass niemand in der Nähe war; Waffen stellten eine Vorsichtsmaßnahme dar. Dabei wussten sie sie aber durchaus einzusetzen, wie die Barue erfuhren, als sie Wachen entdeckten, die man rasch beseitigte. Aber Grips hatten sie auch, denn sie versteckten die Toten so gut, dass die Bande denken musste, die Wachen hätten sich selbst mit den Schätzen abgesetzt. Sie waren gute Kundschafter und kannten diesen Teil der Ambossberge besser, als jede Karte es ihnen sagen konnte.

«Sie sind eigentlich gar nicht mal schlecht als Kämpfer», sagte Mittni nach einer Plänkelei. Die Gauner waren zu früh von ihrem Raubzug zurückgekehrt, und Bryns Banditen, deren Zeit nicht mehr für einen Rückzug reichte, legten sich in deren eigener Schatzhöhle auf die Lauer. Die Sache war gut ausgegangen, wenngleich sie einen Mann verloren und mehrere Verletzte hatten. «Mit ein wenig Disziplin könnten tapfere Krieger aus ihnen werden.»

«Dann bring ihnen Disziplin bei.»

Mittni nahm diese Aufgabe ernst, und von da an unterhielt sich die Bande regelmäßig über Taktik in bergigem Gelände, die Aufteilung der Verantwortlichkeiten und persönliche Weiterentwicklung – und setzte das in die Praxis um.

«Wir haben viele starke Persönlichkeiten unter uns», sagte

Mittni, «aber wir müssen lernen, als Einheit zu funktionieren. Unsere Fähigkeiten müssen zusammengefasst und voll ausgenutzt werden. Wir müssen effizienter werden.»

Sie entschieden sich bald für den Bogen als die optimale Waffe fürs Gebirge. Damit ließen sich Feinde herunterholen, während diese mit dem schwierigen Gelände kämpften. Die meisten Bandenmitglieder waren passable Bogenschützen, aber Mittni vermittelte ihnen die Irrtümer des Stolzes und dass wahrer Stolz einen veranlasste, nach stetig besseren Ergebnissen zu streben. Er machte die jeweils Besten in einer Kategorie zu Verantwortlichen, so leitete Cunar zum Beispiel den Nahkampf, und der Rest lernte von diesem Meister. Bryn und Mittni hätten alle Klassen leiten können, aber Mittni entschied klug, dass sie beide die Gesamtleitung übernehmen und die Aufsicht führen sollten.

Bartholdi wäre stolz auf ihn, dachte Bryn. Er war schließlich seiner Berufung zum natürlichen Anführer gefolgt, ohne es beabsichtigt zu haben. Und so beobachteten die beiden Freunde ihre Untergebenen und arbeiteten Methoden aus, mit denen sich Abstimmung und Zusammenarbeit weiter verbessern ließen.

Früh hatten sich die Barue gefragt, ob die Gruppe eigentlich einen Namen hatte.

«Sie sind genauso zerzaust wie Raben», sagte Bryn eines Tages, während die Banditen eifrig trainierten. «Vielleicht möchtest du daran mal etwas ändern. Und genauso heiser herumschreien tun sie auch.»

Die Raben hatten mehrere Verstecke. Die Einsiedelei diente als ihr Hauptquartier, und sie hielten sich dort auf, wenn sie ein bisschen Luxus brauchten. Die Barue wurden bald mit der ganzen Bandbreite der weltlichen Freuden des heiligen Hauses vertraut gemacht, wozu auch weiche Betten gehörten.

Es gab einen großen Raum, der normalerweise als Altarraum gedient hätte. Er war groß genug, um die ganze Truppe aufzunehmen, aber sie hielten dort keine heilige Messe ab.

Nun, da Bryn gewissermaßen ein Zuhause gefunden hatte, das solide und verlässlich genug war, und etwas, das Mittni beschäftigt hielt, zog es ihn wieder in die Wildnis. Die Raben schätzten es, im Freien zu sein, und verbrachten die Nacht oft unterm Sternenhimmel, aber niemand genoss den Wind in den Haaren und die Sonne im Gesicht so sehr wie Bryn. Er zog es vor, die ungezähmte Landschaft allein zu genießen. Während die Schneezeit fortschritt und die anderen der Kälte immer weniger trotzten, wurde er ein Einsiedler, fern von den anderen. Nicht unnahbar, wenngleich er mit Abstand überlegen war, nur anders. Von Missionen abgesehen, arbeitete er nicht länger mit den Raben. Er kreuzte eigentlich nur noch zu den Mahlzeiten dort auf; dann saß er im Hintergrund und beobachtete, während er schweigend aß. Niemand sprach ihn an.

Die Zeit maß er am zunehmenden und abnehmenden Mond. Immerhin konnte er sich wieder Sonnenaufgänge ansehen. Er liebte es, wie der Berg allmählich erwachte. Es war ein melancholisches Vergnügen, das verschwommene, ferne Erinnerungen weckte wie Rauch am Horizont. Wieder fand er sich mehr in Kontakt mit der Natur, mehr der Abläufe der Natur bewusst, als er es sogar bei den Culmus Sangui gewesen war. Eine seiner Lieblingsbeschäftigungen war es, dazusitzen und den Vögeln zuzusehen, wie sie auf den Luftströmungen dahinflogen und ziellos kreisten, dorthin gingen, wo der Wind sie trug. Er konnte stundenlang zusehen. Er beneidete sie. Und er ertappte sich dabei, dass er sich fragte, wie er je hatte anders leben können.

Trotz seines überragenden Könnens hatte er wieder angefangen, mit seinen Waffen zu üben, seinen Stil zu verfeinern und seine Fertigkeiten zu perfektionieren. Ihm fiel wieder Aquiuss' Rat ein, sich mit niemandem zu vergleichen als sich selbst. Es mochte die Zeit kommen, da er größeren Feinden gegenüberstand. Eines Tages fiel ihm auf, dass er unbewusst in *Kan'Elia* übergetreten war, in den meditativen Zustand, bei dem der Geist übte, während der Leib ruhig war. Es geschah einfach, ganz natürlich. Vallon und Tamasan wären stolz auf ihn gewesen. Usdun und Sarghenta – alle. Seine Augen betrachteten das Gras, den Fels, die Vögel, und er war sich ihrer Formen und Handlungen bewusst, aber langsam, ohne es je zu wollen, lernte er seine Gedanken zu beherrschen. Auf diese Weise konnte er sehen, ohne hinzugucken, nahm die Informationen, die ihm seine Sinne boten, auf, ohne die Abläufe seines Verstands zu unterbrechen. So lange, bis es nötig war, etwa weil ein feindlicher Kundschafter in ihre Richtung kam. Die Raben waren von seiner Warnung verblüfft und gingen nunmehr davon aus, dass er Wache hielt. Das tat er auch, aber nicht auf eine Weise, dass es ihn vom Experimentieren abhielt.

Als er begriff, was sein Verstand da tat, begann er den Prozess bewusst zu lenken. Oder versuchte es jedenfalls. Bald wurde ihm klar, dass er die Sache völlig falsch anpackte. Er war es, der von seinem Unterbewusstsein zu lernen hatte, was zu tun war, anstatt sein Unterbewusstsein zur Zusammenarbeit zu zwingen. Die Botschaften waren da, er musste ihnen nur Raum zum Atmen geben und eine Stimme verleihen. Sie versuchten immer, sich bemerkbar zu machen; er brauchte nur zuzuhören.

Es dauerte eine Weile, bis er begriff, dass sein Kopf zweierlei getan hatte. Sein umherschweifender Geist hatte sich geöffnet und ihm Dinge über seinen Körper gezeigt, die eine Beherrschung des Selbst ermöglichten. Aber das war nur ein Nebeneffekt, das Ergebnis der Reise. Als das klarwurde, sah er ruhig und passiv zu, und bald erwies es sich, dass sein Geist buchstäblich umherschweifte. Seine Barue-Sinne hatten sich mit Formen verbunden, die nun vertraut oder wenigstens ähnlich waren. Und sein Geist hatte von dieser Brücke Gebrauch gemacht. Seinen Gedanken folgend, flog das, was vielleicht seine Seele war, mit dem Vogel dahin, lief mit dem Wind, grub Gänge mit dem Murmeltier. Er war sich Vorgängen bewusst, die seine Augen nicht sehen konnten, und wurde von seinem Unterbewusstsein in Kenntnis gesetzt wie bei einem Déjàvu, wenn er begriff, was es ihm zu sagen versuchte. Dies waren oft Vorgefühle, die Vorahnung eines Wetterumschwungs etwa, das Herannahen eines Sturms. Er spürte ihn nicht so sehr selbst, sondern durch die Tiere. Wenn er es sich recht überlegte, war es wohl von beidem ein bisschen.

Es war nicht notwendigerweise nützlich, aber es kam manchmal gelegen. *Hol die Wäsche rein, Elsa, es wird gleich regnen!* Dann ging ihm plötzlich auf, wie nützlich es in Wirklichkeit sein konnte. Erneut hatte er, ohne es zu begreifen, begonnen, nicht nur die Sinneseindrücke des dahinfliegenden Bussards mitzuerleben, sondern weil er einen besseren Blick des Passes in der Ferne hatte haben wollen, hatte er sich dorthin bewegt. Für eine höchst absurde Sekunde lang *war* er der Vogel – und dann hatte das arme Geschöpf das Gleichgewicht verloren und wurde vom Wind hin und her geworfen, bis es wieder zu seinem mühelosen Gleiten auf der Strömung zurückfand.

Dieser Zwischenfall war es, der Bryn die Augen öffnete. Wenn jemand ihm beschrieben hätte, was er gerade erlebt hatte, hätte er es als Halluzination oder … Magie abgetan. Ihm fiel eine Zeit ein, die unendlich lange zurückzuliegen schien, da hatte er fünf Steine bewegt, ohne sie zu berühren.

Johan hatte sich keinen Reim darauf machen können, und Thybil war außer sich gewesen. Es hatte einige Verwirrung zwischen Gedankenkraft – *Psychallaismus* – und Erdkraft – *Ergeomorphismus* – gegeben. Nun verstand Bryn besser, wie diese beiden miteinander zusammenhingen beziehungsweise sich unterschieden. Es fiel ihm sogar schwer, es sich selbst zu erklären. Er wusste nur, dass er «Kontakt hergestellt» hatte, mit dem Vogel zum Beispiel, einen so guten Kontakt, dass er ihn ohne bewussten Befehl gelenkt hatte. Oder bedeutete das, dass er viel «Autorität» besaß?

So oder so, es machte Bryn deutlich, eine wie mächtige Waffe diese Fähigkeit darstellen mochte. Von da an trainierte er sie. Mit Blick auf seinen Ohnmachtsanfall und die Gefahren des Unbekannten war er vorsichtig. Er beobachtete sich in Beziehung zu seiner Umgebung und hatte bald für beides ein Gefühl in der Unsichtbaren Welt. Dank seiner Baruesinne war sie ihm vage vertraut, aber auf einem anderen Niveau. Bewusster.

Und so lernte er, seine Gedanken zu trennen und seinen Geist aufzuteilen, die Kontrolle über seinen Geist und Körper zu halten, während er außerhalb von sich selbst suchte, dem Unterbewussten zuzuhören und mit ihm zu interagieren und schließlich das Unterbewusste zu lenken, ohne es zu unterdrücken. Er machte auf vielen Gebieten Fortschritte. Mit Ergeomorphismus wohl sog er Wärme aus den Felsen in seinen Körper. Es handelte sich nur um einen Ortswechsel der Energie. Nachdem er das erreicht hatte, nahm er die Wärme eines Stücks Land und bündelte die Hitze in dessem Zentrum. Die Grashalme in der Mitte verdorrten und gingen in Flammen auf, was zu erwarten gewesen war, aber am Außenrand seines Kreises waren sie mit Frost bedeckt. Damit hatte er nicht gerechnet, auch wenn es logisch war.

Er hatte gehört, man könne dieselbe Sache auf verschiedene Weisen verursachen und dass es immer einen leichteren und einen schwereren Weg gab. Nun begriff er. Er konnte Gedankenkraft benutzen und ein Stück Land einfach frosten – oder er konnte es seiner Wärme berauben, indem er sie woandershin lenkte. Unter Berücksichtigung des Gleichgewichts der Kräfte musste eine Verschiebung der Energieverteilung immer leichter sein. Seine Entdeckung ließ ihn lachen, und er kehrte zu den Raben zurück, um mit Feuer zu spielen. Mittni wunderte sich über die untypisch gute Laune, die er unter der Oberfläche spüren konnte, die Bryn wohlverborgen unter der üblichen ausdruckslosen Miene beließ. Er hielt das alles vor den Banditen und sogar Mittni geheim.

Einige Wochen nachdem er seine mentalen und magischen Forschungen begonnen hatte, fühlte Bryn sich merkwürdig fern von der sogenannten Realität. Selbst dann war er mehr in Kontakt mit seinem Körper als je zuvor. Ein besserer Kämpfer war er nie gewesen. Die meiste Zeit über saß er da und träumte. Seine Haut wurde dicker, seine Nägel und Haare wurden länger. Er bewegte sich wenig, ergonomisch.

Wenn er sich bewegte, dann schneller als jeder andere.

Wenn er kämpfte, jubelten die Raben.

Bryn wollte gerade zum Abendessen in ihr gegenwärtiges Versteck eintreten, da packten ihn kräftige Hände bei den Schultern und drehten ihn herum.

«Ich habe lange genug gewartet. Als deine Vorgesetzte verlange ich eine Erklärung. Warum bist du hier – um mich zu bespitzeln?»

Bryn wandte Zuola träge sein Gesicht zu. Er hatte damit schon gerechnet. Sie war nur wenig kleiner als er, ihre grünen Augen glitzerten misstrauisch im Abendlicht.

«Nanu, Paladinin … Solltest du dich abgesetzt haben?»

Ihr Misstrauen verwandelte sich in Verblüffung und Neugierde. «Ihr etwa?»

Bryn wusste nicht, warum sie hier war, und zog es vor, Mittnis und seine Position ebenso wenig zu erklären. «Wir sind in den Amboss vorgedrungen, um mehr über uns selbst zu erfahren. Wir hatten nicht vor, uns dieser Gruppe anzuschließen, wir sind einfach nur über sie gestolpert.»

Etwas wie Erleichterung ließ ihr Gesicht weicher werden. «Gut. Ich … Mir erging es ebenso.»

«Sicher, genau wie dein ganzes Dorf durch Nurgor zerstört wurde und du als Kind den Tee serviert hast», schnaubte Bryn. Er bezog sich damit spöttisch auf ihre Leidensgeschichte vom Lagerfeuer.

Zuola hielt ihn einen langen, peinlichen Moment lang im Bann ihrer Augen, und es lag Schmerz in diesem sengenden Blick. «Ja, genau so. Die Geschichte hat sich so zugetragen, Bryn.»

Sie sah ihn nicht wieder an, sondern rauschte in die Höhle. Bryn schloss die Augen und atmete tief durch. Schuldgefühle überschwemmten ihn, er hatte das Gefühl zu fallen. Wie unsensibel gegenüber den Gefühlen anderer er in seinem selbstsüchtigen Schmerz geworden war. Dennoch war er froh, dass ihr Nachhaken ein Ende gefunden hatte, aber zugleich auch neugierig, was ihre eigentlichen Gründe betraf, sich bei den Raben aufzuhalten. Sie musste hier im Einsatz sein, aber warum?

Bryn besprach das Ganze mit Mittni, und wenngleich sein Freund auch nicht klüger war, nahm Mittni es als großes Zeichen der Besserung, dass Bryn sich überhaupt dafür interessierte. Zuola wich ihm aus und er ihr, und beide waren froh über dieses Arrangement. Sie weigerte sich natürlich, bei Mittnis Training mitzumachen – die Raben hatten keine Ahnung, wie sehr ihre Einladung Zuola beleidigte –, wenngleich sie gelegentlich etwas herablassenden Rat anbot. Aber es dauerte nicht lange, da begann sie die anderen Frauen separat zu trainieren, vielleicht weil Bryn sich nicht darum kümmerte. Es entwickelte sich ein gesunder Wettstreit zwischen ihrer und Mittnis Gruppe. Einige der jüngeren Frauen und gewiss sämtliche Männer hätten es vorgezogen, in der anderen Gruppe zu sein, aber sie trainierten hart, um ihre Rivalen zu beeindrucken.

«Es ist nur eine Frage der Zeit, bis Zuola Rapport erstattet oder mehr Culmus Sangui auftauchen. Mir ist das, glaube ich, egal. Aber du – machst du dir keine Sorgen deswegen?»

Bryn starrte über das vertraute Terrain des Ambosses hinweg. Er wurde dieser Ansicht niemals müde. Die Berge waren immer wieder anders. «Sollen sie kommen. Ich bin bereit.» Widerstrebend richtete er seinen Blick auf Mittni. «Die Frage ist, du auch?»

«Was für eine Frage ist das denn? Du weißt doch, dass ich dich sehr gern nach Eisenfels zurückbegleiten würde. *Ich* habe nichts dagegen.»

«Du vergisst, dass du einen Heimstein gestohlen hast, und abgesetzt hast du dich auch, genau wie ich.» Bryn feixte, als sein Freund erbleichte.

«Wir werden uns doch keinen Kampf mit ihnen liefern oder so?»

Bryn sagte nichts, sondern richtete seinen Blick wieder auf das gemächliche Dahingleiten eines Raubvogels.

«Schuckel, wir *können* uns keinen Kampf mit ihnen liefern!»

Bryn runzelte die Stirn.

Mittni schluckte. «Na ja – falls du kämpfen willst, stehe ich natürlich auf deiner Seite.»

Bryn sah ihn an und lachte. «Dazu wird es nicht kommen. Sie werden ihre Zeit und Kraft nicht auf uns verschwenden. Wir haben ihnen dort oben schließlich keinen Schaden zugefügt. Und schulden tun wir ihnen auch nichts. Abgesehen von deinem Stein.»

«Nein, wahrscheinlich hast du recht. Ich hab mich das halt gefragt, weil doch Zuola hier ist. Meinst du, sie bespitzelt uns?»

«Der Gedanke ist mir auch schon gekommen, aber er hat mir nicht den Schlaf geraubt. Sie war schon vor uns hier. Und wenn sie kommen wollen, dann tun sie's eben.» Bryn zuckte die Schultern.

Vor dem dunkler werdenden Himmel wie ein Schattenriss aussehend, stürzte der Vogel sich auf seine nächste Beute.

Der nächste Neuankömmling schloss sich den Raben drei Wochen nach Bryn und Mittni an.

Bruder Maxwell schloss den Fremden, der sich als Apheristenbruder vorstellte, gleich ins Herz. Er kam am Abend zu ihnen, kurz vor der Dunkelheit. Bryn hielt sich von dem Mann fern, ließ ihn aber nicht aus den Augen.

«Mittni, bleib hier. Pass auf, dass er dich nicht sieht.»

Verwirrt gehorchte der Hu-Barue, doch bevor er den Befehl hinterfragen konnte, hatte Bryn die Person neben sich in ein dringliches Gespräch verwickelt.

«Wie viele Neue bekommt ihr so?», wollte er von Cunar wissen.

«Ein paar im Jahr, würde ich sagen. Wenn sie kommen, bleiben sie meistens auch. Ab und zu zieht einer schließlich weiter, aber das ist selten.»

«Weil *ihr* sie aussucht», meinte Bryn. «Niemand weiß von euch, aber ihr seht alle, die kommen und gehen.»

«Aye, aber worauf willst du hinaus? Wir haben den hier auch kommen gesehen.»

«Ja, weil er schnurstracks hierhergekommen ist. Was für ein Zufall, dass er in Sicht- und Hörweite sein Lager aufgeschlagen hat. Ladet ihr jeden Fremden ein?»

«Genauso viele, wie wir mit Speer und Pfeil begrüßen. Aber Bruder Maxwell hat sich mit ihm angefreundet, genau wie bei euch zweien.» Cunar kniff die Augen zusammen. «Verstehe. Aber was könnte er wollen?» Bryns Schweigen sagte es ihm. «Du findest, drei Wochen sind auch kein Zufall.»

Sie sahen zu, wie der Neuankömmling aß und redete, sich mit den Raben bekannt machte. Er hatte blondes Haar, ein offenes Gesicht und wache Augen, mit denen er sich regelmäßig umsah. Sie hatten etwas Merkwürdiges an sich, diese Augen … Seinem schroffen Akzent nach zu urteilen, stammte er aus dem Südwesten, aus Itrim. «Zuola ist nur ein paar Wochen vor euch hier angekommen. Während der Schneezeit stoßen wir seltener auf Leute, die sich uns auch seltener anschließen. Die Zahl schwankt, es gibt keine normale Größe. Zuola ist in Ordnung. Ihr könnt ihr vertrauen.»

«Das ist sie», stimmte Bryn zu. «*Ihr* könnt ihr vertrauen. Was mich betrifft, ich traue niemandem. Dieser Mann behauptet, ein Apheristenbruder zu sein, dabei hat er vor dem Essen seine Gebete nicht gesprochen.»

«Hat er wohl!», protestierte Mittni. «Er hat auch die Kette geküsst, die er um den Hals trägt.»

«Aber Geistliche dürfen von Heiden nur etwas zu essen annehmen, wenn sie es vorher offen segnen und den ersten Löffelvoll als Opfer verbrennen.»

«Hast du ja auch nicht getan», widersprach Mittni.

«Ich bin kein Geistlicher. Außerdem habe ich etwas gegen Rituale. Es ist nicht das erste Mal, dass Spione unter dem

Deckmantel der Kirche nach uns suchen», zischte Bryn. «Diesmal sind wir vorbereitet.»

Cunar grinste, dass die Goldzähne blitzten. «Was sollen wir tun?»

«Werft ihn raus.» Cunar nickte grimmig. «Aber erst, wenn er uns gesagt hat, was wir wissen wollen. Befragt ihn.» Der Räuber zog die Augenbrauen hoch. «Mit allen nötigen Mitteln.»

«Aye-aye, Käpten.»

Bryn runzelte die Stirn und versuchte, eine Spur Sarkasmus bei Cunar aufzuspüren. Er fand keine, und schon sprach der Räuber mit einigen Gefährten, die ein Stück von dem Gast entfernt waren. Bryn blieb mit Mittni im Schatten und wartete.

Geschirr schepperte, als Essen und Trinken umstürzten; Tropfen von Bier zischten wütend, als sie auf die Flammen des nächsten Feuers trafen. Der angebliche Geistliche wurde hochgerissen und über die festgetretene Erde geschleift. Cunar hob den Mann hoch, der eine Handbreit kleiner war, und drückte ihn an die Wand. Zwei Raben packten ihn bei den Armen, und ein dritter begann ihn zu fesseln. Bruder Maxwell flatterte umher, entrüstet und bestürzt darüber, dass sein Gast misshandelt wurde.

«Wie heißt du – wie heißt du *wirklich*?», grollte Cunar. Aus dem herausgeputzten Edelmann von eben war der Pirat geworden, dessen Goldzähne im Feuerschein gefährlich glitzerten. Sein Gesicht war zu einer Maske des unheilvollen Argwohns verzerrt.

«Ich – ich habe keine Ahnung, w-was du meinst», stotterte der Eindringling, der noch blasser geworden war.

«Du bist ein Spitzel!», dröhnte Scorza und trat ihm in die Rippen.

«Ich hab euch doch schon gesagt, ich heiße Jasper!»

«Er spricht die Wahrheit», sagte Bryn unter seinem Deckmantel aus Umhang und Schatten.

Cunar warf zögernd einen Blick zu den Barue, bevor er sich wieder an den Übeltäter wandte. «Warum bist du hier? Wer hat dich geschickt?» Er sah furchterregend und wild aus, sein dunkles geflochtenes Haar schwang von der Heftigkeit der Bewegung um sein markantes Gesicht.

«Niemand hat mich geschickt! Ich habe mein Kloster verlassen, um eine Zeitlang in der Stille des Ambosses zu beten und zu meditieren. Aber es war kalt, und ich hatte mich verirrt, und so nahm ich das großzügige Angebot von Bruder Maxwell an.»

«Du lügst!», fauchte Cunar. Sein Gesicht war ganz nahe an das seines Gegners geschoben. Weitere Gewalt war unnötig; Augen hypnotisierten Augen mit Furcht. Diese Augen ... Während der Geistliche seine Unschuld beteuerte, schienen sie ihren Halt zu verlieren und richteten sich hierhin und dorthin. Irgendwie kamen sie Bryn bekannt vor. «Du bespitzelst uns jetzt schon eine ganze Weile. Glaube bloß nicht, wir hätten dich nicht gesehen.»

Bryn spürte, wie den Spitzel ein Schrecken durchfuhr. «Ich gebe zu, dass ich schon eine Weile hier bin. Aber ich wusste nicht einmal, dass ihr –»

Cunar riss ihn von der Wand weg und schleuderte ihn zu Boden. Es verschlug dem falschen Geistlichen den Atem, er wimmerte jämmerlich.

«Von nun an die Wahrheit oder nichts.» Cunar schüttelte ihn, den weißen Kragen mit einer Hand gepackt. Ein metallisches Klirren verriet, dass der Räuber mit der anderen sein Messer zog, um es seinem Opfer an die Kehle zu halten. «Ich frage dich noch einmal: Wer hat dich geschickt und warum?»

Jasper holte keuchend, rasselnd Luft. Seine Augen waren

geschlossen und seine Lippen fest zugekniffen, die Zähne zusammengebissen. Bryn spürte, wie ihn der Mut verließ, als die kalte Messerspitze ihn unterm Kinn kitzelte.

«Werdet ihr … mich verschonen … wenn ich … es euch sage?»

Cunar sah zögernd zu den Barue auf. Jasper versuchte, in den Schatten etwas zu erkennen, aber Cunar drückte ihn hinunter, und er fügte sich. Es dauerte lange, bis Bryn nickte. Noch während er das tat, trugen ihn die verdrehten Augen des blonden Mannes immer weiter durch die Monate im Amboss zurück, bis ans Ende der letzten Schneezeit, als die Loyalisten, damals eine Handvoll Barue, die Berge gerade erst betreten hatten. Der Mann war der mit dem irren Blick! Derjenige, der geflohen war, zusammen mit Narbengesicht, als Aquiuss gekommen war und sie gerettet hatte.

«Lässt sich machen», sagte Cunar, als wäre er selbst zu diesem Entschluss gekommen.

«Ein reicher Mann hat mich geschickt – ein sehr reicher Mann. Aus Itrim – wenngleich er auch Häuser in anderen Reichen besitzt. Ich sollte die beiden bespitzeln, die ihr bei euch aufgenommen habt.»

Da ihre Existenz und Anwesenheit bereits bekannt war, verließ Bryn die Schatten. Er stellte sich über den Geistlichen. Eine Kapuze beschirmte sein Gesicht vor dem Leuchten der Flammen. «Warum?»

Die Frage entlockte Jasper ein gehässiges Grinsen. Es lag beinahe Verachtung in seiner Stimme. «Das weißt du doch wohl. Als Erbe eines Imperiums.»

«Ich wusste es», schimpfte Bryn. «Es geht immer wieder um das Geld!»

Jasper zögerte. «Ja … ja, er ist ein habgieriger Kerl.»

«Wer?», wollte Cunar wissen.

«Derjenige, der mich geschickt hat.»

«Einen *Namen*», grollte Cunar.

«Nicht dass ich ihm je persönlich begegnet wäre, darum weiß ich wirklich nicht, ob es –»

Cunar lenkte seine Aufmerksamkeit erneut auf das Messer.

«Okolnit», flüsterte Jasper. Die Silben hingen im Raum wie das Summen irgendeines unsichtbaren Insekts, das allen, die es hörten, Juckreiz verursachte. Der Name kam Bryn bekannt vor, er klang nach Reichtum und Gefahr. Cunar runzelte die Stirn; Scorza zog die Augenbrauen hoch.

«Okolnit? Was ist das für Zeug?», fragte Reedy dümmlich und brach die Stille.

Der angebliche Geistliche schnaubte frustriert oder verächtlich und brach bald in regelrechtes Lachen aus. «*Der* Okolnit, du Trottel. Der Dekan. Der Lehrmeister.»

Bryn fiel es wieder ein. Er war aus dem Orden von Itrim geworfen worden, weil er Geheimnisse verkauft hatte – jedenfalls irgendwie zu Geld gemacht hatte. Illegal. Ihm waren auch andere, weit fragwürdigere Methoden, die der Mann anwandte, zu Ohren gekommen.

«Mehr. Raus mit der Sprache.» Cunar schien die Worte einfach nur deshalb zu sagen, weil es nichts anderes gab, was er hätte sagen können. Bryn staunte über die unwahrscheinliche Fähigkeit des Gefangenen, seine Häscher unmerklich lächerlich zu machen. Er konnte die Unsicherheit der Raben spüren. Manche kamen sich sogar dumm vor.

«Was kann ich sagen, was nicht jeder schon weiß?» Jasper fügte leise hinzu: «Was nicht jeder zivilisierte Mensch schon weiß. Lest ihr denn keine Zeitung?»

«Sehen wir so aus, als würden wir Zeitung lesen?», knurrte Egor.

«Na schön», seufzte Jasper, als würde er ihnen einen großen

Gefallen tun. «Okolnit ist lange Zeit einer der wichtigsten Gelehrten der Numenii gewesen. Andere Lehrmeister behandeln ihn mit großem Respekt und großer Vorsicht. Er hat nicht viele Feinde, denn es scheint niemand lange zu überleben, der Okolnit gegenüber feindlich eingestellt ist.» Der Spitzel gestattete sich ein Kichern. «Nicht dass ich für ihn arbeiten würde, versteht sich. Das ist alles öffentlich bekannt – sollte also jeder schon gehört haben. Wie ich schon sagte, ich bin ihm nie begegnet. So wichtig bin ich nicht, ich hatte nur das Pech, jemandem in die Quere zu kommen, und …» Er senkte den Blick, als ob er sich schämte. «Tatsächlich hat man mich hierzu gezwungen. Ich konnte meine Schulden nicht bezahlen, also hat der Händler, eine Art Mittelsmann, meine Dienste an Okolnit verkauft.»

«Seht ihr, seine Lage ist genauso wie bei uns allen!», sagte der Mönch. «Warum fahren wir nicht auf zivilisiertere Weise fort?»

Cunar half Jasper widerwillig auf die Füße. Der Spitzel klopfte sich die Kleider ab und riss sich angeekelt das äußere Gewand eines Priesters herunter. «Bitte um Verzeihung», murmelte er. «Vor allem die beiden betroffenen Herren. Um euch die Wahrheit zu sagen, einen der beiden habe ich schon beobachtet, bevor der andere zu ihm gestoßen ist.»

Er sah aus, als wollte er noch mehr sagen, aber Bryn schnitt ihm das Wort ab. «Das genügt.» Er war sich bewusst, dass Zuola nicht weit entfernt stand, und fragte sich, was sie von der ganzen Geschichte halten würde. Er würde Jasper unter vier Augen befragen müssen. Um das Thema zu wechseln, sagte er: «Du hast eine schwere Zeit hinter dir.»

«Nun, da du deine Last mit uns geteilt hast, fühl dich wie zu Hause», sagte Mittni. «Hier wirst du sowohl vor deinem Händler als auch vor Okolnit sicher sein.»

Der erschöpfte Gesichtsausdruck Jaspers besagte: *Vor Okolnit ist man nirgends sicher,* aber er sprach es nicht aus. Die Raben machten es sich wieder an den Feuern bequem, um Essen und Trinken miteinander zu teilen und erhitzt über Jasper, den Händler und Okolnit zu debattieren.

«Vergesst bei allem, was gesagt wurde, nicht, dass dieser Mann ein Spitzel war!», rief Cunar durch die Höhle. Alle hielten inne und lauschten. «Er kam in betrügerischer Absicht hierher, das darf nicht in Vergessenheit geraten. Kein Wort über unsere Freunde. Und ich werde ein Auge auf dich haben», fügte er hinzu und funkelte Jasper an, bis dieser wegsah. Sein Blick war wieder einigermaßen normal, was Bryn zu der Vermutung führte, dass seine Augen nur außer Kontrolle gerieten, wenn er übererregt war. Der Brauer war froh, dass niemand mehr über sein Erbe wissen wollte, und Cunar dankbar für die Ermahnung zur Verschwiegenheit.

«Na, das ging ja hoch her», sagte Mittni. Sie erfrischten ihre Köpfe in der Kühle des Abends draußen und sahen zu, wie die letzte Sonnenglut am Horizont erlosch. «Ich hab ihn aufgefordert hierzubleiben, damit wir ihn im Auge behalten können. Ich hoffe, du bist nicht sauer.»

«Ich weiß.» Bryn warf ihm einen Blick von der Seite zu. «Warum sollte ich sauer sein?»

Mittni zuckte die Schultern. «Du konntest ja etwas dagegen haben.»

«Nein, es war ein kluger Schachzug.»

«Woher wusstest du eigentlich so schnell, dass er ein Spitzel war?»

«Bevor du gekommen bist, war schon jemand in meiner Nähe. Du, dachte ich, aber das stellte sich als falsch heraus. Es war ein Spitzel. Außerdem kam er mir bekannt vor, und mir wurde erst später klar, dass er bei denen dabei war, die uns in den Amboss gefolgt sind.»

«Hat er gelogen? Was dich betrifft? Ich konnte nichts dergleichen spüren.»

«Ich auch nicht. Was bedeutet, dass er die Wahrheit sagt – außer er war stark genug, um zu verbergen, was ihn uns gegenüber verraten könnte.»

«Ich kann mir nicht vorstellen, dass er solche Fähigkeiten besitzt», widersprach Mittni, «nicht nach den ungeschickten Fehlern, durch die er überhaupt erst deine Aufmerksamkeit erregt hat.»

«Nein», stimmte Bryn ihm zu. «Es sei denn … er wollte, dass ich auf ihn aufmerksam werde.»

Mittni sah sich nervös um. «In diesem Falle könnte er doch gelogen haben.»

«Oder es war die Wahrheit, aber er wollte, dass wir sie hören. Wenn er wirklich wollte, dass wir ihn erwischen, dann wollte er auch, dass wir das hören, was er uns erzählt.» Bryn ächzte verzweifelt. «Ich mache alles immer noch komplizierter. Gehen wir vom Einfachen aus. Wie du gesagt hast, er war ungeschickt. Und ich konnte mehr als einmal spüren, wie er die Wahrheit *tatsächlich* abfälschte oder ihr auswich. Und schließlich, wenn er unsere Sinne einfach täuschen könnte, wie es ihm gefällt, würde er keine so niedere Arbeit für seinen Herrn erledigen.»

«Außer sein Herr hat so große Macht», hauchte Mittni, «dass er es sich leisten kann, jemand so Fähiges für so unwichtige Arbeiten heranzuziehen!»

«Unwahrscheinlich, aber möglich.» Bryn trat gegen die raue Felswand. «Alles ist möglich. Aber er hat sich ziemlich gesträubt, und ich glaube nicht, dass das geschauspielert war. Aber wir behalten ihn im Auge und befragen ihn noch einmal separat. Er war von Anfang an da. Er war einer unserer Verfolger auf dem Weg in den Amboss. Also kein Beobachter, den die Numenii postiert haben, um über die Barue im Bilde zu sein, sondern geschickt von diesem … Okolnit.»

Eine hochgewachsene Gestalt schlüpfte durch den Seiteneingang und schloss sich den Barue an ihrem Aussichtspunkt an. «Ich traue ihm nicht. Wir geben ihm natürlich eine Chance, wie wir es bei allen tun. Aber ich bin sehr beeindruckt, dass du ihn gleich durchschaut hast, Bryn.»

Bryn nickte, ohne sich umzusehen. «Danke, Cunar», sagte er nach einer Weile.

«Gern geschehen. Wir werden den Burschen im Auge behalten.»

«Gestattet mir, das jetzt gleich zu machen», sagte Mittni. «Ich hab kein gutes Gefühl, jetzt, wo er da ist.» Auf halbem Wege zu der Zeltbahn, mit der der Eingang getarnt war, sah er Bryn noch einmal an. «Keine Sorge, ich verrate nichts. Ich werde nicht mal mit ihm reden; ich will einfach die Augen und die Ohren offen haben.»

Räuber und Barue standen schweigend nebeneinander, während die Dunkelheit sich herabsenkte.

«Ich bin froh, dass ihr hier seid. Ich hätte nicht gedacht, dass aus eurer Ordnung und Disziplin was wird, aber da habe ich mich getäuscht. Ich weiß nicht, wie ich es sagen soll, aber dadurch wurden die Brüder irgendwie zusammengeschweißt, auf einem höheren Niveau. Nicht bloß Draufgängertum. Aufeinander aufzupassen, ist eine ernste Sache, und es wird Zeit, dass wir die Verantwortung ernst nehmen.»

Cunar versetzte der Kiefer neben sich einen freundschaftlichen Hieb und machte sich wieder auf den Weg nach drinnen.

«Cunar!»

Der Mann wandte sich um, und Bryn konnte hören, wie seine langen Zöpfe dabei raschelten.

«Warum hast du mich *Käpten* genannt?»

Cunar grinste. «Glaub nicht, ich hätte es nicht gemerkt! Du bist derjenige, der hier die Befehle gibt, mein Bruder. Das wissen die anderen auch. Du bist unser Anführer. Mittni trainiert uns, weil du Besseres zu tun hast. Ich habe es doch gesehen, immer schweigst du, außer wenn du mal mit deinem Verwandten flüsterst.» Er hielt inne. «Und mit der Ankunft dieses Spitzels ist mir klargeworden, wie wichtig … und gerissen du bist. Aber keine Sorge, von uns hast du nichts zu befürchten. Wir sind Brüder, und du bist der Erstgeborene.»

Bryn wollte gerade etwas erwidern, da erschütterte eine lautlose Explosion ihr Versteck. Purpurnes Licht flutete durch die Höhle und drang stärker als die Mittagssonne durch das Wachstuch nach draußen, so hell, dass Cunars entsetztes Gesicht erleuchtet wurde. Das Licht war grell und unnatürlich und reizte die Augen. Bryn und Cunar rissen den Vorhang beiseite und traten mit blankgezogenen Schwertern ein. Alles sah normal aus. Die Lagerfeuer brannten nach wie vor, steuerten ihren flackernden Schein zum stetigeren Licht der Lampen hinzu. Die Raben lagerten darum herum wie immer. Aber sie blinzelten wie Eulen bei Tage, als wären sie geblendet, und wischten sich Tränen aus den Augen.

Mittni war als Einziger auf den Beinen, gebeugt, als stemmte er sich gegen einen Sturm, und bemühte sich, die blutunterlaufenen Augen wieder aufzubekommen.

«Jasper!», krächzte er. «Er ist weg!»

✦ ✦ ✦

«Bist du verrückt? Was machst du da?»

«Beobachten!» Dordios zog den Kopf wieder hinter die Ecke des Gebäudes und sah empört zu seiner Schwester hoch.

«Das tu ich auch!» Telseara funkelte ihn an, die Hände in die Hüften gestemmt.

«Dann duck dich! Sonst verrätst du uns noch ...»

«Ja, und *wenn* uns jemand sieht, erregen wir gleich Verdacht, wenn wir uns ducken. Benimm dich einfach wie immer. Von uns will keiner was – bis jetzt. Also steh auf.»

Verlegen kam Dordios wieder auf die Beine. «Also ... was, meinst du, läuft hier gerade?»

«Das ist doch wohl sonnenklar, oder? Sie hegen Verdacht wegen dieser Sache mit Bryn. Sie glauben nicht, dass du das bist.» Er öffnete den Mund, aber sie brachte ihn mit einem vernichtenden Blick zum Schweigen. Sie durften darüber nicht reden; es gab nichts zu sagen. Sie kannten ihre Rollen. Aber so langsam wurde es eng. Leute verschwanden, manchmal für Tage, nur um mit gebrochenem Willen in die stumpfsinnige Plackerei Neuquiveldas zurückzukehren – und überwiegend auch mit gebrochenen Knochen.

Es gab niemanden, bei dem man sich beschweren konnte, niemanden, der ihnen helfen würde. Bartholdi, ja, sogar ihr Vater war machtlos – nein, vor allem er. Die Numenii-Wachen patrouillierten gemütlich durch die schnurgeraden, charakterlosen Straßen und sahen die Leute von Quivelda an, als wären es Beutetiere. Oh, sie waren besser als die Ostentum. Ein bisschen besser. Aber es lag eine geradezu himmelschreiende Ungerechtigkeit darin, so von seinen Mitmenschen behandelt zu werden.

«Telsea, was wird aus Calaspia?»

Telseara wünschte sich, ihr Bruder würde sie nicht so ansehen. Sie waren fast erwachsen, Herrgott nochmal, sie waren ohne Mutter aufgewachsen … sie hatten gegen Nurgor und Ostentum gekämpft … Er hatte kein Recht, sie mit den Augen eines kleinen, verängstigten Jungen anzusehen.

«Dos.» Sie sah ihm beruhigend in die braunen Augen, ohne diese Ruhe zu empfinden. «Calaspia befindet sich mitten in großen Umwälzungen, und wir haben das Glück, an ihnen beteiligt zu sein. Vergiss unsere Mission nicht.»

«Wie könnte ich die vergessen? Aber hier passiert überhaupt nichts … wir helfen niemandem.»

«Doch, das tun wir! Irgendetwas gibt mir das Gefühl, dass wir eine sehr wichtige Rolle dabei spielen, Bryns Freiheit zu verteidigen, selbst wenn wir nicht da sind, wo etwas passiert. Es wird Zeit, dass wir an andere denken. Thybil würde sagen, es sei eine gute Übung in Demut oder so was in der Art.»

«Die Übung hast du aber nötiger als ich», antwortete Dordios.

«Siehst du?» Telseara grinste. «Das ist die richtige Einstellung. Ich dachte eben schon, ich spräche mit einem Fremden.»

«Aber was das mit den Umwälzungen angeht – du weißt doch, was dieser Wachsoldat gesagt hat …»

«Das passiert nicht nur mit Quivelda», hatte der Soldat gesagt. Es hatte ihm richtig Spaß gemacht, zwei jungen Barue Angst einzuflößen. «Überall in Calaspia schließen sich sogenannte unabhängige Stämme dem Imperium an … freiwillig oder nicht. Dies ist eine Zeit der Macht und des Fortschritts.»

«Es machen doch bestimmt nicht alle mit», hatte Telseara gesagt.

«Ein paar Zwischenfälle hat es gegeben. Vor allem mit diesen Menschenfressern, den Nephelim. Haben sich ganz schön gewehrt, aber umsonst.»

«Was ist aus ihnen geworden?», fragte Dordios, der an Aesir

und Wafrudnir denken musste, die sie mit der Geschichte von der Rückkehr der Ostentum nach Armaah begleitet hatten.

Der Soldat zuckte die Schultern. «Fragt mich nicht, ich war nicht dabei. Ich weiß nur, dass es sie nicht mehr lange geben wird …»

Dordios schluckte vernehmlich. «Telsea, ist das alles – na ja, *unser* Fehler?»

Sie wandte den Blick ab. «Jetzt leg dir bloß keine Gewissensbisse zu, Bruderherz», sagte sie leise. «Wir sind immer gut ohne ausgekommen.»

Er sah sie finster an, und seine Miene verlangte eine Antwort.

«Schau, wir haben unser Bestes getan!» Telseara hielt inne. «Na ja, vielleicht haben wir unseren Teil dazu beigetragen, dass die Bösen an die Macht gekommen sind. Aber es war ein verflixt raffinierter Plan, und jetzt müssen eben wir *sie* austricksen. Ist doch unsere Spezialität.» Sie strich sich die rotblonden Haare aus dem Gesicht, die sie inzwischen länger trug. «Bis dahin betrachte unsere Zeit hier als Wiedergutmachung an Calaspia. Halte durch, zum Wohle all derjenigen, die gerade zu leiden haben.»

«Davon gibt's schon hier jede Menge.»

«Ja. Wir müssen ihre Hoffnung sein.»

«Ich meinte uns beide.»

«Also wirklich, Bruderherz, du bist doch nicht etwa so leicht fertig zu machen? Denk mal an Mama Bellyset und die anderen alle.»

«Wir werden stark bleiben.» Dordios schob entschlossen den Unterkiefer vor. «Für Mittni, für Thybil und für Bryn.»

Die Geschwister fuhren auf. Beide wurden von einer großen Hand am Genick gepackt.

«Was zum Teufel habt ihr zwei hier draußen zu suchen?»

Sie wurden ohne langes Federlesen hinaus auf die Straße geschleudert.

«Gleich läutet die Abendglocke, ihr Strolche!», polterte der schwergebaute Soldat. «Macht, dass ihr in eure Unterkunft kommt!»

✦ 26. KAPITEL ✦

Der König der Raben

Ein Trupp Raben machte sich auf die Suche nach Jasper, aber er war nirgendwo zu sehen. Er hatte sich buchstäblich in Luft aufgelöst. Bryn versuchte immer noch, sich einen Reim darauf zu machen, wie sie alle.

«Es war eine Kugel, wie eine Kristallkugel, nur ziemlich klein.» Mittni versuchte, die Größe des Gegenstands mit den Händen zu zeigen. «Er hat sie aus einer Innentasche gezogen, nehme ich an. Jedenfalls, in dem einen Moment lachten wir noch alle über einen Witz, und im nächsten wurde alles grellrosa.» Er spreizte die Finger und zog die Augenbrauen hoch. «Ich hab die Kugel nur ganz kurz gesehen. Ich glaube, sie war mit einer dunkelroten Flüssigkeit gefüllt. Offensichtlich hat er sie auf dem Boden zerschellen lassen, und ihr Inhalt hat uns geblendet.»

«Narbengesicht ist Aquiuss auf ganz ähnliche Weise entkommen», sagte Bryn. «Hinter diesem Erzeugnis steckt zweifelsohne Okolnit.»

«Wir hätten ihn durchsuchen sollen!», schimpfte Cunar.

«Ja, hätten wir», sagte Bryn. «Dafür tragen ebenso wir die Schuld wie alle anderen. Aber es bringt nichts, über verschüttetes Swigny zu jammern.»

«Wir können die Umgegend durchkämmen», sagte Cunar. «Der kommt nicht weit … Du scheinst das ziemlich leicht zu nehmen.»

Bryn lachte leise. «Wenn ich ihn das nächste Mal sehe, töte ich ihn.»

Die Raben um ihn herum lachten laut, aber die Heiterkeit legte sich rasch, als sie seinen Gesichtsausdruck sahen.

«Halten wir die Augen nach ihm offen. Aber weicht nicht vom Üblichen ab, um ihn zu jagen. Mit seiner Verschlagenheit dürfte er mehr Ärger machen, als er wert ist. Es ist dunkel. Der erste Suchtrupp hat versagt. Wir haben keine Chance, ihn jetzt noch zu finden.»

«Brüder, Schwestern, die Zeit ist gekommen, dass unsere Freundschaft auf die Probe gestellt wird», verkündete Cunar. «Morgen werden wir diesen Vorposten aufgeben und nach Osten ziehen.» Er stellte Blickkontakt mit denjenigen her, die am weitesten weg waren. «Dort warten wir mit wachsamem Auge auf die Ankunft des Feindes.» Er sah Mittni und Zuola mit grimmigem Lächeln an, und doch war eine hungrige Eifrigkeit in seinen Augen. «Dort trainieren wir in gespannter Erwartung.»

Die Raben richteten ihre Nachtlager her und redeten angeregt. Bryn konnte Besorgnis und inneres Aufbegehren angesichts der Aussicht spüren, gegen Truppen zu kämpfen. Die Barue legten ihre Decken abseits von den anderen aus, um sich in Ruhe zu beratschlagen.

«Zuerst dachte ich, das violette Licht wäre Magie, aber nach deiner Beschreibung dürfte es sich eher um Wissenschaft handeln. Alchimie vielleicht.»

«Deine Einschätzung ist besser als meine.» Mittni ließ sich neben Bryn auf ihr hartes Nachtlager fallen. «Was könnte dieser Okolnit bloß wollen?»

«Er ist hinter dem Geheimrezept her. Oder einfach bloß hinter meinem Erbe. Auf jeden Fall geht's um Geld.»

Decken raschelten. Bryn spürte, dass Mittni sich fragte, ob er fortfahren sollte. «Für mich klingt es, als wäre dieser Mann wohlhabend genug. Vielleicht geht's um was anderes.»

«Glaub mir, er ist hinter Geld her», erwiderte Bryn. «Und hinter dem vermaledeiten Swignyrezept. Nichts als Ärger und Verdruss. Wegen mir sollen sie es alle haben. Ich will nichts davon, überhaupt nichts!»

Mittni legte Bryn tröstend eine Hand auf die Schulter. Sie fielen langsam in den Schlaf. Bryn rätselte noch über Cunars Worte. Hinter seinen geschlossenen Lidern sah er Jaspers irren Blick, und Mittni sah in der Dunkelheit seines Geistes immer wieder die alles verschlingenden Blitze üblen Lichts.

✦ ✦ ✦

Zuola tauchte aus der Schlucht auf. Ihr Atem ging schwer, aber gleichmäßig. Sie warf sich in einen Sprint am Ende des Rennens. Ihr Schwert sang, als es seine Scheide verließ, und glitzerte, als sie es zum tödlichen Schlag erhob. Aber sie kam zu spät. Jemand sprang aus den Felsen über ihnen, warf einen fliegenden Schatten über Frau und Nurgor. Er vollführte mitten im Flug einen glatten, sauberen Schwerthieb aus, landete dann auf allen vieren und setzte seinen Weg fort, ohne nach hinten zu blicken.

«Verflucht, Bryn! Das war meiner!»

Zwölf Wochen waren vergangen seit Jaspers Verschwinden. Das Leben kehrte für die Raben wieder zur Normalität zurück, wobei sie hart trainierten und öfter auf Raubzüge gingen. Normalerweise hielten sie sich von den Nurgor fern, deren Brutalität oft nur von ihrer Zahl übertroffen wurde, was sie zu unwahrscheinlich gefährlichen Gegnern machte – und ihre Schätze verhältnismäßig unattraktiv. In der letzten Zeit waren weit mehr Nurgor unterwegs. Während sie Cunar zufolge normalerweise ein paarmal im Jahr in großen Kriegsscharen an den Verstecken der Raben vorbeiwanderten, sickerten die Monster nun beständig ein. Und anstatt auf der Suche nach ihren nächsten Opfern wirr durch Calaspia zu streifen, waren diese Truppen alle Richtung Norden unterwegs.

Die Raben spezialisierten sich darauf, sich einzelne Gruppen von Nurgor herauszugreifen, niemals mehr als dreißig, und sie zu dezimieren. Es war eine Art Zielschießen. Die Raben lockten sie in einen Hinterhalt oder auf strategisch günstiges Gelände, wo sie schossen, feuerten, schleuderten und warfen, und die Nurgor, die berüchtigt für ihre Unfähigkeit in Sachen Ballistik waren, fielen ohne eine Chance der Vergeltung. Viele Raben wurden dieser sinnlosen Gemetzel überdrüssig, ihnen drehten sich bei dem Blutvergießen der Magen um. Andere, die davon gehört hatten, welche Verwüstung die Nurgor über hilflose Dörfer brachten, oder es gar selbst erlebt hatten, konnten nicht genug bekommen. Diese Gruppe wurde jedes Mal kleiner, aber auch grimmiger und effizienter, und es war immer Bryn, der sie anführte.

Zu seiner Überraschung war Zuola am blutrünstigsten. Sie schreckte nie davor zurück, Nurgor unschädlich zu machen, zuckte nie auch nur mit der Wimper, wenn sie starben. Er spürte einen lodernden Zorn, der für eine Culmus Sangui untypisch war. Es entwickelte sich eine Rivalität zwischen den beiden, ein regelrechtes Wettrennen dabei, Überlebenden den Rest zu geben, denn sie waren die Einzigen, die gegen sie lieber in den Nahkampf gingen, als sie aus der Ferne abzuschießen.

Es war das erste Mal, dass Bryn seit seiner Ausbildung in der Eisfeste mit Nurgor zu tun hatte, und er erfreute sich an der Tatsache, dass er nun sogar Nurg'uzrael niederstrecken konnte, die verdrehten, übernatürlich starken Nurgor, die dem Wahnsinn anheimgefallen waren.

«Was soll ich sagen?» Bryn wandte sich um und grinste sie an. «Du bist nicht mehr so schnell wie früher.»

Zuola stürmte ihm nach und schimpfte dabei leise vor sich hin. «Du bist viel schneller geworden, daran liegt es», sagte sie, als sie ihn eingeholt hatte. «Als deine Lehrerin sollte ich mich freuen, aber das kann ich mir nicht als Verdienst anrechnen. Als deine Rivalin bin ich neidisch. Er gehörte mir!»

«Lehrerin?» Bryn fuhr sich mit der Hand durchs Haar. «Das ist lange her.»

Sie machten auf einem Felsvorsprung über dem Tal halt. Links und rechts über ihren Köpfen wölbten sich moosbedeckte Hänge. Aus ihrer weichen, grünen Haut stach nackter Fels wie Knochen, weiß und schimmernd, von der Sonne ausgedörrt. Der glitzernde Bach war der Lebenssaft des Berges, er quoll durch die Haut, wand sich zwischen den Knochen entlang und ergoss sich über die mächtige Schulter in den Fluss unten im Tal. Die Berge erschienen Bryn schöner als je zuvor, grün und üppig und lebendig in Erwartung der Keimzeit. Er hatte sich gar nicht vorstellen können, dass in dieser Höhe so viel Leben existierte, wo davor nur Fels und Schnee gewesen waren. Und doch freute ihn die Veränderung nicht. Er war noch nicht bereit dafür. Es fühlte sich an, als stecke sein Herz noch in der Vergangenheit fest, im Schnee, im unnachgiebigen Eis eingeschlossen, und weigere sich, den Wandel der Natur anzuerkennen. Er war noch nicht bereit aufzutauen.

«Es sind nicht nur Monster, weißt du», sagte Zuola leise.

«Das hast du mir schon erzählt.»

«Ja, aber vielleicht hast du mir nicht zugehört. Sie sind

nicht wie die Ostentum. Nurgor sind intelligenter, mehr wie … Menschen.»

Bryn nickte, fletschte die Zähne. «Deshalb genieße ich es umso mehr, sie zu töten.»

Und er sagte sich, dass das stimmte. Jeder Nurgor, den er fällte, brachte ihn einen Schritt näher daran, Mama Bellysets Tod wiedergutzumachen, auch wenn die Distanz zwischen ihnen unendlich war.

Weil Zuola nicht die Sinne eines Barue besaß, nahm er an, dass sie seine Bemerkung scherzhaft auffasste. Sie spürte die Bitternis in seinem Herzen nicht. Aber sie sagte grimmig: «Das ist nicht dein Ernst.» Er sah weg und sagte nichts, zog Befriedigung aus ihrer Besorgnis. «Das ist nicht der Weg der Culmus Sangui. Auch keine Haltung eines normalen menschlichen Wesens. Dieser Weg wird dir nur noch mehr Leid einbringen, und du wirst nicht besser sein als diejenigen, die du jagst.»

Bryn überlegte, ob er ihr einmal klare Worte zu den Culmus Sangui sagen sollte. Zuola wusste noch nicht, dass er mit ihrem Orden gebrochen hatte. Bevor er sich noch entschieden hatte, riss ihn ein Warnsignal aus seinen Gedanken.

Wie ein Mann zogen Krieger und Kriegerin ihre Schwerter und kletterten ein Stück höher, sahen nach Osten. Und tatsächlich, da kam Reedy schlaksig angesprungen.

«Nurgor!» Er war ziemlich außer Atem.

Bryn wollte schon eine spöttische Bemerkung machen, aber Zuola war schneller. «Wie viele, wo?» Sie sah ernst aus, und Bryn war froh, dass er nichts gesagt hatte.

«Ein ganzes Stück weg – im Norden – Cunar hat sie durch sein Fernrohr gesehen. Eine größere Horde als sonst – an die hundert.»

Zuola schob ihr Schwert in die Scheide, nahm den dürren

Jugendlichen bei der Schulter und machte sich mit ihm auf den Weg. «Ungewöhnlich. Muss am Wetter liegen, dass sie sich mehr trauen. Stellen sie eine Bedrohung dar?»

«Das ist es ja. Sie … kämpfen schon.»

«Gegeneinander?»

«Nein! Gegen irgendwelche Leute. Scheinen aber keine Numenii zu sein. Und auch keine Zwerge.»

«Und was interessiert uns das?», fragte Bryn. «Sollen sie kämpfen. Ist doch nicht unsere Schlacht.»

«Wir dachten, sie könnten vielleicht Hilfe gebrauchen», erklärte Reedy.

Bryn sah dem einfachen Burschen ins Gesicht – große Augen, abstehende Ohren, weit auseinanderstehende Zähne – und war gerührt von dessen aufrichtiger Solidarität. Gerührt, aber nicht bewegt. «Jeder, der dumm genug ist, gegen hundert Nurgor zu kämpfen, muss auch entweder stark oder verzweifelt genug dazu sein. Warum überhaupt die Eile? Du hast gesagt, sie sind ein ganzes Stück weit weg. Was können wir da noch für sie tun?»

«Na ja, wisst ihr, es ist so – Mittni ist schon mit den Raben dorthin unterwegs.»

«Was?», fauchte Bryn. «Ohne meinen Befehl?»

Zuola warf ihm einen missbilligenden Blick zu, und er rief sich wieder in Erinnerung, dass er diese Führungsrolle nicht einmal gewollt hatte. Tatsachlich überraschten ihn seine Worte selbst.

Reedy wurde rot. «Er meinte, das würdest du schon verstehen.»

Bryn seufzte. Er grinste Zuola an und rannte los. «Wenn das wahr ist, kann ich nur eines sagen, schlag mich doch!»

«Das werde ich!»

Und sie hetzte ihm nach und ließ den jungen Flötenspieler

zurück, der die Augen verdrehte und sich auf den Weg ins Versteck der Raben machte.

Die Angreifer kämpften auf ganz ähnliche Weise wie die Raben, und das erklärte, dass sie den Kampf so lange aufrechterhalten konnten. Sie blieben außer Reichweite in Deckung, verhöhnten die Bestien weiter unten im Tal und versetzten ihnen schmerzhafte Stiche. Die Stelle war gut für einen Hinterhalt gewählt, der es ihnen ermöglichte, die Nurgor sowohl von der Flucht als auch von einem Angriff abzuhalten. In ihrer Entschlossenheit, nicht wegzulaufen, ähnelten die armseligen Monstren den Nephelim, nur dass sie nicht deren Intelligenz besaßen. Sie weigerten sich, die Tatsache zu akzeptieren, dass sie den Kampf nicht erwidern konnten, und brüllten die Berge an, als könnten sie die Bogenschützen mit der schieren Kraft ihrer Lungen von ihren Hochsitzen herunterholen. Sie hatten schon all ihre Speere verloren und nichts damit erreicht. Im Gegensatz zu Nephelim waren sie nicht gewillt, sich der überlegenen Kampfkraft zu stellen, die beide Seiten des Tals blockierte, was sie daran hinderte, aus ihrer Zwangslage in die Freiheit durchzubrechen oder nach oben, um sich zu rächen. Zumindest waren sie intelligent genug, um vor dem tödlichen Regen in Deckung zu gehen. Das erklärte, warum das Geplänkel zwei Stunden, nachdem die Raben aufgebrochen waren, um ihnen zu helfen, immer noch nicht zu Ende war.

Mit einiger Verärgerung kam Bryn zu dem Schluss, dass Zuola besser in Form war als er. Ob sie das auch bemerkte, wusste er nicht, denn sie blieb die ganze Strecke über mühelos einige Schritte vor ihm, während er ihr in der zweiten Hälfte nachkeuchte und versuchte, wieder ruhig zu atmen. Fragen hatten ihn bis zu den Raben verfolgt, auf die sie eine halbe Stunde nach dem Loslaufen stießen, aber die konnten sie ihm nicht beantworten, sondern erzählten nur, dass Cunar und Mittni die Schlacht beobachtet hatten und zu dem Schluss gekommen waren, dass man sich einmischen sollte. Sie waren weiter vorn.

Obwohl er gut kämpfen konnte, war es untypisch für Mittni, ohne guten Grund auf einen Kampf zu bestehen; er fand keine Freude daran. Im Näherkommen wurde alles klar. Wie durch einen Schlag in die Magengrube begriff Bryn Mittnis Entscheidung. Die Krieger kamen aus Eisenfels. Was taten sie dermaßen weit im Süden? Sie jagten doch keine Nurgor zum Spaß oder um in Übung zu bleiben. Er war sich nicht sicher, dass seine Neugierde seine Unsicherheit bei der Aussicht auf ein Zusammentreffen mit den Loyalisten überbot.

Am Ende nahm Mittni ihm die Entscheidung ab. Die Nurgor waren auf vielleicht ein Drittel ihrer ursprünglichen Zahl dezimiert, und die Raben waren zwar erschöpft, wollten aber einen guten ersten Eindruck hinterlassen. Sie versammelten sich nahe bei dem schmalen Zugang ins Tal, durch den auch die Nurgor eingedrungen waren: um wieder zu Atem zu kommen, etwas zu trinken oder ihre Blasen zu entleeren, um ihren Geist und ihre Waffen für den Zusammenstoß bereitzumachen.

«In Freiheit leben, in Freiheit dienen, in Freiheit sterben», intonierten sie. «Bruder neben Bruder, unsere Leben für einander.»

Dann ergossen die Raben sich mit dem schrillen Brüllen, das sie zu ihrem Kriegsschrei gemacht hatten, in den Pass. Bryn stürmte hinter Mittni und Cunar an der Spitze ihrer Männer her. Die Frauen unter ihnen schossen vom Kamm aus Pfeile ab, mit der Ausnahme Zuolas. Die Nurgor stürzten sich auf die Neuankömmlinge und machten ihrem Ärger und ihrer Frustration mit wilden Schlägen Luft. Sie waren rasend, drückten Leute mit ihren Leibern an die Felsen und hieben wild mit ihren Keulen und Äxten auf sie ein, kämpften, ohne auf die eigene Sicherheit zu achten. Die erste Linie der Raben brach zusammen, wurde durch die schiere Kraft und Wut zerrissen.

Bryn und Zuola stürzten sich in den Kampf, sprangen mit tödlichen Streichen ihrer blitzenden Schwerter von Gegner zu haarigem Gegner. Ihr Klingengewitter gab den Verwundeten gerade genug Zeit, sich vom Schlachtfeld wegzuschleppen, und denen, die blieben, Gelegenheit, wieder Stand zu finden. Krieger aus Eisenfels strömten die steilen Hänge hinab, schossen mit Pfeilen und warfen Speere, um die Bestien zunächst einmal abzulenken. Bald waren sie den Nurgor gegenüber gewaltig in der Überzahl, die nun verzweifelt genug waren, um endlich zu begreifen, was sie von Anfang an gerettet hätte, und sich in einer gemeinsamen Anstrengung Richtung Ausgang warfen.

Nur ein Nurg'uzrael blieb zurück, der größte und grausigste, dem Bryn je begegnet war. Das Monster war vom Wahnsinn besessen, das wusste Bryn, und darum würde es ihnen niemals weichen.

Krieger drängten zurück und gerieten in Panik, weil sie sich nicht zurückziehen konnten, während ihre Zahl hinter ihnen weiter anschwoll und sie vorwärts schob. Bryn kämpfte sich nach vorn durch und versuchte dabei, die unwilligen Kämpfer nicht auf ihren Albtraumgegner zuzuschieben. Es war hoffnungslos. Der Nurg'uzrael ragte im engsten Teil der Schlucht über ihnen und sog ihre Angst und ihren Abscheu in sich auf, als besäße er Barue-Sinne. Bryn wünschte sich unvermittelt, Galar Sturlison wäre bei ihnen. Das hier war seine Spezialität.

Zuola war vor ihm, drängte sich wild nach vorn, aber selbst sie hatte keine Chance, an den Feind heranzukommen. Sie entriss einem Krieger neben sich den Speer und schleuderte ihn gegen den Teufel. Alle verfolgten die Flugbahn des Geschosses. Sie ächzten frustriert, als der gewaltige Nurgor die Waffe mit einer Hand fing wie eine lästige Fliege, und schrien entsetzt auf, als der Speer zurück in ihre Mitte gerast kam und zwei Krieger im Tod aneinandernagelte.

Schnaubend hob das Wesen die größte Axt, die sie je gesehen hatten. Unter seinem Fell wölbten sich Muskeln vom Umfang einer Männerbrust. Schädel rasselten hohl an ihren Ketten aneinander, Trophäen von früheren Opfern. Die Zeit schien stillzustehen, die Sonne hinter dem Monster warf dessen Schatten über die Krieger. Bryn studierte die Bestie wie ein Gemälde. Jedes Detail war ihm deutlich.

Die Axt schwebte über dem Kopf des Monster, bereit herunterzufahren; die hochgereckten Arme entblößten übelriechende Achselhöhlen, in denen sich Maden wanden. Die kolossale Brust dehnte sich beim Luftholen, dass Pfeile zu Boden rieselten, die in der panzerartigen Haut steckengeblieben waren. Adern traten am Hals des Nurg'uzrael hervor, als er einen Schrei ausstieß, der die Schlucht erschütterte. Der grauenhafte Ton hallte durch das ganze Tal. Eine gespaltene Zunge glitt zwischen den gebleckten Zähnen und den blutigen Lippen hervor, um den menschlichen Schweiß in der Luft zu kosten. Das Wesen sah aus wie ein Dämon, der sich vor dem Festmahl die Lippen leckte.

Nach dem Kriegsschrei war es überall totenstill, aber Bryn spürte den Schrecken seiner Kameraden wie die Schreie von Gefolterten. Pfeile vermochten das Vorankommen des Monsters kaum zu bremsen und richteten keinerlei Schaden an; niemand wagte es, noch einmal einen Speer zu werfen. Würden die Krieger, die bereit zu kämpfen waren, warten müssen, bis das Monster sie erreichte und dazwischen Dutzend Leute getötet hatte? Bryn würde es nicht zulassen. Er wusste, was er zu tun hatte.

«Zuola!» Er bückte sich, um einen Stein aufzuheben, und kämpfte sich zum Rand der Menge durch. Der schwarze Vorhang aus Haaren wirbelte herum, um ihm ihr forschendes Gesicht zu zeigen. «Ich muss weiter rauf!» Er trug nichts von seiner alten Ausrüstung der Culmus Sangui mit sich, sie jedoch schon, wie er wusste. «Falkenfelsbolzen, dort!» Er warf den Stein, der mit einem kaum hörbaren Schlag, der dennoch an das Ohr des Monsters drang, die Felswand traf. Einen Moment, nachdem Bryns Stein die Stelle bezeichnet hatte, folgte Zuolas Bolzen. Nicht nur die Kreatur sah gebannt dorthin, auch alle Krieger. Es war, als hätte sich alles hier versammelt, um genau das mitanzusehen.

«Räuberleiter!», rief Bryn, und Mittni, der vor ihm stand und genau wie alle anderen zusah, ging sofort mit verschränkten Händen in die Hocke. Bryn zog sein Schwert; die Klinge stieg weiß aus der glänzenden Scheide hervor. Die Leute machten ihm Platz, und er lief schräg auf die Felswand zu, stieß sich von Mittnis Händen ab und sprang, so weit er konnte. Er holte mit dem Culmus aus, das er in beiden Händen hielt, mit der Klinge nach unten wie einen Dolch. Als die Felswand ihm entgegenraste, trieb er seine Waffe tief hinein. Die Menge schnappte nach Luft, als sich die Klinge knirschend ein Drittel ihrer Länge tief ins Gestein senkte. Die Klinge als Haltepunkt nutzend, schwang Bryn sich weiter nach oben. In perfekter Abstimmung mit dem Moment, in dem sie sein Gewicht trug, bevor sie wieder herausrutschte, setzte er seinen Flug fort.

Die Tat ähnelte dem, was Aquiuss vollbracht hatte, während sie den Attentäter der Tahl Uthnae auf die Dächer von Armaah hetzten. Daher hatte Bryn seine Idee. Nur bestand hier die größere Herausforderung.

«Attacke!», rief er im Flug. Die Krieger rissen ihre Blicke von dem Spektakel los und stürmten voran. Sie hatten sich gerade erst in Bewegung gesetzt, da erreichte Bryn den Falkenbolzen, ein stabiles Stück Metall in der Form einer Klaue, die als Haltegriff diente. Er hielt sich mit der Linken daran fest und baumelte einen Moment lang mit schaukelnden Beinen daran.

Die Aufmerksamkeit des Nurg'uzrael war geteilt. Er wusste nicht, ob er sich auf den angreifenden Schwarm Soldaten konzentrieren sollte oder auf den kleinen Turner mit dem tanzenden Schwert an der Felswand zu seiner Linken, der einen ebenso gefährlichen Eindruck machte.

Sie erreichten ihn zur gleichen Zeit. Die auf dem Boden stachen ihn mit ihren Spießen, schlugen mit ihren Schwertern nach ihm, die in den Reihen dahinter deckten ihn auf kurze Distanz mit Speeren und Pfeilen ein, wobei sie sich auf Kopf und Nacken konzentrierten.

Bryns Beine, deren Pendelbewegungen endeten, fanden Halt am Fels. Er machte einen Buckel, die Brust ganz eng, oben gehalten durch das Stemmen der Füße und seine linke Hand. Er spürte das glatte, kalte Metall in seinen Fingern und den Fels unter sich, ein massives Sprungbrett. Einen Moment lang hing er dort, wappnete sich für den Flug. Und dann, die Klinge gesenkt, sprang er.

Der Nurg'uzrael hielt sich die Krieger mit furchterregenden Schlägen seiner Axt und pferdeähnlichen Tritten vom Leib, die Körper zermalmten und gegen den Fels fliegen ließen.

Bryn durchschnitt mit seinem Schwert die Luft. Er nahm es auf einer ganz neuen Ebene wahr, als hätte es plötzlich ein

Bewusstsein entwickelt, das dem des Menschen glich. Nein, nicht ganz, es zeigte keinerlei Intelligenz, es *war* einfach. Bryn spürte, dass es sich auf irgendeine Weise mit etwas in dem Nurg'uzrael verband. Es blieb keine Zeit, um länger darüber nachzudenken, als die Klinge am Hals des Monsters durch Fell und Haut fuhr, durch Knochen knirschte und rot wieder die Luft durchschnitt. Bryn landete in einer Rolle und kam in der Hocke wieder hoch.

Luft zischte aus der klaffenden Wunde wie aus einem neuen Maul. Kein anderer Laut entfuhr der Kreatur, nur das Gurgeln, mit dem ihm Blut und Speichel aus der Kehle schossen. Krieger strömten vorbei, wichen dem Monster aus. Es fiel um, zuckte in Krämpfen. Jubel erhob sich. Die neben Bryn Stehenden wollten ihm gratulieren, aber er winkte ab.

«Es ist noch nicht vorbei», grollte er.

Er erhob sich auf ein Knie, wie vor einem König, und streckte das Schwert mit geschlossenen Augen nach vorn. Er tastete mit seinem Geist, benutzte das Schwert wie einen Leiter. Dann fühlte er es. Er roch Wahnsinn, der schäumte wie ein Kessel voller Säure für die Seele. Die Dämpfe waren schwindelerregend, abstoßend, und doch erlebte er einen plötzlichen, unstillbaren Durst nach der Macht. War es eine Waffe des Bösen? Die Ausdünstungen des Wahnsinns ließen nach und damit auch alle anderen Sinne. Er holte tief Luft. Ein Zischen kam aus dem Körper, aber diesmal klang er ganz und gar nicht wie Luft. Es war nichts Neues für Bryn.

Er öffnete die Augen. Er hatte früher schon Nurg'uzrael sterben sehen. Damals hatte er gesehen, wie das flammende Rot in ihren Augen, das sie als vom Wahnsinn besessen kennzeichnete, mit einem wütenden Zischen aus ihnen herausfuhr und verging. Was er diesmal sah, war anders. Das Rot war ein wildes Glühen, es loderte hell wie Kohlen in einem Schmelzofen. Krieger wichen zurück; das Aroma ihrer Furcht und ihres Erstaunens streifte Bryns Sinne.

Ein gequältes Heulen erschütterte das Tal. Es kam nicht aus dem Maul des Nurgor, sondern irgendwo aus seinem Körper oder vielleicht aus einer ganz anderen Existenzebene. Der Ton klirrte in ihren Herzen und ließ ihnen die Brust gefrieren. Die Leiche entzündete sich plötzlich.

Hungrig leckten die Flammen an dem Körper, tanzten. Sie schienen aus seinem Inneren zu kommen und verzehrten ihn mit sengender Hitze und blendendem Licht. Das Spektakel war unmöglich schnell vorbei; zurück blieben nur geschwärzte Erde und der Geruch von verbranntem Haar und Fleisch.

Bryn hatte es geschafft. Er begriff das Geschehene nicht, aber es war vorüber. Schwer atmend beugte er sich vornüber, erschöpft. Krieger eilten geschäftig umher, bargen in ehrfürchtigem Schweigen die Toten und Verwundeten. Bryn entdeckte ein seltenes Banner der Nurgor, das die Wesen selbst mit ihren Hufen in den Schlamm getreten hatten. Alles, was von seinem titanischen Gegner noch übrig war, waren eine kolossale Axt und eine Kette aus Schädeln.

Nicht lange danach kamen die Krieger vom anderen Ende des Tals und verkündeten, dass die letzten Nurgor tot wären. Viele Kehlen stimmten in einen Jubelgesang mit ein. Bryn spürte eine Hand auf der Schulter. Als er aufsah, stand Cunai stirnrunzelnd über ihm.

«Es war eine Ehre, heute zweimal an deiner Seite zu kämpfen.» Aus seinem Stirnrunzeln wurde ein Grinsen. «Und wir sind stolz, dich unseren Anführer nennen zu können.» Der Räuber half ihm hoch. «Komm mit zum Kamm hinauf. Alle warten schon darauf, den Helden der Stunde kennenzulernen.»

«Lieber nicht. Wo ist Mittni?»

«Keine Angst!», rief der junge Hu-Barue. «So schnell wirst du mich nicht los! Cunar, ich habe die Raben angewiesen, sich südlich der Schlucht zu versammeln. Zuola kümmert sich um die Verwundeten.»

Cunar nickte, blinzelte den Barue zu und stapfte davon.

«Entschuldige, dass wir einfach so losgezogen sind», murmelte Mittni. «Wie du sehen kannst, sind diese Leute aus Eisenfels. Wir mussten uns beeilen.»

«Du brauchst dich nicht zu entschuldigen. Es sind deine Krieger. Ich brauchte nicht zu kommen.»

«Ich bin froh, dass du trotzdem gekommen bist.»

Mittni sagte nichts weiter zu der Angelegenheit, und Bryn wusste das Schweigen seines Freundes über das Vorgefallene zu schätzen. Er bückte sich nach einem Fetzen, einem weggeworfenen Hemd wohl, und machte sich mit neuem Respekt an das Säubern seiner Klinge.

«Und was jetzt? Es ist deine Truppe.»

Mittni zuckte die Schultern. «Wir kümmern uns um die Raben. Es wird wohl irgendeine Art Austausch mit den Eisenfelsern geben, und dann … gehen wir nach Hause.»

Die Barue gingen zu ihren Räubern und wurden freudig begrüßt.

«Warum habt ihr uns nicht erzählt, dass ihr diese Leute kennt?», fragte Scorza. «Sie sind genau wie wir, nur dass sie viel mehr sind und besser ausgebildet.»

«Wir hatten keine Ahnung, was im Imperium alles vor sich geht», sagte Egor. «Und wenn man hört, was diese Leute alles vorhaben, und sie in Aktion sieht … dann möchte man sich am liebsten mit ihnen zusammentun.»

«Sie wirken richtig inspiriert», fügte Scorza hinzu. «Als ob sie für eine *Sache* kämpfen.»

«Ich wünschte, wir hätten eine Sache», seufzte Iasri.

Krieger von Eisenfels trafen mit einem Siegerpokal ein, den sie zu teilen gedachten. Sie dankten den Raben für ihren Beistand gegen die Nurgor, gratulierten ihnen für ihren Wagemut und Erfolg und luden sie an ihre Lagerfeuer ein.

Die Raben waren nur zu einverstanden, und Bryn spazierte davon, um zu erwägen, was er tun würde, wenn sie sich tatsächlich unter der nicht vorhandenen Flagge von Eisenfels vereinen wollten. Sollte er allein in der Wildnis des Ambosses bleiben? Was hätte er denn eigentlich vorgehabt, hätte er sich nicht den Raben angeschlossen? Das war es nämlich – es hatte gar keinen Plan gegeben. Weil er keinen gewollt hatte. Nun lagen die Dinge anders. Aber auf gar keinen Fall wollte er sich irgendeiner Sache verschreiben. Das kam überhaupt nicht in Frage.

«Was für eine Verschwendung eines Falkenbolzens.» Zuola hatte sich neben ihn gestellt. «Einen solchen Nurg'uzrael habe ich noch nie gesehen. So voller Wahnsinn.»

«War doch eine vereinte Anstrengung», murmelte Bryn wegwerfend.

«Aber warum hast du ihn verbrannt? Wie du ihn getötet hast, war doch schon beeindruckend genug. Ich hatte ja schon lange den Verdacht, dass du irgendwie mit Magie hantierst, aber das war jetzt der Beweis.»

Bryn grunzte. «Ich bin kein Magier. Du weißt einiges über Nurgor, richtig?»

«Ist meine Arbeit.»

«Ach, und darum warst du die ganze Zeit bei den Raben?» Er wandte sich um, um ihre Gefühle abzuschätzen, und obwohl ihrem Gesicht oder ihrer Körpersprache nichts anzusehen war, konnte er spüren, dass sie sich über sich selbst ärgerte.

«Ja», seufzte sie schließlich. «Ich sollte die Nurgor und ihre Bewegungen überwachen. Die Raben waren gut positioniert, und es schadet nicht, eine freundliche Basis zu haben. Während ich dort war, konnte ich ihre Aktivitäten im Auge behalten.»

«Was wirst du machen, wenn sie sich Eisenfels anschließen?»

«Was immer man mir befiehlt. Ich denke, die Überwachungsphase ist ohnehin bald vorbei. Und was wirst *du* machen? Was war dein Auftrag?»

Bryn wandte sich ab. «Ich hatte keinen.»

Ein Funken von Interesse regte sich in ihr, aber sie verstand seine Erklärung offensichtlich falsch. «Kaum ein paar Monde bei uns, und schon machen sie einen Rächer der Enterbten aus ihm! Nicht einmal mich lassen sie so arbeiten. Gibt für Paladine heutzutage viel zu tun. Ich bin neidisch.»

Erst da bemerkte Bryn ihren Sarkasmus und begriff, dass sie schon die ganze Zeit über gewusst hatte, dass er nicht unter Befehlen hatte hier sein können.

«Rächer sind keine Nomaden. Sie werden auch keine Anführer von Rebellen. Und ich bin noch nicht einmal Paladin.»

«Ich weiß», sagte sie sanft. «Hör mal, wenn du mit den anderen nach Eisenfels zurückkehren möchtest – vorausgesetzt sie wollen dorthin –, dann wärest du uns sehr willkommen. Und wenn ich in den Bergen bleiben soll und du dich nicht mit Zielsetzungen und Autoritäten herumplagen willst … wärest du *mir* sehr willkommen.»

«Wir werden sehen.» Bryn lächelte, als er sich vorstellte, wie das sein würde. Er genoss ihre Gesellschaft. «Das könnte mir gefallen.» Ihre Blicke begegneten sich, dann sahen beide weg.

«Komm, bringen wir in Erfahrung, mit welch hochtrabenden Plänen sie sich besoffen gemacht haben.»

Die beiden spazierten zu den Lagerfeuern, von denen es drei gab, und schlossen sich den Raben beim größten an. Selbst in der Dunkelheit war ihre unmittelbar bevorstehende Invasion nicht zu verbergen, denn die Sonne ließ ihre Waffen in prächtigem Orange erstrahlen.

«Seid gegrüßt, ihr Einzelgänger!», rief Cunar. Er breitete die Arme aus, als wollte er sie und die ganze Versammlung umarmen. «Bryn und Mittni, ihr habt uns gezeigt, dass Disziplin und Struktur uns nicht fesseln, sondern verbessern, und heute haben wir gelernt, dass eine Sache die Leute vereinen kann, ohne sie zu versklaven.»

«Du hast uns gezeigt, was Ordnung ist, und wir sind bereit für Gemeinschaftsarbeit», erklärte Egor und richtete seine Augenklappe. «Wir müssen etwas Konstruktives mit unserem Leben anfangen.»

«Also, wenn ich es nicht besser wüsste, würde ich sogar sagen, dass du und Mittni gekommen seid, um uns darauf vorzubereiten!», lachte Bruder Maxwell. «Elyon hat uns an jenem Tag zusammengeführt. Möge Er die Allianz segnen.»

Möge er uns vor dem sicheren Tod in einem ungewissen Krieg bewahren, betete Bryn.

Sie hatten sich also entschieden, und Bryn konnte seine eigene Entscheidung nicht länger hinausschieben. Und wenn einige Raben nicht mitgehen wollten? Aber das bezweifelte er. Sie waren eine verschworene Gemeinschaft. Sie würden sicherstellen, dass sie immer noch ihre eigenen Herren waren.

«Höchst beeindruckend.»

Bryn fuhr herum, die Hand am Schwertgriff, und hatte die Silhouette des Sprechers rasch ausgemacht. Er hatte niemanden gespürt. Er kniff die Augen gegen den dunkler werdenden

Himmel zusammen und identifizierte eine hochgewachsene Gestalt, die trotz ihres geraden Rückens einen Stab mit sich führte.

«Eridanus!» Bryn war überrascht und glücklich, ihn zu sehen. «Es ist immer eine Freude und eine Ehre, dem Hohen Lehrmeister zu begegnen.»

«Eine nur geringe Freude, als wir uns das letzte Mal unterhalten haben», sagte der Alte. Er drehte sein Gesicht so, dass es die letzten Lichtstrahlen einfing, und sie ließen die merkwürdig respekteinflößende Kombination von Farben in seiner Iris aufflammen. «Und eine nur geringe Ehre, nun da ich nicht mehr Hoher Lehrmeister bin.»

«Für uns werdet Ihr das immer sein. Es steht Euch rechtmäßig zu. Vergebt mir, Sire, aber was ist höchst beeindruckend?»

Eridanus schmunzelte wissend. «Beeindruckend ist vielleicht, dass du es warst, der den furchterregendsten Nurg'uzrael erschlug, der diesen Frühling seinen Fuß in den Süden der Ambossberge setzte. Noch beeindruckender dann, dass du ihn zu Asche verbrannt hast. Und am beeindruckendsten zweifelsohne, dass du dir die Treue und den Respekt einer Gruppe verdient hast, die niemanden ihren Herrn nennt, zu einer Zeit in deinem Leben, da du beides verschmähst.»

«Das war Mittnis Werk.» Bryn schüttelte den Kopf, worauf Eridanus lachte.

«Was du vollbracht hast, war eine Tat, die eines Culmus Sangui würdig ist», sagte der Zauberer. «Wie ist das möglich für einen, der nicht nach dem Codex Culmus lebt?»

Bryn zuckte die Schultern. «Was meint Ihr damit?»

In den Augen des Alten war ein Funkeln. «Das wirst du vielleicht merken, wenn die Zeit reif ist.»

Bei diesem Stichwort fiel Bryn der bläulich schwarze Stein

wieder ein, den er in Armaah bekommen hatte; er zog seinen Culmus aus der blau-silbernen Scheide und reichte ihn Eridanus.

«Schau an … Das ist interessant.» Der Alte maß die reine Klinge mit seinen lachenden Augen. Er rieb über den Knauf, in dem Bryns Kraftstein saß. «Wie ist das passiert?»

«Ich glaube, die Zeit war gekommen. Dem Schwert fehlte der Stein, und dieser schien zu passen. Was genau ist es eigentlich für einer?»

«*Er schien zu passen.*» Eridanus nickte. «Ja, das tat er wohl. Dies, Bryn, ist ein Seelenstein. Er steht für Potenzial. *Dein* Potenzial.»

Bryn hätte gern noch viel mehr gefragt, aber er konnte nicht. Er schämte sich, mit Eridanus zu reden, wo er doch Eisenfels und seinen Gefährten nach allem, was der Mann für sie getan hatte, den Rücken gekehrt hatte. Und in einer Aufwallung von Scham, wie nur Eridanus sie in ihm hervorbringen konnte, gestand er das auch ein. Er sprach die Worte aus, so wie sie ihm selbst zum ersten Mal klarwurden.

«Und das Schlimmste ist», fuhr der Barue fort, «dass Telsea und Dordios … Sie sind zurückgeblieben – um meinetwillen. Sie haben sich selbst für meine Sicherheit einem Risiko ausgesetzt. Und so vergelte ich es ihnen! Wenn ich irgendetwas getan habe, das irgendjemanden beeindrucken kann, dann soll an dem Maß der Schande gemessen werden, das ich über mich und meine Freunde gebracht habe, seit meine Großmutter gestorben ist.»

Eridanus schwieg die ganze Zeit, nickte nur gelegentlich verständnisvoll. Am Ende wandte Bryn sich herum, innerlich weinend, und war überrascht, die Tränen auf den Wangen des Hohen Lehrmeisters glitzern zu sehen.

«Mama Bellyset wäre stolz auf dich.» Bryn konnte die

Tränen in Eridanus' Stimme nicht hören, doch er spürte den übermächtigen Kummer in seinem Herzen. «Am meisten freut mich, dass du angesichts der Parolen der Raben gerade begriffen hast, dass die Leute stets wichtiger sind als die Sache, die sie hochhalten. Eine Sache ist nur so gut wie die Leute, die dafür einstehen. Und nun weißt du auch, warum unsere Sache den Sieg davontragen wird.» Eridanus lächelte, und in seinem Gesicht vertieften sich die Falten der Erfahrung, Falten, die von Glück und Schmerz erzählten, von Freude und Zorn, Verlust und Sehnsucht.

Die beiden umarmten sich. In diesem Moment war der Lehrmeister wie ein Vater für ihn. Und er hatte sich noch nie sehnlicher einen gewünscht.

Sie gingen zu den anderen zurück, wo die Krieger ihre Mahlzeit beendeten und alles für die Nacht bereitmachten. Bryn breitete seinen Umhang mit neuer Hoffnung im Lager der Raben aus. Er legte seinen Arm um Mittnis Schulter und drückte ihn. Das hatte er schon lange nicht mehr gemacht, und so ließen ihn die breiten und muskulösen Schultern staunen. Er spürte, wie ihm eine gewaltige Last von den Schultern fiel, als Mittni die Geste erwiderte, und sah dem Mann nach, der ihn wieder zur Vernunft gebracht hatte.

Eridanus verkörperte eine weitere Chance. Bryn machte sich bereit für die Rückkehr nach Eisenfels.

✦ 27. KAPITEL ✦

Identitätskrise

Bist du dir sicher?» Die Stimme war tief, der Sprecher groß und breit, doch schlank, was auf eine kräftigere Gestalt in seiner Jugend hindeutete. Sein Rücken war immer noch gerade und stolz, sein Leib in Gewänder aus feinster Seide gehüllt, in Grün und Silber; sein langes, weißes Haar war streng zurückgekämmt und floss hinten bis auf seine Schultern hinab.

«Jawohl, Mylord. Er war mit seinem Freund dort, diesem Blonden – Mittni heißt er, Herr.»

«Uns ist schon lange bekannt, dass Mittni sich im Amboss aufhält.» Der Gebieter kehrte dem Diener den Rücken zu und begann einen seiner regelmäßigen Rundgänge durch den Raum.

«Durchaus, machtiger Okolnit, nicht jedoch, dass Bryn bei ihm ist!»

«Welchen Grund hast du zu dieser Annahme?»

«Sie sagen Bryn zu ihm, Mylord – Bryn!»

«Jasper … Kind.» Der an einen Nomidier erinnernde Mann fixierte ihn mit dunkelgrauen Augen, die Mitgefühl ausstrahlten. «Wie lange ist es her, dass du deine Medizin genommen hast?»

Die breite Stirn verfinsterte sich, die offene, treuherzige Miene entglitt ihm. «Ich weiß, dass er es war!», zischte er und streckte den Kopf vor, als ob er sich allein seinem Herrn anvertrauen wollte; dabei war niemand sonst im Raum.

Okolnit nickte nachsichtig. «Ich weiß deinen Enthusiasmus zu schätzen, aber glaubst du wirklich, dieser unauffindbare Barue hätte sich dir gegenüber ohne weiteres zu erkennen gegeben? Du hast ja kaum ein Wort mit ihm gewechselt.»

«Aber beobachtet habe ich ihn. Eine ganze Zeit lang, wie es Eure Anweisung war, Mylord.»

Der Meister zog auffordernd eine Augenbraue hoch.

Jasper rieb sich frustriert die Hände. «Er hat die Bergfeste der Rebellen ganz allein verlassen, Herr. Er war blind in seiner Trauer. Das verlangt eine Erklärung, oder nicht? Warum sollte Bryn den Amboss durchstreifen?» Er machte um des Effekts willen eine Pause und schüttelte knapp den Kopf, den Mund leicht geöffnet. Es war, als würde er das Warten auf seine nächsten Worte auskosten. «Er trauerte um seine gestorbene Großmutter», flüsterte er. «Und», seine Stimme war wieder laut, «Mittni hat sich ihm angeschlossen.»

Okolnit blickte nachdenklich aus dem großen Fenster. Der hohe Kragen seines Gewands verbarg seinen Mund. «Nun klingt deine Geschichte schon plausibler», sagte er nach einer Weile. «Aber Mittni ist Dordios' Bruder. Und der Bursche stand Rosmerte Bellyset nahe. Hinzu kommt …» Okolnit schnippte mit den Fingern, und große Flügeltüren schwangen auf, hinter denen ein stämmiger Mann mit einem zernarbten Gesicht zu sehen war, der sich mit einer rothaarigen Frau in einem Seidenkleid unterhielt. Er trug das Weiß und Gold eines hochgestellten Geistlichen der apheristischen Kirche, und als die Türen ganz offen standen, nickte er der Dame zum Abschied höflich zu und trat ein.

«Levin, bitte verzeih, dass ich dich hinausgeschickt habe. Bevor Jasper hinzukam, sprachen wir über ebendiese Angelegenheit. Ist es nicht so, dass wir die Barue von Neuquivelda endlich unterworfen haben?»

Der Mann namens Levin verneigte sich steif vor Okolnit und nickte Jasper zu, der missfällig den Mund verzog. «In der Tat, Mylord. Zunächst waren wir verwirrt, weil die Barue denjenigen, den wir als Bryn kannten, unter der Identität des Häuptlingssohns Dordios bei sich versteckten. Wir haben sie kürzlich … *ermuntert*, dieses Versteckspiel aufzugeben. Einige haben die Wahrheit eingestanden. ‹Dordios› ist eigentlich Bryn. Wir wussten, dass er nicht wagen würde zu fliehen.» Er warf einen kritischen Blick zu seinem Nebenmann. «Was geht *ihn* das an?»

«Danke – das wäre dann alles für heute», wandte Okolnit sich an Jasper.

Der enttäuschte Bote machte große Augen. Er öffnete den Mund und schloss ihn mit vorwurfsvoller Miene wieder. Seine Wangen wurden rot. «Es ist sein Fehler. Er ist ein Verräter. Sagt nicht, ich hätte Euch nicht gewarnt!», rief er und stürmte davon. «Ich werde Beweise finden!», schwor er im Hinausgehen.

Okolnit seufzte und nahm seinen Rundgang wieder auf. Die Tür schloss sich unaufgefordert, sperrte den Vogelgesang und das Plätschern von Wasser aus.

«Jasper behauptet, Bryn im Amboss beschattet zu haben.»

«Unmöglich, Mylord», dröhnte Levin. Er zögerte, sein misstrauisches Stirnrunzeln dehnte die weiße Narbe auf seiner Wange, die vom Auge zum Kinn verlief. «Wie erklärt Ihr Euch das?»

Okolnit trommelte mit den Fingern auf die niedrige Fensterbank; die langen Fingernägel ließen es prasseln wie Hagel.

«Jasper ist sehr darauf erpicht, sich Lob zu verdienen – und Belohnung. Auf sein Wort ist kein Verlass.»

«Ihr könnt sagen, ob er lügt, nicht wahr?»

Okolnit fixierte seinen Spießgesellen mit einem ungläubigen Starren. «Ich kann bei jedem sagen, ob er lügt, Kind. Aber damit ist es noch nicht getan, denn unser armer Jasper kann ja felsenfest davon überzeugt sein, dass er die Wahrheit sagt. Sein Geisteszustand ist schon lange labil.»

Levin verzog das Gesicht zu einem schiefen Grinsen. «Sein Opfer war unser Gewinn.»

«Erbaue dich nicht am Leid», wies Okolnit ihn mit gesträubten Brauen zurecht. «Was nötig war, wurde getan. Mehr nicht.» Er sah seinem Diener in die Augen. «Bist du dir sicher, dass der Junge, den ihr zuerst entführt habt, wirklich Bryn war?»

«Absolut, Mylord.»

«Ich bin mir da nicht so sicher. Ich bin im Ungewissen, Levin Degger, und ich muss Gewissheit haben. Ich darf in dieser Angelegenheit keine Risiken eingehen. Überprüft das noch einmal. Oder besser zweimal. Bringt die Wahrheit zutage, mit allen Mitteln. Du kannst die Bedeutung nicht ermessen.» Levin nickte. «Richte Espera aus, dass ich sie im Observatorium sprechen will. Nun geh.»

Eine Hand aufs Herz gelegt, verneigte Levin sich und verließ den Raum.

✦ ✦ ✦

Er kam spuckend hoch, Wasser in den Augen, der Nase, der Lunge. Wasser im Kopf. Nichts ergab noch einen Sinn. Er wusste nur eines noch: dass die Folter aufhören sollte.

«Wirst du nun gestehen?», fauchte sein Peiniger.

«Alles, wenn … wenn ihr bloß aufhört», brachte er über die tauben Lippen.

Der Kapuzenmann machte mehrere entschlossene Schritte um sein Opfer herum; die Stiefel ließen ein kaltes Echo durch die Betonhöhle klirren. «Dann fangen wir noch einmal ganz von vorn an, für den Fall, dass du dir etwas anders überlegt hast. Wie heißt du?»

«Drattni, Herr.» Sein Gesicht war gerötet, seine Kopfhaut kribbelte, er konnte seinen wilden Herzschlag im Kopf spüren.

«Beruf?»

«Hu-Barue. Krieger, Herr.»

Ein abfälliges Lachen stellte klar, was der andere von dem Titel hielt. «Aber sicher. Du hast bereits zugegeben, Bryn Bellyset zu kennen. Seit wann?»

«Einige Jahre, Herr. Warum?»

Er schlug hart auf den Boden auf, wand sich unter den Tritten.

«Hier stelle ich die Fragen.» Die Schritte umkreisten seinen Kopf, knallten in seinen empfindlichen Ohren, hallten in seinem Kopf wider. Diese Schritte hatten ihm beigebracht, was Angst war, nackte Angst. Alles, was er durch seine Augenbinde von seiner Umgebung erkennen konnte, war eine schwache Beleuchtung. Und was er an Emotionen erspüren konnte, hätte er sich lieber erspart.

«Vor unserer Besetzung ist Bryn aus Wenfeld geflohen, zusammen mit dem Alten, der Thybil heißt, und mehreren anderen. Trifft das zu?»

«Das ist richtig, Herr.»

Die Tritte waren heftiger als zuvor. Aber sie waren besser als das Eisen. Alles war besser als das Eisen.

«Das ist nicht richtig!», bellte sein Peiniger. «Du lügst!»

Schweres Atmen war von oben zu hören, strömte über ihn hinweg wie das Gefühl der Frustration, das Drattni spüren konnte. «Hör auf, mir etwas vorzumachen. Wir haben eine Botschaft abgefangen und den Plan aufgedeckt, Bryn zu verstecken. Wir wissen, dass er nie geflohen ist. Das war der andere, Dordios. Bryn hat seinen Platz eingenommen.» Er lachte auf. «Wobei es sowieso zu spät dafür war, denn wir kannten Bryn bereits. Wir wussten, wie er aussieht.»

Drattni wurde auf die Füße gerissen und wieder zum Becken gezerrt. Mit einem Tritt in die Kniekehle wurde er niedergezwungen. «Ich kann dafür sorgen, dass es aufhört. Bestätige die Geschichte!»

Sein Kopf wurde nach vorn gestoßen. Er konnte sich das eisige Wasser nur Zentimeter vor seinem Gesicht vorstellen. Er holte tief Luft.

«Warum wollt Ihr, dass ich eine Lüge bestätige, Herr?»

Der Hu-Barue konnte spüren, wie der Druck in seinem Peiniger anstieg, aber er wurde von so etwas wie Respekt begleitet.

«Selbst Dordios' Schwester hat bereits gestanden!», explodierte der Mann. «Wobei es natürlich einfacher ist, die Wahrheit aus einem Mädchen hervorzulocken …»

«Telseara!», keuchte Drattni. «Lasst sie in Ruhe! Sie ist unschuldig! Wir alle sind unschuldig.»

Hände legten sich sanft auf jede Seite seines Halses. Er spannte sich an, wappnete sich für weitere Qualen. Stattdessen wurden seine Schultern aufmerksam durchgeknetet. Drattni biss die Zähne zusammen, als die Hände über Haut fuhren, die noch wund von den Peitschenhieben war.

«Es hat lange genug gedauert, sie zu brechen. Du hältst dich beeindruckend lange, aber es nützt ja doch nichts. Du hast deine Loyalität zu Bryn bewiesen, aber andere haben ihn längst betrogen. Vielleicht bist du am Ende gar kein so schlecht ausgebildeter Krieger …» Die Bewegung stoppte abrupt. «Außer …»

Er ließ den Barue umfallen. Drattni wälzte sich auf dem schmutzigen Boden und hörte, wie die Schritte sich entfernten und schließlich eine schwere Metalltür zufiel. Ihm war schwindelig, und ihm war schlecht. Er ächzte. Nicht vor Schmerzen, sondern wegen seiner Dummheit. Wegen der Tage, die er mit seinem Peiniger verbracht hatte, miteinander verbunden durch das Zufügen von Schmerzen, und durch den Körperkontakt mit seinen Händen wusste Drattni, was er gedacht hatte.

Außer … ihr habt wirklich die Wahrheit gesagt.

Da dämmerte es ihm. Er verfluchte seinen benebelten Zustand. Das war die Folter. Das waren die Drogen. Aber nun wusste er, was er sagen musste. Das nächste Mal, wenn der Mann kam, würde er bereit sein. Wenn es noch nicht zu spät war.

✦ 28. KAPITEL ✦

Machtfragen

Wenn ein Nurg'uzrael stirbt, dann entflieht ihm der Wahnsinn und durchstreift die Lande, bis er ein neues Opfer findet, ein neues Zuhause – zumeist einen anderen Nurgor», erklärte Eridanus. «Die Nurgor halten sogar Versammlungen ab, um festzustellen, wer von ihnen von den Mächten des Wahnsinns durchdrungen wird. Sie nennen es eine Gabe ihres Gottes, Ikuyl. Wusstest du, dass *Uzrael* einfach Macht bedeutet, in ihrer Sprache?»

«In der Hohen Zunge bedeutet *Uzrael* das Böse oder Wahnsinn», sagte Bryn.

«Ja. Etymologie ist schon faszinierend. Ist es nicht interessant, dass unser Wort für das Böse bei den Nurgor für Macht steht?»

«Böse Taten können einen mächtig machen», überlegte Bryn. «Macht korrumpiert.»

«Genau das.» Eridanus nickte. Zwischen dem Grau seines Schnauzbarts und dem reineren Weiß seines Barts lächelte er. Seine Wangen waren glattrasiert. «Darauf wollte ich hinaus.»

Es war sein zweiter Tag in Eisenfels. Bryn freute sich besonders darüber, dass auch Galar Sturlison dort war. Sie hatten einander die Hände geschüttelt, aber nicht viel reden können;

es gab zu viel zu tun. Einige Raben waren zu ihrem gegenwärtigen Lager zurückgekehrt, um die anderen über ihre Pläne zu informieren und einzupacken, was sie mitnehmen wollten. Die anderen brachen sofort nach Eisenfels auf, um die Umgebung zu erkunden und sich darüber klarzuwerden, ob sie wirklich dort ihre Basis haben wollten.

«Um wieder auf den Wahnsinn zurückzukommen … Was du am Ende mit dem Nurg'uzrael getan hast, hättest du von Anfang an mit ihm machen können.»

«Was meint Ihr damit?», fragte Bryn ein bisschen scharf. «Ich bin so schnell dorthin, wie ich konnte. Mir waren so viele Leute im Weg. Ich wollte ihn unbedingt erreichen, bevor –»

«Ich weiß», unterbrach ihn Eridanus ruhig. «Ich sagte: was du am Ende mit ihm getan hast.»

«Moment mal. Ich bin davon ausgegangen, dass es ein Magier gewesen ist. Das Feuer – wart Ihr das?»

Der Lehrmeister schüttelte den Kopf. «Ich bin nicht rechtzeitig dort angelangt, anderenfalls … hätte ich mich eingemischt. Es ist gut, dass ich das nicht getan habe.»

«Gut? Wieso?»

Der Barue sah Eridanus zum ersten Mal unsicher schauen. «Wenn ich mich eingemischt hätte, hätte ich nicht mitansehen können, wie du die Sache zu Ende brachtest.»

«Dann … war ich das?»

«Gib mir dein Schwert.»

Gehorsam zog Bryn seinen Culmus aus der Scheide. Das Metall klirrte kalt in der Morgenluft. Die schlichte, glatte Oberfläche schimmerte hell und stahl allem die Pracht, was um sie herum noch leuchtete. Eridanus umfasste mit erfahrener Hand den Griff und erprobte sein Gewicht mit den Fingern.

«Gut. Die Klinge ist rein – sie wird dir keinen Schaden zufügen.»

Bryn fand seine Worte merkwürdig, aber dann fiel ihm wieder das seltsame Gefühl ein, bevor er den Nurg'uzrael getötet hatte. «Es war das Schwert, nicht wahr?»

«So sieht es aus, ja. Aber dahinter steckt noch mehr.» Eridanus sah Bryn stirnrunzelnd an. Sie verlangsamten ihre Schritte und wurden von mehreren Gefährten überholt. «Das war kein gewöhnlicher Nurg'uzrael, Bryn. Er war ganz ähnlich, und den meisten wäre der Unterschied nicht aufgefallen. Aber während Nurg'uzrael vom Wahnsinn beherrscht werden, war dieser in Wirklichkeit ein Besessener – besessen von einem *Geist* des Wahnsinns. Einem Dämon.»

«Das erklärt seine Stärke.»

«Oh, es war ein schwacher Geist», sagte Eridanus gleichgültig. «Ich würde dir gern mehr über die Möglichkeiten und Einschränkungen von dämonischen Manifestationen in der Sichtbaren und der Unsichtbaren Welt erzählen, aber es reicht wohl, wenn ich sage, dass sie … selten vorkommen.» Er schüttelte den Kopf. «Du hast nicht nur den Nurg'uzrael getötet, Bryn. Du hast auch den Dämon vernichtet, von dem er besessen war. Die Kreatur zu erschlagen und den Geist auszulöschen, waren zwei völlig getrennte Vorgänge. Lass dir die Bedeutung meiner Worte durch den Kopf gehen.»

«Ihr meint damit, dass … ich ihn hätte vernichten können, ohne überhaupt mit ihm zu kämpfen?»

«Ich sage nicht, dass du ohne Kampf davongekommen wärest, aber ja – du hättest die Kreatur aus der Ferne vernichten können.»

Bryn fiel die Kinnlade herab. «*Das* klingt mal praktisch. Aber wie?»

«Ich finde es leichter, den Wahnsinn zu vernichten oder zu verbannen, als einen seiner Geister zu vernichten oder zu verbannen.» Eridanus sah ihn mit hochgezogener Augenbraue an. «Wenn du einmal einem normalen Nurg'uzrael gegenüberstehst, wirst du noch besser abschneiden.»

«Warum machen die anderen Culmus Sangui das dann nicht auch so?»

«Vielleicht, weil sie nicht können. Ein Culmusschwert ist mehr als eine normale Waffe. Es besteht eine Verbindung zwischen Träger und Getragenem, und die Klinge besitzt Stärke, doch die muss auch ihr Herr in sich tragen.»

Mehr sagte Eridanus nicht, und Bryn kannte ihn gut genug, um zu wissen, dass weiteres Nachhaken nicht lohnte.

«Wie geht es dir?» Der Alte sprach die Worte, als hätten sie sich gerade erst zu unterhalten begonnen, wenngleich sie an diesem Morgen schon einige Stunden gemeinsam unterwegs waren. «Gestatte mir, dir mein Beileid auszusprechen. Als du das letzte Mal hier warst, habe ich die Gelegenheit in all der Aufregung versäumt. Rosmerte war eine wundervolle Frau.»

«Es geht mir schon besser … Dank Euch.»

«Was habe ich denn damit zu tun?» Eridanus lachte leise, seine gebieterischen Augen leuchteten. «Du bist doch selbst zu deinen Erkenntnissen gelangt. Freunde können nicht mehr tun, als einem den Weg zu weisen.»

«Na, ich bin jedenfalls froh, sie zu haben. Und es war dumm von mir, dass ich so lange gebraucht habe, um ihnen zu verzeihen.»

«Ach? Musstest du das denn?»

Die Frage ärgerte Bryn. «Ja, natürlich! Darum bin ich doch weggegangen. Ich musste …»

«Du musstest dir selbst verzeihen können.»

Bryn ging weiter, auf tauben Beinen. Das stimmte. *Ich selbst war es, dem ich verzeihen musste.* Das war es gewesen, was er letzte Nacht begriffen hatte. Er hatte es in seinem Herzen gespürt, ohne diese Vorstellung im Kopf zu haben, ohne zu denken, wie sonst immer.

«Mama Bellyset hat dir vergeben, also solltest du dir auch vergeben.»

«Woher wisst Ihr das?», grollte Bryn. «Sie kann doch gar nichts mehr vergeben!»

«Sie hat es mir gesagt», beruhigte Eridanus ihn. «Sie hat mir gesagt, wie leid ihr eure … Meinungsverschiedenheit tat und dass sie dir geschrieben hat.»

Bryn schloss die Augen. «Und ich habe nicht zurückgeschrieben.» Dass ihm das Ausmaß seines Versagens wieder einfiel, brachte die Bitternis in sein Herz zurück, und diesmal erkannte er ihr Wesen. Selbstverachtung. Das erklärte, warum er solche Probleme mit anderen Leuten hatte. «Du kannst nicht mit anderen auskommen, wenn du mit dir selbst nicht auskommst», hatte Thybil einmal gesagt.

«Wenn ich das einmal so sagen darf, ich weiß Eure Freundschaft wirklich zu schätzen», sagte Bryn.

Eridanus runzelte rätselhaft die Stirn. Seine nächsten Worte waren in ihrer Zweideutigkeit ziemlich verunsichernd. «Nein, Bryn: Es verhält sich genau umgekehrt.»

Bryn hatte den alten Hohen Lehrmeister kaum verlassen, da ging er Thybil suchen. Das Gespräch über Freunde und Freundschaft hatte ihn an zwei seiner engsten Freunde erinnert, und er hasste sich dafür, ein so schlechter Freund zu sein.

«Okolnit steckt dahinter!», sagte Bryn, nachdem er ihm die Geschichte von dem mit dem irren Blick erzählt hatte, von dem Spitzel Jasper.

Thybil hörte sich alles an, und obwohl er Besorgnis zeigte, fragte er: «Glaubst du, er hat die Wahrheit gesagt?»

Bryn antwortete, dass er keine Lüge wahrgenommen hatte, aber es nicht mit Bestimmtheit sagen konnte.

«Dieser Jasper hat wahrscheinlich gelogen», sagte Onkel Gug, der sich nun auch fest in Eisenfels aufhielt, einigermaßen hoffnungsvoll. «Okolnit schiebt man gern etwas in die Schuhe. Alles, was schiefgeht, jedes Verbrechen, das verübt wird, ohne dass jemand weiß, wer es war – Okolnit steckt dahinter. Der abtrünnige Lehrmeister ist für viele eine willkommene Ausrede. Überleg es dir genau.»

«Ich kann es wirklich nicht sagen. Und wenn es nun stimmt? Selbst wenn er gelogen hat; derjenige, der ihn geschickt *hat*, weiß jetzt, wo ich bin. Was sollen wir tun?»

«Wir lassen Okolnit durch die Culmus Sangui überwachen und warten ab, was sie herausfinden», sagte Thybil.

«Aber wenn er gelogen hat? Es ist doch so: Wenn sie wissen, dass ich hier bin, ist Dordios' Tarnung aufgeflogen!»

«Es war nicht Dordios' Tarnung, sondern deine», sagte Thybil. «Du musst vorsichtig sein. Verschwinde nicht noch einmal so. Bleib in Eisenfels und nimm dir anderenfalls gute Weggefährten mit.»

«Aber ist Dordios nicht in großer Gefahr? Können wir nicht irgendeine Rettungsaktion starten?»

«Natürlich wird das Gelände von Culmus Sangui überwacht ... aber diese Nachricht verändert alles. Wir werden unsere Präsenz dort verstärken, um seiner Sicherheit willen, und uns für eine Rettungsaktion bereitmachen, sollte diese notwendig werden.»

«Sollte diese *notwendig* werden?» Bryn starrte ihn an. «Die sind jetzt schon ganz schön lange in Neuquivelda! Und jetzt, wo ihre Tarnung aufgeflogen ist, weiß ich nicht, wie man da noch ernsthaft von –»

«Wir werden tun, was nötig ist», sagte Thybil. «Verfrühtes Handeln oder überhaupt irgendetwas zu unternehmen, könnte sich in diesem kritischen Stadium als fatal erweisen.»

«Aber wir *müssen* etwas unternehmen!»

Thybil legte ihm beruhigend eine Hand auf die Schulter.

Die Raben stellten eine raue, zerzauste Ergänzung der Rebellen dar, und sie schienen diese Kennzeichen zu mögen und verstärkten das Bild noch. Sie waren stolz auf ihr wildes, natürliches Aussehen und ließen Haupthaar und Bart munter sprießen, bemalten sich sogar Kleider, Haar und Haut, färbten sich mit kräftigem Waid. Bryn und Mittni hatten bei vielen Gelegenheiten etwas zu kichern, aber von den anderen Einwohnern Eisenfels' wurde die Angelegenheit ernster genommen. Die Raben beharrten darauf, dass Bryn ihr Anführer oder Sprecher war und reagierten auf jedes Wort misstrauisch und nervös, in dem ein autoritärer Unterton mitschwang.

Sie nahmen eine besondere Position in Eisenfels ein, sehr zum Verdruss gewisser Nephelim, die die Berge auskundschafteten und die Nächte im Freien verbrachten. Oft wurden die Raben ausgesandt, um ein Auge auf nach Norden wandernde Nurgor zu haben, und gelegentlich kämpften sie oder lockten die Nurgor in einen Hinterhalt. Sie machten so ziemlich das Gleiche wie früher, und Bryn nahm an, dass das der Grund war, warum man Zuola erlaubt hatte, bei ihnen zu bleiben, worüber er froh war.

Eines Tages wurde Bryn unvermittelt etwas klar, was sie gesagt hatte, so wie einem die allzu offensichtlichen Dinge erst im Nachhinein klarwerden. Er hatte über ihre Worte bei ihrer ersten Konfrontation nicht weiter nachgedacht: *Warum bist du hier – um mich zu bespitzeln?* Das war das Erste, was sie gesagt hatte, und nun ging ihm auf, wie merkwürdig das gewesen war. Nun ergab es plötzlich einen Sinn. Sie hatte gedacht, dass Sarghenta die beiden hier postiert hatte, um sicherzustellen, dass sie nicht die Beherrschung verlor, während sie Vergeltung an den Nurgor übte. Warum er das nicht früher begriffen hatte, verblüffte ihn. Er war doch in einer vergleichbaren Lage gewesen. Hatte er sich so sehr davon entfernt, andere zu verstehen? Der Gedanke ließ ihn frösteln, und er versuchte, an seinen Beziehungen zu arbeiten.

Niemand kommentierte sein Verschwinden, aber die meisten, die er kannte, freuten sich, dass er wieder da war. Dass er die Raben mitgebracht hatte, kam noch hinzu. Und sie passten durchaus hierhin. Bryn war überrascht, wie militant die Festung geworden war. Viele Leute hatten sich Eisenfels angeschlossen, von Einzelpersonen über Familien bis hin zu Kampftruppen; die Festung machte keinen halbleeren Eindruck mehr, sondern einen bewohnten. Manche waren berufsmäßige Krieger, aber alle halfen mit, dass Eisenfels funktionierte.

«Lauter Deserteure der Numenii», beantwortete Thybil Bryns Fragen. «Selbst die Kinder des Imperiums werden durch diese Methoden desillusioniert. Und sie wissen noch nicht einmal etwas von den Zielen. Vielleicht ist unsere Lage gar nicht so hoffnungslos, wie du dachtest.»

«So viele sind es nun auch wieder nicht …»

«O nein, nicht wegen ihrer Anzahl», sagte Thybil, «sondern wegen der Unzufriedenheit, die dahintersteckt. Die Numenii werden offene Ohren haben.»

«Hat sich denn so viel verändert?», fragte Bryn.

Thybil bestätigte dies und lieferte ihm jede Menge Beispiele. Das Imperium zog sein Heer zusammen – so viel wusste Bryn. Aber er hatte noch nichts von den zunehmenden Ausbrüchen des Wahnsinns gehört, die Land und Leute plagten, und hörte mit Bestürzung von der gesteigerten Aggressivität seitens der Inquisitionstruppen, die ihn um jeden Preis einzudämmen versuchten.

«Der Imperator persönlich gab ihnen absolut freie Hand bei seiner Bekämpfung, mit Unterstützung des Hohen Rats», seufzte Thybil. «Aber das ist die geringste unserer Sorgen. Wir gehen davon aus, dass damit ohnehin nur ihre wahren Tätigkeiten verschleiert werden sollen. Ob es die Arbeit von Einzelnen ist, von den Führern, dem Imperator oder dem Verschwörer kann ich nicht sagen, aber sie suchen eine Geheimwaffe … eine Waffe in der Gestalt von Informationen – uralten und gefährlichen Informationen, die nicht in die falschen Hände kommen dürfen.»

«Informationen?» Bryn wollte mehr hören.

«Ich brauche dir wohl nicht zu sagen, von welcher Form die Informationen sind, die sie da sammeln.»

Erinnerungen an einen Herrn der Plimpe, ein kleines Päckchen und an die Lektüre einer Schriftrolle bei Kerzenschein an einem frühen Morgen schossen Bryn durch den Kopf, und er nickte: das Buch der Zeiten.

«Sie verbreiten Angst unter der Bevölkerung. Weißt du, Bryn, wenn Gerüchte die Runde machen, kann dich Furcht dazu bringen, Dinge zu tun, die du früher nicht einmal erwogen hättest. Viele haben sich zu ihrem Schutz und für ein Gefühl von Sicherheit wieder den alten Künsten zugewandt, verbotenen und gefährlichen Künsten, mit denen man sich nicht einlassen sollte. Ein Teil des Druidentums und der Götzenverehrung ist belanglos, ja … aber es spiegelt eine ungesunde geistige Verfassung wider … und dann gibt es jene, die weitergehen, willentlich oder nicht, und die Wege der Verdammnis beschreiten. Jawohl, es gibt sogar welche, die sich dem Wahnsinn anschließen möchten, weil sie vielleicht denken, dass es das Einzige ist, was sie retten kann.»

«Aber das ist alles negativ», sagte Bryn. «Die reinste Misere. Ich verstehe nicht, wie uns das helfen soll.»

«Richtig, es ist negativ», räumte Thybil ein, «und genau weil es so schlimm geworden ist, können nicht einmal die moralisch blinden Numenii es noch länger ignorieren. Jetzt wollen die meisten den Wechsel, jedenfalls auf einigen wenigen Gebieten, die ihren abgestumpften Gerechtigkeitssinn empören. Sie sind bereit, uns zuzuhören. Aber es ist zu spät. Die Regierung hat alles unter Kontrolle. Buchstäblich. Sie haben in der Angelegenheit keine Wahl mehr.»

«Und du hast vor, das Imperium mit diesem Haufen Hilfloser zur Vernunft zu bringen?»

«Ach, dann sind wir jetzt also ganz hilflos, ja?», sagte Thybil glucksend. «Ja. Das schwebt mir vor.»

Sie lachten.

«Worüber lacht ihr zwei denn?», fragte Mittni, der durch die Tür schaute.

«Über die Hoffnungslosigkeit unserer Lage», sagte Thybil. «Oder war es unsere Hilflosigkeit?»

Bryn und er amüsierten sich königlich, aber Mittni sah nur ernst zu.

«Schön, es sind nämlich Feinde im Anmarsch. Nurgor.»

«Droch, wo kommen die bloß alle her?», fragte Thybil sich.

«Das wüsste ich auch gern, Onkel. Wir haben jedenfalls Nachricht von Tyr Monere. Da geht etwas Ungewöhnliches vor. Sie sind sehr zielstrebig. Als wüssten sie, dass wir hier sind … Und als suchten sie irgendetwas.»

✦ 29. KAPITEL ✦

Tahl Uthnae

Einerseits hatte Mittni recht: Die Nurgor schienen eine bestimmte Absicht zu haben. Andererseits war diese Absicht unklar – anscheinend sogar den Nurgor selbst. Sie bewegten sich, als ob sie mit einem Angriff rechneten, hinter Schilden versteckt. Und Schilde waren selten bei diesen Wesen. Hinzu kam, dass sie auf den Geländevorteil achteten. Sie nahmen die anstrengende Strecke über die Bergkämme anstatt durch die Täler, was es den Loyalisten unmöglich machte, sie wie sonst aus dem Hinterhalt anzugreifen. Die Untiere waren anscheinend auch nicht auf dem Durchzug, sodass man sie nicht irgendwo abpassen konnte, wo sie leichter angreifbar gewesen wären.

«Eigentlich verhalten sie sich wie ein Köder», sagte Thybil. «Aber hier kann nirgendwo Verstärkung lauern. Sie sind absolut auf sich gestellt.»

«Keine Falle weit und breit?», fragte Cunar mit der Hand am Entermesser. «Dann machen wir uns ihre Dummheit zunutze und stoßen sie von dort oben runter.»

Die Krieger von Eisenfels brachen in Hochrufe aus. Damit war die Sache besiegelt, und man bereitete sich auf die Schlacht vor.

«Mir gefällt das nicht», verkündete Thybil. «Was, wenn wir beobachtet werden? Es könnte eine Falle sein, mit der man einfach nur herausfinden will, wo unsere Basis ist. Wenn Eisenfels entdeckt wird, ist alles verloren.»

«Keine Sorge, Onkel, wir nähern uns ihnen aus einer anderen Richtung, wie immer», sagte Mittni.

Bei der Aussicht, die Nurgor dafür zu bestrafen, dass sie vor ihrer Tür umherspazierten, spürte Bryn eine vertraute Woge von Zorn. Abscheuliche Viecher. Monster. Sie verdienten den Tod.

Er sah voller Hochgefühl zu, wie die Bataillone von Eisenfels aufmarschierten. Es war ein großartiger Anblick: achtzig wohlausgerüstete Krieger, die in Reih und Glied durch das Tal marschierten; die getarnten Raben, die nach Osten verschwanden, um von oben an die Nurgor heranzukommen und sie in einen Kampf zu verwickeln; und Galar Sturlison, der goldene Zwerg, der den Truppen weit vorausging, allein, ein furchtloser Vorbote.

«Warum tut ihr das eigentlich?», fragte Bryn.

«Was denn?» Thybil sah ihn stirnrunzelnd an.

«Auf Nurgorjagd gehen. Es gibt doch keinen Grund dafür, oder? Ihr könntet doch ebenso gut gemütlich in der Festung sitzen und abwarten, ob sie dort vorbeikommen. Warum setzt ihr die Männer einem solchen Risiko aus?»

«Das schätzt du ganz richtig ein.» Thybil zupfte sich am Bart, der seit Bryns Abstecher in den Amboss länger geworden war. «Unglücklicherweise haben wir unsere Gründe. Wie du weißt, bewegen sich die Nurgor nicht von allein. Wir müssen wissen, wer und was hinter dieser Bewegung steckt. Wir zielen auf Anführer ab. Diese Gruppe heute ist verdächtig wegen ihrer Ausrüstung.»

Bryn nickte.

«Gut, dann weiß ich, wonach ich Ausschau halten muss!», sagte Bryn. «Schnappt mir die Anführer.»

Thybil lachte etwas fröhlicher. Bryn grinste und stürzte nach vorn, an seinen Waffenbrüdern vorbei zu Galar.

«Alles klar, Bursche?», fragte der Zwerg, als Bryn bei ihm ankam, und strahlte, sodass sein einer Goldzahn in der Sonne glitzerte. Bryn sah gerade noch, wie der letzte Rabe hinter einer Kluft außer Sicht verschwand. Der Rest ihrer Gruppe marschierte weiter unten und hinten im Schatten. Galar blieb sich selbst treu und redete normalerweise nur mit seinen alten Freunden Thybil und Eridanus sowie gelegentlich mit Prinz Rameon. Die Leute respektierten ihn durchaus, aus der Ferne, und verwickelten ihn nur selten in ein Gespräch, denn er verabscheute belangloses Gerede. Die Bürger bewunderten Bryn dafür, dass er mit den Legenden auf vertrautem Fuße stand.

«Alles bestens, und ich hab mich noch nie mehr gefreut, dich zu sehen», sagte Bryn.

Galar schlug ihm auf die Schulter. Die Muskeln auf seinen nackten Armen wölbten sich. «Hast dich verändert, Brauer.» Der Zwerg blinzelte zu ihm nach oben und nickte erfreut. «Ich hab dir doch gesagt, dass du eines Tages einen feinen Krieger abgeben würdest.»

«Wo ist deine Axt geblieben?» Bryn war plötzlich klargeworden, was dem Zwerg fehlte. Beim letzten Mal in Eisenfels war es ihm nicht einmal aufgefallen.

Galar fletschte die Zähne. «*Droch,* wenn ich das wüsste!» Das erklärte wahrscheinlich auch sein besonders ungeselliges Verhalten. «Aber wenn ich den Halunken erwische, der jetzt meine Waffe schwingt, kann er sich auf was gefasst machen.»

Bryn brummte mitfühlend. Schweigend gingen sie weiter, und Bryn genoss die stämmige Gegenwart des Zwerges. Ihm fiel ein, dass Galar ihm unbewusst ein Vorbild gewesen war während seiner Zeit in der Eisfeste. Er hatte wie der Zwerg werden wollen – ebenso furchtlos, ebenso fähig –, sodass er stolz auf ihn sein konnte.

Sie waren nun wachsamer, hielten aufmerksam nach ihrem Feind Ausschau – den sie hinter dem nächsten Bergkamm fanden. Galar wandte sich um und gab den heranrückenden Truppen Zeichen. Die Nurgor waren vor ihnen.

Es waren nicht allzu viele: 36 Nurgor, um genau zu sein.

Dem Plan folgend, bildeten die Raben bald auf der anderen Seite der Nurgor eine Linie, in den Felsen und im Buschwerk versteckt, und warteten auf das Signal. Die Loyalisten holten ihre Kundschafter ein und teilten sich in zwei Gruppen auf. Bald war alles bereit.

Windböen peitschten Bryns Haar. Hoffentlich konnten die Nurgor sie nicht wittern. Er sah auf. Wolken brodelten in der Nähe, aber noch ein gutes Stück entfernt. Oben am Kopf der Felswand blitzte Metall im Sonnenlicht auf. Prompt erfolgte Antwort von unten. Die Schlacht konnte beginnen. Eine Trompete erklang – das war Iasri, Bryn erkannte deutlich seinen Rhythmus.

Pfeile zischten durch die Luft, gingen wie ein tödlicher Regen auf Ziele und Erdboden nieder. Die Pfeile der Raben fanden die Nurgor aus einem ungeschützten Winkel, aber ihr Vorteil war nur von kurzer Dauer, denn der Feind begriff die Lage und hob die Schilde. Mit Zornesgebrüll stürmten sie ihren unerreichbaren Peinigern entgegen.

In der Zwischenzeit näherten sich die beiden Loyalistengruppen lautlos von verschiedenen Seiten. Sie waren im Nu auf der Hochebene, immer noch unbemerkt. Mit ausreichend Abstand zu den Nurgor bestrich ihnen die erste Gruppe von dreißig Bogenschützen mit ihren Geschossen die ungeschützte Rückseite. Als die Nurgor sahen, dass diese Bogenschützen auf ihrer Höhe und ungedeckt waren, beschlossen sie prompt, dass sie viel leichtere Gegner abgaben als die Raben.

Wieder fiel ihr Angriff in sich zusammen. Eine größere Streitmacht, fünfzig Bogenschützen, griff sie von der Seite her an. Einige Nurgor stürmten vom Blutdurst getrieben weiter auf die ursprüngliche Gruppe zu, während diejenigen an der Nordflanke vom Hauptteil ausbrachen und die Neuankömmlinge angriffen.

Solchermaßen geschwächt und geteilt, fanden die Nurgor sich in zwei sich auflösenden Gruppen wieder. Sie fielen weiterhin unter Geschossen von allen Seiten; die Raben strömten den steilen Hang hinter ihnen hinab und fällten eine fliehende Gestalt nach der anderen.

Als die vordersten Nurgor herandonnerten, machten die Bogenschützen kehrt und flohen. Bryn und Galar sprangen aus ihrem Versteck mitten zwischen sie und verwickelten die Nachzügler in den Nahkampf. Zwerg und Barue kämpften gut zusammen, offensiv bis an den Rand der Selbstvergessenheit. Sie vernichteten die wenigen Nurgor um sich herum und wandten sich neuen Gegnern zu.

Galar schrie auf, und Bryn sprang gerade rechtzeitig beiseite. Drei Nurg'uzrael hatten sich von den Bogenschützen abgewandt und griffen nun Zwerg und Barue an. Aus dem Nichts kamen noch mehr – der ganze Rest des Heeres. Einen Moment lang spürte Bryn eine Unsicherheit, die an Furcht grenzte. In seinem Waffenbruder war kein Zögern zu spüren, er legte mit wilden Schlägen seiner Äxte los und kam den besessenen Nurgor an Stärke gleich, obwohl er nur halb so groß war wie sie.

Bryn versuchte, sich auf sein Schwert zu konzentrieren, aber es gelang ihm nicht, die notwendige Verbindung herzustellen. Er hätte wohl besser üben sollen.

Dann war keine Zeit zum Überlegen mehr. Er musste sich verteidigen, ihre brutalen Attacken Schlag um Schlag abwehren, und schaffte es kaum einmal, selbst einen Schlag anzubringen. Die Nurgor waren in der Überzahl, und nun konnte von Angreifen keine Rede mehr sein; Bryn hatte alle Mühe, in einem Stück zu bleiben.

Er wirbelte herum. Galar war nirgends zu sehen. Sie hatten sich voneinander trennen lassen, das schlimmste Szenario und genau die Taktik, die sie so erfolgreich gegen die Nurgor angewandt hatten. Nun konnten sie einander nicht mehr den Rücken freihalten.

Der Zwerg rief nach ihm, und Bryn antwortete und kämpfte sich in diese Richtung voran. Er musste so schnell vorankommen, wie er konnte, und tauchte unter dem einen Schlag weg, während er den anderen parierte. Die Bogenschützen konnten ihnen nicht helfen, weil die Gefahr zu groß war, einen der beiden zu treffen.

Dann öffneten die Reihen der Nurgor sich, und sie flohen. Hatte Galar solche Furcht in ihnen geweckt? Bryn fiel die Kinnlade herunter; ganz vorn liefen Nurg'uzrael weg. Nur ein Besessener blieb übrig und umkreiste Galar mit zwei gezackten Schwertern. Damit kam der Zwerg zurecht.

Bryn machte sich an die Verfolgung. Es waren noch sechs Kreaturen übrig, die auf den einzig freien Fluchtweg zuhielten. Von den Flanken her schlossen sich Loyalisten der Jagd an. Bryn schoss zwischen den Felsen hindurch, wich Gesträuch und Adlerfarn aus, die aus dem Boden ragten. Er fragte sich nicht, warum Nurg'uzrael flohen, wo es doch nichts gab, das sie fürchteten. Die Nurgor entkamen. Bryn war außer Atem. Sie waren zu schnell für ihn. Dennoch hetzte er weiter in der Hoffnung, einen günstigen Aussichtspunkt zu finden, von dem aus sie sie erledigen konnten.

Das Gelände öffnete sich, Felsen wichen dem freien Himmel; der Berghang fiel stark ab. Bryn verlangsamte keuchend, mit brennender Lunge, und besah sich die Umgebung. Ein Windstoß kühlte ihn, gefolgt von leichten Regentropfen.

Erst da fiel ihm auf, wie merkwürdig es war, dass die Nurgor zwar flohen, aber überhaupt nicht nach Angst rochen. Tatsächlich zeigten ihm seine Barue-Sinne eher das Gegenteil an: Zuversicht.

Gerade als er seine Wahrnehmung überprüfte und sich auf die Emotionen der Nurgor konzentrierte, wallte ihm eine Woge Hass entgegen.

Ich kenne das …

Er ordnete das Gefühl gerade ein, da traf es ihn fast körperlich, blies ihm mit seiner Schlagkraft alle anderen Wahrnehmungen aus Körper und Geist. Unmenschliche Bösartigkeit verschlang seine Sinne, verwandelte sein langsames Traben in ein wackeliges Gehen.

Tahl Uthnae.

Da Bryn sich diesmal besser im Griff hatte als bei seiner letzten Begegnung mit einem der maskierten Krieger, schüttelte er den emotionalen Angriff ab, blockierte seine Barue-Sinne und sprang auf höheres Gelände. Einen Moment später warf sich ein Schatten über ihn, raubte ihm die Balance und schleuderte ihn von dem Felsen.

Die Welt verwandelte sich in einen Wirbel aus Blau und Grün – Himmel-Erde, Erde-Himmel –, und dann schlug er hart auf den Boden, rollte über Steine hinweg und verfehlte einen großen nur knapp mit dem Kopf. Im nächsten Moment kam er wieder hoch, gerade rechtzeitig, um die schmale Klinge seines Gegners abzuwehren.

Eins, zwei, drei – die Hiebe kamen so rasch, dass seine Hände fast nicht mehr mithalten konnten. Ihm fiel die Nacht wieder ein, in der Imperator Opeion ermordet worden war. Der Tahl Uthnae hatte einige der bewährtesten Krieger des Imperiums besiegt, Angehörige der Goldenen Wacht. Und selbst Aquiuss hatte sich nur mit Mühe halten können.

Bryn stolperte rückwärts, verteidigte sich verzweifelt und warf sich außer Reichweite des Schwertes seines Feindes. Das Maskengesicht grinste ihn höhnisch an, die daraufgemalten Wirbel waren gefrorene Miniaturen der Bewegungen von fließenden schwarzen Roben und tanzenden Händen.

Was, wenn die Nurgor wieder zurückkamen? Nun wusste er, warum sie so selbstsicher waren. Während er den Abhang hinuntertaumelte, bewegten sich bräunliche Umrisse an ihm vorbei den Berg hinauf – seiner Verstärkung entgegen. Sie schnitten ihn von den Loyalisten ab. Er war auf sich allein gestellt.

Furcht packte sein Herz mit eisigen Fingern und jagte prickelndes Adrenalin durch seinen Körper. Der beste Krieger Calaspias war fest entschlossen, ihn zu töten, und er war allein. Hatte der Tahl Uthnae irgendetwas mit dem Wahnsinn zu tun? Er bewegte sich übernatürlich schnell. Bryn wusste noch, was ihm Onkel Gug und Thybil über die Untersuchung des toten Tahl erzählt hatten, der an der Ermordung des Imperators beteiligt gewesen war.

Gentechnik.

Übernatürlich oder mechanisch – oder beides.

Was auch immer, er hatte keine Chance. Er würde jeden Moment auf dem unebenen Boden ausrutschen, und die Kreatur würde ihn ohne Zögern niederstrecken. Aber wenn sie irgendwie vom Wahnsinn angetrieben war, konnte der Culmus ihm vielleicht helfen.

Diese Gedanken schossen ihm durch den Kopf, während

er sich hektisch verteidigte. Er versuchte, seinem Schwert irgendeine spirituelle Antwort zu entlocken, aber da war nichts. Er spürte nur Metall.

Er würde sterben. Nach seinem ganzen Training, nach dem Streit mit Mama Bellyset und ihrem anschließenden Tod – nachdem er sich mit den Eisenfelsern wieder vertragen hatte, würde er sterben. Aber wenigstens stand er mit Thybil und Mittni wieder gut.

Als ihm diese Gedanken durch den Kopf schossen, spürte Bryn eine neue Emotion: Zorn, und zwar seinen eigenen. Ihm fiel wieder ein, wie der Tahl Uthnae vergeblich versucht hatte, Opeion zu töten, und sie ihn dann quer durch die Inselstadt gehetzt hatten, während jemand anders den Imperator ermordete, jemand aus den eigenen Reihen. Anstatt sich gefangen nehmen zu lassen, hatte die Kreatur sich lieber umgebracht.

Er stellte sich den Tahl Uthnae vor, wie er seine Großmutter ermordete, und bebte vor Zorn. Aus Zorn wurde Hass, eine machtvolle Welle, auf der sein Gegenangriff ritt. Neue Energie wallte in ihm empor. Hass verlieh seinen Muskeln Kraft.

Die Abscheu, die er fühlte, öffnete die Tore seiner emotionalen Sinne, und sie wurden erneut vom Hass seines Feindes geflutet. Diesmal jedoch gab ihm das Nahrung, steigerte es seinen eigenen Hass.

Bryn griff an, ließ Schlag um Schlag auf seinen Gegner hinunterprasseln, ohne dass er auch nur daran dachte, sich selbst zu schützen. Wenn er sterben würde – und das war unausweichlich –, dann wollte er diesem niederträchtigen Phantom vorher so viel Schaden zufügen wie möglich.

Mit trotzigem Gebrüll griff er an. Seine Beine fassten jetzt, wo er sich behauptete, wieder Tritt, und er drängte mit aller

Macht voran, kämpfte sich Schritt um Schritt und Schlag um Schlag vor und zwang seinen Widersacher zurück. Der Kampf wurde heftiger, als Bryn auch mit Faustschlägen und Fußtritten vorwärts drosch. Der Tahl zog aus dem Wehrgehenk auf seinem Rücken sein zweites Schwert, aber bevor er es einsetzen konnte, packte Bryn seine Hand, und es dauerte nicht lange, da rangen sie miteinander.

Der Regen nahm zu und ließ die flechtenbewachsenen Felsen schlüpfrig werden. Bryn verfluchte sein Pech. Schon waren seine Kleider feucht, und bald würden sie seine Bewegungen behindern. Aber das galt für beide Parteien, sagte er sich hoffnungsvoll – die weiten, flatternden Gewänder des Tahl Uthnae würden diesem viel hinderlicher werden.

Sie rutschten ab und stolperten, mühten sich um Hindernisse wie Felsen und Buschwerk herum oder darüber hinweg, zertrampelten wilde Blumen und hinterließen schlammige Fußtritte. Dabei entfernten sie sich von den Loyalisten, aber solange Bryn die Aussicht hatte, seinem Gegner eine Verwundung zuzufügen, war ihm das egal. Sie würden ohnehin zu spät kommen.

Die Kombattanten rutschten aus und schlug hin, dass es spritzte, rangen weiter. Sie waren in einem Bach gelandet. Das Nächste, was Bryn mitbekam, war, dass der schwarze Angreifer mit gezückter Klinge über ihm war. Bryn konnte nicht mehr tun, als seinen Arm wegzudrücken, aber das bisschen Abstand zwischen Schneide und Hals schmolz schrecklich schnell dahin.

Auf einmal merkte er, dass die bedrohliche Klinge irgendwie wuchs und ihn gleich treffen würde, obwohl er den Schwertarm seines Gegners weiterhin von sich wegdrückte. Grunzend vor Anstrengung wuchtete er den Arm am Ellbogen zur Seite. Die Klinge traf klirrend einen Stein im Bach und hinterließ eine weiße Kerbe. In derselben Bewegung riss er seinen anderen Arm hoch, und der Culmus zerfetzte schwarzen Stoff.

Der Schlag kam zu langsam, sonst hätte er den Tahl getötet, aber er verwundete ihn. Helles, klares Blut schoss aus der Wunde, ergoss sich in den Bach, wo es die Farbe verlor, aber wie Öl im Wasser trieb. Der Tahl reagierte nicht, wie jedes andere Geschöpf es getan hätte; er schrie nicht auf und drückte auch in keiner anderen Weise Schmerz aus. Stattdessen fuhr er mit atemberaubender Schnelligkeit herum und schlug Bryn das Schwert aus den Händen. Bryn packte die Waffenhand seines Feinds und versuchte, sich die Klinge vom Leibe zu halten.

Der Widersacher war mit einem Arm so stark wie Bryn mit zweien. Während Bryn die rechte Hand auf Abstand hielt, packte der Tahl ihn mit der Linken bei den Haaren. Kaltes Wasser schloss sich über seinem Gesicht. Er schnappte vor Schreck nach Luft und schluckte Wasser, musste husten, spucken. Er bekam den Kopf wieder heraus, aber bevor Bryn Luft holen konnte, war er schon wieder unten, krachte gegen Steine, drohte in dem flachen Wasser zu ertrinken.

Alles war spritzendes Wasser und Blasen, als er um eine Lunge voll kostbarer Luft kämpfte. Es war hoffnungslos. Ein Gedanke blieb ihm noch in der Aufruhr seines Geistes: Wenn er sich nicht retten konnte, nahm er wenigstens den Feind mit.

Eine letzte, aus Verzweiflung geborene Woge der Kraft brach sich Bahn. Er konnte spüren, wie glühender Hass und wilde Befriedigung durch die ihn niederdrückende Hand des Tahl Uthnae in seinen Körper floss. In seiner Berserkerwut sog Bryn diese Gefühle förmlich auf. Und alles kippte. Die scheußlichen Wellen waren ihm Nahrung, sie verschmolzen mit seinem Zorn, nährten ihn.

Er stieß die Schwerthand seines Feindes mit aller Kraft

zur Seite und zwang ihn dazu, der Bewegung zu folgen. Die beiden rollten herum. Bryn spuckte Wasser, schluckte Wasser, aber sein Blutdurst verlangte die Vernichtung seines Feindes, und wenn er selbst auch sein Leben verlor.

Sie hatten nun die Plätze getauscht; Bryn war oben und versuchte, seinem Feind das Schwert in die Brust zu stoßen. Ihm fiel wieder ein, wie sich eben die Klinge verlängert hatte, und sein gepeinigter Verstand sagte ihm, wenn dieser unmenschliche Krieger seine Waffe willentlich verändern konnte, sollte ihm das auch gelingen.

Ähnlich wie bei dem Culmus vor einigen Tagen spürte er eine Verbindung auf einem anderen Niveau. Die Klinge dürstete nach Blut – ganz gleich, wessen Blut –, und Bryn versprach ihr ein Festmahl des Todes. Erschaudernd vor Freude über seine Bosheit, gehorchte das Schwert.

Bryn wusste nicht, wie es geschah, aber auf einmal stieß er das Schwert in den Tahl Uthnae. Das Wesen riss den Kopf zurück, als wäre es überrascht. Bryn packte den Kopf mit der linken Hand und rammte ihn, seinem Feind mit gleicher Münze heimzahlend, gegen einen Felsen unter der Wasseroberfläche. Der Tahl hielt immer noch mit einer Hand die Waffe gepackt, aber ihn verließ die Kraft in demselben Maße, wie Bryn mehr und mehr von dem Hass des Dings verschlang und in die verderbte Klinge und den eigenen Körper fahren ließ.

Er verwandelte das Schwert in einen Dolch und entwand ihn dem Feind. Das Schwert hatte dessen Rumpf durchbohrt und kam knirschend dahinter im Flussbett zum Stehen; mit einer Messerklinge ließ sich besser arbeiten. Hoch und hinunter ging die Klinge, zerschnitt Stoff in Streifen und riss tiefe Wunden.

Schließlich brach Bryn neben der Leiche zusammen, keuchend, nach Luft schnappend, und ließ sich den Zorn von

Bach und Regen abwaschen. Er stand auf und taumelte ein Stück den Hang nach oben, brach wieder zusammen. Sterne tanzten vor seinen Augen, Regen fiel ihm aus dem schwarzen Himmel unsichtbar ins Gesicht. Alle Geräusche kamen aus weiter Ferne.

«Bryn!» Irgendwo weiter oben war Galar. Bald kniete der Zwerg neben ihn, und sein breites Gesicht war voller Sorge. «Alles in Ordnung mit dir?»

Bryn nickte.

Galar seufzte. «Gut. Du hättest nicht so losrennen sollen, da komm ich doch nicht hinterher.» Er schüttelte den Kopf und lachte. «Aber ich hätt's genauso gemacht. Bist ein guter Kämpfer.» Er sah nach unten und erblickte den Toten, dann sagte er noch einmal: «Ein guter Kämpfer!», doch diesmal klang seine Stimme anders. «Warte hier, ich sag den anderen Bescheid – bin gleich wieder da.»

Bryn schloss die Augen und ließ sich langsam davontreiben. Er hustete einen Mundvoll Wasser aus und danach etwas Blut. Er schleppte sich wieder hinunter zum Bach und trank, mehrere Meter oberhalb seines toten Feinds. Als er sich etwas besser fühlte, stand er auf.

Seine Rechte umklammerte immer noch den Dolch des Tahl Uthnae, merkte er verblüfft. Er hatte geglaubt, ihn weggeworfen zu haben. Als er den Hang hinaufsah, tauchte dort Galar wieder auf, mit Mittni und anderen auf den Fersen. Er hob grüßend eine Hand und ging ihnen langsam entgegen. Der Regen war wieder nur ein leichtes, angenehmes Tröpfeln und kühlte ihm die wunde Haut.

Er trug immer noch die Waffe seines Feindes. Langsam fiel sie ihm aus der Hand, drehte sich in der Luft und blieb im Boden stecken. Ekelhaftes Ding. Aber sie hatte sich als nützlich erwiesen. Vielleicht sollte er sie behalten. Bryn spürte einen seltsamen Widerwillen, sie loszulassen. Mit einem verächtlichen Grinsen schüttelte er den Gedanken ab. Er hatte seine eigene Waffe – seinen Culmus, den Strahlenden.

Bryn drehte sich wieder zum Bach um. Ein Stück neben seinem Opfer war der Culmus zu sehen. Bryn trat über die verschmähte Klinge des Tahl Uthnae hinweg und ging sein altes Schwert aus dem Bach holen. Wasser rann die glatte Oberfläche der zweischneidigen Klinge hinab, sammelte sich in der Blutrinne, von der kristallglitzernde Tropfen zurück in den plätschernden Bach fielen. Vielleicht lag es am Licht, aber das Metall wirkte merkwürdig stumpf.

Danke, Elyon, dass du mich gerettet hast. Wieder einmal.

Ihm kam zu Bewusstsein, dass er während des Kampfes, als sein Leben in so großer Gefahr gewesen war, nicht ein einziges Mal gebetet hatte. Oder doch? Das waren sonst die Momente, in denen er betete. Aber er war so unter Dampf gewesen, dass er kaum Zeit zum Denken gehabt hatte, geschweige denn zum Beten …

Er säuberte sorgfältig seinen Culmus und schob ihn in die Scheide. Dann wandte er sich wieder dem Hang zu. Gleich würde es ihm bessergehen. Er trat mit einem Satz über die verführerische Klinge des Feindes hinweg.

Aber das schlechte Gefühl wollte nicht schwinden. Er spürte diese befremdliche Verbindung, diesmal als eine Art Band zwischen Klinge und Meister. Ein Band, das während der geteilten Momente des Hasses geschmiedet worden war, als Bryn voller Kraft hatte sein wollen, voller Vernichtung. Es war eine eigenartig verlockende Empfindung, furchterregend und freudig zugleich. Bryn schlurfte durch den Schlamm und blieb langsam stehen, wandte sich um. Das Gefühl verstärkte sich, ließ seine Finger kribbeln. Instinktiv streckte er die Hand nach dem Dolch aus.

Ihm blieb vor Verblüffung fast das Herz stehen. Die Waffe machte sich aus dem Griff der Erde frei und schoss ihm in die Hand zurück. Schweiß trat ihm auf die Stirn, unter dem wirren Haar. Er nahm Anlauf und warf den Dolch, so weit er konnte, über den Bach hinweg.

Er flog weit – und kam mit einem tückischen Aufblitzen zurückgewirbelt wie ein Bumerang. Benommen fing Bryn den Dolch auf und schob ihn in seinen Gürtel. Mit diesem Problem würde er sich später herumschlagen müssen. Er sagte sich, dass es ein Geschenk war, dass eine Waffe, die man nicht verlieren konnte, über die Maßen kostbar war … aber dieser Gedanke wurde von einem grässlich tauben Gefühl in seinem Bauch begleitet.

«Sei gegrüßt, einsamer Krieger!», rief Mittni. «Wir wussten nicht, in welche Richtung du verschwunden warst!»

Bryn sagte nichts, bis Mittni bei ihm war. «Du siehst … ganz schön schlimm aus. Wenig überraschend – Galar hat uns von dem Tahl Uthnae erzählt! Wie geht es dir?»

«Gut», log Bryn, den die übertriebene Sorge bereits ärgerte.

«Schuckel, da bin ich aber froh! Du hast mir einen ganz schönen Schrecken eingejagt, als du einfach losgestürmt bist … Wolltest den ganzen Ruhm wohl für dich, was?» Er boxte Bryn gutmütig, nahm ihn beim Arm und führte ihn zu den anderen.

«Am Ende wussten wir, wo du warst, weil die Nurgor, die du gehetzt hattest, wieder auftauchten – und uns quasi den Weg versperrten. Galar hat Platz geschaffen, und dann … Na ja, wir kamen, so schnell es ging.»

«Ein wenig früher hätte auch nicht geschadet», sagte Bryn in dem Versuch, unbeschwert zu klingen. «Haben wir jemanden verloren?»

Mittni schüttelte nachdrücklich den Kopf. «Keinen Einzigen! Und … und dich auch nicht! Was, meinst du, wollten diese Viecher? Das Ganze ist bizarr.»

«Keine Ahnung», sagte Bryn knapp. Er fuhr mit den Fingern die Länge seines neuen Dolches hinab, seines neuen Schwerts, und ihm schauerte. «Ist mir auch egal. Sie sind weg.»

Mittni nickte.

Bryn machte sich allein auf den Weg nach Eisenfels zurück und verwehrte seinen Gefährten die Gelegenheit, ihm zu gratulieren oder zu versichern, wie froh sie waren, dass er noch lebte. Er warf sich einen Umhang über die Schultern und zog sich die Kapuze übers Gesicht. So bewegten die Raben sich vorzugsweise außerhalb der Feste, und niemand würde zweimal hinsehen, sondern ihn in Ruhe lassen. Er wollte seine Ruhe. Er überlegte, Eridanus anzusprechen, konnte es aber gleichzeitig nicht. Er fühlte sich ausgelaugt und irgendwie auch schuldig.

Mittni wollte er auch nichts davon erzählen. Sie wanderten in ernstem Schweigen. Mittni hielt ihm Bewunderer und Skeptiker vom Leib, wofür Bryn dankbar war. Bald schlossen sich ihm die Raben als Barriere an, die zwischen ihm und den anderen Loyalisten stand. Sie begriffen natürlich sein Dilemma nicht, sondern nahmen an, er wäre in seiner üblichen grüblerischen Stimmung. Es war ihm einerlei. Dass sie ihn nachahmten, hatte etwas Komisches und Wohltuendes zugleich, und es wehrte ungewollte Aufmerksamkeit ab.

Die Krieger kehrten unter Jubelrufen nach Eisenfels zurück. Bryn kam der Lärm seltsam weit weg vor. Bald fand er sich im Haupthof wieder, wo die Krieger ihre Rüstungen abnahmen und sich zerstreuten. Cunar hielt eine kleine Siegesrede, Reedy spielte Flöte, Maxwell sprach einen Segen, Iasri blies seine Trompete, und die Raben verschwanden.

«Tja, da wären wir also.» Mittni seufzte. «Am Leben, sodass

wir morgen auch wieder kämpfen können. Und schlauer sind wir auch nicht geworden. Wir wollten Antworten und sind nur mit noch mehr Fragen zurückgekommen. So ist das oft, oder?» Er klopfte Bryn auf die Schulter. «Du warst übrigens großartig. Geradezu spektakulär.» Er grinste. Bryn versuchte, sein Grinsen zu erwidern, aber sein Gesicht weigerte sich mitzumachen. Er zog rasch eine emotionale Mauer hoch, um Mittni daran zu hindern, seinen inneren Aufruhr zu erspüren. Dennoch verging seinem Freund das Lächeln. «Sieh zu, dass du dich ein wenig erholst. Der Kampf muss dir ganz schön zugesetzt haben.»

«Danke. Ruh du dich auch aus.»

Bryn streifte in den Schatten von Eisenfels umher und ließ sich die Ereignisse des Tages durch den Kopf gehen. Er war erschöpft, aber er wusste, dass er noch keinen Schlaf finden würde. Also stieg er stattdessen die natürlichen Wehrmauern an der Westseite der Feste hinauf und betrachtete die untergehende Sonne. Der Anblick konnte ihn nicht ermuntern; das mächtige, sonst so freundliche Antlitz zeigte sich ihm heute als flammend und feindselig.

Unbewusst griff er nach dem Dolch an seinem Gürtel und drehte ihn in den Fingern immer und immer wieder herum. Als er merkte, was er getan hatte, riss er die Waffe vor Schreck höher, und sie reflektierte das zornige Feuer der Sonne.

Er trug die Waffe ihrer gefürchtetsten Feinde, der Tahl Uthnae. Es bestand ein Band zwischen ihm und der Waffe, und damit auch, er spürte es, ein Band zwischen ihm und ihnen. Heute war er dem Hass, einer verderbten Kreatur, die nichts von Liebe wusste, mit Hass begegnet und hatte gesiegt. An Ruhe war nicht zu denken.

✦ ✦ ✦

Ein Umriss löste sich aus den Schatten des frühen Abends und näherte sich dem Regere Mansionum. Einer der Wachsoldaten, der ihn kommen sah, ging hinein und kehrte einen Moment später mit einem Jungen zurück, der die Farben eines Boten trug. Als die Gestalt, die nun erkennbar von Kopf bis Fuß in Schwarz gehüllt war, heran war, öffneten die Wachen das Tor und bedeuteten ihr, dem Jungen zu folgen.

Er war sichtlich nervös, wischte sich die Hände an den Hosen ab und sah den Fremden immer wieder aus den Augenwinkeln an. Die Kleider waren stets die gleichen: von lockerem Sitz, komplett in Blau und Schwarz, einschließlich der Gesichtsmaske, die er trotz der Kapuze noch trug. Der Junge geleitete ihn nicht zum ersten Mal zum Imperator, aber Angst hatte er trotzdem. Kein einziges Mal hatte er mit dem Unbekannten ein paar Worte gewechselt. Und niemand wusste, wer dieser Schatten war oder aus welchem Grunde der Imperator sich mit ihm traf.

Es wurde natürlich viel spekuliert, wobei die Gerüchte von einem besonderen Ratgeber aus einem anderen Land bis hin zum Kopf einer absolut geheimen Abteilung der Inquisition reichten. Der Bote glaubte weder das eine noch das andere dieser beiden Gerüchte. Doch er wusste, warum sie die beliebtesten waren. Weil sie Hoffnung in sich trugen. Die Hoffnung, dass der Imperator die Lage im Griff hatte, dass er abseits der Öffentlichkeit unermüdlich an einer Geheimsache arbeitete, die ihr helfen würde.

Nur kannte der Bote keinen einzigen Ratgeber, dessen Audienz beim Imperator keine fünf Minuten währte, so wie es bei dem Schatten immer war. Auch kam sonst kein Ratgeber grundsätzlich in der Nacht und traf sich allein mit dem Imperator, also sogar ohne den Hohen Berater Perduellis. Der Bote wusste noch, wie er den Mann das erste Mal zum Imperator gebracht und gehört hatte, wie der Imperator Aurgelmir den Wachen ausdrücklich befahl, niemanden vorzulassen, Perduellis nicht und nicht einmal den Pontifex. Dann hatte er sich an den Jungen gewandt und erklärt, dass dieser von nun an, egal, womit er gerade beschäftigt war, diese Person gleich nach ihrem Eintreffen unverzüglich zum Imperator zu bringen habe.

Die beiden gingen den letzten Treppenabsatz hinauf und sahen, wie die Goldene Wacht eben hinter Perduellis, der aus den Gemächern des Imperators trat, die Türen schloss. Er kam in ihre Richtung, blieb aber stehen und sah den Fremden an. Der Botenjunge hielt vor Perduellis an und neigte den Kopf.

«Ratgeber.»

«Wie ich sehe, ist der Besucher Seiner Majestät wieder da. Sehr schön.» Der Hohe Berater musterte die Gestalt einen Moment lang, starrte ihr in das verborgene Gesicht.

«Bitte verzeiht, doch leider ist mir Euer Name nicht geläufig; anderenfalls würde ich Euch grüßen, wie es sich geziemt.» Er erhielt keine Antwort.

«Wer seid Ihr, und welcher Art sind Eure Geschäfte mit dem Imperator?» Wieder Stille. «Ich bekomme meine Antworten.» Er trat einen Schritt näher. «Ihr werdet mir sagen, wer Ihr seid und warum Ihr Euch mit dem Imperator trefft. Anderenfalls kann ich nicht zulassen, dass Ihr ihn sprecht.»

Die Tür öffnete sich, und Aurgelmir schritt hindurch.

«Es gibt doch hoffentlich kein Problem, Perduellis?», fragte der Imperator.

«Ein Problem nicht, Mylord.» Der Hohe Berater wandte sich zu Aurgelmir um. «Doch möchte ich gern wissen, wer diese Person ist und warum Ihr Euch unter so absoluter Geheimhaltung mit ihr treffen müsst.»

«Darüber sprachen wir längst, Perduellis.» Die Stimme des

Imperators war barsch. «Und seitdem haben sich weder die Umstände noch meine Meinung geändert.» Er winkte dem Fremden, lud ihn in seine Gemächer ein. «Das wäre dann alles, Perduellis.» Damit folgte er seinem Besucher durch die Tür.

Ich bin das Oberhaupt des gesamten Numeniischen Imperiums, dachte Aurgelmir und nahm einen Schluck aus seinem Kelch. Er holte tief Luft und lehnte sich zurück, genoss die Pelzdecken. *Ich habe diesen Luxus verdient.* Ironischerweise hatte er umso größere Schuldgefühle, je mehr er sich rechtfertigte.

Der Imperator hob das kalte Silber an die Lippen und spürte die hineingetriebenen kunstvollen Muster. Er leerte den Rest der blauen Flüssigkeit und warf die Beine über die andere Armlehne, sodass er praktisch in dem Sessel lag. Die Wirkung kam rasch und verlässlich; sein Puls verlangsamte sich, seine wirbelnden Gedanken wurden ruhiger, und er sank tiefer in die weichen Pelze, war sich jedes einzelnen Haares bewusst, das ihn liebkoste. Das Getränk war teuer – sehr teuer –, doch er betrachtete es als unerlässlich. Er wandte den Kopf und sah zu der kleinen Schachtel, die ihm früher in dieser Nacht gebracht worden war. Wenn er hier nicht einschlief, würde er die neue Lieferung vor dem Schlafengehen noch testen. Aurgelmir schloss die Augen und ließ ausnahmsweise zu, dass sich ein Lächeln auf seinem Gesicht ausbreitete.

✦ ✦ ✦

«Und wie lange soll ich ihn deiner Meinung nach im Amboss umherstreifen lassen, nur für den unbestimmten Fall, dass Bryn ihm über den Weg stolpert? So dumm ist er nicht, dass er einen Tahl Uthnae angreift.»

«Darum die Nurgor, Mylord.» Jasper leckte sich die Lippen. «Er kann Nurgor nicht ausstehen, kein bisschen. Er *hasst* sie.»

«Das geht vielen so.»

«Er wird den Köder schlucken und dann nicht nur Nurgor finden. Der Tahl wird ihn zu Euch bringen, Herr, und dann werdet Ihr sehen, dass ich die Wahrheit gesagt habe.»

«Das sagst du.» Okolnit trommelte mit den Fingern auf der Armlehne. «Ich werde dem Tahl drei Tage geben; in dieser Zeit könnte er von Ged-Ruak bis nach Itrim reisen. Wenn dieser angebliche Bryn sich ihm gegenüber zu erkennen geben will, sollte ihm das mehr als reichen.» Okolnit seufzte. «Auf jeden Fall ist es schön, dich wieder hier zu haben. Du hättest nicht so viel Zeit dort allein verbringen sollen. Gut gemacht.» Er streckte die Hand aus und streichelte seinem Diener einmal übers Haar, vom Scheitel zur Stirn. «Drei Tage, denk daran. Danach habe ich einen anderen Auftrag für den Tahl Uthnae. Für alle Tahl Uthnae.»

✦ 30. KAPITEL ✦

Zerzaustes Gefieder

«Was hast du dem Tahl Uthnae angetan?» Thybil sah ihm forschend in die Augen.

«Ich hab ihn natürlich getötet!», fauchte Bryn. «Was hätte ich denn deiner Meinung nach mit ihm machen sollen, ihn küssen?»

«Nein, Bryn – das war schon richtig. Wir sind alle froh darüber. Aber … du hast ihn *vernichtet.* Die Leiche war regelrecht zerfetzt.»

Farbe schlich sich in Bryns Wangen, und er wandte sich ab. «Er hat bekommen, was er verdient.»

«Da hast du zweifellos recht», sagte Thybil wegwerfend. «Ich wollte einfach nur erfahren, was zwischen euch vorgefallen ist.»

Bryns Stimme war ein unbarmherziges Flüstern. «Dieses Ding hat sich auf mich gestürzt. Es wollte mich tot. Wir kämpften. Ich wurde beinahe im Bach ertränkt. Ich schaffte es, mich zu befreien und die Bestie zu verletzen. Da ich das Monster auf jeden Fall töten wollte, attackierte ich es, bis ich mir sicher war.»

«Das war knapp.» Thybil nickte verständnisvoll. «Bravo! Es können nicht viele behaupten, den Angriff eines Tahl Uthnae überlebt zu haben, ganz zu schweigen davon, einen getötet zu haben.» Er zog Bryn in eine Umarmung, die dieser kalt erwiderte. «Wenn du nicht noch mehr erzählen willst, dann werde ich jetzt gehen.»

Bryn zuckte die Schultern und verabschiedete ihn mit einem Kopfnicken. Er war froh, wieder allein zu sein.

«Ach, ehe ich es vergesse.» Thybil drehte sich in der Öffnung des Ganges um, einem Bogen, der sich zu einer Spitze über seinem weißen Kopf verjüngte und den Alten umrahmte wie ein Heiligenschein. «Ein Lehrer der Culmus Sangui ist hier postiert worden, um sich um dich und Mittni zu kümmern. Euer Training findet ab jetzt in Eisenfels statt.»

«Kann uns nicht Galar trainieren?», brummelte Bryn vor sich hin. «Wer ist es denn?»

«Ach, das weiß ich nicht. Ich wollte dich bloß darauf vorbereiten.»

«Danke, Onkel.»

Bryn stand dieser Neuigkeit mit gemischten Gefühlen gegenüber.

Heute hat euch euer Zorn geholfen. Morgen kann er euch umbringen.

Bryn krampfte sich der Magen zusammen, als ihm Tamasans Warnung wieder einfiel. Wenn die rote Waffenmeisterin nur hier gewesen wäre! Er wollte sich nicht Eridanus oder Thybil anvertrauen, obwohl sie ihm beide als Erste in den Sinn kamen und noch am ehesten helfen konnten. Die dritte Möglichkeit war Mittni, aber der würde Bryn wahrscheinlich nur zu den beiden Ersteren weiterschicken. Also wappnete Bryn sich dafür, seine Bürde allein zu tragen. Wie schlimm konnte es schon sein? Er hatte eine neue Waffe – ja, und?

Anstatt sich zu fragen, was die Nurgor eigentlich gewollt hatten und was einer der geheimnisvollen maskierten Krieger im Amboss trieb, quälten Bryn Fragen wegen der neuen Klinge. Er dachte über seine Schuldgefühle nach. Wie so oft, wenn er allein war, nahm er die Waffe in die Hand und spielte mit ihr. Er verwandelte die Klinge gern von der einen Form in die andere, was einige Übung brauchte, damit sie präzise seinem Willen gehorchte. Es brauchte auch einigen Zorn – das hatte er begriffen, als es ihm einmal nicht gelungen war, sie zu verwandeln, und er sich darüber geärgert hatte, worauf sie prompt die gewünschte Gestalt angenommen hatte.

Bryn lag auf dem Bett und starrte an die schmucklose Decke. Da er keine Lust mehr hatte, mit seiner neuen Waffe herumzuwerkeln, verwandelte er sie in einen Ring und steckte ihn sich an. Das machte Spaß – er veränderte immer wieder seinen Durchmesser, steckte ihn abwechselnd auf die verschiedenen Finger. Am Ende schlief er mit dem defensiven Stolz ein, den Tahl Uthnae besiegt zu haben.

In dieser Nacht träumte er vom Kämpfen.

Er kämpfte mit den Fäusten, drosch und trommelte, bis seine Arme so schwer wurden, dass er sie kaum noch heben konnte; er erwürgte seine Gegner, drückte mit langen Fingernägeln zu, bis sie die zarten Nacken mit einem befriedigenden Geräusch durchbohrten und seine Finger ihren feuchten, pulsenden Weg durch Adern und Luftröhre fanden; er zerriss den Leuten das Fleisch, trieb ihnen Daumen und Finger in die Augen und zerschlug ihnen die Schadel an Bäumen und Felsen.

Er kämpfte mit Schwertern, er hieb und stach und schlitzte, bis die Klingen trieften von Blut. Sie wirbelten so schnell, dass sie Lichtblitzen glichen, so gleißend, dass er bald nichts anderes mehr sehen konnte. Sie beherrschten sein Sehen auf dieselbe Weise wie die Schreie seiner Opfer sein Gehör.

Er kämpfte mit allen möglichen Waffen, übte boshafte Vergeltung mit nie da gewesener Brutalität. Angeekelt von der eigenen

Bösartigkeit, versuchte Bryn, damit aufzuhören. Er versuchte zu schreien, blieb aber stumm. Er hatte keine Kontrolle über seine Handlungen.

Jeder Kampf, den er im Leben je geführt hatte, kehrte in dieser Nacht wieder zurück und verfolgte ihn. Das Schlimmste von allem spürte er schon lange vorher kommen, wie dunkle Wolken am Horizont, und er sah ihm mit Schrecken entgegen. Und da waren die quälenden Momente, in denen er einen Mann mit einem Wagen überfahren hatte, ihn mit knochenbrechender Wucht zerschmettert hatte. Nicht lange danach hatte Bryn einen Mann mit einem Zufallstreffer am Kopf totgeschlagen.

Schwach und erschöpft, entsetzt und voller Grauen über das, was in ihm steckte, versuchte er, dem irgendwie zu entfliehen. Er konnte so nicht weitermachen. Schließlich, um dem ein Ende zu bereiten, richtete er in seiner Verzweiflung das Schwert gegen sich selbst und trieb die schmale Klinge bis zum Heft hinein …

Er erwachte schweißnass und zitternd. Sein rechter Arm war in einem unangenehmen Winkel unter dem Bauch eingeklemmt, wo sein Schwert ihn im Traum durchbohrt hatte. Die Decken waren klamm und um seinen Körper gewickelt, hingen halb auf dem Boden.

Bryn setzte sich auf und strich sich mit bebenden Fingern das Haar aus dem Gesicht. Er versuchte, ruhig zu atmen, und sah sich um, weil er sichergehen wollte, dass alles so war, wie es sich gehörte. Es war immer noch dunkel. Mondlicht kam durchs Fenster, fiel in sein einfaches Schlafzimmer.

Er zog die Decken zurück auf die Matratze. Unvermittelt überkam ihn Ekel, als wären da überall krabbelnde Insekten, und er stand auf, schüttelte und richtete das Bettzeug, kratzte sich die juckende Haut. Er trank einige Schluck Wasser und ließ sich wieder aufs Bett fallen. Doch seine Füße begannen zu kribbeln, als würde gleich etwas unter dem Bett nach ihnen schnappen, und er zog sie rasch hoch und unter die Decken.

Erschöpfung ließ samtige Vorhänge vor ihm wabern. Vage spürte er, dass ihm ein Finger juckte. Er befühlte ihn und fand den Ring – die Waffe. Sie war gut getarnt so, überlegte er. Aber doch ein bisschen unangenehm nahe, wo sie doch ohnehin miteinander verbunden waren. Er zog ihn ab, legte ihn auf den Nachttisch und schloss die Augen.

Er wanderte durch eine Ödnis. Verrottete Baumstämme ragten um ihn auf, während er auf irgendein unbekanntes Ziel zuhielt. Er verließ den verfallenden Wald und lief über aufgesprungenen, steinharten Schlamm hinweg. Schwefelgeruch erfüllte seine Nase. Als er nach hinten zum Wald zurücksah, stand dort eine verlassene Stadt aus schwelendem Stein. Schließlich gelangte er an einen klaren Fluss. Selbst das fließende Wasser enthielt keinerlei Leben; nicht das winzigste bisschen Grün wuchs an den Uferbänken, keine einzige Pflanze oder Wurzel trieb in der Strömung.

Bryn wollte den gewaltigen Durst löschen, der plötzlich seine Kehle verdorren ließ, und beugte sich über das Wasser. Aber wie viel er auch trank und auf welche Weise, es befriedigte ihn nicht und machte ihn nur noch durstiger. Unvermittelt erblickte er sein Spiegelbild im Wasser, und jeder Gedanke ans Trinken war wie weggewischt. Sein Herz trommelte vor Entsetzen über seine Aufmachung. Er steckte in der Maske und den Gewändern eines Tahl Uthnae. Er untersuchte seine Kleider und fand in den Falten reihenweise die verschiedensten Wurfmesser versteckt.

Er bekam Gänsehaut, als er begriff, dass er voller Blut war. Er sah wieder zu seinem Spiegelbild. Seine Maske war nass, tropfte. Die Tropfen fielen ins Wasser, Farbe wirbelte, löste sich rasch auf.

Er packte seine Kleider, riss daran, aber sie wollten nicht abgehen. Seine Nase und sein Mund waren bedeckt, sein Atem einge-

schränkt, und er hatte das Gefühl zu ersticken. Hektisch nahm er Wasser in die hohlen Hände und klatschte es sich ins Gesicht. Der Fluss wurde rot von Blut. Leuchtende zerfasernde Bänder breiteten sich aus, dehnten sich, wurden von der Strömung davongetragen.

Als das Wasser wieder klar war, besah er sich entnervt sein Spiegelbild und ächzte verzweifelt auf. Alles war wie zuvor; obwohl er sich gewaschen und gewaschen hatte, wurde er nicht sauber.

Und dann taumelte er vorwärts, in den Fluss hinein, den Strom aus Blut, und wurde davongetragen … Er ertrank im Blut seiner Opfer …

«Bryn! Ich wollte mal nach dir sehen. Es ist halb elf.» Mittni rollte ihn zum Bettrand herum. «So lange hast du ja schon ewig nicht mehr geschlafen! Das ist gut. Muss der Kampf gestern gewesen sein – hat dich alle Kraft gekostet.»

Verärgert über Mittnis gute Laune, schlug Bryn halbherzig nach ihm und warf die Decken von sich.

«Schuckel, ist das stickig hier drin …» Mittni riss das Fenster auf und machte eine richtige Schau daraus, mit den Armen die Luft zu verwirbeln. «Wir sind dran mit Vorräte-in-die-Küche-Schaffen, weißt du.»

Bryns Hände fuhren zu seinem Gesicht herauf. Er war heilfroh, glatte, trockene Haut vorzufinden.

Die Sonne schien auf sie herab, erhellte Eisenfels mit fröhlichen Strahlen, die neugierig in die dunkelsten Winkel drangen. Im Hof übten Krieger sich in Kampfkunst. Kinder spielten, liefen kreischend zwischen in Gesprächen vertieften Ratsmitgliedern umher, die aufhörten, sich den Bart zu streichen und über den kindlichen Frohsinn die Stirn runzelten. An den Hängen von Eisenfels führten Schäfer ihre Herden zu höher gelegenen Weiden. Das Leben versprach normal weiterzugehen.

Bryn hatte versucht, den Ring auf dem Nachttisch liegen zu lassen, aber dann hatte er ihn doch mitgenommen, aufgrund eines Sehnens, das eine Trennung unmöglich machte, das beinahe körperlich zu spüren war. Er hatte das Gefühl, dass er verrückt werden würde, wenn sie getrennt waren.

Sie kamen an der Schmiede vorbei, wo Yerfi sich den Schweiß von der Stirn wischte und grüßend die Zange hob. Sie nickten freundlich zurück, die Arme voller Zwiebeln, Kartoffeln, Milch und Käse für die Speisekammern.

«Man sollte meinen, dass die Krieger nach einer Schlacht nicht solche Arbeiten zu übernehmen brauchen», seufzte Mittni und warf seine Last hin. «Komm mit, ich hab den Jungs versprochen, ihnen beizubringen, wie man Metzeln spielt!»

Bryn grunzte und folgte ihm. Ihm war nicht nach Spielen zumute. Er war erschöpfter, als er vor dem Schlafengehen gewesen war, und in seinem Kopf ging alles drunter und drüber.

Dennoch brachte er eine vergnügte Stunde mit zwei buntgemischten Mannschaften aus Jungen, jungen Männern und Thybil zu. Sie endete, als Galar hinzukam und grimmig fragte, ob er mitspielen dürfe, worauf die anderen Spieler lachten und sich verzogen.

«Warum habt ihr uns noch nie von diesem wunderbaren Sport erzählt?», wollte Cunar wissen. Er sah inzwischen gar nicht mehr wie ein Rabe aus, sondern wieder eher wie ein Pirat, ohne Umhang, mit hochgekrempelten Hemdsärmeln und schiefem Stirnband.

Während Mittni antwortete, versuchte Bryn, sich davonzustehlen, aber er wurde abgefangen.

«Ja, wer ist denn da?», rief eine wohlbekannte Stimme. Bryn musste widerwillig grinsen. Aquiuss hatte seine rauen Stoppeln zu einem dünnen Bart wachsen lassen, der ihn älter und ernster aussehen ließ. Die Haare hatte er sich auch schneiden lassen.

«Gehört sich so für einen Lehrer, was?», höhnte Mittni.

«Etwas mehr Respekt!» Aquiuss beendete seinen Satz wie so oft lachend. «Geht's euch gut?»

Bryn antwortete ausweichend, doch Aquiuss hörte gar nicht richtig zu. Seine Augen leuchteten auf.

«Metzeln! Darf ich mitspielen?»

Bryn gab auf. Er hoffte, dass er zumindest mit Aquiuss in eine Mannschaft kam, denn sie waren gegen Mittnis Mannschaft am Verlieren, aber Aquiuss schüttelte freundlich den Kopf. «Jetzt, wo wir die Höflichkeiten hinter uns haben, zeigt ihr zwei mir besser mal, was ihr zu bieten habt. Wir gehen trainieren. Wo ist eigentlich dein Schwert, Bryn?» Die Frage überraschte Bryn ebenso sehr, wie es Aquiuss verblüffte, sie überhaupt stellen zu müssen. Er hatte sein Fehlen gar nicht bemerkt; dabei führte er es sonst stets bei sich. «Geh es holen», befahl Aquiuss. «Wir warten hier. Ich bin froh, dass Mittni wenigstens seines trägt. Ihr sollt es immer bei euch haben …»

Bryn lief auf sein Zimmer und fragte sich, warum er sein Culmus nicht gleich mitgenommen hatte. Bestimmt wegen seiner neuen Klinge, denn nicht einmal in Eisenfels lief er unbewaffnet herum. Sein Culmus lehnte am Regal. Er nahm es in die Hand. Die Rillen der kunstvollen Verzierungen der Scheide fühlten sich gut an unter den Fingern. Er packte den Griff und zog.

Er zog noch einmal. Das war noch nie passiert. Er ruckte am Griff, zerrte daran, und noch immer wollte die Klinge nicht herauskommen. Bryn fluchte. Es musste an der Temperatur liegen oder was die Klinge sonst hatte größer werden lassen. Noch während er sich diese Ausrede zurechtlegte, wusste er bereits, dass sie nicht stimmte. Aber was sollte er jetzt tun?

Die Lösung lag auf der Hand. Seine neue Waffe bot einen Ausweg. Er würde die Klinge des Tahl Uthnae einfach so verwandeln, dass sie wie sein Culmus aussah, und niemand würde etwas merken. Ganz angetan von seinem genialen Einfall nahm Bryn die wandelbare Waffe in die Hände und lenkte sie in ihre neue Form, wie ein Töpfer seinen Ton, nur schneller und präziser. Er kannte seinen Culmus gut, und die Arbeit war im Nu getan. Hätte er die beiden nebeneinander gesehen, wäre es selbst ihm schwergefallen zu erklären, welches das Imitat war.

Es gab nur ein Problem. Die Inschrift auf der Klinge. Er konnte sich nicht erinnern, wie sie aussah, nicht genau. Er wusste nicht einmal, was in der unbekannten Sprache einen Buchstaben oder ein Zeichen ausmachte. Am Ende zuckte er die Schultern: Die Gravur auf seinem echten Culmus war so zart; ihr Fehlen würde niemandem auffallen.

Er beschloss, den echten Culmus zur Sicherheit noch zu verstecken, nur für den Fall, dass jemand sein Zimmer betrat und die Klinge in ihrer Scheide sah. Die Truhe war der beste Platz dafür, und das Schwert passte genau hinein, gleich neben Vater Hecklehurts Siegelring – Bryn lachte bei dem Gedanken auf, dass der Bischof ihn noch nicht wiederhatte; er musste sich inzwischen einen anderen besorgt haben. Bryn suchte das Zimmer nach einem Schlüssel ab, obwohl er hier noch nie einen gesehen hatte. Ihm fehlte die Zeit, zu den Schmieden oder zur Rüstkammer zu laufen oder wo man ihn sonst vielleicht aufbewahrte. Er stöhnte. Er hatte nicht einmal einen Schlüssel für die Truhe.

Wieder bot seine neue Klinge einen Ausweg. Die Idee war

gar nicht so viel anders, aber in Wirklichkeit war der Unterschied erschütternd. Er würde sein Schwert einfach in einen Schlüssel verwandeln! Eine komplexe Aufgabe, keine Frage, aber einen Versuch wert.

Bryn konnte die Hindernisse und Lücken im Schloss nicht sehen, aber er steckte seine Waffe als ein glattes, schmales Metallstück hinein und dehnte sie aus, bis sie genau ins Schloss passte. Er drehte sie herum, und mit einem Klicken war die Truhe abgesperrt. Langsam dämmerte ihm, dass er auf diese Weise jede Tür in ganz Calaspia würde öffnen können! Vielleicht kamen die Tahl Uthnae ja unter anderem auf diese Weise so leicht in Gebäude wie das Regere Mansionum hinein.

Bryn platzte fast vor Begeisterung, als er die Klinge zurück in seinen Culmus verwandelte, legte in Ermangelung seiner Scheide ein Wehrgehenk an und eilte aus dem Zimmer.

«Was brauchtest du denn so lange?», fragte Aquiuss. «Wo ist deine Schwertscheide? Du hattest doch ein sehr schönes Stück.» Er runzelte missbilligend die Stirn. «Die nackte Klinge ist eine Beleidigung für alle um dich herum.»

«Und was spielt das für eine Rolle?», fauchte Bryn. «Ich geh jetzt nicht nochmal zurück.» Er senkte die Stimme. «Sie ist … bei dem Kampf gestern beschädigt worden. Ich möchte sie lieber erst reparieren und putzen lassen, damit sie wieder so prächtig ist wie vorher.»

«Nun gut. Aber jetzt, wo ihr eure Ausbildung fortsetzt, solltest du dich wieder in das Grün eines Lehrlings hüllen.»

«Nein.»

Aquiuss sah betroffen aus. «Nun … meinetwegen.» Bryn war selbst überrascht, dass der Paladin ihm das durchgehen ließ. «Ihr dürftet ein bisschen eingerostet sein, aber keine Sorge. Das kriegen wir schon wieder hin.»

Die Barue konnten nicht erkennen, ob er sich einen Spaß

mit ihnen machte oder nicht, aber nach einer Reihe kurzer Prüfungen, für die sie Eisenfels verließen und in die Berge gingen, war ihr Mentor sehr zufrieden.

«Ich weiß gar nicht, was ich hier soll. Ihr könnt euch alles selbst beibringen. Ihr seid sogar besser geworden, seit ihr Caer Isnova verlassen habt!»

Das wussten die Barue; aber es von Aquiuss zu hören, war viel schöner. «Darum habe ich beschlossen, dass wir in Zukunft eher … *praktisch* arbeiten werden.»

«Wir gehen auf richtige eigene Missionen», hauchte Mittni. «Die wir selber aussuchen.»

«Fast», sagte Aquiuss. «*Ich* werde sie auswählen.»

Die drei grinsten einander verschwörerisch an und genossen das Gefühl, etwas fast schon Verbotenes zu tun.

Aquiuss lachte, als er ihre begeisterten Mienen sah. «Ich bin euer Mentor, und ich sage, dass es so für eure Ausbildung am besten ist. Außerdem, wenn Sarghenta von euren Fortschritten wüsste, wäre sie selbst dafür …»

Sie hatten sich einen Mittagsimbiss mitgenommen, um Zeit zu sparen, wie es zunächst geheißen hatte, aber nun wussten sie, warum es Aquiuss so wichtig war. «Ihr wollt gern eure eigenen Herren sein, richtig?»

Die Barue nickten ernst.

Er erwiderte das Nicken feierlich. «Dann wollen wir Calaspia ein wenig näher an den Zustand heranbringen, den wir uns für das Land wünschen würden, und die Usurpatoren, die auf seinen Untergang zielen, von seinem Thron vertreiben.»

«Wir greifen Armaah an!», entfuhr es Mittni.

Aquiuss lachte. «Nein, diese Usurpatoren meinte ich nicht. Es sollte nur gut klingen. Aber eines Tages vielleicht, mit der Hilfe anderer. So, und bevor wir jetzt losziehen, überlegen wir einmal, was wir wirklich gern ändern würden … im Einzelnen, ganz direkt, machbar. Niemand braucht zu wissen, dass wir dahinterstecken. Wir tun das nicht um des Ruhmes willen. Jedenfalls nicht wegen der öffentlichen Anerkennung. Denkt an den Codex Culmus. Ich möchte also, dass jeder Einzelne von uns über den Zustand des Imperiums meditiert und über unsere mögliche Rolle darin, die kleinen Ungerechtigkeiten zu verändern. Zieht euch zurück, jeder allein. Ich rufe euch, wenn die Zeit um ist.»

Bryn war froh, etwas Zeit für sich zu haben. Anstatt die Lage im Imperium zu überdenken, wandten sich seine Gedanken zwangsläufig seinen Waffen zu. Er schlug sich mit dem Dilemma seines Culmus herum, überlegte, ob es sich wohl verweigerte und wie er es aus seiner Scheide zu locken vermochte. Und dann fragte er sich, warum ihn das überhaupt beschäftigte. Spielte es denn eine Rolle, dass er die eine Klinge nicht mehr benutzen konnte, wo er doch eine neue hatte? Als ihm die Sache mit dem Schlüssel wieder einfiel, musste er lächeln. Auf ihn wartete doch einiger Spaß. Während er über die Vorzüge der Waffe nachdachte, zog er sie aus ihrem ledernen Wehrgehenk und legte sie sich über den Schoß.

Mit schlechtem Gewissen fiel ihm ihre Aufgabe wieder ein, und er suchte nach etwas, dass er den anderen präsentieren konnte, wenn die Zeit um war. Aquiuss bot ihnen eine aufregende Chance, und er wollte sein Vertrauen nicht enttäuschen.

Warum sich nicht mit Hilfe der neuen Klinge Zutritt zu verschlossenen Räumen verschaffen? Sie konnten in Amtszimmer der Numenii eindringen und herausfinden, was geplant wurde. Dann war da die Geschichte mit der Geheimpolizei, der Inquisition … und dem Buch der Zeiten … Ja, vielleicht konnten sie sich Teile der kostbaren Handschrift verschaffen und den Ältesten aushändigen.

Er war immer noch unglaublich erschöpft, körperlich wie seelisch. Hier zu sitzen, tat gut; die warme Umarmung der Sonne, das verspielte Kitzeln des Windes. Das Wetter war mild, nun da die Schneezeit wich. Seine Gedanken wanderten zu all dem Guten, das sie mit ihren Fähigkeiten und ihrer Macht tun konnten. Er konnte sogar die Raben mit hinzuziehen, zur Ablenkung oder was sonst für eine Mission nötig sein mochte … Oder sie konnten einfach weiter Nurgor jagen, ohne dass sie mit Plänen der Verschwörung und Gegenverschwörung behelligt wurden …

Ein Raum ohne Türen und Fenster rotierte um einen Tisch in seiner Mitte. Jeder Teil des höhlenartigen Ortes war symmetrisch und glatt. In der Tischmitte thronte dunkel und unergründlich eine Kuppel, die Bryn an das Auge des Apheristen erinnerte. Innerhalb dieser Kugel überkreuzten sich zehn Schwerter so, dass sie zwei einander durchdringende Pentagramme bildeten; jedes Pentagramm bestand aus fünf Schwertern, jede Klinge diente als Scheitelpunkt; ein Stern mit zehn Zacken, jeder Zacken bestand aus dem Griff des einen Schwertes und der Spitze des nächsten. Bryn spürte das unheimliche Ziehen von Schwarzgold, das sich beschleunigende Pochen unendlicher Möglichkeiten, eine Tür in andere Universen.

Die Vibration veränderte sich, als ein lautloser Befehl durch die Luft waberte und die Möglichkeiten durch unanzweifelbare Gewissheit ersetzte.

Ein Reich – Armaah. Eine Stadt – Liborec. Ein Haus – ein Mann – ein Gesicht.

Lösche sein Leben aus.

Bryn spürte, wie eine Woge hochkonzentrierten Hasses über ihn hinwegwusch.

Er kannte den Mann nicht, aber er wollte seinen Tod.

«Es ist so weit!»

Bryn wusste nicht, wann die Vision geendet hatte oder wie lange er seitdem schon hier saß oder wie lange es her war, dass Aquiuss gerufen hatte. Er sprang auf und lief zu dem Mentor und war erleichtert, als er sah, dass Mittni immer noch gedankenverloren auf dem Rückweg war.

«Nun, Männer, was für Gedanken habt ihr euch gemacht?»

Bryn schwieg. Die Bilder aus der Vision lösten sich in seiner Erinnerung auf, wie ein Spiegelbild im Wasser in Wellenringe zerlegt wurde. Vom Verstand her fand er die Aussicht auf richtige Missionen immer noch aufregend, aber mit dem Herzen war er nicht mehr dabei. Er konnte nur an eines noch denken, an den von allem abgeschnittenen Raum mit den Schwertern. Mittni, der auf keinen Fall die Gelegenheit versäumen wollte, ihren Enthusiasmus zu beweisen, fing an.

«Ich dachte … wir könnten einfach den Eisenfelsern helfen.»

Bryn spürte, dass das nicht Mittnis größter Wunsch war, sondern dass er nur schnell etwas hatte sagen wollen.

Aquiuss nickte. «Ein sehr weiser und reifer Vorschlag, Mittni.»

«Oder wir könnten herausfinden, was die Nurgor vorhaben! Eisenfels ist damit beschäftigt, ihre Pläne aufzudecken; das wäre eine große Hilfe.»

«An so etwas hatte ich schon eher gedacht.» Aquiuss grinste. «Bryn?»

Er erinnerte sich mit Mühe daran, was er vor dem Tagtraum überlegt hatte. «Wir könnten in Amtsräume der Numenii einbrechen und ihre Pläne stehlen. Dann ist da noch das Buch der Zeiten – diese Seiten reißen das Imperium anscheinend entzwei.»

«Gute Überlegungen, Männer. Wir werden uns bald entscheiden, welches dieser Vorhaben wir umsetzen, aber dem Handeln gehen Planung und Beobachtung voraus. Bis dahin werden wir wie beabsichtigt trainieren.»

Und das taten sie. Jeden Tag der nächsten Woche wanderten Bryn, Mittni und Aquiuss ins Gebirge und übten. Jetzt, wo sie angemessen mit Waffen umgehen konnten, lernten die Barue die Strategien und Taktiken der Culmus Sangui.

«Die Mission steht an oberster Stelle. Was die Mission behindert, wird beseitigt; was sie bedroht, wird ausgelöscht. Leben ist kostbar, aber das Leben von jemandem, der sich einer Mission in den Weg stellt, ist verwirkt. Sein Tod wird hundert zukünftige Tode ersparen. Für einen Culmus Sangui ist es der Sinn des Lebens, seine Mission zu erfüllen. Bringt eure Missionen auf dem schnellsten und effizientesten Weg zu Ende. Ich wiederhole: Jeder, der während einer Mission euren Weg versperrt, muss beseitigt werden. Unwissen schützt davor nicht.»

Dem entsprach auch ihr Kampfstil. Er war schnörkellos und punktgenau.

Jede Bewegung wurde bis zur Perfektion trainiert, angefangen beim Ziehen des Schwertes aus der Scheide. «Die kleinen Bewegungen sind es, mit denen man Zeit spart», sagte Aquiuss. «Die Culmus Sangui können die meisten Gegner toten, bevor diese ihre Waffen bereithaben. Denkt an diplomatische Missionen.»

«Klingt mir ja sehr diplomatisch», brummelte Mittni. Bryn war immer noch geistesabwesend und grunzte nur.

«Ihr wisst, was ich meine. Nehmen wir an, ihr spielt die Rolle eines Goldenen, und die Leibwachen des Freundes eures bedeutenden Schützlings machen eine feindliche Bewegung gegen ihn, dann könnt ihr, selbst wenn sie in der Überzahl sind, den Ersten erledigen, bevor irgendetwas passieren kann.»

Bryn und Mittni nickten ernst, aber Bryn spürte, wie aufgeregt Mittni unter der Oberfläche war. Aquiuss erklärte ihnen, dass ihre Scheiden ein neueres Modell waren. Gug hatte die alten, die ständig ersetzt werden mussten, vor einigen Jahren verbessert. Es war Bryn ein Rätsel, warum sein Culmus in der Traumprüfung bereits mit einer Scheide zu ihm gekommen war. «Nun gleiten die Klingen viel besser hinaus. Natürlich nur, wenn ihr euer eigenes Culmus benutzt, also merkt euch die heutige Lektion – sie kann euch die nötige Sekunde für den Sieg verschaffen, falls ihr irgendein anderes Schwert benutzt.» Er lachte. «Außer ihr greift euch Magnarion, den eigentlichen Culmus, den kriegt ihr natürlich überhaupt nicht aus der Scheide gezogen!»

Mittni fiel in sein Lachen mit ein, Bryn jedoch gefror das Lächeln im Gesicht.

Den kriegt ihr natürlich überhaupt nicht aus der Scheide gezogen … Die Worte hallten in seinem Kopf wider, zusammen mit dem Bild seines frustrierenden Versuches, seinen eigenen Culmus zu ziehen. Konnte er etwa im Besitz des legendären Schwertes sein? Die Idee war lachhaft. Nein, konnte er nicht; er hatte den Culmus zunächst ja problemlos benutzen können. Das würde bedeuten, dass er zunächst sein rechtmäßiger Träger gewesen war und dann nicht mehr.

«Jetzt sag bloß nicht, du weißt nichts von Magnarion?», fragte Aquiuss.

«Doch, natürlich.» Bryn rang sich rasch ein Lachen ab.

«Gut. Dann können wir fortfahren. Gebt jetzt gut acht …»

Während sie nun weniger Zeit in Eisenfels verbrachten, stellte Bryn fest, dass der Fortschritt in Sachen Geselligkeit, den er gemacht hatte, sich in Luft auflöste. Er fiel wieder in die abgeschiedene Lebensweise zurück, die er bei den Raben gepflegt hatte. Mittni und er waren jetzt von Gemeinschaftspflichten freigestellt, wenngleich sie weiterhin gelegentlich mit anpackten, wenn sie nicht zu erledigt waren, um noch eine Hand zu rühren. Wenn Bryn aus der wilden Stille der Berge in die wimmelnde Festung zurückkehrte, beleidigten die Anblicke, die Geräusche und die Gerüche seine Sinne. Als ob er sich verbrannt hatte und jeder Reiz dem rohen Fleisch nur noch weh tat. Am schlimmsten war es mit seinen Barue-Sinnen. Er konnte das Jucken des Ärgers von anderen kaum ertragen, die bleierne Schwere ihrer Stumpfheit und den beißenden Gestank ihres Zorns, wenngleich ihm diese Gefühle absolut nicht fremd waren. Noch schlimmer war, dass ihn die Wärme eines ehrlichen Lächelns nicht länger freute. Es fühlte sich an, als wäre das Eis zurückgekehrt, das ihn im Amboss so lange eingehüllt hatte.

Aber diesmal war es anders. Es fühlte sich tatsächlich wie Eis an. Er hatte nicht nur ein taubes Gefühl; ihn fror. Er ignorierte seine Umgebung nicht mehr nur; er reagierte gereizt und explosiv. Darum beschloss er, lieber für sich zu bleiben, was ebenso in seinem wie im Interesse der anderen lag. Er verbrachte so viel Zeit wie möglich allein, verlor sich in der Wildnis in seinen Gedanken und arbeitete in aller Abgeschiedenheit an sich. Aquiuss gab ihnen Zeit für sich allein, denn er legte Wert darauf, dass sie sich eine Situation in Ruhe vorstellten, ihre eigene Strategie entwickelten und ihre eigene Effektivität erprobten, weil sie ja schließlich nicht ewig zusammen sein würden.

Während einer dieser Einzelaktivitäten des Geistes ertappte Bryn sich dabei, dass er einen Gipfel der niedrigeren Berge erklomm. Er dachte, dass die Aussicht ihm vielleicht etwas Überblick verschaffte, was das Labyrinth betraf, in dem er sich gefangen fühlte. Oben wartete nicht nur eine gute Aussicht auf ihn.

Er spürte, dass er sich etwas Einsamem näherte. Der Sinneseindruck war schwach und schien eher von einem Tier als von einem Menschen zu stammen, doch konnte er sich nicht vorstellen, was für eine Kreatur in solcher Höhe leben mochte. Neugierig folgte er der Emotion zu einer Spalte im Fels, wo er zwischen Zweigen, Stroh, Moos und Federn einen kleinen Vogel fand.

Bryn kannte sich auf diesem Gebiet zwar nicht aus, aber er schätzte, dass der Vogel nicht mehr als ein paar Wochen alt sein konnte. Er war ganz weiß und flauschig – wie Thybils Bart.

Als er Bryn sah, hoppelte der Kleine kreischend auf ihn zu. Von seinem Mut überrascht, hielt Bryn ihm die Hand hin, in die er sofort mit seinem grauen Schnabel hackte und kniff. Bryn zog seine Hand rasch zurück. Von dem Jungvogel kam kein schlechtes Gefühl; stattdessen neigte er erwartungsvoll den Kopf. Natürlich – er hatte Hunger!

Bryn suchte den Himmel mit den Augen ab und dann flüchtig in der Unsichtbaren Welt. Es waren keine Vögel in der Nähe, die seine Eltern sein mochten, und auch keine auf dem Weg hierher. Sein Gefühl sagte ihm, dass sie den Kleinen entweder im Stich gelassen hatten oder tot waren. Wie auch immer, das Tier war allein. Bryn bewegte sich ein Stück von dem Nest weg und beobachtete das winzige Geschöpf, das vom Nestrand hüpfte, um einen besseren Blick auf ihn zu bekommen, und ihn traurig ansah. Der Vogel war ihm irgendwie ähnlich, fand er, verloren und allein. Mitgefühl übermannte ihn.

«Wenn deine Eltern nicht für dich da sind, dann brauchst du jemanden, der auf dich aufpasst», sagte er. Das Tier hob den Kopf, als es seine Stimme hörte. «Genau wie ich. Komm, ich kümmere mich um dich.»

Vorsichtig klaubte er den Jungvogel mit den Händen auf und wickelte ihn in sein Hemd, damit er nicht mehr nach ihm picken konnte. Ein Windstoß traf die Bergspitze, und Bryn versuchte, seinen neuen Gefährten davon abzuschirmen. Ihm war kalt hier oben, aber er legte keinen Wert darauf, den mentalen Trick der Culmus Sangui anzuwenden; die Kälte zu spüren, war besser, als überhaupt keine Gefühle zu haben.

Sobald sie tiefer waren, suchte Bryn einen Wurm und verfütterte ihn an seinen Schützling. Seit seiner Befreiung war der kleine Bursche ganz traurig und bedrückt; von einem gelegentlichen Klagelaut einmal abgesehen, tat er keinen Mucksser. Als Nächstes fing Bryn eine Maus, zerriss sie in Stücke und warf sie dem Vogel in den aufgerissenen Schnabel. Als der Kleine seine Mahlzeit beendet hatte, schloss er die Augen und ließ sich nieder. Bryn sah sich um; von den Eltern des Vogels fehlte weiterhin jede Spur. Lächelnd nahm Bryn ihn mit. Er wollte ihn dem jungen Reedy zeigen, der am meisten über die Tierwelt der Berge wusste, oder auch dem guten Thybil, der am meisten über alles wusste.

«Sehr merkwürdig …» Reedy ging um den Vogel herum, seine kleine Flöte wie immer hinter eins seiner abstehenden Ohren gesteckt, und betrachtete Bryns Fund aus jedem Blickwinkel, als handele es sich um ein kostbares Gemälde. «Ich würde sagen, dass es ein Weißkopfseeadler ist; bloß hast du ihn auf einem Berggipfel gefunden, und Seeadler nisten normalerweise in Bäumen und ernähren sich natürlich von Fisch, wie der Name schon sagt. Und er sieht auch nicht *völlig* wie einer aus.»

«Na, zu welcher Art er gehört, ist mir eigentlich egal – womit soll ich ihn füttern? Und ist es ein Junge oder ein Mädchen?»

«Sehr schwer zu sagen bei Adlern, sie haben oft das gleiche Gefieder … der hier ist zwar ein bisschen unterernährt, aber man kann es an der Größe festmachen. Normalerweise sind die Männchen größer, aber bei den Weißköpfen hier ist es genau andersherum.» Bryn merkte, wie sehr der sonst so scheue Jugendliche seine plötzliche Bedeutung genoss. «Darum würde ich sagen, dass das hier ein Weibchen ist; die hintere Zehe ist meist länger und der Schnabel breiter.» Reedy griff nach dem Vogel, der aufschrie und außer Reichweite hüpfte.

«Aye, eindeutig ein Weib», lachte Cunar, der zusah.

«Was die Nahrung angeht … Sie fressen bis zu einem Zehntel ihres Körpergewichts. Füttere sie mit zarten Fleisch- und Fischstückchen, das kann nicht völlig verkehrt sein. Tut mir leid, ich hab auch noch keine Erfahrung mit der Aufzucht von Adlerjungen.»

Als Nächstes ging Bryn zu Thybil, der in etwa das Gleiche sagte. Der Alte war erfreut, dass Bryn mütterliche Gefühle für seinen Schützling zu hegen begann, und half ihm dabei, eine Behausung zu bauen.

«Geh so oft wie möglich mit ihr nach draußen; lass den Wind ihr das Gefieder zerzausen, zeig ihr die Berge. Sie wird es schwer haben ohne ihre Eltern. Sie muss so schnell wie möglich lernen, selbst für sich zu sorgen.»

Zusammen richteten sie einen Platz für sie in Bryns Zimmer her, formten ein Nest und statteten es mit Wasser und einigen Essensbrocken aus. Mittni kam hinzu und war begeistert von dem Adlermädchen und ihrem neuen Zuhause. Er brachte aber auch die Nachricht, dass Aquiuss mit dem Training weitermachen wolle. Bryn ging nur widerstrebend, aber Thybil versprach, so oft wie möglich nach dem Vogel zu schauen.

Als Thybil gegangen und Mittni der Tür zugewandt war, ruckte Bryn rasch am Deckel seiner Truhe, um sicherzugehen, dass sie abgeschlossen war. Wenn er eines nicht wollte, dann dass Thybil ihm peinliche Fragen der Art stellte, was sein Culmus in einer Truhe verloren hätte und was für eine Klinge er stattdessen trug, die auch noch genauso aussah. Er hatte mehrmals versucht, das verflixte Ding aus seiner Scheide zu ziehen, aber jedes Mal vergeblich. Aquiuss fragte schon gar nicht mehr, wann Bryn die Scheide mal wieder anlegen würde, sondern schien dessen vermutete Neigung zu akzeptieren, die blanke Klinge am Wehrgehenk zu tragen.

«In den alten Zeiten besaß jeder Culmus Sangui einen zweiten Namen, mit dem er in ganz Calaspia bekannt war – wenngleich natürlich niemand von dem eigentlichen Orden wusste. Wenn es mir zukäme, würde ich dich Blankschwert nennen. Solcherlei Namen hatten sie. Sagte ich schon, dass ein Krieger mit blankgezogener Waffe ein zorniger Krieger ist?»

Er hatte es schon gesagt. Mehrmals. Und er hatte recht. Bryn war ein zorniger Mann, ein Krieger, der eine Schuld zu begleichen hatte, und alles andere, was Aquiuss ihm vorwarf. Anstatt seine Zeit mit den anderen zu verbringen, kümmerte er sich um sein Adlermädchen und sprach zu ihm wie zu einem stummen Freund oder einem Tagebuch oder wie jemand, der laut mit sich selbst sprach.

Die Kleine war das einzige Wesen, dem er sich anvertraute, das einzige Ohr, dem er von seinen Hoffnungen und Ängsten flüsterte, das einzige Ventil für seine Träume und Albträume. Denn die Träume gingen weiter, wechselten von blutigen Eroberungen zu einsamen Wanderungen. Immer wieder führten sie ihn in den türlosen, fensterlosen Raum mit den zehn

Schwertern. Er gab sehr darauf acht, seine Waffe nicht als Ring zu tragen, und legte sie so weit von sich weg wie möglich, wenn er schlafen ging, was aber auch nicht mehr als ein paar Schritte waren, weil ihn die Entfernung quälte.

Die Träume gingen weiter, aber sie waren nur selten noch so schlimm wie am Anfang. Manchmal gingen Traum und Tagtraum ineinander über, und er konnte nicht sagen, was er geträumt und was er getan, worüber er phantasiert hatte. Manchmal stellte er sich nach Aquiuss' Vorgaben eine Szenerie vor, nur um sich dann plötzlich leibhaftig dort zu befinden und mühevoll seinen Plan umzusetzen. Dies hatte natürlich zahlreiche Vorteile, aber die Grenzlinie zwischen Illusion und Realität verschwamm. Wiederholt bemühte er sich, den Culmus aus seiner Scheide zu ziehen und sogar sein derzeitiges Schwert zu verbannen, aber ohne Erfolg. Er besaß weder die körperliche noch die mentale oder magische Kraft, diese Situation zu lösen.

In dieser Nacht stand er auf den Wehrmauern von Eisenfels, seine flauschige Freundin in der einen Hand, die Klinge in der anderen, und starrte blind in die Zukunft. Wie es seine Gewohnheit war, versuchte er mit seinem Willen, die Verbindung zwischen ihm und dem Schwert des Tahl Uthnae zu zerreißen, aber sie war so unsichtbar solide wie immer.

«Ruhelos?»

Er wirbelte herum, das Schwert immer noch in der Hand.

«Sei gegrüßt, Zuola.»

«Lange nicht gesehen, Bryn. Du warst ständig beschäftigt.» Sie hielt eine Fackel, deren flackerndes Licht das weite Nachthemd offenbarte, das sie über ihrer weichen, enganliegenden Unterwäsche trug. «Aber ich habe dich beobachtet, Blankschwert. Täusche dich nicht mit den Culmus Sangui.»

«Was meinst du damit?» Er hatte immer noch das Schwert in den Händen.

«Denk an deinen Platz. Vielleicht darf ich dich daran erinnern, dass du unter einem Mentor trainierst, der mir rangmäßig untersteht.»

«Und?»

«Nur die Ruhe. Ich gebe dir lediglich den Rat, Geduld zu haben. Tu nichts Überstürztes.»

«Bist du ein Rabe?», fragte Bryn herausfordernd.

Zuola runzelte die Stirn. «Ich bin immer noch bei ihnen. Nicht einmal die Eisenfelser dürfen von der Existenz unseres Ordens erfahren, auch wenn wir auf derselben Seite kämpfen.»

«Das weiß ich. Hattest du Angst, ich würde dich verraten?»

«Nein.»

«Gut – dann denk du an deinen Platz. Du bist ein Rabe, und ich bin der Anführer der Raben. Also verhalte dich entsprechend.»

«Wie kannst du es wagen, so von oben herab mit mir zu sprechen!»

«Da hier ich dein Vorgesetzter bin, ermahne ich dich nur, Geduld zu haben», sagte er ruhig. «Und mich in Ruhe zu lassen.»

«Deine Unverschämtheit kennt keine Grenzen! Denk an den Codex Culmus und pass auf, was du sagst.»

Bryn antwortete nicht. Das Adlermädchen piepste schrill, nervös, und er legte es in seinem Umhang auf die Zinne.

«Zuola – *Paladinin*, wir haben in den kommenden Wochen Dinge vor, bei denen die Loyalisten außen vor bleiben. Ich erwarte von dir, dass du die Raben meinen Anweisungen entsprechend anführst. Ist das klar?»

«Jetzt gibst du mir auch noch Befehle?» Sie interpretierte sein Weglegen von Vogel und Umhang als Vorbereitung eines Angriffs und steckte die Fackel in eine Wandhalterung, dann zog sie das Schwert, das sie sogar in solchen Gewändern noch umgeschnallt hatte.

«Hast du vor, mit mir zu kämpfen?» Bryn unterdrückte ein Gähnen.

«Vielleicht sollte dir einmal jemand deinen Platz zeigen!», fauchte Zuola.

Keiner hatte die Absicht gehabt zu kämpfen, aber nun umkreisten sie einander und wollten dem anderen eine Lektion erteilen. Bryn zog einen Lumpen aus seinem Wehrgehenk, von dem die blanke Klinge normalerweise verdeckt war, und wickelte ihn um sein Schwert.

«Die Leute schlafen. Warum sollten wir sie mit unserer Meinungsverschiedenheit behelligen?»

«Sei nicht so herablassend, Bellyset. Ich werde mein Schwert nicht verhüllen.»

«Ich dachte auch an deine Sicherheit.»

«Das reicht! Weißt du, was die Strafe für solches Verhalten ist?»

«Laut Codex Culmus ist der bessere Schwertkämpfer der bessere Krieger, und der bessere Krieger ist der Vorgesetzte.» Noch während Bryn dies sagte, ging ihm auf, dass das auch ein Spruch von Cerion hätte sein können. Aber es machte ihm Spaß. «Du hast recht, dass du dein Schwert nicht bedeckst, Paladinin. Selbst wenn sie unsere Klingen nicht hören würden, könnten sie immer noch deine Schreie hören.»

Rasend vor Zorn griff Zuola an. Bryn tänzelte zurück, parierte ihre Schläge. Dumpfes Klirren hallte von den Zinnen wider, das durch den Lumpen zwar gedämpft wurde, aber immer noch hörbar war. Er ließ sie sich in Sicherheit wiegen und griff kaum einmal an, tat so, als böten sich ihm kaum Gelegenheiten. Dann trafen ihre Klingen sich, und Zuolas glitt an der seinen entlang, bis sie die Parierstange fand.

Zuola packte sein Handgelenk. «Ein Maulheld ist noch kein besserer Schwertkämpfer.»

«Ich gebe dir noch eine letzte Chance, dich zurückzuziehen.»

Zuola versuchte, ihn mit einem Bein zu Fall zu bringen, aber er war zu schnell. Er drehte sein Handgelenk, wie Tamasan es ihm beigebracht hatte, löste Zuolas Griff und kehrte ihn um, sodass er die Oberhand hatte. Er drehte ihr den Arm auf den Rücken; sie ächzte auf.

«Unterschätze deinen Gegner nicht, selbst wenn du zu gewinnen meinst», flüsterte er ihr ins Ohr.

Sie war besser im Nahkampf, als er gedacht hatte, und er begriff mit Zorn, dass er sich an seinen eigenen Ratschlag nicht gehalten hatte. Anstatt mit einer eleganten Bewegung zu kontern, schlug sie einfach zu, in perfekter Verkörperung der Culmus-Sangui-Taktiken, die ihnen Aquiuss und Sarghenta vor so langer Zeit beigebracht hatten: brutal und auf den Punkt; alles, was zielführend war.

Sie hielten beide die Waffe des anderen gepackt, und Zuola versuchte nicht etwa, ihm die seine abzuringen, sondern ließ beide kurz los, um Bryn mit zwei Körpertreffern den Atem zu nehmen, sodass er eines der Schwerter zwangsläufig fallen ließ. Sie ergriff die Gelegenheit, sich auf sein anderes Schwert zu konzentrieren, anstatt es bei dem zu belassen, das sie zurückgewonnen hatte, wie er erwartet hätte. Der darauffolgende Kampf führte dazu, dass beide Klingen zu Boden polterten und beide Kämpfer einander daran hinderten, ein Schwert zu erreichen.

Miteinander ringend, stolperten sie auf die Zinnen zu. Das

Adlermädchen stieß einen Klagelaut aus und flatterte mit den Flügeln, als sie näher taumelten.

«Hast du ihr schon einen Namen gegeben?», keuchte Zuola.

Er war gar nicht auf die Idee gekommen, und er fragte sich, warum. Verlegen konterte er mit der ersten Entgegnung, die ihm einfiel.

«Wusstest du nicht, dass sie Sarghenta heißt?»

«Unverschämter Kerl!»

Ungeachtet des Risikos sprang Bryn hoch, stieß sich mit den Füßen von der Zinne ab und flog auf Zuola zu. Schwung plus Körpergewicht war zu viel für die Paladinin, sie wurde zu Boden gestoßen. Sie rollten ringend über den Boden. Auf einmal war sie über ihm und brachte betäubende Schläge auf seinen Kiefer an. Endlich warf Bryn sie ab. Selbst in der Hitze des Gefechts war ihm ihr Gesicht zu schön, zu zart, um es zu verletzen, und er versuchte lieber, an sein Schwert zu kommen – auch wenn er diesen Gedankengang selbst nicht verstand. Es war gut, dass das Licht der Fackel hier nicht herreichte, denn das Schwert des Tahl Uthnae kam gehorsam in seine Hand geflogen. Als er seinen Fehler begriff, verwandelte er es mitten im Flug in einen Dolch. Sie schien es nicht zu merken und ging wohl davon aus, dass er eine weitere Waffe aus dem Gürtel gezogen hatte.

«Wo liegt deine Loyalität?», grollte er.

Die beiden funkelten einander schwer atmend an. Sie versuchten, den Zorn in ihrem Blickkontakt aufrechtzuerhalten, aber er verflog rasch. Die Situation war zu lächerlich.

«Du hast viel gelernt», gab Zuola zu. Ihr Gewand war aufgegangen, er spürte das zarte Gewebe in seiner Faust. Schweiß glitzerte auf ihrem Schlüsselbein. «Aber an einem Krieger ist mehr dran als das.»

«Wo liegt deine Loyalität?», wiederholte er weniger nachdrücklich.

Ihr Atem strich über sein Kinn, und seine Finger entspannten sich. Sie hob ihren Kopf vom Stein und richtete sich auf, ihm entgegen, ohne sich von dem Messer an ihrer Kehle abschrecken zu lassen, das er entsprechend mit zurücknahm. Ihr Gesicht kam näher, ihre sorgfältige Frisur hatte sich halb aufgelöst. Bryn roch die Seife auf ihrer Haut und schämte sich plötzlich seines Körpergeruchs. Es lag keine Bosheit in ihren Augen, diesen dunkelgrün glitzernden Teichen. Sie schloss die Lider, und seine Aufmerksamkeit sprang zu den schönen Fältchen an ihren Augenwinkeln hinüber.

Warum hatte sie die Augen geschlossen? Passierte das gerade wirklich? Er spürte ihre Absichten zu spät, da waren ihre Lippen schon auf den seinen. Die Berührung war sanft und prüfend. Sein Herz klopfte stärker als während des Kampfes, und er ließ los. Der Dolch fiel ihm klappernd aus den Fingern. Der Griff seiner anderen Hand wurde weicher, streichelte zärtlich, anstatt gefangen zu halten. Bryn schloss die Augen und holte tief Luft, genoss die unwirkliche Erfahrung.

Er hatte von Anfang an gewusst, dass sie schön war, schon als er sie das erste Mal gesehen hatte, wie sie vor einer Gruppe Lehrlinge das Schwert wirbeln ließ, und dann später, als sie sich selbstbewusst halb eine Felswand hatte hinunterfallen lassen, stets elegant und weiblich und doch so stark. Schmetterlinge überschlugen sich in seinem Bauch, und er begriff, was er schon lange für sie empfunden hatte. Es war zugleich seine einzige Erklärung für die aufreizende Art, wie er sie behandelt hatte.

Ihre Lippen trennten sich kurz, nachdenklich, und trafen entschlossener wieder zusammen, als Bryn sich über sie beugte. Zuola ließ ihren Kopf zu Boden sinken, aber diesmal kam er auf Bryns Hand zu ruhen, die sich in ihren Haaren verloren hatte. Er spürte ihre seidige Zunge auf der seinen, und die Welt drehte sich in Pirouetten aus weicher Haut, schimmerndem Haar und funkensprühendem Fackellicht.

Und dann landete er. Er brauchte einen Moment, um zu begreifen, was geschehen war. Er öffnete die Augen und sah Zuola über sich aufragen, das Schwert in der Hand.

«Meine Loyalität liegt natürlich bei Sarghenta und den Culmus Sangui.»

Bevor er etwas erwidern konnte, war sie gegangen. Ihr Gewand flatterte hinter ihr und hinterließ nur eine Erinnerung und Konfusion. Langsam setzte Bryn sich auf. Sein Herz überschlug sich erneut, als er das Geschehene im Kopf noch einmal durchspielte. Er versuchte, sich bei dem gesamten Ablauf an ihre Gefühle zu erinnern. Was hatte sie wirklich empfunden? Hatte er sich völlig täuschen lassen?

Das Adlermädchen rief, und er ging zu ihm und strich über seine wachsenden Federn, flüsterte Entschuldigungen. Er suchte den Lumpen und steckte ihn an sein Wehrgehenk, verhüllte das Schwert damit. Widerstreitende Gefühle rangen um seine Aufmerksamkeit – Schuldgefühl, Scham, Stolz, Begeisterung, Zorn –, und er verbarg sie unter seinem Umhang, zog sich die Kapuze tief ins Gesicht. Vorsichtig nahm er das Adlermädchen auf.

«Sie hat recht. Wir brauchen einen Namen für dich. Wie wär's mit Zuola?»

Bryn nahm die Fackel von der Wand und hielt sie vor ihnen über die Wehrmauer, starrte in die Stille des Abgrunds. Gedanken taumelten ihm durch den Kopf, ohne dass einer lange genug verweilte, dass Bryn eine Lösung hätte herausfischen können. Schließlich seufzte er, schleuderte die Fackel über die Brüstung und sah zu, wie sie funkensprühend und sich überschlagend erdwärts fiel. Sie landete weit unten und ging flackernd aus.

Eine Zeitlang stand er dort, und das Adlermädchen döste warm und weich an seiner Brust, in seine linke Hand gekuschelt. Gewohnheitsmäßig wanderte seine Rechte zu der Klinge des Tahl Uthnae, die er aus dem Wehrgehenk zog, um sie erneut zu untersuchen. Endlich dämmerte ihm, wie bei einer Wunde, von der man merkte, dass sie infiziert war, dass die Waffe irgendeinen Effekt auf ihn hatte. Mehr denn je wünschte er sich, die Klinge wieder los zu sein. Er versuchte, sie einzuschrumpfen, aber sie wollte nicht kleiner werden als ein Ring oder eine Murmel. Ihn überlief ein Schauer, und plötzlich wünschte er sich die Fackel wieder zurück.

«Wach auf, Sylvata, ich brauche dich.» Er streichelte das Adlermädchen, von seinen eigenen Worten überrascht. «Gefällt dir das?» Es erwachte mit einem leichten Zittern und schrie ihn mit verschlafenen Augen an. Im Mondlicht sahen seine Daunenfedern silbrig aus. Bryn grinste. «Sylvata. Mein Trost, meine Freundin in der Not. Ich nenne dich Sylvata. Die die grausame Wildnis überlebt hat … Vielleicht tu ich's ja auch.»

Er verließ die Wehrmauern, machte aus dem Ring dabei wieder das Abbild seines Culmus und schob ihn ins Wehrgehenk. Leise auf den Vogel einflüsternd, glitt er durch den Bogengang ins Festungsinnere.

✦ 31. KAPITEL ✦

Die Klaue des Todes

Spione melden das Verschwinden eines einflussreichen Lehrmeisters. Neun unidentifizierte Personen hatten die Sicherheitsanlagen seines Grundstücks überwunden.

An und für sich war es nichts Besonderes – so etwas geschah inzwischen jede Woche, wenn auch mit weniger gewichtigen Persönlichkeiten. Aber irgendetwas an der Meldung ließ bei Bryn die Alarmglocken schrillen. Er hatte das Gefühl eines Déjà-vu. Die Geschichte war längst schon wieder aus den Zeitungen verschwunden, als Bryn davon hörte. Die Elite von Eisenfels kam auf dieses Thema wegen der Tatsache zu sprechen, dass die Culmus Sangui den ermordeten Lehrmeister verdächtigten, an der Verschwörung beteiligt gewesen zu sein. Und dass ein Fragment des Buchs der Zeiten in seinem Besitz gewesen war.

Doch war es keines dieser Details, das Bryns Aufmerksamkeit erregte. Sondern die Art und Weise, wie das Verbrechen verübt worden war. Neun Personen … Armaah … Liborec … der Traum! Hatte er von dem Überfall nicht geträumt? Er zermarterte sich das Hirn nach diesem Bild, wühlte in seinen Erinnerungen, und endlich kam es zurück. Es fiel ihm wieder ein, weil es einer der ersten Tagträume gewesen war, die er gehabt hatte – wenn nicht sogar der erste. Das war im Amboss gewesen. Was nicht ungewöhnlich war. Aber es war an ihrem ersten Tag des Trainings mit Aquiuss gewesen.

Er träumte zwar oft von Gewalttaten, aber die Übereinstimmung war verblüffend. Normalerweise stand er im Mittelpunkt der Handlung, und er wusste noch, dass der Traum von dem Lehrmeister anders gewesen war. Aber sosehr er es auch versuchte, er konnte nicht festlegen, ob zuerst sein Traum oder die Zeitungsmeldung gekommen war. Offensichtlich musste er irgendwo von dem Vorfall gehört haben, sonst hätte er ja nicht davon träumen können. Oder doch? Es ließ sich unmöglich sagen, und so vergaß er es bald wieder.

Die «kleine» Sylvata wuchs rasch. Bryn trainierte weiter mit Aquiuss und Mittni für ihre erste geheime Mission. Die Raben wurden weiterhin als Kundschafter eingesetzt. Es gab keine weiteren Scharmützel mit Nurgor mehr, weil diese in der Ferne vorbeizogen und es keinen Grund zu der Annahme gab, dass sie mehr wussten als die Nurgor vor ihnen. Zuola half Cunar bei der Leitung der Raben, solange Bryn und Mittni anderweitig beschäftigt waren, und der Brauer ging ihr so sehr aus dem Weg, dass es schon absurd war. Er hatte Angst, ihr gegenüberzutreten. Er wurde nicht schlau aus der Situation und wusste nicht, was er sagen sollte.

Er träumte jede Nacht, warf sich umher und erwachte kalt und schweißgebadet. Nach wie vor vertraute er sein Geheimnis nur seinem Adlermädchen an. Je länger er wartete, desto schwerer wog die Schuld. Manchmal wünschte er sich, Sylvata nie gefunden zu haben, denn er erzählte ihr alles, was ihn bedrückte, und verschwieg es Mittni und Thybil dann. Sie wussten, dass etwas nicht stimmte, erklärten es sich aber mit seiner anhaltenden Trauer über den Tod Mama Bellysets. Was vielleicht nicht einmal falsch war.

Nur dass es nicht seine Ungeduld und Reizbarkeit erklärte, seine Zornausbrüche, seinen Hang zur Gewalttätigkeit. Als er sein Schwert aus dem Wehrgehenk zog, fiel ihm wieder das Gespräch mit Eridanus am Vorabend ein.

«Kennst du einen der Gründe, warum die Tahl Uthnae so tödlich sind?», hatte der Alte gefragt. Bryn, der es zu wissen glaubte, hatte geantwortet. Der Lehrmeister mit den rätselhaften Augen hatte erwidert: «Ja, sie sind auf irgendeine Weise genetisch verbessert worden ... Aber außerdem tragen sie Waffen von tödlicher Intelligenz. In alter Zeit konnten sie das Aussehen ihrer Waffen allein durch Willenskraft verändern. Nun, da die ursprünglichen Tahl Uthnae vor Hunderten von Jahren vernichtet worden sind, wird ihr Wiedererscheinen von einigen Kontroversen begleitet. Wir wissen nicht, ob die ursprünglichen Klingen – die sogenannten *Klauen des Todes* – Fundstücke oder Nachbauten sind. Ich hoffe natürlich, dass es sich um Fundstücke handelt, denn in diesem Falle können sie nicht noch mehr davon herstellen.»

Er hatte Bryn mit diesen berechnenden Augen betrachtet, und Bryn hatte nicht zum ersten Mal das Gefühl gehabt, dass Eridanus genau wusste, was in ihm vorging.

«Geht es dir gut?», hatte der Alte gefragt, als hätte er in diesem Moment seine Gedanken gelesen. Bryn hatte genickt und mehr über die gestaltwandelnden Waffen erfahren wollen. «Bist du mit den Legenden vom ersten Eindringen vertraut?» Bryn kannte den Mythos vom Entstehen des Wahnsinns und seinem ersten Eindringen in Calaspia oberflächlich. Er wusste auch, dass sowohl die apheristische Kirche als auch der Orden von Itrim die Geschichten für wenig mehr als Märchen hielten. «Der Legende zufolge wurden die Klauen des Todes aus den Krallen der letzten Drachen geschaffen ... Torb-Oros, ihr Avatar, schmiedete die Waffen, um etwas von der Kraft der

Drachen in Calaspia zu bewahren. Die anderen Völker benutzten diese Waffen zum Kampf gegen den Wahnsinn. Aber es sind mächtige Werkzeuge, die unbedingt zerstören wollen. Allein Drachen konnten sie führen, ohne allmählich von Hass und Rache besessen zu sein. Jede Waffe führte am Ende ihren Träger und verdrehte dessen Seele, bis er zu ihr passte.»

Bryn überlief ein Schauer. «Wie kam es, dass das Vermächtnis der Drachen in die Hände der Tahl Uthnae gelangte?»

«Da zäumst du das Pferd von hinten auf.» Eridanus lächelte traurig. «Es waren Numenii und Nephelim … hundert vielleicht. Sie zählten sich zu den besten Kriegern der Epoche, und zu den elendsten. Torb-Oros wählte nur diejenigen aus, deren Zorn ausreichte, die Klinge zu nähren. Die Drachenritter, wie sie zunächst hießen, waren eine furchterregende, verheerende Streitmacht im Kampf gegen den Wahnsinn.

Als das erste Eindringen aufgehalten war, waren die Drachenritter nicht zufrieden. Ihre Bösartigkeit war zu groß, als dass sie ihre Waffen beiseitelegen konnten. Auch war ihnen ihr früheres Leben verwehrt, und das bereitete ihnen nur noch größere Qualen. Die Klauen des Todes zerstörten sie, raubten ihnen buchstäblich die geistige Gesundheit … paradox, nicht wahr?

Diese ursprünglichen Tahl Uthnae waren immer noch Feinde des Wahnsinns – theoretisch. Aber Rachegefühle hören nie auf zu lodern. Sie vernichten alles, und wenn sie keine Nahrung mehr finden, richten sie sich gegen den, der sie empfindet. Bis die Drachenritter eine Generation von Anhängern auf die Wege der Zerstörung und des Hasses geführt hatten, war in dem blindmachenden Zorn der Kampf gegen den Wahnsinn vergessen. Der Zorn blieb ungerichtet, über Jahrhunderte hinweg, während derer die Geheimnisse der Tahl Uthnae ins Reich der Verdammten übergingen. Die Erben der Klauen des Todes waren nun keine Drachenritter mehr. Nur wenige kannten überhaupt ihren Ursprung. Die meisten umwarben den Wahnsinn als Möglichkeit neuerer, dunklerer, brutalerer und interessanterer Macht.»

Im Innersten wusste Bryn, dass er Grund zur Sorge hatte. Aber die Geschichte konnte nicht zutreffen. Es war schließlich nur eine Geschichte – sechstausend Jahre alt, wenn sie überhaupt echt war, und entsprechend beim Weitererzählen abgewandelt. Was sollte da noch an Wahrheit drinstecken? Und außerdem konnte die Klaue des Todes, die er trug, keine von denen sein, die die Drachenritter besessen hatten. Dafür war sie zu schwach.

«Was, wenn sie die Klaue des Todes nicht wollten?», fragte er. «Oder sie wieder aufgeben wollten? Ihr sagtet, die Drachenritter konnten ihr altes Leben nicht mehr aufnehmen. Warum nicht?»

«Wir kennen die Übernahmerituale nicht im Einzelnen, aber der einzige Weg, einen neuen Tahl Uthnae mit einer Klaue des Todes zu initiieren, bestand darin, dass der Nachfolger seinem Vorgänger auf bestimmte Weise das Leben nahm.» Eridanus sah ihn scharf an. «Selbst wenn es keinen Nachfolger gab, schaffte ein Tahl Uthnae es nicht, seine Waffe loszuwerden … Es war unmöglich. Ich persönlich glaube, dass es eine spirituelle Verbindung zwischen Waffe und Träger gab, ähnlich der zwischen dem Culmus Sangui und seinem Culmus. Sie wurde umso stärker, je mehr Hass zwischen ihnen ausgetauscht wurde, je mehr Leben sie in ihrem gemeinsamen Zorn nahmen. Wenn nun der Besitzer eines Tages versuchte, seinen Gefährten zu verlassen – und es tatsächlich schaffte –, dann war sein Leben nur noch leer und hatte keinen Sinn. Kurz gesagt, sobald der Tahl seine Klaue hatte, war er für immer und ewig ein Tahl. Bis ein Nachfolger kam, versteht sich.» Eridanus sah ihn feixend an; ein merkwürdiger Gesichtsausdruck für eine so alte und respektable Persönlichkeit.

«Dann wollen wir hoffen, dass an dieser Legende nichts Wahres ist», sagte Bryn nach einer gefühlten Ewigkeit. «Dass weder die Tahl noch die Krallen zurückgekehrt sind, sondern nur eine schwache Imitation. Wie bei den Ostentum. Damit könnten wir fertig werden. Oder nicht?»

«Wir müssen damit fertig werden. Und du, möchtest du mir irgendetwas erzählen?» Der Themawechsel war so abrupt, der forschende Blick so eindringlich, dass Bryn sich abwandte. «Gar nichts, ja?»

«Danke, dass Ihr Euch die Zeit genommen habt, mit mir zu reden», hatte er gesagt, worauf der Alte einen enttäuschten Eindruck gemacht hatte. «Ich muss ins Bett. Die Raben gehen morgen auf Erkundung.»

Wie an den meisten Tagen waren sie im Amboss. Aber heute war es anders. Die Zeit war gekommen. Aquiuss, Mittni und Bryn hatten inzwischen einen ganzen Haufen eigener Ausrüstung hier oben; Sachen, die sie angeblich zu Trainingszwecken hinausgeschafft hatten, in Wirklichkeit aber zur Vorbereitung ihrer heimlichen Mission. Alles war bereit! Die Culmus Sangui hatten nicht nur weitere Nurgor entdeckt, sondern ein Lager. Es war kein normales Nurgor-Lager, wie Aquiuss erklärte. Nurgor waren in erster Linie Nomaden, Parasiten des Landes und seiner eigentlichen Bewohner. Sie bauten nichts Dauerhaftes. Dieses Lager jedoch bestand nun schon seit einigen Monaten. Seine Beschreibung erinnerte die beiden Barue an das Arbeitslager, in dem die Leute von Quivelda interniert gewesen waren und Schwarzgold hatten abbauen müssen. In diesem Lager nun herrschte ein stetes Kommen und Gehen von Nurgor, die es offensichtlich als Durchgangsstation auf ihrem Marsch nach Norden ansahen. Es lag im Amboss ziemlich genau zwischen den Hauptstädten von Arleath und Armaah; aus beiden Reichen und vielleicht sogar von noch weiter her kamen die Nurgor in Scharen.

Die drei hatten nicht vor, die Siedlung zu überfallen. Noch nicht. Sie war viel zu gut befestigt, und sie hätten ganz Eisenfels für diese Aufgabe benötigt. Aber nun, da die Culmus Sangui den Dreh- und Angelpunkt der Nurgor-Aktivitäten kannten, ermittelten sie dort auch. Aquiuss wurde auf dem Laufenden gehalten und wusste daher von den meisten damit zusammenhängenden Geschehnissen. Ein solcher Informationsschnipsel lieferte ihnen indirekt die Idee für ihre Aktion.

Aquiuss hatte selbst einige Ermittlungen angestellt, auf eigene Faust, was ihn auch dazu führte, seine Erkenntnisse geheim zu halten, obwohl sie spektakulär waren. Er wollte erst sichergehen, aber genau dafür war die Mission gedacht. Und so kam es, dass die Raben am frühen Morgen unter der Führung von Bryn, Mittni und Aquiuss Eisenfels verließen und den Eindruck erweckten, wieder einmal die Umgebung zu erkunden. Kaum waren sie außer Sichtweite ihres Stützpunkts, da wandten die Raben sich nach Osten und hielten auf die Ebenen von Armaah zu.

Zuola war mit dabei. Bryn hatte seit dem nächtlichen Vorfall nicht mit ihr gesprochen und es auch nicht vor. Was sollte er sagen? Inzwischen war er sicher, dass er ihr eine Frage würde stellen müssen, und die Antwort würde festlegen, was er als Nächstes sagte. Aber je mehr er darüber nachdachte, desto mehr stand für ihn fest, dass Zuola keine guten Absichten gehabt hatte. Wie konnte sie es wagen, so mit seinen Gefühlen zu spielen!

Fünf Stunden später stießen die Raben auf ihre Ziele, eine Handvoll im Gänsemarsch dahinschlurfender Numenii. Am einfachsten wäre gewesen, sie mit Pfeilen zu erledigen, aber das sah der Plan nicht vor. Vielleicht waren es Unschuldige. Und wenn nicht, dann hätten die Raben auch niemanden mehr gehabt, der ihnen Antworten geben konnte.

Bryn machte irgendeinen Offiziellen aus, der von einer Patrouille Soldaten begleitet wurde, die ein Dutzend Mann stark war. Er sah sich um. Wo waren die anderen? War er zu schnell gewesen, oder waren sie zu langsam? Da es seine Aufgabe war, ein Entkommen zu verhindern, musste er natürlich am weitesten vorn sein. Er besah sich die Felslandschaft und wählte seinen Weg nach unten …

«Wo ist Bryn?», fragte Aquiuss. Niemand wusste es.

«Er muss vorgegangen sein», überlegte Mittni. «Vielleicht ist er bereits auf Position.»

«Ich wünschte nur, er würde uns vor so etwas Bescheid geben. Wir wussten nicht, wann wir auf sie stoßen würden, also können wir auch schlecht sagen, wo wir sie uns holen.»

«Mach dir wegen Bryn keine Sorgen. Der wird bereit sein. Du weißt, wie sehr er sich schon darauf gefreut hat. Ich glaube, es ist gut, ihn beschäftigt zu halten. Das lenkt ihn ab …»

«Was ist das?»

Den Raben fiel die Kinnlade herab, als ihr Zug Numenii rasch eine Verteidigungslinie bildete. Einer nach dem anderen fielen die Soldaten, oft zwei oder drei gleichzeitig, unter dem Angriff einer einzelnen wirbelnden Gestalt.

«Ist das ein …?» Cunar spähte mit zusammengekniffenen Augen zu den hektischen Vorgängen hinab.

«Ich wüsste nicht, was es sonst sein sollte», sagte Mittni. «Auf solche Weise bewegen sich nur die Tahl Uthnae.»

«Was sollen wir tun?» Zuola schirmte die Augen von der Sonne ab und schüttelte über das Hinsterben ihrer Angriffsziele den Kopf. «Bis wir dort sind, sind sie alle tot.»

«Vielleicht kann Bryn etwas unternehmen», sagte Mittni.

«Vergesst den Plan», rief Aquiuss. «Wir gehen runter, schnell! Lasst auf dem Weg dorthin Kundschafter zurück.»

Die Raben befolgten hastig seinen Befehl. Im Näherkommen erwies sich Zuolas Vermutung als richtig. Sie sahen schon aus einiger Entfernung, dass niemand verschont geblieben war.

«Pech», sagte Bruder Maxwell. «Und ich darf jetzt ein Dutzend Beerdigungen machen!»

«Wenigstens sind wir unschuldig. Uns kann das niemand vorwerfen», erklärte Mittni. «Bryn!»

Sie eilten zu seiner reglosen Gestalt, versicherten sich aber bald, dass er nur bewusstlos war. Er kam wieder zu sich, als Cunar ihm die Wange tätschelte und Mittni ihm Wasser ins Gesicht goss.

«Womit habe ich es mir verdient, so freundlich geweckt zu werden?» Er setzte sich auf und schnappte nach Luft, als er die Toten sah.

«Weißt du denn nichts mehr davon?», wollte Aquiuss wissen.

Bryn runzelte die Stirn und sah zwischen den Toten um sich herum hin und her. «Nein, ich …» Er schüttelte verwirrt den Kopf, dann entschiedener. «Nein.»

«Du bist voller Blut», sagte Mittni.

«Natürlich», sagte Zuola. «Er hat ja schließlich gekämpft.»

«Aber sein Culmus ist sauber …», fügte Mittni leiser hinzu. Niemand hörte es.

«Dadurch wirst du das Bewusstsein verloren haben.» Cunar zog seinen Ärmel zurück und machte mehrere Schläge mit dem Arm, als würde er kämpfen. «Bryn eilte zur Verteidigung der Leute, aber diese Kreatur des Bösen war zu schlau. Sie muss entkommen sein.»

«Was für eine Kreatur denn?», fragte Bryn.

«Er weiß es wirklich nicht mehr», brummelte Bruder Maxwell. «Der Tahl Uthnae!»

Bryn wurde weiß. Er packte sein Schwert und stand stolpernd auf.

«Ganz ruhig!», rief Aquiuss. «Es ist alles in Ordnung. Jetzt sind wir ja hier. Ich kann nur sagen, wie leid es mir tut, dass wir so lange gebraucht haben. Du musst so schnell wie möglich hier heruntergelaufen sein, als du den Feind hast kommen sehen. Ein Jammer, dass wir zu spät gekommen sind. Aber vielleicht ist noch nicht alles verloren. Durchsucht die Leichen! Und ihr fünf – steht Wache für den Fall, dass der Tahl zurückkehrt.»

Während die Raben die Uniformen durchwühlten, schlenderte Bryn nachdenklich von den anderen weg. Und wenn es um sein Leben gegangen wäre, er hatte keine Ahnung, was geschehen war. In dem einen Moment hatte er noch hinunter zu den Numenii geschaut, in dem nächsten war er neben ihren toten Leibern zu sich gekommen. Er wusste nicht mehr, ob er den Tahl Uthnae gesehen hatte, mit ihm gekämpft hatte. Er befühlte seinen Kopf und konnte keine Verletzung finden. Tatsächlich hatte er anscheinend keinen Kratzer abbekommen.

Er wusste nur noch, dass er wieder geträumt hatte, gleich nachdem er den Zug unten im Tal entdeckt hatte. Nur war er sich diesmal nicht so sicher, dass es ein Traum gewesen war …

«Aha!», rief Cunar. «Seht, hier!»

Die Raben versammelten sich um ihren Anführer, der mit einer Schriftrolle wedelte.

«Seht ihr das Wachssiegel?», fragte Zuola. «Es muss eine Botschaft sein. Gib her.» Sie klaubte das Pergament aus der ausgestreckten Hand des Räubers.

«Das sind keine offiziellen Insignien der Numenii», verkündete Aquiuss, der die Rolle konfiszierte und einsteckte. «Wir zeigen sie den Ältesten von Eisenfels.» Zuola funkelte ihn an.

«Und das hier alles?», fragte Mittni.

«Verbrennt die Leichen», befahl Aquiuss. «Wir können sie nicht nach Eisenfels schaffen, und für das Schaufeln von Gräbern fehlt uns die Zeit. Legt einen Steinhaufen an. Waffen und Ausrüstung kommen in die Rüstkammer.»

Eine Stunde später sahen sie von weiter oben aus zu, wie der Scheiterhaufen brannte. Sie machten sich auf den Rückweg, der zwar überwiegend bergab führte, wegen der zusätzlichen Ausrüstung aber fast sechs Stunden dauerte.

«Alles in Ordnung mit dir?», fragte Zuola.

Bryn sah auf, um sicherzugehen, dass sie es war, und schaute rasch wieder weg. Er wollte ihr nicht in die Augen sehen. «Mir geht's gut.»

Sie nickte und fiel zurück, ließ ihn wieder allein. Grübelnd marschierte er allein vor sich hin und hielt sich von allen fern, Mittni eingeschlossen. Ein schreckliches Gefühl schwelte in seiner Magengrube: Vielleicht war er eine Gefahr für sich selbst und seine Umgebung.

«Bis ihr bei ihnen wart, waren alle außer Bryn tot?», wiederholte Thybil.

Aquiuss nickte. «Und der Tahl Uthnae verschwunden.» Er zog die Schriftrolle aus einer Falte seines Umhangs. «Allerdings haben wir dies hier von dem Numenii-Offiziellen bergen können.»

Sie saßen über Tellern in einem Ratszimmer. Die Raben waren rechtzeitig zum Abendessen zurückgekehrt und speisten unten, wobei sie jedoch Geheimhaltung versprochen hatten, was diesen Tag betraf, und mit den anderen nichts Wahrhaftigeres austauschen konnten als die üblichen wilden Geschichten.

Thybil nahm die Schriftrolle. «Und du, Bryn, hast diesen Tahl Uthnae überhaupt nicht gesehen?»

Bryn schüttelte den Kopf. Er hatte das Essen kaum angerührt. «Ich kann mich immer noch an nichts erinnern.»

«Nun gut. Wenigstens wurdest du nicht verletzt.» Der Alte wandte seine Aufmerksamkeit dem Wachssiegel zu. «Horgest!», entfuhr es ihm. «Sieh dir das an, Red.»

Eridanus fuhr mit dem Finger über das Siegel und nickte. «Wieso solltest du dich irren, mein alter Freund. Horgest – in der Tat.»

«Horgest, was soll das heißen?», fragte Prinzessin Peasmi. Rameon und sie hatten sich inzwischen gut in Eisenfels eingelebt. Sie machten sich Sorgen um ihren Bruder auf dem Thron, waren aber froh, sich nicht selbst im Netz der Verschwörung zu befinden.

«Versammlung der Nurgor», erklärte Aquiuss mit gedämpfter Stimme. «Ein höchst seltenes Ereignis. Normalerweise kämpfen die Nurgor ebenso sehr untereinander wie gegen andere. Sie kommen überaus unwillig zusammen, jeder Stamm misstraut den anderen. Es muss schon etwas Besonderes passieren, dass sich die Stämme vorübergehend unter einem Anführer oder für eine bestimmte Sache zusammenschließen. Selbst wenn sie sich bei der Sache einig sind, streiten sie sich meist noch um die Führerschaft.»

«Na, dann mach schon auf und lies vor!», grollte Galar.

«Nicht so hastig», sagte Eridanus. «Dies ist ein Schutzsiegel. Es zerstört die Nachricht, wenn es auf die falsche Weise gebrochen wird. Die Numenii versiegeln ihre wichtigeren Dokumente oft so.»

«Ein Numenii-Dokument mit dem Horgestsymbol?», wunderte Mittni sich. «Müsste nicht allein das schon für andere Numenii verdächtig sein?»

Thybil schüttelte den Kopf. «Kaum jemand würde das Zeichen erkennen. Noch wenigere wären in der Lage, die Nachricht zu öffnen, denn normalerweise steht auf dem Wachssiegel, wie man es richtig bricht. Die Numenii-Offiziellen verfügen über keine eigene Magie, also benutzen sie ein Werkzeug für die Öffnung. Jedes Werkzeug kann nur das Siegel brechen, für das es geschaffen wurde.»

«Eridanus, könnt Ihr es öffnen?», fragte Mittni. Alle Augen wandten sich dem hochgewachsenen Lehrmeister zu.

«Kann ein Vogel fliegen?», fragte er. «Können Fische schwimmen? Natürlich kann ich es brechen, ohne etwas zu beschädigen. Aber gebt mir eine Minute, um exakt festzustellen, welche Runen im Wachs verborgen sind. Bitte entschuldigt mich.» Er verließ den Raum, und während seiner Abwesenheit wandte sich das Gespräch der jüngsten Gräueltat des Imperiums zu. Wieder war ein Lehrmeister wegen Verbundenheit mit dem Wahnsinn zum Tode verurteilt worden. Wieder war ein wohlhabender Kaufmann wegen mutmaßlicher Kollaboration mit den Verschwörern inhaftiert worden, war sein Grund und Boden beschlagnahmt worden.

«Das alles haben wir natürlich der Inquisition zu verdanken», erklärte Thybil. «Sie kann nicht nur den Widerstand gegen die Verschwörer ersticken, während sie behauptet, das Gegenteil zu tun; ihre Soldaten können auch alles und jeden zur Strecke bringen, ganz wie es ihrem Führer beliebt. Mit jedem Tag wird deutlicher, dass auch er vom Buch der Zeiten weiß – das er Buch des Wahnsinns nennt – und vor nichts zurückschreckt, um davon so viel wie möglich in die Finger zu bekommen. Dieser Kaufmann stand auch auf unserer Liste. Nur unglücklicherweise mit niedrigerer Priorität – es gab andere, die wir für dringlicher hielten. Der gute Mann war nahe an der Grenze zwischen Nomidien und Armaah zu Hause, östlich vom Da-Rahin-Fluss.»

«Rameih?», fragte Peasmi. Thybil nickte: die größte Stadt Nomidiens.

Bryn konnte es nicht fassen. «Ich habe davon geträumt!», platzte er heraus. Alle Augen wandten sich ihm zu. «Ich habe geträumt … dass das passiert», schloss er verlegen.

«Das war vor drei Tagen», sagte Galar. «Wir haben erst heute davon erfahren. Ist nicht viel anders als das, was sonst so passiert.»

«Ja», beeilte sich Bryn zu sagen. «Das habe ich gemeint. Ich hab davon geträumt, wie jemandes Grund und Boden beschlagnahmt wird – das Übliche. Also in gewisser Weise freut es mich zu hören, dass die Numenii, die heute getötet wurden, mit den Nurgor unter einer Decke steckten. Dann brauchen wir uns um ihretwillen wenigstens nicht schlecht zu fühlen.»

«Ja, sie waren höchstwahrscheinlich schuldig», sagte Aquiuss.

Bryn entschuldigte sich mit Erschopfung wegen der Aufregungen dieses Tages und machte sich auf den Weg ins Bett.

«Gibt es irgendetwas, das ich wissen sollte?» Es war Eridanus auf seinem Weg zurück ins Ratszimmer. Bryn fragte sich, was er wohl meinte. «Manche Einzelheit könnte uns entscheidend dabei helfen, dieses Rätsel zu lösen.»

Es gab natürlich so einiges, was der Barue ihm erzählen konnte. Als er diese Worte hörte, fiel ihm jedoch etwas wieder ein, das der Hohe Lehrmeister im Zusammenhang mit den Tahl Uthnae als Schöpfungen der Klauen des Todes gesagt hatte.

«Ich glaube, ich habe gesehen, wie der Tahl seine Waffe leicht verändert hat. Also jedenfalls die Länge seines Schwertes. Deshalb frage ich mich, ob er vielleicht eine Klaue des Todes führte.» Das zumindest war wahr, überlegte Bryn, wenn auch nicht die ganze Wahrheit.

Eridanus runzelte die Stirn. «Es gibt diverse Waffen, die sich bis zu einem gewissen Grad verändern können, manchmal auch nach dem Willen ihres Herrn. Ist dir klar, wie bedeutsam solche Einzelheiten sein können?» Bryn nickte. «Gibt es sonst noch etwas, das du mir gern erzählen würdest?» Bryn schüttelte den Kopf. «Sprich frei heraus, wenn ... dir noch etwas einfällt. Wie du weißt, bin ich oft unterwegs, aber wenn ich da bin, habe ich immer ein offenes Ohr für dich.»

Bryn dankte ihm und wünschte ihm eine gute Nacht. Er gelangte ohne weitere Unterbrechung auf sein Zimmer und warf sich aufs Bett. Eridanus' Worte erleichterten ihn. Im Grunde hatte er gesagt, dass nicht alle gestaltverändernden Waffen gleich Klauen des Todes sein mussten. Aber Bryn konnte sich nicht länger einreden, dass seine Träume nur auf zufälligen Übereinstimmungen beruhten. Seine Visionen spiegelten wirkliche Geschehnisse nicht nur wider – sie sagten sie vorher. Er würde dieser Sache auf den Grund gehen.

Als in dieser Nacht Bilder eines abgeschiedenen Gartens und eines verfallenen Turms zusammen mit dem Raum der Schwerter seine geschlossenen Augen heimsuchten und er erwachte, versuchte er, nicht wieder einzuschlafen, sondern schlüpfte im Dunkeln sofort in Hose, Hemd und Umhang, alles in Schwarz, legte die «Klaue des Todes» an und brach auf. Die Angelegenheit spielte sich im östlichsten Streifen Armaahs ab, unmittelbar vor den Ambossbergen. Er kritzelte eine Nachricht an Mittni, dass er eine Zeitlang allein sein müsse und in den nächsten Tagen gewiss wieder da sein würde. Um die Glaubwürdigkeit zu erhöhen, fügte er noch die Frotzelei hinzu, der Hu-Barue solle ruhig weiter mit Aquiuss trainieren, um endlich aufzuholen – und sich bitte um Sylvata kümmern. Er legte den Zettel auf das Kissen seines sorgfältig gemachten Bettes. Dann gab er dem Adlermädchen einen Abschiedskuss und verschwand, nicht durch das Haupttor, sondern die Felswand einer Außenmauer hinab.

Die Reise brachte er hinter sich, ohne viel davon mitzubekommen. Bei Tagesanbruch hatte er den westlichen Amboss schon im Rücken und war im Norden des Reiches Arleath unterwegs, den Trabatrawald zur Rechten. Dort zu sein, brachte die Erinnerung an Quivelda und Wenfeld zurück, und er eilte weiter und fragte sich, was eigentlich aus den rätselhaften Beobachtern Wenfelds und seinen Dorfnachbarn in ihrer neuen Heimat geworden war. Er kam unglaublich schnell voran und überlegte, ob wohl ein weiterer Tag vergangen war, ohne dass er es gemerkt hatte.

Gegen Mittag hatte er die Gipfel des nordwestlichen Ged-Ruak erreicht und stieg gemeinsam mit der Sonne zu den östlichsten Ebenen des Reiches hinab, die, mit Bergen im Norden und Süden, in den Amboss hineinragten und das Flachland darstellten, das am nächsten an die mächtige Zwergenfeste herankam. Bei Einbruch der Dunkelheit erreichte er sein Ziel, das zwischen den flacheren Gipfeln des Vorgebirges von Ged-Ruak lag. Es war leicht zu finden; bald kam ihm die Gegend aus seinem Traum bekannt vor, und gleichzeitig war es, als würde ihn irgendeine Kraft hierherlenken.

Nachdem er überprüft hatte, dass das Gelände verlassen war, kletterte er in den stillen Garten hinab. Dort stand der

Turm, sichtlich verfallen und beschädigt, aber immer noch einschüchternd. Es war merkwürdig, dass das Gebäude eine Tür besaß, noch dazu eine verschlossene. Lächelnd öffnete er mit der Klaue des Todes das Schloss, verwandelte sie in ein Schwert zurück und trat ein.

Drinnen war es stockfinster. Bryn fragte sich, wie er den Ort beleuchten konnte. Wenn er in der Lage war, die Klinge seines Schwertes willentlich zu verändern, warum dann nicht auch in diese Richtung? Eher von dem Gedanken als von dem Befehl «Spriaga!» flammte die Klinge rot auf. Bryn suchte sich in dem rötlichen Glühen seinen Weg. Wenn er das Schwert bewegte, zog es tanzende Flammen nach. Das flammende Schwert – das gefiel ihm.

Etwas zog ihn zum Keller. Er hielt sich den Umhang ums Gesicht, um die staubige Luft zu filtern, und stöberte im Schutt, drehte mit hochgehaltenem Schwert Steine und Geröll herum. Bald strichen seine Finger zwischen all dem Gestein über die glatte Oberfläche von Metall. Er zog etwas hervor, das sich als kleine Truhe erwies, und da sie abgeschlossen war, wollte er sie lieber mitnehmen, als hier vielleicht unversehens in der Falle zu sitzen.

Er verbarg sie unter seinem Umhang und ging die Treppe hinauf, nahm immer zwei Stufen auf einmal, weil ihn ein plötzlicher Impuls drängte, den Turm so schnell wie möglich zu verlassen. Das Schloss fiel klickend zu, als er die Tür hinter sich zuzog. Er floh auch den friedlichen Garten und machte erst auf dem moosigen Bewuchs eines nahegelegenen Hügels halt, um das Gelände zu beobachten. Einige Minuten vergingen, während denen er seine Klaue des Todes in das Schlüsselloch fügte. Die Truhe ging auf, und darin war – noch eine Truhe. Bryn konnte einen Schutzzauber spüren. Da er nichts Besseres zu tun hatte und von der Reise körperlich erschöpft war, begann er, den Schutz mental abzutasten. Es erwies sich als eine faszinierende Beschäftigung. Jedes Mal, wenn sein Geist sich der kleineren Truhe näherte, wurde er zurückgestoßen wie bei dem Versuch, zwei gleichpolige Magneten zur Berührung zu bringen. Er versuchte es aus jedem Winkel, schnell und langsam, sanft und mit Wucht. Nichts funktionierte.

Er gab seinem Schwert die neue Schlüsselform. Es war viel schwieriger als beim ersten Mal, und er brauchte mehrere Minuten, bis der letzte winzige Vorsprung passte. Zu seiner Überraschung konnte er den Schlüssel zwar problemlos herausziehen und hineinstecken, aber nicht drehen. In der Annahme, etwas falsch gemacht zu haben, fummelte er lange mit der Klaue herum, bis er zu dem Schluss kam, dass es an dem Schutzzauber lag. Wieder kämpfte er damit, ohne Ergebnis, bis ihm die simple Idee kam, es einmal von drinnen statt von draußen zu versuchen. Ein Schutz wirkte ja schließlich nach außen. Die Idee war leichter ausgesprochen als getan: Denn es war ja so, dass er draußen war und der Schatz, den er begehrte, drinnen; also ertappte er sich immer wieder dabei, die Sache unbewusst verkehrt herum anzugehen. Er hielt den improvisierten Schlüssel wie immer an dem alten Schwertgriff und versuchte, ihn zu drehen, da er sicher war, dass er perfekt ins Schloss passte. Ihm kam in den Sinn, wie merkwürdig das immer aussah, ein zarter Schlüssel, der vorn aus einem wuchtigen Griff ragte.

Schließlich, vielleicht eine Stunde nach dem Bergen der Truhe, hatte er Erfolg und konnte den Schlüssel drehen. Der Deckel sprang auf. Über den Inhalt war wenig mehr zu sagen, als dass es sich um eine Schriftrolle handelte. Wahrscheinlich war sie auch wieder mit einem Zauber belegt. Bryn wollte gerade seine Klaue des Todes leuchten lassen, damit er besser sehen konnte, da wurde seine Arbeit durch das Auftauchen von drei dunklen Gestalten unterbrochen, die sich so verstohlen bewegten, dass er sie zunächst einfach nur für Schatten hielt, die der Mond warf. Tahl Uthnae. Fasziniert sah er zu, wie die vorderste Gestalt die Tür auf genau die gleiche Weise öffnete wie er vorhin, und die drei verschwanden in der dunklen Öffnung.

Es flackerte kein Licht auf, deshalb nahm er an, dass die Tahl Uthnae im Dunkeln sehen konnten. Verfluchte Scheusale. Wenn er ihnen folgte, konnte er vielleicht herausfinden, wo ihr Unterschlupf lag und welchem Herrn sie dienten. Aber nicht heute. Er hatte seine Beute und musste sie in Sicherheit bringen. Ob er sie einfach Eridanus oder Thybil übergeben würde, wusste er noch nicht. Das konnte er später entscheiden.

Ein Heulen hallte durch den Garten, drang aus der Türöffnung wie aus einem gefrorenen Maul. Er hörte leises Prasseln, als Schutt gegen die Wand geworfen wurde. Sekunden später kamen die Tahl Uthnae wieder zum Vorschein, knallten die Tür hinter sich zu. Selbst auf diese Entfernung genügte ihr Anblick, um ihn wegen ihrer bösartigen Emotionen frösteln zu lassen. Diesmal jedoch fühlte es sich anders an, denn seine Klaue des Todes prickelte vor Energie.

Da wurde ihm alles klar. Die Wahrheit war völlig logisch, total offensichtlich, und doch überaus merkwürdig, als er sie noch einmal durchdachte. Ihn quälten keine bösen Träume mehr, seit er den Tahl Uthnae getötet hatte. Sie waren nicht auf seine angegriffene Psyche zurückzuführen gewesen. Und was seine wahr gewordenen Albträume anging: Seine Visionen sagten nicht die Zukunft voraus – sie waren Botschaften. Eindeutig Botschaften, die nicht an ihn gerichtet waren. Befehle des Herrn der Tahl Uthnae. Das erklärte, warum sie wahr wurden.

Wann immer die Anweisungen gekommen waren, hatten sie ihren Ursprung in dem uneinnehmbaren Raum mit den Schwertern gehabt. Er war zwar wesentlich kleiner, aber seine kalte und leblose Atmosphäre erinnerte Bryn an die innere Rüstkammer von Caer Isnova, nur dass in ihm eine ganz andere Sorte Schwerter lagerte. Und dann das Schwarzgold …

Wütend über die eigene Dummheit, konnte Bryn über die plötzliche Klarheit, mit der er alles sah, nur staunen. Das Schwarzgold, die physische Manifestation der Gedankenkraft, ermöglichte den Tahl Uthnae, ihre Waffen mit dem Willen zu verändern! Durch Schwarzgold war auch sein Geist mit dem Raum der Schwerter verbunden und beunruhigenderweise vielleicht sogar mit den Waffen der Tahl Uthnae. Sie erhielten ihre Befehle über ihre Klauen des Todes, die als eine Art Sender dienten.

Wusste ihr Herr, dass Bryn die Klaue hatte? Oder glaubte er sie immer noch im Besitz des toten Tahl? Wusste er, dass er tot war? Nun, er würde es spätestens dann erfahren, wenn besagter Krieger nicht auf die Botschaften reagierte, die an ihn gesandt wurden … Bryn spürte, wie ihn dunkle Vorahnungen mit Eiseshänden umarmten und frösteln ließen. Er hatte keine andere Wahl, er musste Eridanus die Wahrheit sagen und dann versuchen, sich so schnell wie möglich dieser Waffe zu entledigen, bevor sie noch mehr Schaden anrichten konnte.

Dann wären mit den Gefahren jedoch auch die Chancen verloren. Selbst wenn dieser Herr der Tahl Uthnae entdeckte, dass Bryn die Klaue hatte, was konnte er denn tun? Bryn war vor seinen Untergebenen angekommen und hatte ihnen das Fragment des Buchs der Zeiten unter der Nase weggestohlen. Das konnte er doch weiterhin tun! Er stellte sich Thybils Gesicht vor, wie die Ältesten von Eisenfels gerade ihr jüngstes

Versagen diskutierten, an das nächste Stück des Buches zu kommen, und er dann auftauchte und besagtes Pergament in den Händen hielt!

Bryn lehnte sich zurück und lachte in sich hinein, als die frustrierten Tahl Uthnae abzogen und nicht lange danach, vielleicht durch ihr Geheul angezogen, menschliche Krieger auftauchten. Er identifizierte sie rasch als Culmus Sangui; tatsächlich, sie waren zu sechst und wurden von Fysal persönlich angeführt. Das zeigte, wie überaus wichtig dieses Buch der Zeiten für Sarghenta und Thybil und sonstige Lenker der Culmus Sangui war. Bryn sah zu, wie sie die Tür eintraten, die er und die Tahl so gerissen mit ihren vielseitigen Waffen geöffnet hatten.

Es führte ihm erneut vor Augen, wie nützlich die Klaue war. Er konnte jedes Schloss damit öffnen, er konnte die Klinge von innen leuchten lassen oder ihr einen Schweif aus Flammen geben; und obgleich die Träume lästig waren, konnte er sich über die zusätzliche Macht nur freuen, die die Klaue ihm verlieh. Gut, vielleicht hatte er diese Numenii-Soldaten in einer Art Trance getötet, aber sie hatten sich doch als mit den Nurgor unter einer Decke steckend erwiesen, oder etwa nicht? Sie hatten den Tod verdient.

Wer waren denn diese Neuankömmlinge nun schon wieder? Als ob diese Nacht ihm nicht genug Unterhaltung geboten hätte! Bryn hatte Mühe, leise zu bleiben, als noch eine Truppe Krieger in den Garten eindrang. Sie waren zu zehnt und trugen ein stolzes Abzeichen auf ihren schwarzen Brustpanzern und Umhängen – Soldaten der Inquisition.

Die Culmus Sangui kamen enttäuscht aus dem Turm und wurden von dem Inquisitionstrupp gestellt, der offensichtlich annahm, dass die hinterlistigen Krieger ihnen zuvorgekommen waren und gerade mit dem Schatz verschwinden wollten. Nicht lange danach kehrten, angelockt von dem Kampfeslärm, die Tahl Uthnae zurück. Jede Partei ging davon aus, dass eine der anderen die kostbare Schriftrolle besaß, und bald war ein heftiger Kampf entbrannt.

Zeit, sich abzusetzen, dachte Bryn. Er hatte nicht vor, sich in den Kampf hineinziehen zu lassen, auch wenn er Fysal gern geholfen hätte. Verstohlen machte er sich auf den Rückweg nach Eisenfels. Er war also durchaus in der Lage, die Pläne des Herrn der Tahl Uthnae zu durchkreuzen. Er schlief sechs Stunden am Waldrand von Trabatra und fragte sich, ob er Wenfeld oder Neuquivelda einen Besuch abstatten sollte. Er entschied sich bald gegen diese Idee, weil er darauf brannte, den Ältesten seinen Schatz zu präsentieren. Und weil er die Vorstellung eines Wenfelds ohne Mama Bellyset nicht ertrug. Bei seiner Rückkehr war es dunkel. Er betrat die Festung durch das Haupttor und rief den Raben, die dort Wache standen, einen Gruß zu.

Bryn ging zu seiner Behausung und überlegte, ob er Mittni und Aquiuss bei ihrer nächsten Mission über seine Träume informieren sollte. Wäre es nicht großartig, wenn sie auf diese Weise zu ihren eigenen Geheimmissionen kamen, wie sie es vorgehabt hatten? Sie konnten das beachtliche Wissen des Herrn der Tahl Uthnae anzapfen und ihm das Buch der Zeiten vor der Nase wegschnappen – und wer wusste schon, hinter welchen Schätzen er noch her war? Am Ende entschied Bryn sich jedoch dagegen, denn seine Partner würden sein Geheimnis sicher weitererzählen, Mittni an Thybil und Aquiuss an die Culmus Sangui und beide wahrscheinlich an Eridanus. Dann würde er sich nur wieder Vorwürfe anhören müssen, warum er damit nicht gleich zu ihnen gekommen sei. Thybil und Eridanus ... was taten sie wohl gerade? Vermutlich berieten sie sich mit den anderen, wie fast jeden Abend.

Bryn hätte gern gewusst, worüber sie sprachen. Als ihm wieder einfiel, wie er während seiner langen Tage und Nächte bei den Raben im Amboss Vögel als Kundschafter seines Geistes benutzt hatte, beschloss er, seinen Geist erneut auf den Weg zu schicken. Durch die Mauern von Eisenfels hindurch bis zum Saal der Ratsversammlung …

«Diesmal hätten wir es beinahe geschafft», sagte Thybil. «Fysals Bericht zufolge waren seine Leute tatsächlich gleichzeitig mit der Inquisition und den Tahl Uthnae dort. Unglücklicherweise konnte das Dokument nicht geborgen werden. Wir gehen davon aus, dass es im Besitz der Tahl Uthnae ist, weil die Inquisitionswachen rasch geschlagen waren und sich, hätten sie den Schatz gehabt, nicht auf einen Kampf eingelassen hätten. Möchtest du noch etwas hinzufügen, Red?»

Der Hohe Lehrmeister stand abrupt auf; er machte kein gelassenes Gesicht mehr, sondern ein alarmiertes. «Jemand dringt ein.»

Galar stand ebenfalls auf und strich über die Schäfte seiner Äxte. Die beiden gingen.

«Bleibt», sagte Thybil zu den Kriegern bei den Türen. «Wer immer das ist, die beiden werden schon damit fertig. Und wir säßen hier ja hübsch in der Falle, wenn niemand mehr zu unserer Verteidigung da ist.»

Eine Minute später wurde der Übeltäter, von seinen legendären Gefährten mit ingrimmigem Gesicht in die Mitte genommen, hereingeführt.

«Bryn Bellyset!», donnerte General Hornbeam, dass sein langer Schnauzbart flatterte. «Was hat das zu bedeuten?»

✦ ✦ ✦

«Der für die Ermittlungen in Sachen Bryn Bellyset abgestellte Tahl Uthnae ist weder ins Hauptquartier zurückgekehrt, noch hat er an der Mission teilgenommen.»

Okolnit sagte das nicht in anschuldigendem Ton, aber Jasper zog den Kopf ein, als wäre er geschlagen worden.

«Vielleicht ist er desertiert, Herr.»

«Unmöglich, und das weißt du auch. Sie sind Werkzeuge, nichts anderes. Sie verfügen nicht einmal über die Fähigkeit, sich zu so etwas zu entscheiden. Nein, es bedeutet, dass unser vermisster Tahl entweder gefangen genommen oder getötet wurde oder auf sonstige Weise gehindert wird.»

«Vielleicht hat der Hinterhalt nicht funktioniert.»

«Natürlich ist der Hinterhalt gescheitert! Sonst würde ich ja jetzt wohl mit Bryn reden, oder nicht? Aah, ich vermisse die Klaue des Todes schmerzlich. Wir müssen jemanden schicken, der sie zurückholt.»

«Aber nur ein Tahl Uthnae könnte sie benutzen, Mylord.»

«Nur ein Tahl könnte ihr volles Potenzial ausschöpfen …» Okolnit kniff die Augen zusammen, als ihm ein neuer Gedanke kam. «*Wenn* du damit recht hast, dass Bryn im Amboss ist, und er also die ganze Zeit schon dort war und Wenfeld schon mit Thybil zusammen verlassen hat … dann beschreitet er vielleicht auch gar nicht mehr den von mir vorgesehenen Pfad.» Zorn verdunkelte sein Gesicht. «Und wenn es sich so verhalt, dann ist ihm durchaus zuzutrauen, dass *er* den Tahl getötet hat!»

«Der große Okolnit weiß weit besser als ich, wie unwahrscheinlich das ist.»

«Hüte deine Zunge, Jasper, das kannst du nicht beurteilen.» Er hob einen goldberingten Finger, um weiteren Kommentaren vorzubeugen. «Ich weiß, wie überaus wahrscheinlich das ist, und bin von dieser Aussicht gar nicht erbaut.» Er beruhigte sich mit tiefen Atemzügen. Seine breite Brust hob und senkte sich unter den cremefarbenen Gewändern. «Verflixt nochmal, ihr zwei führt mich im Kreis herum. Hol Espera!»

«Hast du meine Anweisungen verstanden?»

«Ja.»

«Dann geh mit meinem Segen, Kind.»

Die rothaarige Frau stand auf und glättete ihr himmelblaues Kleid.

«Und Espera – Degger kann jetzt kommen.»

Sie nickte und zog sich zurück, schnitt dem kräftigen Mann eine Grimasse, als ihre Wege sich kreuzten. Der Neuankömmling kniff die Lippen zusammen. Er sank vor Okolnit auf ein Knie.

«Levin Degger ist sich nicht länger sicher, dass es sich bei Dordios um Bryn handelt», brummte Okolnit vor sich hin. «Und das, nachdem ich noch einmal darauf bestanden habe, dass seine Identität geklärt wird. Muss ich die Befragung vielleicht selbst vornehmen?»

«Gewiss nicht, Mylord», antwortete Levin.

«Ich habe dir klare Anweisungen gegeben. Der Junge sollte in Wenfeld beziehungsweise dann in Neuquivelda bleiben, oder er sollte *sterben*!»

Die letzten Worte wurden gebrüllt, und Narbengesicht senkte den Blick. «Ja, Herr.»

«Ich wollte ein Blutvergießen vermeiden. Aber ich muss Gewissheit haben. Verstehst du? Ich erhalte nun schon seit einer Weile nur noch Nachrichten über Stümpereien und Unklarheiten. Die Angelegenheit wird immer unübersichtlicher.» Okolnit erhob sich von seinem thronartigen Stuhl und schritt mit bitterer Miene zum Fenster. «Vergib mir, Bryn, ich wollte das nicht. Ich wollte dir die Wahl lassen. Aber nun lässt du mir keine.» Er wandte sich zu Levin um und bellte: «Wir dürfen keine weiteren Risiken mehr eingehen. Sorgt dafür, dass ich beide los bin, Bryn *und* Dordios, Dordios *und* Bryn – wer immer sie sein mögen. Wir wissen nicht, wo sich Bryn genau aufhält – noch nicht. Fangt mit dem an, was wir haben. Erledigt diesen Doppelgänger. Tötet Dordios.»

✦ 32. KAPITEL ✦

Lex Talionis

«Soll ich darüber jetzt erleichtert sein?» Thybil sah die drei mit offenem Mund an. Galar legte Bryn eine Hand auf die Schulter.

«Sei gegrüßt, Onkel Thybil», sagte Bryn. «Guten Abend, ihr Herren, ihr Damen.»

Eridanus verschränkte die Arme. «Ich hätte gedacht, dass dir die Lektion mit eurem Ausspionieren von COLA gereicht hat! Damals seid ihr erwischt worden und sehr glimpflich davongekommen. Es gibt Leute, die euch wegen Verrats am Galgen hätten baumeln sehen wollen!»

«Er hat uns ausspioniert?», fragte Thybil. «Mit Hilfe von Magie?»

Bryn nahm ihre verwirrten, warnenden und vorwurfsvollen Blicke in sich auf.

Eridanus nickte – und zu ihrer Überraschung auch Bryn.

«Ich war fasziniert von dem, was ich zufällig hörte.» Bryn wandte sich nach rechts. «Aber bevor ich es vergesse, Eridanus, lasst mich sagen, dass die Waffen der Tahl Uthnae sich nicht nur von kurzen Schwertern in lange verwandeln können, sondern sich noch viel drastischer verändern können, in einen Schlüssel zum Beispiel.»

Eridanus beugte sich vor. «Woher weißt du das?»

«Ich habe es gesehen. Während eines Kampfes.» Bevor jemand dazu eine Frage stellen konnte, fuhr er fort. «Und was das *Ausspionieren* anging, so hörte ich die verehrten Anwesenden darüber klagen, dass ihnen der Feind wieder einmal etwas unter der Nase weggeschnappt hat.»

«Eine schöne Kritik von jemandem, der zwei Tage verschwindet und dann zurückkehrt, um den Rat auszuspionieren, für den er sich zu schade war!» Peasmi hob vorwurfsvoll ihre gezupften Augenbrauen.

«Klagen und jammern», sagte Bryn und schlenderte von seinen Wächtern weg in die Raummitte. «Ich war zufällig beschäftigt ... im Interesse dieses Rats. Und was soll schließlich das ganze Reden, wenn nichts *unternommen* wird?»

«Und was bitte hast *du* unternommen, geschätzter Bryn?», eilte Rameon seiner Schwester zu Hilfe.

«Nun, ich habe gerade darüber gehört, dass es nicht gelungen ist, Euch ein gewisses Dokument anzueignen.» Er sah sie an, bis sie nickten. «In diesem Falle habe ich vielleicht etwas, das Euch interessieren dürfte.» Gemächlich schob er die Hand in sein Hemd. «Eine Schriftrolle – meintet Ihr diese?»

Er warf das Pergament auf den Tisch und ging. Niemand hielt ihn auf, aber sie versammelten sich um Eridanus und schnappten nach Luft, als er verkündete: «Eine Seite aus dem Buch der Zeiten. Die Schutzzauber sind entfernt – das Siegel ist gebrochen.»

✦ ✦ ✦

«Sie ist ganz schön schnell gewachsen», sagte Mittni. Sylvata betrachtete sie gebieterisch aus ihrem Geschirr heraus. «Aber ich weiß wirklich nicht, ob sie schon so weit ist.»

«Und ich sage, sie ist schon lange so weit.» Bryn befestigte den Gurt. «Das ist mein Vogel, weißt du?»

«Vogel? Du nennst sie einen Vogel? Hey, sie gehört zur Familie!»

«Das heißt noch lange nicht, dass man sie wie ein kleines Kind behandeln muss, du sentimentaler Kobold. Hör auf, sie so zu betüddeln!»

«Na schön, meinetwegen – aber wenn irgendetwas passiert, dann sag nicht, ich hätte dich nicht gewarnt.»

Bryn lachte und schob Mittni beiseite. «Und wenn sie zu fett und zu faul zum Fliegen ist, dann sag nicht, *ich* hätte dich nicht gewarnt!»

Sylvata schrie und schüttelte in der zunehmenden Brise ihr flauschiges braunes Gefieder.

Bryn schob das Bündel nervös über den Rand, und er und Mittni beugten sich über die Klippe und sahen zu, wie ihr Adlermädchen fiel ... und fiel ... Die beiden schnappten nach Luft. Bryn schoss es durch den Kopf, ihr hinterherzuspringen, da trieb sie weiter von der Felswand weg, zweifelsohne durch die Windböen. Und dann war sie oben, drehte vom Fels weg und unter die Wolken. Bryn und Mittni schrien auf und juchzten und schlugen einander an die Schultern. Sie führten lachend einen Siegestanz auf; die Arme untergehakt, die Knie in der Luft, drehten sie sich im Kreis. Mittni stand immer noch, als Bryn schon über den Boden kullerte. Bryn schob sich das dunkle Haar aus dem Gesicht, packte Mittnis Bein und brachte ihn zu Fall.

«Hoffentlich kommt sie wieder zurück», sagte Mittni.

Die beiden sprangen auf und starrten ängstlich in den

Himmel. «Sie muss», sagte Bryn. «Sie hat doch nur uns. Ein anderes Zuhause kennt sie nicht, von dem Gipfel oben einmal abgesehen, und um dort hinzukommen, ist sie bestimmt noch zu schwach. Und wenn alle Stricke reißen, lockt immer noch das Fressen.»

«Da hast du wohl recht. Zum Glück sind wir nahe bei Eisenfels. Das findet sie schon.» Die beiden wechselten einen besorgten Blick. Ihren Worten zum Trotz wussten sie, dass der andere nicht überzeugt war. Mittni seufzte. «Du sorgst für einen ganz schönen Wirbel, weißt du.»

«Wieso?»

«Die Ältesten wissen nicht, was sie davon halten sollen. Schuckel, ich auch nicht!»

«Wovon denn?»

Mittni fixierte ihn mit gerunzelter Stirn. «Du weißt schon – dass du verschwindest und dann mit dieser Schriftrolle zurückkommst. Sie fragen sich, von wem du sie bekommen hast. Sie sagen, dass du nicht kooperierst.»

«Von wem? Das werde ich dir sagen. Ich hab sie aus einer Truhe in einer Truhe genommen, und diese Truhe hab ich aus dem Fundament einer Turmruine. Ich war schneller dort als die Tahl Uthnae, die Culmus Sangui und die Inquisitionswachen. Es hätte mich nicht gewundert, wenn sich auch noch Ostentum dort herumgetrieben hätten.»

«Und wie kam es, dass du vor denen allen dort warst? Woher wusstest du, wohin du musstest?»

«Ich habe ihre Bewegungen von weitem beobachtet, das Ziel festgestellt und bin ihnen zuvorgekommen. Warum fragst du nicht *sie*, woher sie ihr Wissen hatten?»

«Ich sage ja nicht, dass es schlecht ist, Bryn. Im Gegenteil, was für ein Triumph! Denke nicht, dass wir misstrauisch gegen dich sind. Nein – wir machen uns Sorgen. Du bist nicht mehr der Alte. Du redest mit niemandem, außer mit Sylvata. Du trainierst nur, wenn Aquiuss es dir ausdrücklich befiehlt.»

«Ich lasse mir von niemandem etwas befehlen.»

«Genau das meine ich ja. Nur dass ich es nicht so meine.» Mittni stieß mit dem Fuß einen Stein über die Kante. «Na ja, versprich uns doch einfach, dass du nicht noch einmal so verschwindest, ohne ein Wort.»

«Ich gehe, wohin ich will, und ich tue, was mir gefällt.»

«Schuckel, du lebst heutzutage anscheinend in deiner ganz eigenen Welt, Kumpel.»

«Und du kannst mir dorthin nicht folgen.»

«Worüber ich vielleicht froh sein sollte.»

Mittni hatte recht. Bryn hatte sich beständig weiter von seinen Gefährten entfernt. Er verschmähte jeden sozialen Kontakt, Rechte und Pflichten zugleich; der Umgang mit anderen stieß ihn ab. Die Eisenfelser Barue spürten seine Verstimmung und hatten ihn zunächst danach gefragt. Als sie auf Granit bissen, ließen sie ihn in Ruhe. Selbst denjenigen, die seine Gefühle nicht spüren konnten, war seine Laune nur zu deutlich. Er erfüllte seine Pflichten nicht mehr und sagte sich, dass er ja schon durch das Töten der Nurgor und das Bergen der Schriftrolle mehr als seinen Teil beigetragen hatte. Der häufig aufbrausende, stets unergründliche Bryn war den Eisenfelsern ein Rätsel geworden.

Im Kampf war er ein tödlicher Gegner und noch gefährlicher als je zuvor. Er pflegte in eine Art Trance zu fallen, aus der er mürrisch und distanziert erwachte, als wäre der Kampf nie geschehen. Aquiuss kam nicht umhin, mit seiner physischen Entwicklung zufrieden zu sein. Aber sie konnten spüren, wie er ihnen entglitt, und wussten nicht, was sie dagegen tun konnten. Er redete mit niemandem außer Sylvata und ignorierte alle Fragen nach seinem Alleingang und der Beschaffung der begehrten Schriftrolle. Er spürte ihre Sorge, brachte ihnen aber umgekehrt keinerlei Gefühle entgegen. Seine Reizbarkeit verhärtete sich zu kalter Teilnahmslosigkeit, mit der er der Welt und allem und jedem gegenübertrat. Sein Gesicht versteifte sich zu einer Maske der gelangweilten Enttäuschung.

Nur Sylvata konnte ihm ein Lächeln entlocken und seine Stimmung heben. Sie hörte zu, stellte aber keine lästigen, zweifelnden Fragen. Sie wollte nur, dass er sich um sie kümmerte, und das tat er mit Hingabe, denn er war völlig vernarrt in sie. Wenn er sich dazu herabließ, am gemeinsamen Essen teilzunehmen, setzte er Sylvata zum allgemeinen Missfallen auf den Tisch, wo sie das Holz zerkratzte und über die Teller flatterte und überhaupt fröhlich für Unordnung sorgte. Das machte das ahnungslose Vogelmädchen reichlich unbeliebt bei Leuten, die ansonsten keinen Kontakt zu ihm hatten. Bryn beendete die Mahlzeit oft damit, dass er sich über seine Streiche ausschüttete vor Lachen und es dann wegbrachte, um es sauberzumachen, während die Schweinerei auf dem Tisch den anderen überlassen blieb.

In irgendeinem Winkel seines Verstands wusste er, dass er jemand geworden war, den er früher einmal verachtet hätte, schlimmer als Cerion, schlimmer sogar als Johan, aber es kümmerte ihn nicht mehr. Der alte Bryn war für den neuen Bryn ebenso weit weg, verloren und tot wie Mama Bellyset. Ihm war klar, dass er sich fur sein Benehmen nicht mit ihrem Tod herausreden konnte. Ebenso klar war ihm, dass die Klaue des Todes nicht gut für ihn war. Aber in diesen Tagen war ihm das allcs cgal.

«Haha! Da ist sie wieder!»

Bryn hatte es kaum gemerkt, so sehr war er in die verschwommenen Tiefen seines Verstandes versunken und hatte gedacht, ohne zu fühlen. Ein stolzes Lächeln trat auf seine

Lippen, als er sah, wie sein kleines Adlermädchen gegen den Wind ankämpfte, um sich auf seinem ausgestreckten Arm niederzulassen.

«Willkommen zurück, Prinzessin!», rief er. «Wie geht es Euch? So gut habt Ihr noch nie ausgesehen!»

«Ich wusste, dass sie es schaffen würde.» Mittni streichelte ihr den Kopf.

«Weg von ihr, Zweifler.» Bryn grinste. Als sie spürten, dass jemand in der Nähe war, sahen sie auf und standen plötzlich von Angesicht zu Angesicht Peasmi gegenüber, der Tochter des verstorbenen Imperators Opeion.

«Hier braucht mich niemand Prinzessin zu nennen», sagte sie. Ihr sonst immer bleiches Gesicht war von dem steilen Aufstieg gerötet. «Wie kann ein Mitglied der imperialen Familie es zulassen, mit seinem Titel angesprochen zu werden, wenn das Reich im Chaos versinkt, wenn betrügerische Hunde es bei ihren Beißereien in Fetzen reißen? Das beleidigt doch die Erinnerung an das, was war, und unseren Kampf darum, dass es eines Tages wieder so sein wird.» Sie lächelte schüchtern. «Aber vielen Dank für das Kompliment, Bryn.»

Die Barue waren völlig verdattert. Zu Bryns Überraschung war ihm die Fehldeutung peinlich. «Ich … äh, wir haben die kleine Sylvata hier gerade auf einen Flug mit hinausgenommen. Das heißt, wir wollten schauen, ob sie es schon kann, fliegen. Und manchmal sage ich …» Als ihm einfiel, was Peasmi alles verloren hatte, angefangen mit ihrem Vater, erwiderte er ihr Lächeln. «Gern geschehen.»

«Sie kann fliegen!», warf Mittni ein. «Sie ist zum ersten Mal geflogen!»

«Wie großartig!», sagte Peasmi. «Nein, und was für eine Schönheit sie ist.»

Sie war ganz hingerissen von dem Vogel, und Mittni nahm

ihn von Bryns Hand herunter und präsentierte ihn der Prinzessin, als würde er ihm gehören. Frauen und süße Jungtiere, dachte Bryn – das war ein guter Weg, Aufmerksamkeit mit der Hoffnung auf Zuneigung zu fesseln. Nicht dass er Derartiges gewollt hätte. Und selbst wenn, dann würde er gewiss nicht so tief sinken, zu solchen Tricks zu greifen. Entweder jemand mochte ihn für das, was er war, oder nicht. Wahrscheinlich eher nicht. Auch gut.

Bryn sah mit einer Mischung aus Gereiztheit und Amüsiertheit zu, wie Mittni versuchte, das Adlermädchen von seinem linken zum rechten Arm hüpfen zu lassen, und die echte Prinzessin die unbeholfene Anstrengung bewunderte. Sylvata drehte den beweglichen Kopf und fixierte Bryn mit ihren wachsamen Augen. Peasmi schrie erfreut auf, als das Adlermädchen sich abstieß und durch die Luft zu Bryn flatterte. Sylvata, die noch nicht ganz Herrin ihrer Handlungen war oder vielleicht auf Vogelart Zuneigung ausdrückte, krallte mit schlagenden Flügeln nach Bryns Brust. Mittni war sichtlich enttäuscht, als die schöne Thronerbin sich von ihm abwandte. Bryn lachte glucksend und pflückte sich das Adlermädchen von der Brust, und als er sein zerfetztes Hemd und die zerrissene Haut sah, aus der bereits das Blut trat, brüllte er vor Lachen. Peasmis Freude wandelte sich in Schrecken, als sie seine Wunden sah.

«Warum lachst du denn? Du bist verletzt – halt still! Mittni, nimm den Vogel.» Sie war in heller Aufregung, zog das Hemd mit sanften Fingern zurecht und versuchte, den Schaden einzuschätzen. Schließlich bückte sie sich und wollte von ihrem schlichten Kleid ein Stück Stoff für einen Verband abreißen. Bryn hielt sie zurück, ein wenig grob.

«Nicht nötig, wirklich. Ich bin nur froh, das ihre Krallen so scharf sind. Hoffentlich werden sie noch schärfer.»

«Dann komm wenigstens sofort mit zur Zitadelle und lass mich deine Wunden versorgen. Glücklicherweise sind wir ja nicht weit weg.»

Mitgefühl, überlegte Bryn – eine weitere Waffe im Arsenal der Verliebten.

✦ ✦ ✦

Nach den nächsten Visionen hatte Bryn nicht tätig werden können, weil sie Orte betrafen, die zu weit von Eisenfels entfernt lagen. Er spürte ein Verlangen, dorthin zu gehen, wusste aber, dass die Missionen längst abgeschlossen sein würden, bevor er dorthin gelangte. Er konnte die Träume nicht mehr zählen, auch die Tage nicht. Er nahm Sylvata auf Ausflüge in den Amboss mit, ohne sich die Mühe zu machen, irgendjemandem von seinen Plänen zu erzählen; er hatte keine. Aquiuss tadelte ihn für seine Gleichgültigkeit, worauf er ebenso gleichgültig reagierte. Drei Tage darauf jedoch beschwerte Aquiuss sich nicht mehr, als Truppen über zerstreute Nurgor stolperten, die sich zu dicht an Eisenfels herangewagt hatten, und feststellten, dass sie allesamt dem unstillbaren Durst von Bryns Klinge zum Opfer gefallen waren. Sylvata gefiel das Kämpfen nicht; sie schwang sich in den Himmel hinauf, während Bryn sich um seine Gegner kümmerte.

Nur ein Mal war Bryn bis jetzt in ihren Geist eingedrungen, um sich ihre scharfen Augen und den Blick von oben zunutze zu machen. Der Kontakt war befremdend und schmerzte ihn; er hatte das Gefühl, ihre Privatsphäre verletzt zu haben, falls ein Vogel dergleichen besaß. Stattdessen sorgte er dafür, dass das Band zwischen ihnen weiter wuchs, dass sie immer vertrauter miteinander wurden, und schuf eine natürliche Verbindung von Herz zu Herz. Im Vergleich zu einem Menschen empfand Sylvata nicht viele Gefühle, und sie waren auch nicht so komplex.

Bryn kam sich wie ein großer böser Vogel vor.

Es war ein Schock für ihn zu begreifen, dass sein Adlermädchen seinen Zorn und seine Bitterkeit spürte und auf verschiedene Weise darauf reagierte. Manchmal flog es davon und drehte eine Runde, bis Bryns Laune sich geändert hatte; manchmal blieb es da und tröstete ihn, manchmal versuchte es, ihn mit Streichen abzulenken, was ihm oft gelang.

Die Grenze zwischen Imagination und Realität verschwamm immer mehr. Bryn erinnerte sich nur entfernt an Dinge, schwach, selten und mit großen Abständen. Sein Blickfeld schien sich manchmal zu verengen, wie bei einer Person, die sehr betrunken war, sodass er den ganzen Kopf drehen musste, um sehen zu können, was nur ein Stück weiter seitlich war. Szenen kamen und gingen, Träume und Begegnungen im wahren Leben, und er wusste nicht, was sie unterschied, wusste nicht, was er zwischen der einen und der nächsten tat. Er wusste nur, dass Sylvata bei allen diesen Erfahrungen an seiner Seite war. Genau wie die Klaue des Todes.

Regelmäßig fiel ihm auf, wie Eridanus mit besorgtem Blick auf ihn hinunterschaute und fragte, ob alles in Ordnung sei. Thybil versuchte, mit ihm zu reden, Onkel Gug ebenfalls. Er ruckte mit nichts heraus, sondern erfreute sich gelegentlich daran, sie mit einem zynischen Wort oder einem finsteren Lächeln zu beglücken.

Bryn sah grüne Augen vor sich, als er erwachte. Er brauchte einen Moment, um zu begreifen, wo er sich befand und was passiert war. Er war immer noch auf den Füßen, hielt immer noch die Klaue des Todes in den Händen. Blut tropfte von ihrer Spitze, und doch sah die Klinge in keinster Weise schmutzig aus; ihre gesamte Länge war frei von Blut. Hatte er sie schon abgewischt?

Er hatte wieder ein Abgleiten in die Schichten seiner Imagination erlebt und die Realität vor, während oder unmittelbar nach dem Gemetzel hinter sich gelassen; er erinnerte sich nicht mehr. Er konnte sich kaum daran erinnern, das Dutzend Nurgor um sich herum erledigt zu haben, aber es war ohnehin immer das Gleiche. Sie waren so langsam, so viehisch; es war fast eine lästige Pflicht, sie zu erschlagen. Einmal hatte er einen mit bloßen Händen getötet, nur um der Erfahrung willen.

Auf einmal begriff er, was ihn gerade zurückgebracht hatte: Zuola hatte ihre Hand auf seinen Arm gelegt. Und er hatte diese Hand gepackt und verdreht, was ihr erhebliche Schmerzen verursachte, die er spüren konnte wie ein innerliches Spiegelbild.

«Tut mir leid.» Er ließ sie rasch los. «Das wollte ich nicht.»

Zuola verzog das Gesicht und schluckte den Schmerz hinunter. «Man muss sein Handeln im Griff haben. Zähme und beherrsche dich.» Sie sah zu ihm hinauf, und er konnte sagen, dass sie noch auf andere Weise verletzt war. «Was ist los mit dir?»

Verwirrt schaute er ihr nach, während sie davonstampfte. Hatte sie etwas gesagt? Wahrscheinlich. Und er? Vielleicht. Er dachte über seine unbewusste Reaktion auf ihre Berührung nach und war froh, dass er nicht mit seiner Waffe nach ihr geschlagen hatte. Er zuckte die Schultern und hängte die Klaue des Todes an sein Wehrgehenk. Gut, dass man sie nicht säubern musste.

«Du warst phantastisch.» Die Stimme war rauchig; weiblich, aber tief. Unbekannt. Misstrauisch, wer ihn nach seinem deutlich sichtbaren Massaker so ansprechen mochte, schaute

Bryn auf und sah ein großzügiges Dekolleté, eine üppige Figur, grüne Augen, rotes Haar.

«Sind wir uns schon einmal begegnet?»

Sie schien etwas älter als Peasmi zu sein, nicht mehr als ein, zwei Jahre älter als er, aber sie hielt sich mit der gleichen Selbstsicherheit wie die Prinzessin. Vielleicht sahen sie einander sogar ähnlich. Er konnte sich nicht erinnern, sie in Eisenfels gesehen zu haben, und damit war sie sofort als Bedrohung einzustufen – oder besser: als Opfer.

«Ach, spiel nicht mit mir, Bryn.» Sie lachte, ein angenehmer Klang, und legte ihm eine leichte Hand auf die Schulter; diesmal reagierte sein Unterbewusstsein nicht. Aber er war wieder in der Gegenwart. «Natürlich sind wir uns schon einmal begegnet. Ich bin jetzt seit beinahe einer Woche in Eisenfels, da haben wir schon … geplaudert.» Sie zwinkerte, und ihre Vertraulichkeit wäre ein Ärgernis gewesen, hätte er nicht jedes Spiel ihrer Miene genossen.

Bryn konnte sich nicht vorstellen, dass er sie kannte, aber im Hinblick auf seinen Zustand war alles denkbar. «Was willst du?»

Sie lächelte mit Zähnen, die so weiß wie Mittnis waren, aber kleiner und noch gleichmäßiger. «Ich wollte dir zu deiner überragenden Leistung gegen die Nurgor gratulieren. Du hattest sie praktisch schon erledigt, bevor die anderen auch nur hier waren.»

Die Schlacht. Langsam kehrte alles wieder zurück. Bilder davon, wie er durch die Schlucht gelaufen war und mit seiner Klinge um sich geschlagen hatte. Mit jedem Streich der Klaue des Todes schien er sich auf Kosten seiner bewussten Sinne vollständiger dem Blutrausch und dem Schlachten hinzugeben.

«Woher kommst du?» Die verführerische Frau faszinierte ihn.

«Donnerwetter, du weißt es wirklich nicht mehr, hm?» Sie sah enttäuscht aus. «Man hat mich gewarnt, und es ist ja nicht das erste Mal. Aber ich dachte, wir würden … Fortschritte machen. Wir kommen gut miteinander aus. Ich verstehe dich.»

«Mich versteht niemand», erwiderte Bryn. «Am wenigsten ich selbst.»

«Ach, genau da liegst du ja falsch. Fall nicht wieder zurück. Wir sind auf dem besten Weg.»

«Dann sehen wir uns später.» Er setzte sich in Bewegung. «Sehr erfreut, dich kennenzulernen.»

Diese Bekanntschaft, von der er nichts wusste, erfüllte ihn mit Unbehagen. Aber so leicht ließ sich die Frau nicht abschieben, sie folgte ihm. «Gut, du hast gewonnen – ich glaube dir.» Bryn runzelte die Stirn. War nicht die Frage, ob er *ihr* glaubte? «Wenn du dich nicht mehr erinnerst, fangen wir einfach wieder von vorn an. Kein Problem.»

Sie legte ihm eine Hand zwischen die Schulterblätter. Das war zu viel. Er bezwang den körperlichen Impuls, ihr einen ordentlichen Stoß zu versetzen, schlug aber mental nach ihr. Zu seinem Erstaunen wurde er mit Leichtigkeit abgeblockt. Die rothaarige Frau lächelte listig.

«Das gefällt mir ja so an dir. Ich kann zögerliche Heuchler nicht ausstehen. Du tust nicht einmal nur so: Du *bist* skrupellos.»

Bryn versuchte immer noch, sich darüber klarzuwerden, ob er wirklich einen Angriff gegen ihren Geist unternommen hatte und vor allem, ob sie ihn tatsächlich abgewehrt hatte, wie man eine Fliege beiseiteschlug. Soweit er wusste, war er, wenn er die Konzentration aufbrachte, sich in die Unsichtbare Welt zu vertiefen, mächtiger als je zuvor und wurde nur von denen übertroffen, die eine entsprechende Ausbildung erfahren hatten, wie die wenigen Zauberer in Eisenfels. Aber den Worten und dem Lächeln der Frau nach zu urteilen, hatte sie gemerkt, was er versuchte, und ihn daran gehindert.

«Ich weiß nicht einmal deinen Namen.» Er war gezwungen, auf freiwilliger Basis mehr über sie zu erfahren.

«Espera!», rief jemand. Es war Peasmi. «So, so. Jetzt reicht es dir also nicht mehr, die Anarchie voranzutreiben, sondern du setzt dich gleichzeitig auch noch aktiv für die Vernichtung der Nurgor ein, ja?»

«Ich habe kein Problem damit, sich gegen gemeinsame Feinde zu verbünden, Schätzchen», sagte die Dame namens Espera. «Prinzessin.»

«Wie liberal von dir», erwiderte Peasmi. «Und wie ich sehe, hast du auch keine Vorbehalte dagegen, dich mit gemeinsamen Freunden zusammenzutun.»

Sie warf einen Blick zu Bryn, der geschmeichelt war, dass die Prinzessin ihn als Freund bezeichnete. Er sah die beiden Frauen interessiert an. Ihr Blickwechsel war definitiv feindselig. Wieder verblüffte ihn die Ähnlichkeit ihrer Gesichter.

Ein Schatten fiel über die drei, und als sie aufsahen, näherte sich Rameon, das Schwert in der Hand. Für ein Mitglied der imperialen Familie war er ein guter Schwertkämpfer, und er bestand darauf, an der Seite der Loyalisten zu kämpfen. Noch bewundernswerter als seine Kampfstärke war seine Willenskraft. Trotz seiner Jugend, denn er war genauso alt wie Bryn, betrachteten die Leute ihn als einen großen künftigen Führer des Reiches.

«Peasmi, Espera, die Schlacht ist vorüber, und es gibt nichts mehr zu sehen. Kehren wir in den Schutz von Eisenfels zurück.»

«Danke, Espera, deine Anwesenheit ist nicht länger erforderlich», sagte Peasmi, als sie das getarnte Tor durchquerten. Espera bedachte sie mit einem finsteren Blick und ging.

«Wer ist sie?», wollte Bryn wissen.

«Unsere Cousine», sagte Rameon. «Komm, Schwester, im dritten Stock über dem Speisesaal findet eine Sitzung statt. Begleitest du uns, Bryn?»

«Eure … Cousine?»

«Wir hatten mehrere Jahre lang keinen Kontakt», fügte Peasmi hinzu. «Seit ihre Eltern verbannt worden sind.»

«Verbannt? Wieso?»

«Wegen Verrats», sagte Rameon. «Nun, ich möchte mich nicht verspäten – wir sehen uns oben.»

Der Prinz, der vielleicht wenig Lust hatte, sich über seine unehrenwerte Verwandte zu unterhalten, ging mit langen Schritten und nahm immer zwei Stufen auf einmal. Die Prinzessin, die ihre Chance sah, ein paar Worte mit dem sonst so verschlossenen Bryn zu wechseln, ging mit ihm in eine ruhige Ecke des Speisesaals und versorgte ihn mit Informationen: «Sie waren Thronräuber. Sie schätzten ihren Anspruch auf den Thron höher ein als den meines Vater. Beim ersten Mal sorgten sie dafür, dass der Wiederaufbau des Imperiums nach dem Krieg um das Tor kaum vorankam. Sie wurden besiegt und nach Polgaren verbannt, ins Königreich des Nordens – der Bruder meines Vaters ist durch Heirat mit dem polgarischen Königshaus verbunden, musst du wissen. Das alles geschah noch vor unserer Geburt. Sie waren alle jung.» Sie setzte sich. «Und einige Jahre später meinten sie, jetzt mit Espera hätten sie größere Chancen. Sie versuchten es erneut. Nur … Rameon vergaß zu erwähnen, dass sie sich bei ihrer zweiten Verbannung weigerten zu gehen. Also gingen die gewaltsamen Auseinandersetzungen weiter. Ihre Eltern – mein angeheirateter Onkel – wurden durch Polgaren unterstützt. Die dortigen Herrscher hätten im Falle eines Erfolges beachtlichen politischen Einfluss über die Numenii gewonnen. Sie blieben natürlich dezent im Hintergrund, damit sie nicht eventuell die Vergeltung traf. Jedenfalls, um die Geschichte abzukürzen, wurden ihre Eltern zum Tode verurteilt.»

«Und warum, denkst du, ist sie jetzt hier? Will sie auch mal ihr Glück mit dem Thron versuchen?»

«Durchaus möglich. Sie war natürlich noch klein, als das passiert ist. Niemand macht ihr die Gier ihrer Eltern zum Vorwurf. Mein Vater bot ihr einen Platz in seinem Haushalt an, aber sie zog es vor, nach Polgaren zurückzukehren, wo ihr Volk nach ihr verlangte.»

«Verstehe. Sie ist jetzt seit über einer Woche hier. Woher ist sie gekommen?»

«Sie redet nicht gern über ihre Vergangenheit – oder ihre Zukunft, was das betrifft – aber anscheinend hält sie sich schon eine Weile im Imperium auf. Seit sie volljährig wurde und ihre Vormünder sie freigaben.»

«Sie ist eine Waise», sagte Bryn zu sich selbst.

«Wie wir auch.» Peasmi erhob sich. «Bitte verzeih, ich wollte dich nicht mit weniger erquicklichen Seiten unserer Familiengeschichte belasten. Es ist spät. Diese –»

«Ich muss mich entschuldigen.» Bryn begriff seinen Fehler und ergriff, noch immer sitzend, ihre Hand. Er sah zu ihr hoch und rief sich ins Gedächtnis zurück, dass er nicht der Einzige war, der Schmerz und Verwirrung erfahren hatte. «Verzeiht, Prinzessin.»

Sie setzte sich wieder. Ihr Gesicht drückte Mitgefühl aus, und in ihrem Herzen war etwas wie Neugierde. Bryn konnte es schwer abschätzen. Seine Baruesinne kamen ihm weniger scharf vor, als würde man mit einer verstopften Nase zu riechen versuchen. «Ich habe voreilig gesprochen. Ich wollte Euch nicht weh tun. Ich habe das eigentlich im Selbstgespräch gesagt. Wisst Ihr, ich bin praktisch auch eine Waise. Ich habe meine Eltern seit Jahren nicht gesehen. Jetzt, wo ich volljährig bin, sollte ich sie besuchen. Aber dann kam alles anders.»

«Es ist noch nicht zu spät. Vielleicht solltest du es tun.»

Bryn nickte. «Vielleicht habt Ihr recht.»

Die letzten Minuten waren klar und bewusst gewesen. Er hatte mit anderen Menschen interagiert, mit der imperialen Familie Calaspias, was das betraf. Aber das Nächste, was er mitbekam, war, dass er allein beim Feuer saß.

«Bryn!» Mittni kam durch den Saal gelaufen und setzte sich neben ihn in einen Sessel. «Du siehst nachdenklich aus. Was beschäftigt dich?»

Bryn, aus seinen Träumereien gerissen, schlug ihm unvermittelt auf die Schulter. «Wo ist Sylvata?»

«Bei Espera.»

«Kenne ich sie wirklich?»

«Keine Ahnung, Bryn, es ist ein *Vogel* … Ich weiß, sie ist wirklich schlau und –»

«Espera!»

«Oh. Die. Ähm, du kennst sie besser als der Rest von uns.»

«Ich kann mich nicht erinnern, sie je gesehen zu haben.»

«Schuckel, Bryn, dein Gedächtnis lässt ja wirklich nach! Und ich hatte die ganze Zeit gehofft, dass du nur einiges ignorierst.»

«Erzähl mir einfach, was ich wissen sollte.»

Mittni schüttelte den Kopf, als könne er nicht fassen, dass dies passierte, gehorchte aber. «Na ja, zuerst warst du sehr misstrauisch gegen sie, wie bei allen Neuankömmlingen. Nur dass du dich in letzter Zeit nicht mehr so für die Angelegenheiten von Eisenfels interessiert hast. Vor fünf oder sechs Tagen aber kommt diese rothaarige Frau hier an, und *sie* nimmst du doch wahr. Wir haben sie bereits in die Gemeinschaft aufgenommen, weil wir von ihren Beziehungen zum Thron wussten – Thybil sagt, sie hat gute Kontakte. Er hofft, dass sie sich mit ihrem Cousin und ihrer Cousine aussöhnen kann.»

«Und sind sie jetzt eher Verbündete als Feinde?»

Mittni breitete die Hände aus. «Wer weiß schon, was im Herzen eines anderen vor sich geht? Ich kann jedenfalls keine Falschheit in ihr spüren, aber sie … hält ihre Gefühle zurück. Es gab keinerlei offene Feindseligkeiten. Sie können miteinander reden, wenn es sein muss. Ich würde sagen, Peasmi ist ihr gegenüber offener als Rameon.»

«Und wie kommt es, dass ich sie kenne?»

«Na ja, nachdem wir sie der üblichen Überprüfung unterzogen haben und sie bestanden hat, kommst du stinkwütend angestürzt, dass unsere Methoden nicht greifen und Spione und Verräter eindringen können. Also konfrontierst du sie unter vier Augen – und was dann geschah, wisst nur ihr zwei. Wobei, du ja wohl nicht mehr, also nur noch sie. Thybil ist jedenfalls der Meinung, dass sie dir guttut. Du hast Fortschritte gemacht, relativ gesehen …» Er verstummte, den Blick zu Boden gerichtet. «Ich will damit sagen, du warst wieder mehr der alte Bryn.»

Bryn musste an Zuola denken. «Wir sind doch nicht – du weißt schon … oder?»

Mittni lachte schallend los und schlug ihm auf die Schulter. «Und wenn, dann hätte ich nichts dagegen!»

Tage verschmolzen ineinander, durchsickerten und vermischten sich wie Flüssigkeiten, ohne Grenzen; eine thermodynamische Revolte hatte die Zeit entthront. Tage vergingen, und wenngleich Bryn sich nicht erinnern konnte, noch einmal eine so große Zeitlücke erlebt zu haben, fand er nicht heraus, was zwischen Espera und ihm während ihres ersten Zusammentreffens geschehen war. Sie forcierte nichts, begleitete ihn aber unaufgefordert, wenn er mit Sylvata hinausging, der die Frau anscheinend gefiel. Ihre Gegenwart war wohltuend. Manchmal unterhielten sie sich über körperliche und mentale Stärke, über Zorn und Selbstkontrolle. Es war, als wüsste sie bereits, welche Bürde er mit sich herumtrug. Er für seinen Teil fühlte sich wohler damit, solche Sachen mit jemand zu besprechen, der ungefähr in seinem Alter war und nicht so entschieden oder bewertend wie Thybil oder Eridanus.

Sie sprach und benahm sich wie eine Adelige, aber das war gewürzt mit einer etwas direkteren Art. Sie vermied weder Umgangssprache noch Unschicklichkeiten. Alles in allem stufte er sie als eine edle Rebellin ein. Entsprechend gut verstand sie sich mit den Raben: Sie freundete sich mit Melody an, Egors und Elsas Tochter. Bryn fand, dass Espera ihm half, sich zu beherrschen, seinen Zorn zu lenken. Aber unter der harten Oberfläche wuchs und wuchs dieser Zorn. Wer ihm in die Augen sah, dem lief es kalt den Rücken hinunter. Wer ihn kämpfen sah, den grauste.

✦ ✦ ✦

Bryn war unsicher, ob es ein normaler Traum oder eine erneute Vision war – bis er sich in dem Raum der Schwerter wiederfand. Mit Grauen begriff er, dass es sich um einen neuen Befehl für die Tahl Uthnae handelte. Abscheu überrollte ihn, als er spürte, wie er Dordios' Tod wollte. Ihm wurde schlecht. Der liebe, junge Dordios. Und Telseara. Sie hatten für sein Entkommen die eigene Sicherheit riskiert. Mittnis Geschwister, die ihm zuliebe zurückgeblieben waren, obwohl sie die Ersten gewesen waren, die Wenfeld verlassen wollten. Und sie verdienten es auch. Sie befanden sich nun in ihrer neuen Siedlung – seine Vision hatte ihm deutlich gezeigt, wo. Woher wusste der Herr der Tahl Uthnae überhaupt von ihrer Existenz? Und vor allem, warum wollte er ihren Tod?

Bryn brauchte keine Minute zum Packen. Die Sonne versank gerade; in diese Richtung musste er. Er hielt Sylvata den linken Arm hin, und sie ließ sich auf das Leder nieder, das er um sein Handgelenk gewickelt hatte.

Was war mit Thybil? Sie hatten so oft über dieses Thema geredet, dass Bryn bezweifelte, den alten Herrn jetzt noch überzeugen zu können. Sollte er es Mittni erzählen? Und Aquiuss? Vielleicht würden sie ihn begleiten. Aber sie würden ihn aufhalten. War es denn richtig, sie dort mit hineinzuziehen? Sie würden peinliche Fragen stellen, für die er keine Zeit hatte, von Antworten ganz zu schweigen.

Er hatte keine Wahl, er musste es versuchen. Wie viele Tahl Uthnae auch immer diesen Befehl erhalten hatten, er konnte sie nicht alle allein erledigen. Mittni und Aquiuss würden es verstehen. Sie würden mitmachen. Er würde ihnen versprechen, alles später zu erzählen. Er hatte keine Bedenken, ihnen die ganze Wahrheit zu gestehen, wenn nur Telseara und Dordios nichts zustieß. Es war höchste Zeit.

Mittni war gerade mitten in einem Metzelspiel, und der Anblick versetzte Bryn in Rage. Seine Geschwister waren vom Tode bedroht! Er lief auf den Platz und packte Mittni beim Arm, brüllte, er solle mitkommen. Mittni, der die Sorge seines Freundes spürte, gehorchte. Aber er war Läufer und wurde einen Moment später unter den Leibern der gegnerischen Mannschaft begraben. Verzweifelt zerrte Bryn die Leute von ihm herunter und prügelte auf alle ein, die Mittni zu nahe kamen. Zum Missfallen der Menge verteilte er großzügig Prellungen und blaue Augen und zog schließlich sein Schwert, um Neuankömmlinge zu vertreiben.

Mittni wand sich frei, warf den Ball weit von sich weg, und alle liefen Bryn verfluchend davon. Die beiden Barue eilten an den Rand des Hofes. Aber bevor Bryn erzählen konnte, meinte ein weißgewandeter Priester, ihm eine Lektion in Sachen Manieren erteilen zu müssen.

«Kennst du den?», knurrte Bryn zu Mittni, der die Schultern zuckte. Hunderte von Leuten hatten sich über die Wochen den Eisenfelsern angeschlossen. Apheristenbrüder. In Bryns Kopf schrillten Alarmglocken los.

«Ist ungefähr zur gleichen Zeit wie Espera zu uns gestoßen», sagte Mittni. «Glaube ich jedenfalls.»

«Hörst du mir eigentlich zu, junger Mann?», sagte der Priester.

«Ist schon gut.» Mittni winkte ab. «Ich mach das schon. Was ist denn los, Bryn?»

Der Mann war ein Spitzel, und er würde sterben. Telseara und Dordios waren seine oberste Priorität, aber er durfte Verrätern nicht das Feld überlassen. Aufgebracht stürmte Bryn ihm nach. Der Priester, der gerade davonspazierte, blickte über die Schulter und riss entsetzt die Augen auf. Er rannte los, und Bryn war ihm dicht auf den Fersen, und die Klaue des Todes nahm in seiner Hand die Form eines Messers an. Vage registrierte Bryn, dass dies kein Traum war. Er war mehr oder weniger Herr seiner Handlungen. Er *wollte* das tun.

Der Priester kämpfte sich durch die Leute und die Außentreppen zu den Wehrmauern hinauf. Er blieb mit den Füßen hängen und stolperte über sein Gewand. Bryn packte sein Bein und zerrte ihn kreischend und tretend zum Fuß der Treppe hinunter, erfreute sich an den dumpfen Schlägen, mit denen der Priester auf die Steinstufen krachte. Mehrere

Leute in der Nähe blieben stehen und sahen schreckerfüllt zu, wenngleich die Gewalttat vom Lärm auf dem Sportplatz übertönt wurde.

«Für wen arbeitest du?», fauchte Bryn in sein Ohr.

«Bitte! Ich bin unschuldig!»

Bryn hatte für so etwas keine Zeit. Er nahm das Messer von der Kehle des Priesters und setzte es an seine Schläfe. Das Schwarzgold der Klaue als Mittler nutzend, drang Bryn in seinen Geist vor. Dort fand er, so deutlich zu sehen wie Schriftzeichen, den Beleg für Betrug. Er war also tatsächlich ein Verräter. Wie hatte er so weit kommen können? Mittni hatte Thybil doch sicher von Jasper erzählt, sodass die Ältesten denen gegenüber vorsichtiger waren, die im Gewand der Kirche kamen. Während Bryn diese Gedanken durch den Kopf schossen, schlitzte er dem Mann beinahe geistesabwesend die Kehle durch.

Er ignorierte die Entsetzensschreie und ließ den zuckenden Leib fallen, aus dem der Lebenssaft schoss. Dieser Tod war unwichtig. Er musste Mittni finden und Telseara und Dordios retten.

«Bist du verrückt?» Es war Mittni, der ihn bei den Schultern packte und schüttelte. «Du hast ihn umgebracht!»

«Er war ein Verräter», erwiderte Bryn. «Denk an Jasper!»

«Das tue ich! Und wir haben ihn am Leben gelassen. Schon vergessen?»

«Ja, und diesen Fehler wollte ich nicht noch einmal machen. Jetzt hör mir mal zu. Vergiss diesen Priester. Pass auf – Telsea und Dos sind in Gefahr! Wir müssen sie retten!»

Mittni starrte ihn mit weißem Gesicht an. «Du lässt sie da raus! Bleib weg von ihnen!»

«Du verstehst nicht. Sie werden sterben, wenn wir ihnen nicht zu Hilfe eilen. Erinnerst du dich noch an die Beobachter Wenfelds? Sie sind Numenii. Und dann sind da noch die Leute, die so tun, als gehörten sie zur apheristischen Kirche! Sie sind hinter mir her, und sie halten Dordios für mich!» Mittni starrte ihn empört an, und Bryn überkam Verzweiflung. «Wo ist Aquiuss? Wir müssen sofort aufbrechen. Die Tahl Uthnae werden Dos töten, wenn wir zu spät kommen!»

«Wer bist du?», flüsterte Mittni und schüttelte den Kopf, als wolle er einen schlechten Traum verscheuchen.

«Ich bin's! Schnapp dir deinen Culmus, und dann los! Uns fehlt die Zeit, es irgendwem zu erklären. Ich erzähl dir später alles.»

«Wer bist du?», sagte Mittni mit mehr Nachdruck. «Ich erkenne dich nicht wieder. Was hast du mit dem Bryn gemacht, den ich gernhatte?»

«Ich weiß nicht, wer ich bin!» Nun war er wütend. «Frag Mama Bellyset! Und sag mir ihre Antwort!»

«Wenn du gehen musst, dann geh. Ich will nichts mit deinen mörderischen Aktivitäten zu tun haben.»

«Telseara und Dordios sind es, die ermordet werden, wenn wir nicht schnell etwas unternehmen!»

«Ich weiß, was du vorhast. Du hast einen Unschuldigen ermordet, und jetzt willst du deinen Fehler vertuschen. Aber diesmal wirst du das ohne mich tun müssen! Ja, geh doch, geh!»

Bryn versuchte, sich wieder zu beruhigen. «Mittni, ich weiß, ich habe mich seltsam benommen, und ich weiß, wie beunruhigt ihr alle darüber seid, aber bitte vertrau mir! Denk an deine Geschwister!»

«Du bist ein Mörder und ein Lügner!» Mittni wandte sich ab. «Geh. Ich kenne dich nicht mehr.»

Die Worte schnitten durch den harten Panzer, den Bryn über die letzten Wochen aufgebaut hatte. Sie trafen ins Mark.

Was er hatte sagen wollen, verwandelte sich in seinem Mund zu Asche. Zutiefst verletzt stolperte Bryn von seinem besten Freund davon. Er wandte sich ab, als seine Augen überliefen und die Tränen ihm die Wangen nässten. Ohne sich noch einmal umzusehen, nahm er seinen Rucksack, den er am Rand des Hofes niedergelegt hatte, und ging zum Westtor. Er zog sich die Kapuze ins Gesicht und verließ Eisenfels mit schwerem Herzen. Für immer.

✦ 33. KAPITEL ✦

Neuquivelda

Der Schmerz über die Zurückweisung durch seinen Freund machte Bryn schnell. Seine Beine trugen ihn bereitwillig von dem Ort des Schmerzes fort. Er wanderte die ganze Strecke bis zum Waldrand von Trabatra und machte nur zwischendurch halt, um ein paar Stunden zu schlafen. Hoffentlich lebten Telseara und Dordios noch. Es bestand durchaus die Chance, dass er Erfolg hatte: Je mehr Tahl Uthnae ihr Herr für diese Mission wollte, desto länger dauerte es, sie zusammenzuziehen. Sie würden aufeinander warten.

Neuquivelda lag im Süden des Trabatrawaldes, zwischen Wenfeld und der Stelle, an der Quivelda gestanden hatte. Die Numenii hatten Wort gehalten und die Siedlung extrem schnell errichtet. Sie wirkte künstlich, wie eine Ansammlung Häuser, die eher zum Anschauen als zum Wohnen gedacht war. Die Straßen waren sauber, aber leer; alles war übersichtlich und ordentlich. Das Dorf hatte etwas von einer Geisterstadt.

Bryn entdeckte bald die Wachtposten der Numenii.

Sylvata flog über ihm dahin. Gelegentlich erhaschte Bryn einen Blick auf das, was sie mit besonderem Interesse ansah – auf die kleinen Bewegungen von Leuten und Tieren weit unten. Es wurde langsam Abend, und die Dörfler zogen sich in ihre Häuser zurück. Die Numenii waren arrogant, was ihre Sicherheitsvorkehrungen betraf. Kein einziger Wachsoldat stand außerhalb der Siedlung. Faul waren sie auch, und Bryn schlich sich mühelos am Wachturm vorbei. Er erkletterte leise, zügig und selbstbewusst die Stadtmauer, ohne sich groß darum zu kümmern, ob ihn jemand sah. Er würde schon mit ihnen fertig werden.

Aber er kam unbemerkt oben an und glitt auf der anderen Seite wieder hinunter. Das Dorf war langweilig. Farblos. Steril. Bryn sah keine Andeutung der großartigen Häuser, die die Barue voller Sehnsucht für sich entworfen hatten. Die Gebäude sahen alle gleich aus; manche waren mit großen hässlichen Schildern bezeichnet, auf denen etwa «Postamt» stand, «Lebensmittelausgabe» oder «Informationsstelle» – als ob die meisten Barue überhaupt lesen konnten. Was für die Numenii wahrscheinlich von Vorteil war. Am schlimmsten war für Bryn das Aussehen der Dörfler. Auch sie sahen alle gleich aus. Ihre schlichten Kleider waren alle im gleichen Stil gehalten, in den gleichen langweiligen Farben. Ihre Mienen waren trübe, gelangweilt, gefühllos. Hoffnungslos.

Es war ein unwirkliches Erlebnis, seine Freunde und alten Nachbarn zu sehen, wie sie durch dieses Gefängnis von einem Dorf schlurften. Sie bewegten sich wie in Ketten. Bryn wünschte, er könnte sie alle befreien, allerdings wusste er, dass er ihnen damit auf lange Sicht keinen guten Dienst erwies. Telseara und Dordios würden fürs Erste genügen müssen. Aber wie sollte er sie finden? Und wenn er sie gefunden hatte, wie bekam er sie dann am besten hier heraus?

Die Eingangstür war mit zwei Soldaten bewacht, die mit einem Würfelspiel beschäftigt waren, wahrscheinlich um Geld. Bryn verließ seine Deckung und stapfte auf sie zu. Derjenige der beiden, der gerade nicht dran war, sah geistesabwesend auf.

«Komm später wieder», sagte er. «Wir haben zu tun.»

«Tut mir leid, aber es ist dringend», sagte Bryn.

Er ging seelenruhig zwischen ihn hindurch und die sechs Stufen zur Tür hinauf. Der Soldat spuckte aus und klaubte die Würfel zusammen. Bryn hatte richtiggelegen. Die Numenii rechneten nicht damit, dass ein einzelner Feind hier einfach hereinspaziert kam.

Der Gang kam ihm irgendwie bekannt vor. Aber er war hier im Leben noch nicht gewesen! Dann fiel ihm die Vision wieder ein, und ihm wurde klar, wie er Telseara und Dordios finden würde. Er wusste bereits, wo sie waren, genauso wie er gewusst hatte, wo die Schriftrolle gewesen war – und wie auch die Tahl Uthnae wussten, wo die jungen Barue waren. Er hastete weiter. Die Klaue des Todes lenkte mit einem leichten Ziehen seine Schritte. Am Ende des Ganges führte eine Treppe nach oben, wo zweifelsohne Büroräume oder dergleichen lagen, und nach unten, wo die Mauer unverputzt war und die Treppe nicht geglättet. Er eilte die Stufen hinunter und stand in einem dunklen Gang, der wie der weiter oben die Länge des Gebäudes entlangführte, nur dass hier keinerlei Möbel standen und er von Gitterstäben gesäumt war.

Nur ein einzelner Wachsoldat ging auf und ab, den Bryn beiläufig bewusstlos schlug und so hinlegte, dass er wie schlafend wirkte. Bryn erkannte jede Zelle. Hier waren sie irgendwo, auf der rechten Seite …

«Bryn? Bryn! Ich meine, Dordios!»

Es war Telseara, die zu dem groben Gitter gesprungen war und die Stäbe mit ihren schmutzigen Händen umklammerte.

«Ist schon in Ordnung, wir zwei sind jetzt wieder, wer wir sind», sagte Bryn.

«Was machst du hier?» Sie wischte sich mit ihrem zerfetzten Rock die schmierigen Wangen.

«Haben sie dich geschnappt?» Dordios trat hinzu.

«Mich geschnappt?» Bryn lachte leise. «Davon träumen sie höchstens.» Er schob die Klaue des Todes in das Schloss und begann, sie in die richtige Form zu bringen.

«Wie bist du an den Wachen vorbeigekommen?», wollte Telseara wissen.

«Ich habe eine Menge gelernt, seit wir uns das letzte Mal unterhalten haben.»

«Du siehst … anders aus.» Dordios kniff die Augen zusammen. Es war sehr düster hier drin; das einzige Licht kam aus einem Deckengitter hinter ihnen.

«Ich habe mich verändert. Und da bin ich nicht der Einzige. Junge, seid ihr gewachsen.»

Was stimmte. Telseara trug das Haar länger, ein Zeichen der Niederlage und der Abkehr von ihrem wilden Wesen, während Dordios' rundes Gesicht schmaler geworden war, sodass er Mittni noch ähnlicher sah. Nur seine Nase und sein Kinn waren noch jungenhaft. Bryn spürte ein Ziehen im Magen. Die beiden einst so frechen Barue wirkten bedrückt, aber das Wiedersehen brachte ein rebellisches Glitzern in ihre Augen zurück. Sie standen unruhig da und sahen staunend zu, wie Bryn seinen improvisierten Schlüssel mit dem Schwertgriff drehte und die Tür quietschend aufging.

«Wir haben es ein bisschen eilig – also kommt einfach mit», sagte Bryn. «Und wir brauchen Seil. Ich hoffe, ihr wisst, wo sich welches finden lässt.»

Telseara straffte die Schultern. «Was glaubst du eigentlich, mit wem du redest? Hier entlang!» Und sie führte sie weiter die Stufen hinauf.

Die Tür war nicht abgeschlossen. Zum Glück wusste Telseara, welche, denn es gab viele. Einmal kamen zwei Soldaten den Gang hinuntergerumpelt, aber sie scherten sich nicht darum, was hinter verschlossenen Türen vor sich ging, sondern konzentrierten sich auf ihre Getränke. Während Bryn Wache stand, suchten die beiden Jüngeren zwei Rollen Seil und andere Ausrüstung zusammen, die sich auf ihrer Flucht als nützlich erweisen mochte – natürlich auch für jeden ein Schwert.

«Jetzt sagt bloß nicht, ihr hättet noch nicht zu fliehen versucht», sagte Bryn.

Dordios grinste. «Das gerade hat uns ja ins Gefängnis gebracht.»

«Dann kennt ihr den besten Weg nach draußen?»

Sie nickten.

«Gut. Dann ab mit euch, während ich die Wachen ablenke.»

«Oh, Bryn, sei vorsichtig! Es wäre die Sache nicht wert, wenn sie am Ende dich schnappen.»

«Telsea ...» Bryn grinste. «Die werden gar nicht wissen, was ihnen geschieht.»

Bryn rechnete nicht damit, dass er einfach denselben Weg wieder hinausspazieren konnte, den er gekommen war; also ließ er die Köpfe der Wachen ordentlich zusammenkrachen. Leise zu sein, war jetzt nicht angesagt.

«Wir treffen uns im Trabatra!», rief er seinen Gefährten zu, dann nahm er eine Fackel von der Wand und setzte damit den nächstbesten brennbaren Gegenstand in Brand: das Dach der Stallungen neben dem Gefängnis. Bald sorgte das Wiehern der Pferde für Chaos im Dorf. Aus allen Richtungen kamen von der Stadtmauer Soldaten gelaufen. Bryn verbarg sich in den Schatten und sah sich die Vorgänge aus Sylvatas Perspektive an. Die Verbindung war inzwischen selbstverständlich. Er bohrte sich nicht länger in ihren Geist, sondern unter seinem Tasten verschmolz ein Bereich ihrer Wahrnehmung übergangslos mit ihm. Es störte sie nicht; manchmal hatte er sogar den Eindruck, dass sie gern den Blick mit ihm teilte.

Die Barue besaßen ihre eigenen Häuser und konnten innerhalb gewisser Grenzen tun und lassen, was sie wollten. Nur der Kontakt mit der Außenwelt wurde massiv überwacht. Sie waren gezwungen, im Dorf zu bleiben und nach der Abendglocke in ihren trostlosen Häusern. Als die Aufregung bei den Stallungen losging, steckten sie die Köpfe hinaus und schauten, was los war. Zunächst versuchten die Wachen, sie wieder hineinzudrängen, aber als das Dutzend Soldaten, das mit den tosenden Flammen kämpfte, die Schlacht zu verlieren drohte, befahlen die Wachen den Dörflern, beim Löschen zu helfen. Sie bildeten eine Kette und schleuderten bald Eimer um Eimer Wasser gegen das Flammenmeer, während die verängstigten Tiere in Sicherheit gebracht wurden.

Bryn hatte auch den einen oder anderen Kampf ins Auge gefasst, aber das schien nun überflüssig. Ein wenig enttäuscht, dass er nicht einiges von der Wut auf die Leute loswerden konnte, die seinesgleichen so schlecht behandelten, erkletterte er die Mauer im Schatten der lodernden Flammen. Eine Meile weiter nördlich holte er Telseara und Dordios ein. Die zunehmende Dunkelheit verbarg ihre Bewegungen. Im Dorf erstarben die Rufe der Brandbekämpfer, als die Flammen eingedämmt waren. Den Barue wurde befohlen, wieder ins Bett zu gehen.

«Wie geht es dir?» Telseara sah ihn an. Sie hatten den Schutz des Waldes erreicht.

«Ich bin am Leben», antwortete Bryn.

«Wie wir», sagte Dordios.

«Dann haben wir vieles, wofür wir dankbar sein können», sagte Telseara.

«Das stimmt.» Bryn bedeutete ihnen, weiterzugehen. «Ich bin euch holen gekommen, weil unsere Tarnung aufgeflogen ist. Sie wissen, dass du nicht ich bist, Dos. Die Tahl Uthnae – die maskierten Attentäter – sind ausgeschickt worden, um dich zu töten.»

«Danke», sagte Dordios. «Wir haben uns schon gedacht, dass es Zweifel an unserer Identität gibt.»

Telseara verzog das Gesicht. «Wir sind nicht die Einzigen, die dafür bezahlen mussten. Mehrere andere sind auch entführt und verhört worden.»

«Na, jetzt seid ihr in Sicherheit.» Bryn seufzte. «Ich hoffe, die anderen kriegen deswegen keinen Ärger. Aber so geht es nicht mehr lange weiter. In Eisenfels tut sich einiges. Dort wollen wir übrigens hin. Das ist eine geheime Festung im Amboss, nordöstlich von hier.»

«Wissen wir», sagte Telseara. «Wir hatten trotz der Bemühungen der Soldaten einigen Kontakt zur Außenwelt.»

«Wie das?»

«Unter unseren Wachen war ein Culmus Sangui», sagte Dordios, «der aber natürlich nicht ständig bei uns Dienst hatte. Vielleicht waren es sogar mehrere, schwer zu sagen.»

«Er sollte aufpassen, ob die Lage unerträglich wird», sagte Telseara. «Dann hätten sie eine Streitmacht zu unserer Befreiung geschickt. Es gibt ein Signal, das wir geben können, wenn wir wirklich evakuiert werden müssen. Bis dahin sollten wir den Eindruck machen, hilflos zu sein.» Sie machte einen Schmollmund. «Und die Dörfler haben gekriegt, was sie verdient haben.»

«Ja, aber ihr mit ihnen.» Bryn legte den beiden eine Hand auf die Schulter, während er sie durch die Bäume hindurchführte. «Es tut mir leid, dass ihr das durchmachen musstet. Ihr seid echte Freunde.»

«Ein Jammer, was passiert ist … Mama Bellyset fehlt uns allen», sagte Telseara.

Bryn starrte sie an. «Woher wisst ihr das?»

«Aus Mittnis Brief», sagte Dordios.

«Er hat euch geschrieben?», fragte Bryn tonlos.

«Warte, ich habe ihn dabei.» Telseara zog ein Pergament aus dem Futter ihres Kleids – eines von vielen.

Bryn faltete den Bogen langsam auf. Er zog die Klaue des Todes hervor, und sie glühte, als würde sie das Mondlicht zurückwerfen. Sein Blick huschte über den Text, der in Mittnis typischer Krakelschrift geschrieben war:

Telsea und Dos, Ihr Lieben, mein eigen Fleisch
und Blut:
Es betrübt mich, Euch das nicht persönlich sagen
zu können, aber Ihr müsst es wissen. Lest bitte
zwischen den Zeilen!:
Bryn hat ein Adlerjunges gefunden, eine ganz
reizende Sie. Ihr werdet sie ins Herz schließen.
Kommt. Dordios, besonders Du als Freund des Waldes
wirst sie lieben, denn sie heißt Sylvata –
ein schöner Name, nicht?
Leider ist unsere über alles geliebte Mama Bellyset
von uns gegangen. In unseren Herzen wird sie
immer bei uns sein. Helft. Bald wird der Schmerz
zu viel ohne Euch; vor allem Bryn, dem armen Bryn,
fehlt sie ganz schrecklich.

verrückt, nicht wahr? Gefahr droht jedem Leben jederzeit. Bitte, Dordios, Telseara, genießt das Leben, es ist so kurz – und passt auf Euch auf; wenn Euch etwas zustoßen würde, könnte ich nicht weiterleben!

Und so endet diese Botschaft in der Hoffnung, Euch bald zu sehen.

Euer

Mittni

Der Code war dermaßen offensichtlich, dermaßen plump. Typisch Mittni. Wütend warf Bryn ihnen das Pergament hin und stürmte davon.

«Bryn!», rief Telseara. «Komm zurück! Wo willst du denn hin?»

«Schämt er sich?», fragte Dordios.

«Wahrscheinlich schmerzt es ihn noch so sehr … Aber er fühlte sich auch ein bisschen verärgert an, oder? Schuckel, wir gucken uns das lieber nochmal an!»

Telseara klaubte den Brief auf, und sie eilten Bryn nach und studierten den Text in den Flecken Mondlicht zwischen den Bäumen.

«Natürlich!», rief Telseara. «Wie dumm von mir! Ich dachte, Mittni war bloß ein bisschen schmalzig und sentimental. ‹Lest zwischen den Zeilen› – das heißt, es gibt eine verborgene Botschaft.»

Dordios schlug sich vor die Stirn. «Sie befindet sich zwischen den beiden Ausrufezeichen. Also die eigentliche Botschaft. Er schreibt ja sogar: ‹so endet diese Botschaft›. An ihr muss noch mehr dran sein.»

«Das erste Wort von jedem Absatz», überlegte Telseara.

Jetzt war ihnen alles klar. Und es erklärte Bryns Reaktion.

Bryn. Leider. Verrückt.

«Das kann noch nicht alles sein.» Dordios sah angestrengt nach vorn, aber Bryn war nur noch ein Umriss, der am Rande ihres Blickfelds zwischen den Baumschatten auftauchte und wieder verschwand.

«Bryn, komm zurück!», rief Telseara. «Wir wussten nicht, dass da eine codierte Botschaft drinsteckt! Es tut uns leid!»

Da keine Hoffnung bestand, ihn einzuholen, verlangsamten die beiden Barue und nahmen sich den Brief noch einmal vor.

«Drei Doppelpunkte», sagte Telseara. «Normalerweise benutzt Mittni gar keine. Ja, guck dir den dritten Satz von jedem Absatz an: Kommt. Helft. Bitte.»

«Und nicht nur das.» Dordios zeigte es mit dem Finger. «Die Botschaft hat drei Absätze. Jeder Absatz besteht aus vier Sätzen. Der letzte Satz ist jedes Mal der längste, als wollte Mittni betonen, dass die Anzahl der Sätze wichtig ist.»

«Wir sind so blöd gewesen», sagte Telseara. «Es ist total einfach. Wenn man das erste Wort von jedem Satz liest und dabei durch die Absätze springt, sagt Mittni: Bryn leider verrückt. Ihr in Gefahr. Kommt helft bitte. Dordios bald Dordios.»

Ihr Bruder ließ sich gegen einen Baumstamm fallen. «Er schreibt das Gleiche, was Bryn gerade gesagt hat und was wir auch schon dachten.»

«Ja. Wenn wir überhaupt jemanden mit diesem Dordios-alias-Bryn-Spiel hereingelegt haben, dann nur kurz.» Telseara steckte den Brief weg. «Na, toll. Und nun haben wir Bryn vor den Kopf gestoßen, und er ist alleine weg. Weil er denkt, dass wir schon wussten, was Mittni da geschrieben hat. Geschieht uns recht, wenn man bedenkt, wie simpel der Code war. Total offensichtlich!»

«Aber warum sollte Mittni uns mitteilen, dass Bryn verrückt geworden ist?», überlegte Dordios. «Die Botschaft leuchtet mir noch nicht richtig ein.»

Telseara setzte sich wieder in Bewegung. «Ich glaube, er wollte uns zwei verschiedene Sachen sagen. Einmal, dass wir nicht länger sicher sind, weil unsere Tarnung aufgeflogen ist, und einmal, dass Bryn ‹verrückt› geworden ist und er deshalb unsere Hilfe braucht. Anders ergäbe es keinen Sinn: Ihr seid in Gefahr, also kommt und helft! Stimmt's, oder habe ich recht?»

«Stimmt.»

«Schuckel, und ob wir in Gefahr sind! Wenn das stimmt, was Bryn von den Tahl Uthnae erzählt hat, dann sollten wir schleunigst nach Eisenfels kommen.»

✦ ✦ ✦

«Meine besten Freunde halten mich für einen Mörder. Mittni denkt, ich wäre wahnsinnig. Vielleicht bin ich das ja.» Bryn hob den traurigen Blick zu dem Adlermädchen auf dem Ast. «Du bist die Einzige, die mich versteht, Sylvata.»

Sie stieß sich ab, dass Weidenkätzchen auf ihn herabrieselten, und flog davon, ohne sich noch einmal umzusehen.

«Na schön, hau doch ab! Lass mich auch noch im Stich!» Er hob einen Stein auf und schleuderte ihn ihr nach. «Du konntest mich sowieso nicht verstehen, du dummes Tier. Du hast mich die ganze Zeit bloß dazu gebracht, Selbstgespräche zu führen.» Er trat gegen den Baumstamm, was erneut einen Pollenregen auslöste. Er schüttelte die Haare aus und ließ sich zu Boden fallen. «Vielleicht werde ich ja wirklich verrückt.»

Er döste in der Nachmittagssonne, mit der zufriedenen Gewissheit, dass Telseara und Dordios irgendwo hinter ihm waren und wenigstens sie nicht mit der Welt im Krieg lagen. Sie kamen gut voran und merkten nicht, dass er sie beobachtete. Er hatte auf einen Neuanfang mit den beiden gehofft, nur hatte ihr großer Bruder sie bereits gegen ihn aufgestachelt.

Er folgte dem Rinnsal bergauf in ein moosbewachsenes Gebiet, in dem Pappeln in der Brise flimmerten. Sylvata landete vor ihm auf einem Felsen, einen Hasen in den Klauen, der genauso groß war wie sie. Ihre Beute erstaunte ihn nicht, obwohl sie bisher nichts Größeres als ein Insekt gefangen hatte. Er verfolgte das Bächlein zurück, immer weiter … bis in eine steile, schmale Schlucht. Dort fand er die Quelle, sie war rein und sprudelte. Das Loch im Gestein war größer als nötig, es deutete auf Erosion hin. Und hier drin war es …

Bryn setzte sich mit einem Ruck auf. Es war nur ein Traum gewesen. Sylvata hatte ihn geweckt.

«Da bist du ja wieder.» Er sah sie erwartungsvoll an. «Und, hast du mir nichts zu sagen?»

Das Adlermädchen legte den Kopf schief, sah ihn einen Moment lang an. Dann plusterte es sich auf und wandte seine Aufmerksamkeit seinen Klauen zu und riss kleine Stücke aus einer Maus heraus.

«Ich hab dich den ganzen Tag nicht gefüttert.» Bryn stand auf, um es besser sehen zu können. Halb lachte und halb weinte er, beschämt und stolz zugleich. «Gut gemacht, Sylvata, du hast dir deine erste Mahlzeit gefangen!»

Er sprang auf und tanzte um ihren Fels herum wie ein Heide während irgendeines Naturrituals, bis ihm plötzlich einfiel, dass sie in seinem Traum auch Beute gemacht hatte. Es kam alles wieder zurück.

«Ich kann es immer noch vor den Tahl dorthin schaffen.»

Er sammelte seine Sachen zusammen und schwang sie sich über die Schulter. «Aber die Stelle liegt ein bisschen weiter östlich, als wir eigentlich gehen müssten. Es wird nicht lange dauern, aber ich möchte Telsea und Dos nicht ohne Schutz lassen, erst recht nicht, wenn Tahl hierher unterwegs sind. Sie werden immer noch gesucht.» Sylvata folgte ihm, ihre Beute fest in den Klauen.

«Bryn! Da bist du ja!»

Er rannte das letzte Stück, verärgert, dass sie stehen geblieben waren und ihn anstarrten. «Ich war die ganze Zeit da.»

«Es tut uns schrecklich leid mit der Botschaft. Wir hatten Mittnis Code gar nicht gesehen; wir dachten bloß, dass er sich wegen seiner Trauer so komisch ausdrückt.»

Einen Moment lang wusste Bryn nicht, was er sagen sollte. «Ihr habt den Code nicht *gesehen*? Dann könnt ihr vor lauter stumpfsinniger Plackerei wohl nicht mehr richtig gucken.»

Telseara nickte.

«Aber er hat recht», gab er zu. «Was habt ihr in Neuquivelda überhaupt getrieben?»

Dordios sah beleidigt aus. «Na, mich für dich ausgegeben!»

«Schwarzgold abgebaut», sagte Telseara.

Bryn verdrehte die Augen. «Egal. Jedenfalls hab ich aus der Ferne ein Auge auf euch behalten –»

«Ich wusste es!» Telseara schlang ihm die Arme um den Nacken. «Danke.»

Verlegen befreite er sich aus ihrer schwitzigen Umarmung. «Und nun bin ich aus der Deckung gekommen, weil ich gerade über den Verbleib eines Gegenstandes informiert worden bin, der für praktisch jede kriegführende Partei Calaspias von großem Interesse ist.»

«Nicht schlecht», sagte Dordios.

«Ich will, dass ihr mich begleitet, damit ihr weiterhin unter meinem Schutz reisen könnt. Sobald ich das Ding habe, machen wir uns wieder auf den Weg nach Eisenfels. Das ist ein Befehl.»

Telseara und Dordios nahmen übertrieben Haltung an. «Zu Befehl!»

Bryn hatte die Bemerkung ernst gemeint, war aber froh, dass sie sie so auffassten wie noch vor einem Jahr. Das gefiel ihm besser, und es rief ihm ihre Unschuld vor Augen. Plötzlich packte ihn Wehmut, und er wandte sich von seinen Freunden ab und stapfte weiter.

Gegen Abend stießen sie auf das Rinnsal aus seinem Traum. Alles kam genau so in Sicht, wie er es schon kannte – buchstäblich ein Wirklichkeit gewordener Traum. Unmittelbar vor Erreichen der Quelle wies er Telseara und Dordios an, sich zu verstecken, weil Tahl Uthnae oder Inquisitionswachen in der Nähe sein mochten. Dann näherte Bryn sich der Miniaturhöhle in dem sicheren Gefühl, wieder einmal der Erste zu sein. Er genoss das Spiel des kalten Wassers über seiner Hand, als er sie ins Dunkel schob.

Sie rutschte über schleimigen Fels. Ein Schnappen ertönte, etwas schloss sich um seinen Arm, und er holte erschreckt Luft. Ein unnachgiebiger Reif hielt ihn fest umklammert. Er versuchte, den Arm aus dem Riss zu ziehen, aber er hing fest. In seiner Anstrengung glitt er aus und fiel in den Bach, mit dem verdrehten Arm immer noch in der Quelle. Er ächzte schmerzerfüllt auf, als sich die scharfen Zähne des Dings dort drinnen in sein Handgelenk senkten. Das klare Wasser wurde von seinem Blut verunreinigt. Sein wildes Zerren ließ den Griff der Falle nur fester werden, und er spürte das Klopfen des Blutes, das aus seinen Adern gepumpt wurde.

«Telsea! Dordios!», rief er. Sie waren nicht weit weg, sie konnten ihm helfen. Er hatte ihre Namen kaum ausgesprochen, da bereute er es. Lieber schnitt er sich den Arm ab, um hier wegzukommen, als dass er sie zu Hilfe holte. Denn ihm näherten sich drei Umrisse, die sich schwarz gegen die Sonne und ihre funkelnde Reflexion im Wasser abhoben. Tahl Uthnae.

«Lauft!», rief er. «Bringt euch in Sicherheit!»

Elyon behüte, dass die maskierten Mordmaschinen unsere Sprache sprechen! Ach, aber er wusste es ja. Vielleicht hatten die Barue ihn auch gar nicht gehört über dem Gurgeln des Baches und blieben versteckt. Er konnte nur hoffen – doch da kamen sie.

Sie waren doch bestimmt klug genug zu fliehen. Sahen sie denn nicht, dass er zum Untergang verurteilt war? *Dumme, dumme Kinder!,* dachte Bryn, als seine Freunde auf ihn zurasten. Die Tahl hörten ihr kreischendes Herannahen und wirbelten herum. Sie zogen ihre Klauen des Todes aus schwarzen Scheiden, in die sie passten wie eine Hand in einen Handschuh.

Einer der Tahl lief den Barue entgegen, dass das Wasser unter seinen Stiefeln aufspritzte. Telseara und Dordios zogen die Schwerter. Obwohl sie noch außer Reichweite waren, machte ihr Gegner eine zuschlagende Bewegung mit seiner Klaue, nur dass sie jetzt kein Schwert mehr war, sondern eine Peitsche. Dünne Schnur flog ihnen entgegen, wickelte sich erst um Dordios' und dann um Telsearas Waffe und schnurrte zusammen. Der Tahl Uthnae zog seine Waffe an den Körper, und mit ihr folgten die Schwerter seiner Feinde.

Bryn versuchte noch einmal kräftig, seinen Arm herauszuziehen. Sterne tanzten vor seinen Augen, sein Gesichtsfeld verdunkelte sich. Er bemühte sich, mit der Falle in der

Unsichtbaren Welt fertig zu werden, aber der Schmerz war zu groß. Er konnte sich nicht genug konzentrieren. Er riss mit aller Kraft, und ein unerträgliches Sengen raste ihm den ganzen Arm hinauf und fuhr bis ins Rückgrat. Unvermittelt löste sich der Schmerz in nichts auf, und Bryn war frei von seinem Körper. Vielleicht hatte sich der Schmerz als zu viel erwiesen, und er wurde ohnmächtig? Nein. Der Schmerz hatte ein Niveau erreicht, das genügte, um ihn aus seiner körperlichen Erfahrung zu schleudern.

Mit seinem Eintauchen in die Unsichtbare Welt nahm Bryn die Tahl Uthnae als Gestalten des rasenden Bösen wahr; Telseara und Dordios gleißten vor Kummer und Liebe zu ihm. Sie rannten trotz des Verlustes ihrer Waffen weiter. Bryn durfte nicht zulassen, dass ihnen etwas geschah. Er ballte die Finger zu Faust und zog seine Hand aus der Öffnung. Etwas gab nach, und zusammen mit seiner Hand kamen die Bruchstücke der quälenden Fessel hervor.

Bryn barg seine blutende Hand vor der Brust und duckte sich unter dem ersten Streich seines Gegners weg. Er stolperte über einen Stein und fiel nach hinten um, landete im Bach.

Nicht schon wieder!

Der Tahl sprang ihn an. Bryn verwandelte seine Klaue des Todes in eine Lanze, eine Pike, auf die sein Feind sich durch den eigenen Schwung spießen sollte. Der Krieger riss die Hände nach vorn, packte die Lanze im Flug und hielt sie auf, hing dort einen Moment lang in einem instabilen Handstand. Dann schwang er um den Schaft herum und landete einen wilden Tritt gegen Bryns Kinn.

Telsea und Dos kamen immer noch in seine Richtung. Irgendwie war es ihnen gelungen, an ihrem ersten Gegner vorbeizuschlüpfen. Dordios schleuderte einen Stein auf Bryns Tahl, der seine Waffe umdrehte und als Schläger benutzte, um den Stein zurückzuprellen. Der jüngere Barue warf sich zu Boden, um dem Geschoss auszuweichen, und rollte sich ab. Telseara lief weiter.

Bryn trat seinen Gegner weg und kämpfte sich hoch. Er wehrte den prompten Angriff mit seiner schwachen Hand ab; die rechte schwang schlaff und nutzlos mit seinen Körperbewegungen mit. Ein unerwarteter Schlag krachte auf seinen Kopf hinunter, mit einer Wucht, dass seine Zähne zusammenschlugen. Der zweite Tahl Uthnae hatte sich von hinten in den Kampf eingeschaltet. Mit trübem Blick versuchte Bryn sich zu verteidigen. Er konnte Telsearas Verzweiflungsschrei hören, als er den überlegenen Feinden unterlag.

Er verlor allmählich das Bewusstsein. Er schwang seine Waffe in übertriebenen Bogen, zwang seine Gegner auf Abstand. Nicht der Gedanke, dass die Tahl ihn töteten, sondern der Gedanke daran, was sie anschließend mit Telsea und Dos tun würden, gab ihm neue Kraft. Er gab sich ganz der Trance des Kriegers hin, als der Blutrausch ihn überkam. Es war, als träume er wieder. Er griff mit seiner schwachen Hand an, zerschlitzte einem Feind das Gewand. Aber sosehr er es auch versuchte, Bryn wurde langsam, aber sicher zurückgedrängt und aufgerieben.

Schließlich konnte Bryn seine Klaue nicht länger festhalten, weil der heftige Schlag des Feindes seine Finger taub machte, und die Waffe fiel sich überschlagend in den Bach.

Telseara warf sich über ihn. Die beiden Tahl Uthnae glotzten sie an, als würde sie dieser Akt der Selbstaufopferung verwirren.

«Telsea ... flieh.» Bryn wollte sie wegschieben, aber er hatte keine Kraft mehr. Sie würden beide sterben. Und dann war Dordios da und pflanzte sich entschlossen zwischen die Tahl Uthnae und seine Schwester. Der Anblick seiner Freunde, die sich zwischen ihn und seinen Tod stellten, schmerzte ihn mehr als das zerschnittene Handgelenk. Er sah Telseara in die Augen, und seine Selbstverachtung dafür, dass er sie in diese Gefahr gebracht hatte, löste sich in dem Wissen auf, dass er zusammen mit seinen jungen Lieblingsbarue sterben würde. Sie waren praktisch seine Geschwister. Er wünschte sich, sein Tod könne sie retten, und zugleich wusste er, dass ihr Tod ihn nicht retten würde. Die Luft um Bryn herum wurde warm, als er ähnliche Gefühle in seinen Freunden spürte.

Ein schreckliches Heulen zerriss die Luft. Die Tahl Uthnae bedeckten ihre Köpfe mit den Händen, als wollten sie sich vor dem Geschrei schützen, aber Bryn begriff, dass sie die Urheber dieses Lärms waren. Sie fuhren herum, krallten mit den Händen nach ihren maskierten Gesichtern und flohen. Bryn wischte sich die Tränen aus dem Gesicht, und die drei waren allein.

Dordios erschlaffte und sank mit einem Seufzer auf die Knie. Bryn half Telseara hoch. Sie wischten sich den Schlamm von den Kleidern.

«Das war knapp, hm?», sagte Dordios.

«Was in aller Welt hat sie verscheucht?», wunderte Telseara sich.

Bryn glaubte es zu wissen, konnte es aber nicht in Worte fassen. «Dordios war eben einfach zu viel für sie.» Er grinste und zog die beiden in eine zittrige Umarmung. «Danke euch beiden.» Er sah sie an. «Ich verdiene eure Freundschaft nicht. Danke.»

«Gern geschehen», sagte Telseara mit hoher Stimme.

✦ 34. KAPITEL ✦

Plimppolitik

Am späten Vormittag des nächsten Tages sah Bryn Telseara und Dordios nach, als sie hinter den Mauern der natürlichen Festung verschwanden. Sie hatten gewollt, dass er mitkam, aber er brachte es nicht über sich, Mittni unter die Augen zu treten. Stattdessen hatte er beschlossen, Baruto einen Besuch abzustatten und seine Eltern wiederzusehen.

Er wanderte nach Norden und dann nach Westen, ließ den Amboss hinter sich, bis die Sonne in der Westsee versank. Trabatra lag wie ein grüner, stacheliger Teppich direkt im Westen, und er würde den Wald irgendwann durchqueren müssen, aber noch nicht jetzt. Eine Zeitlang wollte er sich noch an die sanften Ausläufer des Ambosses halten, um schneller voranzukommen, als es im Gebirge oder im Wald möglich gewesen wäre. Den Wald wollte er erst an seiner schmalsten Stelle durchqueren.

Irgendwie war er die ganze Zeit nicht richtig da. Es schien schon Wochen her zu sein, dass sie gegen die Tahl Uthnae gekämpft hatten. Telsea und Dos würden sich gut in Eisenfels einfügen. Es würde ihnen eher ein Zuhause sein als das Regere Mansionum, so viel stand fest. Er fehlte niemandem, und die beiden würden ihn auch bald vergessen, wo sie so viele neue

Freunde mit ihrer Vorwitzigkeit und ihrem Talent beeindrucken und so viele Älteste austricksen konnten.

Traurig marschierte er weiter, so sehr in Selbstmitleid versunken, dass er erst merkte, dass er nicht länger allein war, als es fast zu spät war. Da er mit seiner verletzten Hand nicht schon wieder in einen Kampf verwickelt werden wollte, kletterte er hastig den Abhang hinauf und wartete. Ein prächtiger roter Schopf kam in Sicht.

«Espera!» Er war so verblüfft, dass er es laut rief. Sie schlich ihm nicht etwa nach, sondern kam munter angestapft, als ob sie es eilig hätte.

«Da bist du ja, mein Schatz.» Sie lächelte. «Dachte ich mir doch, dass ich dich hier so finde.»

Bryn glitt den Abhang hinunter, dass es staubte.

«Zeig mal deine Hand», sagte sie. «Ich habe eine Salbe.»

«Woher weißt du davon?»

«Von Telseara und Dordios, Mittnis Geschwistern. Der Verband verrät natürlich auch einiges. Dass du hier entlanggehen würdest, hab ich geraten.»

«Wie das?»

«Du willst deinen Eltern einen Besuch abstatten, richtig?»

«Wie kommst du darauf?»

«Na ja, du fühlst dich in Eisenfels nicht gerade wohl, Herz, oder?»

«Woher – hast du mir nachspioniert …?»

Espera leckte sich die Lippen. «Also wirklich. Ein klein bisschen vielleicht. Irgendjemand muss sich doch um dich kümmern! Gib mir deine Hand.»

Sie schwiegen, während sie den Verband abwickelte. Sie setzten sich so auf einen flachen Felsen, dass sie die Beine baumeln lassen konnten. Unter ihnen erstreckte sich der Trabatrawald.

«Und dafür bist du mir gefolgt?»

«Wie ich schon sagte, irgendjemand muss sich doch um dich kümmern. Jemand, der selbst auf sich aufpassen kann.» Sie bedachte ihn mit einem Blick, der schon fast tadelnd war, und besah sich wieder die Wunde. «Ganz schön tiefer Schnitt. Wie hast du ihn dir geholt?»

Bryn winkte mit der anderen Hand ab. «Eine Falle. Ist nur ein Schnitt.»

Während sie die Salbe auftrug, murmelte sie: «Wenn das mal keine Falle von Okolnit war …»

«Was sagst du da?», fragte Bryn scharf.

«Okolnit. Du weißt schon, der Unternehmer.»

«Ich weiß von ihm. Aber erzähl mir mehr.»

«Er ist der Autor eines Untergrundbestsellers mit dem Titel ‹Wie man Sklaven gewinnt und Menschen manipuliert›.» Sie zuckte die Achseln. «Man weiß fast nichts über ihn, nur dass man ihm besser nicht in die Quere kommt.»

«Und was macht man, wenn … man ihm schon in die Quere gekommen ist?»

«Ich fürchte, es gibt nur eine Möglichkeit, das zu bereinigen», flüsterte sie. «Entweder man arrangiert sich mit ihm, oder er bereinigt es selbst. So oder so bekommt Okolnit, was er will.»

Bryn entzog ihr sein Handgelenk und gab ihr den Verband. «Dann bin ich froh, dass ich nichts getan habe, das seinen Zorn verdient. Es war allein meine Achtlosigkeit, die mich in die Falle geführt hat, die für jemand anders bestimmt gewesen sein muss.»

«Gewiss.» Espera zog den Knoten des Verbands fest.

«Außer er will etwas, das zufällig in meinen Besitz gekommen ist. Aber das kann er mir nicht vorwerfen – alle wollen es.»

Sie standen auf, streckten sich und gingen weiter.

«Du redest vermutlich vom Buch der Zeiten.» Espera gähnte.

Bryn hätte sich fast verschluckt. Er versuchte reichlich ungeschickt, seine Verblüffung zu überspielen, aber es war zu spät. «Woher weißt du das?»

«Es ist ein Geheimnis. Und meine Aufgabe ist es, Geheimnisse zu kennen.»

«Einige deiner Geheimnisse wüsste ich auch gern.»

«Vielleicht wird eines Tages das Vergnügen ganz auf meiner Seite sein, wenn ich sie dir zeige.» Sie lächelte. «Aber dieser Tag ist noch nicht gekommen.»

«Geheimnisse sind schwer. Und geteilte Bürden leichter.»

Espera lachte und strich sich eine rote Haarsträhne aus dem Gesicht. «Ich könnte es nicht mit meinem Gewissen vereinbaren, sollte ich noch eines besitzen, dich mit zusätzlichen Bürden zu belasten, von denen du doch schon genug hast. Tut mir leid, mein Schatz, Geheimnisse sollen auch geheim bleiben.»

«Das erklärt, warum *du* sie kennst.»

Sie lächelte nur mysteriös, und aus ihren Gefühlen wurde er nicht schlau. Wahrscheinlich hatte sie aufgrund ihrer Verwandtschaft zu Peasmi und Rameon vom Buch der Zeiten gehört, und diese beiden durch den Rat, und in Wirklichkeit wusste sie kaum mehr darüber als das. Das hätte er ihr fast auch so gesagt, formulierte es aber etwas vager, sodass Raum für Interpretationen blieb.

«Gewiss haben Rameon und Peasmi auch ihre Geheimnisse. Geheimnisse, die sie vielleicht mit dir geteilt haben.»

«Die *Prinzessin* und der *Prinz* sind nicht meine Quellen, falls du das meinst.» Ihre vollen Lippen wurden so schmal, wie sie überhaupt je werden konnten.

«Nein, tut mir leid. Ihr kommt nicht sonderlich gut miteinander aus, und … Ich verstehe. Verzeih.»

«Du weißt also vom Tod meiner Eltern. Was du jedoch bestimmt nicht weißt, ist, dass bei demselben Ereignis, das meine Eltern getötet hat, auch die Mutter von Aurgelmir, Peasmi und Raemon gestorben ist.»

Bryn blieb stehen. «Davon … hat Peasmi nichts erzählt.»

«Nein, sie versteht sich gut darauf, den Leuten nur das zu erzählen, was sie wissen sollen, und kein Stück mehr. Sie wird eine prächtige Politikerin abgeben. Tatsächlich gibt es eine Menge, wovon Peasmi dir nichts erzählt hat.»

«Ich bin gespannt», sagte Bryn aufmunternd.

«Opeions Ehe mit Ismelda war keine glückliche. Sein Vater, Aureilius – unser Großvater –, der während des Kriegs um das Tor Imperator war, wollte nach der Zerstörung und Unsicherheit seiner frühen Jahre unbedingt Stabilität herstellen. Das Königreich des Nordens florierte, während die Numenii versuchten, sich vom Krieg gegen die Ostentum zu erholen. Also fürchtete Aureilius natürlich eine Invasion. Inzwischen in fortgeschrittenem Alter, nahm er darum eine Polgarin zur Frau. Sein Plan hatte Erfolg, und es gab keine Feindschaft zwischen den Ländern. Sie gebar ihm Kinder, von denen eines Opeion war. Aber als der Junge erwachsen war, herrschte in Polgarien nicht mehr die Familie seiner Mutter. Also bestand Aureilius darauf, dass Opeion jemanden aus der neuen Familie zur Frau nahm. Nach den zahlreichen Opfern, die die Numenii hatten bringen müssen, um dem Ansturm des Wahnsinns zu begegnen, wollte er Sicherheit um jeden Preis. Seine guten Absichten erwiesen sich als verhängnisvoll.

Opeion stimmte seinem Vater und der Sicherheit des Landes zuliebe zu, und Ismelda und er wurden getraut. In der Zwischenzeit machte der jüngere Bruder einer Frau den Hof, von der es hieß, dass sie Opeions Geliebte gewesen war, bevor die Pflicht den neuen Imperator an Ismelda band. Die Frau war nicht willig – und das spricht für eine starke Persönlichkeit. Egal, jedenfalls brachte dieser jüngere Bruder – mein Vater übrigens – auch eine eigene Geschichte mit. Gewiss, er muss eifersüchtig auf Opeion als den Älteren und Thronerben gewesen sein. Aber so einfach ist das ist.»

Bryn hörte gebannt zu, während sie dahinwanderten. Er freute sich nicht auf das, was noch kommen würde, aber zugleich hatte es etwas Ermutigendes, von den familiären Problemen anderer Leute zu hören. Davon ganz abgesehen war Espera eine Schönheit, und ihren Lippen beim Reden zuzusehen, war ein Genuss, ganz gleich, was sie sagte. Ihr Haar war voll und brachte ihr Gesicht zur Geltung, besonders im Gehen, wenn die roten Locken federten. Bryn mochte die Kringel an den Spitzen.

«Ismelda, Opeions Frau, wuchs in vergleichbaren Umständen auf. Sie war das zweite Kind und die einzige Tochter, kam also als Einzige für eine Heirat in Betracht, soweit es Aureilius betraf, und darüber hinaus hatte ihr älterer Bruder bereits eine eigene Familie, sodass sie als Thronerbin nicht in Frage kam. Unter politischen Aspekten war der Ehe also nur zuzustimmen. Nur darf man nicht vergessen, dass Ismelda und mein Vater immer noch beide neidisch auf ihre älteren Geschwister sind und ihnen den künftigen Thron nicht gönnen. Vielleicht war es anfangs diese Unzufriedenheit, die sie zueinanderführte. Jedenfalls wurden sie im Laufe der gegenseitigen Besuche zwischen den Herrscherfamilien ein Paar. Bis Ismelda mit Opeion verlobt wurde. Aber diese beiden wurden niemals glücklich.»

«Wie traurig», sagte Bryn. «Was für ein Reigen des Unglücks. Aber wo kommt deine Mutter ins Spiel? Peasmi hat gesagt, dass sie auch eine Adelige aus dem Königreich des Nordens war …»

Er verstummte, als er Esperas Blick sah. Sie sagte: «Meine Mutter ist doch längst mit im Spiel. Sie ist sogar die Hauptfigur – oder sagen wir besser, Gegenfigur. Verstehst du, nachdem mein Vater zunächst versucht hat, Opeions alte Geliebte zu erobern, um ihn zu ärgern, nehme ich an, und ihm das nicht gelingt, stellt er nun Ismelda nach. *Nach* der königlichen Hochzeit. Sie war eine leichte Beute; sie waren ja bereits miteinander vertraut gewesen. Ismelda, meine Mutter, hatte inzwischen sämtliche Illusionen verloren, was ihre Macht und Stellung als Königin betraf, und brannte mit meinem Vater durch. So kam ich zur Welt. Aurgelmir war bereits geboren.» Espera hatte grüne Augen, wie Zuola. Sie waren nicht so eindrucksvoll wie bei einer Frau mit schwarzem Haar, aber dennoch bezaubernd.

«Verstehe», sagte Bryn. «Und war das der Grund dafür, dass sie wegen Verrats verbannt wurden?»

«Gewissermaßen. Aber das kommt erst noch. Der Ausflug dauerte nur wenige Monate, dann kehrte sie wieder zurück und behauptete, entführt worden zu sein. Durch meinen Vater. In Wirklichkeit gelüstete es sie wohl nur wieder nach der Stellung der Königin. Sie blieb lange genug fort, um mich zur Welt zu bringen, und dann kehrte sie ohne äußere Anzeichen der Untreue wieder zurück.»

Sie lachte herzlos. «Von mir einmal abgesehen, versteht sich. Ich kam zurück, um sie heimzusuchen, nur dass ich wenige Erinnerungen daran habe, auf welche Weise.»

«Wie alt bist du?», fragte Bryn unvermittelt, fasziniert.

«Ungefähr so alt wie du.»

«Du siehst älter aus.»

«Du auch inzwischen, aber ich sah schon immer älter aus.

Die Macht der Schminke. Das und ein schöner Körper. Das Alter ist Männern egal, wenn ihnen gefällt, was sie sehen.»

«Ich hoffe, du warst nicht gezwungen, ihn herzuzeigen.»

«Ich zeige genug», sagte sie. Da konnte er ihr nur zustimmen – sie zeigte jede Menge. Normalerweise lehnte er solche freizügigen Zurschaustellungen ab; aber solange er der Einzige war, der es zu sehen bekam, konnte er sich nicht beklagen.

Er besah sie sich noch einmal von neuem, nun da sie das Thema selbst angesprochen hatte – ganz offen, nicht so verstohlen wie vorhin. «Aber du hast vorhin angedeutet, dass deine Eltern noch einmal fortgingen.»

«Erst später. Ismelda kehrt also mit dieser Entführungsgeschichte nach Armaah zurück, und alle glauben ihr. Ihre Darstellung leuchtet ein, und so schickt Opeion seinen Bruder in die Verbannung. Ismelda versucht, ihm eine Frau und Königin zu sein, und in rascher Folge kommen Peasmi und Rameon zur Welt. Alles ist eitel Sonnenschein damals, vor rund achtzehn Jahren. Bis ich mit meinem Vater auftauche. Er ist natürlich wütend auf Ismelda und schreckt nicht davor zurück, mich zu benutzen. Und wie er mich benutzt! Er beweist Ismeldas Untreue, weil sie bereits in anderen Umständen war, als sie mit ihm fortgelaufen ist. Wie sich herausstellt, ist sie allein aus dem Grunde geflohen. Kaum war ich geboren, ist sie zurückgekehrt.»

«Und *nun* wurden sie in die Verbannung geschickt», sagte Bryn. Das hier machte fast Spaß, auf eine verdrehte Art. Und er hatte geglaubt, seine Familie hätte Probleme!

«Denke ich mal. Weißt du, Peasmi und die anderen alle drücken sich immer so aus, dass sie möglichst niemanden vor den Kopf stoßen. Jedenfalls, nachdem Vater mit mir auftaucht, flieht sie, Ismelda, mit ihm zurück nach Polgaren. Etwas anderes blieb ihr wahrscheinlich gar nicht übrig. Und wo sie nun schon geflohen sind, tat Opeion nicht viel mehr, als ihrem Verschwinden einen offiziellen Anstrich zu geben, indem er sie wegen Verrats verbannte. Und er wollte sie natürlich nie wiedersehen. Er war weich, er wollte nicht ihren Tod.»

«Aber sie kamen wieder zurück.»

Sie seufzte. «Ja, genau, mit einer polgarischen Streitmacht, und so sorgten sie am Ende selbst für ihren Tod.» Sie sah ihm in die Augen. «So, da hast du dein Geheimnis. Peasmi und ich sind nicht nur über unsere Väter Cousinen, sondern über unsere Mutter auch Halbschwestern. Darum kam bei den gewalttätigen Auseinandersetzungen zugleich meine und ihre Mutter um.»

Bryn war beeindruckt, dass Espera die Geschichte der Schurkereien ihrer Eltern erzählen konnte, ohne mit der Wimper zu zucken. Sie sagte freimütig, wer ihrer Meinung nach was zu verantworten hatte, wobei er deutlich spürte, dass es für sie keine bösen Taten waren, sondern einfach nur Handlungen. Er pfiff leise. «Und dadurch führte Aureilius' Wunsch nach Frieden zwischen den Nationen schließlich zum genauen Gegenteil.»

«Du sagst es.»

«Es betrübt mich, das alles zu hören.»

«Sei nicht traurig. Wir Kinder haben keine hohe Meinung von Ismelda, nicht einmal jetzt, wo das Miststück tot ist. Wir sind auch ohne sie zurechtgekommen. Peasmi nennt sie *meine* Mutter, und ich nenne Ismelda *ihre* Mutter.» Sie lachte. «Am Ende bekam sie wohl, was sie verdient hatte. Die anderen drei sind ohne sie gewiss nicht schlechter aufgewachsen als mit ihr. Wahrscheinlich waren sie sogar besser dran, weil Opeion mehr Zeit mit ihnen verbracht hat und Ismelda eine schlechte Mutter gewesen wäre. Sie haben ihre politischen Lektionen gelernt, und ich habe mir in der Folge angeschaut, wie sich Politik besser durchsetzen lässt.»

«Zum Beispiel?»

Sie lächelte mit geschlossenen Lippen. «Das ist geheim.»

«Dann bist du also im Königreich des Nordens aufgewachsen. Wie ist es da so?»

«Auch nicht anders als hier. Nur kälter.» Sie zuckte die Achseln. «Opeion war ein guter Mensch. Er hat nie wieder geheiratet. Nach der Tragödie mit Ismelda konzentrierte er sich darauf, das Reich zu lenken und seine Kinder großzuziehen – was heutzutage selten vorkommt bei der sogenannten Elite und noch seltener bei den Herrschern. Aureilius war ein alter Mann, der sich neben seiner Sorge um das Wohlergehen des Imperiums nur wenig um Frau und Kinder kümmerte. Schon witzig, dass sein Versagen auf dem einen Gebiet den Ruin des anderen verursachte. Aber das weißt du selbst.»

Schweigend gingen sie mehrere Minuten nebeneinander her, und der steinige Pfad führte sie von der nackten Erde gewisser Berge in eine lieblichere Gegend, wo Bäume Schutz vor der Sonne boten und Bächlein die moosbewachsenen Hänge hinabliefen.

«Er bot mir an, mich als seine Tochter aufzuziehen, weil ich die Tochter seiner Frau war … Aber selbst als meine Eltern schließlich gefasst wurden, in diesem jungen Alter, wusste ich, dass es ihm jedes Mal das Herz brechen würde, wenn er mich sah, weil es ihn an Ismelda erinnerte.» Espera runzelte die Stirn, wie im Gedenken an ihn. «Ich hätte ihn gern zum Vater gehabt. Ich mochte ihn. Aber ich wäre ein Schandfleck auf seinem guten Namen gewesen, ohne dass er etwas dafürkonnte.» Sie sah weg. «Das konnte ich nicht zulassen. Aber er war mir bei den wenigen Malen, die wir einander später besuchten, ein guter Onkel. Er brachte mir in keinster Weise Groll entgegen, und dafür bewundere ich ihn am meisten.»

«Was ist aus dieser anderen Frau geworden? Opeions erste Geliebte, die seinen Bruder verschmäht hat. Hätte er stattdessen nur sie geheiratet …»

«Dann gäbe es mich gar nicht!» Sie sah ihn mit hochgezogenen Brauen an. «Oder es hätte alles ein gutes Ende genommen. Da hast du recht. Aber ich habe keine Ahnung, was aus ihr geworden ist … und hege auch nicht den Wunsch, sie kennenzulernen.»

Wieder schwiegen sie, und Bryn überlegte, wie sehr er sich doch in seiner Einschätzung Esperas geirrt hatte und wie froh er war, sie gerade bei sich zu haben. Sylvata flog über ihnen dahin und genoss die milde Brise. Sie war wirklich gewachsen. Zum ersten Mal seit ihrem ersten Flug spürte Bryn Dankbarkeit, dass sie nicht fortgeflogen war. Er war immer dankbar für die Gesellschaft des Adlerweibchens, aber ihm war nie in den Sinn gekommen, wie leicht es ihn hätte verlassen können.

Das Nächste, was er mitbekam, war, dass er keuchend auf dem Boden lag. Er öffnete die Augen, und vor ihm ragten hellgrüne junge Grashalme aus der festen Erde.

«Was hast du gesehen?» Espera klang besorgt.

Er rollte den Kopf zu ihr herum. «Gesehen?»

Sie lächelte süffisant. «Du hast mir doch schon oft von deinen Visionen erzählt.»

«Es ist ganz hier in der Nähe!», entfuhr es ihm. «Gar nicht weit weg diesmal.»

«Was?»

«Weiß ich nicht … noch nicht. Das Buch. Oder etwas ähnlich Wertvolles. Was auch immer, es wäre dumm, nicht dorthin zu gehen.»

«Ja», sagte sie ruhig. «Das wäre es.»

«Nicht weit von hier gabelt sich der Weg, der eine führt zurück in den Amboss, der andere weiter die Ausläufer hinab. Ich brauche nur dem steileren Weg ein Stück zu folgen. Du müsstest die Gabelung im Auge behalten. Wir müssen damit rechnen, dass wir Gesellschaft bekommen. Pass jedenfalls gut auf. Eine kurze Warnung ist alles, was ich brauche. Kannst du das für mich tun?»

Sie nickte mit großen Augen. «Aber woher weißt du, dass du diesen Visionen trauen kannst?»

«Ich tu's eben. Keine Sorge, ich bin nicht lange weg.» Er stand auf, klopfte sich die Kiefernnadeln von den Kleidern und ging in fieberhaftem Tempo weiter. Die Wolken waren dunkler geworden seit seiner Ohnmacht. Was für ein Glück, dass er gerade hier war, auf ebendem Pfad, der zum Schatz führte! Diesmal würde er allen zuvorkommen. Er wusste noch nicht genau, um was es sich handelte, hatte aber den Eindruck, dass es ein großer Schritt zur Entschlüsselung des Buchs der Zeiten war, ein fehlendes Bindeglied, ein Faden, der einen durchs Gewirr leitete.

Espera hastete ihm nach, bedrängte ihn mit Fragen und Warnungen, doch sie erhielt nur die allerknappsten Antworten, aus denen sich kaum schlau werden ließ. Als sie an der angekündigten Abzweigung ankamen, blieb er kurz stehen und wandte sich um.

«Falls mir irgendetwas zustößt, geh zurück nach Eisenfels und sag ihnen Bescheid. Kümmere dich nicht um mich, sondern bring dich in Sicherheit.»

Sie antwortete zwar nicht, aber er spürte Ablehnung in ihr, Ungehaltenheit über seine bevormundenden Worte. Vielleicht auch etwas anderes. Gefühle waren etwas Merkwürdiges, selbst wenn man sie wahrnehmen konnte. Doch er wandte sich zu schnell ab, um den seltsamen Blick mitzubekommen, den sie ihm zuwarf. Er sah weder den Blick, noch spürte er die Emotionen, die ihn ausgelöst hatten.

«Geh nicht!», rief sie ihm nach, aber er war bereits auf dem Weg und ignorierte ihren Gefühlsausbruch.

Rasche Schritte trugen Bryn den steilen Pfad hinauf, der sich immer schmaler durch die höher werdenden Hänge zu beiden Seiten zog. Die Klaue des Todes glitt in seine heile Linke, und er schrumpfte ihre Klinge der besseren Beweglichkeit wegen zu der eines Kurzschwerts ein. Er sandte das Gefühl von Neugierde zu seinem Vogelmädchen hinauf, worauf Sylvata prompt tiefer über seine Umgebung hinwegglitt, sodass er das Gebiet überwachen konnte. Es war niemand anders zu sehen. Er war fast dort.

Der Weg wurde noch schmaler, verlor sich fast in der üppigen Pflanzenwelt. Über ihm verflochten sich Äste zu beiden Seiten des Pfads wie verschränkte Finger aus Holz, wie die Hände von Sportbegeisterten, die einen Tunnel bildeten und ihn anfeuerten. Der Himmel war nicht mehr zu sehen. Dornenzweige rankten sich über den Boden, zerkratzten seine Stiefel und zogen an seinen Hosen. Vor ihm schien der Pfad im Unterholz zu verschwinden, sich in grüne und braune Flecken aufzulösen, schmaler zu werden, bis nichts mehr von ihm übrig blieb.

Im Näherkommen erkannte Bryn einen der Gründe dafür: Wo der Hang auslief, versperrte eine riesige alte Eiche den Weg, die mit plötzlicher Endgültigkeit aus dem Boden emporwuchs. Um ihren knorrigen Stamm herum wucherten kleinere Pflanzen. Die Geräusche der Außenwelt blieben zurück, als hätte er ein Gebäude betreten. Eine Brise wisperte durch das ihn einschließende Laubwerk und kitzelte den Eichenbaum. Ein übernatürlicher Luftzug, der seine mächtigen Äste bewegte, die Blätter der geringeren Pflanzen jedoch auf irgendeine Weise unbewegt ließ, unberührt. Der ihm wie eine geisterhafte Stimme in einer vergessenen Sprache etwas zuflüsterte. Er hatte das Gefühl, ein Heiligtum betreten zu haben, als enthielte dieser Ort des Friedens irgendeinen Balsam für die Seele.

Merkwürdigerweise kannte er den Baum gar nicht aus seiner Vision. Sein Ziel lag dahinter. Er ließ sich Zeit beim Vorbeigehen; seine Füße folgten dem Erdboden um die steinharten Wurzeln herum, seine Finger zogen die zerklüfteten Muster der Rinde nach. Er holte tief Luft, und für einen Moment waren die Nöte der Vergangenheit und die Ungewissheiten der Zukunft vergessen.

Dann fiel ihm die Dringlichkeit seiner Vision wieder ein, und er schob sich an dem Baum vorbei, ohne auf die Dryaden zu achten, die in ihm wohnen mochten. Hinter der Eiche öffnete sich das Gestrüpp, und der Pfad wurde wieder sichtbar, führte weiter. Bryn sah Sylvata, die, wie er fühlte, froh war, dass ihr Herr wieder ins Freie getreten war. Bald erkannte Bryn seine Umgebung – das abfallende Tal und den ausgedehnten Hang, der in die Ambossberge hinaufführte. Aber so weit war der Schatz nicht weg.

Trabatra im Rücken, trabte Bryn die letzten hundert Meter den Hügel hinab und hielt die Augen offen, falls es einen Hinterhalt gab. Sein Handgelenk trug noch die Spuren seiner Sorglosigkeit vom Vortag, und er hatte nicht vor, noch einmal einen solchen Zusammenstoß zu erleben, der nur mit dem Tod enden konnte. Wenigstens konnten Telseara und Dordios diesmal nicht mit hineingezogen werden. Doch als ihm wieder einfiel, wie sie über ihm gestanden hatten und der Tahl Uthnae sich brüllend zurückgezogen hatte, kam er sich einsam und verwundbar vor. Irgendetwas in den jungen

Barue hatte die dunklen Krieger weit effektiver in die Flucht geschlagen als seine wilden Attacken.

Dann entdeckte er sie weiter vorn – die Schatulle. Sie lag neben dem Pfad auf einer Lichtung, in der Umarmung junger Zweige, und wartete nur darauf, gefunden zu werden. Wer in aller Welt hatte sie dort zurückgelassen? Auf einmal ergab diese ganze Geschichte mit dem Buch der Zeiten keinen Sinn. Das war genauso wie mit dem Bündel gestern, das in der Quelle hätte versteckt liegen müssen, wo er sich stattdessen beinahe den Arm abgerissen hatte. Wer würde es dort verstecken? Und wie kamen die anderen, die Tahl Uthnae zum Beispiel, darauf, wo es lag? Wie funktionierte das? Legte irgendein Gott oder Geist den nächsten Schatz einfach dort ab, wo es ihm gefiel?

Wie auch immer das vor sich ging, dort war die Schatulle, und hier war er. Vorsichtig trat er näher an die mit Schnitzwerk verzierte Truhe heran und begutachtete die Schnörkel. Sie kamen ihm vage bekannt vor. Unter der Bemalung und dem Blattgold meinte er Eichenholz zu erkennen. Die Schatulle konnte doch nicht aus dem Baum gemacht sein, den er gerade passiert hatte, oder doch? Vielleicht hatte der heilige Baum sie irgendwie wachsen lassen. Vielleicht war an dem Ganzen ein übernatürliches Element beteiligt. Vorsichtig entzog er die Truhe dem Griff der Äste, umfasste den Eisengriff und zog. Der Deckel besaß kein Schloss und ging ganz leicht auf. Zu leicht.

Eine Explosion schoss aus der Truhe, zerfetzte das Holz und ließ Splitter fliegen. Bryn riss sich schützend die Arme vors Gesicht. Eine sengend heiße Luftwelle schleuderte ihn durch die Luft, in einem violetten Aufflammen. Seine Waffe wurde ihm aus der Hand gerissen. Das alles geschah in völliger Lautlosigkeit, dieser Blitz von unglaublicher Wucht schien alle anderen Geräusche sogar zu verschlucken. Oder vielleicht hatte die Detonation seine Sinne auch dermaßen verwirrt, dass er nichts mehr richtig mitbekam.

Selbst in diesem apokalyptischen Moment machten sich die Stunden mit Meister Vallon bezahlt, und er blieb geistesgegenwärtig. Bryn nutzte die Wucht der Explosion als einen Schutzschild für seinen Körper.

Vor seinen Augen verschwamm alles in Rosa. Während er durch die Luft flog, schoss ihm ein letztes Bild durch den Kopf, aber er konnte nicht einschätzen, ob es wirklich war. Er meinte, ein entsetztes Gesicht zu sehen – Esperas. Dann wurde er gegen einen Baum geschleudert, krachte mit betäubender Wucht in den Stamm und fiel ins darunterliegende Gesträuch.

Als er die Augen öffnete, quälten ihn die entsetzlichsten Kopfschmerzen. Seine Augen taten bei jeder Bewegung weh. Blinzeln war noch schlimmer. Er versuchte aufzustehen, aber das war zu viel für seinen Kopf, also zog er sich Richtung Pfad. Jedes Rascheln eines Blattes war scharf und laut. Also hatte er nicht das Gehör verloren. Er erreichte den Wegrand und teilte mit zittriger Hand die Zweige. Wo die Truhe gestanden hatte, qualmte nun ein kleiner Krater.

Sylvata kreischte besorgt, doch er hätte gern auf ihre Bekundung von Mitgefühl verzichtet, denn die Schreie stachen ihm ins Hirn wie Spieße. Er schleppte sich zu einem Stein, sank darauf und barg seinen schwindeligen Kopf in den Händen. Dabei fielen ihm die Splitter in den Handflächen auf. Sie mussten ihn erwischt haben, bevor er den ergeomorphischen Schild hatte errichten können. Oder vielleicht hatte er ja auch versagt; einen so raschen, so schwierigen Zauber hatte er noch nie versucht. Das Hämmern in seinem Kopf ließ langsam nach, und damit lenkte ihn dieser Schmerz nicht länger von seinen anderen Verletzungen ab. Statt des Kopfschmerzes nahm er nun diverse Prellungen und einen Splitter von der Größe seiner Hand wahr, der ihm das Hemd und die Brust zerstochen hatte.

«Sie sind mir schon wieder zuvorgekommen», wollte er zu Sylvata sagen, die in der Nähe auf einem Ast saß. Doch als er den Mund öffnete und zu sprechen versuchte, konnte er nur husten. Jeder Atemzug rasselte in der Lunge. Es führte zu einem Hustenanfall, der im Ausspucken von blutigem Speichel endete. Sylvata schwang sich von ihrem Ast und landete auf seiner Schulter. Ihre Klauen kneteten das dicke Leder seiner Culmus-Sangui-Kleidung.

Bryn dachte über die Ereignisse der letzten Tage nach. Nun war ihm klar, dass niemand ihm zuvorgekommen war. Er war nicht zu spät gekommen. Die Truhe war von Anfang an für ihn bestimmt gewesen.

«Sylvie, ich glaube, jemand versucht, mich zu töten.»

Dieses Wissen gab ihm neue Kraft, und er zwang sich auf die Füße, verfluchte seine Torheit und die Selbstüberschätzung, die ihn dazu verleitet hatte, sich als auserwählt zu betrachten. Es hatte einmal funktioniert, aber inzwischen wusste der Herr der Tahl Uthnae offenbar, dass er eine Klaue des Todes besaß. Seine Waffe. Er brauchte sie.

«Madua!», krächzte er. Schwert. Ein besseres Wort fiel ihm nicht ein, aber es war der Gedanke, der zählte. Das Wort begleitete seine Gedanken nur. Bryn streckte erwartungsvoll die Hand aus, während er es sprach. Ein Rascheln im Buschwerk kündigte die Reise der Klaue an. Sie flog in seine Hand, in derselben Gestalt, die sie vor der Explosion gehabt hatte. Er war mit der Klinge verbunden; er konnte sie nicht zurücklassen, selbst wenn er es wollte. Er beschloss, nicht den Pfad zu nehmen, sondern lieber die Anhöhe zu dessen Seite; von dort

aus konnte er jeden sehen, der sich näherte. Die Bewegung des Windes und seiner Kleider reizte seine wunde, versengte Haut. Schweratmend schlurfte er dahin.

Da war schon jemand! Im Wald zu seiner Rechten. Er glitt in den Schutz eines Baumes, um die Gestalt zu beobachten. Es war kein Tahl Uthnae. Es war nicht einmal ein menschliches Wesen, wenn auch menschenähnlich. Er schmunzelte ungläubig: Es war ein Plimp!

Bryn stolperte aus seinem Versteck auf dieses Märchenwesen zu und steckte rasch sein Schwert weg. Er war erst einem einzigen Plimp begegnet. Es waren merkwürdige, aber höchst liebenswerte Geschöpfe. Dieser Plimp vor ihm war anscheinend damit beschäftigt, sich abzuklopfen. Dies tat er mit heiligem Ernst, mit entschlossenen, feierlichen Bewegungen seiner langen Arme. Sein Fell war lang und büschelig und von weit hellerer Farbe als Kik-Eritees damals, was für Bryn ein Hinweis darauf war, dass er wesentlich älter als sein Freund sein musste. Sie waren nur noch ein paar Schritte voneinander entfernt, und noch immer hatte der Plimp keine Notiz von ihm genommen.

Als er mit seinen Beinen fertig war, richtete er sich auf, und auf seiner Brust kam wuscheliges weißes Haar zum Vorschein. Die buschigen Augenbrauen hoch- und die Mundwinkel nach unten gezogen vor Konzentration, nahm er sich nun seine Arme vor, wischte auch sie mit würdevollen Wischbewegungen sauber. Er erinnerte an einen Boxer, der sich nach dem Kampf die Hände abklopfte.

«Sei gegrüßt, edler Plimp!», sagte Bryn.

Der Pelzige verharrte. Eine lockige Augenbraue zog sich noch höher als die andere. Er sah Bryn beiläufig an.

«Oh, halli-hallo.» Seine Stimme klang ähnlich merkwürdig wie Kik-Eritees, ein bisschen gequetscht, aber sie war tiefer.

Er gab sich sehr vornehm bei seiner Begrüßung und winkte hoheitsvoll.

«Was machst du hier?», fragte Bryn.

Der Plimp wurde ganz starr. «Keine Manieren, die Jugend, was?», rief er aus und glotzte Bryn aus großen Augen an.

«Wie bitte?»

«Namen!», kiekste er. «Zu groß der Herr für Vorstellungen, was?»

«Oh, das tut mir furchtbar leid. Mein Name ist Bryn Bellyset.» Er verneigte sich mühsam. «Sehr erfreut, dich kennenzulernen.»

«Jaaaaaa.» Der Plimp verzog traurig das Gesicht, fast resignierend. «*Mich* tut er nicht nach Namen fragen, was?», brummelte er vor sich hin. «Tut nicht mal die Füße anfassen.»

Bryn verschlug der Hochmut des Plimpes die Sprache. Bevor er sich wieder so weit beisammen hatte, dass er fragen konnte, wie er hieß, kam ein zweiter Plimp hinzu. Die locker herabhängenden Arme des schlaksigen Jüngeren baumelten so heftig hin und her, als ob es nur Anhängsel seines Oberkörpers wären. Er blieb respektvoll vor dem Älteren stehen, einen Kopf größer.

«Alles erledigt, O Kishmish», sagte Kik-Eritee und sah dem alten Plimp bewundernd in die dunkelbraunen Augen.

«Gut gemacht», sagte Kishmish, ohne den Blick von Bryn zu wenden. Da erst sah der jüngere Plimp auf und begriff, dass sie Gesellschaft hatten.

«Bryn Bellyset!» Er sprang in die Luft vor Freude und kam angesaust, um wie ein Hund an seinem Gesicht zu schnüffeln. Bryn spürte, dass es ein Ausdruck von Zuneigung war.

«Kik-Eritee!» Er lachte. «Was machst du denn hier?»

Der jüngere Plimp versuchte, sich so gerade zu halten wie

sein Mentor und sagte mit förmlicher Stimme: «Ich tu Großgeneral Kishmish zur Festigung der Loyalisten begleiten. Die Plimpe wollen kundschaften und gegen Verschwörer mithelfen.» Er salutierte mit schlaffer Hand.

«Das ist gut», sagte Bryn. «Aber –»

«Uuund duuu?» Kik-Eritee zog die Vokale albern in die Länge; gleichzeitig wurden seine Augen größer, seine Stimme höher, und er schob den Hals vor.

«Ich – äh – bin – gegangen.» Bryn räusperte sich. «Um meine Familie zu besuchen.»

Kik-Eritee schlug erfreut die langen Hände zusammen. «Die Familie!», rief er aus. «Sooo herzvoll!» Der junge Plimp fing an, sich selbst zu umarmen und imaginäre Familienmitglieder um sich herum zu knuddeln. Er tätschelte dem einen den Kopf und kniff dem anderen in die Wange, kurz: Er gab ein Bild ab, für das sich jeder Schizophrene geschämt hätte.

«Kiks, tu dich beruhigen.» Kishmish riss das Kinn hoch, damit er den Jüngeren anfunkeln konnte. Der schluckte und nahm wieder Haltung an.

Bryn unterdrückte ein Lachen. «Aber ich dachte, ihr Plimpe würdet euch nie in unsere Angelegenheiten mischen.»

General Kishmish glitt ein Stück näher. «Oh, wir tun schon einmischen – doooch!» Er wackelte mit den Augenbrauen. «Wenn nicht, wär nix zum Einmischen mehr da.»

«Und warum habt ihr dann nicht euer Heer mobilisiert, als die Nachricht von den Ostentum –»

Kishmish schrie auf, als hätte ihn etwas gestochen. Ein Beben durchlief ihn, das er wieder loszuwerden versuchte, indem er wild den Kopf hin und her schüttelte. Da er den Mund dabei offen hatte, führte das zu einem schlabberigen Geräusch.

«Verstehe», sagte Bryn rasch.

Der Plimpgeneral schüttelte sich ein letztes Schaudern aus dem Leib. «Na, eigentlig hatten wir mit *denen* diesmal gar nicht zu tun. War bloß ein Märchen von arme irre Barue.»

Kik-Eritee trat unbehaglich von einem Fuß auf den anderen und brummelte etwas in sein Kinnfell.

Der General sagte: «Waswas? Tu sprechen, Kind», und Kik-Eritee verstummte völlig.

«Na, wir sind froh, dass ihr jetzt kommt», wechselte Bryn rasch das Thema. «Kennt ihr den Weg?»

Der alte Kishmish lachte glucksend, als hätte Bryn ihn gefragt, ob er seinen eigenen Namen wusste. «Ob wir … den Weg … kennen tun … Den *Weg – kennen*?»

Bryn ermahnte sich und schlug mit der Hand an sein Schwert. «Ich muss weiter. Eine Freundin ist in Gefahr.»

Kishmish winkte ab. «Ist nicht mehr gefährlig. Plimpe haben Gefahr weggemacht. Tu gucken kommen.»

Mit einer lässigen Handbewegung bedeutete er ihm zu folgen. Bryn warf einen zweifelnden Blick in die Richtung, in der Espera sich befinden musste, und ging mit. Seinetwegen hätte der Plimp ruhig schneller gehen können. Kishmish marschierte dahin, als führte er vor Zuschauern eine Parade an. Kik-Eritee trottete neben ihm her und achtete sehr darauf, den General nicht zu überholen, aber er war so voller Energie, dass er immer wieder die Seiten wechselte und mit vielen winzigen Schritten hin und her hüpfte. Und die ganze Zeit achtete er auf jedes Schnurrhaarzucken seines Herrn.

Sie marschierten durch die Bäume zu einer anderen Lichtung, wo Kishmish mit einem Stampfen haltmachte. Auch Bryn ließ den alten Plimp nicht aus den Augen, doch weniger aus Gründen der Bewunderung. Einfach weil er so lustig aussah – was er tat, wie er sich bewegte, sein Gesicht, alles. Dass er sich dermaßen wichtig nahm, machte es nur noch lustiger.

Tatsächlich war Bryn so gebannt, dass ihm die schwarzen Kleider erst auffielen, als er direkt vor ihnen stand.

Er zählte neun Stück. Sie flatterten in der Brise. Es waren Umhänge oder Roben, tiefschwarz hingen sie an den Bäumen wie Wäsche an einer Leine zum Trocknen. Bryn konnte es nicht fassen. Ihm fielen die Kringel auf der explodierenden Schatulle wieder ein, und nun wusste er, wo er sie schon einmal gesehen hatte.

«Ihr … ihr habt die Tahl Uthnae getötet. Und mir so das Leben gerettet.»

Die Plimpe schienen es nicht zu begreifen. Sie sahen einander hilfesuchend an. Bryn betrachtete die Kleider näher. Es bestand kein Zweifel – selbst die grinsenden Masken waren daran befestigt.

«Und ihr seid nur zu zweit?» Kik-Eritee nickte und stellte neugierig den Kopf schräg. Bryn konnte es nicht fassen. Zwei Plimpe besiegten neun Tahl Uthnae! Dann kam ihm ein anderer Gedanke: Was, wenn die Tahl gar nicht bezwungen worden waren? Wenn ihre Kleider hier darauf *warteten*, angelegt zu werden? Aber Kishmish hatte erklärt, es sei nicht mehr «gefährlig» und die Plimpe hätten die Gefahr «weggemacht».

«Ihr habt die Tahl Uthnae besiegt?», fragte er ungläubig.

Kishmish betrachtete ihn mit zusammengekniffenen Augen und machte ein konzentriertes Gesicht, als läge in Bryns Worten womöglich eine verborgene Bedeutung.

«Dann danken Espera und ich euch. Ihr habt uns wahrhaftig gerettet.»

Der alte General ging zu den leeren Kleidern und schüttelte eines. «Das sind heilige Plimpgründe hier!», rief er. «Die sind eingedringt, und jetzt dringen sie wieder aus! Hm!» Er nickte, augenscheinlich sehr zufrieden mit dem Lauf der Ereignisse.

Bryn schmunzelte und schüttelte den Kopf. «Das freut

mich zu hören. Aber ich sollte nun zu meiner Freundin zurückkehren, sie wird sich Sorgen machen.» Er hielt inne. «Mir fällt da etwas ein …»

Zehn Minuten später kehrten zwei Plimpe und ein schwarzgekleideter Krieger zu der Weggabelung zurück, wo ein Pfad zu dem heiligen Eichenbaum und in den Amboss hinaufführte. Bryn hegte den Verdacht, dass der General sich gegen das Tragen der Kleider ausgesprochen hätte, wenn Kik-Eritee dafür gewesen wäre. Aber Kik-Eritee hatte die Gewänder der Tahl Uthnae für «unrein», «verunreinigt» und «böse» erklärt, und so hatte Kishmish ihn zurechtgewiesen, dass es doch «nur Kleidiger» wären, und Bryn zu der guten Idee gratuliert. Darum trug Bryn nun das Gewand seiner Feinde und war sogar so weit gegangen, sich die Maske überzuziehen.

«Tut Unglück bringen», hatte Kik-Eritee gebrummelt. Er warf nun immer wieder misstrauische Blicke in seine Richtung. Bryn scherte sich nicht darum.

Als sie an der heiligen Eiche vorbeikamen, sah er im Augenwinkel etwas direkt neben sich schwingen.

Bryn sah nach unten und stellte entsetzt fest, dass an seiner Schulter nicht sein Arm hing, sondern der eines Monsters. Anstelle der Finger sprossen ihm Klauen aus dem Fleisch, drehten sich aus den Knochen seines Handgelenks heraus, ließen Blut aus einem Loch in seiner Handfläche triefen wie aus einem Maul. Bryn konnte einen Aufschrei nicht verhindern. Er spürte keine Veränderung: Also war nicht er anders geworden, sondern sein Blick oder seine Umgebung. Er brauchte nicht lange darüber nachzudenken. Sie befanden sich in einem Gelände, das die Plimpe als heilig betrachteten, und anscheinend offenbarten die Dinge hier ihr wahres Wesen. Abgestoßen und voller Scham presste Bryn den Arm an seine Seite und ging weiter neben seinen Gefährten her, damit sie ihn nicht sahen. General Kishmish sah ihm flüchtig in die Augen, als ob er genau wusste, was Bryn tat, reagierte ansonsten aber in keiner Weise. Bryn konnte nur hoffen.

Er hielt den Atem an, bis der Pfad hinter dem Eichenbaum nach unten führte und sein Arm wieder wie menschliches Fleisch aussah.

Vielleicht, dachte Bryn und war jetzt einer Panik nahe, *können die Plimpe die ganze Zeit über mit den Augen der Unsichtbaren Welt sehen.*

«Espera?», rief Bryn, als sie die Abzweigung erreichten, an der er die Frau zurückgelassen hatte. Er nahm die schwitzige Maske ab. «Alles in Ordnung, ich bin's, Bryn. Das hier sind Freunde. Du wirst es nicht glauben, aber es sind …»

Er verstummte, als Espera ins Freie gestolpert kam. Ihr war anzusehen, dass sie geweint hatte.

«Bryn! Du … lebst.» Sie riss sich rasch wieder zusammen. «Ich erkenne Plimpe, wenn ich welche sehe.» Sie verneigte sich zu Kishmish und Kik-Eritee hin, die sich ebenfalls verneigten. Bryn war verblüfft. Die meisten Leute hielten Plimpe nur für Märchenwesen, während Espera offensichtlich schon einmal welchen begegnet war. Noch verwirrender war jedoch die förmliche, beinahe unterkühlte Art, mit der die Frau und die Plimpe einander begrüßten. «General Kishmish, hättet Ihr die Güte, uns einen Moment zu entschuldigen?»

Der Alte nickte großmütig. Espera lenkte Bryn einige Schritte von den anderen fort.

«Woher wusstest du, dass er General Kishmish ist?», fragte Bryn.

Espera schnaubte. «Er ist der berühmteste lebende Krieger der Plimpe in ganz Calaspia. Wer hat noch nicht von ihm gehört? Er ist praktisch unbesiegbar.»

«Hört sich ganz nach Galar an. Aber dass du ihn *erkannt* hast? Seid ihr euch schon einmal begegnet?»

«Gewissermaßen.» Sie wischte sich die Tränen aus den Augen und sah ihn an. «Woher hast du diese Kleider?»

«Die Tahl Uthnae waren hier. Zum Glück haben die Plimpe … Warum hast du geweint?»

Erneut rollten ihr stille Tränen die glatten Wangen hinab und hinterließen dunkle Striche von irgendeiner Art Schminke. «Als du diesen Weg genommen hast, rechnete ich damit, dass du sterben würdest. Also habe ich versucht, dich davon abzuhalten.»

«Wie kamst du auf diese Idee?» Bryn hatte keine Ahnung, was in ihrem Kopf vor sich ging, und aus ihren Gefühlen wurde er auch nicht schlau. Frauen!

«Ich kam nicht auf irgendeine Idee, ich wusste es!», fauchte sie. «Du begreifst nicht. Ich hätte dich mit Gewalt festhalten sollen.»

«Weine nicht, es ist doch alles in Ordnung. Es ist nichts passiert.»

«Wären die Plimpe nicht dort gewesen, wärest du jetzt tot», schluchzte sie.

«Ja, und du auch.» Bryn wollte ihr Kinn anheben, aber sie schüttelte den Kopf.

«Nein, ich nicht», flüsterte sie. «Mir hätten sie nichts getan.»

Bryn warf einen Blick über die Schulter und sah, dass die Plimpe noch mit Sylvata beschäftigt waren.

«Ich wusste, dass sie kommen», fuhr Espera fort, «und habe dich nicht gewarnt. Ich habe dich ihnen in die Hände gespielt.»

35. KAPITEL

Okolnit

Bryn glaubte zu wissen, was das hieß. Die letzte Person, die so viel von Okolnit gesprochen hatte, war Jasper gewesen. Und er stand in Okolnits Diensten, wie sich herausgestellt hatte. Jetzt passte alles zusammen.

«Du wolltest meinen Tod?»

«Ich *wollte* ihn nicht.» Espera verzog das Gesicht. «Am Anfang war es mir egal. Dann nicht mehr.»

«Dann warst du das, im Gebüsch, bevor ich ohnmächtig geworden bin.»

Espera sah überrascht aus, nickte aber. «Ich bin dir nachgegangen. Als du das Bewusstsein verloren hast, hab ich versucht, dich vor den Tahl zu verstecken. Dann bekam ich es mit der Angst …»

«Aber was hast du mit der Sache zu tun? Was weißt du von den Tahl Uthnae? Wäre ich allein gewesen, hätte ich auch nicht anders gehandelt. *Du* hast doch nicht die Fallen gestellt, oder?»

Ihm fiel wieder ein, wie sie ihm, vor wenigen Stunden nur, das Handgelenk verbunden hatte. Soweit er das sagen konnte, und er war immerhin ein Barue, hatte sie diese Arbeit mit ernstlicher Besorgnis erledigt. Zu seiner Erleichterung schüttelte sie den Kopf.

Er versuchte zu lachen. «Warum gehst du dann so hart mit dir ins Gericht?»

«Sie wussten, wo ich war.» Espera berührte den Smaragd an ihrer Halskette. «Sie wussten, wo du warst. Sie hätten dich wahrscheinlich auch allein in den Tod locken können, das stimmt, aber ich hätte die Sache beschleunigt. Ich habe nichts unternommen, um sie aufzuhalten.»

«Dann arbeitest du für Okolnit?»

Sie nickte. «Er ist gut zu mir. Ich bin aus freiem Willen dort. Ich habe seine Befehle noch nie in Frage gestellt. Es ist eher … eine Partnerschaft. Wir profitieren beide davon.»

«Warum will er meinen Tod?»

«Das weiß ich wirklich nicht. Es ist ziemlich verwirrend. Er behält solche Sachen für sich.»

«Gibt er viele Mordaufträge?»

Espera hob eine Braue. «‹Viel› ist relativ.»

«Dann arbeiten die Tahl Uthnae auch für Okolnit?»

«Er ist ihr Herr.»

Bryns Gedanken und Gefühle überschlugen sich. Er zwang sich zur Ruhe. Er war verwirrt und kam sich betrogen vor, aber merkwürdigerweise traf ihn das nicht sonderlich. Er kannte Espera erst seit ein paar Wochen – oder hatte geglaubt, sie zu kennen. Sie hatte ihm wenig bedeutet, aber etwas Faszinierendes an sich gehabt. Nun wuchs die Faszination. Während er an seiner Verkleidung hinabsah, nahm ein Plan Gestalt an. Am Ende gewann die Entschlossenheit über seine anderen Gefühle die Oberhand.

«Es tut mir leid», sagte Espera leise.

«Danke für deine Ehrlichkeit. Du hättest deine Überraschung verbergen und so tun können, als wäre gar nichts geschehen. Das weißt du doch, nicht wahr?»

Sie lächelte rätselhaft mit geschlossenen Lippen, schon fast wieder die Alte. «Ich bin nicht dumm. Natürlich hätte ich das tun können. Aber das hat mir mein Gewissen nicht gestattet, und ich höre mein Gewissen nicht oft.»

«Dann danke deinem Gewissen. Aber was tue ich jetzt? Was hättest du getan, wenn die Tahl mich erledigt gehabt hätten?»

Sie zuckte die Achseln. «Zu Okolnit zurückkehren.»

«Und er ist wo?»

Sie wischte sich die letzten Tränen aus dem Gesicht und seufzte. «Er besitzt viele Anwesen. Die wichtigsten befinden sich in Bel-Tued und Armaah. In Itrim hat er natürlich auch ein Haus, noch aus seiner Zeit als Lehrmeister.»

«Bevor er hinausgeworfen wurde. Das war sicher ein Schlag.»

Espera lachte auf. «Ein Schlag? Er hat es doch nur aus einem einzigen Grund so weit kommen lassen, dass man ihn hinauswarf: weil er es nicht mehr nötig hatte, die Gesetze heimlich zu brechen. Er war inzwischen so mächtig, dass er sie ganz offen brechen konnte.»

Bryns Unsicherheit wuchs. Die Gesetze des Ordens von Itrim ganz offen brechen? Er kratzte sich das Kinn und dachte nach. Schließlich traf er eine Entscheidung. «Hör mal. Die Plimpe sind auf dem Weg nach Eisenfels, und ich werde sie nicht begleiten. Ich brauche deine Hilfe – wenn du mir helfen willst.»

Sie straffte sich. «Naturlich, Bryn, was immer ich kann. Ich könnte Okolnit zum Beispiel sagen, dass du tot bist, und –»

«Nein. Ich will der Sache auf den Grund gehen. Ich möchte, dass du mich mit zu Okolnit nimmst.»

Sie sah ihn fassungslos an. «Bist du verrückt? Er will deinen Tod!»

«Und ich will herauskriegen, warum.»

Sie biss sich auf die Lippe. «Dafür gibt es nur einen Grund, weil du ihm in die Quere gekommen bist. Das sollte man nicht tun.»

Bryn fiel wieder ein, als wäre es in einem früheren Leben gewesen, wie Dordios von Leuten entführt worden war, die sich als Apheristenbrüder ausgegeben hatten. Sie hatten Bryn ermahnt, in Wenfeld zu bleiben. Im Gegensatz zu den Beobachtern Wenfelds, den Numeniisoldaten, die die Barue und ihre Ostentumgeschichte im Auge behalten wollten. Nun wusste Bryn mit Sicherheit, dass diese beiden Vorfälle einander zwar ähnelten, aber nichts miteinander zu tun hatten.

Nun kannte er einen weiteren Teil des Rätsels. Aus irgendeinem Grunde hatte Okolnit gewollt, dass er in Wenfeld beziehungsweise später in Neuquivelda blieb. Und als sich herausstellte, dass Bryn sich dem entzogen hatte, wollte er seinen Tod. Ihre Dordios-Bryn-Täuschung hatte funktioniert – eine Zeitlang. Das war nun vorbei. Aber warum hatte Okolnit überhaupt so lange gebraucht, sie zu durchschauen? Die Leute von Neuquivelda waren durchsucht, verhört und sogar gefoltert worden … *nachdem* Jasper sie im Amboss gefunden hatte. Warum die Unsicherheit? Bryn bereute es, Jasper nicht auf der Stelle getötet zu haben.

Aber es brachte nichts, über verschüttetes Swigny zu jammern. Er würde einfach versuchen, die Sache wieder in Ordnung zu bringen. Er würde herausfinden, warum Okolnit ihn unbedingt in Wenfeld haben wollte, und kooperieren. Oder jedenfalls so tun, als ob er kooperierte. So oder so, er musste mehr wissen.

«Wäre Okolnit bereit, sich mit mir zu unterhalten?»

Espera schien die Antwort in den Blättern des Waldes zu suchen, in ihren winzigen Äderchen. «Er ist sehr zielbewusst und entschlossen. Regeln mögen ihm egal sein, aber ein schlechter Mensch ist er nicht. Er tut, was er für richtig hält.

Wenn du ihn davon überzeugen könntest, dass seine Vorgehensweise falsch ist, würde er sie vielleicht ändern.»

«Gut. Bring mich zu ihm, und dann reden wir.»

«Aber er will deinen Tod! Selbst wenn er dich nicht gleich umbringt und ihr erst einmal redet – was, wenn du ihn nicht umstimmen kannst?»

«Es ist deine Aufgabe, dafür zu sorgen, dass er bereit ist, mir zuzuhören.» Bryn grinste. «Ich schätze, er wird beeindruckt sein, wenn jemand, den er jagen lässt, plötzlich auf seiner Türschwelle steht.»

Espera verdrehte die Augen. «Na schön», sagte sie schließlich. «Und wie willst du dafür sorgen, dass er dir zuhört? Er spricht kaum mit jemandem, erst recht nicht mit Fremden. Das Denken erledigt er allein. Keine Ratgeber. Kein Beirat.»

«Ich habe eine Verkleidung.»

«Ja, die vielleicht so lange funktioniert, bis er dich zu sehen bekommt. Tahl Uthnae haben keinen eigenen Willen. Wenn einer irgendwo auftaucht, wo er nicht hinbefohlen wurde, ist er entweder kaputt oder nicht echt. Er wird dich töten, bevor du auch nur den Mund aufmachst. Und außerdem sprechen Tahl Uthnae nicht. Also, wie willst du bei ihm eine Audienz bekommen?»

Bryn hob eine Augenbraue, ganz wie sie es tat, wenn sie sich gewitzt gab. «Indem ich um eine bitte. Die Verkleidung bringt mich an seinen Leuten vorbei, die mich fur einen Tahl Uthnae halten. Du gehst rein und sagst ihm, dass ich ihn gern sprechen möchte. Dass ich als sein Diener komme. Dass ich gern wissen möchte, was er will, und dem nachkommen werde. Dass ich die Feindseligkeiten zwischen uns beenden möchte.»

«Und wenn er ablehnt?»

«Dann tauche ich entweder unter, oder ich versuche, ihn zu töten. Das entscheide ich spontan.»

Espera funkelte ihn an. «Du *bist* verrückt.»

«Das wird Okolnit auch denken.»

«Das ist die größte Dummheit, die man machen kann», schimpfte sie.

«Genau darum wird es funktionieren.»

Sie warf resigniert die Hände in die Luft, und die beiden kehrten zu den Plimpen zurück und erklärten, dass sie den Bellysets in Baruto einen Besuch abstatten wollten. Baruto lag genau in der entgegengesetzten Richtung, in die die Plimpe wollten. Bryn sagte ihnen nur widerstrebend Lebewohl. Plimpe bedeuteten Sicherheit. Aber er wollte keine Sicherheit, er wollte Antworten. Er wollte das hier ohne Kindermädchen in Ordnung bringen. Er hatte ja einen Grund gehabt, bei den Culmus Sangui in die Lehre zu gehen. Alles Geld der Bellysets half nichts in dieser Lage.

«Dann tun wir uns sehen, wenn ihr wieder nach Eisenfels kommen tut», sagte Kik-Eritee. Bryn widersprach nicht. Wie konnte er dem herzvollen Burschen sagen, dass er dort nicht mehr willkommen war? Er umarmte Kik-Eritee und kraulte ihm die Ohren und beugte sich dann pflichtschuldigst zu Kishmishs Füßen hinunter. Zu seiner Verblüffung bremste ihn der alte General mit liebenswürdiger Geste.

«Weißt du, warum wir die Füße berühren tun?», fragte der alte General und hob eine schwere Braue. Bevor Bryn etwas sagen konnte, gab er selbst die Antwort. «So tun wir ehrwürdliche Plimpe wie mich um Segen bitten.» Er hielt inne und musterte Bryn. «Du tust es brauchen. Gut, dann. Hier.»

Kishmish beugte sich vor, und bevor Bryn etwas zum Thema Segnungen sagen konnte, wurde er an der Stirn berührt. Er schloss die Augen und ließ es geschehen. Ein warmes Prickeln strömte von den pelzigen Fingern in seine immer noch wunde Haut. Es kitzelte leicht und breitete sich über den ganzen Schädel aus, bis zum Nacken, wo es schneller wurde und durch seinen ganzen Körper schoss. Der Plimp stand noch mit geschlossenen Augen da, als das Gefühl längst nachgelassen hatte. Bryn fürchtete schon, er wäre eingeschlafen. Dann holte der Alte tief und zufrieden Luft und strahlte ihn an, als hätte Bryn *ihn* gesegnet.

«Danke», sagte Bryn. Der Plimp machte ein mitfühlendes Gesicht, nickte und tätschelte ihm den Kopf – worauf Bryn noch einmal «danke» sagte, etwas angespannter diesmal. Kishmish tätschelte ihm selig die Wange, wie einem kleinen Kind. Dann wandten die beiden Plimpe sich ab und marschierten los. Ihre langen Beine trugen sie rasch den schmalen Pfad hinab und lösten einen kleinen Steinschlag aus.

«Warum hast nicht du es getan?», fragte Bryn plötzlich. «Warum auf die Tahl warten? In Eisenfels hattest du jede Menge Gelegenheiten. Du hättest mich töten können.»

Espera wich seinem Blick aus. «Ich bin keine Attentäterin. Und ein Mörder kommt in Eisenfels nicht weit. Eridanus hätte sich sofort auf meine Spur gesetzt. Nein, ich töte niemals für Okolnit. Das ist Bestandteil unserer Abmachung. Dafür bin ich zu wichtig. Für diese Arbeit hat er andere, wie du weißt.»

Sie beließen es dabei. Das Reden über Mordtaten gab Bryn ein schlechtes Gefühl. Er dachte wieder an seine letzte Handlung in Eisenfels. Espera war definitiv weniger schuldig als er …

«Dieser Priester, den ich getötet habe …»

«Ja, er war ein Spitzel. Einer von Okolnits Leuten. Aber die Führer wussten, wer er war, und duldeten ihn mit Absicht. Er wurde streng überwacht.»

Das machte es nicht besser. Er hatte zwar recht gehabt und doch falsch gehandelt.

Einige Minuten später fiel ihm auf, dass die Luft nicht mehr seine Haut reizte. Er rieb die Handflächen aneinander; die Splitter waren verschwunden. Er griff sich unter das Hemd, und die Verletzung von dem Splitter war geheilt. Und sein Handgelenk auch!

Bryn spürte eine tiefe Ehrfurcht vor der heilenden Macht der Plimpe in sich aufsteigen.

Später auf ihrem Weg versuchte er, etwas mehr über Okolnit und seine Absichten zu erfahren.

«Bist du dir sicher, dass er nichts mit den Verschwörern zu tun hat?», fragte er Espera.

Sie zuckte die Achseln. «Wahrscheinlich hat er was mit ihnen zu tun. Aber nicht, weil er ihren Blickwinkel besonders schätzt. Er ist eigentlich nicht besonders hinterhältig. Im Gegensatz zu Politikern hat er keine Hintergedanken. Seine Dienste gehen einfach an den höchsten Bieter.»

Ein Söldner, dachte Bryn. Dann konnte das Geld der Bellysets also doch noch nützlich sein.

«Bist du dir sicher, dass er nicht der Kopf der Verschwörung ist?»

Espera zuckte die Achseln. «Alles ist möglich. Aber ich bezweifle es. An mehr Macht von dieser Sorte ist er wirklich nicht interessiert.»

«Wenn *er* also keinen Tahl Uthnae geschickt hat, dann hat offensichtlich jemand einen *gemietet* für die Nacht, in der der Imperator ermordet wurde.»

Espera sagte nichts. Bryn fiel mit Bestürzung ein, dass Opeion ihr Onkel war und beinahe ihr Stiefvater geworden wäre. Wie konnte sie das miteinander vereinbaren – für den Herrn der Tahl arbeiten, wenn diese doch unmittelbar am Tod des Imperators beteiligt waren? Er hätte die Antwort gern gewusst, wechselte aber rasch das Thema.

«Wie lange brauchen wir bis zu ihm?»

«Wie ich schon sagte, besitzt er diverse Anwesen. Um diese Jahreszeit hält er sich meistens in Bel-Tued auf, in seinem Sommersitz. Dort dürfte er immer noch sein. Baruto liegt auf dem Weg, also können wir unter diesem Vorwand reisen.»

«Ich bin ein Bellyset. Geschäftsleute sind in der Handelsbucht immer willkommen.»

Espera blieb stehen. «Warum gehst du nicht zuerst nach Baruto? Um deinen Plan noch einmal zu überdenken. Ganz in Ruhe.»

«Was, um meine Familie in Gefahr zu bringen?» Bryn kickte einen Stein den Hang hinab. «Es ist fraglich genug, wie ich dort empfangen werde, auch ohne Attentäter im Schlepptau.»

Espera lachte. «Und ich dachte, meine Familiengeschichte wäre kompliziert.»

Bryn lächelte. «Weißt du, als du mir die Geschichte von Ismelda und Opeion erzählt hast, habe ich genau das Gleiche gedacht.»

✦ ✦ ✦

Zwei Tage später verließen Bryn und Espera die Ausläufer des Ambossgebirges und hielten sich westlich Richtung Baruto. Der Trabatrawald wuchs stetig, von einem grünen Meer am Horizont uber verschiedene Schattierungen jenseits einer schmalen Ebene bis hin zu den erkennbaren Umrissen von Bäumen, die nur noch ein paar Wegstunden entfernt waren. Sie hofften, bei Einbruch der Dunkelheit die andere Seite des Waldes zu erreichen. Er war hier am schmalsten, nur wenige Meilen breit. Dahinter lag Bel-Tued, wobei sie die eigentliche Grenze schon im Amboss überquert hatten. Die Grenze zwischen Arleath und Bel-Tued verlief durch den Bauch von

Trabatra. Aber das Volk von Bel-Tued interessierte sich nicht für Berge, sondern nur für Bodenschätze, und Bäume waren erst gefällt zu etwas nütze. Was bedeutete, dass auch Menschen nur dann einen Wert hatten, wenn ihre Geldbeutel mehr wogen als sie. All das hatte Bryn gehört. All das hatte Espera erfahren.

Den ersten Tag verbrachte sie mit dem Versuch, Bryn von seinem gefährlichen Vorhaben abzubringen. Am zweiten bereitete sie ihn darauf vor. Am dritten Tag erreichten sie die breite Straße durch den Wald und brachten Trabatra hinter sich. Auf dem gepflasterten Weg kam man rasch und bequem voran. Federgeschmückte Wachen in Gold und Purpur, den Farben von Bel-Tued, patrouillierten hier wie junge Hähne.

Bald wichen die Bäume üppigen Feldern. Anders als in Arleath jedoch wurde jeder greifbare Quadratkilometer landwirtschaftlich oder gewerblich genutzt. Das Reich Bel-Tued wirkte wie ein weit wohlhabenderes und besser organisiertes Reich Armaah. Alles sah neuer aus, von den glatten Straßen bis hin zu den weißgekalkten Wänden ihrer mehrstöckigen Häuser. Alles sah aus wie gewaschen und geschrubbt und frisch gestrichen.

«Erzähl mir nicht, du wärst noch nie in Bel-Tued gewesen», sagte Espera, nachdem sie die erste Stadt hinter sich hatten.

«Doch, schon. Aber das ist lange her. Ich bin in Baruto geboren, weißt du. Als Kind ist mir nie aufgefallen, wie … herausgeputzt alles ist. Und in der letzten Schneezeit hab ich Armaah gesehen, das prachtvoll ist, aber irgendwie … verfällt. Hier dagegen sieht alles so aus, als würde es wachsen.»

«Das stimmt, Bel-Tued ist der Ort, wo etwas passiert. Armaah hat Geschichte, aber Bel-Tued hat Zukunft.»

«Geld verpufft ohne Zielsetzungen.»

Espera lachte. «Wen interessieren hier Zielsetzungen? Das

Hier und Jetzt ist alles, an das sie denken. Und die Zukunft ihrer Bankkonten.»

Die Straße, auf der sie sich befanden, führte nach Westen aus dem Wald hinaus, bevor eine Abzweigung scharf nach Norden abbog, zur Handelsbucht und zum größten Hafen Calaspias, der Hauptstadt. Sie führte zufällig auch an Baruto vorbei, aber dort wollte Bryn nicht hin. Noch nicht. Falls er es schaffte, sein Dilemma zu lösen, und am Leben blieb, würde er zu seiner Familie zurückkehren. Jetzt aber führte ihre Reise sie weiter die Straße nach Westen entlang, südlich von Baruto, hin zu den schmucken Vorstädten der Handelsbucht.

Ursprünglich hatte es dort nur einen kleinen Hafen im Mündungsdelta des Bel gegeben. Im Lauf der Jahrhunderte des erfolgreichen Handels schossen an jeder geschützten Stelle der Bucht kleinere Häfen aus dem Boden, was schließlich zu dem Namen Bel-Tued führte, wie die Gegend von nun an hieß. An den Häfen breiteten sich die ganze Küste entlang Städte aus, die so schnell wuchsen, dass sie sich bald über die gesamte Mündung erstreckten. Im Zuge dieser Ausdehnung gingen bald alle Häfen ineinander über und wuchsen zu einem zusammen.

Aber der Erfolg zog Gefahren an. Es drohten ständig Piratenangriffe, was zum Bau einer Kriegsflotte zum Schutz der Fischerboote und Handelsschiffe führte. Neue Unternehmen machten beträchtliche Gewinne durch den Bau von mächtigen Galeonen. Marinesoldaten wurden besser bezahlt als ihre Kameraden an Land. Bald war Bel-Tued eine größere Seemacht als Arleath. Die Westküste Calaspias war sicher, von der Halben Insel bis zum Golf von Arleath. Auf dem Meer waren Patrouillenschiffe unterwegs, Handelsschiffe bekamen Eskorte. Es war ein Erfolg. Ein solcher Erfolg weckte jedoch die Begehrlichkeit fremder Herrscher. Statt gelegentlicher Piraten kamen nun Armadas aus Übersee. Die Sache eskalierte. Zum Glück war zu dieser Zeit das Imperium der Numenii bereits gegründet. Armaah stufte die Überfälle auf die Handelsbucht als Invasion ein, und da sein wichtigster Hafen bedroht war, kam Hilfe aus dem ganzen Imperium. Sie schlugen die Räuber zurück und errichteten Verteidigungsanlagen, die nie wieder durchbrochen wurden. Vor die Küste wurden künstliche Inseln gesetzt, ein Bollwerk Armaahs: schwimmende Garnisonen, die den Zugang zur Bucht abriegelten und bewachten und fast schon eine Nehrung bildeten.

Bryn und seine Gefährtin bogen von der Hauptstraße in eine schmalere, aber sogar noch besser gepflasterte Straße ab. Espera verkündete bald, dass sie Okolnits Grund und Boden betreten hatten: Lothial. Zu beiden Seiten des Weges standen Obstgärten. Nach einer Meile ging es eine Anhöhe hinauf, und dahinter kamen in der zunehmenden Dunkelheit die ersten Gebäude in Sicht: Herrenhäuser mit Wachhäusern dazwischen, verbunden durch Glasgänge, zurückgesetzt hinter Blumengärten und makellosen Rasenflächen.

«Nun kennst du seine Gegend.» Espera packte ihn beim Arm, und Bryn spürte ein merkwürdiges Ziehen an seinen Sinnen. Die Furcht und das ungute Gefühl seiner Freundin bereiteten ihm eine Gänsehaut. «Bitte kehr um.»

Bryn ersparte sich eine Antwort; sie hatten das längst hinter sich. Er machte sich auf den Weg zum Zentralgebäude. Wenn die Sache schiefging, konnte er sich seinen Weg immer noch wieder hinauskämpfen.

Ein Wirbel roten Haars kündigte an, dass Espera ihn einholte. Als Nächstes spürte er einen Dolch an der Kehle. Überrascht erstarrte Bryn, zumal ihn keinerlei Emotionen gewarnt hatten.

«Ich kann mich weigern, dir zu helfen, Bryn. Du würdest

Okolnit nie finden. Er wird durch mehr geschützt als nur Soldaten und versteckt sich hinter mehr als nur Mauern und Masken. Deine Kräfte sind nichts gegen seine.»

Bryn zuckte die Schultern. «Wenn du mir nicht helfen möchtest, verstehe ich das. Dann mache ich allein weiter, so gering meine Chancen auch sein mögen.»

Espera fluchte und schob die Waffe in ihren Gürtel.

«Dann mach alles genau so, wie ich gesagt habe. Streng nach Plan. Wenn es irgendeine Abweichung gibt, tu, was ich sage.»

«Natürlich.»

«Bleib dicht bei mir und tu so, als wärst du eine lebende Mordmaschine.»

Ich bin ein Culmus Sangui, dachte Bryn. *Das ist eine Mordmaschine.*

«Denk daran, du bist ein Tahl Uthnae.»

Denk an den Codex Culmus, sagte er sich. *Du bist auf einer Mission. Deiner ersten richtigen. Vielleicht auch deiner letzten.*

Er folgte ihren schnellen, entschlossenen Schritten an einem Wachhaus vorbei zum ersten Gebäude. Skulpturen aus Licht und Wasser boten ein glitzerndes Schauspiel. Sie kamen mehrmals an Wachen vorbei, die Espera mit einer Verbeugung grüßten und seine Anwesenheit ignorierten, ihn nicht einmal direkt ansehen wollten. Er spürte ihre heimliche Abscheu und grinste.

Espera für ihren Teil war unnahbar und beachtete die Soldaten nicht weiter, als sie mit ihm durch eine Reihe von Korridoren marschierte. Sie durchquerten einen der Glasgänge, der das Gebäude mit dem Nachbarhaus verband, und wieder ging es durch ein Labyrinth von Gängen. Ihm fiel vieles auf, nach dem er sich gern erkundigt hätte, aber er blieb stumm, wie es zu seiner Rolle gehörte. Sie stiegen eine Treppe hinauf, betraten einen Raum und gingen dann wieder eine Treppe hinab.

Schließlich hielten sie vor einem Paar glatter grauer Türen aus einem unbekannten Material. Es sah weder nach Holz oder Stein noch nach Schwarzgold aus. Bryn wäre nicht überrascht gewesen, wenn es sich um einen Stoff gehandelt hätte, der weder in der Sichtbaren noch in der Unsichtbaren Welt natürlich vorkam.

Espera holte tief Luft und legte die Hand an die Tür. Der Bereich um ihre Hand herum glühte kurz auf, und die Tür schwang auf. Bryn folgte ihr in einen geräumigen Saal voller Gold und Marmor mit Fenstern, in deren dicken Scheiben zarte Farben tanzten. An der einen Seite des Saals stand, den Fenstern zugewandt, ein großer Stuhl. Er war leer.

Die Stimme kam aus dem Nichts. «Sei gegrüßt, Espera.»

Das ätherische Licht bei den Fenstern ließ nach, und vor ihnen stand ein großer, grimmiger alter Mann, dessen Kleider nicht zusammenpassten. «Warum nimmst du die Maske nicht ab, Fremder?»

Bryn erstarrte.

«Wenn Ihr gestattet, Mylord.»

Espera trat dicht hinter ihn und zog die Maske herunter. Bryn kam sich so ungeschützt vor, dass er sich nackt fühlte. Furcht durchschoss ihn, aber das war nicht annähernd so schlimm wie die nächsten Worte, die er aus Esperas Mund hörte: «Okolnit, ich bringe Euch Bryn Bellyset.»

✦ 36. KAPITEL ✦

Wahnsinn in Tyr Baldor

Der gepanzerte Riese betrachtete das Tyr amüsiert. Diese mickerige Festungsanlage sollte das Imperium der Numenii zusammen mit den anderen vier vor zwielichtigen Nachbarn schützen? Also vor allem vor ihm?

«Und der Wahnsinn?» Ayactans tiefe Stimme ließ das Herz des Mannes erbeben.

«Jawohl, Meister. Ich habe die Tests durchgeführt. Es sollte mehr als genug geben, Mylord.»

Der Dämon holte nachdenklich Luft und kostete die Beschaffenheit der Unsichtbaren Welt. «Ich kann ihn spüren.»

Der Mann, der ohnehin schon respektvollen Abstand zu seinem Herrn hielt, sprang buchstäblich beiseite und warf sich in den Staub einer kleinen Düne, als Ayactans eisenbewehrte Füße an ihm vorbeischritten. Tiefe Abdrücke blieben in der Erde zurück. Es war schon eine Weile her, dass der Meister den Gipfel des Wahnsinns verlassen hatte. Der Mann war aufgeregt. Die Dinge kamen in Bewegung. Die Numenii würden dafür bezahlen, ihn verschmäht zu haben. Er war jetzt Teil von etwas Größerem. Er diente einem Dämonenprinzen, der bald über Calaspia herrschen würde. Er würde belohnt werden.

«Was tut dieser Abschaum hier?» Ayactan musterte eine Menschenmenge draußen vor den Mauern. Die Leute sanken auf die Knie, als sie ihn erblickten. Manche waren schmutzig und zerlumpt, viele jedoch trugen prächtige Kleider und waren mit Schmuck behängt.

Der Diener staubte sich ab und trat näher. «Sie gehören dem Kult an, Herr. Wie ich einmal. Vom Glauben abzufallen, muss belohnt werden, meint Ihr nicht auch?»

«Ja», sagte Ayactan nach einem Moment. «Nun gut, dann will ich *sie* benutzen, um den Test durchzuführen. Lass sie mit ausgestreckten Armen einen Kreis bilden, um den Scheiterhaufen der Inquisition herum. Sie sollen sich an den Händen fassen.»

Die Leute beeilten sich, dem Befehl des Mannes nachzukommen, und bildeten rasch den Kreis. Er war schief und unvollständig, wie es die Überlieferung des Wahnsinns vorschrieb: manche standen außerhalb, manche innerhalb, von denen wiederum einige den Kreis mit anfassten.

Ayactan ergötzte sich im Näherkommen an ihrer Hochstimmung. Sie wussten alle, wer er war. Oder glaubten es jedenfalls zu wissen. Der Dämon zog sein Schwert aus dem scheidenartigen Loch an dem, was sein gepanzertes Bein gewesen wäre, wenn er Gliedmaßen besessen hätte. Jetzt kam Leben in die Menge, und manche riefen: «Zapagrasta! Der Leidbringer! Der Fluchträger!»

Das Volk hatte sein Schwert nicht vergessen. Die Klinge zeigte auf den Scheiterhaufen und pulsierte rot; ein Lichtstrahl schoss aus ihrer Spitze, und um die Leute herum erwachte brüllend Feuer zum Leben.

«Huldigt der Flamme des Wahnsinns», befahl Ayactan. «Der Seelenverschlingenden.»

Die Flammen ließen nach, und ein Muster bildete sich

heraus: ein fünfzackiger Stern um den Scheiterhaufen herum und ein Kreis, der die Leute einschloss.

«Das Ritual beginne.» Ayactans Stimme trug gebieterisch über die Versammlung hinweg und darüber hinaus; sie drang als ein raspelndes, bedrohliches Flüstern durch ganz Tyr Baldor. «Ruft nicht die Geister der Verdammten an noch die Geister der Gefallenen. Ruft niemanden an, auf dass er für euch tue, was zu tun in eurer eigenen Macht steht. Ruft das eigentliche Gewebe der Schöpfung an. Ruft Macht und Herrlichkeit an mit eurem kranken Geist. Überwindet die Einengungen der Welt. Ruft an: die Macht des Wahnsinns!»

Der Gesang begann.

Das Chaos begann.

Die Bannbrecher in Tyr Baldor, die sich eben noch zum Kampf bereitgemacht hatten, schlichen davon, rasch gefolgt von den Zauberern. Auch hochrangige Offizielle verschwanden von den Mauern und überließen es ihren entsetzten Soldaten, die Vorgänge mitanzusehen, während sie auf Befehle warteten, die niemals kommen würden. Wenige wurden Zeuge des Aufbruchs der Inquisition, und wer es tat, fasste Mut, denn er glaubte, diese würden der ketzerischen Bedrohung ein Ende machen.

Inzwischen war aus dem leisen, geisterhaften Gesang der Anhänger des Kultes ein wilder Rausch geworden. Der Kreis wurde aufgelöst, als sich aus dem Himmel, in dessen Tiefen fremdartige Lichter tanzten, ein mystischer Dunst auf sie herabsenkte. Ayactan lachte über die Taten der Menschenwesen. Frauen bebten vor Erregung, viele rissen sich die Kleider herunter und sprangen durch die Flammen, wo manche Feuer fingen und manche nicht einmal angesengt wurden; andere rissen an ihrer Haut und versuchten vergeblich, ihre Geister aus ihren Körpern zu befreien, während ihre Seelen unter der ekstatischen Berührung des Wahnsinns juchzten. Männer saugten einander am Fleisch; manche waren blutbesudelt, wenn die Leidenschaft vampirisch wurde. Zähne brachen auf Knochen und wurde ausgespuckt oder einfach mit hinuntergeschluckt. Gackerndes Gelächter und Schreie hallten durch die erdentrückte Orgie. Die Leute zuckten vor Schmerzen, vor Freude.

Als Ayactan das Interesse an dem kurzen Anflug von Amüsiertheit verlor, den er beim Anblick der närrischen Menschen und ihrem schwachen Fleisch empfunden hatte, dröhnte er: «Es ist genug.»

Er breitete die Hände aus, und der Dunst der Macht über den Anhängern des Kultes raste auf das abgeriegelte Tyr Baldor zu. Dabei löschte er die Flammen aus und hinterließ verbrannte Erde, versengtes Haar und schwelende Überreste.

Die Soldaten und Bürger von Tyr Baldor sprangen von den Mauern, als der Dunst in ihre Siedlung fuhr, aber hier war seine Wirkung eine völlig andere. Die Leute hielten unbelebte Gegenstände unter den Verzerrungen des Wahnsinns plötzlich für lebendig. Fenster schmolzen und bildeten am Boden Pfützen, aus denen wieder Fenster wurden; die Wände bildeten zusätzliche Strebepfeiler aus; Bücherregale wuchsen aus den Wänden; Balken wurden von neuem Leben erfüllt und trieben Wurzeln und Blätter aus; auf dem Friedhof brachen Grababdeckungen auf, als manche Toten in einer gottlosen Auferstehung wieder zum Leben erwachten. An dem einen Stadttor verkehrte sich die Schwerkraft, und ein Dutzend Soldaten stürzte von der Erde in den Himmel. Farben liefen durch die Luft und hinterließen Streifen wie auf einem frischgemalten Bild, auf das jemand Wasser spritzte. Krabbelkindern wuchsen Bärte, und alte Männer warfen ihre Gehstöcke beiseite. Im gleichen Moment wurde in einem anderen

Teil von Tyr Baldor ein Kind mit zwei Köpfen geboren: der zweite Kopf hatte zwei Knöchel als Hals. Die Verletzungen eines Soldaten heilten, aber noch als er sich darüber freute, bekam er am ganzen Leib Entzündungen, und seine Dankesgebete gingen in Flüche über. Das Chaos regierte.

Ayactans Gelächter über das Spektakel ließ nach, und er reckte Zapagrasta erneut empor. «Es werde Licht!», rief er, und ein zweiter Blitzstrahl setzte die Stadt in Brand. Die Anhänger des Kultes, die sich noch immer um den Dämon scharten, schrien empört auf.

«Mylord», stammelte der Diener, «diese Leute haben Familie im Tyr. Warum macht Ihr sie nicht alle zu Euren Sklaven? Sie könnten nützlich sein.»

«Sie haben sich bereits als nützlich erwiesen. Nun weiß ich eindeutig, dass die Menhire von Armaah und ihre minderwertigen Nachbildungen richtig arbeiten. Der Wahnsinn fließt nicht mehr nur aus der Quelle, sondern überflutet die Lande. Ich werde beständig stärker. Bald wird mein Volk sich wieder nach Calaspia wagen können – endlich.»

«Das ist wunderbar, Meister.» Der Diener sah zu den wütenden Anhängern des Kultes hinüber. Ayactan würden sie nicht anrühren, aber ihn vielleicht. Er war es, der sich mit Zeichen und Wundern eine Führungsposition erschlichen hatte, der ihnen befohlen hatte, den Wahnsinn anzurufen. Ihr Tun hatte ihre Heime zerstört, ihre Freunde und Familien eingeäschert. Diejenigen, die nur halbherzig dabei waren, wussten nun, dass sie sich dem Kult nie hätten anschließen sollen. Nach einer verzweifelten Sekunde des Zögerns vor Meister und Diener stürmten sie vorwärts.

Ayactan seufzte, und auch die Anhänger des Kultes gingen in Flammen auf, wie ein Spiegelbild des Tyrs.

«Danke, Meister – das war …»

«Es diente nicht deinem Vorteil, Wurm. Der Test ist vorbei.»

Mit einer Flamme, die Meilen in den Himmel schoss, erloschen die Feuer, und Tyr Baldor fiel in sich zusammen. Rauchender Schutt – mehr blieb nicht vom Stolz der südlichen Grenzanlagen.

«Das werden die anderen Tyrs gesehen haben, Meister.»

«Natürlich. Sie sind unsere besten Boten. Die Nachricht wird sich im Imperium verbreiten. Lehrmeister werden sich über das Rätsel die Köpfe zerbrechen und schließlich verkünden, dass der Wahnsinn weiter ansteigt. Man könne ihn nur eindämmen, werden sie sagen, indem man weitere Menhire aufstellt, weitere Monumentalanlagen errichtet. Der Kreis des Bösen wird fortgesetzt und einen Strudel der Macht bilden, der buchstäblich die Ströme der Unsichtbaren Welt zum Stillstand bringt.»

Der Diener erschauerte.

Ayactan schritt durch die Asche seiner Werkzeuge. «Dies ist für diese elende Rasse die offensichtlichste Form des Wahnsinns.» Es knirschte, als der Dämon einen verkohlten Schädel zwischen Daumen und Zeigefinger zerbrach. «Die meisten verschmähen sie. Aber weit zerstörerischer für Calaspia ist ihre subtile Form, die die Leute mit offenen Armen empfangen. Schon zermürbt sie die Säulen ihrer sogenannten Zivilisation, deren Ruin sie sein wird. Schon begrüßen die Leute die geringeren Ausprägungen des Wahnsinns als gesunden Menschenverstand. Sie verwerfen die Gesetze der Ordnung und der Vernunft. Sie machen sich im Namen der Freiheit zu Sklaven.» Ayactan bellte sein metallisches Lachen. «So bereitwillig, wie die Menschenrassen Lügen schlucken, bleibt kaum noch etwas für mich zu tun.»

Der Diener starrte gedankenverloren die Überreste seiner alten Heimat an, denn auch er stammte aus dem Tyr. Er machte einen Satz, als ihm klarwurde, dass die Stimme seines Herrn in seine Richtung dröhnte. «Ich habe dir nicht befohlen, die Anhänger des Kultes draußen vor dem Tyr zu versammeln.»

«Nein, Mylord, aber ich wollte mitdenken und Initiative zeigen, wie sie einem an der Universität beibringen.»

«Ich habe dich nicht angewiesen, das zu tun.»

«Vergebt mir …» Der Mann warf sich flach auf den Boden.

«Dämonen vergeben Menschen nicht», sagte Ayactan. Mit anderem Tonfall: «Du hast mir gar nicht erzählt, dass du die Axt des Zwerges gefunden hast.» In seiner Stimme lag kein Vorwurf, es war eine Feststellung.

«Mylord?» Der Diener schluckte einen Mundvoll Sand.

Ayactan, der den Gestank der Sterblichen leid war, wandte dem Mann den Rücken zu und schritt davon. Über seinen donnernden Schritten erfüllte ein Schwirren die Luft. Der Diener riss zu spät den Kopf herum. Er wurde ihm von einer massiven goldenen Axt entzweigehauen.

«Sturlisons Axt», sagte Ayactan, als würde der Mann noch leben. «Du hast mir gar nicht erzählt, dass du sie versteckt hattest.» Einige Schritte später: «Heißt das, der Zwerg lebt immer noch?»

Der Dämon ging. Und hinterließ einen toten Diener, eine Gruppe verbrannter Anhänger des Kultes und eine zerstörte Garnisonsstadt.

Hunderte von Meilen entfernt saß Galar Sturlison kerzengerade im Bett.

✦ ✦ ✦

«Dann möchtest du also nach Nomidien.» Eridanus starrte Galar schläfrig durch seine goldgeränderte Brille an, kam zu dem Schluss, dass er ihm keine visuelle Aufmerksamkeit zu schenken brauchte, und legte sie wieder auf den Nachttisch zurück.

«Sie ist beim Tyr, ich weiß es!»

Der Alte ließ sich wieder ins Bett zurückfallen. «Schön. Dann geh mit unserem Segen.»

Galar riss sich die eigene Brille vom Gesicht. «Bis ich dort bin, ist sie weg! Ich muss schneller dorthin. Mit ...»

«Also, ich kann dich nicht hinbringen. Du weißt, wie kritisch die Lage ist.»

«Ich weiß *genau*, wo sie ist. Ich konnte sie *fühlen*.»

«Und warum? Weil Wahnsinn auf ihr liegt.» Eridanus schüttelte den Kopf. «Wir könnten in eine Gegend teleportieren, die von Wahnsinn getränkt ist, durchaus; aber ich würde es niemals riskieren, von dort aus wieder zurückzuspringen. Man weiß nie, wo man dann landet.»

Die beiden schwiegen einen Moment, während ihr Verstand mit unvorstellbaren Erinnerungen rang.

«Wenn du mich nicht hinbringen kannst, dann schick mich hin», sagte Galar schließlich.

Der Zauberer lachte auf. «Du weißt, dass du dann weniger bequem reist.»

«Was? *Noch* unbequemer?»

«Tawny, es ist mitten in der Nacht. Hat das nicht Zeit bis morgen?»

«Du bist doch wach jetzt. Also mach.»

«Du weißt, wie ungern ich in der letzten Zeit Magie angewandt habe. Aber wenigstens hätten wir dann mal Ruhe vor dir.» Eridanus musterte ihn einen Moment lang von oben bis unten. «Tyr Baldor, sagst du?»

Galar nickte eifrig.

«Jetzt?» Der Mann setzte sich auf und legte dem Zwerg grinsend die Hände auf die Schultern. «Gerne. Wir sehen uns, alter Bursche. Guten Flug.»

Etwas wie Gurte erschienen an Galars Rücken und Brust. Sein Körper schimmerte einen Moment lang durchsichtig, dann wurde er brutal in die Luft gerissen. Er krachte schon fast in die Decke, als er sich in Luft auflöste.

«Das war knapp», brummelte Eridanus. «Sein Geist ist es nicht gewohnt, seinen Körper zu tragen.»

Er machte es sich mit einem Kichern wieder im Bett gemütlich. Der Zwerg war immer noch im Schlafanzug …

Galar landete schwer auf etwas Hartem. Er verstand zwar nichts von solchen Sachen und legte auch keinen gesteigerten Wert darauf, dennoch war er sicher, dass ihm der Aufschlag sämtliche Knochen gebrochen hätte, wenn sein Körper nur einen Moment früher wieder – wenn man das so sagen konnte – körperlich geworden wäre.

Schutt und Asche, dachte er. *Droch, Eridanus wird langsam alt. Wo im Unbenennbaren Land hat er mich denn da hingeschickt?*

Tyr Baldor war nirgendwo zu sehen. Der Zwerg stand auf, überzeugte sich davon, dass kein Körperteil zurückgeblieben war, und setzte seine Brille auf, um sich genauer umzusehen. Zunächst war er überrascht, dass er sie noch fest in der linken Hand hatte – aber seine Kleider hatte er ja schließlich auch noch an.

Seinen Schlafanzug. Einen Moment lang war er stinkwütend. Diesmal war der Zauberer zu weit gegangen. War ein bisschen Respekt vor einem rechtschaffenen Töter denn zu viel verlangt? Hätte Eridanus nicht fünf Minuten warten können, bis er so weit war? Wenn er nun irgendetwas Wichtiges vergessen, eine –

Ich hab keine Waffe dabei.

Galar zwang sich zur Ruhe. Eridanus hatte ihn ohne eine Waffe hierhergeschickt, weil er behauptet hatte, genau zu wissen, wo seine Axt war. Und das stimmte. Sie lag nur einen Steinwurf südlich von Tyr Baldor. Er musste diese verflixte Garnisonsstadt nur finden.

So weit im Osten wurde es bereits hell, und während er sich umsah, dämmerte ihm allmählich, dass Eridanus ihn nicht etwa versehentlich woandershin geschickt hatte, sondern dass er wirklich in Tyr Baldor gelandet war. Wortwörtlich.

«Mein lieber Eridanus, was hast du da angestellt? Ich hab's ja schon immer gewusst, mit Magie herumzuspielen, ist keine gute Idee.»

Vielleicht handelte es sich um eine Nachwirkung ihres Kontaktes mit dem Wahnsinn. Vielleicht hatte der Alte ja recht gehabt. Hatte er ihn in die Vergangenheit teleportiert? Nein, dies waren keine Fundamente … Oder in die Zukunft, in eine Zeit, in der die Leute ganze Landstriche mit Superkanonen in Schutt und Asche legen konnten? Nein, er kannte die geborstenen Bauten dort im Norden … und da lag ein Mann.

Galar rannte zu ihm.

War er tot?

Ja!

Der Mann kam Galar bekannt vor. Er verzog das Gesicht, fügte den entzweigeschlagenen Kopf zusammen und sah ihn sich genauer an.

«Dann hast du's also geschafft damals. Du bist den Nurgor entkommen.» Das Lächeln des Zwergs erstarrte. «Hat aber nicht viel genützt, hm?»

Galar riss sich sein Nachthemd herunter und legte es dem Toten übers Gesicht. Zufrieden, ihm damit ein wenig Totenwürde gegeben zu haben, wandte er sich seiner Axt zu, die golden neben dem Toten glitzerte. Er wog sie liebevoll in der Hand und musste wieder an das extreme Pulsen des Wahnsinns denken, das ihn hierhergeführt hatte. Ayactan musste die Stadt zerstört haben, mit dem Wahnsinn allein.

Der Zwerg erschauerte und packte die Axt fester. Er war wieder bewaffnet. Er hatte nichts und niemanden zu fürchten, weder in der Sichtbaren noch der Unsichtbaren Welt. Er war Galar Sturlison, der letzte große Töter.

✦ 37. KAPITEL ✦

Enthüllungen

In seiner Phantasie hatte Bryn sich Okolnit nie als Nomidier vorgestellt – falls er einer war, denn sein Gesicht war blass, obwohl es einmal dunkler gewesen sein mochte. Okolnit hatte bleiche Haut über hohlen Wangen, kleine Fältchen um die Augen herum und tiefe Stirnfalten. Sein Haaransatz zog sich zurück, das lange, silberweiße Haar war streng zurückgekämmt und lockte sich im Nacken leicht. Sein kurzer, grau gefleckte Stoppelbart war um den Mund herum dunkler als der von Eridanus, aber im Gegensatz zu diesem brachte er den Bart nicht mit dem Messer in Kontur. Am dunkelsten waren seine Augenbrauen, was sein Stirnrunzeln noch grimmiger wirken ließ. Unter ihnen schimmerten eisblaue Augen.

«So, so … du also bist Bryn. Willkommen.» Aus einem verblüfften Blick wurde das Lächeln eines großzügigen Gastgebers. «Bitte, setz dich. Etwas zu trinken?»

Vergiften kann ich mich allein, dachte Bryn. Aber Okolnit schenkte schon eine blaue Flüssigkeit in ein Glas.

Die schmalen, zierlichen Hände hielten inne. «Nein, du möchtest nichts trinken, nicht wahr? Du misstraust mir. Was für ein Jammer.» Er trank es mit einem bedauernden Schulterzucken aus. «Aah, was für ein wunderbares Gebräu! Besser als Swigny ...» Dann fügte er hinzu: «So leid es mir für deine Familie tut.» Er tupfte sich die blauen Tropfen von den Mundwinkeln. «Ventlis, ganz hervorragend, aber leider immer noch illegal. Wie man sieht, hält mich das nicht davon ab, seine betäubende Wirkung zu genießen. Im Gegensatz zu Alkohol betäubt es den Körper nicht – tatsächlich schärft es die Sinne sogar. Ich finde, es hilft einem, sich zu konzentrieren.»

Bryn begegnete dem liebenswürdigen Blick des Alten mit kalten Augen. «Wie ich gehört habe, wird es von Mördern benutzt.» Er konnte spüren, dass Espera beeindruckt war. «Es tötet das Gewissen ab.»

Okolnit verließ den Getränketisch und setzte sich auf seinen thronartigen Stuhl. Er lud Bryn mit großväterlicher Geste ein, sich zu ihm zu setzen. «Nun erzähl, Bryn, was führt dich hierher?»

Der Barue rührte sich nicht. In seinem Kopf ging alles drunter und drüber.

«Ich weiß, dass Espera dich nicht gebracht hat.» Okolnit hob erwartungsvoll die Brauen. «Jedenfalls nicht gegen deinen Willen. Wenn überhaupt, dann war es genau andersherum.»

«Warum wollt Ihr meinen Tod?», platzte es aus Bryn heraus.

«Deinen Tod?» Der Alte beugte sich vor. «Warum sollte ich deinen Tod wollen?» Er machte ein perplexes Gesicht. «Nein, mein lieber Bryn – *früher* wollte ich einmal deinen Tod. Aber dann bin ich zu dem Schluss gekommen, dass du mir lebend eine größere Hilfe bist.»

«Warum sollte ich Euch eine Hilfe sein wollen?»

Gelächter. «Die Fragen, die du stellst, Kind, verblüffen sogar mich! Kein Wunder, dass du verwirrt bist. Ja, wirklich, warum solltest du für mich arbeiten wollen?» Er hob die Finger, als würde er Pro und Kontra erwägen. «Da wäre zunächst einmal die gute Bezahlung. Aber die kriegst du in der Firma deiner Eltern auch. Gesellschaftliche Stellung? Beziehungen? Aufregung? Viele arbeiten aus diesen Gründen für mich, aber wenn du für mich arbeiten würdest, dann ginge es dir um … Freiheit.»

«Ich werde niemals für Euch arbeiten.»

«Niemand verlangt das von dir, mein Junge; aber es ist schmeichelhaft, dass du mir das zutraust. Nein, mir wäre es lieber, du würdest für dich arbeiten. Um es ganz klar zu sagen: Ich bin absolut dagegen, dass du für *andere* arbeitest. Weder für den guten alten Thybil noch für den guten alten Eridanus und erst recht nicht für die gute alte Sarghenta. Keine Dienstherren, bitte. Ich möchte, dass du auf eigenen Füßen stehst. Habe ich mich verständlich gemacht?»

Bryn nickte stumm, vor allem, weil er mehr erfahren wollte. Das hier lief ganz anders, als er erwartet hatte. Woher wusste Okolnit, dass Sarghenta noch lebte? Oder dass Bryn sie kannte? Von den Culmus Sangui wusste er doch sicher nichts? Bryn, der mit Täuschung rechnete, aber nichts Derartiges spürte, kehrte zu der Frage zurück, die ihn hierhergeführt hatte. «Und warum wolltet Ihr *früher* einmal meinen Tod?»

«Das ist eine Geschichte, die ich dir gern erzählen werde. Bitte verzeih die Länge, aber es ist eine gute Geschichte. Denn weißt du, Bryn, bis hierhin hat man dich im Ungewissen gelassen. Du wurdest mit Drohungen und Befehlen abgespeist, die alle sehr verwirrend waren. Du hast dich sicher gefragt, wer wollte, dass genau diese Schritte unternommen wurden, und warum. Das meiste davon habe ich zu verantworten. Ich wollte, dass du gehorchst, ohne es zu wissen. Das hast du nicht getan, und wenngleich das Konsequenzen hatte, gefiel mir dein Schneid. Und wo du nun schon mal hier bist, spricht nichts dagegen, dass ich dir alles persönlich erzähle. Bitte, setz dich – du wirst vor Erschöpfung umfallen, wenn du dir die ganze Geschichte im Stehen anhörst, du hast eine lange Reise hinter dir.»

Bryn sah Espera an, die mit den Achseln zuckte und nickte. Sie setzten sich zu dem geheimnisvollen Mann neben seinen Thron. Bryn überprüfte den Sitz zuvor auf Fallen. Er fand nichts als Polster. Es war eine Wohltat, die Füße von seinem Gewicht zu erleichtern, aber er blieb wachsam. Er saß neben einem Mann, der eine ganze Zeit lang seinen Tod gewollt hatte.

«Bevor wir uns unterhalten, Kind, musst du akzeptieren, dass die Dinge nicht so sind, wie du erwartest, und erst recht nicht so, wie du es dir erhoffst.»

Etwas Ähnliches hatten Thybil und Eridanus auch zu ihm gesagt, und er erinnerte sich noch gut an seine Verblüffung und Enttäuschung, als sich herausstellte, dass sie von Ayactan dazu gebracht worden waren, die Geschichte von den Ostentum nach Armaah zu tragen. Er nickte knapp. «Das kann ich akzeptieren.»

«Bryn, du hast einen Mann vor dir, der jeden bekannten Orden Calaspias, ob der Vernunft oder dem Wahnsinn zugehörig, von innen kennt, der sowohl deren Höhen erklommen als auch deren Tiefen überstanden hat. Du hast einen Mann vor dir, den die Desillusionierung vergiftet hat, den die Größe heimsucht und die Genialität umtreibt. Nein, Bescheidenheit zählt nicht zu meinen Vorzügen; warum auch? Ich bin nun seit einem halben Jahrhundert eine der einflussreichsten Persönlichkeiten Calaspias, und meine Autorität nimmt täglich zu.

Manchmal, das gestehe ich, führt Wissen zu Verstehen und

Verstehen zu Weisheit. Aber aus dem Verstehen erwächst auch Listigkeit, und wie viel nutzbringender ist sie doch für dich und mich bei der Verfolgung unserer Ziele!»

Okolnit sah ihn an, als rechnete er damit, dass sein Gast seine Worte anzweifeln wolle. Als Bryn dies nicht tat, nickte der Alte zu seinen eigenen Worten und fuhr fort. «Du wirst viele Fragen haben und viele Zweifel. Das ist nur natürlich. Wie soll man jemandes Weltsicht zerstören und durch eine ersetzen, die weniger glaubwürdig ist?»

«Sprecht, Okolnit. Ich will keinen Trost, sondern die Wahrheit.»

Der Alte lachte. «Das unterscheidet dich vom Großteil der Menschheit. Nun gut, dann gestatte mir deine Ernüchterung. Es wird Zeit, dass du alles hörst – die Wahrheit. Der Grund, warum ich deinen Tod wollte, Bryn, ist ganz einfach. Ich hatte die Befürchtung, dass du viel Leid über Calaspia bringen würdest. Mehr Leid als selbst Nequam.»

Bryn meinte, sich verhört zu haben. «Nequam? Der böse Zauberer, der die Ostentum über Calaspia gebracht hat? Dessen Heimtücke zum Krieg um das Tor geführt hat?»

«Magier eigentlich, nicht Zauberer – aber es geht mir nicht darum, deine Wortwahl zu korrigieren. Wie du vielleicht gehört hast, war Nequam ein militanter Idealist. Die Vernichtung der Numenii hatte jedoch definitiv nichts mit seinen Idealen zu tun. Er ließ sich ablenken. Ein unglücklicher Lauf der Ereignisse. Was er erreichen wollte und was er erreicht hat, lag meilenweit auseinander.»

«Und Ihr glaubt, ich will Vergleichbares erreichen und werde in vergleichbare Zerstörung abirren?»

Okolnit verzog das Gesicht zu einem kalten Lächeln. «Das wird man noch sehen. Ich wollte nichts riskieren. Ich befahl dir, in Wenfeld zu bleiben und das Leben eines durchschnittlichen, wenn auch wohlhabenden und kommerziell erfolgreichen Barue zu führen. Das Leben eines Bellyset. Falls du dich weigertest – wie du es getan hast –, solltest du sterben.»

«Ihr habt gedacht, wenn ich nicht wie ein Bellyset leben wollte, würde aus mir ein Hexer werden oder so was?»

«Hexer! Das trifft es ja sogar noch weniger als Zauberer. Aber das mal unbenommen, ja.»

Bryn schnaubte. «Auf welcher Grundlage? Ich versuche doch nicht einmal, den Wahnsinn auszulöschen oder was für einen Unsinn dieser Irre sonst anstellen wollte, bevor er darauf verfiel, sich den Wahnsinn *nutzbar* zu machen und ein ganzes Volk auszulöschen. Was habe ich mit Nequam gemein?»

«Mehr als du denkst.» Okolnit kniff die Augen zusammen. «Rede nicht so verächtlich und hochmütig über deinen Großonkel.»

Bryn blieb der Mund offen stehen. Er rang nach Worten, doch sie wollten nicht aus seinem Mund kommen. «Ihr lügt», brachte er schließlich hervor.

Okolnit lehnte sich zurück und verschränkte die langen, schmalen Hände. «Dann hat man dich also, obwohl du volljährig bist, noch nicht in das Familiengeheimnis eingeweiht.»

Bryn rang sich zu einem Nicken durch. *Das kann es doch unmöglich sein.*

«Nequam war der Cousin von Rosmerte Bellyset und der Neffe von Barnabas Bellyset und damit dein Großonkel. Warum, glaubst du, hat Barnabas denn sonst seinen Namen zu Bellyset geändert … von *Rann*?» Okolnit lachte über Bryns ungläubiges Gesicht. «Jawohl, Kind, er wollte sich von einem gewissen Verwandten dieses Namens distanzieren. Nequams Name wurde natürlich auch geändert – so hieß er nicht von Geburt an. Seine Familie hat lange vor seinem endgültigen

Tod schon seinen Namen begraben. Aber das reichte Onkel Barnabas nicht. Er fürchtete mehr als nur mit ihm in Verbindung gebracht zu werden.»

«Nämlich?»

«Eine Prophezeiung. Einen Fluch.» Okolnit winkte ab. «Das Übliche. Es reicht wohl, wenn ich sage, dass Barnabas eine Meinungsverschiedenheit mit seinem Neffen hatte und nichts mehr mit ihm zu tun haben wollte.» Er machte ein amüsiertes Gesicht. «Das war, *bevor* Nequam vom Orden von Itrim exkommuniziert worden ist, vor seinem Todesurteil, vor seiner Flucht und seiner Rückkehr mit den Ostentum. Er war damals fünfzehn Jahre alt.»

Bryn konnte nicht glauben, was er da hörte, aber sein Interesse war geweckt. «Was konnte ein Junge, der jünger ist als ich, anstellen, dass mein wohlhabender Urgroßvater Angst vor ihm bekam?»

«Das zu erzählen, steht mir nicht zu. Das ist ja schließlich das Familiengeheimnis.»

«Und Ihr kennt es zufälligerweise. Warum?»

Okolnits hageres Gesicht wurde ernst. Er beugte sich vor und fixierte den jungen Bellyset mit stählernem Blick. Bryn überlief ein Schauer. Dieses Gesicht passte zu dem Okolnit, von dem er gehört hatte. «Sagen wir einfach, ich habe es mir zur Aufgabe gemacht, Dinge zu wissen. Ich habe gesehen, was Nequam tat, was trotz bester Absichten aus ihm wurde. Ich wurde Zeuge seines Untergangs, und ich durfte nicht zulassen, dass sich das Ganze mit einem anderen Rann wiederholte.»

«Ihr wollt behaupten, der überaus verhasste Nequam war zum Teil *Barue*?»

«Ja.»

«Angenommen, das ist wahr, dann wolltet Ihr deshalb, dass ich in Wenfeld bleibe. Ihr hattet Angst, was aus mir werden könnte, und wolltet, dass ich den Weg der Bellysets einschlage.»

«Ja.»

Bryn schüttelte den Kopf. Er hatte in diesem Moment das merkwürdige Gefühl, außerhalb der Realität zu stehen. Als ob er das Geschehen durch die Augen und Ohren von jemand anderem wahrnahm; als ob er eine Plimpvision miterlebte. Espera hatte die ganze Unterredung hindurch still dagesessen. Dieses eine Mal wusste Bryn, was sie fühlte. Sie dachte, dass sie mit diesem Gespräch nichts zu tun hatte.

Angenommen, Okolnit sagt die Wahrheit … Bryn überlegte, was das bedeutete. Dass er langsam verrückt wurde, hatte vielleicht weniger mit der Klaue des Todes zu tun, als er gedacht hatte. Vielleicht kam ja nur langsam zum Vorschein, was in ihm lauerte … Er holte tief Luft. «Nun, jetzt wo Ihr mir das erzählt habt, stimme ich Euch zu. Wenn ich von Anfang an gewusst hätte, dass Ihr wolltet, dass ich mich mit Kochen und Brauen anstatt mit Kämpfen beschäftige, und warum, dann hätte ich kooperiert.»

Okolnit breitete die Hände aus. «Man kann nicht sagen, was dann geschehen wäre. Aber die Vorsehung hat gewirkt, wie es ihr gefiel, und hier sind wir nun. Blicken wir lieber nach vorn und verleiten sie dazu, zu unserem Vorteil zu wirken.»

«Was Ihr behauptet, erklärt noch nicht, warum ich fern von zu Hause aufwachsen musste. Das ist eine Familientradition der Bellysets, aber –»

«Ja, das weiß ich durchaus. Aber auch das wirst du deine Eltern fragen müssen.»

Bryn stand auf und ging ein paar Schritte, in die Raummitte. «Ich war auf dem Weg nach Baruto, bis ich mich ablenken ließ, hierherzukommen. Ich könnte die Reise einfach zu Ende führen und mit meinen Leuten kräftig Geld verdienen.

Das Leben in großem Stil genießen. Dann könntet Ihr zufrieden sein.»

«Nein. Dafür ist es zu spät.»

Bryn bekam eine Gänsehaut. Das war's also. Nachdem Okolnit ihm nun erzählt hatte, warum, würde er ihn töten. Das Vorgeplänkel war beendet, jetzt zielte er auf den Todesstoß ab. Bryn wappnete sich. Er war bereit, seine Waffe zu ziehen. Alles, was der Mann sagte, mussten Lügen gewesen sein. Was war mit den Tahl Uthnae? Mit der Verschwörung? Zu viele Fragen!

«Der Grund, warum ich wollte, dass du unauffällig bleibst, lag weniger darin, was aus dir werden mochte, als in dem, was *nicht* aus dir werden mochte», fuhr Okolnit fort. «Bitte, setz dich wieder, wir haben noch viel zu besprechen, und ich verfüge über deutlich weniger Zeit als Geld.»

«Was ich nicht werden mochte? Also hattet Ihr keine Angst, ich würde schlimmer werden als Nequam?»

Okolnit seufzte. Bryn stand noch einen Moment länger dort, dann wurde ihm klar, dass der Alte erst fortfahren würde, wenn er wieder saß. Bryn kehrte zu seinem Sitz zurück, blieb aber stehen. «Ich ging natürlich davon aus, dass niemand Nequam das Wasser reichen könnte. Wenn es also jemand versuchte, konnte es nur noch schlimmer kommen. Jeder andere würde sich leichter vom Wahnsinn infizieren lassen, noch schneller, mit noch verheerenderen Folgen. Also habe ich das Geschick deiner Familie seit dem Krieg um das Tor mit dem größten Interesse verfolgt. Ich muss leider sagen, mein lieber Bryn, dass ich über die Jahre mehr als nur eine Handvoll deiner Verwandten getötet habe. Die meisten haben jedoch den Weg deines Urgroßvaters eingeschlagen – den Weg deiner Eltern – und sind Geschäftsleute geworden. Ich ermutigte sie darin, indem ich in ihre Unternehmen investierte und ihnen zum Erfolg verhalf. Sein Rezept ist nicht das Einzige, was Swigny zu diesem Verkaufsschlager gemacht hat. Zunächst wären da die suchtfördernden Bestandteile. Je mehr man davon trinkt, desto mehr wächst das Verlangen. Der Vertrieb war natürlich auch entscheidend. Wie du dir vorstellen kannst, verfüge ich über weitgefächerte Beziehungen.»

Bryn war beeindruckt. Der Alte glaubte offensichtlich selbst, was er sagte. «Beziehungen, sagt Ihr. Dann wette ich, dass Ihr auch an der Verschwörung beteiligt seid.»

Okolnit bedeutete ihm ungeduldig, sich wieder zu setzen, und sein grimmiger Blick überzeugte Bryn davon, zu gehorchen. «Die Verschwörung interessiert uns nicht, Bryn. Wir haben Wichtigeres zu besprechen. Wie ich gerade sagte, behielt ich die Bellysets im Auge – und die Ranns. Normalerweise kamen sie natürlich erst auf meine Liste der Guten oder Bösen, wenn sie volljährig wurden, das Familiengeheimnis erfuhren und sich entschieden, ob sie Feinde des Wahnsinns werden wollten, wie Nequam einer zu sein versucht hatte, oder erfolgreiche Unternehmer. Auf dich wurde ich letztes Jahr aufmerksam, als Quivelda zerstört wurde. Du bist zu deinen Leuten in Wenfeld zurückgekehrt, was mir nur recht war, aber im Hintergrund brodelte es. Diese Narren in Armaah sorgten mit ihren kindischen Plänen für Verwirrung.»

«Die Beobachter Wenfelds», sagte Bryn. «Sie waren Numenii. Und diese Männer, die sich als Apheristenbrüder verkleidet haben, waren Eure Untergebenen. Darum haben uns diese angeblichen Priester belauert.»

«Der Gipfel der Inkompetenz, das gebe ich zu. Damit fingen die Komplikationen in Sachen Dordios an. Aber den Rest der Geschichte kennst du. Du hast den Tahl Uthnae getötet, dir seine Klaue des Todes angeeignet, dieselben Anweisungen empfangen wie die anderen, dich eingemischt. Als ich begriff, schickte ich eine Vision nur an dich, bekam dich am Handgelenk zu fassen, schickte dir wieder eine und so weiter. Hat mich einige Zeit gekostet. Eisenfels war gut geschützt, aber nachdem du es verlassen hast, um deinen Doppelgänger zu retten, diesen Dordios, warst du leichte Beute. Als du in Neuquivelda ankamst, wusste ich ohne Zweifel, dass du nicht Dordios warst und dass du die Klaue hattest. Und vor allem: wo du warst.»

Das erklärte eine Menge. «Also habe ich erst fast meine Hand verloren und dann meinen Kopf an Eure Krieger, weil ich so blöd war, auf Eure maßgeschneiderten Träume hereinzufallen.»

«Genau.»

«Dann haltet Ihr Euch für einen von den Guten, ja? Ihr versucht, Calaspia vor Schaden durch einen neuen Nequam zu bewahren?»

Okolnit sah erschöpft aus. Bryn begriff zum ersten Mal, wie alt er war, älter als Onkel Gug, älter als Onkel Thybil, ja sogar älter als Eridanus. «Gut, böse, das spielt keine Rolle. Ich tue nur, was ich tun will, ohne mich von ermüdenden Überlegungen, was richtig und was falsch ist, lenken zu lassen. Meine Ziele geben mir die Richtung vor, und ich wähle den kürzesten Weg, um sie zu erreichen, ohne darauf zu achten, wessen Gärten mir in die Quere kommen. Ich bin ein selbstsüchtiger Mensch. Wie wir alle.»

Zum Teil klang das sehr nach Codex Culmus. «Und doch tut Ihr Gutes. Oder das, was Ihr für gut haltet.» Bryn kannte die Menschen gut genug, um zu wissen, dass jeder tat, was er für richtig hielt. Trotz der ernsten Lage freundete er sich mit der Vorstellung an, eine derartige Debatte zu führen. Es war wie damals bei den Aposteln des Verstehens. Vertrauter Boden, endlich mal wieder.

«Ich tue, was nötig ist, mehr nicht», sagte sein Gastgeber scharf. «So etwas wie Gut und Böse gibt es nicht; es gibt nur das, was gut für einen ist, und das, was schlecht für einen ist. Essen, trinken, fröhlich sein. Das ist gut. Hungern, verdursten und verzweifeln, das ist schlecht. Ich hatte das Glück, während meines langen Lebens gut zu essen und zu trinken, aber das reichte nie, um mich fröhlich zu machen. Ich suche Wissen. Ich möchte die Geheimnisse des Universums ergründen. Ich habe auf meiner Suche nach der Wahrheit zahllose Gesetze gebrochen, die Zivilisation verschmäht und Leben vernichtet. Was gibt denen, die die Regeln machen, Autorität über mich?»

«Die Wahrheit zu suchen, ist etwas Gutes», sagte Bryn. «Die Wahrheit wird euch frei machen. «

«Wo hast du diese Worte gehört?» Okolnit legte den Kopf zurück, sodass die Schlitze seiner Nasenlöcher sichtbar waren, und musterte ihn von oben herab.

Bryn zuckte die Schultern. «Das ist ein Sprichwort der Apheristenbrüder.»

Okolnit schüttelte langsam den Kopf. «Selbst der Apherist hatte es noch von jemand anders. Das Sprichwort ist weit älter.» Er lehnte sich in seinen Stuhl zurück und fuhr fort. «Die Wahrheit wird euch frei machen … Witzig, nicht wahr, dass Nequam, der der Wahrheit am nächsten kam, ausgerechnet von denen behindert und eingeengt wurde, die die Regeln aufstellen und die Sprichwörter sagen.»

«Ich hätte gedacht, dass jemand wie Ihr, der vor keiner Vorgehensweise zurückschreckt, um seine Ziele zu erreichen, auch nicht vor dem Wahnsinn zurückschrecken würde. Wie Ihr selbst zugegeben habt, sind Euch andere Leute egal. Was ist an Nequams Schicksal dann so schlimm?»

Okolnits finstere Miene erinnerte Bryn wieder daran, bei

wem er war. Er wusste nichts über den abtrünnigen Lehrmeister. «An erster Stelle: Ich lehne den Wahnsinn ab. Er verdreht alles, vor allem die Wahrheit. Ich gebe zu, mich in der Vergangenheit mit den Mächten der Verdammten eingelassen zu haben, aber das ist eine andere Geschichte. Zweitens verfügen nur wenige über das Wissen, das ich habe, das Wissen um Nequams Geschlecht, und von denen verfügen nur wenige über die Mittel, etwas mit diesem Wissen anzufangen. Wenn es anders wäre, wäret ihr alle tot. Also liegt die Verantwortung bei mir. Nicht einmal ein Mensch, der nicht an Gut und Böse glaubt, kann untätig herumsitzen, wenn es in seiner Macht steht, eine Katastrophe zu verhindern. Mich quält die Vorstellung, dass geringere Sterbliche als Nequam versuchen, seine Höhen zu erklimmen, und jämmerlich scheitern. Das darf ich nicht zulassen.»

«Dann kann also nicht einmal Ventlis das Gewissen ausreichend behindern.» Bryn schmunzelte. «Aber warum das Risiko eingehen? Warum uns nicht einfach alle umbringen? Jeden Bellyset und jeden Rann?»

Seine niedergeschlagene Miene leuchtete auf, und ein raues Lachen brach aus seiner Brust. «Der Gedankengang hat etwas für sich. So einfach ist es nur leider nicht. Es besteht ja die winzige Möglichkeit, dass jemand anders da Erfolg hat, wo Nequam scheiterte. Man kann es nicht wissen, und das machte die Sache so verflucht diffizil. Ich sage mir, wenn jemand dafür bestimmt ist zu überleben, dann wird er überleben. Wenn er derjenige ist, der dem Wahnsinn ein Ende machen wird, dann wird er meine armseligen Anschläge auf sein Leben gewiss überleben. Und davon mal ganz abgesehen … ich trinke Swigny auch gern. Und es gibt einen hübschen Profit.»

Okolnits letzte Worte hörte Bryn kaum. Er konnte endlich den Ansatz eines Musters erkennen.

«So geschah es ja bei dir», sprach Okolnit weiter. «Ich schleuderte dir alles entgegen, was ich hatte, und das ist deutlich mehr als in der Vergangenheit. Du hast allen Tahl Uthnae gegenübergestanden und überlebt. Ich habe versucht, dich zu töten – und versagt.» Irgendetwas änderte sich im Blick des Alten: eine Funke, der lange erloschen war, glomm wieder auf. «Bryn. Jemand, der mit einer Hand neun Tahl Uthnae besiegt, ohne in die Magie eingeführt worden zu sein, verdient meinen Respekt. Wenn ein Bellyset so etwas vermag, verlangt das meine Aufmerksamkeit und Unterstützung. Jawohl, ich bin überzeugt, dass du eines Tages so groß wie dein Großonkel werden könntest.»

Bryn wurde ganz anders. Er war nur deshalb noch am Leben, weil die Plimpe die Tahl Uthnae für ihn erledigt hatten. Und jetzt gerade, wurde ihm klar, lebte er nur noch, weil Okolnit dachte, er wäre selbst mit ihnen fertig geworden. Der abtrünnige Lehrmeister wusste nichts von den Plimpen – und er durfte es auch niemals erfahren. *Wie mächtig muss Nequam gewesen sein! Dass ich angeblich neun Tahl Uthnae auf einmal besiegt habe, gibt mir gerade mal die Chance, eines Tages so groß zu werden wie er?* Okolnit würde seinen Fehler bald bemerken, und dann würde Bryn doch noch sterben.

«Viel wichtiger ist aber», fuhr Okolnit fort, «dass ich glaube, du könntest dem Wahnsinn widerstehen. Du hast vielleicht eine Chance, dort erfolgreich zu sein, wo Nequam versagte.»

Bryn schloss die Augen. Ihm war schlecht. Er öffnete die Augen wieder, und der kreisrunde Raum schien sich zu drehen.

«Die Entscheidung liegt natürlich bei dir. Nun, da du die Wahrheit weißt – oder jedenfalls einen Teil davon –, wirst du einiges zu überlegen und zu entscheiden haben. Mein Haus ist dein, solange du es nutzen möchtest. Ich bin sicher, du wirst einige Nachforschungen machen wollen. Vielleicht interessiert es dich, welche Ideale dein Großonkel verloren hat. Meine Mittel stehen dir zur Verfügung. Meine Bibliotheken wären vielleicht etwas für dich, ich besitze einige sehr rare Handschriften.» Er hielt inne und sah Bryn mit der Andeutung eines Lächelns an. «Meine Krieger gehören dir. Ich weiß nicht, wie du sie besiegt hast, aber womit auch immer, deine Techniken lassen sich sicher noch verbessern. Ich freue mich besonders darauf, deine magischen Fertigkeiten zu vervollkommnen. Nequam konnte schließlich kaum mit einem Schwert umgehen. Er wäre gern Dekan geworden, aber er wusste, dass er es wegen seiner körperlichen Schwäche und Unbeholfenheit niemals schaffen würde.»

«Woher wisst Ihr das alles? Ihr redet von ihm, als hättet Ihr ihn gekannt.»

Okolnit sah an seinem Gast vorbei aus dem Fenster, und es war, als würde er noch viel weiter schauen, bis in die Vergangenheit selbst. «Ich kannte Lueth ... Lueth Rann ... Ich kannte Eridanus ... Die beiden waren unzertrennlich. Jedenfalls zu Beginn. Du vergisst, dass ich schon vor den beiden in Itrim war. Ja, ich hatte mit beiden zu tun. Ihr Können und ihre Kenntnisse beeindruckten mich, verblüfften mich sogar.» Der glasige Ausdruck in seinen Augen klärte sich, als er Bryn wieder ansah. «Erinnerungen. Nichts als Erinnerungen – und ein Vermächtnis.» Die blaugrünen Augen schienen bis in seine Seele zu blicken. «Viele deiner Vorfahren haben wegen dieses Vermächtnisses ihr Leben gelassen. Viele hätten bereitwillig die Chance ergriffen, meine Hilfe zu bekommen, statt von mir vernichtet zu werden.»

Bryn sah zu Espera, die zu Boden blickte. Warum hatte sie das mitanhören dürfen? Sie konnte das unmöglich alles gewusst haben; sonst hätte sie es ihm erzählt. Oder nicht?

Vielleicht war es dem Alten egal. Aber er hatte gesagt, dass es nur wenige wussten …

Okolnit fuhr fort. «Selbst wenn du zu der Entscheidung gelangen solltest, dass du nicht versuchen willst, dem Wahnsinn ein Ende zu machen, findest du dann ja vielleicht die Vorstellung gar nicht schlecht, für mich zu arbeiten. Frag Espera.»

«Wir werden sehen. Aber was ist mit den Tahl Uthnae? Mit dem Buch der Zeiten? Der Verschwörung? Ich dachte, Ihr wäret mein Feind.»

«Du bist mir ein bisschen sehr erpicht darauf, Feinde zu haben, mein Freund. Eine sehr furchtlose Einstellung, aber keine ratsame. Feinde kosten Kraft. Ich spreche aus Erfahrung. Freunde kann man sich nicht kaufen, aber seine Feinde kann man bestechen. Tu das, wo immer es möglich ist. Die Investition lohnt sich. Feinde, die du bestochen hast, neigen dazu, sich als deine Freunde zu betrachten, was höchst zweckmäßig ist.»

«Freundschaft geht weit über das Zweckmäßige hinaus.» Bryn dachte an Mittni und Aquiuss, an Onkel Thybil und all die anderen. Waren sie immer noch seine Freunde? Sie waren sehr weit weg. Er riss seine Gedanken von ihnen los und kehrte in die Gegenwart zurück. «Ich habe mir Feinde gemacht, die sich nicht bestechen lassen. Das ist einer der Vorteile Eurer Tahl Uthnae. Soweit ich sagen kann, sind sie sowohl mechanisch als auch genetisch verbessert.»

«Sehr gut beobachtet, Bryn. Sie stellen den Gipfel der Biologie und des Maschinenbaus dar, den Gipfel von Technik und Magie überhaupt. Ich bin sehr stolz auf sie.»

Es war Okolnits voller Ernst, soweit Bryn es spüren konnte. «Sie sind höchst nützlich. Sie machen keine Fehler, vorausgesetzt, sie bekommen zielgenaue Anweisungen. Tatsächlich sind sie für die Erledigung gewisser … Arbeiten die humanere

Alternative. Im Gegensatz zu den meisten Gewaltverbrechern töten sie nur, wenn es nötig ist. Wo die Notwendigkeit jedoch besteht, machen sie ihre Arbeit so gern, wie eine Maschine etwas gern tun kann.»

«Und Ihr vermietet diese Mordmaschinen an jeden?»

«An jeden, der genug Geld hat. Ihre Herstellung war extrem kostenintensiv, und sie sind die Letzten in einer ganzen Reihe Prototypen. Sie sind nahezu vollkommen.»

«Also seid Ihr immer noch damit beschäftigt, sie zu verbessern?»

«Natürlich. Alles, was ich tue, befindet sich in einem Zustand fortwährender Vervollkommnung. Der Tahl, der in Armaah zerstört wurde – ich glaube, du hattest auch dort deine Hand im Spiel –, war das letzte Exemplar eines Vorläufermodells. Die neueren sprechen nicht. Ist dir vielleicht aufgefallen. Die Sprechfähigkeit stellte eine überflüssige Komplikation dar.»

Bryn dachte an Rameon und Peasmi. Seine Stimme war kalt. «Selbst wenn Ihr behauptet, nicht der Verschwörer zu sein, so gabt Ihr doch den Befehl zur Ermordung des Imperators Opeion. *Ihr* steckt hinter seinem Tod.»

Okolnit ächzte in einer Mischung aus Frustration und Amüsiertheit. «Nein, nein, nein, nein! Da liegst du völlig falsch. Ich habe niemanden zur Ermordung des Imperators ausgeschickt. Nein, ich habe meinen Tahl ausgeschickt, damit er ihn *rettet.*»

Espera setzte sich anders hin, und der Alte lachte resigniert, als Bryn ihn verblüfft anstarrte. «Es lag nicht im Interesse der Wirtschaft, wenn diese Verschwörung derartigen Erfolg zeitigte. Aber jetzt ist nicht die Zeit für Mutmaßungen. Lass dir erst einmal durch den Kopf gehen, was ich dir erzählt habe. Meine Krieger sehen wir uns ein andermal genauer an. Wenn du bleiben möchtest. Wie sieht es aus?» Sein harter Gesichtsausdruck machte klar, dass es keine Frage war.

Bryn nickte. «Aber bevor ich Eure Gastfreundschaft genieße, muss ich nach Baruto. Ich will das, was Ihr mir erzählt habt, von meinen Eltern hören.»

«Sehr umsichtig. Und wenn man ihr … Erbe … bedenkt, ihre … *Verantwortung* … dann werden sie dir dankbar sein.»

Bryn wollte nicht schon wieder nachfragen. Er war heute oft genug gezwungen gewesen, seine Unwissenheit zu zeigen; er würde es von seinem Vater, von seiner Mutter hören.

«Vielen Dank für Eure Großzügigkeit, Okolnit. Jemand muss sich um meinen … ähm – mein Vogelweibchen kümmern. Sie ist das Flachland nicht gewöhnt.»

«Die Dienerschaft wird sie mit allem versorgen, was du verlangst. Espera, warum zeigst du unserem Gast nicht sein Zimmer?» Die Ringe an seinen Fingern glitzerten, als Okolnit zum Getränketisch wies. «Davor vielleicht doch ein Glas Ventlis?»

Diesmal lehnte Bryn nicht ab.

✦ 38. KAPITEL ✦

Einzelteile fügen sich zusammen

Kishmish strich sich über die langen, lockigen Augenbrauen und betrachtete das uralte Pergament in dem Glaskasten vor sich. Eridanus brummelte vor sich hin, während er ein Buch durchblätterte: alt zweifelsohne, doch Jahrhunderte jünger als die verwaisten Blätter, die sorgfältig im Raum sortiert lagen. Thybil saß ein Stück weiter an einem Tisch, kritzelte merkwürdige Symbole auf Papier und verband sie mit Strichen, als wäre er in irgendein spannendes Rätselspiel vertieft. Kik-Eritee stand bei der Tür Wache, obwohl auf der anderen Seite, draußen im Flur, bereits Soldaten postiert waren.

Ohne sichtliche Veranlassung räusperte Kishmish sich verschwörerisch. «Wenn es erlaubt ist, tu ich das Wort nehmen.»

Kik-Eritee fuhr auf und wirbelte herum, dass seine langen Arme schwangen. Er starrte den anderen Plimp an. «Nein …», flüsterte er.

Kishmish wiederholte mit mehr Entschlossenheit: «Das Wort, bitte.»

Kik-Eritee riss die Augen auf. Er biss sich auf die Lippen und näherte sich langsam, niedergeschlagen seinem Helden. «Nein!»

Doch der ältere Plimp ließ sich nicht abhalten. Er nickte grimmig und wiederholte in bedrohlichem Tonfall: «Das Wort.»

Kik-Eritee warf sich seinem Mentor vor die Füße und schluchzte Unverständliches. Doch der alte Plimp beachtete ihn nicht. Schließlich seufzte Eridanus, schlug sein Buch zu und wandte sich um. «Nun gut, Kishmish. Ergreift das Wort. Was ist Euer Anliegen?»

Die Augen des uralten Kriegers verengten sich. «Bryn Bellyset.»

Thybil hörte auf zu kritzeln, sah aber nicht auf.

Kik-Eritee ruckte ein letztes Mal verzweifelt am langen, grau gefleckten Beinfell seines Herrn, aber es war zu spät. Frustriert und voller Furcht schrie er auf und rannte davon. «Unheil!», schluchzte er.

Die Steintür fiel nahtlos wieder zu. Als das Knirschen verklang, schüttelte Eridanus sich und richtete sich auf.

«Betraf das die mögliche Zukunft, Kishmish?»

Der Plimp bleckte die Zähne. «Die Vergangenheit, vorbei und erledigt.»

Der Mann verzog das Gesicht. «Ich bin blind gewesen! Wir haben keine andere Wahl … ruft die Gilde zusammen.»

✦ ✦ ✦

«Ist das möglich?» Onkel Gug starrte Eridanus an, der langsam nickte.

«Natürlich ist das *möglich*, Gug – es ist ja schon passiert!» Sarghenta verdrehte die Augen. «Hier geht es nur noch um unser weiteres Vorgehen. Soweit es mich betrifft, steht der Kurs fest, den wir einschlagen müssen … die einzige Frage ist, wie.»

«Aber wir reden hier über Bryn!» Thybil war der Einzige, der nicht saß; er lief im Raum auf und ab. «Der arme Junge hat keine Ahnung, auf was er sich da eingelassen hat! Es ist nicht seine Schuld! Er braucht Hilfe.»

Die Herrin der Culmus Sangui sah ihn mit hartem Blick an. «Ja, durchaus, aber dafür ist es zu spät. Er hatte mehrmals Gelegenheit, sich an einen von uns zu wenden. Das hat er nicht getan. Wir hatten keine Ahnung von der Klaue des Todes … Was hat der Junge noch alles vor uns geheim gehalten?»

Thybil erbleichte. «Magie», sagte er zu sich selbst.

«Was war das?», fragte Sarghenta. «Sprich!»

Thybils Blick schweifte durch den Raum. Er presste die Worte heraus. «Ich habe euch nie von einem Vorfall erzählt, der sich auf dem Weg nach Armaah zugetragen hat. Ein Mann brachte Bryn und Mittni etwas Rüstzeug in Sachen Magie bei – ohne mein Wissen, versteht sich. Johan Tumbleweed war sein Name. Bryn versuchte, einen Stein per Telekinese hochzuheben. Wie ihm das auch immer gelang, aber statt einem Stein sprangen fünf in die Luft. Bryn wurde ohnmächtig. Er hat Telekinese ausgeübt … Aber wie er das auf der Grundlage von Johans kleiner Einführung vermocht hat, könnte ich um mein Leben nicht sagen. Nach meinem Dafürhalten war es weder Psychallasismus noch Ergeomorphismus.»

Sarghenta lachte laut. «Wunderbar. Einfach prächtig, nicht wahr? Thybil, du willst uns damit sagen, er hat der Struktur der Magie schon getrotzt, bevor er seinen Fuß nach Caer Isnova setzte?»

Die nervöse Anspannung im Raum war mit Händen greifbar.

«Ich dachte, es wäre ein einmaliges Erlebnis», sagte Thybil. «Ich … hätte nie geglaubt, dass es alles so schnell kommt.»

«Irgendetwas Derartiges musste sich ja zeigen», sagte Eridanus. «Wie du dir schon gedacht hast, Thybil, könnten diese fünf Steine symbolisieren, dass Bryn Magie in all ihren fünf Zweigen beherrscht. Vielleicht hatte Lueth mit seinen Behauptungen gar nicht so unrecht, auch wenn sie ihn ins Verderben führten.»

«Dann denkst du, es ist ein Omen?»

«Natürlich ist es ein Omen», sagte Eridanus. «Dass er diese fünffachen Fähigkeiten besitzt, wäre eine Erklärung für das Unerklärliche an dem, was er vollbracht hat.»

«Nun, das verleiht Lueths Darstellung einige Glaubwürdigkeit», sagte Gug. «Nun müssen wir nur sicherstellen, dass Bryn nicht denselben Weg einschlägt.»

«Aber er hat ihn schon eingeschlagen!», sagte Sarghenta.

«Wenn wir mit ihm reden, wird er einsichtig sein.» Gug versuchte mit zittriger Hand, das Monokel von seinem Auge zu nehmen, doch es entglitt seinen nervösen Fingern und fiel ihm an der Kette in den Schoß. Er starrte das Stück Glas finster an. «Bryn muss verängstigt und verwirrt gewesen sein. Er hatte guten Grund, nicht einfach mit seinen Sorgen zu uns zu kommen. Überlegt nur, was wir hier besprechen! Wenn wir ihm jedoch sagen, dass wir von seinem Dilemma wissen und ihm helfen wollen, dann wird er gut reagieren.»

Sarghenta bedachte Gug mit demselben Blick, den er seinem Monokel hatte zuteil werden lassen. «Man bekommt eine Klaue des Todes nicht einfach in die Hand gedrückt! Die Tahl Uthnae haben die finstersten Rituale, sie vollziehen die grausigsten Handlungen. Wie könnt ihr euch Bryn hier als Opfer vorstellen? Wacht auf! Er könnte sich als unser größter Widersacher erweisen!» Sie schüttelte ihren grauen Kopf, als könne sie nicht glauben, wie naiv ihre Gefährten waren. «Selbst der Orden von Itrim würde seinen Tod veranlassen, von der apheristischen Kirche ganz zu schweigen. Herrschaften, ihr *wisst*, was zu tun ist. Die Wahrheit kann hässlich sein. Die Pflicht schmerzhaft. Aber es ist nicht das erste Mal so.»

Thybil legte die Hände auf die Rückenlehne seines leeren Stuhls. «Du hast natürlich recht, Sarghenta. Der Codex Culmus bindet uns. Wie schmerzhaft diese Affäre für manche von uns sein mag, wir müssen dafür sorgen, dass die Wahrheit sich durchsetzt und der Gerechtigkeit Genüge getan wird. Also lasst uns vor dem Richten die Wahrheit herausfinden. Beruhigen wir uns und betrachten diesen Fall objektiv, als würde es um irgendwen gehen.»

«Wohl gesprochen.» Eridanus schloss die Augen, und über der schwarzglitzernden Tischmitte begann die Luft zu schimmern. Die fünf Ratsmitglieder sahen eine Vision von Bryn neben dem Eichenbaum. Sekunden später blichen die Farben aus, und der ätherische Dunst zog sich in das Schwarzgold zurück. «Kishmish ist Zeuge dessen geworden – Kik-Eritee ebenfalls, aber er möchte seine Erinnerung nicht mit uns teilen. Er verschließt sich der Realität.»

«Die Realität lässt sich nicht verschließen tun. Babas hat das auch gesieht.» Der Plimp, der da sprach, sah noch wesentlich älter aus als General Kishmish. Man konnte seine Augen kaum sehen hinter den buschigen Augenbrauen; er hatte am gesamten Körper langes Fell, und die diversen Grautöne sahen regelrecht staubig aus gegen das reine Weiß seiner Augenbrauen, Wangen und Brust. Eine seidene pupurfarbene Schärpe hing ihm von der rechten Schulter zur linken Hüfte. «Aber es tut viele Fragen geben, die Antworten werden wollen.»

«Was sollen wir deiner Meinung nach tun?», fragte Sarghenta ungeduldig.

Der Uralte wandte ganz langsam den Kopf und sah die

Herrin der Culmus Sangui mit hochgezogenen Augenbrauen an – womit er beinahe so viel Auge sehen ließ wie ein normaler Plimp. Er wirkte empört. «Wenn der Belly-Bryn mit der Todesklaue kämpfen tut, wo ist dann sein altes Schwert hin?» Er hob die gebrechliche Hand, um seine Frage zu unterstreichen, und sah die anderen an.

«Beim roten Himmel, Maka-Hiapo, du hast recht!», sagte Eridanus. «Sein Culmus! Hat Bryn nicht eine Zeitlang ein Schwert ohne Scheide am Gürtel getragen?»

«Seit wann hatte Bryn die Klaue genau?», überlegte Gug. «Hatte er sie schon in Caer Isnova?»

Sarghenta schüttelte den Kopf. «Soweit ich mich erinnere, trug er sein Schwert stets in der Scheide. Allerdings sind Mittni und er, unmittelbar nachdem sie ihre Culmi erhalten haben, nach Eisenfels aufgebrochen.»

«Ich hatte gedacht, dass er die blanke Klinge getragen hat, wäre ein Zeichen der Trauer und des Zorns.» Thybil schlug sich vor die Stirn. «Aquiuss, sein Mentor, ging ebenfalls davon aus. Offensichtlich hat er die Klaue schon getragen, seit er den Tahl Uthnae besiegt hat.»

«Wenn die blanke Klinge die Klaue des Todes war», sagte Eridanus, «und er die Klaue geheim hielt, was ja wohl zweifelsfrei feststeht, warum tat er es dann auf so verdächtige Art und Weise? Warum schob er sie nicht einfach in die alte Scheide? Er hatte doch eine gute, oder nicht?»

Thybil setzte sich schwer. «Wir müssen den Culmus finden. Sollen wir Maka-Hiapo ausschicken?»

«Nein!», schnitt ihm Sarghenta das Wort ab. «Eridanus, wirst du so gut sein?»

Gug flüsterte zu Thybil: «Weißt du noch, wie wir Maka ausgeschickt haben, den Talisman Alioths zu holen? Er kam drei Wochen später mit einer Geschichte von irgendeinem belanglosen Bauern zurück, dem er in irgendeiner belanglosen Gegend von Nomidien geholfen hat, seinen belanglosen Bauernhof wieder aufzubauen. Und den Ring, den er holen sollte, hatte er auch nicht dabei! Er ist zu unberechenbar!»

Thybil zog eine Grimasse und nickte. «Eridanus, Bryns Zimmer ist zweifelsohne die erste Anlaufstation.»

«Nun denn.»

Einen Augenblick später war er verschwunden.

Sarghenta spreizte auf der Tischplatte die Finger. «Während wir auf genauere Einzelheiten des Betrugs warten, wollen wir besprechen, wie wir diese Bedrohung am besten ausschalten.»

✦ 39. KAPITEL ✦

Ideale

Bryn erwachte bei Vogelgesang und dem Geräusch von fallendem Wasser. Licht strömte durch die hohen Fenster und wurde in sanften Farben von der bemalten Decke zurückgeworfen. Erinnerungen an den gestrigen Tag huschten Bryn durch den Kopf wie Bruchstücke eines merkwürdigen Traums.

Es war alles zu seltsam. Okolnit hatte mit solcher Überzeugung gesprochen, aus seinem Mund hatte sich alles so plausibel angehört – doch wenn Bryn jetzt in Ruhe darüber nachdachte, allein, dann erschienen ihm die Behauptungen des Alten absurder als je zuvor. Die Bellysets konnten niemals etwas mit Nequam dem Abseitigen zu tun haben, Nequam dem Verfluchten, Nequam dem Wahnsinnigen. Lueth Rann.

Aber Okolnit wusste so viel über die Bellysets und Swigny, dass es schon erschreckend war. Warum interessierte er sich so für sie, wenn nicht aus diesem Grund? Geld hatte der abtrünnige Lehrmeister selbst genug … Und warum sonst hätte er Bryns Tod gewollt haben sollen, nur um angesichts von Bryns scheinbarer Macht seine Meinung zu ändern?

Es gab nur einen Weg, es herauszufinden. Bryn stand auf

und zog sich an. Okolnit hatte ihn mit einem neuen Satz Kleider ausgestattet, dem Gewand eines hiesigen Adligen. Bryn hatte sich vor dem Zubettgehen gewaschen, und bei seiner Rückkehr aus dem Bad war die Uniform der Tahl Uthnae verschwunden.

Sein Zimmer ließ sich mit dem im Regere Mansionum vergleichen, nur dass es größer und geräumiger war. Bryn fühlte sich unter den hohen Decken der einstöckigen Gebäude, vor deren Fenstern ausgedehnte Gärten lagen, beinahe frei. Hier hielten sich wesentlich weniger Leute auf als in den Regierungsgebäuden, und die Diener wirkten unbekümmert; das machte einen großen Unterschied für sein Wohlbefinden.

«Meine Eltern haben abgelehnt, nicht wahr?»

Bryn frühstückte an einem riesigen Eichenholztisch. Okolnit sah ihm schweigend dabei zu. Ansonsten war der Raum leer bis auf einen gelegentlichen Diener, der hereinschaute, um nachzufüllen oder etwas zu ergänzen.

«Abgelehnt, Bryn?»

«Mein Vater. Er hat den Weg seines Großvaters eingeschlagen, oder?»

«Selbstverständlich. Anderenfalls wäre er ja tot, nicht wahr?» Bryn biss die Zähne zusammen. Er hatte die Bestätigung ja haben wollen. Hatten alle Bellysets, die am Leben geblieben waren, davon Abstand genommen, das Land vom Wahnsinn zu befreien? Und wie hätten sie das überhaupt tun sollen? «Ja, Felix trat in die Fußstapfen von Barnabas», sagte Okolnit. «Rosmerte war zutiefst enttäuscht. Doch nach dem Tod ihres Mannes, in dessen Adern wohlgemerkt kein Bellysetblut floss … war sie im tiefsten Innern, glaube ich, froh, dass ihr Sohn sich seinen Frieden erkauft hatte. Um den Preis seiner Freiheit. Finanzielle Freiheit war alles, auf was er Wert legte.»

«Und Mama Bellyset schlug Nequams Weg ein?» Okolnit nickte. Bryns Puls beschleunigte sich. Seine Großmutter hatte am Kampf gegen den Wahnsinn teilgenommen. «Aber warum hat Mama Bellyset dann überlebt?» Noch während er das sagte, wurde ihm klar, dass sie nicht überlebt hatte. Oder nur bis vor kurzem. *Ermordet durch den Kult des Wahnsinns,* ermahnte er sich.

Etwas flackerte in den kalten Augen des Alten. Schmerz? Reue? «Eine lange Geschichte, mein Junge», sagte er leise. «Du musst wirklich mehr darauf achten, was du zu dir nimmst.»

«Verzeihung?» Der plötzliche Themenwechsel kam überraschend genug, und dann noch in eine solche Richtung. «Wollt Ihr damit sagen, ich wäre zu dick?»

Okolnit seufzte. «Es geht mir weniger um das Gewicht als um die Gesundheit.»

Bryn hatte sich, seit er die Culmus Sangui verlassen hatte, nicht im Geringsten dafür interessiert, was er aß. Und das tat er auch jetzt nicht. Stattdessen fragte er: «Wo ist Espera?»

«Sie zog es vor, uns nach dem Gespräch gestern Abend heute lieber allein zu lassen.» Bryn akzeptierte das mit einem Nicken, obwohl er eine andere Gesellschaft als die des Mannes, der seinen Tod gewollt hatte, vorgezogen hätte. «Sie gefällt dir, nicht wahr?»

Bryn zuckte die Schultern. «Sie ist ein interessanter Mensch. Aber nicht mein Typ, falls Ihr das meint.»

Seine Antwort schien Okolnit zu amüsieren. «Und das weißt du natürlich ganz genau.»

Bryn machte ein beleidigtes Gesicht, kaute aber weiter.

«Herrje, du weißt doch gar nichts, was dich betrifft.»

Im Stillen gab Bryn seinem Gastgeber recht. Er wusste wenig genug über sich, von seinem Erbe ganz zu schweigen. Die alten Fragen, die er so lange als irrelevant und wenig konstruktiv unterdrückt hatte, die er als das Geschwätz eines eingebildeten Philosophen ignoriert hatte, stürzten wieder auf ihn ein. Es stimmte. Er hatte keine Antworten gefunden, er hatte nur aufgehört, die Fragen zu stellen.

«Die wenigsten Leute wissen das», fuhr Okolnit fort. «Wo liegen deine Grenzen? Du kennst sie besser als die meisten Leute. Nachdem du dieses ... *Training* ... hinter dir hast und so weiter.»

Bryn hätte sich fast verschluckt. Hatte er richtig gehört? War es möglich, dass der Lehrmeister auch noch über die Culmus Sangui Bescheid wusste? Er sagte nichts, weil er Angst hatte, seinem Gastgeber mehr zu verraten, als dieser ohnehin schon wusste.

«Du weißt nichts über dein Erbe. Du hast keine Ahnung, wie man Swigny herstellt, du weißt nicht, was du mit deinem Geld anfangen sollst oder wie das mit dem Geld überhaupt funktioniert. Du kennst deinen Platz in der Welt nicht.»

Bryn schluckte. «Vielleicht habt Ihr recht», sagte er und wusste genau, dass Okolnit recht hatte.

«Es bereitet mir kein Vergnügen, dir Beleidigungen an den Kopf zu werfen, Kind. Ich will dir nur das in Erinnerung rufen, von dem du schon weißt, dass es wahr ist, dem du dich aber noch einmal stellen musst. Deiner Identität.» Okolnits Gesicht wurde nicht weicher, wie es bei Thybil gewesen wäre, wenn er ihm eine Lektion erteilte, sondern blieb voller fester Entschlossenheit. Bryn wusste das zu schätzen. Okolnit behandelte ihn wie einen Mann, nicht wie ein Kind. «Du musst das erfahren, bevor du dich mit deinen Eltern triffst.»

Okolnit schob seinen Stuhl zurück und stand auf. «Die Identität der meisten Leute verändert sich zusammen mit ihrer Umgebung, ihren Freunden, ihren Besitztümern. Du kannst es dir nicht leisten, wie sie zu leben. Sie haben keine

Richtung, kein Ziel. Ich weiß, wie es ist, alles zu besitzen … und doch nichts zu haben.»

Er blickte wieder in seine Vergangenheit zurück. «Ich sah Lueth als das, was er war – ein Genie. Jemanden wie ihn gab es seit Menschengedenken nicht. Ich erkannte seine Ziele und wusste, dass er das Potenzial hatte, sie zu erreichen. Ich riskierte alles für Lueth. Ich verließ Itrim aus Protest, als sie ihn auswiesen. Ich war bei seiner Flucht im Gerichtsgebäude, als er diejenigen tötete, die ihn aufhalten wollten. Da ich die Künste der Verdammten selbst studiert hatte, erkannte ich als Einziger, dass Lueth sich nicht der Kräfte des Wahnsinns bedient hat. Nein, das kam erst viel später, als er längst der ausgestoßene und verfluchte Nequam war. Er war der beste Magier seiner Zeit und übertraf Eridanus um Längen. Er kämpfte sich mit Psychallasismus ins Freie – mit Gedankenkraft von einer solchen Stärke, dass die Augenzeugen es für Wahnsinn hielten.» Okolnit schüttelte traurig den Kopf.

Bryn schnaubte. «Ihr behauptet, Lueth wäre unschuldig gewesen?»

«Genau das.» Okolnit starrte ihn grimmig an. «Nequam jedoch nicht. Ich tue nicht so, als trüge Nequam nicht die Verantwortung für den Krieg um das Tor, auch wenn es mir anders lieber wäre. Ich tue nicht so, als hätte er nicht die Ostentum nach Calaspia und damit Millionen den Tod gebracht. Aber andere haben ihn zu diesen Akten der Verzweiflung getrieben. Was würdest du tun, wenn du die Wahrheit entdeckt hättest, aber niemand dir glauben wollte?»

Da brauchte Bryn nicht lange nachzudenken. Er erinnerte sich noch gut daran, wie frustriert die Barue gewesen waren, wie ausgegrenzt sie sich gefühlt hatten, als niemand ihrer Nachricht von der Rückkehr der Ostentum hatte glauben wollen. Ironischerweise hatten sie sich damit ja geirrt. Aber er kannte diese Situation. Da sie sich im Besitz der Wahrheit gewähnt hatten, waren sie zu fast allem bereit gewesen, um anderen begreiflich zu machen, in welcher Gefahr Calaspia sich befand.

«Er war mein Herr, mein Meister, mein Idol … Ich wollte unbedingt miterleben, wie seine Träume Wirklichkeit wurden. Ich diente ihm treu, auch nach seinem Sturz noch, wenn man es so nennen will – nachdem er dem Makel des Wahnsinns erlegen war.»

Auf einmal war bestätigt, was Bryn während dieses ganzen Geredes über Lueth durch den Kopf gegeistert war. Bryn hatte es auch von anderen schon gehört. Okolnit war auf Nequams Seite gewesen. Auf der Seite der Ostentum. Welche Position hatte er genau eingenommen? Bryn wollte ihn nicht fragen, jedenfalls jetzt noch nicht. Hatte er die Apostaten angeführt?

«Aber nun genug der Rede über Lueth. Ich erzähle dir das alles, weil ich nicht möchte, dass du die gleichen Fehler machst. Das Wichtige ist, nicht zuzulassen, dass man verändert wird. Lueth, so groß er war, hat sich verändern lassen. Manches davon mag dem Einfluss des Wahnsinns geschuldet sein, durchaus, aber vieles wurde auch durch den Schmerz verursacht, den ihm seine Mitmenschen bereiteten. Wenn selbst Dämonen es eilig haben, einem zu gehorchen … Wie kann man ihm da vorwerfen, diesen Weg eingeschlagen zu haben?»

Okolnit seufzte. «Lueth tat immer so, als wäre es ihm egal, was andere über ihn dachten oder sagten, aber als seine eigene Familie ihn verleugnete, war ihm das unerträglich. Der herbste Schlag war natürlich Eridanus. Das gab ihm den Rest. Er hatte geglaubt, Eridanus würde ihn verstehen. Sie hatten vorher zusammen Regeln gebrochen, aber das … das war etwas anderes. Das war tödlicher Ernst.»

Draußen klapperte Geschirr, und anscheinend wurde Okolnit dadurch in die Gegenwart zurückgeholt. «Zusammen mit seinen Zielen wurden auch die meinen zunichtegemacht. Ich verlor meine Richtung. Ich kehrte nach Itrim zurück und ging so viele Risiken ein, wie ich nur konnte, da ich nichts mehr zu verlieren hatte. Ich hatte auch nichts zu gewinnen, fand ich. Ich lebte wie der Rest der Menschheit auch – richtungslos. Ich hätte Wahnsinn, aber dafür mit Richtung, vorgezogen.

Vielleicht verstehst du jetzt, was ich meine, wenn ich sage, dass ich alles besitze und doch nichts habe. Ich habe keine Freunde, keine Familie – niemanden, der mir am Herzen liegt. Ich habe öffentlich Reue dafür gezeigt, dass ich gemeinsame Sache mit Nequam gemacht habe. Es war der einzige Weg. Aber im Innern blieb ich ihm und seiner Sache treu. Ich weiß, dass Lueth erfolgreich gewesen wäre, hätte Itrim nur hinter ihm gestanden. Ich weiß es, und ich verabscheue sie dafür. Mit diesem Zorn war es mir unmöglich, wieder ein Teil der Gesellschaft zu werden und ein normales Leben zu führen. Ich blieb auf meinem Weg, auch wenn die Sache verloren war. Man könnte sagen, dass auch ich in gewisser Weise vom Wahnsinn verdreht worden bin, auch wenn mich seine entstellende Kraft nie getroffen hat. Die Wahrheit kann einen verrückt machen, Bryn. Regelrecht verrückt machen …»

Bryn stand ebenfalls auf. Er fühlte sich unwohl in seinem Stuhl, während Okolnit um ihn herumging und von oben herab zu ihm sprach. Er wollte sein Gesicht sehen. «Ihr wisst von der Verschwörung», sagte er. Der Alte antwortete nicht. «Dann müsst Ihr auch wissen, dass es ein Fehler auf Seiten meiner Leute war, der den Usurpatoren geholfen hat, an die Macht zu kommen. Ich habe selbst Skepsis und Ablehnung erfahren, während ich glaubte, wir täten das Richtige. Wie sich herausstellte, war es das Falsche, aber wir haben in der besten

Absicht gehandelt. Genau wie Ihr.» Okolnit quittierte das mit einem Nicken. «Für mich hört es sich so an, als hättet Ihr Nequam nahegestanden – Lueth. Was war mit den anderen? In welchem Umfang wollte die Apostaten, was er wollte? War mein … mein Großonkel …» Bryn fiel Thybil ein, der Mittnis Großonkel war. Genau genommen war Nequam als Cousin von Mama Rosmerte und Neffe von Barnabas sein Urgroßcousin. «… war Lueth sich ihres bösen Wesens bewusst?»

Okolnit machte eine finstere Miene. «Die anderen Lehrmeister, die sich ihm anschlossen, Magiere zumeist, aber auch Zauberer, die nichts mit Itrim zu tun hatten – sie taten es aus den falschen Gründen. Die Apostaten wollten Ruhm, Macht, Freiheit. Ich sehnte mich nach nichts davon. Nichts konnte gegen unsere Absicht bestehen: Calaspia aus der Umklammerung des Wahnsinns zu befreien.»

«Und doch habt Ihr seine Einwohner am Ende nicht befreit, sondern beinahe vernichtet», sagte Bryn. Zorn wallte in ihm empor, als er sich die monströsen Ostentum vor Augen rief. Wie konnte das jemand mit guten Absichten zu verantworten haben? Als ob Nurgor nicht schlimm genug waren …

«Das … kann ich dir nicht sagen.»

Bryn fuhr auf, und Okolnit hob eine Hand. «Ich will versuchen, es zu erklären, aber ich kann nicht mit Worten ausdrücken, wie es war, dort zu sein. Und selbst wer dort war, durchschaute kaum die Fassade. Die Wahrheit kannten wenige. Kaum jemand wusste, was dort lief, geschweige denn, warum. Alles passierte sehr schnell. Wir wurden angegriffen, und Lueth reagierte mit einer Wucht, die alles hinwegfegte. Die Numenii warfen uns alles entgegen, was sie hatten, und er benutzte, was ihm zur Verfügung stand. Er besaß kein richtiges Heer, also machte er sich daran, eines zu finden.

Du darfst nicht vergessen, dass er zu diesem Zeitpunkt viel

Zeit in der Geisterwelt verbracht hatte. Er war nicht mehr derselbe. Niemand kann die Trennung von Körper und Seele durchstehen, ohne einen Preis dafür zu bezahlen. Bedenke auch, dass ein Dämon seinen Truppen befehligte, wenn er nicht da war. Ayactan.» Okolnit sah zur Decke, als riefe er sich das Gesicht des Widersachers ins Gedächtnis. «Ayactan war ein übler Geselle. Ist er immer noch, wie ich höre. Dämonen ändern sich nicht. In jedem menschlichen Wesen steckt immer noch ein bisschen Hoffnung – etwas *Gutes*, wie du es nennen würdest –, oder jedenfalls ein Keim davon. Aber nicht in Dämonen.»

«Dann machte Ayactan also alles noch schlimmer?»

Okolnit zuckte die Schultern. «Er war ein mächtiger Krieger, ein nützliches Werkzeug, um die Horde in Zaum zu halten, und für diejenigen, die ihn sahen, ein furchterregender Feind. Der Ruf, der ihm vorausging, reichte aus, um unseren Völkern das Blut in den Adern gefrieren zu lassen. Aber ich bin überzeugt, dass es falsch war, jemanden … etwas … wie ihn auf unserer Seite zu haben. Ich war entsetzt, als ich ihn das erste Mal sah. Aber wie immer vertraute ich darauf, dass Lueth es besser beurteilen konnte. Er allein kannte sämtliche Aspekte des Plans. Nur war er natürlich vom Kurs abgekommen. Ich glaube, am Ende waren ihm seine ursprünglichen Ziele egal – er ist wirklich verrückt geworden.»

«Dann seid Ihr bis zum Ende bei ihm geblieben?»

«Das könnte man so sagen», antwortete Okolnit leise. «Jedenfalls bleibt die Tatsache, dass aus Lueth durch seine Taten und die anderer jemand wurde, der er nicht hätte sein dürfen. Dir darf nicht das Gleiche passieren. Ich werde nicht ein zweites Mal müßig herumsitzen, während derjenige, der unser Retter sein sollte, verheerenden Schaden unter den Nationen anrichtet!»

Retter? Allein der Gedanke war der reine Irrsinn. «Was soll ich tun?», fragte Bryn. «Wie vernichtet man den Wahnsinn?»

«Bereits die Vorstellung finden die meisten Leute grotesk.» Okolnit setzte sich verärgert. Zum ersten Mal wirkte er auf Bryn nur wie ein alter Mann. «Aber die Weisen sind Narren. Die Erleuchteten sind blind.»

«Damit weiß ich immer noch nicht, was von mir erwartet wird.» Bryn sah ungeduldig auf Okolnit hinab. Nichts lief so, wie er es sich gedacht hatte. Je länger er dem abtrünnigen Lehrmeister zuhörte, desto deutlicher wurde, dass er seine Eltern aufsuchen musste.

«Du musst deinen Weg selbst einschlagen. Vielleicht hat Lueth sich geirrt. Vielleicht machte er alles verkehrt. Du musst das für dich selbst herausfinden. Meine Mittel habe ich dir schon zugesagt.» Okolnit sah ihn entschlossen an und war einen Moment lang still. «Wer weiß, wenn wir die Sache diesmal aus einem anderen Winkel angehen ... vielleicht wird Eridanus dann mehr Verständnis haben.» Er machte ein nachdenkliches Gesicht. «Er hat sich sehr weiterentwickelt seit dem Krieg um das Tor. Ja, wahrhaftig, du musst dir den ehemaligen Hohen Lehrmeister als Verbündeten bewahren.»

Auf einmal fiel Bryn wieder ein, wie er Eridanus zum ersten Mal begegnet war. Der Hohe Lehrmeister hatte ihn anscheinend schon gekannt. Er hatte ihn auf merkwürdige Weise angesehen. Nun verstand der Barue. Eridanus war ein enger Freund Nequams gewesen, also von Lueth, einem Verwandten Bryns.

«Dafür ist es zu spät.» Bryn setzte sich wieder und besah sich ohne Interesse die Überreste seines Frühstücks.

Okolnit grinste ihn spöttisch an. «Du hast noch viel zu lernen. Über Menschen zum Beispiel. Lueth kannte die Menschen. Er war ein verbitterter Zyniker, gewiss, aber er wusste, wie er sich geben musste. Er wusste, wie er bekam, was er wollte.»

Ein Zyniker … Hatte Bryn seine ruhelose, kritische Art von diesem Zweig der Familie?

«Lueth konnte einen dazu bringen, alles für ihn zu tun. Er wusste, wie man die Begeisterung der Geistlosen weckte. Er brachte mir bei, was das Unsinnige am Materialismus war, ohne dass er es auch nur darauf anlegte. Ich sah, wie er sein Leben lebte, und ich glaubte. Als er von uns genommen wurde, wusste ich nicht, wohin – und irre noch heute umher.»

«Wollt Ihr mir auch noch etwas anderes beibringen, als Mitgefühl für den meistgehassten Menschen Calaspias zu empfinden?»

Okolnit fegte seinen Einwand beiseite. «Du hast mich um Rat gebeten, also hab ich dir welchen gegeben. Du tätest gut daran, alles Weitere von deinem Vorgänger zu lernen. Ahme seine Weisheit nach, vermeide seine Fehler, lerne, wer du sein wirst.»

«Ich soll zu mir selbst finden?» Im apheristischen Glauben ging es oft darum, dass Leute zu sich selbst fanden, und Bryn hatte nie viel von dieser Einstellung gehalten.

«Du sollst dich zurechtfinden – aber nicht nach dir suchen … Du kannst nicht finden, was noch gar nicht existiert, oder das, von dem du noch nicht glaubst, dass es existiert. Suche nach dem richtigen Weg, und die Route, die du einschlägst, wird widerspiegeln, wer du bist. Finde nicht dich selbst – erfinde dich.»

Das war ja alles sehr schön, fand Bryn; es klang gut. Er dachte ähnlich. Aber an diesen Worten war nichts Greifbares, sie waren heiße Luft, mehr nicht. Es wurde deutlich, dass der Alte nichts weiter sagen wollte. Enttäuscht machte Bryn sich daran zu gehen.

«Denk daran, nicht was man sagt, macht einen zu dem, was man ist; das ist nur die Spitze des Eisbergs. Auch nicht, was man hat. Sondern was man tut. Die Entscheidungen, die man trifft. Deine Identität ist das, was du willst, und das gilt es herauszufinden. Erziehe dich selbst, werde ein Gebildeter in Sachen Wahnsinn.» Die eisigen blaugrauen Augen starrten ihn an. «Die Wege erstrecken sich vor dir. Nicht der Weg wird für immer deine Identität festlegen, sondern deine Identität wird den Weg wählen.»

Der Barue zögerte. «Ich werde mich selbst erziehen, wie Ihr gesagt habt. Wenn es stimmt, was Ihr sagt, werde ich wohl wiederkommen. Vielen Dank für Eure Gastfreundschaft», schloss er unbeholfen und eilte aus dem Raum.

Er war auf halbem Wege zu seinem Zimmer, als sich eine hochgewachsene Gestalt von einer Säule löste. Bryn verlangsamte erst, als er das vernarbte Gesicht erkannte. Es war der Totschläger, der sie am ersten Tag nach ihrer Flucht aus Wenfeld im Amboss angegriffen hatte.

«Na, haben wir ein hübsches kleines Gespräch gehabt?», fragte Narbengesicht.

Bryn lockerte seinen Griff um die Klaue des Todes. Natürlich – Narbengesicht war einer von Okolnits Leuten. Genauso wie der mit dem irren Blick, Jasper.

«Und du bist?», fragte Bryn, den diese Provokation anödete. Er wollte Baruto so schnell wie möglich erreichen. Er wollte Antworten.

«Levin Degger, *zu Diensten.*» Der Hüne trug nicht mehr das Gewand eines Apheristenbruders, sondern Leder und Metall, was ihm weit besser stand.

«Angenehm.» Bryn ging weiter.

Eine schwere Hand landete auf seiner Schulter. Bryn zuckte, wollte schon reagieren, konnte den Impuls, sich zu verteidigen, aber gerade noch unterdrücken. Degger missverstand sein Zucken als Ausdruck von Überraschung und Angst und grinste höhnisch. «Doch nicht so mutig, wie Okolnit meint, hm?»

Bryn weigerte sich zu glauben, dass der Mann über die Plimpe und die Tahl Uthnae Bescheid wusste. Er musste etwas anderes meinen. Bryn ermahnte sich, nicht ständig mehr in Worte hineinzulesen, als dort tatsächlich stand. «Das geht dich nichts an. Frag deinen Herrn, wenn du es unbedingt wissen willst.»

«Ich weiß gar nicht, warum er sich die ganze Mühe gemacht hat. Du bist es nicht wert. Ich hätte ein wenig mehr erwartet, ehrlich gesagt.» Der Griff wurde fester. «Nicht zu fassen, dass der Alte Angst vor dir hatte! Ist doch schließlich der einzige Grund, warum er dich tot haben wollte, stimmt's? Und jetzt hat er dich auf der guten Seite verbucht, und du bildest dir ein, du wärst seine rechte Hand oder so was. Tja, da habe ich Neuigkeiten für dich, Jüngelchen – das bist du nicht!»

Bryn, der genau zugehört hatte, musste lachen. Levin Degger, das Trampeltier, war eifersüchtig! Weil er, Bryn, ihm womöglich seine Position als oberster Totschläger wegnahm!

«Du hast nichts von mir zu fürchten, Narbengesicht. Deine Position nimmt dir keiner weg. So tief werde ich niemals sinken.» Lachend fegte er die große Hand von seiner Schulter.

«Der Meister hat mich schon zu den Numenii beordert, wo ich sein Mann ‹vor Ort› in Sachen Verschwörung sein soll, in der Inquisition», knurrte Degger. «Und nun rate mal, was das heißt!» Er kam Bryn nach. «Dass ich gleich weg bin. Und der Alte ist gerade nicht hier, um auf dich aufzupassen!»

Bryn spürte die Bewegung hinter sich und tauchte weg, nutzte die Wucht hinter dem Schlag des Mannes, um ihm den Arm umzudrehen und zu Boden zu werfen. Degger war der größte Gegner, den er je geworfen hatte, und das einzigartige Gefühl, jemanden durch die Luft zu schleudern, der doppelt so schwer war wie er, versetzte Bryn in Hochstimmung. Levin Degger landete mit einem befriedigenden Rumsen auf dem Marmor. Bryn dachte, das hätte ihm den Atem verschlagen, aber Narbengesicht trat sofort nach ihm. Bryn hatte das nicht erwartet und ging zu Boden. Der Tritt vor seine Schienbeine war schmerzhaft, aber er machte das Beste aus seinem Sturz – er landete kurz auf den Händen, trat den sich aufrichtenden Degger vor die Brust, stieß sich ab und stand wieder.

«Du *kapierst* es nicht, oder?», sagte Bryn, als Narbengesicht mühsam wieder hochkam. «Du sollst *liegen* bleiben!» Er brachte einen Tritt direkt gegen seinen Kopf an, der mit einem unschönen Krachen gegen den Boden knallte, und nun rührte Degger sich nicht mehr.

Sofort fiel Bryn der Attentäter gegen Imperator Aurgelmir wieder ein, den er unter seinem Pferdewagen zerquetscht hatte … und der Glatzkopf, gegen den er auf der Gefängnisinsel von Armaah geboxt hatte. Beide waren tot. Beide waren im Unrecht gewesen, das wusste er, aber das machte die Sache nicht besser. Er wollte keinen weiteren derartigen Unfall. Er wollte nicht genauso abstürzen wie Lueth. Er wollte kein Nequam werden. Wie die Erinnerung an einen Traum stand plötzlich seine letzte Handlung in Eisenfels vor seinem inneren Auge. Was war aus ihm geworden?

Entsetzt rannte Bryn auf sein Zimmer.

In seinem Rücken, im Garten, saß Espera. Das Lächeln, das während des Kampfes ihr Gesicht beherrscht hatte, wich einem nachdenklichen Stirnrunzeln.

✦ ✦ ✦

«Selbst wenn deine Eltern dich überzeugen sollten, lieber Geld zu verdienen, Kind, würde ich dir raten, dass du zu mir zurückkommst und die Geheimnisse des Unternehmertums lernst. Es gibt eine Menge, was deine Eltern nicht wissen. Ich würde meine Einsichten gern mit einem Bellyset von deiner Statur teilen.»

Okolnit warf ihm einen schweren Beutel zu, der klirrte, als er ihn auffing: Münzen.

«Dies sollte die Dauer deiner Reise beachtlich verkürzen. Schließlich reisen in Bel-Tued nur die Armen oder die Irren zu Fuß.»

«Danke», sagte Bryn. Er trug auch neue Kleider und neue Stiefel. «Seid Ihr so erpicht darauf, mich bald wieder hier zu haben?»

Der hochgewachsene Alte sah ihn verschmitzt an. «Diese Menge Gold haben mir die diversen Swignygeschäfte deiner Eltern in der Zeit eingebracht, die es brauchte, dir das Geld zuzuwerfen.»

Okolnits Gegenwart war für einen Barue in etwa so, wie in der Nähe eines Schwarzen Lochs ohne jede Emotion zu sein. Weit schlimmer als bei Espera. Die Gefühle des Alten waren so tief in ihm vergraben, seine Fassade war so stark, dass er sich anfühlte wie ein Grab. Nun konnte Bryn sich vorstellen, wie es für einen Menschen ohne Barue-Sinne sein musste.

«Und wenn ich nicht wiederkomme? Ich vertraue Euch nicht.»

«Kind, das verlangt auch niemand von dir.»

Sylvata krächzte über ihnen; sie wollte los.

«Aber warum sollte ich Euch glauben?»

«Weil es die Wahrheit ist, und wer sich dafür entscheidet, die Wahrheit nicht zu glauben, hat keine Entschuldigung.

Die Menschen sollten auf der Grundlage dessen handeln, was sie als die Wahrheit kennen.»

«Natürlich. Aber ich kannte die Wahrheit nicht, und mein Handeln hat mich auf Eure Todesliste gesetzt. Ich konnte nichts dagegen machen.»

«Aber ja. Du vergisst, dass ich dich gewarnt hatte. Meinen Wünschen zuwiderzuhandeln, war mutig, zweifelsohne, aber die Konsequenzen deines Handelns lagen von Anfang an auf dem Tisch. Aber ich bin nicht perfekt. Ich habe meine Befehle damals nach bestem Wissen gegeben, aber *ich* wusste auch nicht alles. Nun bin ich froh, dass du mir die Stirn geboten hast, denn sonst hätte ich die Wahrheit nie erfahren. Über dein Potenzial … die Möglichkeit.»

Diese Geschichte wieder. Bryn konnte sie nicht glauben, aber einfach ignorieren konnte er sie auch nicht. Er würde bald mehr herausfinden, wenn nicht sogar alles. Von den Belysets.

«Nun geh, oder wartest du auf noch mehr Gold?»

Lachend wandte Okolnit sich ab und rauschte in seinen Palast, ohne sich noch einmal umzusehen.

✦ 40. KAPITEL ✦

Toleranz

Mittni zwang sich dazu, in das heisere Gelächter mit einzufallen. Er warf seine Brandfackel, die er am liebsten gegen seine zerstörerischen Gefährten geschleudert hätte, in hohem Bogen auf das strohgedeckte Dach irgendeines unschuldigen Bauern und sah zu, wie die Flammen aufloderten und sich der fröhlich brüllenden Feuersbrunst anschlossen, die die anderen Häuser verschlang. Die Besitzer der Häuser rannten kreischend umher, die Augen weit aufgerissen, Verzweiflung in ihren Stimmen. Ein ältlicher Mann stellte sich einem Soldaten mit der Mistgabel entgegen und wurde ohne Zögern niedergestreckt. Sein Haushalt schrie hysterisch. Einige Angehörige drängten vor, um ihn zu rächen, wurden aber von ihren Freunden zurückgehalten.

Mittni litt mit ihnen. Er hatte so etwas schon erlebt. Es war wie das, was damals Quivelda zugestoßen war, nur irgendwie noch schlimmer. Diese Tragödie wurde von Mitmenschen angerichtet, nicht von hirnlosen Monstern. Sie stahlen, bedrohten und töteten und verhielten sich damit wie fremde Eroberer und nicht wie die Beschützer des Landes, die sie eigentlich hätten sein sollen. Aber er durfte nicht eingreifen. Der Codex Culmus hinderte ihn daran: Die wichtigeren Regeln setzten die untergeordneten außer Kraft. Die Mission ging über alles. Er konnte den Hilflosen nicht helfen. Das gehörte nicht zum Plan.

Endlich waren Befehle eingetroffen. Aquiuss und sein Schüler sollten sich den Inquisitionstruppen anschließen. Sie waren zwei von vielen Culmus Sangui, die in die Reihen der Schwarzen Garde einsickerten. Mittni hatte sich gefreut, seine neuen Fertigkeit anwenden zu können, und war heilfroh gewesen, endlich einen Grund zu haben, aus Eisenfels zu verschwinden. Er konnte es nicht ertragen, ohne Bryn dort zu sein. Es war nicht so sehr seine Abwesenheit, die ihn bekümmerte, sondern die Umstände ihres Abschieds quälten ihn. Er spürte einen Kloß im Hals, als ihm Bryns ganz ähnliche Situation mit Mama Bellyset wieder einfiel.

Mittni hoffte, dass es ihm gutging. Telsea und Dos hatten gesagt, er würde nach Baruto gehen; dann wäre er jetzt bei seinen Eltern. Mittni hoffte, dass sie sich verstanden und Bryn zur Ruhe kam – was auch immer nicht mit ihm stimmte. Es musste die Trauer um Mama Bellysets Hinscheiden sein … und die Anwesenheit bei seinen Eltern war sicher heilsam.

«Das geschieht denen, die sich Seiner Majestät Recht und Ordnung widersetzen, indem sie sich weigern, mit der Inquisition zusammenzuarbeiten!», rief ihr Truppenführer, ein hochgewachsener Mann mit einem vernarbten Gesicht, den sie als Inquisitor Degger anredeten. Er war einer der Beobachter Wenfelds gewesen, die sie in den Amboss verfolgt hatten – Narbengesicht, der die Kleider eines Apheristenbruders getragen hatte. Aquiuss hatte ihn bei ihrem Eintritt in die Inquisition erkannt, worauf Mittni einen schnellen Rückzug vorgeschlagen hatte. Aber davon hatte der Culmus Sangui nichts wissen wollen, Befehl war Befehl. Um nicht von Narbengesicht erkannt zu werden, hatte Aquiuss sich rasiert und das Haar abgeschnitten sowie Mittnis gefärbt und geglättet. Wobei der junge Bursche sich ohnehin verändert hatte. Älter war er, härter, erfahrener, das freundliche Glitzern in seinem Auge schärfer, das schnelle Lächeln weniger ansteckend. Aber alle diese Veränderungen reichten unmöglich aus, und so hatte Aquiuss ihn angewiesen, sich von Degger fernzuhalten. Er war ein gnadenloser Mensch, und er schien die Gesetzlosigkeit seiner Soldaten gern zu übersehen, nicht nur während seiner gelegentlichen Abwesenheiten, wenn er sich Gerüchten zufolge in Bel-Tued aufhielt.

Die verdreckten Gefangenen sanken auf die Knie und flehten um Vergebung. Eine gesamte Siedlung, Generationen von Bauersleuten, binnen Minuten in den Ruin getrieben, weil sie nicht bereitwillig ihren gesamten Viehbestand zur Versorgung der Soldaten hergegeben hatten. Sie kauerten in einem angstvollen Ring zwischen den Kriegern.

Degger wandte sich an seine Truppen. «Beschlagnahmt ihre Habe. Sie geht an die Schatzkammer des Imperators.» Inzwischen wusste Mittni, dass er so seine eigene Tasche nannte und auch die Taschen seiner Männer, je nach Rücksichtslosigkeit. «Die kräftigeren Burschen dürfen sich zum Dienst im Heer melden, der Rest soll selbst für sich sorgen.» Ein gemeines Grinsen verzerrte seine Züge. «Ich denke, einige Damen sollten uns ebenfalls zur Garnison begleiten. Ihr habt eine halbe Stunde, um … die entsprechende Auswahl zu treffen. Mit den Mädchen macht, was ihr wollt.»

Mittni sah zu, wie Kinder weggeführt wurden, die kaum älter als vierzehn Sonnenzeiten sein konnten. Ihm wurde schlagartig klar, dass die Jüngsten nicht viel jünger waren als er. Er kam sich so viel älter vor als sie.

«Keine überflüssigen Toten, denkt daran!», sagte Inquisitor Degger. «Wir brauchen wenigstens eine Handvoll Überlebende, damit sich die Sache herumspricht!» Die Soldaten bellten einander ihr Lachen zu wie Hunde. Eifrig eilten sie zu ihren Aufgaben; Da ihn niemand beachtete, stahl Mittni sich davon und lehnte sich gegen eine Wand, die nicht brannte.

Das sind nur die unmittelbaren Konsequenzen aus der Verschwörung, sagte er sich. Das Benehmen der Soldaten stand nur für den Wandel im Denken eines ganzen Volkes. Falsches Denken führte zu falschem Handeln. Einstellungen hatten Konsequenzen. Hier ging es nicht nur um die Bereitschaft, Kompromisse einzugehen; die gab es schon immer. Das hier hatte etwas mit Egoismus zu tun und mit einem Mangel an Respekt für seine Mitmenschen. Mittni wurde ganz anders.

«Die edelsten Krieger des Imperiums haben sich in Bestien und Bettler verwandelt.» Aquiuss war zu ihm getreten. Er lächelte traurig.

Mittni machte ein finsteres Gesicht. «Sind wir hierhergekommen, um ihnen beim Plündern zu helfen? Sind wir dafür ausgebildet worden? Um danebenzustehen, wenn Unrecht geschieht?»

Aquiuss legte ihm eine Hand auf die Schulter. «Du kennst den Codex Culmus. Wir dulden keine Ungerechtigkeit, mein Freund. Aber wenn wir jetzt handeln würden, würden wir selbst unsere Tarnung aufdecken und damit die Mission gefährden. Wenn du dein Schwert noch ein kleines bisschen länger in der Scheide lässt, können wir weit größeres Übel verhindern.»

«Ich kann mir kaum größeres vorstellen», sagte Mittni.

«Nun, dann eben gleiches Übel in größerem Maßstab.» In Aquiuss' Stimme hatte sich Verärgerung geschlichen. Er starrte zornig in die Flammen, die den Bauernhof erhellten. «Junge, du weißt, dass ich das hier genauso verabscheue wie du.»

Die Beleidigung ließ Mittni auffahren, aber er begriff, dass Aquiuss ebenso zornig war wie er. Dennoch traf ihn die Bezeichnung. Er war volljährig, er hatte gekämpft, getötet; er war ein Mann.

Als hätte er seine Gedanken erraten oder vielleicht seine Wortwahl noch einmal überdacht, sagte Aquiuss: «Zu töten, macht aus einem noch keinen Mann. Diese Feiglinge um uns herum haben viele getötet. Nicht die Stärke macht einen Mann aus, sondern was er mit ihr anfängt.» Er schien zu begreifen, dass seine Worte auf Mittni nicht zutrafen, und fügte rasch hinzu: «Du bist stark, Mittni. Du möchtest deine Stärke gern weise einsetzen. Sei noch ein bisschen länger stark und halte deinen Zorn im Zaum. Habe Geduld. Das alles ist bald vorbei. Sie werden sich der Gerechtigkeit nicht lange entziehen können. Sie wird sie einholen. Bald, wenn wir ein Wörtchen mitzureden haben.»

«Schon, aber so schnell sie kommen mag, sie kann diese Leute nicht wieder zum Leben erwecken.» Mittni fiel wieder ein, wie am Dach seines eigenen Hauses die Flammen geleckt hatten, erinnerte sich an das Stampfen, an das Zerbersten der Palisade, die Quivelda hatte schützen sollen. Sein Leben war nie wieder dasselbe gewesen. Nun hatten auch diese Leute ihr Zuhause verloren. Schlimmer noch, sie verloren einander. Und ihre Selbstachtung.

«Was getan ist, ist getan», sagte Aquiuss und ging.

Mittni sah ihm nach. Als ihm ein Soldat auffiel, der eine junge Frau an den Haaren hinter sich herzog, verzog er das Gesicht und wandte seine Aufmerksamkeit wieder der schlammbespritzten Wand vor sich zu. Die Frau hatte ihn an Telsea erinnert.

Was würde Bryn tun?, fragte er sich. Warum hatte der Narr seine geistige Gesundheit nicht ein paar Tage länger behalten können, dann wäre er jetzt bei ihnen gewesen. *Aber selbst wenn, was würde er dann tun?* Und auf einmal wusste Mittni es. Bryn würde sich mit dem hier niemals abfinden. Er würde es gar nicht erst zulassen.

Das Nächste, was der Hu-Barue wusste, war, dass er den Übeltäter über den Haufen gerannt hatte und dem Mädchen auf die Füße half. Ein anderer Soldat drehte sich um, aber bevor er etwas unternehmen konnte, war seine Kehle durchtrennt. Mittni sah auf die beiden Toten hinab, auf das Blut an seiner Klinge. Er konnte nicht fassen, was er getan hatte. Panisch lief er davon.

Er bog um eine Ecke und sah weitere Soldaten aus einer brennenden Scheune kommen, die Arme voller Wertsachen. Der vorderste Krieger trat im Vorbeigehen den toten Bauern mit der Mistgabel, und als Mittni die widerwärtigen Emotionen des Soldaten spürte, loderte sein Zorn wieder auf und drängte die Angst und das Schuldgefühl beiseite. Er fällte den Mann mit seinem Schwert; die anderen Krieger zogen ihre Waffen blank und griffen an. Sofort nach dem Todesstoß trat Mittni kräftig auf die gebogenen Zinken der Mistgabel, die hochfederte. Er fing sie und schwang sie herum, schlug die beiden vordersten Männer zu Boden und warf sie dem dritten wie einen Speer in die Brust.

Am Rande bekam er hinter sich Lärm mit. Weitere Inquisitionswachen stürmten herbei und erblickten den Verräter. Mittni zog die Schwertklinge aus seinem Opfer, und als der nächste Mann aus dem Gebäude kam, stieß Mittni ihn mit einem Tritt wieder hinein. Der Barue ergriff einen Holzbalken des zerfallenden Gebäudes und blockierte die Tür damit.

Er musste sich wegducken, als der erste Angriff von hinten kam. Es folgte eine verzweifelte Minute, in der er kämpfte wie ein Berserker, einen Feind in den nächsten warf, während der

Großteil der Inquisitionstruppen zu dem Aufruhr geströmt kam. Obwohl er ihnen technisch bei weitem überlegen war, zermürbten sie ihn doch. Ihm lief in seiner Rüstung, deren Gewicht er nicht gewohnt war, der Schweiß hinunter, während er hier ein Bein stellte, dort den einen Soldaten in seinen Hintermann trat und den nächsten mit wirbelnder Klinge fällte; als Nächstes musste er ein Schwert parieren und weghechten, um einem Speer auszuweichen. Als er wieder stand, kam schon die nächste Waffe geflogen, und er wich ihr im letzten Moment aus. Aber ihr Besitzer hatte nicht die Absicht, es dabei zu belassen, und stürzte sich auf ihn, um ihn erneut zu Fall zu bringen.

Mittnis behelmter Kopf knallte auf den Boden, und für einen Moment war er benommen. Rasch sprangen weitere Männer auf ihn. Heftig keuchend versuchte er, wieder hochzukommen, aber sie waren zu schwer.

Er entging dem sicheren Tod nur dadurch, dass ihn die Männer abschirmten, die ihn gegen den Boden hefteten. Aber ihm wurde das Schwert entrissen und eine Faust in die Magengrube gerammt. Irgendetwas anderes traf ihn, und in seinem Gesichtsfeld, das schwarz von verschwommenen Leibern war, explodierten weiße Sterne. Die Culmus Sangui hatten ihm beigebracht, wie man Schmerz unterdrückte, aber er hatte zugelassen, dass seine Gefühle ihn lenkten. Kurz schoss ihm durch den Kopf, wie enttäuscht Sarghenta sein würde, von Aquiuss ganz zu schweigen, und dass Bartholdi einen besseren Sohn verdient hatte. Dann dachte Mittni nichts mehr.

✦ 41. KAPITEL ✦

Das Imperium der Bellysets

Bryn war ganz kribbelig vor Aufregung: Er war auf dem Weg nach Baruto und würde nach all diesen Jahren seine Eltern wiedersehen. Er war sich sicher, dass sie beide noch lebten, sonst hätte Okolnit es ihm gesagt; er schien zu wissen, was vor sich ging.

Kopfschüttelnd über sein verblüffendes Gespräch mit dem abtrünnigen Lehrmeister ging Bryn den breiten Privatweg hinab, der die verschiedenen Villen mit der Hauptstraße verband. Es war ein angenehmer Weg, der von hohen Ulmen gesäumt war. Die anmutig geschwungenen Äste wiegten sich in der Brise und warfen gefleckte Schatten über das makellos glatte Pflaster.

Die Bäumen wichen zurück, als er das Ende des Weges erreichte, der sich dort verbreiterte, wo er auf die Straße nach Baruto traf. Bryn würde wieder ein Stück zurückwandern, Richtung Amboss, bevor er dann nach Norden abbog, wo die einzige Stadt der Barue in ganz Calaspia lag, die inoffizielle Hauptstadt seines Volkes.

Als er das Ende der Privatstraße erreichte, wartete dort eine Reiterin mit zwei Pferden.

«Espera! Kommst du etwa mit?»

Sie schüttelte den Kopf. «Nur Silaeti – die graue Stute. Das ist ein feines Pferd. Okolnit erweist dir eine große Ehre.»

«Ein Geschenk?»

«Für die Zeit, die du benötigst. Aber kümmere dich gut um sie, sonst wirst du dich mir gegenüber zu verantworten haben.»

Sie schwang sich gekonnt in den Sattel. «Okolnit hat mir Anweisungen gegeben. Du scheinst ihn wirklich beeindruckt zu haben; ich habe ihn schon lange nicht mehr so munter erlebt.»

«Espera.» Bryn streckte sich, und die Dringlichkeit in seiner Stimme veranlasste sie, sich herunterzubeugen. Leise sagte er: «Dein Meister täuscht sich über mich. Ich bin nicht all das, was er in mir sieht.»

«Und warum nicht?» Sie hob eine Braue. «Okolnit täuscht sich selten.»

Bryn überlegte, wie viel er sagen sollte. Schließlich entschied er sich für: «Bitte … lass ihm seine Einschätzung einfach … eine Zeitlang. Ich werde mir etwas ausdenken.»

Wenn es eine Möglichkeit gab, dann wollte er den Wahnsinn bekämpfen – doch Okolnit würde seinen Fehler erkennen und ihn töten, bevor es so weit kam. Bryn blieb keine andere Wahl, als sich seinen Eltern anzuschließen und Unternehmer zu werden. Okolnit würde seine Entscheidung akzeptieren und ihn am Leben lassen.

«Ich hab das mit Levin gesehen», sagte sie und grinste. «Wurde ja mal Zeit, dass ihm jemand eine Lektion erteilte. Er wollte nie akzeptieren, dass er nicht genug Format für mich hatte. Ich glaube, dass er dich nicht wegen Okolnit herausgefordert hat, sondern meinetwegen.»

Sie küsste ihn auf die Wange, und er genoss die kurze, sanfte Berührung. «Dann gefällt mir die Auseinandersetzung gleich ein ganzes Stück mehr», sagte Bryn. «Espera, darf ich dich etwas fragen?»

«Das tust du doch gerade.» Bryn schloss mit übertriebener Geduld die Augen, konnte sich ein Lächeln jedoch nicht verkneifen. Das war genau die Sorte Humor, mit der ihm Telseara, Dordios und sogar Mittni normalerweise kamen. Er dachte mit Zweifel an sie. Was würden sie von seiner gegenwärtigen Lage halten?

«Du warst gestern Abend mit dabei», sagte er. «Was denkst du über die ganze Sache?»

«Ich sag's dir nochmal», erklärte sie etwas schroff. «Okolnit täuscht sich selten. Ansonsten kenne ich die Geheimlehren kaum, ich bin keine Magierin. Aber wenn du dich aufmachst, den Wahnsinn zu vernichten, dann wäre ich bei dem Spaß gern dabei.» Sie warf ihm Silaetis Zügel zu.

«Soll das heißen, du nimmst das Ganze nicht ernst?»

Sie trieb ihr Ross an. «Mach daraus, was du willst.»

Er sah ihr nach, wie sie davonritt. *Ob Okolnit schlicht auf den Falschen gesetzt hat?*, fragte er sich. *Und dann hat er es gemerkt, als ich bei ihm auf der Türschwelle stand, und nun versucht er, das mit einer kunstvollen Ausrede und ein paar Geschenken wiedergutzumachen?*

«Aber denk daran», rief sie zu ihm zurück, «Okolnit weiß, was er will, und so oder so bekommt er es auch.»

Ihr Ross galoppierte langsam die Hauptstraße hinunter, und Bryn blieb mit Sylvata und Silaeti zurück, seinen beiden Tiergefährten.

«Sei mir gegrüßt, Silaeti», flüsterte er. «Bist du bereit für unsere erste gemeinsame Reise?»

Sie war ein freundliches Pferd, und sie kamen gut voran. Während sie auf der gutgepflasterten Straße an wohlhabenden Kaufleuten vorbeigaloppierten, flog das Adlerweibchen viel dichter bei Bryn als sonst. Bel-Tued war nicht sonderlich dicht besiedelt, aber buchstäblich alles war kultiviert, geordnet, so gestaltet, dass seine menschlichen Bewohner am meisten davon hatten.

Bryns Herz schlug schneller, als sie sich ihrem Ziel näherten; Wegweiser nach Baruto flogen vorbei. Am Abend, als die Sonne dem beinahe sichtbaren Meer entgegensank, kam Bryn in Baruto an. Es war ein seltsamer Anblick: Das Erscheinungsbild ähnelte dem der meisten anderen Numenii-Städte, aber überall wimmelte es von Barue. Er konnte sie kaum als solche erkennen, denn sie unterdrückten und verbargen ihre Emotionen ebenso wie jeder x-beliebige wohlhabende Numenii hier, und sie trugen auch die gleichen Kleider.

Die Gebäude waren stolz und beeindruckend, weitläufige Villen mit selten mehr als zwei Stockwerken, ganz anders als in Armaah, wo wegen der Grundstückspreise in die Höhe gebaut wurde. Makellos gepflegte Gärten erstreckten sich vor ihnen wie riesige Fußmatten: *Willkommen!* Sie prunkten selbstzufrieden mit beleuchteten Springbrunnen, Statuen und geformten Hecken, die den Barutern besonders zu gefallen schienen. Gelegentlich erblickte Bryn einen Swimmingpool.

Nirgendwo war eine Familiengrotte zu sehen, ein Schrammel zu hören.

Bryn zog zahlreiche neugierige Blicke auf sich, als er, die Zügel eines Pferdes in der einen Hand und ein Adlerweibchen auf der anderen, die eigentliche Stadt erreichte. Offenbar war ein Barue, der ein Pferd führte und offensichtlich dessen Reiter war, hier ein ungewöhnlicher Anblick, da die wohlhabenden Baruter es vorzogen, mit der Kutsche zu reisen. Immerhin trug er dank Okolnit einigermaßen angemessene Kleider.

Er bemerkte an sich ein merkwürdig gemischtes Gefühl

aus Vertrautheit und Fremdheit. Nicht ein einziges Mal, seit er mit acht Jahren die Stadt verlassen hatte, war er zurückgekehrt. Er wusste den Weg noch, aber jeder Schritt fühlte sich merkwürdig an. Er betrachtete die Leute und ihre Häuser, als sähe er sie zum ersten Mal. Anscheinend gingen die meisten Einwohner gerade aus, um einander zu besuchen oder um in irgendeinem teuren Restaurant zu Abend zu essen. Niemand grüßte ihn.

Bryn erreichte die ersten Häuser und bog von der Hauptstraße in eine der vielen Seitenstraßen ab. An der Hauswand vor ihm war neben der Tür eine Tafel befestigt. Darauf stand: *Mitnehmen kannst du es nicht … wohl aber dich daran erfreuen, solange es dich noch gibt!* Er fragte sich immer noch, was «es» sein mochte, als ihm am nächsten Haus eine ganz ähnliche Tafel auffiel: *Wir nahmen nicht die ausgetretenen Pfade: Wir flanierten dahin auf Gold und auf Jade.*

Da fiel ihm alles wieder ein: Jedes Haus in Baruto protzte traditionell mit einem Reim oder Sinnspruch, der sich um den Reichtum seiner Bewohner drehte. Ihm fiel vage wieder ein, dass auch die Bellysets einen hatten, aber er kam nicht mehr darauf, wie er hieß. Während er auf den Familiensitz der Bellysets zuhielt, las er im Vorbeigehen die Tafeln, jede mit einer individuellen Maxime in Sachen Wohlstand:

Reich ist nicht derjenige, der alles hat, sondern derjenige, der alles genießt. (Da war etwas dran, fand Bryn.)

Wo es Geld gibt, sind auch Freunde. (Wie materialistisch und naiv.)

An einem anderen Haus las er: *Des reichsten Mannes Beutel ist der schwerste.* Und am Nachbarhaus: *Des reichsten Mannes Beutel ist der leerste.* (Da hatten sich offenbar zwei gefunden …)

Kopfschüttelnd erspähte Bryn einen Gärtner mit einer

Gießkanne und war sofort voller Mitgefühl für den Alten. Er hätte ihn am liebsten gefragt, wie es war, als ganz gewöhnlicher Barue in einer solchen Stadt zu leben. Aber er wollte gern aus den Straßen heraus und das Haus der Bellysets finden. Bei näherem Hinsehen stellte sich heraus, dass der Gärtner gar kein Barue war. Bryn ging verblüfft weiter, bis ihm an einem eher sachlichen Haus eine große Tafel auffiel.

Hier steht kein Merksatz, kein Aphorismus,
kein Glaubensbekenntnis, kein Mystizismus.
Doch respektiert den Besitzer auf seinem Throne:
ihr erreichet nun der Reichsten Zone.

Und tatsächlich fand Bryn sich nach dieser Villa im offensichtlich wohlhabendsten Viertel der Stadt wieder. Die Straße wurde noch breiter und lief auf einen Platz hin, in dessen Mitte sich die gewaltige Plastik einer Goldmünze langsam um die eigene Achse drehte. Von oben fiel ein Wasservorhang herab und umhüllte die Skulptur mit einem fließenden Schimmer, der in einem runden Becken im Pflaster endete. Ein Kind lief zum Wasser und warf einen Silbermond hinein, bevor es zu seinen Eltern zurücksauste. Bryn erinnerte sich daran, das selbst viele Male getan zu haben. Er war nun fast da.

Die Blicke, die man ihm zuwarf – mit den Eltern des Kindes angefangen –, waren giftiger als vorher, als sollte jemand wie er es besser wissen, als *hierher*zukommen. Er beachtete sie nicht, kam aber nicht umhin, sich zu fragen, wie anders sie ihm wohl begegnen würden, wenn sie wüssten, dass er ein Bellyset war – *der* Bellyset, der Erbe des Swigny-Wirtschaftsimperiums, auf dem Weg nach Hause …

War es ein Zuhause? Konnte er es ertragen, mit solchen Leuten Tür an Tür zu leben? Er leerte seine Gedanken. Alles würde sich bald klären.

Bewache deine Schätze und schätze deine Wachen!, las sich

eine weitere Tafel. Bryn überlegte, was das bedeuten sollte, da fiel sein Blick auf das Namensschild, Gibbons, und darunter stand: *Robuster Leibwachdienst seit 650 a. N.* Familiennamen waren ein weiterer wichtiger Unterschied zwischen den ländlichen Barue, die selten einen besaßen, und den Stadtbewohnern, die alle einen hatten.

Bryns Schritte beschleunigten sich, je näher er dem Zuhause seiner Familie kam. Als er schließlich den öffentlichen Park verließ, der vor dem ältesten Teil der Stadt lag und in Erwartung der Abenddämmerung bereits von flackernden Fackeln erhellt war, machte sich ängstliche Erwartung bemerkbar. Er fragte sich, was er seinen Eltern sagen sollte. Er beschloss, es einfach auf sich zukommen zu lassen. Waren es nicht ohnehin seine Eltern, die das Reden übernehmen sollten?

Das Haus schimmerte von weitem wie eine gewaltige Lampe mit vielen Facetten. Bryn erkannte das einzigartige Erscheinungsbild wieder: die nackten Wände, die kunstvollen Gesimse. Im Näherkommen stürzten die Erinnerungen auf ihn ein, und die Sehnsucht, die er all die Jahre unterdrückt hatte, überwältigte ihn. Er atmete schneller, und mit jedem zittrigen Atemzug wurde seine Nervosität stärker. Schließlich stand er vor dem Zaun, schwarzlackierten Metallstangen, die in goldenen Spitzen ausliefen und den Eindruck einer hohen Palisade aus Speeren machten. Er fuhr das kalte Metall mit den Fingern entlang.

Es sind doch nur deine Eltern – und du hast schon mit Ostentum gekämpft!, trieb Bryn sich an.

Er ging auf die hohen Tore zu und spähte dabei durch die Gitterstäbe in einen friedlich schlafenden Garten. Die Erinnerung bereitete ihm eine Gänsehaut: Wie oft hatte er hier gespielt, allein zumeist, was oft damit geendet hatte, dass ihn der Gärtner jagte! Wie der Gärtner und der Butler hießen, wusste er nicht mehr ... Aber das spielte keine Rolle, seine Eltern hatten wahrscheinlich inzwischen ohnehin neues Personal ...

Im Rückblick fragte er sich, ob er den Gärtner wohl mit Absicht geärgert hatte, einfach um jemanden zu haben, der – wenn auch auf sehr ernste Weise – Verstecken mit ihm spielte ... Er hatte schreckliche Angst vor dem Mann gehabt, aber irgendwie war es auch herrlich gewesen, sein Keuchen hinter sich zu hören ... Einmal, ein einziges Mal hatte er Bryn erwischt und ihm nach einigem Durchschütteln die Haare zerrauft und herzhaft gelacht. An diesem Tag hatte Bryn ihm beim Blumenpflanzen geholfen – an die Sorte erinnerte er sich nicht mehr –, was den Gärtner sehr gefreut hatte, obwohl er mit seinen kleinen Händen wahrscheinlich eher alles durcheinandergebracht hatte. Am Abend, als seine Eltern aus der Swigny-Fabrik zurückkehrten, hatte der junge Bryn seiner empörten Mutter irgendeine weithergeholte Geschichte aufgetischt, um seine verdreckten Kleider zu erklären.

Er gelangte beim Tor an, siebzehn nun, neun Jahre eigener Erfahrungen hinter sich; Erfahrungen ohne seine Eltern. Neun Jahre mit nicht mehr als einem Namen, einem gelegentlichen Besuch und einem Versprechen. Hoffnungen, Ängste, Träume. Erinnerungen.

«Wer dort?», rief eine Stimme gewohnheitsmäßig.

Bryn sah einen Wachmann beim Wachhäuschen stehen (*Gibbons* stand auf seinen Brustpanzer graviert). Der Mann war anscheinend in seinen Zwanzigern; er konnte ihn nicht kennen.

«Bryn», sagte Bryn. «Bryn Be...»

«*Schuckel!*» Der Mann fuhr herum und wollte ins Haus eilen, dann drehte er sich noch einmal zurück, entriegelte die Tür, rief «Herzlich willkommen, Sir!» und schoss davon.

Bryn ergriff das Bellyset-Emblem, das den Türgriff bildete,

und drückte zu; das Tor schwang auf. Dabei glitt der Ärmel seines Hemdes zurück, bis ein Schnitt auf seinem Unterarm zu sehen war. Den hatte er vorher gar nicht bemerkt, und so schob er den Ärmel weiter hinauf. Wo konnte er sich diese Verletzung geholt haben? Trotz ihrer Länge war sie kaum zu spüren. Seine Ausbildung bei den Culmus Sangui musste seinen Körper stärker verändert haben, als er gedacht hatte. Mit einem Achselzucken führte er Silaeti durch das Tor und schob es ungeschickt wieder zu. Es fiel mit einem dröhnenden Schlag ins Schloss.

Kies knirschte unter seinen Füßen. Wasser plätscherte im dunkler werdenden Garten sein Lied. Bryn roch Rosmarin, Lavendel und Salbei und näher am Haus Basilikum und andere Kräuter: süße und exotische Düfte, die zugleich belebend und einschüchternd waren.

Vor ihm erhob sich die Tür, glatte rotbraune Eiche.

Nun war es so weit!

Er band das Pferd an einen Baum an und sandte Sylvata einen mentalen Befehl, dass sie auf Beutezug gehen sollte, und hob den Arm; das Adlerweibchen flog davon.

Im Licht der Verandalampe war eine blankpolierte Tafel zu lesen:

Geld macht satt,
doch satt macht matt.

Als Bryn diese Worte sah, fühlte er sich ermutigt. Augenscheinlich waren die Bellysets weder so arrogant noch so materialistisch oder geldgierig wie die Eigentümer der anderen Häuser, an denen er vorbeigekommen war. Er war stolz auf den Verfasser dieser Worte und dachte einen Moment lang über die verborgene Bedeutung und verschiedene Interpretationen nach. Wer war der Dichter in der Familie? So viel Weisheit steckten in diesen sieben Worten! Einfach genial.

Mit breitem Lächeln suchte er nach dem Türklopfer.

Es gab keinen.

Er stand eine Weile verdutzt auf der Fußmatte herum und wollte schon mit der Faust gegen die Tür schlagen, da fiel ihm ein Knopf auf, den er drückte. Er drückte gleich noch einmal, denn es war nichts zu hören. Er wollte gerade zum dritten Mal drücken, da schwang die Tür auf.

«Bryn!», keuchte jemand auf.

Zu seiner Überraschung standen dort im Türrahmen keine Bediensteten, sondern seine Eltern: Felix und Fortuna Bellyset persönlich.

«Wahrhaftig, unser lieber Junge!», rief Felix. Er trug einen grauen Dreiteiler und glänzende, schwarze Schuhe. «Komm rein, rein mit dir!»

Vater zog ihn durch das mit Schnitzwerk versehene Portal und in eine hohe Eingangshalle, in der diverse Bellyset-Embleme und Swigny-Trophäen hingen. Felix, der ziemlich so aussah, wie Bryn sich sein eigenes Aussehen in fünfundzwanzig Jahren vorstellte, packte ihn bei den Schultern und sah ihn sich auf Armeslänge an. Bryns Muskeln überraschten ihn spürbar. Er duftete nach Rasierwasser und Parfüm.

«Das ist mein Sohn!», dröhnte Felix zu niemand Bestimmtem und schlug Bryn auf den Rücken.

Fortuna, deren Haar heller war, blieb gefasst, aber Bryn spürte ihre Aufregung und meinte, dass sie feuchte Augen hatte. Sie konnte kaum sprechen.

«Sei gegrüßt, Mutter.» Er umarmte sie.

Sie wandte sich rasch ab – das Schließen der Tür war eine willkommene Ausrede – und tupfte sich mit ihrem seidigen Umhängetuch die Augen. Sie trug ein purpurnes Abendkleid aus irgendeinem edlen Material. Bei geschlossener Tür nahm Bryn einen leisen Duft nach Gebackenem wahr. War seine

Mutter eine ebenso gute Köchin, wie Mama Bellyset gewesen war?

«Wir haben uns schon Sorgen gemacht. Dachten, du würdest früher kommen.» Felix Bellyset winkte ihn durch die Halle. «Wo du doch jetzt volljährig bist!»

«Vater, mein Pferd –»

Er winkte ab. «Darum kümmert sich das Gesinde. Du brauchst keinen Finger zu rühren, jetzt, wo du zu Hause bist!»

Fortuna spähte aus dem Buntglasfenster. «Du hast einen Hengst?»

«Also eigentlich eine Stute –»

«Du bist nicht per Kutsche gekommen? Du kannst tatsächlich … *reiten*?» Sie klang ein wenig misstrauisch.

Bryn, der Gefahr im Verzug spürte, antwortete vage: «Ich hab ein paar Stunden genommen … nach meiner Abreise aus Quivelda.»

Ihr Ausdruck wurde weicher. «Willkommen daheim, Schatz.»

Sie führten ihn hinein, unter flammenlosen Lampen an der hohen Decke hindurch, die zur modernen Wohnkultur der Numenii gehörten.

«Es war gut, dass du uns deine Boten geschickt hast», sagte sein Vater. «Darum wussten wir, dass du irgendwann heute kommen würdest.»

Nun war Bryn an der Reihe, misstrauisch zu sein. Was für Boten? War Okolnit so frei gewesen, seine Eltern darüber in Kenntnis zu setzen, dass er zu ihnen unterwegs war? Wer wusste, von Espera abgesehen, sonst noch, dass er nach Baruto unterwegs war? Und wie hatte hier so schnell ein Bote herkommen sollen?

«Wann sind sie eingetroffen?», fragte er mit vorgetäuschter Beiläufigkeit.

«Ach, gestern … Wir haben sie in den Gesinderäumen untergebracht, das schien ihnen sehr recht zu sein. Ich hoffe, das war richtig so?»

«Ähm … sicher.»

Waren «sie» immer noch da? Hatte ihm noch jemand anders als Okolnit Übles gewollt? Bryns Hand schloss sich um den Griff der Klaue des Todes; eine Bewegung, die seiner aufmerksamen Mutter nicht entging. Er beschloss, seine Unwissenheit vorläufig für sich zu behalten und später danach zu fragen; Felix sprach bereits über Swigny.

«Der dusslige alte Butler hätte hier warten sollen – genau hier bei der Nische, siehst du? –, mit unseren besten Gläsern voller Willkommens-Swigny. Eine neue Marke, Sohn! Aber wir wollen ihn nicht rauswerfen, weil seine Familie schon seit Generationen für die Bellysets arbeitet … Hauptsache, es bleibt in der Familie, alte Zeiten und so weiter!» Er lachte laut auf, das Lachen eines vielbeschäftigten und wichtigen Mannes, und war überrascht, dass Bryn nicht mit einfiel.

«Bist du hungrig, Schatz?» Fortuna beförderte ihn in einen Salon und ließ ihn auf einem der Plüschsessel Platz nehmen. Er konnte ihre Frage nur bejahen, und sie bot ihm ein Tablett mit Gebäck an. «Das Essen ist bald fertig, ruh dich bis dahin nur ein bisschen aus. Wo *steckt* dieser Butler bloß?»

«Nun, Bryn, ich weiß, du bist gerade erst wieder zu Haus, aber du brennst bestimmt darauf, den Plan zu erfahren.» Felix sah ihn ermutigend an, als wollte er ihm versichern, dass es in Ordnung sei, aufgeregt zu sein.

Bryn zuckte die Schultern. «Würde mich schon interessieren, ja.»

«Felix, lass ihn doch erst seinen Tee trinken!»

«Davon halte ich ihn ja nicht ab! Wir warten doch eh noch auf den Butler.» Er rieb sich die Hände. «Bryn, der Erbe des

Bellyset-Imperiums, ist zurück. Wunderbar. Das gibt erstklassige Werbung. Die Leute warten schon seit Ewigkeiten darauf, das zu hören, mein Junge. Und wie mir mein Werbeleiter ständig sagt: Es gibt immer einen Grund für eine Story!»

Fortuna klang nicht gerade überzeugt. «Der Junge wird natürlich zu lernen haben, wie man der Presse gibt, wonach sie verlangt, aber zunächst sollte er das Geschäft lernen! Sonst weiß er doch gar nicht, was das Ganze soll.»

«Natürlich, Liebling, ich erfreue mich doch nur ein wenig an dem Gedanken. Das haben wir doch längst alles besprochen.» Er wandte sich entschuldigend an Bryn. «Als ob neun Jahre für eine Entscheidungsfindung nicht ausreichen würden.»

Bryn grinste. Er wollte den angenehmen Austausch mit seinen Eltern auskosten, solange es ging. Sie würden bald anderes zu besprechen haben.

Der weißhaarige Butler erschien mit einem großen Tablett voller Tassen und Gläser sowie verschiedenen Flaschen und Kannen.

«Perseus – endlich. Welchen Swigny hättest du gern, Bryn? Später, in der Fabrik, kannst du sie natürlich alle kosten ... Manche Sorten sind sehr selten, wir behalten bis zu einem Viertel all dieser limitierten Ausgaben zurück, damit lassen sich im Lauf der Jahre unter dem Adel astronomische Summen erzielen ...»

Ihm wurde ein Becher Willkommens-Swigny in die Hand gedrückt.

«Kaffee dazu? Tee?» Fortuna sah ihn scharf an. «Oder nach der Reise etwas Stärkeres? Du hast doch nicht zu trinken angefangen, oder?»

«Nein, Mutter.»

Der Butler nahm die leeren Begrüßungsbecher wieder mit.

Bryns Eltern plauderten eifrig. Er hörte kaum zu, er war viel zu sehr damit beschäftigt, jede Einzelheit ihrer Gesichter in sich aufzunehmen … Den Austausch zu genießen, die Interaktion zwischen ihnen dreien, ganz egal, worüber sie redeten …

«So, nun zu dem Plan.» Felix machte es sich in seinem Sessel bequem, den Kopf zurückgelegt, ein selbstbewusstes Lächeln auf den Lippen. «Morgen zeigen wir dir die Swigny-Fabrik. Sie liegt ein paar Minuten mit der Kutsche von hier, am Stadtrand. Pass auf, dass du dich in den Laden nicht verguckst – Fortuna ist kaum dort wegzubekommen, ich muss sie jeden Abend fortzerren …»

«Und wer hat dich heute fortgezerrt?», schoss Fortuna zurück.

«Dieselbe Kutsche, in der du gesessen hast! Aber egal, wir fangen jedenfalls mit einer Führung an und gehen dann zum eigentlichen Geschäft über: von Produktion und Lagerhaltung über Transport und Werbung bis hin zu Vertrieb und Buchhaltung … Es gibt alle möglichen Spezialgebiete wie zum Beispiel Handelsmarken, aber keine Sorge, du musst nur die Grundlagen kennenlernen – wir haben unsere Anwälte und Berater ja nicht ohne Grund!» Felix sah ihn stolz an. «Unsere besten Angestellten stehen bereit, um dir einen Einblick zu geben. Nach dieser Einführung möchte ich, dass du in jedem unserer wichtigen Arbeitsbereiche ein paar Wochen verbringst, damit du die Abteilung kennenlernst, sowohl von den Inhalten als auch von den Leuten her …»

Bryns Magen krampfte sich zusammen. Er wurde nicht einmal gefragt. «Aber Vater, das kommt alles sehr schnell. Ich habe mir in den letzten Jahren einige Freunde und wohl auch ein paar Feinde gemacht, die ich werde wiedersehen müssen. Ich war an Orten, von denen ihr nichts wisst.»

Felix lachte herzhaft. «Wo bist du denn gewesen, Sohn?

Fortuna und ich haben jedes Reich der Numenii und die gleichnamige Hauptstadt besucht! Wir haben die schönen Aussichten des Ambosses von den Säbelzahnbergen bis zum Gebirge von Itrim genossen! Wir waren auf dem Armresee segeln und haben in der Handelsbucht von Bel-Tued ein paar Galeonen liegen. Und an Gesellschaft wird es dir nicht mangeln, junger Mann!»

«Geht es um ein Mädchen?», fragte Fortuna, und Bryn wurde rot. «Fehlt sie dir?»

«Alle meine Freunde fehlen mir, Mutter», sagte Bryn mit schmerzhafter Aufrichtigkeit, als er an Mittni dachte, an Thybil, Telsea und Dos, Bartholdi und die anderen. Leise fügte er hinzu: «Mama Bellyset fehlt mir am meisten.»

«Ähm, ja.» Felix stand mit unsicherem Blick auf. Peinliches Schweigen machte sich breit, während Bryn dachte, dass sie von ihrem Tod wissen mussten. Aber er konnte keinen Kummer spüren.

Sein Vater begann, auf und ab zu gehen. Und dann: «Rosmerte hat dir natürlich alles über das Familiengeheimnis erzählt, nicht?» Sein Blick war flehentlich, verzweifelt beinahe. Sie wussten eindeutig nicht Bescheid.

Bryn kannte kein Erbarmen. Sie hatten seit seiner Ankunft nicht einmal nach ihr gefragt. Er schüttelte den Kopf. «Sie hatte nicht mehr die Gelegenheit dazu», sagte er kühl. «Sie wurde ein paar Tage vor meinem siebzehnten Geburtstag ermordet.»

Felix war wie vor den Kopf geschlagen. «Tot?»

Einen Moment lang stand er schwankend da, wurde immer blasser, und Fortuna eilte hinzu, um ihn zu stützen.

«Schnell! Setz dich!» Fortuna half ihm in seinen Sessel. Und dann, zu Bryns Entsetzen: «Sag du es ihm!»

«Ja», sagte Felix matt. «Das muss ich wohl.»

Bryn wurde aus ihrer Reaktion nicht schlau. Mama Bellysets Tod traf sie weniger als die Tatsache, dass sie es ihm nun selbst erzählen mussten?

Felix holte zitternd Luft. «Mein lieber Junge – wie leid mir das tut. Aber es musste ja so kommen. Genau wie bei deinem Großvater ... Ich hatte gedacht, Rosmerte hätte aus seinem Tod etwas gelernt. Aber vielleicht reicht es schon, ein Bellyset zu sein ... Dieser verdammte Fluch!»

«Nein», sagte Bryn so sanft wie möglich, obwohl er sie am liebsten angeschrien hätte. «Es war Zufall.»

Seine Eltern wechselten wissende Blicke.

«Es gibt keine Zufälle», sagte Felix düster.

«Aber keine Sorge, Sohn», schaltete Fortuna sich ein, «wir werden dir alles erzählen – dann kannst du deine Wahl treffen. Der Fluch des Wahnsinnigen geht ins Leere, und wir können in Frieden leben, als eine normale, reiche, gesunde Familie.» Sie strich ihm beruhigend über den Kopf, und Bryn war plötzlich ein kleiner Junge, der zum Gesicht seiner Mutter hinaufsah. Ihm fiel wieder ein, wie es war, Eltern zu haben, die einen behüteten, die für einen sorgten.

Aber waren sie zu so etwas denn in der Lage?

«Die Familiengeschichte ... Wo soll ich anfangen?» Die Angst stand seinem Vater ins Gesicht geschrieben. «Wohlhabende Leute sind unsere Vorfahren schon immer gewesen. Aber in Großvaters Zeiten katapultierte das Swigny die Bellysets ganz nach oben. Barnabas hatte das Getränk nicht im eigentlichen Sinne erfunden, es war schon eine ganze Weile ein Familienrezept gewesen ... Aber er vermarktete es und gründete sein Swigny-Unternehmen. Alles sah gut aus.

Dann kam dieser junge Narr anspaziert mit seinen Phantastereien von wegen Ruhm und Verantwortung gegenüber den Landen. Ein gewisser Lueth Rann – Barnabas' Bruder hatte eine Numeniifrau geheiratet, und er war ihr Sohn. Ein merkwürdiger Bursche nach allem, was man hörte. Intelligent, heißt es, aber verrückt. Studierte in Itrim und so weiter. Aber er war nicht bloß ein Gelehrter … sondern auch ein Zauberer.

Dieser junge Bursche also steht eines Tages aus heiterem Himmel bei Barnabas vor der Tür und behauptet, diese ungeheure Entdeckung über unsere Familie gemacht zu haben. Er ist zu allen unseren Verwandten gegangen – zu allen Ranns – und hat ihnen das Gleiche erzählt. Ich bezweifle, dass irgendwer begeistert war. Aber besonders wütend war Lueth auf Barnabas, bei dem er geglaubt hatte, ein offenes Ohr zu finden – weiß Elyon, warum.

Das Gegenteil passierte. Barnabas sagte ihm, er solle verschwinden und sich nie wieder bei irgendjemandem aus der Familie blicken lassen. Noch am selben Tag änderte er seinen Namen in Bellyset, und alle dachten, der Erfolg wäre ihm zu Kopf gestiegen, weil sich sein Getränk so dermaßen gut verkaufte.

Barnabas ermunterte sie zu dieser Ansicht, und so wurde es die offizielle Erklärung. Aber in Wirklichkeit wollte er sich von diesem geistesgestörten Jugendlichen und jedem, der dessen Geschichte Glauben schenkte, distanzieren.»

Bis hierhin stimmte die Geschichte mit Okolnits Darstellung überein: Der Alte schien die Wahrheit gesagt zu haben. Es war befremdend, diese unglaubliche Geschichte diesmal vom eigenen Vater zu hören.

«Was Lueth Barnabas erzählt hatte, war verstörend», fuhr Felix fort. «Aber dem jungen Zauberer war es eben wichtig. Als dein Urgroßvater nichts davon wissen wollte … Na ja, und da es offenbar noch nicht reichte, dem alten Barnabas einen höllischen Schrecken einzujagen, sorgte sein Neffe, dieser Lueth Rann, dafür, dass er das eben Erfahrene allen seinen Abkömmlingen weitererzählen musste!» Sein Gesicht nahm einen Ausdruck väterlicher Sorge an. «Das, mein lieber Junge, ist der Grund, warum du diese ganzen Jahre in der Fremde leben musstest.»

Bryn schüttelte den Kopf. «Wie kann der Zwang, etwas erfahren zu müssen, damit zusammenhängen, fern von zu Hause aufzuwachsen? Ich dachte, damit sollte ich lernen, den Wohlstand zu schätzen.»

«Eine weitere offizielle Erklärung», sagte Fortuna, «wenngleich ich keinen Zweifel habe, dass du in vielerlei Hinsicht eine wunderbare Ausbildung genossen hast. Wie du weißt, erfährst du mit deiner Volljährigkeit das Familiengeheimnis.»

«Swigny», sagte Bryn. «Das Rezept.»

«Ja, das ist *ein* Geheimnis», sagte Felix, «und du wirst es in den nächsten Tagen erfahren – und über die Jahre perfektionieren. Das andere ist die Geschichte, von der Lueth wollte, dass Barnabas sie innerhalb der Familie weitergab, sodass seine Abkömmlinge sie erfahren und selbst entscheiden konnten, was sie davon hielten. Das ist der Grund, dass du diese ganzen Jahre fern von uns gelebt hast, mein Junge. Du solltest erwachsen werden, indem du eigene Entscheidungen triffst. Du solltest außerhalb des Einflussbereichs deiner Eltern leben – was du ja getan hast, innerhalb gewisser Grenzen zugegebenermaßen.»

«Es ist albern, dass du diesen ganzen Unsinn überhaupt anhoren musst, wirklich.» Fortuna lächelte und runzelte zugleich die Stirn, als sei schon allein der Gedanke an dieses andere Familiengeheimnis absurd. «Aber … du kommst eben nicht drum herum.»

«Genau», sagte Felix. «Du kommst nicht drum herum. Dafür hat Lueth gesorgt. Es hat ernste Konsequenzen, wenn einer der Erben seine Entdeckung nicht erfährt.»

«Und welche? Was war das für ein Fluch?», fragte Bryn.

«Womit hat er Barnabas gezwungen, es seinen Abkömmlingen zu erzählen?»

Fortuna nickte. «Es ist natürlich alles der reine Unsinn, aber die Geschichte gibt schon einiges her.»

«Es ist nicht *nur* Unsinn», sagte Felix, und Fortuna warf ihm einen nervösen Blick zu. «Oder wenn, dann *gefährlicher* Unsinn. Bryn, ich will nicht sagen, dass es die Wahrheit ist, aber ich will auch nicht sagen, es wäre eine Lüge. Mein Vater hat sein Leben für diese Sache gegeben, und wenn ich mit seiner Entscheidung auch nicht übereinstimme, so kann ich seinen Mut nur bewundern.»

Fortuna schien über die letzten Worte ihres Mannes einigermaßen verärgert. «Er hat recht, Bryn – es ist *gefährlicher* Unsinn! Ich meine, dass Lueth selbst verrückt wurde, ist doch Beweis genug! Er wurde *Nequam*. Du hast vielleicht schon von ihm gehört – er hat Tausende getötet, Millionen gequält – ein schrecklicher, verdrehter Mann, bis obenhin voll Wahnsinn …»

«Ich habe schon von ihm gehört, ja. Aber sag mir, Vater: Mein Großvater, Mama Bellysets Mann – ist er für dieselbe Sache gestorben wie Nequam?»

«Aus demselben Grund, schätze ich – aber für eine andere Sache. Genau die entgegengesetzte Sache, könnte man sagen. Zwei Seiten derselben Münze.» Felix zuckte die Schultern. «Sie hatten beide dieselben Informationen, und ich glaube, das gute Wesen des einen und das böse Wesen des anderen spiegelten und verstärkten einander in ihren Handlungen. Sie reagierten beide auf dieselbe Geschichte, und sie führte sie in verschiedene Richtungen.»

«Felix!», keuchte Fortuna. «Wie kannst du so etwas sagen? Sein Weg hat ihn immerhin in den Tod geführt!»

«Und es war ein edler und ehrenwerter Tod!», stotterte

Felix. «Auch wenn wir so etwas normalerweise den anderen Völkern überlassen!»

«Ja, aber es hat ihn dennoch umgebracht ... Er war nicht für dich da ...»

«Glaubst du denn, mir gefällt seine Entscheidung? Ich verüble ihm seine Abwesenheit in meinem Leben, auch wenn ich wie unser Bryn nicht zu Hause aufgewachsen bin ... Aber er starb als Held, ob dir das nun gefällt oder nicht, ob du nun an Lueths Geschichte glaubst, wie er, oder nicht, wie ich! Es ist *mein* Vater, über den wir hier reden!»

Fortuna war still und führte ihre Teetasse an die Lippen, bevor sie merkte, dass sie leer war.

«Bryn.» Felix wartete, bis er ihn ansah. «Du musst mir versprechen, nie jemandem zu erzählen, was du heute Abend gehört hast und noch hören wirst. *Niemals*. Es heißt schließlich nicht umsonst das Familiengeheimnis!»

«Keine Sorge», sagte Bryn. «Ich werde schon nicht herumlaufen und den Leuten erzählen, dass wir dazu bestimmt sind, den Wahnsinn zu vernichten oder so was.»

Felix machte ein schockiertes Gesicht, und Fortuna verschluckte sich an ihrem Tee.

«Schließ die Tür!», flüsterte Felix, sprang auf und kam der eigenen Anweisung nach. Dann reichte er seiner Frau ein Taschentuch und setzte sich wieder. «Und Mama Bellyset hat dir wirklich nicht ...?»

«Nein», sagte Bryn. «Leider nicht.»

«Es gibt da eine Legende, die vom Anbeginn erzählt. Von der Erschaffung und Ankunft des Wahnsinns. Davon, wie diese verzerrende Kraft nach Calaspia gekommen ist. Du weißt doch, was Wahnsinn ist?»

Bryn bedeutete ihm weiterzureden. «So gut wie jeder andere. Ich höre mir gern Geschichten an.»

«Also Lueth war als Kind auch ganz begeistert von diesen Geschichten. Dann ging er nach Itrim, um dort zu studieren – du weißt, was Itrim –»

«Ja, Vater, durchaus!»

«… Na, und in Itrim also, da bildet er sich ein, eine Entdeckung gemacht zu haben, die ihn davon überzeugt sein lässt, dass es mehr als nur Geschichten sind. Er steckt ein paar Jahre in die entsprechende Forschung und kommt zu dem Schluss, dass sie stimmen – mehr oder weniger. Vor allem aber behauptet er, Apherists Stammbaum entdeckt zu haben. Er behauptet zu wissen, wer seine Abkömmlinge sind.»

«Faszinierend», sagte Bryn. «Dazwischen liegen ja ein paar tausend Jahre!»

«Ja, interessant ist es zweifelsohne», sagte Felix. «Aber jetzt zu dem beunruhigenden Teil. Du kennst die Geschichten, wie Apherist, Dattu der Plimp und Telabor der Zwerg den Wahnsinn zurückgeschlagen haben … für eine Weile. Aber weißt du auch, dass *sie,* ihren scheinbaren Sieg als eine große Niederlage betrachteten? Dass *sie,* Lueths Geschichte zufolge, während ihre Völker noch feierten und sich an den Wiederaufbau Calaspias machten, fleißig versuchten, ihren Sieg vollständig zu machen?»

Bryn schüttelte den Kopf. Er erinnerte sich, eine entsprechende Andeutung einmal von Eridanus gehört zu haben, über die Drachenritter, aber er wollte gern alles hören, was seine Eltern ihm berichten konnten.

«Sie versuchten, ihren Völkern die Situation zu erklären, aber die waren zu geschwächt und hatten den Kampfeswillen verloren. Vielleicht unterstellten die Leute ihren Helden auch, dass sie nun, wo der Krieg vorbei war, Angst hätten, ihr Ruhm würde verblassen. Lueth hielt das für unwahrscheinlich – jeder Mann, jede Frau und jedes Kind kannte ihre Namen; viele kennen sie heute noch. Lueth war überzeugt, dass die Allianz des Apheristen für ein gutes Ende der Saga vom Wahnsinn gesorgt hätte, wären ihnen ihre Völker nur zu Hilfe geeilt.»

Plötzlich ging Bryn ein Licht auf, was eine Bemerkung von Okolnit betraf: Lueth hatte sich wegen mangelnder Hilfe von Seiten seiner Kameraden dem Bösen zugewandt ... Lueth hatte – wie seine Helden vor ihm – versagt, weil ihm das Volk nicht glaubte. Das herkömmliche Wissen hielt die Leute im Dunkeln. Sie wollten nicht einmal sehen, was das Licht vielleicht enthüllte. So sehr lähmte sie die Angst.

Felix redete weiter. «Telabor legte einen Eid ab – den ersten Zwergeneid überhaupt, heißt es –, der ihm nach dem Krieg den Namen Eidgenosse einbrachte. Die Leute hielten ihn für verrückt, weil er immer noch kämpfte, obwohl der Kampf ihrem Eindruck nach doch vorüber war. Er schwor, seine Axt nicht beiseitezulegen, solange nicht der Wahnsinn vernichtet war. Angeblich trug er sie zu jeder Tag- und Nachtzeit quer über den Rücken geschnallt, wie es andere Töter noch heute tun sollen. Außerdem war es der erste Blutschwur der Zwerge – ein Familieneid, der sich auch auf die Abkömmlinge erstreckte.

Dattu fand keine Ruhe. Wie es heißt, schrieb er die Erfahrungen seines Lebens für seine Artgenossen nieder, die Plimpe – die erste Biographie. Apherist hingegen machte sich an die Gründung eines Kriegerordens, der Calaspia so vor dem Wahnsinn schützen sollte, bis dieser keine Bedrohung mehr darstellte.»

Bryn konnte kaum glauben, dass er all das aus dem Mund seines eigenen Vaters hörte, dieser Verkörperung des Barue'schen Materialismus. Sein Vater, ein Bellyset, erzählte ihm von den Culmus Sangui – ob er es nun wusste oder nicht!

«So weit, so gut – und immer noch nur eine Geschichte,

auch wenn ein Körnchen Wahrheit drinstecken mag … Lueth wurde immer besessener von diesen Helden und glaubte, er wäre auserwählt, ihre Aufgabe zu beenden. Aber er war total wahnsinnig. Ich meine, er tat das genaue Gegenteil von dem, was Apherist getan hatte! Anstatt Monster zu töten und die Leute zu retten, setzte er Monster dazu ein, die Völker Calaspias zu vernichten!»

Fortuna saß still da mit ihrer Teetasse, die sie kaum einmal an die Lippen führte, und machte ein resigniertes Gesicht.

«Aber vor dem Krieg um das Tor, als Nequam immer noch Lueth genannt wurde, da war der Zauberer überzeugt, dass die lange Linie von Abkömmlingen des Apheristen bald enden würde. Oder genauer gesagt – dass sie gejagt wurden, vernichtet.» Bryn dachte unfreiwillig an Okolnit, der ihn vor gar nicht so langer Zeit verfolgt hatte … «Er glaubte, dass die Mächte des Wahnsinns sie sich holten, einen nach dem anderen.» Felix sah ihn ernst an. «Lueth zufolge überlebte unsere Familie nur, weil eine Nachfahrin des Apheristen einen Barue heiratete, einen unserer Vorfahren, und die Feinde des Apheristen ihre Linie dadurch übersahen.»

Bryn begriff die Bedeutung dieses Satzes sofort, aber er brauchte eine Weile, um sie in Worte fassen zu können. «Du meinst, wir … die Ranns und die Bellysets … sind Abkömmlinge des Apheristen?», fragte er tonlos.

«Nein, das meine ich ganz und gar nicht. Aber Lueth war davon überzeugt, und weil Barnabas es ihm unklugerweise geschworen hat, muss ich es dir sagen. Aber damit wir uns recht verstehen, ich halte das nicht für wahr. Und selbst wenn du Grund zu der Annahme haben solltest, dass es doch so ist … wenn du es für möglich halten solltest, braucht es dich nicht zu bekümmern, was ich dir gleich erzählen werde. Es ist … *sicherer* …, diesen Weg nicht einzuschlagen. Es besteht absolut keine Gefahr für dich, solange du vernünftig bist und das Leben eines Bellysets führst – und *niemandem* von dieser möglichen Abstammung erzählst.» In seinen dunklen Augen unter der gefurchten Stirn stand Nervosität. «Denn auch wenn Lueth sich geirrt hat und wir keine Abkömmlinge des Apheristen sind, wäre es das Dümmste, was man tun kann, irgendjemandem von dieser Theorie zu erzählen. Falls nämlich die Wahnsinnigen immer noch darauf erpicht sind, den Stammbaum des Apheristen zu stutzen.»

«Und sie tun das aus Rache?»

«Schön wär's!», sagte Felix. «Dann wäre das Leben für uns wesentlich einfacher.»

«Aber das würde nicht erklären, warum Lueth zu Nequam wurde.»

«Ach, er wäre sowieso Nequam geworden; er war böse.» Felix legte die Fingerspitzen aneinander. «Lueths Fluch war eine Folge von Dattus Prophezeiung. Denn der uralte Plimp sagte voraus, dass die Abkömmlinge des Apheristen eines Tages die Vernichtung des Wahnsinns bringen würden.»

Bryn schloss die Augen. Da hatte er es. Was Okolnit gesagt hatte, war nicht nur bestätigt, sondern vervollständigt worden. Wenigstens hatte er jetzt eine Erklärung dafür, warum Lueth geglaubt hatte, wegen der gewaltigen Anstrengung, die er unternommen hatte, ausgeschlossen worden zu sein. Und wenn man bedachte, dass die Lehrmeister ihm angeblich keinen Glauben geschenkt hatten, dann war es kein Wunder, dass er Barnabas und dessen Verwandten zürnte, als sie dieses Erbe nicht antreten wollten. Bryn beschloss auf der Stelle, ihm nicht in denselben Abgrund zu folgen. Aber war es nicht schon zu spät? Hatte er nicht bereits gelogen und getötet, war er nicht schon geflohen und hatte seine Freunde gegen sich aufgebracht? Herrje, wenn ihm seine Geschichte jemand erzählen würde, würde sie genau wie das klingen, was Lueth widerfahren war ... War er auch dazu verdammt, ein Nequam zu werden?

«Wie du dir denken kannst, Sohn, ist die Saga vom Wahnsinn noch lange nicht zu Ende. Man sagt, dass die Nachfahren der Helden den Kampf fortsetzen, ob bewusst oder unbewusst, solange es eben dauert, ihn zu Ende zu bringen. Eines steht jedoch fest, nämlich dass wir das nicht mehr miterleben werden. Sei froh darüber!» Vielleicht durch einen Blick seiner Frau veranlasst, kam Felix zum Schluss. «Selbst wenn der alte Plimp diese Worte gesagt haben sollte, so wollte er seinen Freunden wahrscheinlich bloß den Rücken stärken und weiter nichts.»

Bryns Puls beschleunigte sich, während ihm Zweifel und Schlussfolgerungen durch den Kopf schossen. Selbst wenn der Plimp das gesagt und auch als Prophezeiung gemeint hatte, wie konnte irgendjemand diese Behauptung so viele tausend Jahre später noch ernst nehmen?

Selbst wenn es eine Prophezeiung war und sie sich schließlich erfüllen würde, wer wollte denn ernsthaft behaupten, dass das *nicht* noch einmal tausend Jahre dauern würde? Und wenn ihre Erfüllung so lange auf sich warten lassen würde, warum sollte dann er, Bryn, sich da hineinziehen lassen? War es nicht besser, auf Nummer sicher zu gehen und dafür zu sorgen, dass eines Tages ein Bellyset kam, der dieser Aufgabe würdig war? Er war es ja definitiv nicht; das hatte Okolnit ihm indirekt vermittelt, durch seinen Glauben, jemand, der neun Tahl Uthnae auf einmal besiegte, könnte *vielleicht* in Lueths Fußstapfen treten, der doch selbst mit der ganzen Sache gescheitert war!

Wenigstens eine bedeutsame Tatsache hatten ihm seine Eltern offenbart. Die ganzen Verbindungen zum Apheristen waren endlich klar: Nun hatte er wenigstens Antworten auf die Fragen, die in der letzten Zeit immer drängender geworden waren. Die Ausbildung bei den Aposteln des Verstehens, einem Zweig der apheristischen Kirche … die als Priester getarnten Spürhunde … das verdrehte Symbol der Kirche, das Schwert und das Buch … die Ausbildung bei den Culmus Sangui, dem Orden, den der Apherist zur Verteidigung Calaspias gegründet hatte … Das waren nicht nur zufällige Zusammentreffen, alles war miteinander verbunden …

Aber wer konnte sagen, dass dahinter eine Wahrheit lag? Sie hatten Lueths Wort – das Wort eines Verrückten – das Wort eines Mörders – das Wort des größten Außenseiters in der Geschichte des Imperiums.

Ja, wirklich: Was war die Wahrheit?

Die große Wanduhr tickte bedrohlich. Sie ging um den Bruchteil einer Sekunde anders als ihre kleine Schwester auf dem Kaminsims, was den Eindruck vermittelte, die eine versuche, die andere einzuholen. Es erinnerte Bryn an das unaufhaltsame Fortschreiten der Zeit, an die Unausweichlichkeit des Todes sowie, in einem Moment der erdrückenden Verantwortung und tiefen Hoffnungslosigkeit, an die Vergeblichkeit des Lebens.

Darauf also begründete sich das Imperium der Bellysets in Wirklichkeit.

✦ 42. KAPITEL ✦

Pflichtgemäß

Jemand sprach. Er redete im Tonfall eines Vorgesetzten, eines Lehrers, eines Befehlshabers. Seine Stimme war zornig, kritisch und anschuldigend. «Du kanntest deine Pflicht, Paladin, oder nicht?»

«Jawohl, Sir», sagte Aquiuss. «Ich hätte ihn töten müssen. Er hat sich Befehlen widersetzt und unsere Position gefährdet.»

«Doch stattdessen hast du mit ihm gemeinsam die Übrigen getötet?»

Stille.

«Schlimmer noch, ihr habt die Übrigen nicht getötet – der Inquisitor höchstpersönlich ist entkommen – Degger! Wenn du deine Pflicht kanntest, Paladin, was hat dich abgehalten?»

«Eine anders gelagerte Pflicht.» In Aquiuss' Stimme klang stählerne Härte. «Meine Befehle waren widersprüchlich – ich sollte einerseits sein Mentor sein und andererseits sein Beschützer. Wenn ich dem Protokoll zur Rettung der Mission gefolgt wäre, hätte ich gegen meine ursprünglichen Anweisungen verstoßen.»

«Das sagst du.» Es folgte ein leichtes hölzernes Klopfen, Bleistift auf Tischplatte. Der Vorgesetzte senkte die Stimme:

«Mir ist klar, dass du der Letzte wärst, der sich eine Pflichtverletzung zuschulden kommen lässt, Aquiuss. Aber siehst du den Haufen Schreibarbeit hier? Ich muss euer Gemetzel irgendwie zu Papier bringen! Wie soll ich in Worte fassen, dass ihr zwei diejenigen massakriert habt, auf die ihr angesetzt wart?»

«Das geht durchaus, Sir. Schreibt einfach, dass die Bauern vorbereitet waren und alle außer Degger und uns erschlagen haben.»

«Unglaubwürdig! Und ein verflixter Zufall obendrein», knurrte der Vorgesetzte. «Es sind immer die Culmus Sangui, die überleben. Woraufhin ich sie auf eine andere Gruppe ansetzen darf, wo sie sich dann wiederum als die besten erweisen.»

«Dann eben so», sagte Aquiuss. «Schreibt, dass die Loyalisten, diese heimtückischen Feiglinge, einen Überraschungsschlag gegen die Inquisitionswache geführt haben. Wenn Ihr meint, dass das glaubwürdiger klingt, Sir. Dann sind sie eben mit im Bunde.»

Der Vorgesetzte lachte.

Mittni öffnete ein Auge. Sein Blick war getrübt. Er lag in einem Amtszimmer der Numenii: An der einen Wand hing das rote Banner von Armaah, an der anderen die Flammenkrone, das Wappen des Imperiums, und hinter dem Schreibtisch die schwarze Fahne der Inquisition. Er war immer noch benommen. Die Geräusche schienen von weit her zu kommen und die Worte nicht zusammenzuhängen. Ihr Sinn blieb unklar. Er versuchte dahinterzukommen.

«Es gibt noch ein weiteres Problem. Die Bauern haben gesehen, was der Junge getan hat. Es wird Gerüchte geben. Gerüchte, auf die ich gut verzichten könnte.» Der Mann seufzte. «Na schön, ich lasse dir das noch einmal durchgehen, wegen der konfusen Befehle. Aber so etwas darf sich nicht wiederholen! Der Junge hat offensichtlich noch viel zu lernen. Wie konnte einem Lehrling so etwas passieren – wie kann er überhaupt ein Lehrling *sein* –, das übersteigt meinen Verstand.»

«Er ist eigentlich gar keiner, Sir», sagte Aquiuss. «Die Sache ist kompliziert. Er hat eine andere Ausbildung bekommen – eine schnellere, unvollständige. Eigentlich nicht mehr als einen Intensivkurs. Normalerweise wäre er immer noch Schüler.»

«Ich kann mir nicht vorstellen, dass Sarghenta ein so unkonventionelles Vorgehen gutheißt.»

«Sie hat ihn selbst ausgebildet, Sir.»

Der Vorgesetzte pfiff leise. «Das nenne ich einen Intensivkurs. Besondere Umstände. Na schön, Paladin, wir werden das geradebiegen. Aber warum ein unberechenbarer Lehrling an die Front versetzt wird …»

Aquiuss sagte nichts, und der Mann schlug einen anderen Ton an. «Weißt du eigentlich, wie zermürbend es ist, hinter einem Schreibtisch zu sitzen und diese verfluchte Inquisition zu rechtfertigen?»

«Gewissensfragen, Sir?» Man konnte ihm das Lächeln anhören. «Dann solltet Ihr den Jungen hundertprozentig verstehen.»

«Das ist keine Gewissensangelegenheit, Paladin. Sondern eine Sache der Vernunft. Ich hoffe, irgendwo weiß irgendwer, wozu das alles gut ist. Weil ich es nämlich nicht weiß.»

«Was ist mit Inquisitor Degger, Sir? Er hat uns wahrscheinlich gesehen. Sollte ich ihn nicht ausschalten?»

«Dazu besteht kein Grund, Paladin – Degger ist mir unterstellt. Tatsächlich gehört er zu Okolnits Leuten. Wenn ich diesen Schweinen gegenüber bloß nicht immer Schönwetter machen müsste … aber alles andere würde Verdacht erregen.

Wie du siehst, darf niemand von uns ausscheren. Dass du mir das dem Jungen klarmachst – vorausgesetzt, er kommt auch mal wieder zu sich.»

«Es ist mir schon klar», sagte Mittni trotzig, aber seine Stimme kam ihm hoch und dünn vor. Er hörte Schritte und das Scharren eines Stuhls, der zurückgeschoben wurde. Er hob mühsam den Kopf und sah das Gesicht von Aquiuss. Weiter hinten beugte sich der Vorgesetzte über seinen Schreibtisch. *Colonel Langworth* stand auf einem goldenen Namensschild.

«Du hast es gut», sagte Aquiuss. «Ich musste mich fünf Minuten lang anblaffen lassen, bis ich kapiert habe, dass er einer von uns ist. Wie geht es dir?» Sein besorgter Blick wich rasch einem der Verzweiflung. «Du *Narr.*»

Colonel Langworth kam vom Schreibtisch herüber. «Wenn du es ebenfalls gehört hast, Lehrling Mittni, dann weißt du, dass ich es für richtig halte, dir eine zweite Chance zu geben. Du wirst bei einer anderen Inquisitionstruppe stationiert werden, wenn du damit umgehen kannst. Ich erspare es mir zu wiederholen, wie gedankenlos, gefährlich und verantwortungslos dein Handeln war, und will auch nicht nochmal betonen, wie schwerwiegend dieser Vorfall ist. Das überlasse ich Aquiuss.»

Der Mentor bestätigte seine Zuständigkeit mit einem Nicken. Mittni wusste nicht, ob er sich noch einmal einer solchen Truppe anschließen wollte. Er glaubte nicht, dass sein Magen das aushielt. «Danke, Colonel Langworth», sagte er schließlich.

Die beiden älteren Culmus Sangui lachten. «Ein Numenii-Deckname, mehr nicht – aber gern geschehen. Ich verstehe dein Dilemma, im Gegensatz zu dir anscheinend. Aber mit der Zeit wirst auch du die Notwendigkeit bedingungsloser Treuepflichten schon lernen. Denk daran, wir sind nicht die

Polizei. Wir dienen der Gerechtigkeit in weit … weit größerem Umfang.»

Aquiuss nickte energisch. «Ich werde dafür sorgen, dass er das nicht vergisst, Sir.»

«Aber vor der nächsten Inquisitionstruppe habe ich noch eine andere Mission für euch. Ich denke, das ist auch der geeignete Weg, um herauszufinden, ob Mittni seinen Pflichten als Culmus Sangui genügen kann.»

Mittnis Stolz kehrte mit voller Kraft zurück, als er daran dachte, wie die beiden während seiner angeblichen Bewusstlosigkeit über ihn geredet hatten. «Alles, Sir.» Er hatte es kaum ausgesprochen, da schossen ihm die Möglichkeiten durch den Kopf, auf was er sich jetzt wohl eingelassen hatte, um es später vielleicht zu bereuen. Er hätte an alles gedacht, nur nicht an das, was kam.

Colonel Langworth lächelte. «Dann habt ihr beiden einen abtrünnigen Culmus Sangui festzunehmen. Sein Name ist Bryn.»

Mittni hatte das Gefühl, erneut einen Schlag auf den Kopf zu bekommen. Er starrte den fremden Meister fassungslos an. Dem Mann war nicht anzumerken, ob er davon wusste, dass sie befreundet waren.

«Da muss ein Fehler vorliegen», sagte Aquiuss. «Auf wessen Befehl?»

«Die höchsten Befehle, Paladin, sind niemals falsch.»

«Mittni darf unter keinen Umständen an dieser Mission beteiligt sein.»

«Und warum nicht?»

«Weil er mit Bryn befreundet ist. Sie sind zusammen nach Caer Isnova gekommen.» Aquiuss stellte sich anders hin. «Besondere Umstände.»

Der Mann rieb sich das Kinn und betrachtete Mittni. «Wie

wir gesehen haben, darf man dem Jungen keine emotional schwierigen Missionen anvertrauen. Damit wäre er natürlich untauglich … aber hier liegen besondere Umstände vor. Nun gut, Paladin, tu das, wie du es für richtig hältst. Aber zu eurer Information, der Befehl lautet, dass jeder freie Culmus Sangui in diesem Distrikt sich an der Verfolgung beteiligen soll. Ihr könnt gehen.»

«Danke, Sir.» Aquiuss umfasste irgendeinen Griff hinter Mittnis Kopf und schob das Rollbett, auf dem er lag, aus dem Zimmer. «Da hat nicht mehr viel gefehlt», flüsterte er.

✦ ✦ ✦

Mittni war nicht ernsthaft verletzt, hatte nur einen Schock erlitten und fühlte sich nach einer Mahlzeit und etwas Schlaf deutlich besser, wenngleich ihn Fragen quälten. Was in aller Welt hatte Bryn angestellt? Wurde er wegen Mordes an diesem Kirchenmann gesucht? Das konnte nicht sein, dann würden sie höchstens ein, zwei Culmus Sangui nach ihm ausschicken.

Zweimal belehrte Aquiuss ihn darüber, wie wichtig es war, verlässlich zu sein, sich an den Plan zu halten, Befehlen zu gehorchen; über die Heiligkeit der Pflicht und das Wahren der Ehre. Er führte Beispiele aus heldenhaften Zeiten an, wo sie ein Königreich oder sogar das ganze Imperium vor Chaos, Zusammenbruch und Zerstörung gerettet hatten oder, wie er es nannte, *die bekannte Welt.* «Verstehst du das jetzt?», fragte er nach jedem Beispiel. «Diese Verbrechen wären geschehen, ob du dabei bist oder nicht. Natürlich sind sie falsch, und du hast recht, wenn du sie verhindern willst. Wenn unsere Befehle nicht anders gelautet hätten, wären wir dagegen vorgegangen. Aber wir hatten unsere Anweisungen.»

Wenn Mittni bedachte, wie leidenschaftlich Aquiuss' Treue zum Orden war und wie groß seine Hochachtung, wie automatisch er gehorchte, dann konnte der Barue nur staunen, wie glimpflich er davonkam. Aquiuss schien ihm das Ganze nicht deshalb auseinanderzusetzen, weil er enttäuscht war, sondern weil er einfach nicht verstehen konnte, warum sein Schüler seine Sicht der Dinge nicht teilte.

Am nächsten Tag, als von der Benommenheit nichts mehr zurückgeblieben war, forderte Aquiuss Mittni auf, seine Kleider anzuziehen und sein Schwert zu gürten – nicht die Uniform der Inquisition, sondern die Kampfkleidung der Culmus Sangui.

«Mittni, ich lasse dir die Wahl. Du wirst dich keinerlei Befehlen mehr widersetzen, nicht unter meiner Aufsicht. Also akzeptiere entweder, dass ich dich zum Schutze Thybils nach Eisenfels abkommandiere – und bleib mir *weit* aus dem Weg –, oder begleite mich, denn ich werde meine befolgen.»

«Was geschieht mit ihm, wenn sie ihn finden?»

Aquiuss blinzelte. «Sie werden ihn töten.»

Mittni dachte nach. Er hatte schon während seiner ganzen Genesung darüber nachgedacht. Sie waren auf der Jagd nach einem Mörder, ja, aber da lief noch etwas anderes. Etwas Größeres. Schließlich sagte er mit bebender Stimme: «Ich begleite dich.»

Aquiuss musterte ihn eine Zeitlang mit gefurchter Stirn. «Nun gut. Dann wollen wir Bryn mal suchen.»

✦ 43. KAPITEL ✦

Boten

Bryn?» Es war seine Mutter, die mit sanfter Stimme sprach.

Er sah zu seinen Eltern, die ihn besorgt anschauten. «Du brauchst nicht einmal eine Wahl zu treffen, Sohn – wie du siehst, gibt es eigentlich gar keine.» Felix versuchte sich an einem aufmunternden Lächeln, und Bryn fühlte sich unsicherer als je zuvor. «Nun weißt du alles, was du wissen musst.»

«Mehr gibt es nicht, das einem Angst machen könnte, Schatz.»

Bryn wünschte sich, es wäre anders. Er brauchte weitere Informationen. Irgendetwas Handfestes, auf das sich aufbauen ließ – und zwar kein Bellyset-Imperium. Wie sollte er Swigny brauen können, wenn Lueths dunkle Geheimnisse lockten? Er würde nach Antworten suchen, genau wie Lueth es getan hatte, und konnte nur hoffen, dass sie ihn nicht auf denselben Weg führten. Eridanus, Lueths bester Freund … er wusste sicher mehr. Und wenn er nichts verraten wollte, dann waren da immer noch Akten in Itrim.

Bryn stand auf. Er kannte die Einzelheiten noch nicht und wusste nicht, was er tun sollte. Aber er hatte bekommen, wofür er hierhergekommen war – einen Schubser in die richtige

Richtung. Okolnit hatte offenbar die Wahrheit gesagt; nach bestem Wissen, obwohl es falsch war. Er würde ihm auch helfen.

Seine Eltern, die seinen geistesabwesenden Blick bemerkten, standen rasch auf.

Felix öffnete die Tür einen Spalt und bellte: «Perseus, das Abendessen!» Er wollte die Tür gerade wieder schließen, da drängte Bryn sich an ihm vorbei.

«Brauchst du frische Luft?», fragte seine Mutter nervös.

Bryn erreichte das Ende des Flures und ergriff die Türklinke.

Felix legte ihm eine sanfte, doch feste Hand auf die Schulter. In seiner Stimme lag Dringlichkeit. «Es gibt viele Möglichkeiten, die Welt zu verändern, Sohn! Wir sind sehr engagiert, weißt du.»

Bryn wandte sich um und lächelte traurig. «Das ist schön, Vater. Weiter so.»

Wussten sie, dass ihr Geld auch Okolnits zwielichtige Geschäfte finanzierte?

«Schatz, wo willst du hin?», fragte Fortuna mit schriller Stimme.

Bryn sah die beiden nachdenklich an. Sie würden es nie verstehen.

«Mutter, Vater … bitte versucht zu akzeptieren, dass das, was ihr mir heute Abend erzählt habt – nun, so ziemlich alles geändert hat. Ich habe jetzt schon Erfahrungen hinter mir, die ihr bestimmt nicht nachvollziehen könnt. Ich muss Antworten finden. In manchen Fällen suche ich sogar noch die Fragen.»

«Ich verlange von dir, dass du sofort ins Haus zurückgehst!», zischte Felix. «Wir wollen uns während des Essens darüber unterhalten wie zivilisierte Barue.»

«Seht ihr, genau da ist der Haken», sagte Bryn. «Ich sollte erst in eure Obhut zurückkehren, wenn ich volljährig bin – und dann habe ich meine eigenen Entscheidungen zu treffen. Wie ich zwangsläufig lernen musste.» Sie anzusehen, tat weh. Er konnte diese verwirrten, fassungslosen Blicke nicht ertragen. «Ich nehme nur deinen Rat an, Vater. Das ist noch keine Entscheidung. Ich bin hoffentlich bald wieder zurück, das hoffe ich wirklich. Ich wünschte, ich könnte das alles erklären. Aber dazu muss ich erst einmal selbst daraus schlau werden. Es gibt da noch … einige Geschäfte zu erledigen.»

Bei der Erwähnung von Geschäften hellten sich die Mienen seiner Eltern auf. Bryn konnte förmlich sehen, wie es in ihren materialistischen Köpfen arbeitete und sie sich in einem Akt der eskapistischen Verzweiflung ein Bild malten, das ihrer Weltsicht entsprach.

«Ach so … Geschäfte», sagte Fortuna und bezwang ihre Tränen. «Natürlich. Du bist ein guter Junge.»

«Dann kommst du, sobald die Sache unter Dach und Fach ist, hm?» Felix nickte lebhaft. «Mit dem Scheck in der Hand!»

Bryn konnte nicht anders, er musste grinsen. «Ich bin wirklich froh, dass ich euch zwei einmal wiedersehen konnte.»

Sie umarmten einander. Müde ging er die Stufen hinunter und spürte die Blicke seiner Eltern im Rücken. Keiner der beiden wagte sich aus der Tür.

«Aber, Bryn, vergiss über deinen Geschäften in Calaspia eines nicht – Swigny hat jederzeit das bessere Angebot! Und besser schmecken tut's auch!»

Das Lachen seiner Eltern vermengte sich mit dem Essensduft aus dem Haus. Doch Bryns Hunger war wie weggeblasen.

Als der Wachmann begriff, dass Bryn gehen wollte, eilte

er von seinem Posten beim Tor zu den Stallungen. Bryn fiel plötzlich die beunruhigende Neuigkeit wieder ein, dass Leute in seinem Namen zur Villa Bellyset gekommen waren, und ging ihm nach. Vielleicht waren sie ja immer noch im Gesindehaus zu finden.

«Lass mein Pferd hier bereitstehen, guter Mann», sagte Bryn. «Und halte dich zum Öffnen des Tores bereit.»

Aus dem Stirnrunzeln des Mannes wurde ein Schulterzucken, als er das Geldstück auffing, einen Stern.

Mit der Hand an der Klaue des Todes schlich er am Gebüsch entlang zum Gesindehaus, einem weißgetünchten, einstöckigen Haus, das sich neben der verschnörkelten Villa Bellyset sehr schlicht ausnahm. Bryn merkte, wie angenehm die kühle Luft auf seinem Gesicht war, und blieb stehen. Er atmete tief durch und ordnete seine Gedanken, drängte den Aufruhr zurück, um sich auf das vor ihm Liegende zu konzentrieren.

Nun war er kein Bellyset mehr, sondern wieder ein Culmus Sangui oder etwas noch Dunkleres. Er zog die Waffe aus der Lederscheide und glitt das Gebäude entlang, immer außer Sicht der kleinen Fenster, durch deren Vorhänge weiches Licht drang. Er arbeitete sich einmal um das Haus herum, aber alle Vorhänge waren zugezogen, alle Fenster geschlossen. Er wollte in kein Haus seiner Eltern einbrechen; die Tür würde ohnehin nicht abgeschlossen sein. Ihm blieb keine Wahl, er musste durch die Tür hinein.

Er wappnete sich und ließ die Klaue des Todes zu einem Dolch zusammenschnurren, der problemlos in seinen Ärmel passte, dann schlenderte er zur Tür und betätigte den Anklopfer. Er hatte jedes Recht, hier zu sein; auch ihm waren die Diener unterstellt. Und die Boten ebenso.

Niemand reagierte, also probierte Bryn die Klinke. Er

hatte recht; es war nicht abgeschlossen, und die hölzerne Tür schwang auf. Ein Windstoß folgte Bryn in den Flur. Als er niemanden sah, schlich er weiter ins Haus, in eine Küche hinein. In der Spüle stand ein ansehnlicher Stapel schmutziges Geschirr. Da fiel Bryn ein, dass die Dienerschaft drüben in der Villa mit dem Herrichten des Abendessen beschäftigt sein dürfte – mit dem Abendessen für ihn. Er verspürte einen Stich der Reue, dass er seine Eltern allein gelassen hatte. Aber er brachte es nicht über sich, nach dem, was sie ihm gerade eröffnet hatten, noch ein, zwei Stunden zu plaudern.

Vorausgesetzt, seine angeblichen Boten waren immer noch hier, dann war er mit ihnen allein. Er ließ den Dolch aus seinem Ärmel rutschen und die Klinge wachsen.

Nebenan lag ebenfalls ein Wirtschaftsraum; auf der einen Seite wurden Sachen gelagert, auf der anderen wurde die Wäsche gemacht. Es roch nach Seife und Waschmittel, bis er zum Nebenraum weiterschlich, wo es angenehm nach Kaminfeuer duftete. Die Temperatur war hier höher, und statt der Gaslampen brannte ein temperamentvolles Feuer, vor dem eine gebeugte Gestalt saß, die ein Bein hochgelegt hatte und schnarchte. Bryn erkannte ihren alten Gärtner, der noch grauer geworden war – aber dann wurde seine Aufmerksamkeit zur Rückseite des Raums gelenkt, an ein paar schlichten Holzstühlen vorbei zu zwei Leuten, die oben auf einem Etagenbett kauerten und anscheinend bereit waren, sich auf ihn zu stürzen.

«Bryn! Endlich!»

Er drehte den Dolch rasch zu einem Ring und entspannte seine Muskeln.

«Telsea! Dos! Was im Unbenennbaren Land führt euch hierher?»

Die jungen Barue glitten vom Etagenbett und umarmten

ihn. Dordios zog Stühle vor die Feuerstelle, und Bryn fühlte sich verpflichtet, sich hinzusetzen.

«Wir dachten, du würdest früher kommen.» Telseara klang vorwurfsvoll.

Bryn warf einen fragenden Blick zum Gärtner, aber Dordios winkte ab. «Der schläft wie ein Stein.»

«Wie ein Stein mit Ohren», flüsterte Bryn. «Es geht mir nicht darum, dass wir ihn stören könnten! Warum seid ihr hier?»

«Ach, nur so», sagte Telseara. «Nachdem du aus Eisenfels weggegangen warst, haben wir uns umgesehen, weißt du, und uns auf den neuesten Stand gebracht. Wir merkten ziemlich schnell, dass es dort gar nichts für uns zu tun gab –»

«Wir waren bloß im Weg», fügte Dordios hinzu.

«Dann wurde Mittni zusammen mit Aquiuss zur Inquisition abkommandiert. Und als wir hörten, dass du hierherkommen wolltest und was dir in der letzten Zeit alles so passiert ist, da waren wir der Meinung, du könntest uns brauchen.» Telseara verschränkte die Arme. «Zur emotionalen Unterstützung.»

Bryn konnte ihre Unsicherheit spüren, die im Widerspruch zu ihrer Körpersprache stand, und war von diesem Akt der Freundschaft gerührt. Am Ende konnte er nicht anders und musste lachen, was ihm ihre beleidigten Blicke eintrug.

«Entschuldigt», sagte Bryn. «Wisst ihr, als mein Vater mir erzählt hat, meine ‹Boten› wären hier, obwohl ich doch gar keine geschickt hatte, da nahm ich an, dass es sich um Agenten des Wahnsinns handelte. Mit euch beiden habe ich überhaupt nicht gerechnet!»

Sie grinsten erleichtert. Dordios schob sich nach hinten gegen die Lehne seines Schaukelstuhls, sodass seine Füße beim Schaukeln kaum noch den Boden berührten. Telseara holte eine Flasche Kaminfeuer-Swigny. Auf Becher verzichteten sie. Bryn fragte sich unruhig, was in aller Welt er jetzt mit den Jüngeren machen sollte.

«So, und was machen wir jetzt?», fragte Telsea, die seine Bedenken spürte.

Bryn seufzte. «Ich werde wohl weitermüssen.»

«Wohin denn?», fragte Dordios.

«Wenn ich das wüsste ... Ich suche Antworten, aber die können überall zu finden sein. Wahrscheinlich gehe ich zuerst nach Eisenfels. Ich muss mit Eridanus sprechen.»

«Als wir aufgebrochen sind, war er noch dort», sagte Telseara, «aber besonders zufrieden war er nicht. Die Ratsarbeit war die reine Trübsal.»

«Kein Wunder, sie führen schließlich einen Krieg.»

«Das weiß ich, Bryn, aber das meine ich nicht. Sie waren wegen irgendetwas bedrückt, das persönlicher war. General Hornbeam und den anderen machte es nicht so zu schaffen, aber Thybil und Gug waren lebende Leichen. Es fühlte sich an, als ob sie um jemandes Tod trauerten, nur ... im Voraus. Als ob sie jemanden seinem Schicksal überließen. Jemanden, der ihnen nahesteht.»

Bryn konnte spüren, wie viel Angst sie hatte, und hätte sie gern getröstet, doch er wusste nicht, wie. Er ahnte, dass dies der wahre Grund für ihr Kommen war.

Dordios kippte wieder nach vorn. «Und es gab Gerüchte, dass Sarghenta in Eisenfels war.»

Das ließ Bryn aufhorchen. Sarghenta verließ Caer Isnova selten, und wenn, dann normalerweise, um ihre Krieger anzuführen. Was konnte sie aus ihrer Höhle gelockt haben? «Haben die Culmus Sangui sie begleitet?»

«Ich glaube nicht, jedenfalls nicht viele», sagte Telseara. «Man kann es ja nie so genau sagen.»

«Das stimmt. Also, ich glaube nicht, dass ich sehr lange in Eisenfels bleiben werde, aber ich finde, ihr solltet mitkommen. Keine Sorge, diesmal wird es keine Abstecher geben. Und die Bedrohung durch die Tahl Uthnae ist vorbei.»

Telseara und Dordios wechselten einen Blick, aus dem Bryn nicht schlau wurde.

«Kennst du die Swigny-Fabrik?»

«Ich weiß von ihr, Telsea, aber ob du es glaubst oder nicht, ich bin noch nie dort gewesen. Zumindest kann ich mich nicht mehr daran erinnern.»

«Wir aber, und ich finde, du solltest sie dir auch mal ansehen.»

«Leider fehlt mir dazu gerade die Zeit, aber meine Eltern warten schon darauf, mich herumzuführen, sobald ich zurück bin.»

«Oh, gut, dann kommst du also wieder zurück.» Dordios nickte Telseara zu. «Dann werden wir auf dich warten. Hier.»

Bryn starrte sie an.

«Wir sind nicht sonderlich darauf erpicht, nach Eisenfels zurückzukehren», sagte Telseara. «Uns gefällt es hier.»

«Wissen die Bellysets von eurer … Entscheidung?», fragte Bryn.

«Sie interessieren sich ziemlich für einige von unseren Ideen», murmelte Dordios.

Bryn grinste. Hier würden sie sicher sein. Und aus der Schusslinie. Und außerdem hatte er damit einen weiteren Grund, rasch zurückzukehren.

«Dann ist ja alles klar. Aber ich kann euch hier nicht einfach so zurücklassen …»

Bryn hatte bald Tinte und Pergament gefunden und schrieb:

Telseara und Dordios sind nicht nur von edler Abstammung – die Kinder von Bartholdi, dem Häuptling von Quivelda –, sie sind auch gute Freunde. Bitte behandelt sie gut. Ich hoffe, bald zurückkehren zu können, und freue mich schon auf einen Rundgang durch die Swigny-Fabrik.
Euer Bryn

Er faltete den Bogen und gab ihn Dordios. «Gib das meinen Eltern. Nun seid ihr wirklich meine Boten.»

Die drei strahlten einander an.

«Versprecht mir, dass ihr nichts anstellt», sagte Bryn.

«Du sollst uns doch nicht zum Lügen anstiften», sagte Telseara, und sie lachten. Die beiden begleiteten ihn zur Tür.

«Warum bleibst du nicht noch über Nacht?», fragte Dordios.

«Ich habe etwas Dringendes zu erledigen», sagte Bryn.

«Typisch Bellyset», sagte Telseara. «Bring uns ein Andenken mit.»

Bryn schmunzelte und verließ das Gesindehaus, winkte seinen Freunden noch einmal zu, bevor er um die Ecke verschwand. Die Kräuter seiner Mutter rochen in der kühleren Nachtluft anders – wobei sie wahrscheinlich gar nicht seiner Mutter gehörten, denn die Diener kümmerten sich um alles. Wie sollte Fortuna da eine so gute Köchin sein, wie Mama Bellyset es gewesen war? Bei dem Gedanken an seine Großmutter kam Bitterkeit in ihm hoch. Ihm missfiel die Reaktion seiner Eltern auf die traurige Nachricht. Mit den Gedanken bei Mama Bellyset und dem Großvater, den er nie kennengelernt hatte, bei den Eltern, die er kaum kannte, und bei der Frage, was es eigentlich bedeutete, ein Bellyset zu sein, betrat Bryn den Hauptweg zwischen Tor und Haustür. Sein Blick fiel wieder auf die schimmernde Tafel mit ihrem Spruch über Sattheit und Mattheit.

Sie sind vielleicht die Erben des Apheristen, Calaspias Auserwählte – und alles, wonach ihnen der Sinn steht, ist, das finanzielle Erbe zu mehren, dachte er. *Das ist auch eine Art Mattheit.*

Noch während ihm dieser Gedanke durch den Kopf ging, erzitterte die Luft, und bei der Veranda knallte etwas. Er hörte das Klirren von berstendem Glas und das Krachen von zerbrechendem Metall. Licht gleißte auf: ein goldenes und silbernes Glitzern in der Dunkelheit wie Sterne am Himmelszelt, umgeben von herunterfallendem Glas wie Sternenstaub.

Während er sich noch fragte, was da passiert war, hatte er schon den Griff der Klaue des Todes gepackt, die bereits die Form eines Kurzschwerts angenommen hatte. Die Glasscherben und Metallsplitter lagen wie ein Halbkreis aus Wasser um die Tafel herum, als wäre sie ein Teich, in den jemand einen schweren Stein geworfen hatte. Das war der am ehesten passende Vergleich, denn merkwürdigerweise sah ihre Oberfläche immer noch heil aus. Es waren sogar noch Buchstaben zu sehen.

Wenn doch ihre Überreste auf dem Boden lagen, warum war dann die Tafel immer noch in einem Stück?

Bryn warf einen Blick über die Schulter und sah im Lichtschein des Wachhäuschens die Umrisse des Wachmannes und seines Pferdes beim Tor stehen. Er überprüfte die Fenster, nirgendwo war jemand zu sehen. Er spürte niemandes Verblüffung oder Neugierde. Anscheinend hatte niemand anders den Knall bemerkt. Er ging zur Veranda, um sich die Sache genauer anzusehen.

Im Licht vom Haus stellte sich heraus, dass die Oberfläche der Tafel aus Stein war. Verblüfft sagte Bryn sich, dass wahrscheinlich irgendetwas aus einem der oberen Fenster gefallen war und die Glasabdeckung zerschlagen hatte. Nicht weiter wichtig, seine Eltern würden es morgen gewiss reparieren lassen.

Doch da fiel sein Blick auf die Mitte der Steinplatte, wo irgendetwas eingeritzt war. Zunächst hielt er es für eine Beschädigung durch diesen heruntergefallenen Gegenstand, aber dann begriff er, dass es eine Art Muster war. Als ihm die Inschrift auf seinem Schwert wieder einfiel – seinem Culmus –, erkannte er rasch die Absicht hinter diesen Kratzern.

Bryn beugte sich vor und fuhr mit den Fingern über die Kerben. Es war eine Schrift, die er nicht lesen konnte, ein unbekanntes Alphabet. Nach einer kurzen Berührung zuckte er zurück. Es lag eine Kraft in diesen Linien: keine aktive, verändernde Magie wie Gedankenkraft, sondern ein Flüstern von Macht und Stärke, von höchster Überlegenheit sogar, wie die lange nachklingende Erinnerung an ein längst vergangenes Zeitalter, aber mit dem Versprechen von ewiger Relevanz und Möglichkeit; ein noch nicht erfüllter Eid, eine Prophezeiung, die noch nicht wahr geworden war.

Bryn fragte sich, wieso diese Tafel hier war, wie sie in einer Stadt überlebt hatte, in der alle Bauten, die älter als ihre Besitzer waren, renoviert oder sogar neu gebaut wurden. Plötzlich alarmierten ihn seine sämtlichen Sinne, dass sich jemand näherte. Noch während er in die Dunkelheit starrte, hörte er keuchendes Atmen, und schon hielt ihn eine grobe Hand beim Handgelenk gepackt. Bryn wollte seinen Gegner gerade aufs Kreuz legen, da erkannte er weißes, gewelltes Haar unter einer Nachtmütze und die zerknitterten Züge des alten Gärtners.

«Du kommst ohne Licht, Freund», sagte Bryn immer noch auf der Hut.

«Was nützt den Augen Licht, wenn sie nicht wissen, was sie sehen?», kam die heisere Antwort. «Was haben die Füße von einem gepflasterten Weg, wenn sie nicht wissen, wohin? Junger Bryn, ich kenne diesen Garten besser als meinen eigenen Leib.»

«Wie kann ich dir helfen, guter Mann?»

Der Neuankömmling machte einige pfeifende Atemzüge und krächzte: «Telseara und Dordios haben mir erzählt, dass Ihr da wärt, und ich durfte Euch doch nicht verpassen, nicht nach neun Jahren! Aber wahrscheinlich erinnert Ihr Euch gar nicht mehr an mich ...»

«Natürlich erinnere ich mich an dich. Wie könnte ich es je vergessen, von einem Gärtner gejagt zu werden, der so auf seine Blumen aufpasst wie du?»

Pfeifendes Lachen, das in einem trockenen Husten endete.

Die Hand um sein Handgelenk wurde ihm langsam unangenehm. Bryn versuchte, sich ihr sanft zu entziehen, aber der Alte hielt ihn erstaunlich fest gepackt. Bryn sah ihm zum ersten Mal in die Augen und war schockiert über das leicht schielende, milchige Braun. Eine wahnwitzige Sekunde lang dachte er, der Alte wäre ein Dämon in Menschengestalt oder schlichtweg besessen, aber dann musterte der Gärtner mit zusammengekniffenen Augen die Scherben am Boden und sah wieder einfach nur wie ein alter Mann aus – ein zu alter Mann für körperliche Arbeit.

«Tja, da ist es wieder mal passiert», keuchte er. Die verblüffende Feststellung klang wie eine Bemerkung über das Wetter. Die schwachen Augen blickten von den zersplitterten Überresten der Tafel zu Bryn. «Gratuliere.»

«Was?»

«Jawohl, junger Meister, das ist schon öfters passiert. Sehr oft. Jedes Jahr am Tag des Apheristen.»

«Was ist der Grund dafür?»

Der Gärtner ließ sein Handgelenk endlich los und hob den zittrigen Arm zum Himmel, begleitet von einem zahnlosen Grinsen und einer staunenden Miene.

«Und wie geht es dann weiter?»

«Na ja, der Herr lässt mich das einfach wegräumen und eine neue Tafel anbringen. Er hat einen ganzen Stapel davon zum Aufhängen bereitliegen. Um den eigentlichen Vers zu verdecken.»

«Gibt es einen bestimmten Grund dafür, dass er ihn verdeckt haben will? Hat jede Familie hier dieses Problem?»

«Aber nein.» Der Gärtner schüttelte ansatzweise den Kopf. «Nur die Bellysets. Der Herr sagt, die Tafel sei hässlich. Er möchte eine haben wie alle anderen, mit seinem eigenen Spruch darauf. Er hat sich eine ganze Reihe ausgedacht und nimmt manchmal auch einen alten.»

Am Tag des Apheristen … Das klang plausibel.

«Aber es ist gar nicht der Tag des Apheristen», sagte Bryn. «Warum also heute Abend?» Er meinte, es zu wissen, aber er wollte hören, was der Gärtner dazu zu sagen hatte.

Der Alte wandte den Kopf und sah Bryn voll an, anstatt weiter mit ihm die Tafel zu betrachten. «Heute Abend wurde die Wahrheit enthüllt», sagte er. «Heute Abend wurden die Geheimnisse preisgegeben.»

«Woher weißt du das alles?»

Ein trockenes Auflachen. «Ich bin jetzt seit dreiundfünfzig Jahren Gärtner in diesem Haushalt, und in dieser Zeit bekommt man eine Menge mit, junger Bryn.»

Bryn runzelte die Stirn. «Könntest du hier bitte Ordnung schaffen? Meine Eltern brauchen nicht zu wissen, was gerade passiert ist.»

«Aber natürlich, Herr. Ich kümmere mich gleich darum.

Ihr werdet es nicht glauben, aber ich habe gelernt zu schweigen wie ein Grab.»

«Kannst du das gleich erledigen und mir Tinte, Pergament und einen Bleistift bringen?»

«Gut», sagte er und verschwand in der Nacht.

Bryn fuhr erneut mit den Fingern über die Rillen. Gedankenverloren wartete er, bis der Gärtner mit den gewünschten Sachen kam.

«Sehr schön.» Bryn machte zuerst mit Tinte eine Skizze von der geschwungenen Schrift, legte dann ein Blatt Papier auf den Stein und rieb die Konturen mit dem Bleistift ab. Es mochte ja sein, dass er beim Abschreiben etwas falsch gemacht hatte, was die ganze Bedeutung veränderte. Direkt bei den Schriftzeilen war schwer zu sagen, welche Kerben im Stein Teil der Sprache und welche bloß Löcher waren.

Dann steckte er den Zettel ein.

«Danke, Gärtner, vielen Dank!» Bryn drückte den Alten kurz, der ihn entsetzt ansah und beinahe das Gleichgewicht verlor, ihm dann aber unter seinen verwitterten Augenbrauen hervor lachend hinterhersah.

Bryn ging den Pfad hinunter zum Haupttor, die makellose Rasenfläche entlang, die von Lampen und vom Mond erhellt wurde.

Der Wachmann stand dort mit Silaeti, die gesattelt und reisebereit war. Bryn gab ihm eine weitere Münze und führte sein Pferd durch das Tor, bevor er aufsaß. Als es in Trab fiel, warf er einen letzten Blick zu den rosa leuchtenden Fenstern des Gesindehauses und zu den Glasscherben neben der Haustür der Villa Bellyset zurück, dann ritt er in die Nacht hinaus.

Haben sie es gewusst?, fragte Bryn sich, während die Luft an seinen Kleidern zerrte. *Thybil, Mama Bellyset, Eridanus und wer sonst noch alles – wussten sie schon die ganze Zeit Bescheid?*

Bryn dachte an die Worte seiner Eltern zurück, an die Okolnits. Lueth war aus einem Mangel an Unterstützung zu Nequam geworden. Seine Freunde hatten ihm nicht geglaubt. Bryn verzog das Gesicht. Freunde, Unterstützer und Unterstützte waren das Wichtigste im Leben: Leute mit der gleichen Zielrichtung, dem gleichen Herzen und Verstand. Darin hatte sein Großonkel versagt; und er, Bryn, war nicht gerade auf dem besten Weg, es besser zu machen.

✦ 44. KAPITEL ✦

Feinde ringsum

Er warf den letzten Toten beiseite, der über die Leichen seiner Gefährten fiel. Inzwischen hatte Bryn sich daran gewöhnt, dass er seine Waffe nicht zu reinigen brauchte: Das verschmierte Blut verschwand, als würde die Klinge es aufsaugen. Das Blut auf seinen Kleidern und seiner Haut tat ihm diesen Gefallen leider nicht.

Er fragte sich, wann die Vorstädte von Baruto wohl zum letzten Mal einen solchen Kampf erlebt hatten, und hoffte fast, dass jemand Zeuge seines Triumphs über die Banditen geworden war, die versucht hatten, ihn auszurauben. Mit einem Grätschsprung in den Sattel saß er wieder auf. Silaeti war gänzlich unbeeindruckt von der Aufregung um sie herum gewesen, und Bryn wiederum war beeindruckt, dass sie nicht durchgegangen war.

Er hatte die Räuber natürlich gewarnt. Dreimal. Dann hatte der Erste seinen Prügel nach ihm geschwungen, und Bryn hatte die Geduld verloren und ihn mit einem einzigen Faustschlag zu Boden geschickt. Das hatte seine Spießgesellen jedoch nicht eingeschüchtert, sondern wütend gemacht, und sie hatten alle angegriffen. Ab dem Moment, als Bryn auf der Stirn des einen ein V-förmiges Brandzeichen auffiel, hatte er gekämpft, um zu töten. Bei den Anhängern des Wahnsinnskultes kam Gnade nicht in Frage. Zwei Minuten darauf waren alle fünf tot gewesen. Nun ritt er davon und war zufrieden, anderen Irren dieser Sorte eine Botschaft hinterlassen und Baruto so wieder etwas sicherer gemacht zu haben.

Er hatte kaum das Ende der Straße erreicht, als seine Sinne ihn auf eine Bewegung aufmerksam machten. Er glitt auf Silaetis Flanke. Keinen Moment darauf schoss etwas über seinen Kopf hinweg und schlug hinter ihm in die Wand. Bryn riss sein Wurfmesser heraus und schleuderte es auf die schattenhafte Gestalt, aber sie war verschwunden. Den Blick auf die Umrisse der relativ niedrigen Häuser gerichtet, ritt er zur Mauer zurück, in der ein Bolzen steckte.

Es war ein teures Geschoss, wie es nur von gedungenen Mördern benutzt wurde. Dafür musste man einige Silbermonde hinlegen, also tötete man damit auch nur wichtige Personen. Ihn. Auf einmal war Bryn sich nicht mehr so sicher, dass die Banditen hinter seinem Geld her gewesen waren.

Er verstaute den Bolzen in seinem Umhang und galoppierte weiter, über den Hals des Pferdes gebeugt. Straßen, in denen fröhlich gefeiert wurde, huschten vorbei: Barue, die nur ein paar Häuser entfernt waren, und doch trennten sie Welten von ihm. Wer wollte jetzt seinen Tod? Hatten die Mächte des Wahnsinns erfahren, wer die Bellysets waren oder sein sollten? Zu viele Fragen, wie immer!

Es war genug. Bryn dachte an seine Eltern und beschloss, dass er den Attentäter aufspüren und herausfinden würde, was hier lief. Die Bewegungen in seinem Augenwinkel bestätigten sich. Wenn es stimmte, was sie nahelegten, wurde er von mehr als einer Person verfolgt.

Bryn bog in eine Seitengasse, dann noch einmal und gleich

wieder. In einem dunklen Winkel stieg er ab, zog seine Wurfmesser und versteckte sich. Hektische Bewegungen oben auf den Dächern zeigten, dass seine Häscher einen anderen Kurs eingeschlagen hatten. Irgendwie kam ihm die Situation bekannt vor, wie ein Déjà-vu. Es dauerte nicht lange, da erschien ein menschlicher Umriss über der Dachkante und sprang in die Hintergasse hinab. Er richtete sich auf, und nun sah Bryn einen Mann mit einem dunklen Gesicht, der mit blankem Schwert in seine Richtung kam. Als Bryn ihn erkannte, verließ er seine Deckung.

«Fysal! Was machst du hier?»

Der Paladin blieb stehen, starrte ihn ungläubig an. «Wir sind auf einer Mission. Und du?»

«Ich habe gerade meine Eltern besucht. Jetzt bin ich auf dem Weg nach Eisenfels.» Bryn grinste ihn an und steckte seine Wurfmesser weg. «Was ist das für eine Mission? Vielleicht kann ich helfen.»

Fysal schüttelte erstaunt den Kopf. «Das kannst du auf jeden Fall. Der Auftrag lautet, dich zu finden. Wir sollen dich zurück nach Eisenfels bringen.»

Bryn verbarg die eigene Überraschung nicht. «Dann spricht wohl nichts dagegen, dass wir zusammen weiterreisen.»

Er führte Silaeti aus den Schatten heraus, und sie gingen zusammen zur Straße. Bryn beschloss, den Angriff eben auf ihn gar nicht erst zu erwähnen.

Fysal und er gingen zur Hauptstraße, wo nach und nach Paladine und Lehrlinge zu ihnen stießen, darunter auch Emryk. Bryn hatte mit zweien oder dreien gerechnet und war erstaunt, dass ihre Zahl sich auf acht summierte. Aquiuss zufolge war das oft die Anzahl von Culmus Sangui gewesen, die man «zur Rettung der bekannten Welt» ausgeschickt hatte. Sie konnten doch gewiss nicht alle allein für ihn abgestellt worden sein? Nein, ihr Hauptauftrag war bestimmt, nach dem Buch der Zeiten zu suchen. Die Culmus Sangui wiederum waren verblüfft und erleichtert, dass Bryn bereitwillig mitkam; sie schienen damit gerechnet zu haben, Gewalt anwenden zu müssen.

«Wozu diese Mission?», fragte Bryn. Vier bewegten sich auf der Straße, während die anderen fünf das Gelände sicherten.

«Sarghentas Anweisungen. Sie will mit dir reden.»

«Sie ist in Eisenfels?»

Fysal nickte. Bryn freute sich auf diese Konfrontation. Sicher, er war nervös und wusste nicht, was er sagen würde, aber es war höchste Zeit, dass er seine dunklen Geheimnisse eingestand. Lueth und vor ihm Apherist hatten gezeigt, wie wichtig die Unterstützung von Freunden war.

Die Barue, denen sie begegneten, verstummten beim Anblick der Gruppe und eilten vorbei. Bryn blieb wachsam gegen den Attentäter, bemerkte aber nichts Verdächtiges. Entweder hatte dieser seine Spur verloren oder sich von seiner Eskorte einschüchtern lassen. Nicht einmal Sylvata, die wieder auftauchte, als sie den Stadtrand von Baruto erreichten, vermochte aus ihrer Vogelperspektive heraus irgendwelche verdächtigen Aktivitäten wahrzunehmen.

Zur Linken spielte vor einem Wirtshaus ein Streichquartett auf, zur Rechten strömten Leute aus einer ausverkauften Theatervorstellung. Er sah mehrere Wachmänner von Gibbons – Numenii natürlich, keine Barue –, die sich bei Arbeit und Spiel um ihre Schützlinge kümmerten. Dass hier kein Schrammel zum Besten gegeben wurde, symbolisierte für Bryn die fehlende Seele der Stadt.

Es war für alle peinlich, aber Bryn widersprach nicht, als sie seine Waffen konfiszierten. Er gab sogar die Klaue des Todes heraus, anstatt sie zu tarnen; als er sie ihnen aushändigte, hatte er den Eindruck, dass die Culmus Sangui ohnehin Bescheid wussten, was ihre Wandelbarkeit anging. Hatten die Führer von Eisenfels sich am Ende bereits alles zusammengereimt? Teilweise hoffte er es, wenngleich es gut gewesen wäre, von sich aus ein «Geständnis» abzulegen. Zum ersten Mal seit langer Zeit fühlte er sich schuldig. Es war ein unangenehmes Gefühl, aber er wusste es zu schätzen.

Nach vier Tagen erreichten sie den Amboss und hatten beinahe dieselbe Route genommen wie Bryn und Espera auf ihrem Weg nach Lothial. Er kannte seine Gefährten aus der Eisfeste vom Sehen her und hatte sie während der Reise ein wenig besser kennengelernt. Sie wussten nicht, wie sie mit ihm umgehen sollten. In mancher Hinsicht war er ihr Gefangener. Andererseits war ihr Respekt vor ihm spürbar.

Spürbar war außerdem, dass seine Klaue des Todes sich in Fysals Rucksack befand. Die Trennung von der blutdürstigen Waffe war erträglich, weil Bryn wusste, wo sie war und dass er sie nötigenfalls rufen konnte. Der Abstand zwischen ihnen war nie groß, aber weh tat er trotzdem. Bryn sagte sich, dass er den Schmerz verdiente, und verzichtete darauf, Vallons Blockadetechniken anzuwenden. Dies war seine Strafe, seine Selbstbestrafung.

Bei einer Rast auf den Felsen stellten sie Wachen auf, wie immer. Trotzdem merkten sie erst, dass sie angegriffen wurden, als der Feind schon über ihnen war.

Sylvata rettete Bryn das Leben. Plötzlich flatterte sie krächzend vor ihm. Das Schwirren von Metall, das die Luft zerschnitt, endete in einem Vogelschrei, als die Waffe durch Sylvatas linken Fuß schnitt; Bryn sah im Augenwinkel eine

Klaue zu Boden fallen. Er fuhr auf und rannte los. Im selben Moment schlitzte die Klaue des Todes Fysals Rucksack auf und kam in Bryns Hände geflogen, während die Ausrüstung des Paladins ins Gras purzelte. Aber der breite, dunkelhäutige Mann hatte andere Sorgen.

Bryn ließ Silaeti in der Obhut der Culmus Sangui. Ihre Fährte war leicht zu verfolgen, und sie würde ihn in den Bergen nur behindern. Sylvata flog in die Luft empor; er spürte ihre Schmerzen deutlich. Der Barue warf sich über einen Felsvorsprung in Deckung und ließ sich den unebenen Boden hinunterrollen.

Er wollte den Culmus Sangui nicht weglaufen. Tatsächlich schämte er sich sogar etwas, dass er nicht dort geblieben war und an ihrer Seite kämpfte. Aber so war es für alle am besten. Vielleicht waren die acht inzwischen alle tot.

Es gab nur einen Grund für den Angriff der Tahl Uthnae, das war Bryn klar: Okolnit hatte herausgefunden, dass nicht er, sondern die Plimpe mit seinen Kriegern fertig geworden waren, und wollte nun doch seinen Tod. Jetzt wusste Bryn, woher die Straßenräuber und der Attentäter in Baruto kamen. Der heilige Eichenbaum hatte den abtrünnigen Lehrmeister zunächst nicht durchblicken lassen, da er ihn in seiner Vision nicht sehen konnte. Nun jedoch, da er die Wahrheit herausgefunden hatte, war Bryns Leben in Gefahr.

Der Barue tat den Culmus Sangui mit seiner Flucht einen Gefallen. Er wusste, wie die Tahl Uthnae vorgingen; eigentlich ganz ähnlich wie die Culmus Sangui. Die Mission war alles, was zählte. Sobald die Mörder begriffen, dass Bryn nicht mehr bei den anderen war, würden sie sie in Ruhe lassen.

Bryn war es egal, wohin er lief, er brachte einfach so viel Entfernung wie möglich zwischen sich und die Stelle, wo die Culmus Sangui Rast gemacht hatten. Nach dem Gespräch mit seinen Eltern und der Erkenntnis, wie dringend er sich mit seinen Freunden aussöhnen musste, war ihm das Überleben auf einmal wieder sehr wichtig. Er rannte wie nie zuvor, die nackte Angst im Nacken. Als er nicht mehr konnte und eine tiefe Felsspalte entdeckte, sah er sich um, und als von eventuellen Verfolgern nichts zu sehen war, versteckte er sich dort. Körperlich erschöpft, konzentrierte er seine sämtlichen mentalen Kräfte darauf, den Eingang abzuschirmen. Dann traf es ihn wie ein Schlag. Ihm fiel der Raum mit den Schwertern wieder ein, der Raum voller Schwarzgold. Rasch errichtete er eine geistige Mauer um seine Klaue des Todes herum. Was nutzte es, sich zu verstecken, wenn Okolnit ihn über seine Waffe aufspüren konnte?

✦ ✦ ✦

«Wann war das?»

«Vor zwei Tagen, Mylady. Emryk und ich haben uns unmittelbar nach dem Kampf auf den Weg hierher gemacht.»

Sarghenta saß mit ausdruckslosem Gesicht da, aber in ihren Augen stand kalter Zorn. «Drei Tote, sagst du. Dann hast du drei im Amboss gelassen, damit sie nach Bryn suchen.»

«Ja, Herrin», sagte Emryk. «Wir waren zu acht. Unter der Führung von Fysal.»

Sie hob bei der Erwähnung des Truppführers fragend die Brauen, und der Paladin nickte.

Sarghenta schloss die Augen. «Neun Tahl Uthnae. Wir können froh sein, dass *überhaupt* jemand überlebt hat.» Sie schüttelte den Kopf. «Aber Fysal wird uns fehlen.»

«Es war Fysal, der mich entdeckt hat vor sieben Jahren. Er war mein Mentor.» Emryk seufzte. «Schon komisch, wir waren beide auf dem Luftschiff, das Thybil und die Barue aufgenommen hat. Bryn war auch dabei. Damals habe ich es für unmöglich gehalten … Es wäre mir im Traum nicht eingefallen …»

Die Herrin der Culmus Sangui beugte sich ihm entgegen. «Du sagst, Bryn hat sich euch aus freiem Willen angeschlossen in Baruto und vorgegeben, ohnehin auf dem Weg hierher gewesen zu sein.»

Emryk nickte.

«Und am vierten Tag eurer Rückreise haben die Tahl Uthnae ihn gerettet.»

«Bryn war kaum verschwunden, da hörten sie zu kämpfen auf, Herrin, und machten sich daran, seinen Fluchtweg zu sichern. Da von uns drei tot und der Rest verwundet war, konnten wir nicht die Verfolgung aufnehmen. Hätten sie den Kampf nicht abgebrochen, wäre nicht einmal jemand übrig geblieben, der Euch hätte berichten können.»

«Und die Klaue des Todes? Habt ihr sie?»

Der andere Culmus Sangui schüttelte den Kopf. «Sie war bei Fysals Ausrüstung. Als die Tahl wieder weg waren, entdeckten wir einen Schnitt in seinem Rucksack, und die Klaue war verschwunden. Ein Lehrling will gesehen haben, wie Bryn sie auffing, bevor er noch dazwischenspringen konnte – anscheinend hat ihm ein Tahl Uthnae die Waffe zugeworfen.»

Sarghenta biss die Zähne zusammen. «Beim letzten Mal haben wir über die Tahl Uthnae gesiegt, und das werden wir auch diesmal tun. Ich will, dass jeder freie Culmus Sangui darauf angesetzt wird. Ich werde den Befehl selbst erteilen.» Sie stand auf. «In der Zwischenzeit ruft ihr beiden mir die Paladine von Eisenfels zusammen und informiert den Resttrupp, der im Amboss zurückgeblieben ist. Sie sollen die Suche nach Bryn fortsetzen, sich aber auf keine Geplänkel mit den Tahl Uthnae einlassen, bis Verstärkung eintrifft. Ich werde Luftschiffe einsetzen! Wir dürfen keine weiteren Risiken mehr eingehen. Mit Fysals Tod und den Tahl als Komplizen hat Bryn sein Todesurteil unterzeichnet. Er wird beim ersten Anblick getötet – verstanden? Wir werden den Abtrünnigen ausschalten!»

«Jawohl, Herrin.»

Die beiden Culmus Sangui verneigten sich und verließen ihre zornbebende Herrin.

«Ich habe Thybil *gesagt*, dass da nichts Gutes dabei herauskommt! Nie hört die Gilde auf mich!» Sie ließ ihre Faust auf den Tisch krachen. «Wenn ich hier nicht gebunden wäre, würde ich ihn selbst zur Strecke bringen!»

✦ ✦ ✦

Es dauerte drei Tage, bis Bryn sich wieder aus seinem Versteck wagte. Die ersten Stunden lang lauschte er nur angestrengt und voller Angst. Ein- oder zweimal meinte er etwas am Eingang vorbeikommen zu hören. Er konnte sich vorstellen, dass die Tahl Uthnae jeden Stein nach ihm umdrehten und ihren Hass dabei ausdünsteten wie Leichengestank. Schließlich kam er auf die Idee, im Kan'Elia zu meditieren, um sich beschäftigt zu halten und nicht verrückt zu machen. Nach dem zweiten Tag ließ der Hunger, der zunächst so brennend gewesen war, nach und wich einem Gefühl der inneren Leere. Um seinen Durst zu löschen, leckte er das Wasser, das am Ende seiner Höhle über den Kalkstein rann.

Schließlich war er überzeugt, dass seine Umgebung sicher war. Die Tahl mussten weitergezogen sein. Sylvata spielte eine große Rolle als seine Kundschafterin, und sie hatte den ganzen Tag über nichts entdeckt. Also verließ Bryn voller böser Ahnungen seine Höhle und blinzelte ins Licht wie ein Tier nach dem Winterschlaf. Er streckte sich. Alles blieb ruhig, also machte er sich vorsichtig wieder auf den Weg nach Eisenfels, in der Hoffnung, dass die Culmus Sangui den Angriff überlebt hatten. Wenn ja, hatten sie ihr Ziel inzwischen erreicht. Aber sie würden eine Mission niemals aufgeben.

Bryn schlug die Richtung zum Krozn-Pass ein. Der lag zwischen den hauptsächlich benutzten Pässen von Lal-Ak und dem Reveriktal, und dort war um diese Jahreszeit einiger Betrieb. Unterwegs trank Bryn aus klaren Bächen und stillte den so lange geleugneten Hunger.

Durch diese Pässe führten Hauptwege, aber zwischen ihnen schlängelten sich auch kleinere Pfade die Berghänge entlang. Auf einem dieser Pfade entdeckte er Emryk. Erfreut eilte er hinunter. Weiter vorn ergoss sich ein Wasserfall, wo der Bach auf typische Numenii-Art gestaut war. Das ferne Rauschen erklärte, warum Emryk ihn nicht hörte.

Der junge Paladin bekam einen richtigen Schreck, als Bryn den Hang hinuntergerutscht kam und vor ihm auf dem Weg landete. Er wollte schon sein Culmus ziehen, spürte Bryn, doch dann hatte er sich wieder im Griff. Buchstäblich im Griff, denn seine Aufgewühltheit war auf einmal wie abgeschnitten. Er schien keinerlei Gefühle mehr zu haben.

«Du hast überlebt!», sagte Bryn froh. «Wo sind die anderen?»

«Ja, ich habe überlebt. Die anderen sind ganz in der Nähe. Sie werden gleich hier sein.»

«Gut. Dann können wir wieder zusammen weiterreisen. Was ist aus den Tahl Uthnae geworden?»

Sie befanden sich im Bergschatten, und der Gesichtsausdruck des Kriegers war schlecht einzuschätzen. Er wirkte blass. «Ich habe gedacht, du könntest uns das sagen. Sie sind gleich nach dir verschwunden.»

«Elyon sei Dank! Ich bin um mein Leben gelaufen und habe mich tagelang in einer Höhle versteckt. Sie waren hinter *mir* her, weißt du.»

«Ja, das haben wir uns schon gedacht.»

«Sie wollen mich töten, weil … na, das ist eine lange Geschichte. Darum muss ich jedenfalls mit Sarghenta und den anderen sprechen. Ich bin euch dankbar, dass ihr auf mich gewartet habt.»

Emryk warf ihm einen merkwürdigen Blick zu. «Sehr schön. Dann können wir unsere Mission ja zu Ende bringen. Die anderen sind weiter vorn. Komm.»

Emryk winkte ihn voran, und die beiden machten sich daran, den schmalen Weg hinunterzugehen, wobei Emryk die Führung übernahm.

Bryn spürte überdeutlich, dass etwas nicht stimmte. Sicherheitshalber zog er die Klaue des Todes aus seinem Gürtel und hielt sie als Dolch. Und richtig, sie waren kaum eine Minute gegangen, da wirbelte Emryk herum und zog gleichzeitig sein Schwert blank, wie Bryn es erst kürzlich mit Aquiuss geübt hatte. Hätte Bryn seine Waffe nicht schon bereitgehabt, wäre er glatt durchbohrt worden. Bei Emryks zweitem Hieb war die Klaue schon so groß wie ein Schwert, und Bryn verteidigte sich gekonnt gegen seine Attacken.

«Verräter!», brüllte der Culmus Sangui. «Erst lässt du sie Fysal töten, und dann besitzt du auch noch die Frechheit, zurückzukommen und –»

«Fysal ist tot?» Bryn war befremdet. Was hatte er erwartet? Tahl Uthnae stellten keine Fragen.

«Nicht nur er!»

Sie kämpften weiter. Das Klirren ihrer Schwerter hallte durch das Tal, übertönte ihr gehetztes Gespräch.

«Hör zu, damit habe ich nichts zu tun!», sagte Bryn. «Die

Tahl waren auch hinter mir her! Es tut mir leid, dass Fysal tot ist. Er war immer ein Vorbild für mich.»

«Die Tahl haben dich *gerettet*, Spion!»

Bryn widerstand der Versuchung, seinen Gegner hinzustrecken; er beschränkte sich auf die Defensive. «Wenn ich schuldig wäre, warum sollte ich dann zurückkommen?»

«Sogar die Inquisition stellt Fragen nach dir! Sie will dir helfen, genau wie die Tahl Uthnae! Du bist hinter dem Buch der Zeiten her, gib's doch zu! Du willst es Okolnit geben, stimmt's? Wir haben gesehen, wie du seine Ländereien betreten hast und dich von ihm hast ausstatten lassen! Und dann hast du die Frechheit, so zu tun, als würdest du dich in Eisenfels mal unterhalten wollen!»

«Aber wenn es doch so ist! Pass auf, das ist eine lange Geschichte. Aber ich schwöre dir, dass ich weder für Okolnit arbeite noch mit ihm zusammen. Die Tahl wollen mich töten. Ich schwöre es beim Codex Culmus.»

Das entfachte den Zorn des Paladins von neuem, und die Attacken wurden erbitterter. Nichts, was Bryn sagte, zeigte positive Wirkung; der Mann war von seiner Schuld überzeugt. Schlimmer noch, er gab an, Sarghentas Befehle auszuführen, was beunruhigend war. Am Ende war klar, dass Bryn keine andere Wahl blieb, als gegen seinen Willen zurückzuschlagen.

Ihm fiel wieder ein, wie er mit Emryk zusammen Metzeln gespielt hatte; wie der Paladin sich mit Thybil unterhalten hatte, als Wache im Regere Mansionum, wie sie zusammen nach Wenfeld gereist waren und Fysal mit dem Luftschiff gekommen war. Er passte auf, den Mann nicht mehr als nötig zu verletzen, und schlug ihn auf die sanftmöglichste Weise bewusstlos.

Als das letzte Echo ihrer gekreuzten Klingen im Tal verhallt war, wurde Bryn sich anderer Bewegungen bewusst. Er lugte um die Ecke und sah schwarze Wachen in seine Richtung kommen. Die Inquisition! Bryn hatte nicht vor, sich ihnen zu stellen, wenn es sich vermeiden ließ. Neun Tahl Uthnae und ein Trupp Culmus Sangui reichten schon.

Er hatte bei Emryk bleiben wollen, bis die anderen Culmus Sangui kamen. Alle zusammen hätten sie sich auf ein Gespräch eingelassen, und dann hätte er die Situation erklären können. Aber mit einem Dutzend schwarzgewandeten Soldaten auf den Fersen – darunter ein Lehrmeister und ein apheristischer Bannbrecher, wenn die Gerüchte stimmten – war es wohl besser, sich abzusetzen. Er erklomm den Hang und bewegte sich vorsichtig den Berggrat entlang. Emryk hatte ihn wahrscheinlich zu den anderen Culmus Sangui führen wollen, die ja irgendwo in der Nähe sein mussten. Also würde er sie bald finden.

In der Ferne kamen drei schwarze Gestalten mit unvorstellbarer Geschwindigkeit eine Bergflanke herab. Tahl Uthnae. Bryn blieb abrupt stehen und glitt wieder zu dem Pfad hinunter, sodass ihn der Hang gegen sie abschirmte. Sie waren noch weit weg, aber sie ermüdeten nicht, und schon allein die Tatsache, dass sie wussten, wo er war, bereitete ihm eine Gänsehaut.

Er machte kehrt und lief den Weg zurück, den er gekommen war – an dem bewusstlosen Emryk vorbei. Mit einigem Glück würden die Tahl davon ausgehen, dass er immer noch Richtung Osten unterwegs war. Trotz seiner Hoffnung, dass die Inquisition ihn nicht aufhalten würde, wollte er sie vollständig umgehen, wenn es möglich war; also glitt er weiter zum nächsten Pfad hinunter, bevor er nach Westen weiterging. Er schlug ein langsameres, weniger verdächtiges Tempo an.

Bald kam das Kommando der Inquisition in Sicht. Die komplizierte Kalligraphie des goldenen «I» leuchtete aus dem schwarzen Meer hervor. Bryn erkannte einen Bannbrecher und wusste sofort, dass es stimmte, was er über sie gehört hatte. Von Kopf bis Fuß in eine eigenartig schimmernde Rüstung gehüllt, konnte es sich nur um die Antwort der apheristischen Kirche auf die Bedrohung handeln, welche die Magiere von Itrim darstellten. Sie waren nicht nur höchst streitbar, sondern augenscheinlich auch immun gegen Magie und verstanden sich auf die Kunst des Bannlösens. Das war weiter kein Problem für Bryn, der ihnen körperlich wahrscheinlich gewachsen war. Kompliziert wurde es erst, als er eine Frau mittleren Alters in den fließenden Gewändern von Itrim erblickte. Eine Lehrmeisterin war ebenfalls Teil der Truppe, und wenn sie eine Magierin war, würde sie ganz sicher nicht zögern, Zauberei gegen ihn einzusetzen.

Er konnte sich nirgendwo verstecken. Bryn vermied es, zu ihnen hinüberzusehen, während er weiterging. Ein Soldat erblickte ihn und alarmierte seine Kameraden. Es gab einen kurzen Austausch, gefolgt von aufgeregten Rufen, und die Truppe kam in seine Richtung. *Bleib einfach ganz ruhig.* Sie wollten ihm wahrscheinlich nur ein paar Fragen stellen.

Bis das tatsächliche Ausmaß ihrer Gesprächsbereitschaft offensichtlich wurde, war es zu spät. Bryn kreuzte mit dem Vordersten die Klingen, dem sich rasch ein Zweiter anschloss. Die anderen umzingelten ihn. Für Numeniisoldaten waren sie gute Schwertkämpfer, aber mit Bryn konnten sie sich nicht messen. Er wich auf höheres Gelände aus, um nicht im Nachteil zu sein, und bewegte sich weiter westwärts, wehrte die Soldaten ab. Es konnte nur noch wenige Minuten dauern, bis die Tahl Uthnae kamen.

Er war zuversichtlich, durchbrechen zu können. Plötzlich

jedoch verschwamm sein Gesichtsfeld, und alles hörte sich weit entfernt an. Ihm wurde schwindelig, und er spürte, wie ihn seine Kraft verließ. Zunächst glaubte er, das läge daran, dass er erst drei Tage lang nichts gegessen und sich dann vor einem Kampf vollgestopft hatte. Dann jedoch sah er die Lehrmeisterin, ihr konzentriertes Lächeln, und wusste, dass ihm die Energie auf magische Weise abgesogen wurde.

Als ihm Professor Vallons Lektionen und seine eigenen Experimente wieder einfielen, versuchte Bryn, die Verbindung zur Unsichtbaren Welt zu unterbrechen. Es gelang ihm, selbst eine Verbindung herzustellen – er konnte plötzlich die Entschlossenheit der Lehrmeisterin spüren –, aber es gelang ihm nicht, ihr die schwindelerregende Gewalt über seinen Körper zu entreißen. Vor seinen Augen wurde es schwarz. Er hörte schwere Schritte auf sich zukommen. Die ersten fünf Soldaten kamen heran.

Mit seinen letzten Tropfen Energie besiegte Bryn seinen Gegner. Aber die anderen waren dicht dahinter, und er wusste, dass er jeden Moment ohnmächtig werden würde. Es gab nur eine Möglichkeit, den Griff zu brechen. Fieberhaft riss er dem Soldaten das Messer vom Gürtel, unterdrückte die Sterne vor seinen Augen und ließ es fliegen.

Unter anderen Umständen hätte er die Frau getötet. In diesem Zustand verfehlte das Messer sie um Zentimeter und kerbte hinter ihr den Fels. Wahrscheinlich war die Lehrmeisterin keine Gewalttätigkeiten gewohnt, denn sie ließ sich von dem Wurf immerhin ablenken. Bryn spürte ihren Schreck und ihre Überraschung, und dann war die Verbindung unterbrochen.

Keuchend merkte er, wie seine Kraft zurückkehrte. Ihm war klar, dass er die Lehrmeisterin töten musste, wenn er in diese Richtung durchbrechen wollte. Der zweite Soldat taumelte den Hang hinab, und als Bryn hochsah, stand neben seiner gefährlichsten Gegnerin der Bannbrecher, den Schild bereit. Offensichtlich wollte er den nächsten Angriff aus der Distanz abwehren. Bryn würde sich die beiden im Nahkampf holen müssen, aber bis er bei ihnen war, hatte ihn die Lehrmeisterin wahrscheinlich schon erledigt. Je näher er herankam, desto tödlicher konnten ihre Zauber werden.

Bryn wandte sich um und rannte los, die Inquisitionssoldaten dicht hinter sich auf den Fersen.

Er war so sehr darauf versessen, Okolnits Krieger abzuhängen, dass ihm die Culmus Sangui erst auffielen, als sie schon vor ihm waren. Über ein Dutzend waren es! Dann erblickte er Mittni. Sie sahen sich einen Moment lang mit aufgerissenen Augen an und spürten jeder die Angst und Verwirrung des anderen.

Bryn wich den Culmus Sangui aus, indem er sich praktisch den Hang hinabstürzte. Sie machten nicht den Eindruck, gesprächsbereit zu sein.

Über ihm griffen zwei überraschte Trupps einander an. Da unklar war, wer auf wessen Seite war, schwärmte die Mehrheit hinter Bryn her den Hang hinab. Er verfluchte sein Pech. Nun wollte überhaupt niemand reden! Wenn er diesem Schlamassel entkam, würde er sich auf eigene Faust nach Eisenfels durchschlagen und dadurch seine Unschuld beweisen. Er würde mit Thybil reden, der würde ihm zuhören.

Bryn rannte, was das Zeug hielt, kletterte von einem Pfad zum nächsten und versuchte, höheres Gelände zu erreichen und gleichzeitig aufzupassen, dass man ihn möglichst nicht von oben sah. Ab und zu unternahm einer der Culmus Sangui oder Inquisitionssoldaten einen Versuch, ihn zu verwunden oder zu Fall zu bringen – oder ihn zu töten. Er war nur aus einem einzigen Grund noch auf den Beinen: weil die meisten

Streitkräfte miteinander um die Führung kämpften. Das Rauschen des Wasserfalls kam näher.

Genau in diesem Augenblick traf ein Pfeil sein Ziel. Bryn konnte der Waffe nicht ausweichen, die ihn unter das Schulterblatt traf. Der Schock ließ ihn fast stürzen, aber er drückte den Schmerz weg und kämpfte sich weiter.

Bryns Atem kam inzwischen nur noch in Stößen. Ihm tat von den ganzen steilen Hängen das Kreuz weh. Zu fliehen war sinnlos. Selbst wenn er weiterhin schneller war als sie, würden sie ihn aus der Distanz erledigen. Wenn ihm nicht rasch etwas einfiel, war er verloren.

Ein faustgroßer Feuerball fauchte an seinem Kopf vorbei und krachte funkensprühend neben seiner Schulter in die Erde. Gar nicht schlecht gezielt für eine Lehrmeisterin. Bryn erstickte die Flammen an seinem Hemd. Körperlich war er am Ende. Mit Magie kam er auch nicht viel weiter, wegen des Bannbrechers.

Oder doch? Bryn wusste nicht genau, wie sie vorgingen, aber er wusste genug über die Unsichtbare Welt, um zu wissen, dass Bannbrecher nicht die gesamte Umgegend abdecken konnten. Der Mann würde vor allem die Lehrmeisterin und die Inquisitionssoldaten verteidigen, und das gab ihm einiges zu tun.

Bryn sah sich nach einer Inspiration um, wie seine Meister es ihn gelehrt hatten, und ein Plan nahm Form an …

Immer noch den Geruch von verbranntem Gras in der Nase, erhöhte Bryn das Tempo und rannte zu dem steilsten, bröckeligsten Hang, der sich neben dem Wasserfall befand. Es dauerte nicht lange, da stolperten mehrere seiner Häscher hinter ihm. Als sie den steilsten Teil erreichten, wo es beinahe senkrecht nach oben ging und sich schon Felsplatten vom Berg gelöst hatten, hinter denen Geröll und Erde hing, hatte

Bryn diese Stelle bereits überwunden und gestattete sich eine Sekunde Pause. Er musste sich konzentrieren.

Er hatte recht gehabt. Bis der Bannbrecher begriff, was er vorhatte, hatte Bryn schon die im Boden schlummernden Kräfte mit Ergeomorphismus neu gemischt, und die Felsplatten fielen krachend herab. Ein Soldat wurde in die Brust getroffen und stürzte ab, auf die Übrigen ging ein Erdrutsch nieder. Die Standfestesten kamen nicht mehr weiter, die meisten rutschten den Berg hinunter, und manche verloren völlig den Halt und überschlugen sich.

Bryn erreichte die Bergkuppe. Ein Soldat war ihm noch auf den Fersen; er war an den abplatzenden Platten bereits vorbei gewesen. Hinkend, mit sengenden Schmerzen in seiner linken Seite, lief Bryn ein Stück weiter, bis die Erde oben auf dem Damm von Stein abgelöst wurde. Der Inquisitionssoldat hetzte Bryn nach, bis der Barue stehen blieb. Als er sich umdrehte und ihn mit grimmiger Entschlossenheit ansah, zögerte der Soldat. Plötzlich wäre er gern geflohen, aber das ließ Bryn nicht zu.

Die anderen Verfolger kämpften sich aus dem Erdrutsch heraus und suchten sich einen anderen Weg zur Spitze des Wasserfalls hinauf. Sie hielten inne, als in dem tosenden Wasser eine Gestalt an ihnen vorbeistürzte und unten von der Gischt verschluckt wurde. War das Bryn gewesen?

Ein paar Minuten später erreichten sie die Spitze des Dammes. Er diente zugleich als schmale Brücke über den Fluss. Von hier war die Gestalt gesprungen oder gestürzt. Bryn war nirgends zu sehen, auch sonst niemand. Kein Hinweis darauf, wohin er verschwunden war. Links, rechts, abwärts?

Die Inquisition und die Culmus Sangui sahen sich nachdenklich um und ignorierten einander betreten. Sie versuchten einzuschätzen, in welche Richtung ihre Beute entkommen war, und gleichzeitig wieder zu Atem zu kommen. Manche zogen Fernrohre hervor, andere überprüften die unmittelbare Umgebung.

Plötzlich kamen drei schwarze Gestalten schnell wie der Wind an ihnen vorbeigerast. Irgendeine Kraft schien gegen die Trommelfelle der Krieger zu drücken, und es hörte sich an, als würden sich rostige Räder drehen oder Fledermäuse zornig kreischen. Verdattert starrten sie ihnen nach, bis der erste Culmus Sangui die Verfolgung aufnahm. Vielleicht hatten die Tahl ja Bryn gesehen.

Das Kommando der Inquisition ordnete sich neu und schlug, da es nicht folgen wollte, eine andere Richtung ein.

Bryn war beim Kampf beinahe selbst ins Wasser gefallen. Nun hielt er sich mit der rechten Hand am Felsen fest. Sein Umhang hing weiter unten an einem Felsen und legte ein quälendes Zeugnis vom Verbleib seines Besitzers ab. Bryn hatte ihn dazu benutzt, möglichst viel von dem verräterischen Blut aufzufangen, das sonst eine leicht zu verfolgende Spur hinterlassen hätte.

Drei Tahl Uthnae eilten den Felsvorsprung über seinem Versteck entlang. Bryn konnte ihre böse Gegenwart spüren und hatte das Gefühl, wieder frische Luft zu atmen, als sie vorbei waren. Seine Erleichterung währte nur kurz, denn als Nächstes kamen die Culmus Sangui, und sie waren bessere Spurenleser als die hirnlosen Tahl.

Wieder war er erleichtert; die Culmus Sangui konzentrierten sich anscheinend auf die Tahl und waren rasch verschwunden. Bryn hing dort und spürte den Sog des Abgrunds, während seine Kräfte weiter nachließen. Er sah auf – und hätte beinahe losgelassen.

Dort kauerte Cerion und sah grinsend zu ihm herab. Der

Lehrling war immer neidisch auf Bryns und Mittnis Sonderbehandlung in der Eisfeste gewesen, und nun hatte er die Gelegenheit, den Barue endgültig loszuwerden.

Aber das passte nicht in das emotionale Bild, das Bryns Barue-Sinne malten.

«Bleib dort», sagte Cerion, und sein braungebranntes Gesicht, seine blonden Haare verschwanden. Jeden Moment würde er mit den anderen zurückkehren, und das war dann Bryns Ende. Sie brauchten einfach nur zu warten, bis seine Hand abglitt, Finger für Finger, bis er sich nicht länger halten konnte.

Eine gefühlte Ewigkeit, in Wirklichkeit aber nur eine Minute später kehrte Cerion zurück. Er sicherte sich und lehnte sich bald über die Felswand. Bryn erwog ernsthaft, einfach loszulassen. Lieber zerschnitten ihn unten die Felsen in Stücke, als dass er Cerion dieses Vergnügen gönnte.

«Du wolltest schon immer den ganzen Ruhm für dich allein», sagte er. «Den Codex Culmus am liebsten auch.»

«Halt den Mund und hör zu», sagte Cerion. «Du steckst ganz schön in der Klemme.»

«Erzähl mir was Neues.»

«Pass auf, bis jetzt hat dich niemand gesehen.» Der Lehrling klang ehrlich. «Ich war die Nachhut und hab alles sorgfältig abgesucht. Dein Umhang hat dich verraten.» Bryn verzog das Gesicht. «Du siehst nicht besonders gut aus. Schaffen wir dich hier rauf, bevor du noch runterfällst.»

War es eine Falle? Bryn konnte keinerlei Täuschung spüren. Aber die besten Culmus Sangui waren in der Lage, ihre Gefühle zu verbergen.

«Keine Sorge, ich glaube, die Inquisition hat die Suche aufgegeben. Culmus und Tahl sind weg. Lass mich dir helfen.»

Bryn betrachtete die angebotene Hand misstrauisch. Er musste wieder an Sarghentas Lektion über Vertrauen denken. Ein großer Freund und zugleich ein großer Feind. Nach einer Weile streckte er sich und ergriff Cerions Hand. Was machte es schon aus, wenn er ihn den anderen übergab? Ohne Hilfe würde er sterben. Er konnte sich kaum noch festhalten, als der Lehrling ihn auf den Felsvorsprung hochzog.

Cerion musterte ihn von oben bis unten und legte seine Bergsteigerausrüstung zusammen. «Jetzt lass uns abhauen.»

«Wie? Du übergibst mich nicht den anderen?»

Der Lehrling sah ihn nicht an, während er mit seiner Ausrüstung zugange war. «Die wollen dich nicht haben, die wollen deinen Tod. Ich hätte dich selbst töten können, das weißt du. Den ganzen Ruhm einheimsen, wie du sagst.»

«Und warum hast du es nicht getan?»

Cerions Hände zögerten. «Es hätte keine Ehre darin gelegen.» Er sah auf, die Andeutung eines Lächelns im schmalen Gesicht. «Ich habe euch beiden ganz schön zugesetzt, hm?»

«Wovon sprichst du?», fragte Bryn verblüfft.

Der blonde Lehrling zog die Kordeln fest. «Am Anfang konnte ich euch Barue nicht ausstehen. Unverschämte, ahnungslose, kindische Anfänger.» Er grinste. «Tja, inzwischen bin ich mehr als beeindruckt.»

«Dann lässt du mich jetzt einfach laufen?» Bryn ächzte. Cerion seufzte und strich sich das lange Haar aus dem Gesicht. Es sah in der Sonne fast weiß aus gegen das Felsgestein. «Weißt du, die gute Sarghenta ist ganz schön verärgert über dich. Ich glaube, sie bereut es inzwischen, euch diese Spezialausbildung gegeben zu haben. Wie du weißt, hätte ich das vor gar nicht so langer Zeit auch so gesehen. Und nun läuft deinetwegen die größte interne Fahndung der Culmus Sangui seit Generationen.»

Bryn schüttelte den Kopf. «Ich begreife das nicht! Du begehst eine Befehlsverweigerung!»

Cerion nickte grimmig. «Es gibt da ein paar innere Konflikte. Mittni argumentiert, dass du nicht die Seiten gewechselt haben kannst, weil die Inquisition dich nicht verteidigt hat, sondern töten wollte. Einigen von uns leuchtet das allmählich ein. Da darf man keine voreiligen Schlüsse ziehen. Und darum wollte ich nichts unternehmen, das sich nicht mehr rückgängig machen lässt.» Cerion lachte wieder. «Wenn du unschuldig bist, musst du ganz schön was zu erzählen haben. Das will ich hören. Aber dazu ist jetzt keine Zeit. Pass auf, ein paar hundert Meter von hier gibt es eine tiefe Höhle. Die haben wir schon durchsucht. Versteck dich dort. Hier, nimm meinen Umhang.»

«Ich dachte, für dich ginge die Mission über alles.» Bryn nahm den Umhang. «Was ist mit dem Codex Culmus?»

Der Lehrling bedachte ihn mit einem merkwürdigen Blick: von oben herab zwar, vielleicht auch beunruhigt, aber definitiv voller Inspiration. «Es gibt noch einen anderen Codex.»

Damit schwang er sich den Rucksack auf den Rücken und ging los.

Bryn schleppte sich zu der bezeichneten Höhle. Er konnte über die seltsame Wendung nur staunen. Nicht zu fassen, was gerade passiert war. Es bestand also noch Hoffnung. Mittni hielt zu ihm, und unter den Culmus Sangui regte sich Widerspruch.

Bryn brach in den Schatten der Höhle zusammen und kroch tiefer hinein. Bis dahin hatte er darauf geachtet, keine Blutspur zu hinterlassen, aber nun, dort im Dunkeln, bis auf die Knochen erschöpft, schleppte er sich vorwärts, ohne an die feuchte Spur zu denken, die er dabei hinterlassen musste.

Es war nichts zu hören als sein schwerer Atem und das Wischen seiner Kleider über den Boden. Es war muffig hier drin. Ein friedlicher Geruch. Nachdem er so lange den Adrenalinrausch der Soldaten überall um sich herum gespürt hatte, war es eine Wohltat, dass hier nirgendwo empfindungsfähige Wesen waren.

Bryn war zu erschöpft, um mehr tun zu können, als keuchend auf der Seite zu liegen. Der scharfe Schmerz in seinem Rücken war dumpfer geworden, erstreckte sich jetzt aber über seine Schultern und das Rückgrat hinab. Es war ein Schmerz, der sich in seinem Körper nicht ausreichend ausdrücken konnte und schließlich in Kopfschmerzen explodierte. Bryn verlor das Bewusstsein.

Schritte.

Träumte er?

Er war völlig allein. Hier konnte ihn niemand finden.

Noch eine Art Vision, aus der Vogelperspektive: Eine Blutspur führte von Eisenfels nach Baruto und wieder zurück in die Berge, zu der Höhle, in der er lag. Jemand folgte ihr. Er war ganz in der Nähe.

Bryn setzte sich abrupt auf. Er zitterte und zog Cerions Umhang dichter um sich. Ihm dröhnte der Kopf.

Schritte.

Er bildete sich das nicht ein. Er träumte nicht.

Bryn kroch zentimeterweise tiefer in den Bauch des Berges, bis er sich oben und unten gegen Fels drängte.

Die Schritte kamen näher, und der Umriss eines Mannes mit einem Stab blockierte den Eingang zur Höhle.

«Es nützt nichts, dich zu verstecken, Bryn. Du weißt, dass es nur einen Weg nach drinnen und nach draußen gibt.»

Diesmal konnte er nicht entkommen. Mit Glück und mit Geschick war es ihm gelungen, seine Häscher hinter sich zu lassen, die Inquisition, die Tahl Uthnae und die Culmus Sangui. Aber nun war er am Ende seiner Kraft. Selbst wenn er in Form wäre, hätte er dem Hohen Lehrmeister nicht viel entgegensetzen können.

«Die Flucht ist vorbei», sagte Eridanus.

✦ 45. KAPITEL ✦

Beruhigungsmittel

Perduellis!»

Der Hochinquisitor wandte sich um, als er seinen Namen hörte. Djutoris eilte auf ihn zu.

«Hoher Lehrmeister, wie angenehm. Ich war mir gar nicht bewusst, dass Ihr aus der Stadt der Türme zurück seid.»

Djutoris lächelte. «Wenn es sein muss, kann ich mich schnell fortbewegen, ohne Aufmerksamkeit auf mich zu lenken.» Er sah den Korridor hinab zu zwei Wachen, die bei der Treppe postiert waren, und neigte sich dem glatzköpfigen Ratgeber entgegen. «Ich muss unter vier Augen mit Euch sprechen.»

Perduellis runzelte die Stirn, und Djutoris kam nicht umhin festzustellen, dass die Tintenflecken um seine Augen herum immer noch zu sehen waren. «Ich bin auf dem Weg zum Imperator, aber es sollte nicht lange dauern. Wir können uns danach –»

«Nein, Perduellis, es muss jetzt gleich sein. Ich habe schon viel zu lange damit gewartet.»

Der Hochinquisitor sah dem Hohen Lehrmeister in die Augen und sagte: «Nun gut. Folgt mir.»

Sie betraten ein kleines Zimmer, dessen eine Wand von einem Bücherregal eingenommen wurde. An einer anderen befand sich ein leerer Kamin. Djutoris schloss hinter Perduellis die Tür, legte eine Hand auf die Klinke, die andere an die Wand, schloss die Augen und flüsterte ein Wort. Dann ging er zum Kamin, legte links und rechts die Hände auf den Sims; dann wiederholte er die Prozedur mit dem Fenster.

«Nur eine Vorsichtsmaßnahme, um sicherzustellen, dass wir nicht abgehört werden», erklärte er. «Nichts Kompliziertes, aber es sollte genügen. Wusstet Ihr, dass Schall kein Vakuum durchdringen kann? Ich finde, das ist ein höchst effektives Mittel gegen Lauscher.»

«Und worüber wollt Ihr so dringend mit mir sprechen, Djutoris? Ihr macht mir allmählich Sorgen.»

«Verzeiht. Lasst mich gleich zur Sache kommen. Ich habe etwas Dummes getan.» Er sah sich hektisch um und trat näher an Perduellis heran. «Schon allein dafür, dass ich Euch davon erzähle, wird man mich wohl töten.»

Trotz des zusätzlichen Schutzes, den er gerade über den Raum gelegt hatte, war seine Stimme kaum mehr als ein Flüstern. «Kurz vor Aurgelmirs Krönung wurde ich ... angesprochen. Ich weiß nicht, von wem, aber er – oder sie – waren mächtig, so viel konnte ich spüren. Man wies mich an, die Krone Calaspias mit einem Zauber zu belegen. Die Anweisungen waren sehr präzise; ich war verblüfft, über welches Detailwissen diese Leute verfügten. Ich lehnte natürlich ab, aber ...» Seine Stimme brach. Er trat von dem Älteren weg und setzte sich auf die Armlehne eines Sessels, ließ den Kopf hängen.

«Man wusste Dinge über mich. Aus meiner Vergangenheit. Man sagte mir, dass ich sterben würde, wenn ich nicht kooperierte.» Djutoris blickte zu Perduellis hoch. In seinen Augen stand Verzweiflung. «Ihr müsst mir glauben, wenn ich sage, dass mir keine andere Wahl blieb! Ich konnte nichts dagegen machen. Sie bewiesen mir das, als ich versuchte, einen Freund darüber zu informieren. Ich kontaktierte ihn, aber er starb, bevor wir uns treffen konnten. Eines natürlichen Todes angeblich. Unfug. Jedenfalls beugte ich mich ihren Wünschen. Ich belegte die Krone mit diesem Zauber und widersetzte mich den Verschwörern nicht. Ich versagte in meiner Pflicht, die Unabhängigkeit meines Amtes zu bewahren, und habe der Verschwörung freie Bahn gegeben, das Imperium in den Würgegriff zu nehmen.»

«Djutoris!» Die Stimme des ehemaligen Mundschenks war hart. «Ergeht Euch ein andermal in Selbstmitleid.»

Der Hohe Lehrmeister stand auf. Seine Augen funkelten. «Ihr habt kein Recht –»

«Zunächst müsst Ihr mir sagen, was genau Ihr getan habt. Ihr erwähntet Magie. Mit was für einem Zauber habt Ihr die Krone Calaspias belegt? Ist der Imperator in Gefahr? Wir müssen das wissen, Hoher Lehrmeister, um geeignete Schritte einleiten zu können!»

Djutoris stand auf und begann, in dem Raum auf und ab zu gehen.

«Kurz gefasst, dient die Krone Calaspias nun als Empfänger verschiedener Signale – oder Impulse, wenn man so will. Wer sie auf dem Kopf trägt, wird beeinflusst. Wenn man ihrem Einfluss nur kurz ausgesetzt ist, passiert nichts, aber wenn man sie so oft aufhat wie der Imperator, dann beeinflusst sie die Träume … vielleicht auch die Gedanken … sie stellt eine Tür zu seinem Unterbewusstsein dar. Würde er sie durchgehend tragen, würde sie ihn schließlich sogar im Wachzustand beeinflussen – vielleicht sogar kontrollieren.» Er blieb stehen und drehte sich zu Perduellis herum. «Wer immer sich das Signal zunutze macht, ist möglicherweise in der Lage, Imperator Aurgelmirs Handlungen zu dirigieren.»

Es herrschte Stille, während Perduellis diese Neuigkeit verdaute. Schließlich strich er mit der Hand über seinen kahlen Kopf und sprach: «Das erklärt einiges. Dennoch frage ich mich: Warum kommt Ihr jetzt damit zu mir?»

«Lasst es mich erklären: Ich habe die Krone mit dem gewünschten Zauber belegt, gleichzeitig aber noch einen weiteren Zauber installiert. Einen sehr präzisen, dessen Signal nur ich empfangen kann. Das bedeutet nicht, dass ich die Gedanken des Imperators lesen könnte oder so etwas Ähnliches, aber ich erhalte eine ungefähre Vorstellung von dem Signal, das zur Krone und damit zum Imperator geschickt wird.»

«Wusstet Ihr, dass Imperator Aurgelmir, kurz bevor Eridanus und Galar Sturlison angeklagt worden sind, Träume hatte, in denen der Hohe Lehrmeister seinen Vater ermordete?»

«Der *ehemalige* Hohe Lehrmeister, meint Ihr.» Es war keine Frage.

Perduellis winkte ab. «Zu diesem Zeitpunkt war er noch Hoher Lehrmeister. Aber der Punkt ist, dass der Imperator schon lange vor dem Prozess gegen Eridanus und Galar von ihrer Schuld überzeugt war. Wegen seiner Träume. Es war einer der Gründe, weshalb ich zögerte, sie festnehmen zu lassen.»

«Wenn Ihr so viel wusstet, warum habt Ihr das damals nicht offen angesprochen?»

«Ich wusste bei weitem nicht so viel wie Ihr. Und Euch hätten die Verschwörer vor den Augen des gesamten Gerichtes gar nichts anhaben können.»

Djutoris schnaubte. «Außer dass ich wahrscheinlich wegen Hochverrats festgenommen worden wäre. Ich verwende mich für Eridanus und Galar –, von deren Schuld der Imperator überzeugt ist, und stehe augenblicklich selbst als Verschwörer da; dann behaupte ich, dass der Imperator nicht Herr seiner Gedanken ist, weil ich die Krone Calaspias mit einem entsprechenden Zauber belegt habe! Nein. Ich habe es natürlich erwogen, aber begriffen, dass es mehr schaden als nützen würde.»

«Ich begreife Euer Dilemma.»

«Außerdem gab es Beweise, dass sie Berührung mit dem Wahnsinn hatten. Damit hätte mein Wort gegen Fakten gestanden. Indem ich aber mitgespielt habe, konnte ich auch unbemerkt das Signal weiter überwachen, um die geeigneten Leute zu verständigen, sobald sich etwas wirklich Gefährliches ergibt. Wie eben jetzt.»

Perduellis runzelte die Stirn und legte die Fingerspitzen aneinander. «Dann sagt mir, Hoher Lehrmeister, welche gefährlichen Träume unseren teuren Imperator gerade in die Irre führen.»

«Polgaren. Er sieht eine Invasion kommen und dass unsere Truppen zu weit entfernt sind, um sie zurückzuschlagen. Er wird gedrängt, dort einzumarschieren.»

«Und das bereitet Euch so viele Sorgen, dass Ihr Euer Leben dafür riskiert, es mir zu erzählen?»

«Natürlich! Wir können uns in Zeiten wie diesen keinen grundlosen Krieg mit den Polgaren leisten.»

«Und wenn ich Euch nun sage, dass sie in der Tat ihr Heer an der Grenze zusammenziehen?»

«Was?»

«Wir wissen nun schon eine ganze Weile, dass sie ihre Grenzposten verstärken, und Händler haben berichtet, dass ihr Heer sich südwärts bewegt.»

«Das lässt sich gewiss mit ein wenig Diplomatie wieder aus der Welt schaffen.»

Perduellis seufzte und setzte sich. «Das habe ich zunächst

auch gedacht. Aber sie bestreiten jedwede Truppenbewegungen. Anscheinend sind sie entschlossen, auf dem Schlachtfeld zu verhandeln.»

«Aber wer immer hinter dieser Verschwörung stecken mag, will, dass wir diesen Krieg beginnen! Also müssen wir alles daransetzen, ihn zu vermeiden!» Djutoris begann wieder, auf und ab zu gehen.

«Müssen wir das?», sagte Perduellis beiläufig. «Habt Ihr Euch je gefragt, was dieser angebliche Verschwörer eigentlich erreichen möchte? Habt Ihr seine Schritte beobachtet und seinen nächsten Zug vorauszuberechnen versucht? Oder einzuschätzen versucht, was seine Ziele sind?»

Djutoris blieb vor dem Kamin stehen und wandte sich nicht um, als er sprach. «Was meint Ihr damit, Perduellis?»

«Diese Verschwörer verfügen anscheinend über massiven Rückhalt in Politik und Verwaltung, sonst wären sie nie so weit gekommen. Wir können davon ausgehen, dass es sich um intelligente Personen handelt, die hohe Positionen im Imperium bekleiden. Was also wollen sie? Verschwörungen, die so subtil und effektiv ablaufen wie diese, brauchen einen zwingenden Grund, eine überzeugende Sache, für die einzutreten lohnenswert erscheint.» Perduellis wirkte ganz ruhig und besonnen. «Ich bin überzeugt, dass sie nicht vorhaben, dieses Imperium zu zerstören. Ganz im Gegenteil. Sie wollen einen Wandel herbeiführen – aber natürlich mit den falschen Mitteln. Aber viele ihrer Ziele wären zum Vorteil des numeniischen Volkes. Polgaren hegt feindliche Absichten, daran habe ich keinen Zweifel. Exakt wegen dieser Träume wird der Imperator in der Lage sein, die richtige Entscheidung zu treffen, wenn es so weit ist.»

«Ihr sympathisiert mit ihnen?»

«Nein, bewahre! Sie haben sich des Mordes, der Erpressung,

des Hochverrats und weiß Elyon was noch alles schuldig gemacht! Auf der anderen Seite sehe ich, dass dank dieser Verschwörung auch einiges höchst Vorteilhafte passiert ist. Wer weiß, hätte der Imperator nicht diese Vorahnungen über die polgarischen Truppen, würden wir noch immer nichts von ihren Bewegungen wissen!»

Der Hohe Lehrmeister wandte sich um und stemmte die Hände in die Hüften. «Und was heißt das jetzt für uns? Was unternehmen wir? Wenn wir die Verschwörer einfach so weitermachen lassen, wer kann dann garantieren, dass sie nicht irgendetwas Schreckliches anrichten?»

Perduellis stand auf und lächelte. «Ich bin mir sicher, so weit kommt es nicht.»

«Mit Verlaub, aber Euer Wort ist mir da nicht Versicherung genug, Perduellis.» Djutoris sah mehr denn je wie ein alter Fuchs aus mit seinem kurzen roten, grau gefleckten Haar und dem besorgten spitzen Gesicht. «Es ist ihnen gelungen, durch die Krone einen beachtlichen Einfluss auf den Imperator auszuüben, und ich möchte mir gar nicht ausmalen, was sie bereits noch alles in die Tat umgesetzt haben. Wir müssen etwas unternehmen. Jetzt. Vielleicht haben sie einige nützliche Ergebnisse schneller erzielt als auf … traditionellere Weise, aber das Treffen von Entscheidungen sollte wieder in die richtigen Hände gelegt werden. Perduellis, als oberster Ratgeber des Imperators ist es Eure Pflicht, dafür zu sorgen, dass er nicht von den falschen Leuten aus den falschen Gründen zum Handeln bewogen wird. Und als Hochinquisitor ist es Eure Pflicht, dieser Verschwörung ein Ende zu machen.»

Der kahle Mann trat näher, und seine Stimme bekam etwas Drohendes. «Ich sagte Euch bereits, dass es nicht so weit kommen wird. Die Verschwörung wird ihren Zweck erfüllen und dann in sich zusammenfallen.» Er wollte zur Tür gehen, aber

Djutoris packte ihn bei der Schulter. Als ehemaliger Dekan von Itrim war er immer noch in guter körperlicher Verfassung und größer als der Mundschenk.

«Dann *seid* Ihr also beteiligt? Wie tief geht das?»

Perduellis machte keinen Ansatz, sich zu befreien. «Meine Pflicht ist vor allen anderen zu wissen, was sich hinter den Kulissen abspielt. Der Wahnsinn, das Okkulte und, jawohl, sogar Verschwörungen fallen in meine Zuständigkeit. Mit den mir zur Verfügung stehenden Mitteln ist mein Einflussbereich groß genug, um hinreichend überwachen zu können, was sich irgendwelche Verschwörer so ausdenken.»

«Und wer überwacht Euch?», fragte Djutoris, als er ihn losließ.

Der Hochinquisitor glättete sein Gewand, bevor er antwortete. «Ich bin dem Imperator persönlich unterstellt.»

«Der wiederum durch etwas beeinflusst wird, das Ihr beeinflussen könnt. Wie praktisch.»

Perduellis lächelte nur.

«Nein. Es tut mir leid, Perduellis, aber ich werde den Zauber von der Krone Calaspias nehmen und dem Imperator sagen müssen, was passiert ist.»

«Das kann ich nicht zulassen, Djutoris», sagte Perduellis sachlich. «Hier arbeiten Leute mit schmutzigen Tricks, da kommen wir nicht umhin, uns ebenfalls die Hände schmutzig zu machen. Akzeptiert das. Außerdem sagte ich eben schon, dass sich die Verschwörung bald in nichts auflösen wird. Dann könnt Ihr den Zauber gern entfernen, wenn das nicht schon die Bannbrecher erledigt haben.» Er richtete sein Gewand. «Wenn Ihr mich nun bitte entschuldigen würdet, ich habe den Imperator lange genug warten lassen. Falls Ihr zum Abendessen bleibt, können wir uns sicher noch weiter über diese Angelegenheit unterhalten. Guten Tag.» Er wartete nicht auf eine Antwort, sondern drückte die Klinke herunter. Djutoris sah nachdenklich zu, wie Perduellis mit einem für ihn typischen aalglatten Lächeln verschwand.

Der Imperator unterzeichnete das Dokument und schloss den Aktendeckel. Erledigt. Er sah zu Perduellis hoch. Irgendetwas beschäftigte ihn; so viel war klar. Aber es war dem Imperator egal; wenn es wichtig wäre, hätte Perduellis ihn schon informiert. *Lieber macht er sich Sorgen, als dass ich sie mir machen muss,* dachte er.

«Gut, Mylord, dann werde ich sie sofort abschicken.»

«Denk daran, Perduellis», grollte der Imperator, «wir dürfen uns in keinen längeren Krieg mit Polgaren verstricken. Dies würde unsere Ressourcen zu sehr binden. Wir gehen rein, nehmen uns, was wir brauchen, und gehen wieder, sobald wir unsere militärische Überlegenheit bewiesen haben. Darum benutzen wir ja die Nurgor. Sollen sie sich von den polgarischen Landen ernähren, bis sie gebraucht werden, anschließend werden sie wieder zerstreut.» Er dachte einen Moment nach, während seine Finger mit den goldenen Verzierungen auf der Krone Calaspias neben ihm spielten.

«Drängt sie nach Norden ab. Wenn zu viele in das Gebiet südlich der Säbelzahnberge zurückkehren, sollen unsere Truppen ihnen ein bisschen Dampf machen. Dann werden gleichzeitig auch wir diese Plage los.»

«Wie Ihr wünscht, Hoheit; Ihr wisst allerdings, dass die Nurgor unser Klima vorziehen … Noch etwas. Die Offiziere, die eventuelle Teile des Buches zurückbringen werden, habe ich eigenhändig ausgesucht. Zwei vollständige Kompanien der Inquisitionsgarde stehen nur für den Fall nördlich von Bel-Tued.»

Aurgelmir sagte nichts, er wandte den Kopf und sah aus dem Fenster.

«Wünscht Ihr sonst noch etwas, Mylord?»

«Einmal eine Nacht durchschlafen wäre nicht verkehrt.» Der Imperator seufzte.

«Ich bin mir sicher, dass Ihr tiefer schlafen werdet, sobald diese Befehle –», er hielt die Papiere hoch, «auf den Weg gebracht sind.»

«Das hoffe ich sehr, Perduellis. Das hoffe ich sehr. Dann können wir unsere Aufmerksamkeit wieder auf die inneren Angelegenheiten richten. Du sagst, ein großer Zweig der Kultanhänger ist aus Nomidien vertrieben worden?»

«Ja, Mylord. Die anderen Gruppierungen begehrten zwar auf, sind aber inzwischen wieder verstummt und haben sich zum Großteil aufgelöst. Wir müssen das immer noch im Auge behalten, aber die ersten Ergebnisse sind vielversprechend. Das Wichtigste ist jedoch, dass sich die Taktik als wirksam erwiesen hat: den führenden Kult eines Gebietes zu infiltrieren und dann vollständig auszulöschen.»

«Sehr gut.» Der Imperator bedeutete seinem Ratgeber, sich zurückzuziehen. Perduellis verbeugte sich und wandte sich zum Gehen. Kurz bevor er die Tür erreichte, rief Aurgelmir ihm nach: «Sag den Wachen, dass mich mindestens eine Stunde lang niemand stören soll.»

Er trat vom Thron herunter, öffnete eine Schublade und sah auf eine kleine Holzschatulle hinab. Er nahm sie bei den goldenen Griffen auf jeder Seite und stellte sie oben auf die Kommode. Mit dem Fingernagel ließ er die filigrane Schließe aufspringen. In der Schatulle waren keine Schmuckstücke oder Edelsteine, kein Gold und kein Silber. Ein Häuflein weißes Pulver lag darin. Der Imperator löste ein löffelartiges Instrument von der Deckelinnenseite. Er nahm eine gewisse

Menge mit dem Löffel auf, dann ließ er ihn zurückrucken, sodass das Pulver auf dem Griff nach oben rutschte. Er legte einen Finger auf den Griff und wischte darüber; nun bildete das Pulver eine saubere Linie. Er führte den Löffel an die Nase und holte scharf Luft.

Aurgelmir verzog das Gesicht, als die Droge Wirkung zeigte, dann trat er ans Fenster. Imaginäre Szenen blitzten vor seinen Augen auf. Das Heer der Nurgor oben im Norden. Befehle, die ausgehändigt wurden. Das Heer der Numenii auf seinem Weg nach Polgaren. Hausdurchsuchungen der Inquisition bei Kultanhängern. Lehrmeister, die den Kulten insgeheim halfen. Der Pontifex beim Ausweiten seines Machtbereichs. Die Rebellen, die im Amboss für Probleme sorgten und Unruhe verbreiteten. Er verschränkte die Arme, schloss die Augen und gab sich willig der Droge hin, die durch seine Adern pulsierte.

Erst als ein Tropfen auf dem Ärmel seiner feinen Gewänder landete, begriff er, dass er Nasenbluten hatte.

✦ 46. KAPITEL ✦

Die Schlacht der Schwerter

Ich weiß, dass du da drin bist, Bryn, spar mir die Spucke. Komm raus!»

Ein Lichtstrahl fuhr durch die Dunkelheit, und Bryn presste sich gegen den Fels. Als er wieder sehen konnte, stand kein Umriss mehr im Eingang zur Höhle. War Eridanus gegangen? Durchsuchte er jetzt andere Höhlen? Bryn wurde seine verkrampfte Haltung rasch unangenehm, und er wollte sich gerade ausstrecken, da tauchte ein großer Schatten bedrohlich vor ihm auf. Eine Hand packte ihn grob beim Kragen.

«Komm her, Junge!» Er wurde ein paar Schritte gezogen und in die Mitte der Höhle geworfen. Bryn schrie vor Schmerzen auf, als der Pfeil in seiner Schulter über den Boden kratzte. Die Kraft des Alten verblüffte ihn. Vielleicht lag es an der Erschöpfung in seinen Knochen, aber er hatte ihm nichts entgegenzusetzen.

Sanfteres Licht schimmerte an einer Wand auf, dort lehnte Eridanus' Stab. Bryn spürte, dass dessen Besitzer sich auf der gegenüberliegenden Seite befand, und schlug mit der Klaue des Todes zu. Knisternd und fauchend fuhr eine Kraft den Griff hinauf in seine Hand und erschütterte ihn bis ins Mark.

Er ließ los. Die Klinge wurde weggeschleudert und klapperte weit außer Reichweite über die Steine.

«Hör auf, dich zu wehren», befahl Eridanus. «Mach es dir nicht so schwer.»

Bryn streckte die taube Hand aus, und die Waffe kam zu ihm zurückgeschossen. Mit dem bisschen Kraft, das er seit der Verfolgungsjagd zurückgewonnen hatte, packte er die Klaue und sprang auf, nur um sich prompt auf dem Boden wiederzufinden, die Klaue aus den Händen geschlagen und den Stab im Nacken.

«Verschwende nicht meine Zeit!», grollte Eridanus. «Du bist lange genug weggelaufen. Lass uns ein Ende finden.»

Das Knirschen von Metall in Stein gellte durch die Höhle. Bryn sah hoch. Seine Waffe steckte bis zum Heft in der Felswand. Er sah Eridanus an und spürte Zorn.

«Na, macht schon. Bringt mich um. Wie Ihr auch Lueth umgebracht habt.»

«Dann hast du also das Geheimnis deiner Familie erfahren.»

Sie *hatten* es gewusst. Bryn war voller Bitterkeit. Plötzlich überkam ihn der Gedanke, dass der Mann vor ihm ein Agent des Wahnsinns war, es von Anfang an gewesen war. Darum hatte er gegen Lueth gestanden, und darum war auf ihn, Bryn, so unerbittlich Jagd gemacht worden. Der Feind hatte die höchsten Kreise infiltriert. Alles war verloren.

«Aber das mit Lueth war nicht ich, sondern Galar.»

Bryn packte das Ende des Stabes und presste es gegen seine Kehle. «Bringt es zu Ende. Eliminiert die Bedrohung für den Wahnsinn und tötet mich. Vernichtet das Geschlecht der Bellysets.»

«Nur diejenigen Bellysets, die vom Weg abkommen, Bryn.» In der Stimme lag Trauer.

Das hatte er schon einmal gehört. Wenn Eridanus nicht auf der Seite des Wahnsinns stand, dann auf der von Okolnit.

«Schön, dann tötet mich eben und beseitigt die Bedrohung für Calaspia. Worauf wartet Ihr noch?»

Der Stab wurde zurückgezogen. «Darauf, dass du den Mund zumachst und mir zuhörst.» Eridanus bückte sich, und Bryn sah ihm zum ersten Mal ins Gesicht. Es war hart. «Gibst du zu, dass dich Fehler hierhergeführt haben?»

«Meine und die von anderen.»

Eridanus legte ihm fest eine Hand auf die Brust. Bryn verdrehte sich, weil der Pfeilschaft gegen den Boden gedrückt wurde. «Bereust du es, um der Stärke willen deine geistige Gesundheit hergegeben zu haben? Bereust du, dass es dich nach der Macht der Klaue des Todes verlangt hat?»

«Ich wusste nicht, dass sie böse war, und ich habe nie gewollt, dass es so kommt.»

«Aber du hast sie geheim gehalten, und böses Handeln führt zu bösen Konsequenzen; dazu braucht man nicht zu wissen, ob es böse gehandelt war oder nicht.»

«Ich konnte nicht einmal Mama Bellyset retten. Ich wollte die Klaue überhaupt nicht! Wenn sie mir bloß nie aufgezwungen worden wäre, ich verabscheue sie!»

«Nur ganz bestimmte Umstände können dazu führen, dass man eine Klaue des Todes erbt, Bryn.»

«Ich wusste davon nichts. Ich wollte ihre Macht nie und erst recht nicht von ihr verdorben werden.»

Bryn redete schnell, angetrieben von dem unerträglichen Schmerz des Pfeils in seinem Körper.

«Warum bist du damit nicht zu uns gekommen?»

Er biss vor Schmerzen die Zähne zusammen. «Ich hatte Angst, und ich war stolz, und ich ekelte mich, vor ihr, vor mir selbst. Ich dachte, dass alle genauso reagieren würden wie

Ihr jetzt, und dieser Verdacht hat sich ja wohl bestätigt. Ich bin das Opfer, nicht der Täter! Wie kann jemand von mir erwarten, dass ich weiß, was richtig ist?» Tränen der Hilflosigkeit stiegen ihm in die Augen. «Ich hab mich doch nur verteidigt. Ich hatte keine Ahnung, dass ich mich damit an die Klaue binden würde!»

Bryn spürte die Neugierde seines Häschers. «Erzähl mir, was passiert ist. Und zwar ganz genau.»

«Ich habe mit dem Tahl Uthnae um mein Leben gekämpft. Sein Hass war so mächtig, dass er meine eigene Hoffnung war, also habe ich ihn gegen seinen Urheber gewendet. Ich habe den Tahl mit seiner eigenen Klaue getötet.»

Eridanus seufzte und ließ Bryns Brust los. «Das war ein Fehler.»

«Was sollte ich denn sonst tun – mich einfach umbringen lassen?», rief der Barue.

Sie sahen einander lange an, ohne etwas zu sagen. Bryns Zorn verlor seine Schärfe, während er in Eridanus' traurige Augen sah. «Als du deine Gefühle mit denen des Tahl verbunden hast, hast du eine Beziehung von Geist zu Geist hergestellt. Ich bin überrascht, dass du das geschafft hast. Dazu braucht es einiges an Stärke. Das beeindruckt mich, enttäuscht mich aber auch. Indem du den Tahl Uthnae durch Hass besiegt hast, bist du wie sie geworden. Wie es geschrieben steht: *Lasst euch nicht vom Bösen überwältigen, sondern überwältigt das Böse durch Gutes.* Bryn, du hättest diesen Unhold mit Liebe weit leichter vernichten können als mit Hass.»

Der Barue hätte nicht verstanden, was der Lehrmeister meinte, wären ihm nicht Telseara und Dordios eingefallen, wie sie sich zwischen ihn und seine Feinde gebracht hatten, wie ihre Bereitschaft, sich für ihn zu opfern, die Tahl Uthnae verjagt hatte. «Wenn es um das nackte Überleben geht, ist Liebe nicht gerade die natürliche Reaktion.»

«Nein. Durchaus nicht. Aber es geht nur so. Der Weg des Hasses führt auf allen Seiten zur Zerstörung.»

«Ich bin unschuldig.»

«Und doch hat es dich verdorben. Nur weil jemand nicht weiß, dass er schlecht handelt, mildert das nicht die Konsequenzen. Du hast deinen unwissentlichen Fehler nicht rückgängig gemacht, und er hat dich verschlungen. Die Wächter der Vernunft wollen deinen Tod.»

«Und Ihr wollt jetzt den ganzen Ruhm für Euch allein.» Bryn verschluckte sich an seinem Lachen.

«Ich habe den Eingang versiegelt. Kein Lichtstrahl und kein Ton dringt hindurch. Wenn sie wüssten, dass ich hier bin, würden sie wahrscheinlich auch meinen Tod anordnen.»

«Wer sind *sie*?»

«Die Bewahrer des Wissens und die Hüter der Wahrheit. Ich riskiere mit dem, was ich vorhabe, ihren Zorn, aber ich bin überzeugt, dass deine Seele noch nicht verdorben ist. Du bist da hineingeraten, und vielleicht führt noch ein Weg hinaus. Aber du musst mir vertrauen. Die Wahl liegt bei dir: Höre mich an und tu genau, was ich dir sage, oder ich werde jetzt gehen.»

«Woher weiß ich, dass ich Euch vertrauen kann?»

«Daher.» Eridanus verpasste ihm eine kräftige Ohrfeige, dass sein Kopf gegen den Boden krachte. «Ich würde anders handeln, wenn ich dich überreden wollte. Ich besitze die Macht, dich zum Mitkommen zu zwingen, ich kann deinen Körper besser lenken, als du selbst es kannst. Aber ich brauche deinen Geist und deine Seele, Bryn. Mehr als willig. Ich könnte dich im Handumdrehen zu Sarghenta bringen, doch ich biete dir eine Rettungsleine an. Ergreife sie oder lass es bleiben.»

Bryn streckte die Hand aus. Er wurde auf die Füße gezogen und gegen den unebenen Fels gestellt. Das verschob den Pfeil, und Bryn keuchte auf. Doch trotz des Schmerzes hörte er genau zu, was der hochgewachsene, bärtige Mann ihm zu sagen hatte. Kurze körperliche Qualen waren einer gepeinigten, zerrissenen Seele vorzuziehen.

«Würdest du alles ungeschehen machen, wenn du könntest?», fragte der Lehrmeister.

«Ich möchte rein sein.»

«Und willst du dich selbst dann von deinen Sünden reinwaschen, wenn du zugleich auch die Vorteile verlierst? Deine Macht?»

«Rettet mich», schluchzte Bryn.

Eridanus schlang die Arme um ihn. Wärme ging von ihnen aus, strömte in ihn hinein. Seine Verletzungen taten weniger weh, er fühlte sich wacher.

«Hast du mich verstanden?»

Bryn nickte.

«Dann komm. Die Zeit drängt.»

Bryn fühlte etwas Heißes an seinem Rücken; etwas flüsterte, es klang wie das Rieseln von Sand. Der Druck des Pfeils verschwand, und als er die Wunde betastete und sich seine Finger ansah, hing feine Asche an ihnen.

«Die Wunde ist versiegelt. Sie wird heilen.»

Sie verließen die Höhle, und etwas durchfuhr Bryns Sinne, wie ein Knacken in den Ohren.

«Die Klaue», flüsterte Bryn. «Bin ich endlich wieder frei?»

Eridanus spähte um die Ecke. «Noch nicht. Wir haben nur gerade den Schutzschild verlassen.»

Während er das sagte, kündigte ein Schwirren in der Luft den Flug von Bryns gefürchteter Waffe an: Ein Griff schoss in seine offene Hand, und als er hinabsah, hielt sie einen Dolch. «Verstehe.»

«Wir werden tun, was wir können. Bald. Jetzt nimm meine Hand. Hole tief Luft und halte den Atem an. Nichts sagen!»

Bryn gehorchte, und eine Sekunde später hatte er das Gefühl, sein Körper wäre eingeschlafen, aber sein Geist freigesetzt worden. Es fühlte sich äußerst merkwürdig an. Er versuchte, an sich hinabzusehen, und musste feststellen, dass seine Augen nicht mehr auf diese Weise funktionierten; er konnte in alle Richtungen gleichzeitig sehen, als hätte er sechs Augen, doch von seinem Körper sah er nichts. Obwohl sie mit unvorstellbarer Geschwindigkeit reisten, spürte er nicht das kleinste Zerren des Windes. Formen, die ihm vage bekannt vorkamen – Wolken, Wälder, Berge –, verschwanden hinter einem Schleier unnatürlicher Farben in der Vergangenheit. Dann atmete er aus und stellte fest, dass er wieder mit normalen Augen auf seinen Körper hinuntersah.

«Was war das?»

«Ich habe uns ein gutes Stück von dort fortteleportiert. Jetzt sind wir vor den Culmus Sangui und den anderen sicher, für den Moment jedenfalls.»

«Ja, aber – wie?»

«Eine gute Frage, Bryn, die ich dir gern ausführlich beantworten würde, wenn wir die Zeit dafür hätten.»

«Aber mein Körper ...»

Eridanus betrachtete ihn. Seine Wangen waren wie immer gerötet und hoben sich scharf von dem weißen Kinnbart und dem grauen Schnauzer ab. Sein normalerweise gepflegtes Haupthaar war ein wenig länger und wilder als für die COLA-Versammlung im Regere Mansionum damals. Bryn fand es so ungekämmt besser; es sah aus, als wäre der Magier nur mit den Fingern hindurchgefahren oder als hätte ein kräftiger Wind es zerzaust. «Du verfügst über eine sehr gute Wahrnehmung. Die meisten Menschen verschwinden an der einen Stelle und tauchen an der anderen wieder auf, erklären es sich mit Magie, zucken die Schultern und kümmern sich nicht weiter darum. Also Galar jedenfalls. Ich bin überrascht, dass du etwas gesehen hast, besonders bei deinem allerersten Mal. Es war doch dein erstes Mal?»

Bryn nickte.

«Beeindruckend. Komm mit – gehen wir weiter.»

Wie es aussah, waren sie immer noch im Amboss, aber die Berge um sie herum waren weit höher und von Schnee und Eis bedeckt, während weiter unten schon Tauwetter herrschte.

«Wo sind wir?»

«In den Bergen von Ged-Ruak. Näher an der Zwergenhauptstadt, als du je gewesen bist.»

«Wieso waren wir in der Lage, so schnell zu reisen?»

«Dann hast du es also wirklich gemerkt. Die meisten Leute verwechseln Teleportation mit der Fähigkeit, sich an der einen Stelle aufzulösen und am Zielort wieder zusammenzusetzen. Eine falsche Vorstellung, denn wenn es so wäre, dann könnte man nicht nur durch den Raum reisen, sondern auch durch die Zeit. Nein, wir sind in der Tat gereist. Schneller, als es jeder physische Körper vermag. Wir sind nicht gerannt, wir sind nicht geflogen … Unsere Geister haben sich emporgeschwungen, buchstäblich.»

«Und was wurde dann aus unseren Körpern? Wie sind die hierhergekommen?»

«Es ist extrem schwierig und von geradezu gefährlicher Einfalt, Körper und Geist zu trennen. Teleportation unterscheidet sich dahin gehend von Geistreisen, dass Körper und Geist zusammenbleiben. Aber ihre Funktionen werden ausgetauscht. Während normalerweise der Körper den Geist trägt, trägt während der Teleportation der Geist den Körper. Was auf jeden Fall die effektivste Fortbewegungsart ist, finde ich.» Eridanus sah Bryn kurz aus den Augenwinkeln an. «Unsere Reise dauerte weniger als eine Sekunde. Du warst nur dazu in der Lage, sie wahrzunehmen, weil du das nicht mit deinen körperlichen Sinnen getan hast, sondern mit deinem geistigen Gespür. Vielleicht besitzen Barue ein größeres Talent dafür.»

«Wollt Ihr damit sagen, dass wir in die Unsichtbare Welt gereist sind?»

«Genau das!» Eridanus strahlte ihn an. «Was du da kurz gesehen hast, war der geistige Charakter der physischen Formen, die Urschicht des Seins … Vielleicht wirst du dir das in Zukunft noch besser ansehen können.»

«Könnt Ihr mich nicht irgendwohin teleportieren und die Klaue des Todes zurücklassen? Auf diese Weise lässt sich das Band doch sicher zerreißen …»

Der alte Magier schüttelte den Kopf. «Tut mir leid. Wie du weißt, verdirbt die Klaue nicht auf der materiellen Ebene. Eure Seelen sind miteinander verbunden, nicht eure Körper.»

Sie betraten eine weitere Höhle. Diesmal ließ Eridanus nicht seinen Stab aufleuchten, sondern warf eine Handvoll winziger Gegenstände in die Luft, die zum Leben zu erwachen schienen. Mit einem leisen Summen flogen sie vor ihnen her und beleuchteten einen Höhlengang. «Ich nenne sie Leuchtkäfer», erklärte Eridanus. «Sie funktionieren mit Erdkraft – ein nachhaltiger ergeomorphischer Vorgang.»

«Ihr wolltet, dass ich beseitigt werde. Was hat Eure Meinung geändert?»

«Als wir erfuhren, dass du eine Klaue trägst, verließ ich den Rat und ging zu deinem Zimmer, wo ich die Truhe öffnete und … dies hier fand.» Eridanus zog ein längliches Bündel unter seinem Umhang hervor. «Mach es noch nicht auf.»

«Mein Culmus», sagte Bryn. «Ich bekam ihn nicht mehr herausgezogen …»

«Ich weiß. Die Verbindung zwischen einem Culmus Sangui und seinem Culmus ist schwer zu begreifen.» Eridanus sah ihn kurz aus den Augenwinkeln an. «Die Klaue des Todes muss eine eifersüchtige Waffe sein. Jedenfalls zählte ich eins und eins zusammen und kehrte nicht zum Rat zurück, sondern machte mich auf die Suche nach dir. Die anderen haben nicht lange gewartet. Als ich nicht zu ihnen zurückkehrte, gaben sie neue Befehle aus. Du seist ein abtrünniger Culmus Sangui, und entsprechend sei mit dir zu verfahren.»

«Ich verstehe es immer noch nicht. Ihr findet mein altes Schwert, und auf einmal haltet Ihr mich für unschuldig? Und handelt sogar gegen die Befehle dieses ominösen Rats?»

«Das wirst du bald verstehen. Jetzt haben wir andere Sorgen.»

Sie erreichten das Ende des Ganges, und dort schien die Höhle nicht weiterzugehen. Bryn verlangsamte, aber Eridanus nahm seine Hand und ging weiter. Ohne irgendeine Berührung schritten sie durch die Felswand hindurch und traten in eine höhlenartige Halle. Sie war gewaltig, größer als jede Höhle, die Bryn je gesehen hatte, größer sogar als die innere Rüstkammer von Caer Isnova. Im Licht der Fackeln, die unter Rußfahnen flackerten, marschierten Zwerge mit Werkzeugen umher, von denen er nur eine Handvoll kannte; andere schoben Karren mit verschiedenen Materialien. Riesige Aufzüge und Flaschenzüge sausten eine Felswand hinauf und hinunter.

«Willkommen in den unteren Ausläufern von Ged-Ruak.»

«Ich dachte, das wäre der am besten bewachte Ort von ganz Calaspia», sagte Bryn. «Und wir sind einfach hineinspaziert.»

«Ist er ja auch», sagte Eridanus. «Aber wir haben den Sicherheitsdienst umgangen. Das kann niemand außer mir. Komm, da ist jemand, den du unbedingt kennenlernen musst.»

Zehn Minuten später hatten sie die Halle durchquert, waren mit einem Karren einen schmalen Tunnel hinuntergefahren, mit einem Aufzug mehrere hundert Meter nach oben und traten nun durch eine Eisentür, die so dick wie hoch war, und wurden dort von Zwergenkriegern zu einer glatten, von Runen gesäumten Wandöffnung eskortiert.

«Der Große Schmiedenlord hat Türen nicht nötig», sagte Eridanus. «Nicht einmal ich käme auf die Idee, ungebeten über diese Schwelle zu treten.»

Die Wachen verließen sie, und eine Minute später hörten sie jemanden näher kommen.

«Ist das der König?», flüsterte Bryn.

Eridanus lachte. «Nein, aber in vielerlei Hinsicht ist er wichtiger.»

Wie der Hohe Lehrmeister, dachte Bryn.

Ein merkwürdiger Stuhl auf Rollen kam in Sicht.

«Bryn, ich darf dir Volund Firefist vorstellen. Großer Schmiedenlord, dies ist der Junge, von dem ich Euch erzählt habe. Sind die Vorbereitungen getroffen?»

Der verhutzelte Zwerg sah von einem zum anderen. «Wir sind so weit. Komm.» Der Rollstuhl sauste davon.

«Bryn, hier verlasse ich dich. Wir sehen uns bald wieder.»

«Bleibt bei mir», flehte Bryn. «Was geschieht jetzt mit mir?»

«Du musst mit Firefist zusammenarbeiten. Er weiß mehr als jeder andere über legendäre Waffen. Rede ihn mit Großer Schmiedenlord an und gehe niemals vor ihm. Überlass immer ihm die Führung.»

«Wohin geht Ihr?»

«Ich bleibe hier, an dieser Stelle. Ich verspreche dir sogar, dass ich diesen Berg nicht ohne dich verlassen werde. Nun musst du gehen.»

«Was ist nun?», dröhnte der alte Zwerg aus dem anderen Raum.

Eridanus lächelte grimmig. Bryn schob das Kinn vor, nickte und trat über die Runenlinie, ohne dabei etwas zu spüren.

Volund Firefist war der winzigste Zwerg, den Bryn je gesehen hatte, vielleicht nur halb so groß wie Galar. Jedes Haar an seinem Kopf war so weiß wie frischer Schnee. «Hier entlang. Fass nichts an.»

«Jawohl, Großer Schmiedenlord.»

Der Rollstuhl sauste durch die Werkstatt, und Bryn fielen die Behältnisse hinten an der Rückenlehne auf: verschiedenfarbige Flüssigkeiten und Gase, durch Röhrchen miteinander verbunden. Sie kamen an einem Raum voller Waffen und mechanischer Werkzeuge vorbei, überquerten einen Gang und betraten einen anderen Teil der Werkstatt, wo in einem Schmelzofen winzige grüne Flammen tanzten.

Volund Firefist drehte sich auf der Stelle und fuhrwerkte mit einigen Instrumenten herum. Er blinzelte oft und verzog das gesamte Gesicht dabei.

«So. Du benötigst also eine Scheidung.» Seine Stimme war überraschend hoch für einen Zwerg.

«Ich – ich glaube schon.»

Volund blinzelte ihn gereizt an. «Entweder du brauchst eine oder nicht! Also, besteht nun eine ungewollte Verbindung?»

«Ja – Großer Schmiedenlord.»

«Na bitte.»

Zum ersten Mal bemerkte Bryn, dass der Zwerg keine zwei normalen Arme besaß, sondern dass sein rechter Arm eine Art Maschine darstellte, die ebenfalls mit dem Stuhl verbunden war.

«Hierhin die unerwünschte Klinge, hierhin deine Alternative.»

Bryn verwandelte die Klaue des Todes von einem Degen in ein Schwert, wie es die Tahl Uthnae normalerweise im Kampf benutzten, und legte es auf die linke Seite eines schwarzen Ambosses, der über zwei einander gegenüberliegende Hörner verfügte.

«Der Hohe Lehrmeister hat nicht gelogen», sagte Volund. «Es *ist* eine Klaue. Wie lange besitzt dich die Klinge schon?»

«Ein paar Monate.»

«Weniger als ein Jahr?»

Bryn nickte.

«Wird weh tun, aber es geht.»

Bryn wickelte seinen Culmus aus und legte ihn so, wie er war, auf die andere Seite des Ambosses.

«*Droch*, eine feine Scheide.» Der Schmiedenlord ließ die Finger seiner menschlichen Hand über die blaue und silberne Hülle gleiten. «Nachher musst du mir erzählen, wer sie gemacht hat. Jetzt lege deine Hände auf den Amboss, die linke neben die Klaue, die rechte neben dein Schwert. Gut, nun setz dich.»

Eine Platte schoss aus der Wand, und Bryn setzte sich. Sofort bog sie sich nach oben um ihn herum, passte sich mit einem quatschenden Geräusch seinen Körperformen an und wurde wieder hart. Volund Firefist kam näher heran. Sein mechanischer Arm zog mehrere Gurte um Bryns Leib fester. Aus dieser Nähe konnte Bryn Tausende von winzigen Runen in seiner Haut ausmachen, wie feine Narben. Dann fuhr der Schmiedenlord wieder zurück, drehte sich, und Bryn stellte fest, dass er sich kaum noch bewegen konnte.

«Ich kann die physische Arbeit übernehmen, aber das Zerreißen der Verbindung obliegt dir. Du musst es wollen.»

«Es gibt nichts, das ich lieber möchte.»

«Das lässt sich leicht über die Lippen bringen, aber schwer von Herzen meinen. Schauen wir mal.» Volund klappte sich von der Rückseite des Rollstuhls ein Mikroskop vor das Auge und drehte die Linse. «Nein, du willst die Klaue, sonst steckten wir auch nicht in diesem Schlamassel.»

«Was muss ich tun?»

«Der Amboss besteht zum Teil aus Schwarzgold, falls du das nicht bemerkt haben solltest – dazu ein bisschen Nurkis, der unterstützt das Trennen – dann noch Belegold – und sogar, worauf ich besonders stolz bin, Ruagold. Deine Gedanken laufen zwischen der Klaue und dir hin und her, als wäre sie eine Erweiterung deines Körpers … schlimmer noch, eine Erweiterung deiner Seele. Du musst die Klinge zurückweisen.»

«Wie?»

«Weigere dich, ein Teil von ihr zu sein. Verweigere ihr den Zugang zu deinem Geist. Es gibt leider nur eine einzige Möglichkeit, diese Operation durchzuführen, ohne dass du mit einer geistigen Behinderung herauskommst. Wir müssen die eine Waffe gegen die andere austauschen. Eridanus hat mir versichert, dass diese Klinge nichts Böses in sich hat. Bist du ebenfalls davon überzeugt?»

Hoffnung wallte in Bryn empor. Ihm fiel wieder ein, wie er den Culmus auf dem imaginierten Berggipfel erhalten und geschworen hatte, ihn für Recht und Gerechtigkeit einzusetzen. Mehr noch, er hatte Elyon geschworen, die Klinge nie im Unrecht blankzuziehen, und vielleicht erklärte das ja so einiges.

«Bin ich, ja.»

«Wenn du dann also die Verbindung zu deiner Linken beendet hast, ersetzt du sie durch die Verbindung auf deiner

Rechten. Aber bevor wir das Band durchtrennen, müssen wir diese Umklammerung deines Geistes rückgängig machen. Wir müssen den Hass absaugen. Entspann dich.»

Volund fuhrwerkte an der anderen Seite des schwarzen Ambosses herum, und Bryn spürte, wie sich ihm die Haupthaare aufstellten. «Unterdrück den Zorn nicht, sonst werden deine Bindungen zementiert. Versuch nicht, zu kämpfen. Halte dich an den Frieden statt ans Blutvergießen – an ein Schwert, das in seiner Scheide steckt; es liegt rechts von dir. Das wird nicht leicht; die Klaue hat einigen Schaden angerichtet, und du nimmst ihr das übel.»

Noch während der Zwerg das sagte, spürte Bryn Zorn in sich aufsteigen. Es war ein brennender Zorn, der seinen Geist verschlang, der überfloss und durch seine Hände in das Schwarzgold strömte.

«Es gibt nur einen Weg, sie loszulassen!», rief Volund. «Vergib ihr!»

Wieder glitt Bryn über Stein, kämpfte verzweifelt um sein Leben. Regen peitschte seine Wangen. Er kämpfte gegen die Tahl Uthnae, und Bösartigkeit und Groll ließen sein Inneres erbeben wie ein beunruhigender Missklang. Er wusste, dass er den Zorn loslassen musste, aber er stellte seine einzige Verteidigung dar. Bryn hatte dies schon einmal erlebt, irgendwo, irgendwann … Irgendwie hatte er das schon alles getan.

Dann lag er in dem Bach, würgend und spuckend. Eine Klinge schob sich gefährlich nahe an seine Brust heran. Bryn schnappte nach Luft und spürte, wie mächtig der Zorn des Tahl Uthnae war, und er stürzte sich darauf und machte ihn sich zu eigen. Er packte die Klaue des Todes zum ersten Mal. Eine Sekunde lang wurde ihm schwindelig vor Kraft, und er wusste, er konnte seinen Feind mit dessen eigener Bösartigkeit überwältigen. Dann aber suchte ihn ein Gefühl des drohenden Untergangs heim, warnte ihn, diesen Weg nicht einzuschlagen.

Lasst euch nicht vom Bösen überwältigen, sondern überwältigt das Böse durch Gutes.

Eridanus' leise Stimme drang durch die Wirren der Gewalt, und andere Erinnerungen kamen zurück. Thybil, Mittni, Mama Bellyset – ihre Gesichter blitzten vor ihm auf. Zuerst spürte er noch mehr Zorn, das Verlangen, die Tahl Uthnae zu bestrafen, Rache zu üben. Dann sah er, wie Telseara und Dordios sich über ihn warfen. Seine Baruesinne prickelten, als er sich an das Gefühl von trotziger, selbstaufopfernder Liebe erinnerte, und er hielt sich mit all seiner Kraft daran fest.

Dann waren da wieder die Tahl Uthnae, das Wasser und die Klinge, und wieder kämpfte er ums Überleben. Wieder überwältigte Zorn seine Sinne: der Zorn der Tahl Uthnae. Aber in seinem Inneren klammerte Bryn sich an die Gefühle seiner Freunde, und in seinem Geist verband er die Fäden miteinander.

Der Zorn wich zurück, löste sich auf unter dem Angriff der Freude. In der Unsichtbaren Welt sah er die Fesseln der Unterjochung zerfallen, sich von seiner Seele zurückziehen. Das Bild des Tahl zerbarst in kreischende Fetzen und fauchenden Rauch.

Einen Moment lang spürte Bryn tiefe Ruhe und Zufriedenheit. Auf einmal wurde ihm bewusst, dass er immer noch im Bauch von Ged-Ruak war. Der Schweiß lief ihm den Rücken hinunter, und er hörte den Schmiedenlord mit drängender Stimme zu ihm sagen: «Gleich ist es so weit! Mach dich bereit …»

Bryn sah eine Weile auf den flachen schwarzen Amboss hinunter, ohne die grünen Kringel zu bemerken, die aus seinen

Fingerspitzen durch das Schwarzgold in den Fuß des Ambosses glitten. Dann hörte das spirituelle Fließen auf.

«Jetzt!», schrie Volund. «Denk an die andere Klinge!»

Bryn richtete den Blick fest auf die funkelnde Scheide. Ein ohrenbetäubendes Klirren lenkte ihn ab, und er sah kurz zur anderen Seite des Ambosses hinüber, wo der Schmiedenlord neben seiner feuchten linken Hand gerade mit einer Art Axt zugeschlagen hatte.

Der Zwerg klappte sich wieder das Mikroskop vors Auge und rief: «Aha!» Er ließ sich schweratmend in seinen Rollstuhl zurückfallen und tupfte sich mit einem Lumpen in seiner menschlichen Hand die Stirn ab. «Noch ein letzter Test.»

Bryn spürte, wie die Gurte nachgaben, und stand auf; der Stuhl verwandelte sich wieder in eine Platte zurück und verschwand in der Wand. Bryn war bis auf die Knochen erschöpft und wollte sich an einem Regal festhalten.

«Nichts berühren!»

Rasch zog er die Hand zurück.

«Gut, nun schließ deine Augen und strecke deine linke Hand aus. Denk an die Klaue des Todes.»

Bryn tat, was ihm gesagt wurde. Er war sich ihrer Gegenwart bewusst, aber er spürte die Verbundenheit nicht mehr. Doch noch immer rief ihn die Klinge mit ihrer verlockenden Macht. Kurz flammte unerklärlicher Zorn in seinem Geist auf, und er zwang sich, an Eridanus zu denken. «Soll ich sie rufen?»

«Nein. Diese Anziehungskraft wird immer zwischen euch beiden bestehen. Ich empfehle, diese Klaue so weit wie möglich von dir zu entfernen und dich ihr nie wieder zu nähern. Ich würde sie zerstören, wenn ich könnte, aber derartige Überlieferungen sind mir nicht bekannt. So etwas setzt vielleicht zerstörerische Kräfte frei, die wir nicht eindämmen könnten.»

«Soll ich sie bei Euch lassen?»

«Nein. Bring sie hier weg und mach mit ihr, was du willst.»

Volund deutete auf die blaue und silberne Scheide. Bryn nahm die elegante Waffe zaghaft vom Amboss und legte eine Hand um den Griff. Er hielt den Atem an und zog – und zu seiner großen Freude bewegte sich der Griff, und einige Zentimeter reinweißer Klinge kamen zum Vorschein. Damit der Meisterschmied nicht mehr als nötig von ihr sah, schob Bryn sie rasch wieder zurück und gürtete sie.

Dann verbeugte er sich tief vor dem Zwerg und sagte: «Vielen Dank, Großer Schmiedenlord. Ich stehe in Eurer Schuld.»

Vorsichtig schob er auch die Klaue des Todes in seinen Gürtel und folgte Volund aus der geheimnisvollen Schmiede zurück in die vorgelagerten Räume. Dabei stellte er ihm eine Frage nach der anderen, wie sie ihm einfielen, denn er wollte dem Zwerg keine Gelegenheit geben, nach seinem Schwert oder der Scheide zu fragen, die er gierig beäugte. Als sie bei dem türlosen, runenbewachten Eingang zu seinem Herrschaftsbereich angelangt waren, unterbrach Schmiedenlord Firefist das oberflächliche Geplapper des Barue und fragte beiläufig: «Wer hat deine Waffe hergestellt? Ich würde diesen so vollendeten Künstler gern kennenlernen, falls ich ihn nicht ohnehin längst kenne.»

«Es tut mir leid, Euch da nicht helfen zu können, aber ich weiß es selbst nicht», antwortete Bryn. «Tatsächlich habe ich gehofft, dass Ihr es mir sagen könntet.»

Das stellte sich als ein Fehler heraus, denn der Zwerg hielt ihm die Hand hin, und Bryn hatte keine andere Wahl, als ihm das Schwert zu geben. Volund nahm es und untersuchte es unter dem Mikroskop. Er ließ die fleischigen Finger seiner linken Hand über die glatte, milchige Klinge gleiten und befasste sich mit der Inschrift. «Woher hast du es?»

Bryn antwortete mit einem verlegenen Grinsen: «Ich fand es, Großer Schmiedenlord, nach verschiedenen Prüfungen. Ohne jemanden zu sehen. Manche sagen, ein Gott habe es gemacht.»

Die Reaktion war anders als erwartet. Die Numenii schienen, obwohl viele von ihnen offiziell apheristischen Glaubens waren, eher an die apheristische *Kirche* zu glauben, an ihre Gebräuche und Rituale, als an irgendwelche tatsächlichen Lehren des Apheristen. Volund jedoch nickte ernst. «Es gibt sechs Avatare oder Titanen – sie tragen viele Namen. Die Väter der Völker.»

«Die Regenten der Völker», berichtigte Bryn ihn. «Elyon ist der Vater.»

Der Schmiedenlord winkte ab. «Wie auch immer, jedenfalls sollen sie alle mächtigen Talismane für den Kampf gegen den Wahnsinn geschaffen haben – außer Ikuyl vielleicht. Unser Hoher König Snorri der Siebte höchstselbst trägt einen, den Hammer, den uns vor sechstausend Jahren unser Gott Korar gab, der auch Telabors legendäre Axt gemacht haben soll. Und war es nicht Torb-Oros von den Drachen, der die Klauen des Todes geschmiedet hat?»

Bryn nickte, und Volund lachte. «Aber Klauen des Todes gab es viele, und entsprechend schwächer waren sie. Die anderen Talismane der Titanen sind unendlich stärker, besonders im Zusammenhang mit der Unsichtbaren Welt. In dieser vortrefflichen Waffe jedoch, mein junger Freund, spüre ich weniger Macht als in der Klaue. Nichtsdestotrotz ist es ein schönes Stück, ein sehr schöner materieller Gegenstand …

Solltest du je erfahren, wer ihn gemacht hat, lass es mich wissen.»

Wieder nickte Bryn. Volund beugte sich vor und packte ihn beim Ärmel. «Aber sprich nicht leichtfertig von diesen Dingen. Es gibt Leute, die machen vor nichts halt, wenn es um Macht geht, vielleicht gerade noch vor Völkermord. Tatsächlich darfst du niemandem sagen, dass du zu mir gekommen bist. Erzähle auch niemandem von der Klaue des Todes.»

Bryn dachte an Mittni. Wie in aller Welt sollte er ihm das dann erklären?

«Ja, Großer Schmiedenlord. Vielen Dank.»

Der Zwerg gab Bryns Culmus erst wieder her, als Eridanus hinter der Türöffnung erschien. Der Magier wirkte abgespannt und erschöpft.

«Ist es getan?»

«Alles erledigt», sagte Volund. «Fehlt nur noch die Bezahlung.»

Bryn hob die Brauen.

«Wie abgemacht», sagte Eridanus. «Vielen Dank, Großer Schmiedenlord Firefist.»

Bryn und Eridanus verließen den Bauch Ged-Ruaks. Eridanus hielt ihm eine Hand hin, und Bryn atmete die Luft, die er dann einsog, erst in einer Gegend viele Meilen von dort wieder aus.

Es war ein gutes Gefühl, den Culmus wieder an seiner Seite zu haben. Zunächst war er enttäuscht gewesen, als Volund die Macht seiner reinen Klinge als schwach bezeichnet hatte. Nun jedoch, als er das Schwert versuchsweise durch die Luft schwang und sich an seinem funkelnden Flug erfreute, hätte Bryn nicht glücklicher sein können.

Nachdenklich rieb er den blauschwarzen Knaufstein und

erinnerte sich wieder, was Eridanus letztes Mal darüber gesagt hatte. Es schien ihm eine Ewigkeit her.

«Diese Seelensteine … Ob wohl jeder einen hat?»

Eridanus strich sich über das weiße Kinn. «In gewisser Weise, ja.»

«Woher hattet Ihr meinen? Wie –?»

«Soweit ich weiß, von der einzig möglichen Stelle.» Eridanus sah ihn an und lächelte. «Von dir. Er war schon die ganze Zeit da, schon vor deiner Geburt … Alles, was ich tat, war, ihn dir auf eine solche Weise zu präsentieren, dass du ihn als etwas Greifbares sehen konntest.»

«Hattet Ihr je einen?», fragte Bryn.

Eridanus lächelte, und sein Blick schweifte über die Landschaft. Als Bryn begriff, dass er keine Antwort bekommen würde, fragte er: «Kann man nur einen einzigen Seelenstein haben? Ist es möglich, mehrere zu haben?»

«Das, junger Freund, ist eine gute Frage. Normalerweise betont ein Seelenstein einen Aspekt des Potenzials seines Besitzers.»

«Gerechtigkeit, Macht, Redlichkeit», sagte Bryn. «Anscheinend wusstet Ihr schon, dass ich mich den Culmus Sangui anschließen würde!»

«Ich habe dir nur gesagt, was der Stein mir gesagt hat, was er mir über seinen Besitzer verkündet hat.»

«Wenn der Stein die Aufmerksamkeit auf einen Aspekt des Potenzials seines Besitzers lenkt, dann müsste es theoretisch möglich sein, im Laufe seines Lebens mehr als einen zu besitzen. Aber kann dann jemand auch mehr als einen Seelenstein zur gleichen Zeit haben?»

Eridanus lachte. «Möglich mag es sein», überlegte er. «Alles ist möglich. Ist aber unwahrscheinlich. Würde es nicht dem Zweck widersprechen, die Aufmerksamkeit auf eine Facette seines Potenzials zu richten, wenn man zwei oder gar mehr Seelensteine besäße?»

«Bevor Ihr davon gesprochen habt, hatte ich noch nie von Seelensteinen gehört.»

«Das überrascht mich nicht. Die apheristische Kirche ist sehr schnell darin, etwas zu verdammen, das sie nicht versteht und nicht kontrollieren kann. Die Erschaffung oder der Besitz eines Seelensteins ist unter vielen Pontifexen Ketzerei gewesen. Obwohl ironischerweise selbst der Apherist einen besessen hat.»

«Im Ernst?» Bryn blickte den Alten überrascht an.

«Warum überrascht dich das?»

«Na ja, darüber findet sich nichts in den Volksmärchen und auch nichts in den Schriften der Apheristen. Soweit ich weiß.»

«Natürlich nicht. Ich habe das ja selbst erst kürzlich herausgefunden. Es steht in der Schrift, die der Imperator das Buch des Wahnsinns nennt.»

Bei der Erwähnung des Buches fielen Bryn die Vorgänge im Imperium wieder ein: Horgest, die Versammlung der Nurgor … die steigenden Fluten des Wahnsinns, verkörpert durch gefrorene Geysire und weiß Elyon was noch alles … die Inquisition, die hinter den dunklen Geheimnissen des Buchs der Zeiten herjagte … wie alle anderen auch …

Welchen Platz er selbst einmal in dieser Saga einnehmen würde, war nicht nur weniger gewiss denn je zuvor, sondern in diesem Moment auch nicht so wichtig wie der Weg. Bryn wusste nicht, wohin die Reise gehen würde oder was für eine Zukunft vor ihm lag. Eines jedoch wusste er. Er würde diese Reise mit Freunden zusammen machen, die sich als wahre Freunde erwiesen hatten.

«So, Bryn.» Eridanus betrachtete ihn mit diesen ausdrucksstarken Augen, die diesmal jedoch nicht prüfend schauten, sondern herausfordernd. «Sind wir bereit, uns unseren Freunden zu stellen?»

«Ist es für Gespräche nicht ein bisschen spät?», staunte er.

Der Alte nickte verständnisvoll. «Es ist nie zu spät. Was hältst du davon, wenn ich dir erkläre, wie die Lage ist und was wir daran ändern können? Vielleicht wirst du merken, dass wir vor der Auseinandersetzung einiges zu besprechen haben. Wie wäre es mit einem langen Spaziergang?»

Bryn hatte das Gefühl, den längsten Tag seines Lebens hinter sich zu haben. «Können wir diesen Spaziergang im Liegen machen?» Es hätte ein Spruch von Mittni sein können.

Eridanus lachte. «Einverstanden.»

✦ ✦ ✦

Bryn fuhr mit den Fingern über den Stein. Er war kalt und rau, grau und ruhig; er sorgte dafür, dass man sich nicht verlor zwischen all diesem Morgenlicht und funkelndem Tau. Unterhalb der Steinplatte wuchs Gras von einem helleren Grün, zarte Blumen blühten als weiße Glöckchen oder blaue Kelche. Er fragte sich, ob sie wild waren oder jemand sie gepflanzt hatte, und beschloss, dass es keine Rolle spielte. Er würde hier selbst etwas pflanzen. Im Tal von Eisenfels, wo die Schäfer gerade ihre Herden auf die Weide führten, hing Nebel in langen Streifen, als wäre Wolle im Adlerfarn hängen geblieben und mit der Bürste eines Engels waagerecht gestrichen worden.

Auf der Erde vor Bryn lagen ausgebreitet: ein klobiger Siegelring, der angeblich einem gewissen Vater Hecklehurst, Bischof von Itrim, gehörte; ein altmodischer Spiegel mit einem fast schon unheimlichen Rahmen, dessen geschwärzte Verzierungen wirkten, als würde sich das Metall vor Schmerzen oder Angst krümmen; ein zerknittertes Stück Pergament, auf das mit Bleistift fremdartige Schriftzeichen abgerieben waren; und dieselbe Inschrift in Tinte sowie ein schlichtes, reines Schwert mit einem blauschwarzen Knaufstein und einer weißen Klinge, die eine ebenso fremdartige Ätzung aufwies. Dies waren die Teile eines Puzzles, da war Bryn sicher. Aber wie viele Teile fehlten oder ob sie alle zu demselben Puzzle gehörten, das konnte er nicht sagen. Und doch lagen sie hier wie die Zutaten eines unbekannten Rezepts. Wäre Mama Bellyset daraus schlau geworden?

Die Klaue des Todes zählte nicht mehr dazu. Bryn war froh, die blutdurstige Klinge los zu sein.

Die Gegenwart von jemand Vertrautem riss ihn aus seinen Gedanken. «Hallo, Mittni», sagte er, ohne sich umzudrehen. Seine Barue-Sinne waren zurückgekehrt, wenn auch nicht mehr so scharf wie früher. Er fragte sich, ob sie mit der Zeit heilen würden. Die leisen Schritte kamen näher, und er spürte die Hand seines besten Freundes auf der Schulter.

«Ich bin froh, dass du wieder da bist.»

Bryn wandte sich um und sah, dass die goldenen Locken länger waren als früher, das Lächeln über einer härteren Kinnlinie strahlte, die blauen Augen älter waren als ihr Besitzer und die Züge, die er kannte und liebte, noch dieselbe Lebenslust ausdrückten, jedoch von den Widrigkeiten der Vergangenheit durchfärbt waren.

«Ich auch, Bruder», sagte er genauso leise.

Einen Moment lang war Schweigen zwischen ihnen, das von Vogelgesang durchbrochen wurde.

Mittnis Hand auf seiner Schulter hob sich und fiel mit einem herzhaften Schlag wieder herunter. «Sarghenta hat eine Mission für uns.»

Diese Neuigkeit musste Bryn erst einmal verdauen. Dann wurde er also tatsächlich wieder akzeptiert, sogar von seiner erbittertsten Gegnerin in Eisenfels. «Das soll eine Strafe sein, oder?», lachte er. «Sie schickt mich auf eine Selbstmordmission.»

«Worauf du dich verlassen kannst, du Glückspilz.» Mittni grinste. «Aber dir bleiben noch ein paar Wochen zur Erholung. Erst wird sie einen Rat einberufen – sogar Sir Humphrey kommt dafür nochmal her. Das müsste uns genug Zeit geben, diesen Anfängern beizubringen, worum es beim Metzeln wirklich geht!»

Bryn verstaute seine Sachen und folgte Mittni in den Hof, wo sie über die Zusammenstellung der Mannschaften lachten: In der einen stand ein Spieler neben dem Kapitän, Galar, in der anderen standen zum gerechten Ausgleich derer fünf. Bryn blickte nach oben, wo Sylvata in ruhigen Kreisen auf dem Wind dahintrieb, und lächelte. Das Spiel aus der Vogelperspektive sehen zu können, war vielleicht ein unschätzbarer taktischer Vorteil …

Die beiden Barue wurden gleich bei ihrer Ankunft ausgewählt. Bryn klopfte Cerion auf den Rücken und flüsterte dem Mannschaftskapitän etwas ins Ohr.

Cerion feixte. Offensichtlich störte sich Bryn an diesem Gesichtsausdruck nicht mehr. «Als Nächstes nehmen wir Kik-Eritee!»

Bryn lachte. Sobald Kik-Eritee als Läufer an der Reihe war, hatten sie gewonnen …

Der Brauer betrachtete die beiden Mannschaften, die jetzt vollständig waren und in die Sonne blinzelten. Er war heilfroh, hier zu sein. Mittnis Mannschaft steckte die Köpfe zusammen; ab und zu sah ein Spieler mit Verschwörermiene zu ihnen herüber.

Bryn sah Aquiuss fest in die Augen und grinste. Sie hatten keine Chance.

Als das Spiel mit lautstarkem Schlachtengebrüll begann, huschte ein Schatten über den Platz, und Bryn blickte auf.

Sylvata kam angeschossen, ganz närrisch von dem Gewimmel am Boden. Als sie über sie hinwegflog, nickte Bryn grimmig. Ihr linker Fuß war wieder heil. Die nachgewachsene schwarze Klaue schimmerte im Sonnenlicht.

Calaspia

Ein Planet, ähnlich dem unseren. Die Welt von Bryn Bellyset und seinen Freunden.

Länder und Hauptstädte

Das Imperium besteht aus sechs Ländern, nämlich Armaah, Arleath, Itrim, Nanoak, Nomidien und Bel-Tued. Die Hauptstädte der Länder heißen jeweils so wie das Land selbst. Armaah, eine schwimmende Stadt, ist zugleich Sitz des Imperators und Hauptstadt des ganzen Imperiums. Ged-Ruak ist die Hauptstadt der Zwerge.

Bevölkerung

Numenii – das größte Reich / Bündnis in Calaspia
Barue – Stamm von Menschen, die Emotionen anderer erspüren können
Zwerge – kleine, stämmige Wesen, deren Festungen in den Bergen liegen. Ihre Haut ist gegen extreme Temperaturen resistent.
Nephelim – großer kriegerischer Stamm
Plimpe – zauberhafte Fabelwesen, welche als Mythos gelten

Monster

Dämonen – mächtige, bösartige Wesen der Geisterwelt
Ostentum – Name für eine Vielfalt von gefährlichen, unerklärbaren Ungeheuern, die nach dem Krieg um das Tor als ausgestorben galten
Nurgor – unkreative Bestienmenschen

Sprachen

Zwergisch – Sprache der Zwerge
Numii, oder Gemeinzunge – Sprache der Numenii (auch der Barue)
Hohe Zunge – Sprache der Magier, lenkt ihre Gedanken beim Zaubern
Alte Zunge – geheime, sehr mächtige Sprache der Plimpe, die niemand außer ihnen kennt.

Währung

Goldkronen, Silbermonde, Pennies
1 Goldkrone = 10 Silbermonde; 1 Silbermond = 10 Pennies

Jahreszeiten

Zeit der Erneuerung / Keimzeit – Frühling
Sonnenzeit – Sommer
Zeit der Neige – Herbst
Schneezeit – Winter

Glaube, Götter, spirituelle Welten

Apheristische Kirche – mächtige Staatsreligion mit dem Glauben an den Gott Elyon und Heilige. Gründer: Apherist
Elyon – Gott der Schöpfer, der Allmächtige
Sechs Avatare – mächtige Engel, die jeweils einen Stamm der intelligenten Rassen von Calaspia regierten
Ikuyl – einer der sechs Avatare

Apostel des Verstehens

Philosophischer Orden zur Verteidigung des apheristischen Glaubens. Bryn verbringt hier vier Jahre seiner Ausbildung.

Orden von Itrim

Gegner des apheristischen Glaubens, bestehend aus Wissenschaftlern und Magiern. Hat seine Basis in der geheimnisvollen Stadt Itrim.

Lehrmeister

Ein Gelehrter von Itrim. Eridanus ist der Oberste Gelehrte.

Wahnsinn

Eine zerstörerische magische Energie und verfälschende Kraft.

Gipfel des Wahnsinns

Vulkanähnlicher, steiler schwarzer Berg, speit die Kräfte des Wahnsinns aus.
Andere Namen für diesen Gipfel: Ragnarok oder Garakron («Krone des Irrsinns» in der Sprache der Nurgor).

Culmus Sangui

Geheimer Orden von exzellenten Kriegern.

Krieg um das Tor

Der größte Krieg von Calaspia seit Menschengedenken. Fand vor über 40 Jahren statt, als ein böser Zauberer namens Nequam die Ostentum auf die Numenii hetzte.

Von der Schule gelangweilt, erschaffen die Zwillingsbrüder Suresh und Jyoti Guptara die Fantasy-Welt Calaspia und verfassen mit elf Jahren ihr erstes Buch dazu. Als sie Teenager sind, entwickeln sich ihre Ideen weiter und werden zu einer komplexen Saga. Ihr Debütroman «The Conspiracy of Calaspia» erscheint 2006 zunächst in Indien, stürmt dort die Bestsellerliste und wird von Presse und Publikum gelobt.
Suresh und Jyoti Guptara wurden am 22. 11. 1988 als Kinder eines indischen Vaters und einer britischen Mutter in England geboren. Heute wohnen sie in der Schweiz, wo sie auch Deutsch lernten, und gehören zu den jüngsten Vollzeit-Autoren der Welt.

«Der Schwertkodex» ist der zweite Band der «Calaspia-Saga» um Bryn Bellyset und seine Freunde.

Suresh & Jyoti Guptara

Calaspia

rororo 978-3-499-21453-0

Calaspia - eine neue fremde Welt

Als der 16-jährige Bryn Bellyset mit ansehen muss, wie sein beschauliches Dorf von Monstern überfallen wird, bleibt ihm keine Wahl: Gemeinsam mit seinen Freunden stellt er sich tödlichen Gefahren, um die undurchsichtigen Pläne des Feindes zu durchkreuzen. Welche finstere Macht steckt hinter dem verworrenen Komplott, das keiner Logik zu folgen scheint?

Niemand will glauben, was der kurzsichtige Zwerg Galar gesehen hat: Aus dem Gipfel des Wahnsinns droht eine alles vernichtende Energie auszubrechen und Calaspia endgültig zu überschwemmen!

Auftakt zur furiosen Fantasy-Saga der Guptara-Zwillinge.

BRE 179/1

Bel-Tued
Baruto
Trabatrawald
Wenfeld
Ged-Ruak
Der Amboss
Quivelda
Arleath
Pend
Lar-Gren
Itrim